TANIEC ZE SMOKAMI

Cykl

PIEŚŃ LODU I OGNIA

GRA O TRON

STARCIE KRÓLÓW

NAWAŁNICA MIECZY

Tom I. Stal i śnieg

Tom II. Krew i złoto

UCZTA DLA WRON

Tom I. Cienie śmierci

Tom II. Sieć spisków

TANIEC ZE SMOKAMI

Część I

George R.R. Martin

TANIEC ZE SMOKAMI

Część I

Przełożył Michał Jakuszewski

ZYSK I S-KA
WYDAWNICTWO

Tytuł oryginału *A Dance with Dragons* vol. 1

Redaktor prowadzący
Dariusz Wojtczak

Redaktor
Mirosław Jarosz

Wydanie I

ISBN 978-83-7506-897-9

Zysk i S-ka Wydawnictwo
ul. Wielka 10, 61-774 Poznań
tel. 61 853 27 51, 853 27 67, faks 61 852 63 26
Dział handlowy, tel./faks 61 855 06 90
sklep@zysk.com.pl
www.zysk.com.pl

Tę książkę poświęcam swym fanom

takim jak Lodey, Trebla, Stego, Pod
Caress, Yags, X-Ray i Mr. X,
Kate, Chataya, Mormont, Mich,
Jamie, Vanessa, Ro,
Stubby, Louise, Agravaine,
Wert, Malt, Jo,
Mouse, Telisiane, Blackfyre,
Bronn Stone, Coyote's Daughter
i cała reszta szaleńców ze stowarzyszenia
Brotherhood Without Banners.

twórcom fanowskich stron internetowych:
Eliowi i Lindzie, lordom Westeros,
Winterowi i Fabiowi z WIC
oraz Gibbsowi z Dragonstone,
który dał początek temu wszystkiemu

ludziom z Asshai w Hiszpanii,
którzy zaśpiewali nam o niedźwiedziu i dziewicy cud,
cudownym fanom z Włoch,
którzy dali mi tak wiele wina,
czytelnikom z Finlandii, Niemiec,
Brazylii, Portugalii, Francji, Holandii
i wszystkich innych odległych krajów,
w których czekaliście na ten taniec

a także wszystkim przyjaciołom i fanom,
których jeszcze nie spotkałem.

Dziękuję za cierpliwość.

Kraina za Murem
Krainy Wiecznej Zimy
(niezbadane)
LEGENDA
Miasteczka
Zamki
Ruiny zamków
Thenn
Morze Dreszczy
Mleczna Woda
Mleczna Woda
Wąwóz Piasków
Mroźne Kły
Poroże
Hardhome
Przylądek Storrolda
Pięść Pierwszych Ludzi
Nawiedzany
Las
Skane
Twierdza Crastera
Białedrzewo
MUR
Dar Brendona
Korona Królowej
KRÓLEWSKI TRAKT
Powiększenie na dole
Zatoka
Fok
Skagos
Lodowa
Zatoka
Nowy Dar
Białedrzewo
MUR
Zachodnia
Strażnica
Rozpadlina
Wieża Cieni
Bastion Strażników
Szara Warta
Kamienne Drzwi
Szronowe Wzgórze
Icemark
Nocny Fort
Głębokie Jezioro
Brama Królowej
Czarny Zamek
Dębowa Tarcza
Leśna Strażnica
Sobolowy Dwór
Szronowa Brama
Długi Kurhan
Pochodnie
Zielona Warta
Wschodnia
Strażnica
Korona Królowej
© 2011 Jeffrey L. Ward

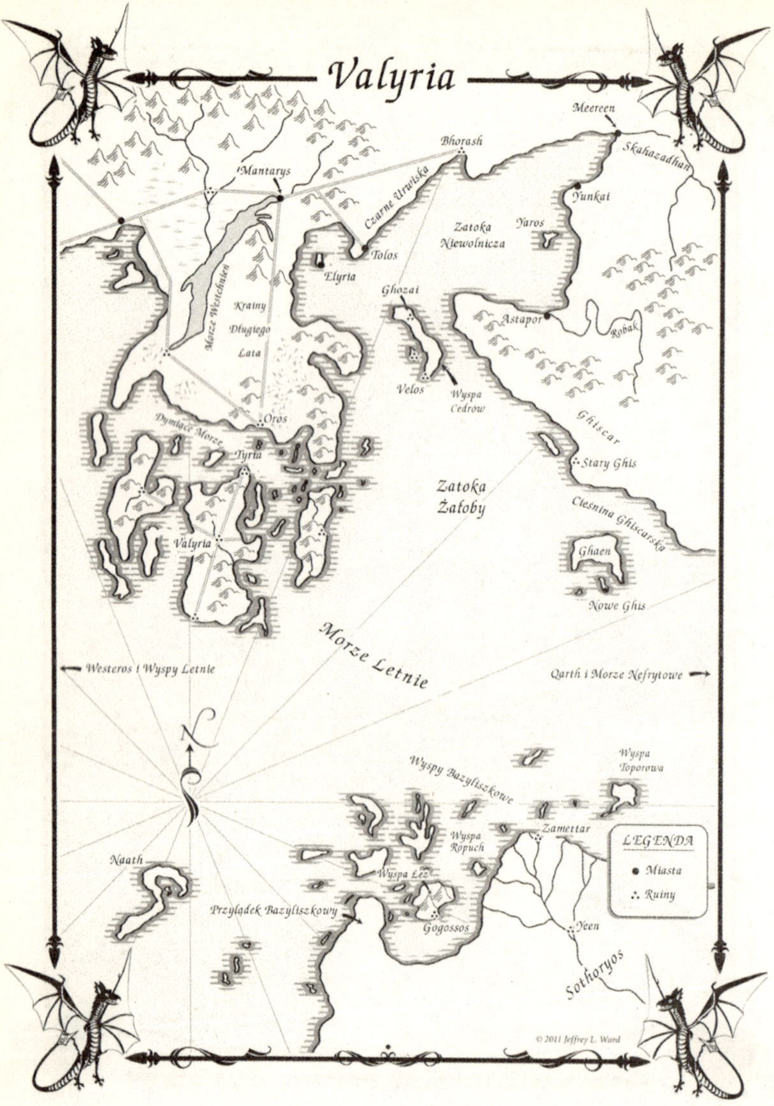
Valyria
Meereen
Bhorash
Skahazadhan
Mantarys
Yunkai
Czarne Urwiska
Yaros
Zatoka Niewolnicza
Tolos
Elyria
Ghozai
Astapor
Robak
Morze Westchnień
Krainy Długiego Lata
Velos
Wyspa Cedrów
Dymiące Morze
Oros
Tyria
Ghiscar
Stary Ghis
Zatoka Żałoby
Cieśnina Ghiscarska
Valyria
Ghaen
Nowe Ghis
Morze Letnie
Westeros i Wyspy Letnie
Qarth i Morze Nefrytowe
N
Wyspa Toporowa
Wyspy Bazyliszkowe
Zamettar
Wyspa Ropuch
LEGENDA
Miasta
Ruiny
Naath
Wyspa Łez
Przylądek Bazyliszkowy
Gogossos
Yeen
Sothoryos
© 2011 Jeffrey L. Ward

Wolne Miasta
LEGENDA
Miasta
Miasteczka
Ruiny
Braavos
Paluchy
Lorath
Zatoka Lorathijska
Morze Dreszczy
Topór
Zatoka Krabów
Wąskie Morze
Braavoskie Wybrzeże
Andalos
Wzgórza Norvos
Norvos
Górna Rhoyne
Mała Rhoyne
Ciemny Nurt
Aksamitne Wzgórza
Ghoyan Drohe
Pentos
Rhoyne
Równiny
Ny Sar
Qhoyne
Ar Noy
Qohor
Puszcza Qohoricka
Cieśnina Tarthańska
Tarth
Jezioro Sztyletów
Złote Pola
Smutki (Chroyane)
Zatoka Rozbitków
Morze Myrth
Tyrosh
Myr
Selhoru
Krwawy Stopień
Morze Dornijskie
Stopnie
Sporne Ziemie
Szare Szubienice
Selhorys
Valysar
Dorne
Pomarańczowy Brzeg
Sar Mell
Volaena
Volon Therys
Volantis
Lys
© 2011 Jeffrey L. Ward

DROBNE ZASTRZEŻENIE W SPRAWIE CHRONOLOGII

Wiem, że od ukazania się poprzedniej książki minął długi czas. Dlatego być może należy przypomnieć o paru sprawach.

Książka, którą macie w rękach, jest piątym tomem *Pieśni lodu i ognia*. Czwartym tomem była *Uczta dla wron*. Niemniej ten tom nie następuje po poprzednim w tradycyjnym sensie, lecz raczej jest do niego równoległy.

Zarówno *Taniec*, jak i *Uczta* zaczynają się bezpośrednio po wydarzeniach rozgrywających się w trzecim tomie serii, *Nawałnicy mieczy*. *Uczta* skupiała się na tym, co się działo w Królewskiej Przystani i jej okolicach, na Żelaznych Wyspach oraz na południu w Dorne. Natomiast *Taniec* prowadzi nas na północ, do Czarnego Zamku i na Mur — a nawet dalej — oraz za wąskie morze, do Pentos i Zatoki Niewolniczej, opowiadając historię Tyriona Lannistera, Jona Snow, Daenerys Targaryen oraz innych postaci, których nie znaleźliście w poprzedniej książce. Oba tomy nie następują zatem po sobie, lecz dzieją się równolegle. Podział jest tu geograficzny, a nie chronologiczny.

Ale tylko do pewnego punktu.

Taniec ze smokami jest książką o większej objętości niż *Uczta dla wron* i opisuje dłuższy okres. W drugiej połowie tego tomu znajdziecie rozdziały pisane z punktu widzenia postaci występujących w *Uczcie dla wron*. Jak wam się słusznie wyda, znaczy to, że narracja przekroczyła punkt końca *Uczty* i te dwa strumienie ponownie się połączyły.

Następne będą *Wichry zimy* [The Winds of Winter]. Mam nadzieję, że wszyscy będą w nich marznąć razem.

George R.R. Martin
kwiecień 2011 r.

PROLOG

W nocnym powietrzu unosił się odór ludzi.

Warg zatrzymał się pod drzewem i powęszył. Na jego szarobrązowe futro padały cętki cienia. Powiewający między sosnami wietrzyk przyniósł mu zapach człowieka, przebijający się przez słabsze wonie lisa i zająca, foki i jelenia, a nawet wilka. Wiedział, że to również są ludzkie zapachy, smród starych skór, martwych i skwaśniałych, niemalże niknący pod silniejszymi woniami dymu, krwi i zgnilizny. Tylko człowiek zdzierał skóry innych zwierząt, by okrywać się ich powłoką.

Wargowie nie boją się ludzi, tak jak wilki. W jego brzuchu kipiały nienawiść i głód. Warknął cicho, wzywając jednookiego brata i małą sprytną siostrę. Gdy mknął między drzewami, towarzysze podążali tuż za nim. Oni także poczuli zapach. Biegnąc, patrzył również ich oczami i widział siebie z przodu. Z wydłużonych szarych pysków buchał ciepły biały oddech watahy. Między poduszki ich łap wnikał lód, twardy jak kamień, ale zaczęły się łowy i mieli przed sobą zwierzynę. *Mięso* — pomyślał warg.

Samotny człowiek to łatwa zdobycz. Był wielki, silny i obdarzony bystrym wzrokiem, ale słuch miał słaby i nie czuł zapachów. Jelenie, łosie, a nawet zające były szybsze, a niedźwiedzie i dziki groźniejsze w walce. W stadach ludzie byli jednak niebezpieczni. Gdy wilki zbliżały się do zwierzyny, warg usłyszał zawodzenie szczenięcia, chrzęst zmarzniętego wczorajszego śniegu pod niezgrabnymi ludzkimi łapami oraz grzechot twardych skór i długich szarych pazurów noszonych przez ludzi.

To miecze — wyszeptał głos w jego jaźni. *I włócznie.*

Drzewom wyrosły zęby z lodu, szczerzące się spod nagich brązowych konarów. Jednooki przedarł się przez chaszcze, sypiąc śniegiem spod łap. Towarzysze podążyli za nim. Dotarł na wzgórze i zbiegł ze zbocza po drugiej stronie, aż wreszcie ujrzeli przed sobą las. Byli tam ludzie. Samica ściskała futrzane zawiniątko, w którym było jej szczenię. *Zostaw ją na koniec* — wyszeptał głos. *To samce są groźne*. Ryczeli do siebie, jak zwykli czynić ludzie, ale warg czuł zapach ich przerażenia. Jeden miał drewniany ząb, dorównujący długością jego wzrostowi. Rzucił nim, ale ręka mu drżała i ząb przeleciał górą.

Wataha rzuciła się do ataku.

Jego jednooki brat przewrócił tego, który rzucił zębem, w śnieżną zaspę i rozdarł mu gardło. Ich siostra okrążyła drugiego i skoczyła nań od tyłu. Dla niego została samica ze szczenięciem.

Ona również miała ząb, mały i zrobiony z kości, ale wypuściła go, gdy warg zacisnął zęby na jej nodze. Padając, osłoniła obiema rękami hałaśliwe szczenię. Pod spowijającymi ją futrami były tylko skóra i kości, ale wymiona miała pełne mleka. Najsłodszym kąskiem było szczenię. Wilk zachował najsmaczniejsze części dla brata. Gdy wypełniali brzuchy, śnieg wokół ciał przybrał różowoczerwoną barwę.

W odległości wielu mil, w jednoizbowej lepiance z gliny i słomy, o krytym strzechą dachu z dziurą wypuszczającą dym oraz ubitym klepisku, Varamyr drżał z zimna, kasłał i oblizywał usta. Oczy miał poczerwieniałe, wargi spękane, a w gardle mu zaschło, ale usta wypełniał smak krwi i tłuszczu, nawet jeśli rozdęty brzuch głośno domagał się pożywienia. *Mięso dziecka* — pomyślał mężczyzna, wspominając Baryłę. *Ludzkie mięso.* Czy upadł tak nisko, że go pragnął? Niemalże usłyszał gniewne warknięcie Haggona: „Ludzie mogą jeść mięso zwierząt, a zwierzęta ludzkie, ale człowiek, który je mięso swych współbraci, to plugastwo".

Plugastwo. To zawsze było ulubione słowo Haggona. *Plugastwo, plugastwo, plugastwo.* Zwał tak spożywanie ludzkiego mięsa, parzenie się z wilczycą jako wilk, najbardziej plugawe było zaś zawładnięcie ciałem drugiego człowieka. *Haggon był słaby, bał się własnej mocy. Umarł samotnie. Płakał, gdy wyrwałem mu drugie życie.* Varamyr sam pożarł jego serce. *Nauczył mnie bardzo wiele, a ostatnim, co dzięki niemu poznałem, był smak ludzkiego mięsa.*

Uczynił to jednak jako wilk. Nigdy nie gryzł mięsa współbraci własnymi zębami. Niemniej nie żałował stadu jego uczty. Wilki były tak samo wygłodzone jak on, chude, zmarznięte i niedożywione, a zwierzyna… *dwaj mężczyźni i kobieta z niemowlęciem, uciekający przed klęską ku śmierci. I tak wkrótce by skonali z głodu albo zimna. Tak było lepiej. Szybciej. To była łaska.*

— Łaska — powiedział na głos. Gardło go bolało, ale dobrze było znowu usłyszeć ludzki głos, choćby i własny. Cuchnęło tu wilgocią i stęchlizną, klepisko było zimne i twarde, a ogień, który rozpalił, dawał więcej dymu niż ciepła. Zbliżył się do płomieni tak bardzo, jak tylko się odważył, kaszląc i dygocząc na przemian. Dręczył go pulsujący ból w boku, gdzie otworzyła się rana. Spodnie aż po kolano nasiąknęły mu krwią, która potem zakrzepła, tworząc twardą brązową pokrywę.

Oset ostrzegała go, że może się tak stać.

— Zaszyłam ją najlepiej, jak potrafiłam — oznajmiła — ale potrzebujesz odpoczynku, żeby mogła się zagoić. Inaczej znowu się otworzy.

Oset była ostatnią z jego towarzyszy, włóczniczką twardą jak stary korzeń, ogorzałą, pokrytą zmarszczkami i kurzajkami. Reszta zdezerterowała po drodze. Jeden po drugim zostawali z tyłu albo ruszali przodem, zmierzając do rodzinnych wiosek, nad Mleczną Wodę, do Hardhome albo ku samotnej śmierci w lesie. Varamyr nie wiedział, co się z nimi stało, i nic go to nie obchodziło. *Trzeba było zawładnąć którymś z nich, kiedy była okazja. Jednym z bliźniaków, tym drągalem z blizną na twarzy albo rudowłosym młodzieńcem.* Bał się jednak to zrobić. Któryś z pozostałych mógłby sobie uświadomić, co się stało. Wtedy wszyscy zwróciliby się przeciwko niemu i zabili go. Prześladowało go też wspomnienie słów Haggona. A teraz szansa umknęła.

Po bitwie przez las przedzierały się tysiące uchodźców. Głodni i przerażeni ludzie uciekali przed rzezią, która dopadła ich pod Murem. Niektórzy mówili o powrocie do porzuconych domów, inni o ponownym ataku na bramę, najwięcej jednak było zagubionych. Nie wiedzieli, co począć ani dokąd się udać. Uciekli przed wronami w czarnych płaszczach i rycerzami zakutymi w szarą stal, ale teraz ścigali ich bardziej zawzięci wrogowie. Z dnia na dzień zostawiali za sobą coraz więcej trupów. Ludzie umierali z głodu, z zimna albo od chorób. Inni ginęli z rąk tych, którzy jeszcze niedawno byli ich towarzyszami broni, gdy maszerowali na południe z Mance'em Rayderem, królem za Murem.

Mance padł — powtarzali sobie ocalali pełnymi desperacji głosami. *Dostał się do niewoli. Nie żyje.*

— Harma zginęła, a Mance'a pojmano. Reszta nas opuściła — oznajmiła Oset, zaszywając mu ranę. — Tormund, Płaczka, Sześć Skór, wszyscy ci dzielni łupieżcy. Gdzie są teraz?

Nie poznała mnie — uświadomił sobie Varamyr. *Dlaczego miałaby poznać?* Bez swych zwierząt nie przypominał wielkiego człowieka. *Byłem Varamyrem Sześć Skór, który łamał się chlebem z Mance'em Rayderem.* Nadał sobie to imię, gdy miał dziesięć lat. *Varamyr. Imię godne lorda, godne pieśni. Potężne i groźne.* A mimo to umknął przed wronami jak przerażony królik. Straszliwy lord Varamyr okazał się tchórzem. Nie potrafił znieść myśli, że włóczniczka mogłaby się o tym dowiedzieć, powiedział jej więc, że nazywa się Haggon. Zadawał sobie pytanie, dlaczego akurat to imię przyszło mu na myśl spośród wielu, które mógł wybrać. *Pożarłem jego serce i wychłeptałem krew, ale on nie przestaje mnie prześladować.*

Pewnego dnia dogonił ich jeździec cwałujący przez las na wychudłym białym koniu. Wołał, że wszyscy powinni zmierzać nad Mleczną Wodę, bo Płaczka skrzykuje wojowników, by przejść Most Czaszek i zdobyć Wieżę Cieni. Wielu podążyło za nim, ale większość tego nie zrobiła. Potem jakiś ponury wojownik noszący futro i bursztyny krążył od ogniska do ogniska, namawiając niedobitki do udania się na północ i poszukania schronienia w dolinie Thennów. Dlaczego uważał, że tam będzie bezpiecznie, skoro sami Thennowie stamtąd uciekli? Varamyr nigdy się tego nie dowiedział, niemniej setki ludzi go posłuchały. Kolejne setki poszły za leśną wiedźmą, która ujrzała w wizji flotę mającą przetransportować wolnych ludzi na południe.

— Musimy zmierzać nad morze — wołała Matka Kret i jej zwolennicy ruszyli na wschód.

Varamyr mógłby zrobić to samo, gdyby tylko miał więcej sił. Morze było jednak szare, zimne i odległe. Wiedział, że nie ma szans dotrzeć tam żywy. Miał już za sobą dziewięć śmierci i znowu umierał. Tym razem to będzie prawdziwa śmierć. *Futro z wiewiórek* — przypomniał sobie. *Pchnął mnie nożem z powodu futra z wiewiórek.*

Jego właścicielka nie żyła. Rozbita z tyłu czaszka zamieniła się w krwawą miazgę usianą kawałkami kości, ale futro wyglądało na grube i ciepłe. Padał śnieg, a Varamyr stracił swoje futra pod Murem. Narzuty i wełniana bielizna, buty z owczej skóry, podszyte futrem rękawice, zapas miodu pitnego i żywności, kosmyki włosów kobiet, z którymi spał, a nawet złote obręcze na ramiona otrzymane od Mance'a, utracił to wszystko. *Spłonąłem i umarłem, a potem zwiałem, na wpół obłąkany z bólu i przerażenia.* Nadal wstydził się tego wspomnienia, ale przecież nie był sam. Inni również uciekli. Setki, tysiące innych. *Bitwa była przegrana. Przybyli niezwyciężeni rycerze, zakuci w stal. Zabijali każdego, kto próbował walczyć. Pozostała tylko ucieczka albo śmierć.*

Ale śmierci trudniej było się wymknąć. Dlatego, gdy Varamyr ujrzał w lesie martwą kobietę, klęknął, by zdjąć z niej futro. Nie zauważył chłopaka, do chwili, gdy ten wypadł z ukrycia, wbił mu w bok długi kościany nóż i wyrwał futro z dłoni.

— To była jego matka — wyjaśniła Oset później, gdy chłopak już uciekł. — Futro jego matki. Kiedy zobaczył, że chcesz ją okraść…

— Ona nie żyła — odparł Varamyr, krzywiąc się z bólu, gdy kobieta wbiła mu w ciało kościaną igłę. — Ktoś rozbił jej głowę. Jakaś wrona.

— Nie wrona. Rogostopi. Widziałam to. — Oset zaszyła mu ranę w boku. — To barbarzyńcy. Kto teraz ich poskromi?

Nikt. Jeśli Mance nie żyje, wolni ludzie są zgubieni. Thennowie, olbrzymy i Rogostopi, jaskiniowcy o spiłowanych zębach i ludzie z zachodniego brzegu ze swymi rydwanami z kości… wszyscy oni również nie mieli szans. Nawet wrony. Noszące czarne płaszcze skurwysyny mogły jeszcze o tym nie wiedzieć, ale zginą razem z resztą. Nadciągał wróg.

W jego głowie znowu zabrzmiał ochrypły głos Haggona: *Zginiesz tuzinem śmierci, chłopcze, i każda z nich będzie bolesna... ale gdy nadejdzie prawdziwa śmierć, będziesz żył znowu. Powiadają, że drugie życie jest słodsze i prostsze.*

Varamyr Sześć Skór wkrótce się przekona, czy to prawda. Czuł smak prawdziwej śmierci w gryzącym dymie unoszącym się w powietrzu, czuł to w gorącu pod palcami, gdy wsunął dłoń pod ubranie, by dotknąć rany. Dręczył go również chłód, wnikający aż do kości. Tym razem to zimno go zabije.

Poprzednią śmierć zadał mu ogień. *Spłonąłem.* W pierwszej chwili, zdezorientowany, sądził, że jakiś stojący na Murze łucznik przeszył go płonącą strzałą... ale ogień pochłaniał go od środka. A ból...

Varamyr umierał już dziewięć razy. Raz pchnięto go włócznią, raz niedźwiedź rozszarpał mu gardło i raz wykrwawił się, wydając na świat martwe szczenię. Pierwszy raz zginął, gdy miał ledwie sześć lat. Siekiera ojca roztrzaskała mu czaszkę. Nawet to nie było jednak aż tak bolesne, jak ogień, który trawił mu trzewia, pełgał po skrzydłach, pożerał go. Kiedy próbował odlecieć, jego przerażenie rozniecił płomienie jeszcze bardziej, uczyniło je gorętszymi. W jednej chwili unosił się nad Murem, śledząc oczami orła poczynania ludzi na dole. W następnej jego serce zmieniło się w poczerniały węgielek, a duch umknął z wrzaskiem do swego właściwego ciała. Na krótką chwilę Varamyra ogarnął obłęd. Samo wspomnienie wystarczyło, by drżał.

Nagle zauważył, że jego ogień zgasł.

Została tylko szaroczarna kupka zwęglonego drewna. W popiołach tliło się jeszcze kilka węgielków. *Jest jeszcze dym, potrzeba tylko więcej drewna.* Varamyr zazgrzytał zębami z bólu i podszedł do stosu gałęzi zebranych przez Oset, nim wyruszyła na polowanie. Rzucił kilka na popioły.

— Zapalcie się — wychrypiał. — Płońcie.

Dmuchał na węgielki, odmawiając bezgłośną modlitwę do bezimiennych bogów lasów, wzgórz i pól.

Nie odpowiedzieli mu. Po chwili popioły również przestały dymić. W lepiance nagle zrobiło się zimniej. Varamyr nie miał krzemienia, hubki ani suchego drewna na rozpałkę. Sam nie zdoła rozniecić ognia.

— Oset! — zawołał ochrypłym, przesyconym bólem głosem. — Oset!

Brodę miała sterczącą, a nos płaski. Jeden policzek miała naznaczony znamieniem, z którego wyrastały cztery ciemne włosy. To była brzydka, twarda twarz, ale oddałby bardzo wiele, by ujrzeć ją teraz w drzwiach chaty. *Trzeba było nią zawładnąć, zanim odeszła.* Jak długo już jej nie było? Dwa dni? Trzy? Varamyr nie był pewien. W chacie panowała ciemność, a on co chwila zapadał w sen, nie wiedząc, czy na dworze jest dzień czy noc. „Zaczekaj tu — powiedziała mu. — Wrócę z jedzeniem". Dlatego siedział tu jak głupiec, śniąc o Haggonie, Baryle i wszystkich złych uczynkach, jakich dopuścił się w długim życiu. Mijały dni i noce, a Oset się nie zjawiała. *Już nie wróci.* Varamyr zadawał sobie pytanie, czy czymś się przed nią nie zdradził. Czy potrafiła odgadnąć jego myśli, tylko patrząc na niego, czy może wymamrotał coś przez sen.

Plugastwo.

Usłyszał głos Haggona, tak wyraźnie, jakby łowca był z nim w izbie.

— To tylko brzydka włóczniczka — odpowiedział mu. — Ja jestem wielkim człowiekiem. Jestem Varamyr, warg, zmiennoskóry. To niesprawiedliwe, by ona przeżyła, kiedy ja muszę umrzeć.

Nikt mu nie odpowiedział. Nikogo tu nie było. Oset odeszła. Porzuciła go, tak samo jak wszyscy.

Jak jego własna matka. *Płakała nad Baryłą, ale nie nade mną.* Gdy rano ojciec wyciągnął chłopca z łóżka, by oddać go Haggonowi, nawet na niego nie spojrzała. Krzyczał i wierzgał, kiedy ciągnięto go do lasu, aż wreszcie ojciec dał mu w gębę i kazał się zamknąć. „Twoje miejsce jest wśród takich jak ty" — oznajmił, ciskając chłopca do stóp Haggona.

Nie mylił się — pomyślał z drżeniem Varamyr. *Haggon nauczył mnie bardzo wiele. Polowania i ćwiartowania zwierzyny, łapania ryb i ich czyszczenia, a także znajdowania drogi w lesie.*

Zapoznał mnie też ze sztuką wargów, wprowadził w tajemnice zmiennoskórych, mimo że mój dar był silniejszy od jego daru.

Po wielu latach próbował odnaleźć rodziców, by im powiedzieć, że ich Bryła został wielkim Varamyrem Sześć Skór, ale oboje byli już martwi i spaleni. *Odeszli do drzew i strumieni, do skał i ziemi. Do prochu i pyłu.* Tak właśnie powiedziała leśna wiedźma jego matce w dzień śmierci Baryły. Bryła nie chciał się zmienić w grudkę ziemi. Marzył o dniu, gdy bardowie będą opiewać jego czyny, a ładne dziewczęta zasypią go pocałunkami. *Kiedy dorosnę, zostanę królem za Murem* — obiecał sobie. Nie osiągnął tego celu, ale zbliżył się do niego. Imię Varamyra Sześć Skór budziło w ludziach strach. Jechał na bitwę na grzbiecie śnieżnej niedźwiedzicy wysokiej na trzynaście stóp, miał w niewoli trzy wilki oraz cieniokota i zasiadał u prawego boku Mance'a Raydera. *To Mance mnie tu przyprowadził. Niepotrzebnie go posłuchałem. Trzeba było wśliznąć się do ciała niedźwiedzicy i rozszarpać skurczybyka na strzępy.*

Przed nadejściem Mance'a Varamyr Sześć Skór był kimś w rodzaju lorda. Mieszkał sam w domostwie z mchu, gliny i ciosanych kłód, należącym ongiś do Haggona. Za towarzystwo miał tylko swoje zwierzęta. Kilkanaście wiosek składało mu daninę w chlebie, soli i cydrze, ofiarowało mu owoce ze swych sadów i warzywa z ogrodów. Mięso zdobywał sobie sam. Gdy tylko zapragnął kobiety, kazał cieniokotu łazić za nią i każda dziewczyna, która wpadła mu w oko, potulnie przychodziła do jego łoża. Niektóre płakały, to prawda. Ale i tak przychodziły. Varamyr dawał im swoje nasienie, zabierał im kosmyk włosów na pamiątkę, a potem nakazywał odejść. Od czasu do czasu zjawiał się jakiś wioskowy bohater z włócznią w ręce, pragnący uśmiercić króla bestii i uratować siostrę, kochankę albo córkę. Ich zabijał, ale kobiet nigdy nie krzywdził. Niektóre nawet pobłogosławił dziećmi. *To wszystko były małe konusy, takie jak Bryła, i żadne nie odziedziczyło daru.*

Strach kazał mu wstać. Varamyr zachwiał się, trzymając się za bok, by powstrzymać krwawienie. Potem odsunął wystrzępioną skórę wiszącą w wejściu i ujrzał zamykającą je ścianę bieli. *Śnieg.*

Nic dziwnego, że w środku zrobiło się tak ciemno, a dym całkowicie wypełnił lepiankę. Opad śniegu nakrył ją w całości.

Varamyr pchnął tę ścianę i rozsypała się. Śnieg był jeszcze miękki i wilgotny. Na dworze panowała noc, biała jak śmierć. Rzadkie jasne chmury pląsały wokół srebrnego księżyca, a tysiąc gwiazd spoglądało zimno z góry. Widział wzgórki odpowiadające innym zasypanym chatom. Dalej dostrzegał bladą sylwetkę pokrytego skorupą lodu czardrzewa. Na południu i na zachodzie wzgórza przerodziły się w bezkresne białe pustkowie, na którym nie poruszało się nic poza niesionym wiatrem śniegiem.

— Oset — zawołał słabym głosem Varamyr, zastanawiając się, jak bardzo mogła się oddalić. — Oset. Kobieto. Gdzie jesteś?

W oddali zawył wilk.

Varamyra przeszył dreszcz. Znał to wycie równie dobrze, jak ongiś Bryła znał głos własnej matki. *Jednooki.* Najstarszy, największy i najgwałtowniejszy z jego trójki. Skradacz był chudszy, szybszy i młodszy, a Spryciara bystrzejsza, ale oba wilki bały się Jednookiego. Stary basior był nieustraszony, nieubłagany i zawzięty.

Varamyr utracił kontrolę nad pozostałymi zwierzętami pod wpływem bólu towarzyszącego śmierci orła. Cieniokot umknął do lasu, a śnieżna niedźwiedzica rzuciła się na otaczających ją ludzi. Rozszarpała czterech, nim padła od ciosu włóczni. Zabiłaby i Varamyra, gdyby mogła go dosięgnąć. Nienawidziła go, wściekała się za każdym razem, gdy nosił jej skórę albo właził na grzbiet.

Ale wilki…

Moja rodzina. Moja wataha. Wiele zimnych nocy przespał obok nich. Ich kudłate ciała ogrzewały go ze wszystkich stron. *Kiedy umrę, pożywią się moim ciałem i zostawią tylko kości, by przywitały wiosenną odwilż.* Ta myśl dziwnie go pocieszyła. Wilki często przynosiły mu żywność z lasu i wydawało się sprawiedliwe, że na koniec to on je nakarmi. Mógłby zacząć drugie życie, szarpiąc świeże, jeszcze ciepłe mięso własnego trupa.

Z psami najłatwiej było nawiązać więź. Żyły tak blisko ludzi, że niemal się uczłowieczyły. Wśliźnięcie się w psią skórę przypominało włożenie starego buta o skórze zmiękczonej od długiego noszenia. But ukształtowano po to, by osłaniał stopę, a psa po to, by nosił obrożę, choćby i taką, której ludzkie oczy nie widziały. Wilki były trudniejsze. Człowiek mógł się zaprzyjaźnić z wilkiem, a nawet go złamać, ale nigdy nie zdoła naprawdę go oswoić. „Wilki i kobiety zawierają małżeństwo na całe życie" — mawiał często Haggon. „Jeśli weźmiesz sobie jednego z nich, to jest jak ślub. Wilk staje się częścią ciebie, a ty częścią jego. Ten akt zmieni was obu".

Łowca oznajmił, że inne zwierzęta lepiej zostawić w spokoju. Koty są próżne i okrutne, zawsze gotowe zwrócić się przeciwko swemu panu. Łosie i jelenie to zwierzyna łowna; nawet najodważniejszy człowiek zmieniał się w tchórza, jeśli zbyt długo nosił ich skórę. Niedźwiedzie, dziki, borsuki, łasice... Haggon nie uznawał takich zwierząt. „Niektórych skór nigdy nie powinno się nosić, chłopcze. Nie spodobałoby ci się to, kim byś się stał". Uważał jednak, że najgorsze są ptaki. „Ludzi nie stworzono do tego, by opuszczali ziemię. Jeśli spędzisz zbyt długi czas w chmurach, nie będziesz już chciał wracać na dół. Znałem zmiennoskórych, którzy próbowali jastrzębi, sów i kruków. Potem nawet we własnych skórach siedzą rozmarzeni, gapiąc się w to cholerne niebo".

Niemniej nie wszyscy zmiennoskórzy zgadzali się z tą opinią. Pewnego razu, gdy Bryła miał dziesięć lat, Haggon zabrał go na zgromadzenie im podobnych. Najliczniejsi w kompanii byli wargowie, wilczy bracia, ale chłopak uważał, że inni są dziwniejsi i bardziej fascynujący. Borroq tak bardzo się upodobnił do swego dzika, że brakowało mu tylko kłów, Orell miał orła, a Głóg miała cieniokota — gdy tylko Bryła ich zobaczył, natychmiast zapragnął własnego — a kobieta koza, Grisella...

Ale żadne z nich nie dorównywało mocą Varamyrowi Sześć Skór, nawet Haggon, wysoki, ponury mężczyzna o dłoniach twardych jak kamień. Łowca zginął, płacząc, gdy Varamyr zabrał mu Szaroskórego, wygnał go, by zagarnąć zwierzę dla siebie. *Dla ciebie nie będzie drugiego życia, starcze.* Zwał się wtedy Varamyrem Trzy Skóry. Szaroskóry stał się jego czwartą, choć stary wilk był już słaby i prawie bezzębny. Wkrótce odszedł w ślad za Haggonem.

Varamyr potrafił zapanować nad każdym zwierzęciem, którego zapragnął, podporządkować je swej woli, uczynić jego ciało swoim. Psem albo wilkiem, niedźwiedziem bądź borsukiem...

Oset — pomyślał.

Haggon nazwałby to plugastwem, najczarniejszym ze wszystkich grzechów, ale on był martwy, pożarty i spalony. Mance również by go przeklął, ale król za Murem zginął albo dostał się do niewoli. *Nikt się nigdy nie dowie. Stanę się włóczniczką Oset, a Varamyr Sześć Skór umrze.* Spodziewał się, że jego dar zginie wraz z ciałem. Straci wilki i spędzi resztę życia jako chuda, pokryta kurzajkami kobieta. Ale będzie żył. *Jeśli wróci. Jeśli nadal mam siłę, by nią zawładnąć.*

Dopadły go zawroty głowy. Osunął się na kolana, dłonie wpadły mu w zaspę. Nabrał garść śniegu i wypełnił nim sobie usta, wpychając go do środka przez brodę i spękane wargi. Ssał chciwie wilgoć. Woda była tak zimna, że ledwie mógł się zdobyć na to, by ją przełknąć. Znowu uświadomił sobie, że ma wysoką gorączkę.

Stopiony śnieg zaostrzył tylko głód. Żołądek Varamyra pragnął żywności, nie wody. Przestało sypać, ale wiatr był coraz silniejszy. Wypełniał powietrze kryształowymi drobinami, ciął go po twarzy, gdy Varamyr gramolił się przez zaspy. Rana w jego boku to się otwierała, to znowu zamykała. Oddech mężczyzny był poszarpaną białą chmurą. Dowlókł się do czardrzewa i znalazł leżącą na ziemi gałąź, wystarczająco długą, by posłużyć mu jako laska. Wsparł się na niej ciężko i ruszył w stronę najbliższej chaty. Być może wieśniacy zapomnieli coś zabrać, gdy stąd uciekali... worek jabłek, trochę suszonego mięsa, coś, co utrzyma go przy życiu do chwili powrotu Oset.

Był już prawie na miejscu, gdy gałąź pękła pod jego ciężarem. Nogi ugięły się pod Varamyrem.

Nie potrafiłby powiedzieć, jak długo tam leżał, barwiąc śnieg własną krwią. *Śnieżyca mnie zasypie.* To byłaby łagodna śmierć. *Ponoć pod koniec człowiekowi robi się ciepło i ogarnia go sen-*

ność. Dobrze byłoby znowu poczuć ciepło, choć smucił się na myśl, że nigdy nie ujrzy zielonych krain, ciepłych ziem leżących za Murem, o których śpiewał Mance. „Świat za Murem nie jest dla takich jak my" — mawiał Haggon. „Wolni ludzie boją się zmiennoskórych, ale również nas szanują. Na południe od Muru klękacze polują na nas i zarzynają jak świnie".

Ostrzegałeś mnie, ale to ty pokazałeś mi Wschodnią Strażnicę — pomyślał Varamyr. Nie mógł mieć wówczas więcej niż dziesięć lat. Haggon zamienił tuzin sznurów bursztynu i sanie wysoko wypełnione futrami na sześć bukłaków wina, blok soli i miedziany kociołek. Wschodnia Strażnica była lepszym miejscem do handlu niż Czarny Zamek. Tam właśnie przypływały statki. Wrony znały Haggona jako łowcę i przyjaciela Nocnej Straży. Cieszyły się z przynoszonych przez niego wieści o życiu za Murem. Niektóre z nich wiedziały, że jest zmiennoskórym, ale nikt o tym nie wspominał. To właśnie we Wschodniej Strażnicy chłopiec zaczął marzyć o ciepłym południu.

Varamyr czuł płatki topniejące na jego czole. *To lepsze niż śmierć w płomieniach. Niech zasnę i nigdy się nie obudzę, niech zacznę drugie życie.* Jego wilki były blisko. Wyczuwał je. Porzuci to słabe ciało, połączy się z nimi w jedność, będzie polował nocą i wył do księżyca. Warg stanie się prawdziwym wilkiem. *Ale którym?*

Nie Spryciarą. Haggon nazwałby to plugastwem, ale Varamyr często wślizgiwał się w jej skórę, gdy krył ją Jednooki. Nie chciał jednak spędzić nowego życia jako suka, chyba żeby nie miał innego wyboru. Skradacz, młodszy samiec, byłby lepszy... ale Jednooki był większy i gwałtowniejszy. Co więcej, to on krył Spryciarę, gdy dostawała cieczki.

„Powiadają, że człowiek zapomina" — mówił mu Haggon kilka tygodni przed śmiercią. „Że po śmierci ciała jego duch żyje w zwierzęciu, ale pamięć zanika z każdym dniem i bestia coraz mniej przypomina warga, a coraz bardziej wilka. W końcu człowiek zanika całkowicie i zostaje tylko zwierz".

Varamyr wiedział, że to prawda. Kiedy zawładnął orłem, który przedtem należał do Orella, czuł wściekłość drugiego zmiennoskórego wywołaną jego obecnością. Orell zginął z rąk wrony-renegata, Jona Snow. Czuł do swego zabójcy nienawiść tak silną, że udzieliła się ona również Varamyrowi. Zrozumiał, kim jest Snow, gdy tylko zobaczył wielkiego białego wilkora, idącego bezgłośnie u jego boku. Jeden zmiennoskóry zawsze pozna drugiego. *Mance powinien był pozwolić mi zabrać wilkora. To byłoby drugie życie godne króla.* Varamyr nie wątpił, że potrafiłby tego dokonać. Młody Snow miał silny dar, ale był niewyszkolony, nadal walczył ze swą naturą, zamiast się nią napawać.

Varamyr widział czerwone oczy czardrzewa, spoglądające na niego z białego pnia. *Bogowie ważą mnie na swoich szalach.* Przeszył go dreszcz. Miał na sumieniu złe uczynki, straszliwe uczynki. Kradł, zabijał i gwałcił. Obżerał się ludzkim mięsem, chłeptał krew konających, gdy tryskała z rozszarpanych gardeł, czerwona i gorąca. Podkradał się do wrogów przez las i atakował, gdy zasnęli. Wypruwał im trzewia, by rozwłóczyć je na błotnistej ziemi. *Jakże słodki smak miało ich mięso.*

— To był zwierz, nie ja — wyszeptał ochryple. — To był dar, który od was otrzymałem.

Bogowie nie odpowiedzieli. Jego oddech unosił się w powietrzu, blady i mglisty. Czuł, że w jego brodzie tworzy się lód. Varamyr Sześć Skór zamknął oczy.

Przyśnił mu się stary sen o chacie nad morzem, trzech skomlących psach i łzach kobiety.

Baryła. Płakała nad Baryłą, ale nie nade mną.

Bryła urodził się miesiąc przed terminem. Chorował tak często, że nikt się nie spodziewał, że przeżyje. Matka zwlekała z nadaniem mu prawdziwego imienia do chwili, gdy miał prawie cztery lata, a wtedy było już za późno. Cała wioska zwracała się do niego imieniem, które nadała mu siostra, Meha, gdy był jeszcze w brzuchu matki. Baryłę również nazwała Meha, ale młodszy brat Bryły urodził się o właściwym czasie, był wielki, czerwony, silny i chciwie ssał cycki matki. *Ale umarł. Kiedy miał dwa lata, dwa dni przed dniem imienia. Ja miałem sześć.*

— Twój maluszek jest teraz u bogów — oznajmiła leśna wiedźma jego płaczącej matce. — Nigdy już nie zazna bólu, głodu ani łez. Bogowie zabrali go do ziemi, do drzew. Oni zawsze są wokół nas, w skałach i strumieniach, w ptakach i zwierzętach. Twój Baryła odszedł do nich. Będzie światem i wszystkim, co się w nim zawiera.

Słowa staruchy przeszyły Bryłę niczym nóż. *Baryła widzi. Obserwuje mnie. Wie.* Nie zdoła się przed nim ukryć, nie schowa się pod matczynymi spódnicami ani nie pobiegnie z psami do lasu, by umknąć przed furią ojca. *Psy.* Krótki Ogon, Wąchacz i Warkot. *To były dobre zwierzęta. Moi przyjaciele.*

Kiedy ojciec zobaczył, że obwąchują ciało Baryły, nie mógł poznać, który z nich to zrobił, wziął więc siekierę i zarąbał wszystkie trzy. Ręce drżały mu tak bardzo, że potrzebował dwóch ciosów, by uciszyć Wąchacza, i czterech, żeby wykończyć Warkota. W powietrzu unosił się intensywny odór krwi, a odgłosy konających psów brzmiały straszliwie. Mimo to Krótki Ogon przyszedł, gdy ojciec go zawołał. Był najstarszy z całej trójki i szkolenie wzięło górę nad przerażeniem. Gdy Bryła wśliznął się w jego skórę, było już za późno.

Nie, ojcze, proszę — spróbował powiedzieć, ale psy nie umieją mówić ludzkim językiem i z jego pyska wyrwał się tylko żałosny skowyt. Z chaty dobiegł przeraźliwy krzyk chłopca. *Tak właśnie się dowiedzieli.* Po dwóch dniach ojciec zaciągnął go do lasu. Miał ze sobą siekierę i Bryła myślał, że chce go wykończyć, tak samo jak psy. On jednak oddał go Haggonowi.

Varamyr przebudził się nagle i gwałtownie. Całym jego ciałem targało drżenie.

— Wstawaj — krzyczał jakiś głos. — Wstawaj, musimy iść. Są ich setki. — Śnieg pokrył go ciężkim białym kocem. *Tak bardzo zimno.* Spróbował się poruszyć, ale zorientował się, że ręka przymarzła mu do ziemi. Gdy ją oderwał, zostawił na śniegu skrawek skóry. — Wstawaj — wrzeszczała kobieta. — Nadchodzą.

Oset wróciła. Złapała go za ramiona i potrząsała nim, krzycząc mu prosto w twarz. Varamyr czuł zapach jej oddechu i jego ciepło na swych odrętwiałych od mrozu policzkach. *Teraz* — pomyślał. *Zrób to teraz albo zginiesz.*

Przywołał wszystkie siły, jakie mu zostały, wyskoczył z własnej skóry i wdarł się w nią.

Oset wygięła plecy do tyłu i krzyknęła.

Plugastwo. Czy to ona, on, czy Haggon? Nie potrafił tego określić. Jego stare ciało osunęło się w zaspę, gdy włóczniczka rozluźniła palce. Szamotała się gwałtownie, nie przestając krzyczeć. Cieniokot opierał się mu jak szalony, a śnieżna niedźwiedzica wpadła na pewien czas w szał, uderzając łapami drzewa, skały i puste powietrze. To jednak było gorsze.

— Wyłaź, wyłaź! — krzyczała. Jej ciało zachwiało się, upadło i znowu wstało, ręce przeszywały powietrze, a nogi szarpały się na wszystkie strony w jakimś groteskowym tańcu. Dwa duchy walczyły o panowanie. Kobieta wciągnęła w płuca haust lodowatego powietrza i Varamyr mógł przez pół uderzenia serca napawać się jego cudownym smakiem i siłą tego młodego ciała. Potem kłapnęła zębami i usta wypełniła mu krew. Uniosła ręce do jego twarzy. Próbował je odepchnąć, ale nie chciały go słuchać. Wydrapywała mu oczy. *Plugastwo* — przypomniał sobie, tonąc we krwi, bólu i obłędzie. Kiedy spróbował krzyknąć, wypluła ich język.

Biały świat odwrócił się i upadł. Przez chwilę odnosił wrażenie, że przebywa wewnątrz czardrzewa i patrzy wydrążonymi czerwonymi oczyma na umierającego mężczyznę w lekkich drgawkach na ziemi oraz na obłąkaną kobietę, ślepą i zakrwawioną, która tańczy w świetle księżyca, płacząc czerwonymi łzami i rozdzierając sobie ubranie. Potem oboje zniknęli. Unosił się ku górze, topniał, jego ducha porwał jakiś zimny wiatr. Był w śniegu i w chmurach, był wróblem, wiewiórką, dębem. Puchaczem, który ścigał zająca, lecąc bezgłośnie między drzewami. Varamyr był w sowie, w zającu i w drzewach. Głęboko pod pokrywą śniegu w ziemi poruszały się ślepe dżdżownice. W nich również był. *Jestem lasem i wszystkim, co w nim żyje* — pomyślał z zachwytem. Sto kruków zerwało się do lotu, kracząc głośno, gdy przesuwał się obok. Wielki łoś zaryczał, strasząc uczepione jego grzbietu dzieci. Śpiący wilkor uniósł głowę i warknął w pustkę. Nim serca zdążyły uderzyć po raz kolejny, powędrował dalej, szukając własnych wilków — Jednookiego, Spryciary i Skradacza. Swojej watahy. Tłumaczył sobie, że one go ocalą.

To była jego ostatnia myśl jako człowieka.

Prawdziwa śmierć przybyła nagle. Wstrząsnęło nim straszliwe zimno, jakby wrzucono go do lodowatych wód zamarzniętego jeziora. Potem zorientował się, że pędzi po skąpanym w blasku księżyca śniegu, a towarzysze biegną tuż za nim. Połowa świata była ciemna. *Jednooki* — zrozumiał. Zaczął ujadać, a Spryciara i Skradacz mu odpowiedzieli.

Wilki wbiegły na szczyt wzgórza i tam się zatrzymały. *Oset* — przypomniał sobie. Część jego jaźni żałowała tego, co utracił, inna część płakała zaś nad tym, co uczynił. Otaczający go świat skuł lód. Palce szronu wpełzały powoli na czardrzewo, sięgając ku sobie. Wioska nie była już pusta. Pośród śnieżnych zasp wędrowały niebieskookie cienie. Niektóre nosiły brązowe stroje, inne czarne, a jeszcze inne były nagie. Ich ciała zrobiły się białe jak śnieg. Wśród wzgórz dął wiatr, przynosząc ze sobą ich zapachy: martwe ciało, zakrzepła krew, skórzane ubrania cuchnące pleśnią, zgnilizną i moczem. Spryciara warknęła, obnażając kły i jeżąc sierść. *To nie są ludzie. Nie zwierzyna łowna.*

Stwory na dole poruszały się, ale nie żyły. Jeden po drugim unosiły głowy, spoglądając na trzy wilki na wzgórzu. Na samym końcu zrobiło to stworzenie noszące ongiś imię Oset. Kobieta była odziana w wełnę, futra i skóry, ale to wszystko pokrywał błyszczący płaszcz ze szronu, który skrzypiał, gdy poruszała się w świetle księżyca. Z jej palców zwisały bladoróżowe sople, dziesięć długich noży z zamarzniętej krwi. A w otworach, gdzie kiedyś były oczy, migotało jasnoniebieskie światło, przydające jej brzydkiej twarzy niesamowitego piękna, jakiego nigdy nie miała za życia.

Ona mnie widzi.

TYRION

Pił całą drogę przez wąskie morze.

Statek był mały, jego kajuta jeszcze mniejsza, a do tego kapitan nie pozwalał mu wychodzić na pokład. Od kołysania się galery dręczyły go mdłości, a paskudne żarcie, które mu dawali, smakowało jeszcze gorzej, kiedy je zwracał. Zresztą po co mu solona wołowina, twardy ser i pełen robaków chleb, kiedy mógł się karmić winem? Było czerwone, kwaśne i bardzo mocne. Czasami wino również zwracał, ale zawsze miał go więcej.

— Świat jest pełen wina — mruknął do siebie w wilgotnej kajucie. Jego ojciec nigdy nie lubił pijaków, ale co to miało za znaczenie? Jego ojciec nie żył. Tyrion sam go zabił. *Bełt w brzuch, wasza lordowska mość, specjalnie dla ciebie. Gdybym tylko lepiej strzelał z kuszy, trafiłbym cię w kutasa, którym mnie zrobiłeś, ty cholerny skurwysynu.*

Pod pokładem nie było dnia ani nocy. Tyrion mierzył upływ czasu, obserwując poczynania chłopca okrętowego przynoszącego mu posiłki, których nie zjadał. Chłopak zawsze miał też ze sobą szczotkę i wiadro, żeby posprzątać w kajucie.

— Czy to dornijskie wino? — zapytał go kiedyś Tyrion, wyciągając zatyczkę z bukłaka. — Przypomina mi jednego węża, którego kiedyś znałem. Był bardzo dowcipny, ale spadła na niego góra. — Chłopak nie odpowiedział. Był brzydki, choć trzeba przyznać, że ładniejszy od pewnego karła, któremu brakowało połowy nosa, a do tego miał bliznę biegnącą od oka aż po podbródek. — Obraziłem cię? — zapytał Tyrion ponurego, milczącego młodzieńca, gdy ten szorował podłogę. — Zabroniono ci ze mną rozmawiać? A może jakiś karzeł wyruchał twoją matkę? — To również nie doczekało się odpowiedzi. — Powiedz mi, dokąd płyniemy? — Jaime wspomniał o Wolnych Miastach, ale nie powiedział, które z nich ma na myśli. — Do Braavos? Do Tyrosh? Do Myr?

Tyrion wolałby popłynąć do Dorne. *Myrcella jest starsza niż Tommen. Zgodnie z dornijskim prawem Żelazny Tron należy do niej. Pomogę jej go zdobyć, jak sugerował książę Oberyn.*

Ale Oberyn już nie żył. Głowę rozbiła mu na krwawą miazgę żelazna pięść ser Gregora Clegane'a. A czy bez zachęt Czerwonej Żmii książę Doran Martell w ogóle zechce rozważać tak ryzykowny plan? *Równie dobrze może mnie zakuć w łańcuchy i odesłać mojej słodkiej siostrze.* Mur mógłby się okazać bezpieczniejszy. Stary Niedźwiedź Mormont mówił, że Nocna Straż potrzebuje takich ludzi jak Tyrion. *Ale on może już nie żyć. Niewykluczone, że lordem dowódcą jest teraz Slynt.* Ten syn rzeźnika z pewnością nie zapomni, kto go wysłał na Mur. *Czy naprawdę chcę spędzić resztę życia, żrąc soloną wołowinę i owsiankę razem z mordercami i złodziejami?* Zresztą Janos Slynt z pewnością by dopilnował, żeby ta reszta życia nie potrwała zbyt długo.

Chłopiec okrętowy zmoczył szczotkę i zabrał się dzielnie do szorowania.

— Odwiedzałeś kiedyś domy rozkoszy w Lys? — zapytał karzeł. — Być może tam właśnie odsyła się kurwy?

Tyrion nie mógł sobie przypomnieć, jak jest po valyriańsku kurwa. Zresztą było już na to za późno. Chłopak wsadził szczotkę z powrotem do wiadra i wyszedł.

Wino zamąciło mi w głowie. Nauczył się starovalyriańskiego na kolanie ich maestera, ale mowa używana w Dziewięciu Wolnych Miastach... to był nie tyle dialekt, ile dziewięć różnych dialektów przekształcających się w odrębne języki. Tyrion umiał trochę po braavosku i odrobinę po myrijsku. W Tyrosh powinien być w stanie przekląć bogów, nazwać kogoś oszustem albo zamówić *ale.* Zawdzięczał to najemnikowi, którego poznał w Casterly Rock. *Przynajmniej w Dorne mówią w języku powszechnym.* Podobnie jak w potrawach i prawach Dornijczyków, w ich języku wyczuwało się rhoynarskie domieszki, ale można było go zrozumieć. *Dorne, tak jest, tam powinienem popłynąć.* Wlazł na koję, czepiając się tej myśli jak dziecko tulące lalkę.

Tyrionowi Lannisterowi zawsze trudno było zasnąć. Na pokładzie statku nie spał prawie w ogóle, choć od czasu do czasu udawało mu się wypić wystarczająco wiele wina, by stracić na chwilę przytomność. Ale przynajmniej nic mu się nie śniło. Miał już wystarczająco wiele snów, jak na jedno małe życie. *W dodatku śniłem o takich głupotach. O miłości, sprawiedliwości, przyjaźni, chwale. Równie dobrze mógłbym marzyć o tym, że będę wysoki.* Wiedział już, że wszystko to jest poza jego zasięgiem. Ale nie wiedział, dokąd odsyła się kurwy.

„Tam, dokąd odsyła się kurwy". Tak powiedział jego ojciec. *Cóż to były za ostatnie słowa.* Kusza brzęknęła, lord Tywin osunął się na wychodek, a Tyrion Lannister nagle znalazł się w ciemności, mając u boku Varysa. Z pewnością zszedł do podziemi, pokonując dwieście trzydzieści szczebli, nim dotarł do miejsca, gdzie w paszczy żelaznego smoka żarzyły się pomarańczowe węgielki. Nic z tego nie zapisało się w jego pamięci. Pamiętał tylko dźwięk kuszy i smród, który poczuł, gdy jego ojcu puściły zwieracze. *Nawet umierając, zdołał na mnie nasrać.*

Varys odprowadził go do końca tuneli, ale żaden z nich nie odezwał się ani słowem, dopóki nie wyszli na brzeg Czarnego Nurtu, nad którym Tyrion odniósł sławetne zwycięstwo i stracił nos. Dopiero tam karzeł zwrócił się ku eunuchowi.

— Zabiłem ojca — oznajmił takim samym tonem, jakim ktoś mógłby powiedzieć, że uderzył się w palec.

Starszy nad szeptaczami miał na sobie strój brata żebrzącego, napoczętą przez mole szatę z brązowego samodziału. Jej kaptur skrywał gładkie pucołowate policzki oraz łysą okrągłą czaszkę.

— Niepotrzebnie wchodziłeś na tę drabinę — skarcił go.

„Tam, dokąd odsyła się kurwy". Tyrion ostrzegł ojca, żeby nie wypowiadał tego słowa. *Gdybym nie wystrzelił, zrozumiałby, że moje groźby nie mają pokrycia. Wyrwałby mi kuszę z rąk, tak jak kiedyś odebrał mi Tyshę. Kiedy go trafiłem, już wstawał.*

— Shae również zabiłem — wyznał.

— Wiedziałeś, kim była.

— To prawda. Ale nie wiedziałem, kim on był.

Varys zachichotał.

— Teraz już wiesz.

Trzeba było zabić także eunucha. Odrobina więcej krwi na rękach, cóż to by miało za znaczenie? Nie potrafił powiedzieć, co powstrzymało jego sztylet. To nie była wdzięczność. Varys uratował go przed katowskim mieczem, ale tylko dlatego, że zmusił go Jaime. *Jaime... nie, o nim lepiej nie myśleć.*

Znalazł sobie nowy bukłak wina i wpił w niego usta, jak w kobiecą pierś. Kwaśny, czerwony trunek spływał mu po brodzie i wsiąkał w brudną bluzę, tę samą, którą nosił w celi. Ssał tak długo, aż opróżnił bukłak. Pokład kołysał się pod jego stopami, a gdy Tyrion spróbował wstać, statek przechylił się gwałtownie i karzeł uderzył mocno o gródź. *To sztorm* — uświadomił sobie. — *Albo jestem bardziej pijany, niż mi się zdawało.* Zwymiotował wino i leżał przez chwilę w kałuży, zastanawiając się, czy statek zatonie. *Czy to twoja zemsta, ojcze? Czy Ojciec na Górze uczynił cię swoim namiestnikiem?*

— Oto kara dla zabójcy krewnych — mruknął, słysząc zawodzenie wichru. Nie wydawało się sprawiedliwe, by chłopiec okrętowy, kapitan i cała reszta załogi musieli utonąć z powodu czegoś, co on uczynił, ale odkąd to bogowie byli sprawiedliwi? Po chwili zapadł w ciemność.

Kiedy się ocknął, głowa mu pękała, a statek kręcił się wokół niego jak szalony, mimo że kapitan zapewniał, iż zawinęli do portu. Tyrion powiedział mu, żeby się zamknął. Wierzgał słabo i próbował się wyrywać, gdy potężny łysy marynarz wziął go pod pachę i zaniósł do ładowni, gdzie czekała już nań beczka po winie. Była mała i przysadzista, ciasna nawet dla karła. Stawianie oporu dało mu tylko tyle, że zlał się w portki. Wepchnięto go do beczki twarzą w dół, tak że kolana sięgnęły mu uszu. Kikut nosa swędział go okropnie, ale miał unieruchomione ręce i nie mógł się podrapać. *Odpowiednia lektyka dla człowieka mojego wzrostu* — pomyślał, kiedy zabili wieko i unieśli beczkę. Słyszał krzyki. Przy każdym wstrząsie uderzał głową o dno beczki. Świat zawirował wokół niego, gdy beczka potoczyła się w dół, a potem zatrzymała się z gwałtownym trzaskiem. Tyrion miał ochotę krzyczeć. Potem w jego beczkę uderzyła następna i ugryzł się w język.

To była najdłuższa podróż w jego życiu, choć mogła trwać najwyżej pół godziny. Podnoszono go i opuszczano, toczono i stawiano na stos, obracano głową w dół i do góry, a potem znowu toczono. Z zewnątrz dobiegały go okrzyki mężczyzn. W pewnej chwili w pobliżu zarżał koń. Karłowate nogi Tyriona ogarnęły kurcze tak dokuczliwe, że zapomniał o bólu głowy.

Podróż skończyła się tak samo jak się zaczęła — kolejnym przetoczeniem beczki oraz serią wstrząsów. Usłyszał nieznane głosy mówiące w obcym języku. Ktoś zaczął walić w szczyt beczki i wieko odskoczyło nagle. Do środka wpadło światło i chłodne powietrze. Tyrion wciągnął je chciwie w płuca. Spróbował wstać, ale udało mu się tylko przewrócić beczkę na bok. Wypadł na ubite klepisko.

Majaczył nad nim groteskowo otyły mężczyzna o rozwidlonej żółtej brodzie, trzymający w rękach drewniany młotek oraz żelazne dłuto. Jego szlafrok był tak obszerny, że mógłby służyć za turniejowy namiot. Luźno zaciągnięty pas rozwiązał się, odsłaniając wielkie białe brzuszysko oraz parę obwisłych piersi wyglądających jak worki łoju porośnięte szorstkimi żółtymi włosami. Przypominał Tyrionowi martwą krowę morską wyrzuconą przez morze, którą widział kiedyś w jaskiniach pod Casterly Rock.

Grubas spojrzał na niego z uśmiechem.

— O, pijany karzełek — odezwał się w języku powszechnym Westeros.

— O, zdechła krowa morska.

Tyrion miał w ustach pełno krwi. Wypluł ją pod stopy grubasa. Znajdowali się w długiej, ciemnej piwnicy o beczkowym sklepieniu. Na kamiennych ścianach widać było ślady saletry. Otaczały ich beczułki z winem i *ale*. Z pewnością wystarczyłoby tego pijanemu karłu na całą noc. *Albo na resztę życia.*

— Jesteś pyskaty. To mi się podoba u karłów. — Gdy grubas się śmiał, trząsł się tak gwałtownie, że Tyrion przestraszył się, iż zaraz zwali się na niego, miażdżąc go swym ciężarem. — Jesteś głodny, mój mały przyjacielu? Znużony?

— Spragniony. — Tyrion podźwignął się na kolana. — I brudny.

Grubas powęszył.

— Najpierw kąpiel, właśnie. Potem posiłek i miękkie łoże, tak? Służba się tym zajmie. — Odłożył młotek i dłuto. — Mój dom jest twoim domem. Każdy przyjaciel mojego przyjaciela zza wody jest przyjacielem Illyrio Mopatisa, tak.

A każdy przyjaciel Varysa Pająka jest człowiekiem, któremu nie ufam nawet za grosz.

Tłuścioch dotrzymał jednak przynajmniej obietnicy kąpieli... choć gdy tylko Tyrion zanurzył się w gorącej wodzie i zamknął oczy, natychmiast zasnął. Obudził się nagi na piernacie tak grubym i miękkim, że czuł się, jakby połknęła go chmura. Bolało go gardło i miał wrażenie, że na języku wyrosły mu włosy, ale jego kutas zrobił się twardy jak żelazna sztaba. Stoczył się z łoża, znalazł nocnik i zaczął wypełniać go z jękiem ulgi.

W pokoju było ciemno, ale przez szpary między deskami okiennicy do środka wpadały trzy snopy żółtego światła. Tyrion strząsnął ostatnie krople i poczłapał ku oknu po zdobnych myrijskich dywanach, miękkich niczym świeża wiosenna trawa. Wdrapał się niezgrabnie na ławeczkę w oknie wykuszowym i otworzył szeroko okiennice, żeby się przekonać, dokąd przywiedli go bogowie i Varys.

Pod oknem straż pełniło sześć drzew wiśni otaczających kręgiem marmurowy basen. Ich smukłe gałęzie były brązowe i bezlistne. Pośrodku basenu stał w pozycji pojedynkowicza nagi chłopak, trzymający w dłoni mieczyk braavoskiego zbira. Był gibki, przystojny i miał najwyżej szesnaście lat. Proste, złote włosy opadały mu do ramion. Wyglądał całkiem jak żywy i minęła dłuższa chwila, nim karzeł uświadomił sobie, że to posąg z pomalowanego marmuru. Mieczyk błyszczał jednak jak prawdziwa stal.

Po drugiej stronie basenu wznosił się ceglany mur wysoki na dwanaście stóp. Wzdłuż jego szczytu umieszczono szereg żelaznych kolców. Dalej leżało miasto. Zatokę otaczało morze ciasno skupionych, krytych dachówką dachów. Tyrion widział też kwadratowe ceglane wieże, wielką czerwoną świątynię oraz odległą rezydencję wzniesioną na wzgórzu. W oddali głębokie morze błyszczało w blasku słońca. Po zatoce pływały łodzie rybackie, ich żagle łopotały na wietrze. Widział też maszty większych statków, sterczące ku niebu wzdłuż brzegu. *Z pewnością któryś z nich płynie do Dorne albo do Wschodniej Strażnicy.* Nie miał jednak czym zapłacić za przewóz, a nie był odpowiednio zbudowany, by poruszać wiosłami. *Pewnie mógłbym się zaciągnąć jako chłopiec okrętowy i pozwolić, żeby cała załoga dupczyła mnie podczas rejsu przez wąskie morze.*

Zastanawiał się, gdzie się znajduje. *Nawet powietrze pachnie tu inaczej.* Chłodny, jesienny wiatr niósł ze sobą woń niezwykłych przypraw. Tyrion słyszał też odległe krzyki dobiegające z ulic za murem. Język przypominał trochę valyriański, ale on rozumiał najwyżej co piąte słowo. *To nie jest Braavos* — skonkludował. — *Tyrosh też nie.* Nagie gałęzie drzew i chłodny wiatr sugerowały, że nie znajduje się również w Lys, Myr ani Volantis.

Nagle usłyszał za plecami odgłos otwieranych drzwi. Odwrócił się i spojrzał na grubego gospodarza.

— Jestem w Pentos, prawda?

— Właśnie. Gdzieżby indziej?

Pentos. No cóż, przynajmniej nie była to Królewska Przystań.

— Dokąd odsyła się kurwy? — usłyszał nagle własny głos.

— Można je tu znaleźć w burdelach, tak samo jak w Westeros. Ty jednak nie będziesz ich potrzebował, mój mały przyjacielu. Wybierz sobie którąś z moich służących. Żadna nie ośmieli się ci odmówić.

— To niewolnice? — zapytał karzeł ostrym tonem.

Grubas pogłaskał jedną z odnóg żółtej naoliwionej brody gestem, który Tyrionowi wydał się zdecydowanie obsceniczny.

— Niewolnictwo zostało zniesione w Pentos, zgodnie z traktatem, który Braavosowie narzucili nam przed stu laty. Niemniej jednak, nie odmówią ci. — Illyrio zgiął masywne cielsko w płytkim ukłonie. — Musisz mi na razie wybaczyć, mój mały przyjacielu. Mam zaszczyt być magistrem tego wielkiego miasta i książę wzywa nas na obrady. — Uśmiechnął się, odsłaniając pełen szereg krzywych żółtych zębów. — Możesz zwiedzić posiadłość, ale w żadnym wypadku nie wychodź za mury. Lepiej, by nikt się nie dowiedział, że tu byłeś.

— Byłem? Czyżbym już gdzieś wyjechał?

— O tym będzie czas porozmawiać wieczorem, mój mały

przyjacielu. Zjemy razem wieczerzę, napijemy się i będziemy układać wspaniałe plany, tak?

— Tak, mój gruby przyjacielu — zgodził się Tyrion. *Chodzi mu tylko o zysk.* Dla magnatów handlowych z Wolnych Miast liczyły się wyłącznie korzyści finansowe. „Przyprawowi żołnierze i serowi lordowie". Tak zwał ich ze wzgardą jego ojciec. Jeśli kiedykolwiek nastanie dzień, gdy Illyrio Mopatis dojdzie do wniosku, że martwy karzeł opłaca mu się bardziej od żywego, Tyrion jeszcze przed zachodem słońca wyląduje w kolejnej beczce. *Dobrze by było stąd zniknąć, nim ta chwila nadejdzie.* Nie wątpił, że tak się stanie. Cersei z pewnością o nim nie zapomni, a nawet Jaime mógł się poczuć poirytowany, gdy znalazł bełt w brzuchu ich ojca.

Lekki wietrzyk marszczył wodę w basenie wokół nagiego szermierza. Ten widok sprawił, że Tyrion pomyślał o Tyshy, która mierzwiła mu włosy podczas fałszywej wiosny ich małżeństwa, nim jeszcze zgwałcił ją na spółkę ze zbrojnymi ojca. Myślał o tych zbrojnych podczas ucieczki, próbując sobie przypomnieć, ilu ich było. Można by pomyśleć, że będzie to pamiętał, ale nic z tego. Dwunastu? Dwudziestu? Stu? Nie potrafił powiedzieć. Wszystko to byli dorośli mężczyźni, wysocy i silni... ale trzynastoletniemu karłu wszyscy mężczyźni wydawali się wysocy. *Tysha wiedziała, ilu ich było.* Każdy z nich zostawił jej srebrnego jelenia. Wystarczyło policzyć monety. *Srebrne od nich i złota ode mnie.* Ojciec zażądał, by Tyrion również jej zapłacił. *Lannister zawsze płaci swe długi.*

Tam, dokąd odsyła się kurwy — usłyszał po raz kolejny głos lorda Tywina. Znowu brzęknęła kusza.

Magister powiedział mu, że może zwiedzić posiadłość. W cedrowym kufrze inkrustowanym lazurytem i macicą perłową znalazł czyste ubranie. Gdy wciągał je na siebie, uświadomił sobie, że to strój przeznaczony dla małego chłopca. Uszyto go z kosztownych tkanin, choć pachniał nieco stęchlizną, nogawki były jednak za długie, rękawy za krótkie, a gdyby zdołał jakimś cudem zapiąć kołnierz, twarz poczerniałaby mu jak Joffreyowi. Dobrały się też do niego mole. *Ale przynajmniej nie cuchnie rzygowinami.*

Zwiedzanie rozpoczął od kuchni. Dwie grube kobiety i kuchcik przyglądały mu się nieufnie, gdy częstował się serem, chlebem i figami.

— Dzień dobry, piękne panie — rzekł, kłaniając się uprzejmie. — Czy przypadkiem wiecie, dokąd odsyła się kurwy?

Kiedy mu nie odpowiedziały, powtórzył to samo pytanie po starovalyriańsku, choć zamiast „kurwa" powiedział „kurtyzana". Tym razem młodsza, grubsza kucharka wzruszyła ramionami.

Zastanawiał się, co by zrobiły, gdyby złapał je za ręce i zaciągnął do sypialni. Illyrio zapewniał, że żadna z jego służących mu nie odmówi, lecz karzeł raczej wątpił, by grubas miał na myśli te dwie. Młodsza z nich mogłaby być matką Tyriona, a starsza zapewne była jej matką. Obie prawie dorównywały tuszą Illyriowi, a cycki miały większe od głowy karła. *Mogłyby mnie zadusić swym ciałem* — uświadomił sobie. Istniały gorsze rodzaje śmierci. Na przykład ta, którą zginął jego pan ojciec. *Szkoda, że przed śmiercią nie wysrał trochę złota.* Lord Tywin skąpo okazywał uczucia i uznanie, ale gdy chodziło o pieniądze, zawsze był hojny. *Bardziej żałosny od karła bez nosa może być tylko karzeł bez nosa i bez grosza przy duszy.*

Zostawił obie grubaski ich bochnom i kociołkom, udając się na poszukiwanie piwnicy, w której Illyrio wyładował go wczoraj z beczki. Znalazł ją bez trudności. Było tam tyle wina, że mógłby nie trzeźwieć przez sto lat; słodkie czerwone z Reach, kwaśne czerwone z Dorne, bursztynowe wina z Pentos, zielony nektar z Myr, sześćdziesiąt beczułek złotego arborskiego, a nawet trunki z bajkowego wschodu, z Qarthu, Yi Ti i Asshai przy Cieniu. Na koniec Tyrion wybrał beczułkę wzmocnionego wina, na której widniał znak świadczący, że była prywatną własnością lorda Runceforda Redwyne'a, dziadka obecnego lorda Arbor. Trunek był mocny i uderzał do głowy, miał purpurową barwę, tak ciemną, że w słabo oświetlonej piwnicy wydawał się czarny. Tyrion napełnił kielich, a potem również dzbanek, po czym ruszył do ogrodu, żeby wypić wino pod drzewami wiśni, które tam widział.

Wybrał niewłaściwe drzwi i nie znalazł basenu, który widział przez okno, nie przejął się tym jednak. Ogrody na zapleczu były równie ładne i znacznie rozleglejsze. Wędrował przez nie przez pewien czas, popijając wino. Murów mógłby pozazdrościć niejeden zamek, a ozdobne żelazne szpikulce na ich szczycie wydawały się dziwnie nagie bez zdobiących je głów. Tyrion wyobraził sobie, jak wyglądałaby tu głowa jego siostry, ze smołą w złotych włosach i muchami rojącymi się w ustach. *Tak jest, a Jaime musi dostać sąsiedni kolec* — zdecydował. — *Nikomu nie wolno rozdzielić mojego brata i siostry.*

Gdyby miał linę i bosak, być może udałoby mu się wspiąć na ten mur. Miał silne ramiona i nie ważył zbyt wiele. Mógłby zarzucić linę na kolce i wdrapać się na górę. O ile przy okazji sam się nie nadzieje na pal. *Jutro poszukam jakiegoś sznura* — postanowił.

Podczas wędrówek po posiadłości widział trzy bramy: główną, z wieżą bramną; tylną furtę obok psich bud; i ogrodową bramkę ukrytą za gęstwą jasnego bluszczu. Ta ostatnia była zamknięta na łańcuch, a dwie pierwsze strzeżone. Tłuści wartownicy mieli twarze gładkie jak tyłeczek niemowlęcia, a na głowach nosili spiczaste hełmy. Tyrion bez trudu rozpoznał w nich eunuchów. Słyszał o takich jak oni. Ponoć niczego się nie bali, nie czuli bólu i byli gotowi oddać życie za swych panów. *Przydałoby mi się kilkuset takich* — pomyślał. — *Szkoda, że nie wpadłem na ten pomysł, zanim zostałem żebrakiem.*

Ruszył wspartą na kolumnach galerią i wszedł przez ostro zwieńczoną bramę na wyłożony płytkami dziedziniec. Przy studni jakaś kobieta prała ubranie. Była mniej więcej w wieku Tyriona, miała matowe rude włosy i szeroką piegowatą twarz.

— Chcesz trochę wina? — zapytał. Spojrzała na niego niepewnie. — Nie mam dla ciebie kielicha, będziemy musieli pić z jednego. — Praczka ponownie zajęła się wykręcaniem ubrań i rozwieszaniem ich na sznurze. Tyrion usiadł z dzbanem na kamiennej ławie. — Powiedz mi, w jakim stopniu magister Illyrio jest godny zaufania? — Uniosła wzrok, usłyszawszy to imię. — W takim? — Skrzyżował z uśmiechem krótkie nogi i pociągnął łyk. — Nie pali mi się do grania roli, jaką przeznaczył mi handlarz sera, jak jednak mogę mu odmówić? Bramy są strzeżone.

Może udałoby ci się przemycić mnie pod spódnicą? Będę ci wdzięczny. Byłbym nawet skłonny się z tobą ożenić. Mam już dwie żony, czemu by nie trzy? Ach, ale gdzie byśmy mieszkali? — Uśmiechnął się do niej tak sympatycznie, jak tylko było to możliwe dla człowieka z połową nosa. — Mam siostrzenicę w Słonecznej Włóczni, mówiłem ci o tym? Dzięki Myrcelli mógłbym narobić w Dorne niezłego zamieszania. Wywołać wojnę między moją siostrzenicą a siostrzeńcem. Czy to nie byłoby zabawne? — Praczka rozpięła na sznurze jedną z bluz należących do Illyria, tak wielką, że mogłaby służyć jako żagiel. — Masz rację, powinienem się wstydzić takich niegodziwych myśli. Lepiej pojechać na Mur. Powiadają, że gdy człowiek wstępuje do Nocnej Straży, wszystkie jego zbrodnie ulegają zatarciu. Obawiam się jednak, że nie pozwoliliby mi cię zatrzymać, słodziutka. W Straży nie ma kobiet, nie ma słodkich piegowatych żon, które nocą grzałyby człowiekowi łoże, jest tylko zimny wiatr, solony dorsz i trochę piwa. Myślisz, że w czerni wydawałbym się wyższy, pani? — Znowu napełnił sobie kielich. — To co mi powiesz? Na północ czy na południe? Mam odkupić stare grzechy czy popełnić trochę nowych?

Praczka spojrzała na niego raz jeszcze, podniosła kosz i odeszła. *Żadna z żon nie wytrzymała ze mną zbyt długo* — pomyślał Tyrion. Dzbanek w jakiś sposób zdążył już wyschnąć. — *Może powinienem wrócić do piwnic.* Od wzmocnionego wina zakręciło mu się jednak w głowie, a schody wiodące na dół były bardzo strome.

— Dokąd odsyła się kurwy? — zapytał łopoczącą na sznurku bieliznę. Może trzeba było zwrócić się z tą kwestią do praczki? *Nie chcę sugerować, że jesteś kurwą, moja droga, ale może wiesz, dokąd się je odsyła?* Lepiej by zrobił, gdyby zapytał ojca. „Tam, dokąd odsyła się kurwy". Tak powiedział lord Tywin. *Kochała mnie. Była córką zagrodnika, kochała mnie, wyszła za mnie i zaufała mi.* Pusty dzbanek wypadł mu z ręki i potoczył się po dziedzińcu.

Tyrion skrzywił się, wstał z ławy i poszedł go podnieść. Kiedy się schylił, zauważył wyrastające z pęknięć w nawierzchni grzyby. Białawe kapelusze miały usiane cętkami, a blaszki pod spodem ciemnoczerwone jak krew. Zerwał jednego i powąchał go. *Pyszny* — pomyślał. — *I śmiertelnie trujący.*

Zauważył, że grzybów jest siedem. Być może bogowie próbowali mu coś powiedzieć. Zerwał wszystkie, zdjął ze sznurka rękawiczkę, owinął je w nią starannie i wepchnął do kieszeni. Zakręciło mu się w głowie z wysiłku, wrócił więc na ławkę, położył się na niej i zamknął oczy.

Kiedy się obudził, był z powrotem w sypialni i tonął w pierznacie. Młoda blondynka potrząsała go za ramię.

— Panie, kąpiel czeka — powiedziała. — Za godzinę magister Illyrio oczekuje cię przy stole.

Tyrion wsparł się na poduszkach, kryjąc twarz w dłoniach.

— Czy mi się śni, czy mówisz w języku powszechnym?

— Mówię, panie. Kupiono mnie po to, bym sprawiała przyjemność królowi.

Była młoda, smukła, miała jasną cerę i niebieskie oczy.

— Jestem pewien, że ci się udało. Muszę się napić wina.

Nalała mu.

— Magister Illyrio powiedział, że mam ci szorować plecy i grzać łoże. Mam na imię…

— To mnie nie interesuje. Czy wiesz, dokąd odsyła się kurwy?

Zaczerwieniła się.

— Kurwy sprzedają się za pieniądze.

— Albo za klejnoty, suknie czy zamki. Ale dokąd się je odsyła?

Dziewczyna nie potrafiła go zrozumieć.

— Czy to zagadka, panie? Nie jestem dobra w zagadkach. Zdradzisz mi odpowiedź?

Nie — pomyślał. — *Nie znoszę zagadek.*

— Nic ci nie powiem. Odwdzięcz mi się tym samym. — *Interesuje mnie u ciebie tylko to, co masz między nogami.* O mały włos nie powiedział tego na głos. Miał już te słowa na języku, ale nie wyszły mu z ust. *To nie jest Shae*, powiedział sobie. *To tylko głupiutka dziewczyna, która myśli, że bawię się w zagadki.* Prawdę mówiąc, nawet jej pizda nie interesowała go zbytnio. *Na pew-*

no jestem chory. Albo umarłem. — Mówiłaś coś o kąpieli? Zaprowadź mnie tam. Nie możemy nadużywać cierpliwości wielkiego handlarza sera.

Podczas kąpieli dziewczyna wymyła mu stopy, wyszorowała plecy i uczesała włosy. Potem wysmarowała mu łydki pachnącą maścią, żeby złagodzić ból, i ponownie ubrała go w chłopięcy strój — zalatującą stęchlizną parę burgundowych spodni oraz wams z niebieskiego aksamitu obszyty złotogłowiem.

— Czy będziesz mnie chciał po wieczerzy, panie? — zapytała, zawiązując mu buty.

— Nie. Skończyłem już z kobietami.

Z kurwami.

Dziewczyna przyjęła to rozczarowanie stanowczo za dobrze, jak na jego gust.

— Jeśli wielmożny pan wolałby chłopca, mogę mu go przysłać.

Wielmożny pan wolałby swoją żonę. Wolałby dziewczynę imieniem Tysha.

— Tylko jeśli wie, dokąd odsyła się kurwy.

Dziewczyna zacisnęła usta.

Gardzi mną — uświadomił sobie karzeł. — *Ale ja gardzę sobą jeszcze bardziej.* Tyrion Lannister nie wątpił, że wiele kobiet, z których usług korzystał, brzydziło się jego widokiem, ale przynajmniej zdobywały się na udawanie. *Odrobina szczerej odrazy może mieć odświeżające działanie, jak cierpkie wino po zbyt słodkim deserze.*

— Chyba zmieniłem zdanie — oznajmił. — Czekaj na mnie w łożu. Naga, jeśli łaska. Spodziewam się, że będę zbyt pijany, żeby ściągać z ciebie szaty. Trzymaj usta zamknięte, a uda rozchylone i z pewnością ułoży się nam świetnie. — Uśmiechnął się do niej lubieżnie, licząc na to, że ujrzy strach, lecz na jej twarzy malowała się jedynie odraza. *Nikt nie boi się karłów.* Nawet lord Tywin się nie bał, choć Tyrion trzymał w rękach kuszę. — Jęczysz podczas pierdolenia? — zapytał nałożnicę.

— Jeśli sprawi ci to przyjemność, panie.

— Może sprawi mi przyjemność, jeśli cię uduszę. Tak właśnie potraktowałem swoją ostatnią kurwę. Myślisz, że twój pan by się gniewał? Z pewnością nie. Ma z setkę takich jak ty, ale mnie ma tylko jednego.

Uśmiechnął się i tym razem zobaczył strach, którego pragnął.

Illyrio spoczywał, półleżąc, na wyściełanej sofie, jedząc ostrą paprykę i małe cebulki z drewnianej miski. Czoło perlił mu pot, a świńskie oczka błyszczały w dołkach nad policzkami. Kiedy poruszał dłońmi, zdobiące je klejnoty rozpoczynały taniec: onyks i opal, tygrysie oczko i turmalin, rubin, ametyst, szafir, szmaragd, gagat i nefryt, czarny diament i zielona perła. *Mógłbym przeżyć lata za te pierścienie* — pomyślał Tyrion. — *Ale potrzebowałbym tasaka, żeby je zdjąć.*

— Usiądź, proszę, mój mały przyjacielu.

Illyrio przywołał go skinieniem dłoni.

Karzeł wdrapał się na krzesło. Było dla niego stanowczo za duże — wyściełany tron przeznaczony dla potężnych pośladków magistra i grube mocne nogi mające utrzymać jego ciężar. Tyrion Lannister całe swe życie spędził w świecie za dużym dla siebie, ale w posiadłości Illyrio Mopatisa ta dysproporcja nabrała groteskowych rozmiarów. *Jestem myszą w legowisku mamuta* — pomyślał. — *Ale przynajmniej ten mamut ma dobrą piwnicę.* Na tę myśl zachciało mu się pić. Zażądał wina.

— Przypadła ci do gustu dziewczyna, którą ci przysłałem? — zapytał Illyrio.

— Gdybym pragnął dziewczyny, poprosiłbym o nią.

— Jeśli nie zdołała cię zadowolić…

— Zrobiła wszystko, czego od niej wymagano.

— Mam taką nadzieję. Szkolono ją w Lys, gdzie miłość jest sztuką. I mówi też w waszym języku powszechnym. Król był z niej bardzo zadowolony.

— Ja zabijam królów. Nie słyszałeś o tym? — Tyrion uśmiechnął się złowieszczo, spoglądając nad brzegiem kielicha. — Nie chcę resztek po nich.

— Jak sobie życzysz. Bierzmy się za jedzenie.

Illyrio klasnął w dłonie i natychmiast przybiegli służący.

Zaczęli posiłek od rosołu z krabów i żabnicy, a do tego chłodnej zupy limonowej z jajami. Potem podano przepiórki w miodzie, barani comber, gęsie wątróbki w winie, pasternaki w maśle i pieczone prosię. Na widok tego wszystkiego Tyrionowi zrobiło się niedobrze, zmusił się jednak z uprzejmości do przełknięcia łyżki zupy, a gdy tylko poczuł jej smak, był zgubiony. Kucharki mogły być stare i grube, ale znały się na rzeczy. Nigdy jeszcze nie jadł tak dobrze, nawet na królewskim dworze.

Ogryzając przepiórcze kości, zapytał Illyria o sesję rady. Grubas wzruszył ramionami.

— Na wschodzie doszło do zaburzeń. Astapor upadł i Meereen również. Ghiscarskie miasta niewolnicze były już stare, gdy reszta świata była jeszcze młoda.

Pokrojono prosię. Illyrio sięgnął po chrupiącą skórkę, umaczał ją w śliwkowym sosie i zaczął jeść palcami.

— Zatoka Niewolnicza leży daleko od Pentos — zauważył Tyrion, nadziewając gęsią wątróbkę na czubek noża. *Nikt nie jest przeklęty bardziej niż zabójca krewnych, ale to piekło potrafiłbym polubić.*

— W rzeczy samej — zgodził się Illyrio. — Świat jest jednak wielką pajęczyną i strach dotknąć choć jednej jej nitki, by wszystkie pozostałe nie zadrżały. Jeszcze wina? — Włożył sobie paprykę do ust. — Nie, coś lepszego. — Klasnął w dłonie. Pojawił się sługa niosący nakryty półmisek. Postawił go przed Tyrionem. Illyrio pochylił się nad stołem, by zdjąć pokrywę. — Grzyby — oznajmił magister. W powietrzu uniósł się zapach. — Pocałowane czosnkiem i wykąpane w maśle. Ponoć są wyśmienite. Zjedz jednego, przyjacielu. Albo i dwa.

Tyrion unosił już wielkiego czarnego grzyba do ust, ale coś w głosie magistra sprawiło, że zatrzymał się nagle.

— Ty pierwszy, panie.

— Nie, nie. — Magister Illyrio ponownie przesunął grzyby w stronę gościa. Przez moment zdawało się, że z wnętrza cielska handlarza sera wygląda psotny chłopiec. — Ty spróbuj pierwszy. Nalegam. Kucharka przygotowała je specjalnie dla ciebie.

— Naprawdę? — Przypomniał sobie kobietę. Mąkę w jej włosach, ciężkie piersi poprzeszywane sinymi żyłami. — To bardzo uprzejmie z jej strony, ale… nie.

Tyrion włożył grzyb z powrotem do jeziora masła, z którego się wyłonił.

— Jesteś zbyt podejrzliwy. — Illyrio uśmiechnął się pod żółtą, rozwidloną brodą. Tyrion podejrzewał, że tłuścioch codziennie smaruje ją oliwą, żeby błyszczała jak złoto. — Czyżbyś był tchórzem? Tego o tobie nie słyszałem.

— W Siedmiu Królestwach otrucie gościa podczas kolacji uchodzi za poważne złamanie prawa gościnności.

— Tutaj również. — Illyrio Mopatis sięgnął po kielich z winem. — Ale kiedy gość najwyraźniej pragnie rozstać się z życiem, gospodarz ma obowiązek mu w tym pomóc, czyż nie tak? — Pociągnął łyk. — Magistra Ordella otruto grzybami przed niespełna pół rokiem. Słyszałem, że ofiara nie cierpi zbytnio. Lekki ucisk w brzuchu, nagły ból za powiekami i po wszystkim. Lepsze grzyby niż ścięcie mieczem, tak? Po co ginąć ze smakiem krwi w ustach, kiedy można czuć masło i czosnek?

Karzeł przyjrzał się ustawionemu przed nim daniu. Od woni czosnku i masła ślinka podeszła mu do ust. Jakąś częścią jaźni pragnął zjeść te grzyby, mimo że wiedział, czym są. Brakowało mu odwagi, by wbić sobie w brzuch zimną stal, ale przełknięcie kawałka grzyba nie powinno być zbyt trudne. Ta myśl przeraziła go tak bardzo, że nie potrafiłby wyrazić tego w słowach.

— Błędnie mnie oceniasz — usłyszał własny głos.

— Czyżby? Nie jestem tego pewien. Jeśli wolałbyś utonąć w winie, powiedz to i szybko załatwimy sprawę. Robienie tego kielich po kielichu to marnotrawstwo czasu i trunku.

— Błędnie mnie oceniasz — powtórzył Tyrion, tym razem głośniej. Grzyby w maśle lśniły w blasku lampy, ciemne i zachęcające. — Zapewniam, że nie pragnę śmierci. Mam…

Jego głos ucichł. *Co właściwie mam? Życie do przeżycia? Zadanie do wykonania? Dzieci do wychowania, włości do władania, kobietę do kochania?*

— Nic nie masz — skwitował magister Illyrio. — Ale możemy to zmienić. — Wyjął jednego grzyba z masła i zjadł ze smakiem. — Pyszny.

— Nie są trujące — stwierdził z irytacją Tyrion.

— Nie są. Czemu miałbym życzyć ci źle? — Magister Illyrio zjadł drugiego grzyba. — Musimy okazać sobie trochę zaufania. Jedzmy. — Ponownie klasnął w dłonie. — Czeka nas wiele pracy. Mój mały przyjaciel będzie potrzebował siły.

Słudzy przynieśli czaplę nadziewaną figami, kotlety cielęce w migdałowym mleku, śledzie w śmietanie, cebulki w cukrze, cuchnące sery, talerze ze ślimakami i cielęcymi grasicami oraz czarnego łabędzia z piórami. Tyrion nie chciał jeść łabędzia, który przypomniał mu o kolacji z siostrą, skosztował jednak trochę czapli i śledzi oraz kilka słodkich cebulek. Służący napełniali mu też kielich, gdy tylko go opróżnił.

— Pijesz mnóstwo wina, jak na takiego małego człowieczka.

— Od zabijania krewnych zasycha człowiekowi w gardle.

Oczy grubasa zalśniły niczym klejnoty zdobiące mu palce.

— W Westeros są tacy, którzy powiedzieliby, że zabójstwo lorda Lannistera to zaledwie dobry początek.

— Lepiej niech uważają, żeby moja siostra tego nie usłyszała, bo mogą postradać język. — Karzeł rozerwał bochen chleba. — Lepiej też uważaj, co mówisz o mojej rodzinie, magistrze. Może i jestem zabójcą krewnych, ale nie przestałem być lwem.

Te słowa bardzo rozbawiły serowego lorda.

— Wszyscy ludzie z Westeros są tacy sami — stwierdził, klepiąc się po mięsistym udzie. — Wyszywacie na skrawku jedwabiu podobiznę jakiegoś zwierzaka i nagle wszyscy jesteście lwami, smokami albo orłami. Mogę cię zaprowadzić do prawdziwego lwa, mój mały przyjacielu. Książę trzyma w swojej menażerii całe stado. Może chciałbyś zamieszkać razem z nimi w klatce?

Tyrion nie mógł zaprzeczyć, że lordowie z Siedmiu Królestw przywiązują stanowczo zbyt wielką wagę do swoich herbów.

— Zgoda, Lannister to nie lew — przyznał. — Niemniej nadal pozostaję synem swego ojca i tylko ja mam prawo zabić Jaime'a i Cersei.

— To zabawne, że wspominasz o swej pięknej siostrze — zauważył Illyrio, przerywając na moment pochłanianie ślimaków. — Królowa obiecała tytuł lordowski każdemu, kto przyniesie jej twoją głowę, bez względu na to, jak nisko byłby urodzony.

Nie zdziwiło to Tyriona w najmniejszym stopniu.

— Jeśli zamierzasz skorzystać z tej oferty, zażądaj też, żeby rozłożyła dla ciebie nogi. To, co ma najlepszego, w zamian za to, co najlepsze we mnie. To uczciwa transakcja.

— Wolałbym dostać tyle złota, ile ważę. — Handlarz sera roześmiał się tak donośnie, że Tyrion przestraszył się, iż cielsko grubasa pęknie, zasypując gościa gradem na wpół strawionych węgorzy i grasic. — Albo całe złoto w Casterly Rock. Czemu by nie?

— Złoto mogę ci dać, ale Casterly Rock należy do mnie.

— Właśnie. — Magister otworzył usta i beknął donośnie. — Myślisz, że król Stannis ci ją odda? Słyszałem, że on bardzo ściśle przestrzega prawa. Może i przyzna ci Casterly Rock, kto wie? Twój brat nosi biały płaszcz, więc zgodnie ze wszystkimi prawami Westeros ty jesteś dziedzicem ojca.

— Stannis mógłby oddać mi zamek — przyznał Tyrion. — Pozostaje jednak drobna sprawa królobójstwa i ojcobójstwa. Za to skróciłby mnie o głowę, a i tak już jestem niski. Skąd ci przyszło na myśl, że chcę się przyłączyć do lorda Stannisa?

— W przeciwnym razie po cóż wybierałbyś się na Mur?

— Stannis jest na Murze? — Tyrion potarł kikut nosa. — A co on tam robi, na siedem cholernych piekieł?

— Przypuszczam, że marznie. W Dorne jest cieplej. Może to tam powinien był pożeglować.

Tyrion zaczął podejrzewać, że pewna piegowata praczka zna język powszechny znacznie lepiej, niż chciała to przyznać.

— Tak się składa, że w Dorne przebywa moja siostrzenica Myrcella. Zaczynam się zastanawiać, czy nie uczynić jej królową.

Illyrio uśmiechnął się, gdy służący napełnili im miseczki czarnymi wiśniami w słodkiej śmietanie.

— A cóż ci uczyniło to biedne dziecko, że pragniesz jego śmierci?

— Nawet zabójca krewnych nie musi wymordować całej rodziny — oburzył się Tyrion. — Powiedziałem, że chcę ją ukoronować, nie zabić.

Handlarz sera nabrał na łyżkę trochę wiśni.

— W Volantis biją monety, które po jednej stronie mają koronę, po drugiej zaś trupią główkę. To jednak ten sam pieniążek. Ukoronować Myrcellę znaczy ją zabić. Dorne mogłoby się dla niej zbuntować, ale Dorne to za mało. Jeśli rzeczywiście jesteś tak bystry, jak twierdzi nasz przyjaciel, z pewnością to rozumiesz.

Tyrion spojrzał na grubasa z nagłym zainteresowaniem. *Ma rację w obu punktach. Ukoronować Myrcellę znaczy ją zabić. I wiedziałem o tym.*

— Zostały mi jedynie czcze gesty. Ten przynajmniej sprawi, że moja siostra zapłacze gorzkimi łzami.

Magister Illyrio otarł śmietanę z ust grzbietem tłustej dłoni.

— Droga do Casterly Rock nie wiedzie przez Dorne, mój mały przyjacielu. Ani nie biegnie wzdłuż muru. Zapewniam cię jednak, że taka droga istnieje.

— Jestem wyjętym spod prawa zdrajcą, królobójcą i ojcobójcą.

Tyriona poirytowała cała ta gadanina o drogach. *Wydaje mu się, że to jakaś gra?*

— Co jeden monarcha ogłosił, drugi może odwołać. Mamy w Pentos księcia, mój przyjacielu. Chodzi on na bale i uczty, jeździ też po mieście w lektyce z kości słoniowej i złota. Poprzedza go trzech heroldów noszących złote szale handlu, żelazny miecz wojny oraz srebrny bicz sprawiedliwości. Pierwszego dnia każdego roku musi rozprawiczyć dziewicę pól i dziewicę morza. — Illyrio pochylił się nad stołem, wspierając łokcie na blacie. — Ale jeśli nadejdzie nieurodzaj albo przegramy wojnę, podrzynamy mu gardło, żeby przebłagać bogów, i wybieramy nowego księcia spomiędzy czterdziestu rodzin.

— Przypomnij mi, żebym nigdy nie zgodził się zostać księciem Pentos.

— Czy w Siedmiu Królestwach nie wygląda to podobnie? W Westeros nie ma pokoju, nie ma sprawiedliwości ani wiary…

a wkrótce nie będzie też nic do jedzenia. Gdy ludzie głodują i dręczy ich strach, zaczynają szukać zbawcy…

— Mogą go szukać, ale jeśli znajdą tylko Stannisa…

— Nie Stannisa. I nie Myrcellę. Kogoś innego. — Rozciągnął usta w uśmiechu, odsłaniając żółte zęby. — Kogoś, kto jest silniejszy niż Tommen, łagodniejszy niż Stannis i ma lepsze prawa do tronu niż Myrcella. Zbawcę, który przybędzie zza morza, by zagoić rany krwawiącego Westeros.

— To piękne słowa — zauważył Tyrion obojętnym tonem. — Ale słowa to wiatr. Kim jest ten cholerny zbawca?

— Smokiem. — Handlarz sera zauważył wyraz twarzy Tyriona i ryknął śmiechem. — Smokiem o trzech głowach.

DAENERYS

Słyszała, jak wnoszą zabitego na schody. Poprzedzał go miarowy, powolny odgłos kroków, odbijający się echem od fioletowych kolumn jej komnaty. Daenerys Targaryen czekała na niego na hebanowej ławie, którą uczyniła swym tronem. W jej oczach widziało się senność, a srebrnozłote włosy miała rozczochrane.

— Wasza Miłość — odezwał się Barristan Selmy, lord dowódca jej Gwardii Królowej — nie ma potrzeby, byś na to patrzyła.

— Zginął za mnie.

Dany przycisnęła lwią skórę do piersi. Pod nią miała tylko białą płócienną koszulę sięgającą połowy ud. Gdy obudziła ją Missandei, śnił się jej dom z czerwonymi drzwiami. Nie miała czasu się ubrać.

— *Khaleesi*, nie wolno ci dotykać umarłego — wyszeptała Irri. — To przynosi pecha.

— Chyba że zabiłaś go sama. — Jhiqui była masywniejszej budowy niż Irri, miała szerokie biodra i wielkie piersi. — Wszyscy to wiedzą.

— Wszyscy to wiedzą — zgodziła się Irri.

Dothrakowie byli mądrzy w sprawach dotyczących koni, ale w wielu innych potrafili być kompletnymi głupcami. *Zresztą to tylko dziewczyny.* Obie służki były w jej wieku i wyglądały na dorosłe kobiety — czarnowłose, miedzianoskóre, o oczach w kształcie migdałów. Mimo to były jeszcze dziećmi. Dostała je, gdy poślubiła *khala* Drogo. Od Droga dostała narzutę, którą nosiła — głowę i skórę *hrakkara*, białego lwa z Morza Dothraków. Była dla niej za duża i cuchnęła stęchlizną, ale dzięki niej Dany czuła się, jakby jej „słońce i gwiazdy" nadal był przy niej.

Pierwszy na górę wszedł Szary Robak. Trzymał w ręku pochodnię. Jego hełm z brązu zdobiły trzy szpice. Za nim szło czterech Nieskalanych, dźwigających zabitego na ramionach. Mieli na hełmach tylko po jednym szpicu, a ich twarze były tak całkowicie pozbawione wyrazu, że również mogłyby być odlane z brązu. Położyli trupa u jej stóp. Ser Barristan odsunął zakrwawiony całun, a Szary Robak opuścił pochodnię, żeby Dany mogła się przyjrzeć.

Twarz zabitego była gładka, pozbawiona zarostu. Policzki rozcięto mu niemal od ucha do ucha. Był wysokim mężczyzną o niebieskich oczach i jasnej cerze. *Dziecko z Lys albo Starego Volantis, porwane przez korsarzy i sprzedane w niewolę w czerwonym Astaporze.* Choć oczy miał otwarte, to jego rany płakały. Miał ich tyle, że nie mogła ich zliczyć.

— Wasza Miłość — zaczął Barristan — na cegłach zaułka, gdzie go znaleziono, namalowano harpię…

— …jego własną krwią — dokończyła Daenerys. Znała już ich metody. Synowie Harpii mordowali nocą i przy każdej ofierze zostawiali swój znak. — Szary Robaku, dlaczego ten człowiek był sam? Czy nie przydzielono mu partnera?

Nocą Nieskalani wychodzili na ulice Meereen tylko parami.

— Królowo — odparł kapitan — twój sługa Twarda Tarcza nie miał tej nocy służby. Poszedł… w pewne miejsce… żeby się napić i znaleźć towarzystwo.

— W pewne miejsce? W jakie?

— Do domu rozkoszy, Wasza Miłość.

Twarz Szarego Robaka wyglądała jak wykuta z kamienia.

Do burdelu. Połowa jej wyzwoleńców pochodziła z Yunkai, a tamtejsi Mądrzy Panowie słynęli ze szkolenia nałożników i nałożnic. *Sztuka siedmiu westchnień.* W całym Meereen burdele wyrastały jak grzyby po deszczu. *To wszystko, co potrafią. Muszą jakoś żyć.* Żywność drożała z każdym dniem, a cena cielesnych przyjemności spadała. Daenerys wiedziała, że w biedniejszych dzielnicach między schodkowymi piramidami należącymi do szlachetnie urodzonych handlarzy niewolników działają domy rozkoszy, w których zaspokaja się wszelkie wyobrażalne pragnienia. *Ale przecież...*

— Czego eunuch mógłby szukać w burdelu? — zapytała.

— Nawet ci, którym brak męskich części, mogą mieć serce mężczyzny, Wasza Miłość — wyjaśnił Szary Robak. — Tej osobie powiedziano, że twój sługa Twarda Tarcza płacił niekiedy kobietom z domów uciech, żeby pozwoliły mu poleżeć w swych objęciach.

Krew smoka nigdy nie płacze.

— Twarda Tarcza. — Oczy miała zupełnie suche. — Tak się nazywał?

— Jeśli Wasza Miłość raczy.

— To piękne imię. — Dobrzy Panowie z Astaporu nie pozwalali swym niewolnikom nawet nosić imion. Niektórzy z jej Nieskalanych wrócili po wyzwoleniu do tych, z którymi się urodzili, inni wybrali sobie nowe. — Czy wiadomo, ilu było napastników?

— Ta osoba tego nie wie. Wielu.

— Co najmniej sześciu — wtrącił ser Barristan. — Sądząc po ranach, zaatakowali go ze wszystkich stron. Pochwa zabitego była pusta. Być może zdołał ranić kilku z nich.

Dany odmówiła bezgłośną modlitwę, błagając, by któryś z nich konał teraz w jakiejś kryjówce, trzymając się za brzuch i wijąc z bólu.

— Dlaczego rozcięli mu policzki?

— Łaskawa królowo — odparł Szary Robak — zabójcy wepchnęli w gardło twego sługi Twardej Tarczy części rodne kozła. Ta osoba wyjęła je, nim przyniesiono go tutaj.

Nie mogli go nakarmić jego własnymi. Astaporczycy wycięli je w całości.

— Synowie stają się coraz śmielsi — zauważyła Dany. Do tej pory atakowali tylko bezbronnych wyzwoleńców. Mordowali ich na ulicach albo włamywali się do domów pod osłoną nocy, żeby zarżnąć ich w łożach. — Pierwszy raz zabili mojego żołnierza.

— Pierwszy, ale nie ostatni — ostrzegł ser Barristan.

Nadal toczę wojnę — uświadomiła sobie Dany. *Ale teraz walczę z cieniami.* Liczyła na chwilę odpoczynku od zabijania, czas na odbudowę i zagojenie ran. Zrzuciła lwią skórę, przyklęknęła przy zabitym i zamknęła mu powieki, ignorując westchnienie Jhiqui.

— Nie zapomnimy o Twardej Tarczy. Każ go umyć, odziać w pełen rynsztunek i pochować z hełmem, tarczą oraz włóczniami.

— Stanie się, jak Wasza Miłość rozkaże — zapewnił Szary Robak.

— Wyślijcie ludzi do Świątyni Gracji. Niech zapytają Niebieskie Gracje, czy zgłosił się do nich człowiek raniony mieczem. Rozpuśćcie wieści, że zapłacimy szczerym złotem za miecz Twardej Tarczy. Dowiedzcie się też od rzeźników i pasterzy, który z nich kastrował ostatnio kozły. — Być może jakiś pastuch się przyzna. — Od tej pory niech żaden z moich ludzi nie wychodzi nocą sam, czy to na służbie, czy poza nią.

— Te osoby wykonają rozkaz.

Daenerys odgarnęła włosy.

— Znajdźcie dla mnie tych tchórzy. Znajdźcie ich, żebym mogła pokazać Synom Harpii, co to znaczy obudzić smoka.

Szary Robak zasalutował. Jego Nieskalani zawinęli zabitego w całun, zarzucili na ramiona i wynieśli z komnaty. Ser Barristan Selmy pozostał na miejscu. Włosy miał białe, a w kącikach jasnoniebieskich oczu uwidaczniały się zmarszczki. Trzymał się jednak prosto, a wiek nie pozbawił go biegłości we władaniu bronią.

— Wasza Miłość, obawiam się, że twoi eunuchowie niezbyt się nadają do zadań, które przed nimi stawiasz — stwierdził.

Dany usiadła na ławie, ponownie otulając się narzutą.

— Nieskalani to moi najlepsi wojownicy.

— To żołnierze, nie wojownicy, za pozwoleniem Waszej Miłości. Szkolono ich z myślą o polu bitwy. Stoją ukryci za tarczami, wysuwając włócznie do przodu. Nauczono ich wykonywać rozkazy, bezbłędnie i nieustraszenie, bez wahania czy zastanowienia... a nie odkrywać sekrety czy zadawać pytania.

— Czy rycerze byliby lepsi?

Selmy szkolił dla niej rycerzy, uczył synów niewolników walki kopią i mieczem na westeroską modłę... ale na cóż zdadzą się kopie przeciwko tchórzom, którzy atakują z ukrycia?

— Nie do tego zadania — przyznał. — Zresztą Wasza Miłość nie ma żadnych rycerzy oprócz mnie. Miną lata, nim chłopcy będą gotowi.

— W takim razie kto, jeśli nie Nieskalani? Dothrakowie byliby jeszcze gorsi.

Co więcej, Dothrakowie walczyli konno. Jeźdźcy byli bardziej użyteczni na otwartych polach i pośród wzgórz niż na wąskich miejskich ulicach i zaułkach. Poza obrębem wzniesionych z różnobarwnych cegieł murów Meereen jej władza była bardzo niepewna. W wielkich posiadłościach położonych na wzgórzach nadal trudziły się tysiące niewolników, uprawiających pszenicę i oliwki, pasących owce bądź kozy, wydobywających sól oraz miedź. W magazynach Meereen wciąż było pełno zboża, oliwy, oliwek, suszonych owoców i solonego mięsa, ale zapasy wyczerpywały się powoli. Dlatego Dany wysłała swój maleńki *khalasar* za miasto, rozkazując mu podporządkować okoliczne ziemie jej władzy. Dothrakami dowodzili jej trzej bracia krwi, natomiast Brązowy Ben Plumm pomaszerował z Drugimi Synami na południe, by strzec granicy przed yunkijskimi zakusami.

Najważniejsze zadanie zleciła jednak Daario Naharisowi, wygadanemu najemnikowi o złotym zębie, rozszczepionej na trzy odnogi brodzie i wiecznie rozciągniętych w złowrogim uśmieszku ustach przesłoniętych fioletowym zarostem. Na wschodzie, za wzgórzami, znajdowały się piaskowcowe góry o zaokrąglonych szczytach, przełęcz Khyzai, a za nią Lhazar. Jeśli Daario zdoła przekonać Lhazareńczyków do otworzenia lądowych szlaków handlowych, będzie można w razie potrzeby sprowadzić zboże rzeką albo przez wzgórza. Owczarze nie mieli jednak powodu, by kochać Meereen.

— Kiedy Wrony Burzy wrócą z Lhazaru, może będę mogła wysłać je na ulice — odpowiedziała Barristanowi. — Do tego czasu mam tylko Nieskalanych. — Dany wstała. — Musisz mi wybaczyć, ser — oznajmiła. — Wkrótce u moich bram pojawią się błagalnicy. Muszę przywdziać długie uszy i znowu stać się ich królową, Wezwij Reznaka i Golony Łeb. Przyjmę ich, gdy już się ubiorę.

— Wedle rozkazu, Wasza Miłość.

Selmy pokłonił się i wyszedł.

Wielka Piramida miała osiemset stóp wysokości, od ogromnej kwadratowej podstawy aż po sięgający ku niebu szczyt, gdzie królowa miała swe prywatne komnaty, otoczone roślinnością i wonnymi basenami. Gdy Dany wyszła na taras, nad miastem wstawał chłodny błękitny świt. Na zachodzie złote kopuły Świątyni Gracji lśniły w blasku słońca, a schodkowe piramidy wielmożów rzucały ostre, głębokie cienie. *W niektórych z tych piramid Synowie Harpii knują nowe morderstwa* — pomyślała Dany. *A ja nie jestem w stanie ich powstrzymać.*

Viserion wyczuł jej niepokój. Biały smok leżał owinięty wokół pnia gruszy, wspierając głowę na ogonie. Gdy Dany przechodziła, otworzył oczy, dwie kałuże płynnego złota. Rogi również miał złote, podobnie jak łuski biegnące wzdłuż ciała, od głowy aż po ogon.

— Ty leniu — powiedziała Dany, drapiąc smoka po gardle. Łuski były gorące w dotyku, jak zbroja zbyt długo grzejąca się w promieniach słońca. *Smoki to wcielony ogień.* Wyczytała to w jednej z ksiąg, które dostała w prezencie ślubnym od ser Joraha. — Powinieneś polecieć z braćmi na polowanie. Czy znowu miałeś starcie z Drogonem?

Jej smoki stały się ostatnio dziksze. Rhaegal kłapnął paszczą na Irri, a Viserion podpalił *tokar* Reznaka podczas ostatnich odwiedzin seneszala. *Zbyt długo zostawiałam je samym sobie, ale jak mam znaleźć dla nich czas?*

Viserion uderzył ogonem o pień, tak mocno, że do stóp Dany spadła gruszka. Smok rozpostarł skrzydła i pół przefrunął, pół skoczył na balustradę. *Rośnie* — pomyślała, gdy wzbił się w górę. — *Wszystkie rosną. Wkrótce już będą mogły unieść mój ciężar.* Wtedy będzie mogła wzlecieć pod niebo jak Aegon Zdobywca, coraz wyżej i wyżej, aż wreszcie Meereen przerodzi się w plamkę tak maleńką, że będzie ją mogła zasłonić kciukiem.

Przyglądała się Viserionowi, który zataczał coraz szersze kręgi, aż wreszcie zniknął jej z oczu za błotnistymi wodami Skahazadhanu. Dopiero wtedy wróciła do wieży, gdzie Irri i Jhiqui wyczesały jej włosy i ubrały ją w ghiscarski *tokar*, jak przystało królowej Meereen.

Strój nie należał do wygodnych. Wielką, luźną, bezkształtną płachtę trzeba było owinąć wokół bioder oraz pod pachą, a zwisające frędzle starannie ułożyć w wachlarz. Jeśli zawiązała strój zbyt luźno, mógł spaść, a jeśli był za ciasny, uwierał i krępował ruchy. Nawet prawidłowo założony *tokar* wymagał podtrzymywania lewą ręką. Trzeba też było w nim stąpać ostrożnie, małymi kroczkami, starannie zachowując równowagę, by nie nadepnąć na ciężkie, ciągnące się po ziemi frędzle. To nie był strój przeznaczony dla tych, którzy trudzili się pracą. *Tokary* nosili tylko panowie, były symbolem władzy i bogactwa.

Po zdobyciu Meereen Dany pragnęła zakazać noszenia tego stroju, ale rada wybiła jej to z głowy.

— Matka Smoków musi przywdziać *tokar*, bo inaczej zawsze będzie ją otaczała nienawiść — ostrzegła Zielona Gracja, Galazza Galare. — W westeroskiej wełnie albo sukni z myrijskich koronek Wasza Promienność zawsze pozostanie obcą wśród nas, groteskowym intruzem, barbarzyńskim najeźdźcą. Królowa Meereen musi być damą ze Starego Ghis.

Brązowy Ben Plumm, kapitan Drugich Synów, ujął to zwięźlej: „Kto chce władać królikami, musi nosić długie uszy".

Długie uszy, które dziś przywdziała Dany, uszyto z bielutkiego płótna i ozdobiono złotymi frędzlami. Przy pomocy Jhiqui udało się jej za trzecim razem owinąć *tokarem*. Irri przyniosła koronę, wykonaną na podobieństwo trójgłowego smoka rodu Targaryenów. Jego ciało zrobiono ze złota, skrzydła ze srebra, a trzy głowy z kości słoniowej, onyksu i nefrytu. Nim nadejdzie wieczór, szyja i ramiona Dany zesztywnieją od tego ciężaru. *Korony nie powinno się nosić łatwo.* Powiedział to jeden z jej królewskich przodków. *Aegon, ale który?*

Siedmioma Królestwami Westeros władało pięciu Aegonów. Jej bratanek byłby szósty, gdyby psy uzurpatora nie zamordowały go, kiedy był jeszcze dzieckiem przy piersi. *Gdyby żył, mogłabym go poślubić. Byłby mi bliższy wiekiem niż Viserys.* W chwili śmierci Aegona i jego siostry Dany dopiero co poczęto. Ich ojciec, jej brat Rhaegar, zginął wcześniej. Uzurpator zabił go nad Tridentem. Jej drugi brat, Viserys, zginął w Vaes Dothrak, krzycząc przeraźliwie, gdy wylano mu na głowę koronę z płynnego złota. *Mnie również zabiją, jeśli im pozwolę. Noże, które wbiły się w Twardą Tarczę, były przeznaczone dla mnie.*

Nie zapomniała o dzieciach, które Wielcy Panowie przybili do słupów przy trakcie do Yunkai. Było ich sto sześćdziesięcioro troje, po jednym na każdą milę. Ich uniesione ręce wskazywały w jej stronę. Po zdobyciu Meereen Dany kazała w identyczny sposób stracić taką samą liczbę Wielkich Panów. Ich powolnemu konaniu towarzyszyły roje much, a smród na placu utrzymywał się jeszcze długo. Zdarzały się jednak dni, gdy obawiała się, że była zbyt wyrozumiała. Meereeńczycy byli upartym i podstępnym ludem. Opierali się jej na każdym kroku. Co prawda wyzwolili niewolników... ale potem przyjęli ich na służbę za płacę tak nędzną, że większości z nich nie starczało na wyżywienie. Wyzwoleńców — zbyt młodych albo za starych, żeby nadawali się do pracy — wygnali na ulice, podobnie jak chorych i kalekich. A teraz Wielcy Panowie gromadzili się na szczytach swych wyniosłych piramid, by się skarżyć, że smocza królowa wypełniła ich miasto hordami niemytych żebraków, złodziei i kurew.

Żeby władać Meereen, muszę pozyskać jego mieszkańców, choć gardzę nimi z całego serca.

— Jestem gotowa — poinformowała Irri.

Reznak i Skahaz czekali na nią na marmurowych schodach.

— Wielka królowo, wyglądasz dziś tak promiennie, że boję

się na ciebie patrzeć — oznajmił Reznak mo Reznak. Seneszal miał na sobie *tokar* z czerwonobrązowego jedwabiu obszyty złotymi frędzlami. Był niskim, spoconym mężczyzną i pachniał, jakby kąpał się w perfumach. Mówił w zniekształconym starovalyriańskim z silnym, warkliwym ghiscarskim akcentem.

— Miło to usłyszeć — odparła Dany w czystszej postaci tego samego języka.

— Moja królowo — warknął Skahaz mo Kandaq o wygolonej czaszce. Ghiscarczycy mieli gęste, twarde włosy; wśród mężczyzn z Miast Niewolniczych od dawna panowała moda na splatanie ich w rogi, kolce albo skrzydła. Skahaz ogolił głowę na znak, że zostawił stare Meereen za sobą, akceptując nowe. Rodzina Kandaqów podążyła za jego przykładem. Później tak samo postąpili inni, choć Dany nie potrafiła powiedzieć, czy kieruje nimi strach, moda czy ambicja. Zwano ich Golonymi Łbami. Skahaz był pierwszym z nich… a w oczach Synów Harpii i im podobnych najohydniejszym ze zdrajców.

— Słyszeliśmy już o eunuchu — rzekł.

— Nazywał się Twarda Tarcza.

— Jeśli morderców nie spotka kara, będą dalsze ofiary.

Ogolona głowa nie zmieniała faktu, że twarz Skahaza była odrażająca. Miał wypukłe czoło, wielkie wory pod małymi oczkami i wydatny nochal, czarny od wągrów, jego przetłuszczona skóra miała zaś odcień raczej żółty niż typowy dla Ghiscarczyków bursztynowy. To była wyrazista, brutalna, gniewna twarz. Dany mogła się jedynie modlić o to, by okazała się również uczciwa.

— Jak mogę ich ukarać, jeżeli nie wiem, kim są? — zapytała. — Odpowiedz mi, śmiały Skahazie.

— Nie brak ci wrogów, Wasza Miłość. Widzisz ich piramidy ze swego tarasu. Zhakowie, Hazkarowie, Ghazeenowie, Merreqowie, Loraqowie, wszystkie stare rody handlarzy niewolników. I Pahlowie, przede wszystkim oni. Ten ród składa się teraz tylko z kobiet. Starych, rozgoryczonych kobiet, które łakną krwi. Kobiety nigdy nie zapominają. Nigdy nie wybaczają.

To prawda — pomyślała Dany. *Psy uzurpatora przekonają się o tym, gdy wrócę do Westeros.* Faktycznie miała na rękach krew

Pahlów. Oznak zo Pahl był bohaterem Meereen i Silny Belwas zabił go w pojedynku. Jego ojciec, dowódca straży miejskiej, zginął, broniąc bramy, gdy Kutas Josa rozbił ją w drzazgi. Jego stryj był jednym ze stu sześćdziesięciu trzech straconych na placu.

— Ile złota zaoferowałeś za informacje o Synach Harpii? — zapytała Reznaka.

— Sto honorów, jeśli Wasza Promienność pozwoli.

— Pozwolę nawet na tysiąc.

— Wasza Miłość nie prosiła mnie o radę — wtrącił Skahaz Golony Łeb — muszę jednak rzec, że za krew trzeba zapłacić krwią. Weź po jednym mężczyźnie z każdego z rodów, które wymieniłem, i rozkaż ich stracić. Kiedy znowu zginie jeden z twoich ludzi, każ stracić po dwóch. Trzeciego morderstwa nie będzie.

Reznak pisnął z przerażenia.

— Nieeee... dobra królowo, takie okrucieństwo ściągnęłoby na ciebie gniew bogów. Znajdziemy morderców, obiecuję ci. Zobaczysz, że okaże się, iż to nieprawo urodzone śmieci.

Seneszal był tak samo łysy jak Skahaz, ale w jego przypadku odpowiedzialni za to byli bogowie. „Gdyby jakieś bezczelne włosy ośmieliły się pokazać, mój balwierz czeka z brzytwą w pogotowiu" — zapewnił, gdy mianowała go na to stanowisko. Dany nasuwała się niekiedy myśl, że lepiej byłoby poderżnąć tą brzytwą gardło Reznaka. Był użyteczny, ale nie lubiła go, a tym bardziej mu nie ufała. Nieśmiertelni z Qarthu powiedzieli, że czekają ją trzy zdrady. Pierwszą była Mirri Maz Duur, drugą ser Jorah. Czy trzecią będzie Reznak? Golony Łeb? Daario? *A może ktoś, kogo nigdy bym nie podejrzewała, ser Barristan, Szary Robak albo Missandei?*

— Dziękuję za radę, Skahazie — rzekła. — Reznaku, przekonaj się, co zdziała tysiąc honorów.

Wzięła w rękę *tokar* i ominęła obu mężczyzn, wstępując na szerokie marmurowe schody. Szła stopień za stopniem, żeby nie potknąć się o frędzle i nie runąć w dół na łeb, na szyję.

Jej przybycie oznajmiła Missandei. Mała skryba miała silny, słodki głos.

— Wszyscy klękają przed Daenerys Zrodzoną w Burzy, Niespaloną, królową Meereen, królową Andalów, Rhoynarów i Pierwszych Ludzi, *khaleesi* Wielkiego Morza Traw, Wyzwolicielką z Okowów i Matką Smoków.

W komnacie było pełno ludzi. Nieskalani stali zwróceni plecami do kolumn, trzymając w rękach tarcze i włócznie. Szpice na ich hełmach sterczały ku górze niczym szereg noży. Meereeńczycy zebrali się pod wschodnimi oknami. Gęsto tam było od wygolonych czaszek oraz splecionych z włosów rogów, dłoni i spiral. Wyzwoleńcy trzymali się z dala od swych niedawnych panów. *Dopóki nie będą stali razem, Meereen nie zazna pokoju.*

— Wstańcie.

Dany siadła na ławie i wszyscy podnieśli się jak jeden mąż. *To przynajmniej robią razem.*

Reznak mo Reznak przygotował listę. Zwyczaj wymagał, by królowa zaczęła od posła z Astaporu, byłego niewolnika, który kazał się tytułować lordem Ghaelem, choć nikt nie wiedział, czego właściwie jest lordem.

Lord Ghael miał pełno zepsutych, brązowych zębów oraz żółtą, ostro zakończoną twarz łasicy. Przyniósł jej dar.

— Cleon Wielki przysyła te pantofelki na znak swej miłości do Daenerys Zrodzonej w Burzy, Matki Smoków — oznajmił.

Irri wzięła od niego pantofelki i włożyła je na nogi Dany. Wykonano je z pozłacanej skóry i wyszyto zielonymi słodkowodnymi perłami. *Czy król-rzeźnik wyobraża sobie, że para ładnych pantofelków pozwoli mu zdobyć moją rękę?*

— Król Cleon jest nadzwyczaj szczodry — powiedziała. — Możesz mu podziękować za ten piękny dar.

Piękny, ale przeznaczony dla dziecka. Choć Dany miała drobne stopy, pantofelki okrutnie piły ją w palce.

— Cleon Wielki ucieszy się, że ci się spodobały — odrzekł lord Ghael. — Jego Wspaniałość polecił mi zapewnić cię, że jest gotowy bronić Matki Smoków przed wszelkimi wrogami.

Jeśli znowu zaproponuje mi małżeństwo z Cleonem, oberwie tymi pantofelkami po głowie — pomyślała Dany. Tym razem jednak astaporski poseł nie wspominał o ślubie.

— Pora już, by Astapor i Meereen położyły kres okrutnym

rządom Mądrych Panów z Yunkai, zaprzysiężonych wrogów wszystkich, którzy są wolni — oznajmił zamiast tego. — Cleon Wielki rozkazał mi zawiadomić cię, że wkrótce wyruszy w pole z nowymi Nieskalanymi.

Ci jego nowi Nieskalani to tylko obsceniczny żart.

— Król Cleon postąpiłby mądrze, gdyby zajął się swoimi ogrodami i pozwolił, by Yunkai'i w spokoju uprawiali swoje. — Nie chodziło o to, by Dany darzyła Yunkai miłością. Coraz częściej żałowała, że nie zdobyła Żółtego Miasta, kiedy rozbiła jego armie. Gdy tylko ruszyła w dalszą drogę, Mądrzy Panowie powrócili do handlu niewolnikami. Zwoływali też pospolite ruszenie, wynajmowali zaciężne oddziały i zawierali przeciwko niej sojusze. Samozwańczy władca Cleon Wielki był jednak niewiele lepszy. Król-rzeźnik również przywrócił w Astaporze niewolnictwo. Jedyna różnica polegała na tym, że dawni niewolnicy stali się teraz panami, a dawni panowie niewolnikami. — Jestem tylko młodą dziewczyną i nic nie wiem o wojnie — ciągnęła. — Słyszałam jednak, że w Astaporze panuje głód. Niech król Cleon nakarmi swój lud, zanim powiedzie go na wojnę.

Odesłała posła skinieniem dłoni.

— Wasza Wspaniałość — odezwał się Reznak mo Reznak — raczysz wysłuchać szlachetnego Hizdahra zo Loraqa?

Znowu? Dany skinęła głową i Hizdahr wystąpił z tłumu. Był wysokim, bardzo szczupłym mężczyzną o nieskazitelnej bursztynowej cerze. Zatrzymał się w tym samym miejscu, gdzie niedawno spoczywały zwłoki Twardej Tarczy, i pokłonił się nisko. *Potrzebuję go* — powiedziała sobie. Hizdahr był bogatym kupcem i miał wielu przyjaciół w Meereen, a jeszcze więcej za morzami. Podróżował do Volantis, Lys i Qarthu, miał krewnych w Tolos i Elyrii, a ponoć nawet posiadał pewne wpływy w Nowym Ghis, gdzie Yunkai'i starali się wzbudzić wrogość wobec Dany i jej rządów. Słynął też z tego, że był bogaty. Niewiarygodnie bogaty. *Jeśli spełnię jego prośbę, zapewne stanie się jeszcze bogatszy.* Gdy Dany zamknęła miejskie areny, wartość udziałów w nich spadła gwałtownie. Hizdahr zo Loraq skupywał je, gdy tylko mógł, i był teraz właścicielem większości aren w Meereen.

Skronie szlachcica zdobiły splecione z włosów skrzydła. Wyglądało to tak, jakby jego głowa miała się zaraz zerwać do lotu. Jego pociągłą twarz czyniła jeszcze dłuższą twarda, czarno-ruda broda, w którą wplatał sobie złote pierścienie. Fioletowy *tokar* miał obszyty ametystami i perłami.

— Wasza Promienność wie, dlaczego tu przyszedłem.

— Z pewnością dlatego, że nie masz nic innego do roboty jak mnie zadręczać. Ile już razy ci odmówiłam?

— Pięć, Wasza Wspaniałość.

— Teraz już sześć. Nie zgodzę się na otwarcie aren.

— Gdyby Wasza Królewska Mość zechciała wysłuchać moich argumentów…

— Już ich wysłuchałam. Pięć razy. Masz jakieś nowe?

— Są stare — przyznał Hizdahr — ale ubrałem je w nowe słowa. Piękne, uprzejme słowa, które z pewnością poruszą królową.

— To twoja sprawa budzi moje niezadowolenie, nie twoja uprzejmość. Słyszałam już te argumenty tyle razy, że mogłabym sama bronić twego stanowiska. Czy mam to zrobić? — Pochyliła się. — Areny funkcjonowały w Meereen od dnia założenia miasta. Walki mają głęboko religijny charakter, są krwawą ofiarą dla bogów Ghis. Śmiertelna sztuka Ghis to nie zwykłe morderstwo, lecz demonstracja odwagi, umiejętności i siły, nader miła dla waszych bogów. Zwycięskich wojowników karmi się, rozpieszcza i obsypuje pochwałami, a o tych, którzy zginą, pamięta się i oddaje im należne honory. Otwierając areny, zademonstruję mieszkańcom Meereen, że szanuję ich tradycje i obyczaje. Areny są sławne na całym świecie. Przyciągają do miasta kupców i pozwalają wypełniać nasze kufry monetami z najdalszych stron. Wszyscy ludzie lubią smak krwi, a areny pozwalają zaspokoić to pragnienie i w ten sposób czynią Meereen spokojniejszym. Dla przestępców skazanych na śmierć na piasku, areny są próbą walki, ostatnią szansą udowodnienia swej niewinności. — Dany podrzuciła włosami. — Proszę. I jak się spisałam?

— Wasza Promienność przedstawiła te argumenty lepiej niż kiedykolwiek mógłbym tego dokonać. Widzę, że twa elokwencja nie ustępuje urodzie. Dałem się przekonać.

Nie mogła powstrzymać śmiechu.

— Znakomicie... ale ja się nie dałam.

— Wasza Wspaniałość — wyszeptał jej do ucha Reznak mo Reznak. — Chciałbym ci przypomnieć, że miasto zwyczajowo dostaje jedną dziesiątą zysków z aren, po odliczeniu kosztów. Te pieniądze można by przeznaczyć na wiele szlachetnych celów.

— Być może — zgodziła się Dany — choć uważam, że gdybyśmy mieli otworzyć areny, powinniśmy otrzymywać jedną dziesiątą zysków przed odliczeniem kosztów. Jestem tylko młodą dziewczyną i niewiele wiem o handlu, ale przez długi czas byłam gościem Xaro Xhoan Daxosa i tyle przynajmniej się nauczyłam. Zresztą to nieważne. Hizdahrze, gdybyś potrafił dowodzić armiami z taką samą biegłością, z jaką dobierasz argumenty, podbiłbyś cały świat... ale moja odpowiedź nadal brzmi „nie". Po raz szósty.

— Królowa przemówiła.

Pokłonił się, równie nisko jak poprzednio. Jego perły i ametysty zastukały cicho o marmurową posadzkę. Hizdahr zo Loraq był bardzo zwinnym mężczyzną.

Mógłby być przystojny, gdyby nie te głupie włosy. Reznak i Zielona Gracja starali się namówić Dany, by wzięła sobie za męża szlachcica z Meereen. Dzięki temu mieszkańcy łatwiej pogodziliby się z jej rządami. Gdyby miało dojść do tego, warto by było uważniej przyjrzeć się Hizdahrowi zo Loraqowi. *Lepszy on niż Skahaz.* Golony Łeb zaproponował, że oddali dla niej swą żonę, ale Dany drżała na samą myśl o tym. Hizdahr przynajmniej potrafił się uśmiechać.

— Wasza Wspaniałość — odezwał się Reznak, spoglądając na listę — szlachetny Grazdan zo Galare chciałby zwrócić się do ciebie z prośbą. Czy raczysz go wysłuchać?

— Z przyjemnością — odparła Dany, wpatrując się z podziwem w połyskujące złoto, wyszywane zielonymi perłami pantofelki, a jednocześnie ze wszystkich sił starając się ignorować ból w ściśniętych palcach. Ostrzeżono już ją, że Grazdan jest kuzynem Zielonej Gracji, której poparcie było dla Dany bezcenne. Kobieta była głosem nawołującym do pokoju, pogodzenia się z losem i posłuszeństwa wobec prawowitej władzy. *Mogę wysłuchać jej kuzyna z szacunkiem, bez względu na to, czego ode mnie pragnie.*

Okazało się, że pragnął złota. Dany odmówiła wypłacenia Wielkim Panom rekompensaty za wyzwolonych niewolników, ale Meereeńczycy wciąż wymyślali nowe sposoby na wyłudzenie od niej pieniędzy. Szlachetny Grazdan również wpadł na pewien pomysł. Oznajmił Dany, że miał kiedyś niewolnicę, która była znakomitą tkaczką. Dzieła jej rąk wysoko ceniono nie tylko w Meereen, lecz również w Nowym Ghis, Astaporze i Qarthu. Gdy się zestarzała, Grazdan kupił sześć młodych dziewcząt i rozkazał jej nauczyć je rzemiosła. Staruszka już nie żyła, a wyzwolone dziewczęta otworzyły warsztat pod portowym murem i sprzedawały tam utkane przez siebie tkaniny. Grazdan zo Galare poprosił, by przyznano mu część ich zysków.

— To mnie zawdzięczają swe umiejętności — upierał się. — Kupiłem je na aukcji i kazałem nauczyć tkactwa.

Dany wysłuchała go spokojnie, z twarzą bez wyrazu.

— Jak miała na imię ta stara tkaczka? — zapytała, kiedy skończył.

— Niewolnica? — Grazdan przestąpił z nogi na nogę, marszcząc brwi. — Chyba... Elza. Albo Ella. Jakoś tak. Umarła już sześć lat temu. Miałem bardzo wielu niewolników, Wasza Miłość.

— Powiedzmy, że to była Elza. — Dany uniosła dłoń. — Oto nasza decyzja. Od dziewcząt nie dostaniesz nic. To Elza nauczyła je tkactwa, nie ty. Od ciebie dziewczęta dostaną nowe krosna, najlepsze jakie można kupić w mieście. To kara za to, że zapomniałeś imienia staruszki.

Reznak chciał potem wezwać kolejnego z odzianych w *tokary*, ale Dany uparła się, że teraz pora na wyzwoleńców. Od tej chwili wysłuchiwała na zmianę byłego pana i byłego niewolnika. Coraz więcej petentów domagało się jakiegoś rodzaju rekompensaty. Po upadku Meereen brutalnie złupiono. Schodkowym piramidom wielmożów oszczędzono największych okrucieństw, ale w biedniejszych dzielnicach miasta doszło do fali zabójstw i grabieży.

Niewolnicy powstali, a przez rozbitą bramę do środka wdarły się wygłodniałe hordy, które podążały za nią z Yunkai i Astaporu. Nieskalani przywrócili w końcu porządek, ale złupienie miasta zrodziło mnóstwo problemów. Nikt nie był pewien, które prawa nadal obowiązują. Dlatego wszyscy przychodzili ze swymi sprawami do królowej.

Następna była bogata kobieta, której mąż i synowie zginęli, broniąc miejskich murów. Gdy najeźdźcy wtargnęli do miasta, uciekła do domu brata. Po powrocie przekonała się, że jej dom zamieniono w burdel. Kurwy przywdziały jej szaty i obwiesiły się klejnotami. Chciała odzyskać dom i biżuterię.

— Ubrania mogą sobie zostawić — zgodziła się. Dany przyznała jej klejnoty, ale oznajmiła, że kobieta utraciła prawo do domu, opuszczając go.

Potem przyszedł były niewolnik, który oskarżył szlachcica z rodu Zhaków. Niedawno pojął za żonę wyzwolenicę, która przed upadkiem miasta była nałożnicą owego mężczyzny. Szlachcic pozbawił ją dziewictwa, wykorzystał i zrobił jej dziecko. Teraz nowy mąż kobiety pragnął, by jej byłego pana wykastrowano za zbrodnię gwałtu. Domagał się też sakiewki złota jako zapłaty za wychowanie bękarta szlachcica jak własnego dziecka. Dany przyznała mu sakiewkę, ale nie zgodziła się na kastrację.

— Kiedy z nią spał, twoja żona była jego własnością. Mógł z nią zrobić, co zechciał. Zgodnie z prawem nie był to gwałt.

Widziała, że mężczyzna nie jest zadowolony z jej decyzji, ale gdyby kastrowała każdego, kto kiedykolwiek zmusił niewolnicę do współżycia, wkrótce władałaby miastem pełnym eunuchów.

Następnie zjawił się chłopak młodszy niż Dany, drobny, naznaczony blizną i odziany w szary *tokar* ze srebrnymi frędzlami. Załamującym się głosem opowiedział, jak dwaj domowi niewolnicy jego ojca zbuntowali się w noc upadku miasta. Jeden z nich zabił jego ojca, a drugi starszego brata. Obaj zgwałcili też jego matkę, a potem ją również pozbawili życia. Chłopak zdołał uciec, ale na twarzy została mu blizna. Jeden z morderców nadal mieszkał w domu jego ojca, a drugi był teraz żołnierzem królowej, jednym z Ludzi Matki. Chłopak chciał, żeby obu powieszono.

Jestem królową miasta zbudowanego na pyle i śmierci. Dany była zmuszona mu odmówić. Ogłosiła amnestię za wszystkie zbrodnie popełnione podczas zdobywania miasta, nie zamierzała też karać niewolników za bunt przeciwko panom.

Gdy mu to powiedziała, chłopak rzucił się na nią, ale nogi zaplątały mu się w *tokar* i zwalił się na fioletowy marmur. Silny Belwas dopadł go natychmiast. Potężny, śniady eunuch złapał go jedną ręką i potrząsnął nim jak mastif szczurem.

— Starczy, Belwasie — zawołała Dany. — Puść go.

— Ciesz się, że masz *tokar* — powiedziała młodzieńcowi. — Uratował ci życie. Gdybyś podniósł na mnie rękę w gniewie, straciłbyś ją. Jesteś tylko chłopcem, więc zapomnimy, co tu się wydarzyło. Ty powinieneś postąpić tak samo.

Gdy jednak chłopak wychodził z komnaty, obejrzał się na nią. *Harpia ma nowego syna* — omyślała Dany, ujrzawszy jego oczy.

W południe Daenerys dotkliwie już odczuwała ciężar korony i twardość ławy, na której siedziała. Na przyjęcie czekało jeszcze mnóstwo błagalników, nie urządziła więc przerwy na posiłek, wysłała tylko Jhiqui do kuchni. Dziewczyna przyniosła tacę z podpłomykami, oliwkami, figami i serem. Dany skubała jedzenie, wysłuchując kolejnych petycji, i popijała z kielicha rozwodnione wino. Figi były smaczne, a oliwki jeszcze lepsze, lecz napój zostawiał w ustach cierpki, metaliczny posmak. Z małych, jasnożółtych gron rosnących w tych stronach produkowano kiepskie trunki. *Nie wzbogacimy się na handlu winem.* Zresztą Wielcy Panowie spalili najlepsze winnice razem z gajami oliwnymi.

Po południu zjawił się rzeźbiarz, który zaproponował, że zastąpi głowę wielkiej, odlanej z brązu harpii na Placu Oczyszczenia podobizną głowy Dany. Odmówiła mu tak uprzejmie, jak tylko zdołała. W Skahazadhanie złowiono szczupaka bezprecedensowych rozmiarów. Rybak pragnął ofiarować go królowej. Daenerys wyraziła swój zachwyt w kwiecistych słowach, nagrodziła mężczyznę sakiewką pełną srebra i odesłała rybę do kuchni. Kowal pracujący w miedzi wykonał dla niej kaftan z polerowanych pierścieni, by chronił ją podczas bitwy. Podziękowała mu wylewnie i przyjęła dar. Wyglądał pięknie. Cała ta polerowana miedź z pewnością będzie ładnie błyszczała w słońcu. Niemniej, gdyby rzeczywiście miało dojść do bitwy, lepiej byłoby nosić stal. Rozumiała to nawet młoda dziewczyna, która nic nie wiedziała o wojnie.

Pantofelki od króla-rzeźnika stały się w końcu zbyt niewygodne i Dany je zrzuciła. Jedną nogę podwinęła pod siebie, a drugą machała swobodnie. Nie była to zbyt królewska poza, ale zmęczyło ją już granie królowej. Od korony rozbolała ją głowa, a pośladki miała zupełnie odrętwiałe.

— Ser Barristanie — zawołała. — Wiem już, czego królowie potrzebują najbardziej.

— Odwagi, Wasza Miłość?

— Nie, tyłków z żelaza — zażartowała. — Cały czas tylko siedzę.

— Wasza Miłość za dużo bierze na siebie. Powinnaś przekazać część obowiązków doradcom.

— Mam zbyt wielu doradców i za mało poduszek. — Spojrzała na Reznaka. — Ilu jeszcze zostało?

— Dwudziestu trzech, jeśli Wasza Wspaniałość pozwoli. A każdy z nich domaga się rekompensaty. — Spojrzał w papiery. — Jedno cielę i trzy kozy. Reszta to z pewnością będą owce albo jagnięta.

— Dwudziestu trzech. — Dany westchnęła. — Odkąd zaczęliśmy wypłacać pasterzom odszkodowania, moje smoki okrutnie zasmakowały w baraninie. Czy przedstawili jakieś dowody?

— Niektórzy przynieśli osmalone kości.

— Ludzie potrafią rozpalić ogień. I upiec baraninę. Kości niczego nie dowodzą. Brązowy Ben mówi, że na wzgórzach za miastem żyją czerwone wilki, szakale i dzikie psy. Czy musimy płacić czystym srebrem za każde zbłąkane jagnię między Yunkai a Skahazadhanem?

— Nie musimy, Wasza Wspaniałość. — Reznak pokłonił się nisko. — Mam odesłać tych nędzników czy każesz ich wychłostać?

Daenerys przesunęła się na ławie. Heban wydawał się jej coraz twardszy.

— Nikt nie powinien bać się przyjść do mnie. — Z pewnością niektóre pretensje były fałszywe, ale większość była autentyczna. Jej smoki za bardzo urosły, żeby mogły się zadowolić szczurami, kotami i psami, jak do tej pory. Ser Barristan ostrzegł ją słowami: „Im więcej będą jadły, tym bardziej urosną, a im bardziej urosną, tym więcej będą jadły". Drogon odlatywał szczególnie daleko i z łatwością mógł codziennie pożreć owcę. — Zapłać im za zwierzęta — rozkazała Reznakowi — ale od tej pory domagający się odszkodowania będą musieli się udać do Świątyni Gracji i złożyć świętą przysięgę przed bogami Ghis.

— Wedle rozkazu. — Reznak zwrócił się ku oczekującym. — Jej Królewska Wspaniałość zgodziła się wypłacić wam odszkodowania za utracone zwierzęta — oznajmił po ghiscarsku. — Zgłoście się jutro do moich faktorów, a otrzymacie rekompensatę w pieniądzach albo w naturze, jak wolicie.

Jego słowa przywitano ponurym milczeniem. *Można by pomyśleć, że się ucieszą* — pomyślała poirytowana Dany. — *W końcu po to przyszli. Czy tych ludzi nie sposób zadowolić?*

Wszyscy ruszyli ku wyjściu, poza jednym mężczyzną. Był krępy, miał ogorzałą twarz i podniszczone ubranie. Jego włosy tworzyły szorstką czarno-rudą gęstwę, przyciętą na wysokości uszu. W jednej ręce trzymał nędznie wyglądający worek. Stał ze spuszczoną głową, wpatrując się w marmurową posadzkę, jakby zapomniał, gdzie się znajduje. *A czego ten chce?* — zastanowiła się Dany.

— Wszyscy klękają przed Daenerys Zrodzoną w Burzy, Niespaloną, królową Meereen, królową Andalów, Rhoynarów i Pierwszych Ludzi, *khaleesi* Wielkiego Morza Traw, Wyzwolicielką z Okowów i Matką Smoków — zawołała Missandei słodkim, wysokim głosem.

Gdy Dany wstała, jej *tokar* zaczął się zsuwać, ale złapała go i podciągnęła.

— Hej ty, z workiem — zawołała. — Chcesz nam coś powiedzieć? Możesz podejść.

Uniósł głowę. Oczy miał czerwone jak otwarte rany.

Dany zauważyła, że ser Barristan przysunął się bliżej i stanął u jej boku niczym biały cień. Mężczyzna potykał się i powłóczył nogami. W dłoni ściskał worek. *Czy jest pijany albo chory?* — zastanawiała się Dany. Pod połamanymi żółtymi paznokciami miał brud.

— O co chodzi? — zapytała Daenerys. — Przyszedłeś z jakąś skargą albo prośbą? Czego od nas pragniesz?

Nerwowo oblizał spękane wyschnięte wargi.

— Przy... przyniosłem...

— Kości? — zapytała zniecierpliwiona. — Przypalone kości?

Uniósł worek i wysypał jego zawartość na posadzkę.

To rzeczywiście były kości, poczerniałe i spękane. Te długie rozszczepiono, żeby dobrać się do szpiku.

— To był ten czarny — ciągnął mężczyzna z warkliwym ghiscarskim akcentem. — Skrzydlaty cień. Opadł z nieba i... i...

Nie. Dany zadrżała. *Nie, o nie, nie.*

— Czy jesteś głuchy, głupcze? — zawołał Reznak mo Reznak. — Nie słyszałeś moich słów? Zgłoś się jutro do moich faktorów. Zapłacą ci za owcę.

— Reznaku — rzekł cicho ser Barristan — zamknij gębę i otwórz oczy. To nie są kości owcy.

Nie — pomyślała Dany. *To kości dziecka.*

JON

Biały wilk mknął przez czarną puszczę u podstawy jasnego, sięgającego nieba urwiska. Księżyc mu towarzyszył, jego blask przenikał przez plątaninę nagich konarów, przesłaniających rozgwieżdżone niebo.

— Snow — wyszeptał księżyc.

Wilk nie odpowiedział. Śnieg chrzęścił pod jego łapami. Między drzewami szumiał wiatr.

Z daleka dobiegał go zew wabiących go współbraci. Oni również ruszyli na łowy. Czarny brat rozszarpywał ciało ogromnej kozy. Lały się nań strugi szalonej ulewy, zmywając krew z boku, w który ugodził go długi róg ofiary. Gdzie indziej jego mała siostra wznosiła łeb ku księżycowi i setka drobnych szarych kuzynów przerywała polowanie, by zaśpiewać razem z nią. Było tam cieplej i wśród wzgórz roiło się od zwierzyny. Wataha jego siostry nieraz syciła się nocą mięsem owiec, krów i koni, które były ludzką zwierzyną, a czasem nawet mięsem samych ludzi.

— Snow — zawołał znowu księżyc i zachichotał. Biały wilk truchtał ludzką ścieżką biegnącą pod lodowym urwiskiem. Na języku miał smak krwi, uszy zaś wypełniała mu pieśń setki kuzynów. Kiedyś było ich sześcioro. Piątka ślepych maleństw, skomlących bezradnie w śniegu obok martwego ciała matki, i on, samotnik o białym futrze, ruszający między drzewa na chwiejnych nogach, podczas gdy reszta miotu ssała zimne mleko z twardych, martwych sutek. Teraz z tej szóstki zostało tylko czworo… a jednego z nich już nie czuł.

— Snow — nalegał księżyc.

Biały wilk uciekał przed nim niczym mknąca po lodzie strzała. Pędził ku jaskini nocy, gdzie skryło się słońce, a jego oddech zamarzał w powietrzu. Podczas bezgwiezdnych nocy urwisko było czarne jak kamień, jego mroczna ściana wznosiła się wysoko nad szerokim światem, ale kiedy wzeszedł księżyc, lśniło bladym blaskiem niczym skuty lodem strumień. Futro wilka było grube i kosmate, ale gdy nadciągał lodowaty wicher, nawet ono nie chroniło przed chłodem. Wilk wyczuwał, że po drugiej stronie wiatr jest jeszcze zimniejszy. Tam właśnie był jego brat, szary brat pachnący latem.

— Snow.

Z gałęzi spadł sopel. Szary wilk zwrócił się w tamtą stronę, szczerząc kły.

— *Snow!* — Sierść wilka się zjeżyła. Las rozpuścił się wokół niego. — *Snow, snow, snow!*

Krzykom towarzyszył łopot skrzydeł. Z mroku wypadł kruk.

Wylądował na piersi Jona Snow z łoskotem i zgrzytem szponów.

— *SNOW!* — krzyknął mu prosto w twarz.

— Słyszę cię. — W izbie panowała ciemność, łóżko było twarde. Przez okiennice do środka wnikało szare światło, zapowiadające kolejny pochmurny, zimny dzień. W wilczych snach zawsze była noc. — Mormonta też tak budziłeś? Zabieraj te pióra z mojej twarzy.

Jon wysunął rękę spod koca, by przepłoszyć kruka. Wielkie stare ptaszysko było niechlujne i bezczelne. Nie bało się niczego.

— *Snow* — zawołało raz jeszcze, przelatując na słupek łoża. — *Snow, snow*.

Jon zacisnął dłoń na poduszce i rzucił nią, ale ptak wzbił się do lotu. Poduszka uderzyła o ścianę i rozpruła się, pierze posypało się na wszystkie strony. W tej samej chwili do środka zajrzał Edd Cierpiętnik.

— Za pozwoleniem — rzekł zarządca, ignorując nawałnicę piór. — Czy mam przynieść śniadanie?

— *Ziarno* — rozdarł się ptak. — *Ziarno, ziarno*.

— Pieczonego kruka — zasugerował Jon. — I pół pinty *ale*.

— Trzy ziarna i jeden pieczony kruk — podsumował Edd. — To brzmi pięknie, panie, ale Hobb przyrządził dziś jaja na twardo, czarną kiełbasę i jabłka gotowane z suszonymi śliwkami. Są pyszne, pomijając śliwki. Ich nigdy nie jem. No, raz się zdarzyło. Hobb pokroił je na drobne kawałeczki, zmieszał z orzechami i marchewką, a potem ukrył w kurze. Kucharzom nie wolno ufać, lordzie dowódco. Nafaszerują cię suszonymi śliwkami, nim zdążysz się zorientować.

— Później. — Śniadanie mogło zaczekać, Stannis nie był tak cierpliwy. — Były jakieś kłopoty pod palisadą?

— Nie ma żadnych, odkąd wystawiłeś strażników do pilnowania strażników, panie.

— Znakomicie.

W zagrodach za Murem uwięziono około tysiąca dzikich, wziętych do niewoli przez Stannisa Baratheona, gdy jego rycerze rozbili zbieraninę Mance'a Raydera. Było wśród nich wiele kobiet i strażnicy nieraz je stamtąd wykradali, by grzały im łoże. Ludzie króla czy królowej, bez różnicy. Próbowało tego nawet kilku czarnych braci. Mężczyźni pozostaną mężczyznami. W promieniu tysiąca mil nie znajdą żadnych innych kobiet.

— Poddała się kolejna dwójka dzikich — ciągnął Edd. — Matka z dziewczynką uczepioną spódnic. Miała ze sobą też chłopca, opatulonego w futro, ale on był martwy.

— *Martwy* — powtórzył kruk Starego Niedźwiedzia. To było jedno z jego ulubionych słów. — *Martwy, martwy, martwy.*

Wolni ludzie napływali do nich niemal co noc, wygłodzeni, na wpół zamarznięci nieszczęśnicy, którzy uciekli przed bitwą pod Murem, a potem uświadomili sobie, że nie mają dokąd iść.

— Czy matkę przesłuchano? — zapytał Jon. Stannis Baratheon rozbił zastęp Mance'a Raydera w perzynę i wziął króla za Murem do niewoli... ale po drugiej stronie nadal byli dzicy. Płaczka, Tormund Zabójca Olbrzyma i tysiące innych.

— Tak, panie — potwierdził Edd. — Ale dowiedzieliśmy się tylko tyle, że uciekła podczas bitwy, a potem ukrywała się w lesie. Daliśmy jej mnóstwo owsianki i zaprowadziliśmy do zagrody, a dziecko spaliliśmy.

Jon Snow nie przejmował się już myślą o paleniu martwych dzieci. Żywe to jednak co innego. *Dwóch królów, by obudzić smoka. Najpierw ojciec, potem syn, by obaj zginęli jako królowie* — przypomniał sobie. Te słowa wyszeptał jeden z ludzi królowej, gdy maester Aemon czyścił jego rany.

Jon chciał zlekceważyć te słowa, twierdząc, że przez rannego przemawiała gorączka, ale Aemon był innego zdania. „Królewska krew ma w sobie moc" — ostrzegł go stary maester. „A lepsi ludzie niż Stannis nieraz dopuszczali się gorszych czynów".

Tak jest, król może być twardy i bezlitosny, ale dziecko u piersi? Tylko potwór oddałby żywe niemowlę płomieniom.

Odlał się po ciemku, wypełniając nocnik. Kruk Starego Niedźwiedzia mamrotał ciche skargi. Wilcze sny stawały się coraz silniejsze. Pamiętał je nawet po przebudzeniu. *Duch wie, że Szary Wicher nie żyje.* Robb zginął w Bliźniakach, zdradzony przez tych, których uważał za przyjaciół, a jego wilkor stracił życie razem z nim. Brana i Rickona również zamordowano, ścięto im głowy na rozkaz Theona Greyjoya, który był ongiś podopiecznym ich ojca… jeśli jednak sny nie kłamały, ich wilkorom udało się uciec. W Koronie Królowej jeden z nich wypadł z ciemności, by uratować Jonowi życie. *To na pewno był Lato. Jego futro było szare, a Kudłacz ma czarne.* Zastanawiał się, czy jakaś cząstka jego braci przeżyła w wilkach.

Napełnił miskę wodą ze stojącego przy łożu dzbana, umył twarz i dłonie, wdział czysty czarny strój z wełny, zasznurował skórzaną kamizelkę tego samego koloru i włożył znoszone buty. Kruk Mormonta obrzucił go bystrym spojrzeniem czarnych oczek, a potem przeleciał pod okno.

— Masz mnie za swojego sługę? — zapytał ptaka Jon. Gdy otworzył okno o szybach złożonych z grubych, romboidalnych płytek z żółtego szkła, poranny chłód uderzył go prosto w twarz. Chłopak zaczerpnął głęboki oddech, by strącić z siebie pajęczynę nocy. Kruk odleciał. *Ten ptak jest stanowczo za sprytny.* Przez wiele lat był towarzyszem Starego Niedźwiedzia, ale nie powstrzymało go to przed pożywianiem się twarzą Mormonta po jego śmierci.

Krótkie schody prowadziły od drzwi sypialni do większego pomieszczenia, gdzie stał podrapany sosnowy stół oraz dwanaście dębowych krzeseł obitych skórą. Wieżę Królewską zajął Stannis, a Wieża Lorda Dowódcy spłonęła, Jon przeniósł się więc do skromnych pokojów Donala Noye'a, ulokowanych za zbrojownią. W przyszłości na pewno będzie potrzebował większej kwatery, nim jednak przyzwyczai się do dowodzenia, wystarczy mu ta.

Akt nadania, który król przysłał mu do podpisania, leżał na stole pod srebrnym kubkiem, należącym ongiś do Donala Noye'a. Jednoręki kowal pozostawił niewiele dobytku: kubek, sześć groszy i miedzianą gwiazdę, niellowaną broszę ze złamanym zapięciem oraz cuchnący stęchlizną brokatowy wams ozdobiony jeleniem Końca Burzy. *Jego skarbami były narzędzia oraz miecze i noże, które zrobił. Kuźnia była całym jego życiem.* Jon odsunął kubek na bok i raz jeszcze przeczytał dokument. *Jeśli to podpiszę, na zawsze zapamiętają mnie jako lorda dowódcę, który oddał Mur* — pomyślał. *Jeśli jednak odmówię…*

Stannis Baratheon okazał się niespokojnym, skłonnym do urazy gościem. Jeździł traktem królewskim aż do Korony Królowej, zaglądał do pustych chat w Mole's Town, poddawał inspekcji ruiny fortów w Bramie Królowej i Dębowej Tarczy. Każdej nocy chodził po szczycie Muru z lady Melisandre, a za dnia zaglądał do obozów, wyszukując jeńców, których mogłaby przesłuchać. *Nie lubi, gdy ktoś mu się sprzeciwia.* Jon obawiał się, że to nie będzie przyjemny ranek.

Ze zbrojowni dobiegł go grzechot mieczy i tarcz. Najnowsza grupa świeżych rekrutów pobierała broń. Jon usłyszał głos poganiającego ich Żelaznego Emmetta. Cotter Pyke nie był zadowolony, że go utracił, ale młody zwiadowca miał dar do szkolenia ludzi. *Kocha walkę i wpaja chłopakom miłość do niej.* Jon przynajmniej miał taką nadzieję.

Jego płaszcz wisiał na kołku przy drzwiach, a pas z mieczem na sąsiednim. Włożył płaszcz, zapiął pas i ruszył ku zbrojowni. Zauważył, że dywanik Ducha jest pusty. Pod drzwiami stało dwóch wartowników w czarnych płaszczach i żelaznych półhełmach. W rękach dzierżyli włócznie.

— Potrzebujesz eskorty, panie? — zapytał Garse.

— Chyba dam radę sam znaleźć Wieżę Lorda Dowódcy.

Jon nie znosił, gdy wszędzie towarzyszyli mu strażnicy. Czuł się wtedy jak kaczka prowadząca korowód piskląt.

Gdy dotarł na dziedziniec, chłopaki Żelaznego Emmetta już tam były. Stępione miecze tłukły o tarcze i uderzały o siebie z metalicznym szczękiem. Jon zatrzymał się na chwilę, by na nich popatrzeć. Koń mocno napierał na Skoczka, spychając go w stronę studni. Jon doszedł do wniosku, że Koń ma zadatki na dobrego wojownika. Był silny i stawał się coraz silniejszy, miał też instynkt walki. Ze Skoczkiem sprawy miały się jednak inaczej. Nie tylko przeszkadzała mu szpotawa stopa, lecz również bał się ciosów. *Może uda się zrobić z niego zarządcę.* Starcie skończyło się szybko. Skoczek upadł na ziemię.

— Dobrze walczysz — pochwalił Konia Jon. — Ale podczas ataku za nisko opuszczasz tarczę. Musisz naprawić ten błąd, bo inaczej przez niego zginiesz.

— Tak jest, panie. Następnym razem uniosę ją wyżej.

Koń pomógł wstać Skoczkowi. Mniejszy chłopak pokłonił się niezgrabnie.

Na drugim końcu dziedzińca ćwiczyło też kilku rycerzy Stannisa. *Ludzie króla w jednym rogu, a ludzie królowej w drugim* — zauważył Jon. *Ale przyszła tylko garstka. Dla większości jest za zimno.*

Gdy przechodził obok, któryś z nich zawołał go grzmiącym głosem.

— CHŁOPCZE! HEJ! CHŁOPCZE!

„Chłopiec" nie był najgorszym określeniem, jakim zwracano się do Jona Snow, odkąd mianowano go lordem dowódcą. Zignorował jednak wołanie.

— Snow — nie ustępował głos. — Lordzie dowódco.

Tym razem zatrzymał się i odwrócił.

— Słucham, ser?

Rycerz był sześć cali wyższy od niego.

— Człowiek, który ma miecz z valyriańskiej stali, powinien go używać do czegoś więcej niż drapanie się po dupie.

Jon nieraz już widywał go w zamku. Ser Godry Farring był sławnym rycerzem, jeśli wierzyć jego słowom. Podczas bitwy pod Murem zabił uciekającego olbrzyma. Doścignął go konno i wbił mu kopię w plecy, a potem zsunął się z siodła i odrąbał żałośnie małą głowę stworzenia. Ludzie królowej zwali go Godry Olbrzymobójca. Gdy tylko Jon o tym słyszał, przypominał sobie płacz Ygritte. *Jestem ostatnim z olbrzymów.*

— Używam Długiego Pazura, gdy to konieczne, ser.

— Ale jak dobrze sobie z nim radzisz? — Ser Godry wyciągnął własny oręż. — Pokaż mi. Obiecuję, że nie zrobię ci krzywdy, chłopcze.

Cóż za łaskawość.

— Może innym razem. Obawiam się, że wzywają mnie inne obowiązki.

— Boisz się. Widzę to. — Ser Godry spojrzał z uśmiechem na swych towarzyszy. — Boi się — powtórzył na użytek mniej rozgarniętych.

— Wybacz — rzekł Jon i odwrócił się do niego plecami.

Czarny Zamek wyglądał w bladym świetle świtu złowrogo i ponuro. *Nocna Straż jest rozbita, a jej twierdza leży w ruinie* — pomyślał ze smutkiem Jon. Z Wieży Lorda Dowódcy zostały tylko wypalone mury, wspólna sala przerodziła się w stos poczerniałych belek, a Wieża Hardina robiła wrażenie, że może ją zwalić byle podmuch wiatru... ale przecież wyglądała tak od lat. Za budynkami wznosił się Mur: ogromny, nieprzystępny i lodowato zimny. Budowniczowie wznosili nowe serpentynowe schody, mające się połączyć z tym, co pozostało z dawnych. Pracowali od zmierzchu do świtu. Bez schodów mogli dotrzeć na szczyt tylko windą. Jeśli dzicy znowu zaatakują, to na nic się nie zda.

Nad Wieżą Królewską powiewała wielka złota chorągiew bojowa rodu Baratheonów. Łopotała głośno, zatknięta na dachu, na którym jeszcze niedawno Jon Snow czaił się z łukiem w rękach u boku Atłasa i Głuchego Dicka Follarda, zabijając Thennów i wolnych ludzi. Na schodach stali dwaj drżący z zimna ludzie królowej. Dłonie wsunęli sobie pod pachy, a włócznie oparli o drzwi.

— Rękawice z tkaniny są do niczego — oznajmił im Jon. — Pójdźcie jutro do Bowena Marsha, wyda wam skórzane, podszyte futrem.

— Zrobimy to, lordzie dowódco — zapewnił starszy. — Dziękujemy.

— O ile cholerne łapy wcześniej nam nie odpadną — dodał młodszy. Jego oddech zamieniał się w bladą mgiełkę. — Myślałem, że na Dornijskim Pograniczu jest zimno. Co ja mogłem wiedzieć?

Nic — pomyślał Jon. *Tak samo jak ja.*

W połowie krętych schodów spotkał Samwella Tarly'ego, zmierzającego w dół.

— Idziesz od króla? — zapytał Jon.

Sam skinął głową.

— Maester Aemon wysłał mnie z listem.

— Rozumiem. — Niektórzy lordowie polegali na swych maesterach, którzy czytali listy i przekazywali im ich treść, ale Stannis zawsze sam chciał złamać pieczęć: — I jak przyjął to król?

— Sądząc po minie, nie był zadowolony. — Sam zniżył głos do szeptu. — Zabronił mi o tym mówić.

— To nie mów. — Jon zastanawiał się, który z chorążych jego ojca tym razem odmówił złożenia hołdu królowi Stannisowi. *Kiedy Karhold opowiedział się po jego stronie, szybko rozpuścił wieści.* — Jak ci idzie z łukiem? — zapytał Sama.

— Znalazłem dobrą książkę o łucznictwie — oznajmił gruby chłopak. — Ale w praktyce jest trudniej. Robią mi się pęcherze.

— Ćwicz dalej. Możemy jeszcze potrzebować twojego łuku na Murze, jeśli Inni zjawią się ciemną nocą.

— Och, oby tak się nie stało.

Pod samotnią króla Jon znalazł kolejnych wartowników.

— W obecności Jego Miłości nie wolno nosić broni, panie — poinformował go sierżant. — Muszę ci zabrać miecz. I noże też.

Jon wiedział, że nie ma sensu się sprzeciwiać. Wręczył im broń.

W komnacie było ciepło. Lady Melisandre siedziała przy kominku. Jej rubin błyszczał na tle jasnej skóry. Ygritte pocałował ogień, ale czerwona kapłanka była ogniem. Jej włosy wyglądały jak krew i płomień. Stannis stał za grubo ciosanym stołem, przy którym lubił ongiś jadać posiłki Stary Niedźwiedź. Blat pokrywała wielka mapa północy namalowana na wystrzępionej, niewyprawionej skórze. Jeden jej koniec przyciśnięto łojową świecą, drugi zaś stalową rękawicą.

Król miał na sobie spodnie z jagnięcej wełny i wams z podszewką, ale wyglądał tak samo sztywno, jak w zbroi płytowej. Skórę miał bladą, choć ogorzałą, a brodę przyciętą tak krótko, że można by ją wziąć za namalowaną. Po czarnych włosach pozostała jedynie obwódka na skroniach. W ręce trzymał dokument ze złamaną pieczęcią z ciemnozielonego laku.

Jon opadł na jedno kolano. Król zerknął na niego z zasępioną miną i potrząsnął gniewnie dokumentem.

— Wstań. Powiedz mi, kto to jest Lyanna Mormont?

— Jedna z córek lady Maege, panie. Najmłodsza. Nadano jej imię na cześć siostry mojego pana ojca.

— Z pewnością po to, by mu się przypochlebić. Ile lat ma ta nieszczęsna dziewczynka?

Jon musiał się chwilę zastanowić.

— Dziesięć. Albo wkrótce będzie miała. Czy wolno zapytać, czym obraziła Waszą Miłość?

Stannis przeczytał fragment listu.

— *Niedźwiedzia Wyspa nie zna żadnego króla, poza królem północy, który nazywa się STARK.* Mówisz, że ma dopiero dziesięć lat, a mimo to waży się besztać swego prawowitego monarchę. — Krótko przycięta broda pokrywała jego zapadnięte policzki niczym cień. — Zachowaj te wieści dla siebie, lordzie Snow. Karhold jest ze mną, to wszystko, co muszą wiedzieć ludzie. Nie chcę, by twoi bracia opowiadali sobie, że dziecko na mnie napluło.

— Wedle rozkazu, panie.

Jon wiedział, że Maege Mormont pojechała na południe z Robbem. Jej najstarsza córka również towarzyszyła zastępowi Młodego Wilka. Niemniej jednak nawet jeśli obie zginęły, lady Maege miała też inne córki. Niektóre z nich urodziły już własne dzieci. Czyżby one również towarzyszyły Robbowi? Z pewnością lady Maege zostawiłaby w domu przynajmniej jedną ze starszych dziewcząt, by pełniła obowiązki kasztelana. Nie rozumiał, dlaczego do Stannisa napisała Lyanna. Nie mógł też nie zadać sobie pytania, czy odpowiedź dziewczynki nie brzmiałaby inaczej, gdyby list opatrzono pieczęcią z wilkorem, nie z jeleniem w koronie, oraz podpisem Jona Starka, lorda Winterfell. *Za późno na żale* — powiedział sobie. *Podjąłeś decyzję.*

— Wysłałem czterdzieści kruków — skarżył się na głos król. — Ale w odpowiedzi otrzymałem jedynie milczenie bądź sprzeciw. Każdy lojalny poddany jest winien hołd swemu królowi. A mimo to wszyscy chorążowie twojego pana ojca odwrócili się do mnie plecami, pomijając tylko Karstarków. Czy Arnolf Karstark jest jedynym człowiekiem honoru na całej północy?

Arnolf Karstark był stryjem nieżyjącego lorda Rickarda. Gdy

jego bratanek wyruszył z synami na południe, towarzysząc Robbowi, uczyniono go kasztelanem Karholdu. On pierwszy wysłał kruka w odpowiedzi na żądania Stannisa, deklarując swą wierność. *Karstarkowie nie mają wyboru* — pomyślał Jon. Lord Rickard Karstark zdradził wilkora i przelał krew lwów. Jeleń był dla nich jedyną nadzieją.

— W tak niepewnych czasach nawet ludzie honoru muszą się zastanawiać, na czym polega ich obowiązek — odpowiedział Stannisowi. — Wasza Miłość nie jest jedynym królem żądającym od nich hołdów.

— Powiedz mi, lordzie Snow — odezwała się lady Melisandre. — Gdzie byli ci inni królowie, gdy wasz Mur szturmowali dzicy ludzie?

— Tysiące mil stąd, głusi na naszą potrzebę — przyznał Jon. — Nie zapomniałem o tym. I nie zapomnę. Ale chorążowie mojego ojca mają żony i dzieci, muszą też pamiętać o swych prostaczkach. Jeśli dokonają niewłaściwego wyboru, ściągną na nich śmierć. Wasza Miłość żąda od nich zbyt wiele. Daj im czas, a z pewnością usłyszysz odpowiedzi.

— Takie jak ta?

Stannis zmiażdżył list Lyanny w zaciśniętej pięści.

— Nawet na północy ludzie boją się gniewu Tywina Lannistera — zauważył Jon. — Boltonowie również są niebezpiecznymi wrogami. Nie darmo noszą na chorągwiach obdartego ze skóry człowieka. Ludzie z północy ruszyli na wojnę z Robbem, krwawili razem z nim, ginęli za niego. Najedli się do syta żałoby i śmierci, a teraz oferujesz im dokładkę. Nie możesz mieć im za złe, że się wzdragają. Wybacz, Wasza Miłość, ale niektórzy widzą w tobie tylko kolejnego pretendenta, skazanego na nieuchronną klęskę.

— Jeśli Jego Miłość jest skazany na klęskę, wasze królestwo również — wtrąciła lady Melisandre. — Pamiętaj o tym, lordzie Snow. Stoi przed tobą jedyny prawowity król Westeros.

— Skoro tak mówisz, pani — odparł Jon z całkowicie pozbawioną wyrazu twarzą.

Stannis prychnął pogardliwie.

— Oszczędzasz słowa, jakby każde było złotym smokiem. Zastanawiam się, ile złota już zaoszczędziłeś?

— Złota? — *Czy to takie smoki pragnie obudzić kobieta w czerwieni? Smoki ze złota?* — Zbieramy niewiele podatków i to wyłącznie w naturze, Wasza Miłość. Straż jest bogata w rzepę, ale uboga w gotówkę.

— Rzepy nie zadowolą Salladhora Saana. Potrzebuję złota albo srebra.

— W tym celu musisz pozyskać Biały Port. Nie może się równać ze Starym Miastem albo Królewską Przystanią, ale to kwitnący ośrodek handlu. Lord Manderly to najbogatszy z chorążych mojego pana ojca.

— Lord Za Gruby by Dosiąść Konia.

W liście nadesłanym z Białego Portu lord Wyman Manderly pisał właściwie tylko o swym podeszłym wieku i złym stanie zdrowia. O tym liście Stannis również zabronił Jonowi wspominać.

— Może jego lordowska mość chciałby mieć dziką żonę? — zasugerowała Melisandre. — Czy grubas jest żonaty, lordzie Snow?

— Jego pani żona dawno już nie żyje. Lord Wyman ma dwóch dorosłych synów i wnuki po pierwszym. Do tego waży co najmniej trzydzieści kamieni za dużo, by dosiąść konia. Val nigdy go nie zechce.

— Mógłbyś choć raz udzielić mi odpowiedzi, która mnie zadowoli, lordzie Snow — poskarżył się król.

— Chciałbym myśleć, że prawda cię zadowoli, panie. Twoi ludzie zwą Val księżniczką, ale dla wolnych ludzi jest tylko siostrą nieżyjącej żony ich króla. Jeśli zmusisz ją do poślubienia mężczyzny, którego nie będzie chciała, najpewniej poderżnie mu gardło w noc poślubną, ale nawet gdyby zgodziła się go przyjąć za męża, to jeszcze nie znaczy, że dzicy podążą za nim. Z twoją sprawą wiąże ich wyłącznie Mance Rayder.

— Wiem o tym — przyznał z niezadowoleniem król. — Spędziłem wiele godzin na rozmowach z nim. Wie bardzo wiele o naszym prawdziwym wrogu, muszę też przyznać, że ma w sobie siłę. Niemniej, nawet gdyby się wyrzekł tytułu królewskiego, pozostanie wiarołomcą. Jeśli daruję życie jednemu dezerterowi, zachęcę do dezercji kolejnych. Nie, prawo musi być z żelaza, nie z puddingu, a zgodnie ze wszystkimi prawami Siedmiu Królestw Mance Rayder zasłużył na śmierć.

— Prawo kończy się na Murze, Wasza Miłość. Mance może się okazać użyteczny.

— I okaże się. Spalę go i w ten sposób zademonstruję północy, jak postępuję ze zdrajcami i wiarołomcami. Nie zapominaj też, że mam syna Raydera. Po śmierci ojca bachor zostanie królem za Murem.

— Wasza Miłość jest w błędzie. — Ygritte mawiała: „Nic nie wiesz, Jonie Snow", ale od tego czasu wiele się nauczył. — Dziecko nie jest księciem, podobnie jak Val nie jest księżniczką. Nikt nie zostaje królem za Murem dlatego, że jego ojciec nim był.

— I bardzo dobrze — skwitował Stannis. — Nie zniosę w Westeros innych królów. Dość już o Rayderze. Czy podpisałeś akt?

Teraz się zacznie. Jon zacisnął poparzone palce i rozprostował je ponownie.

— Nie, Wasza Miłość. Prosisz o zbyt wiele.

— Proszę? Prosiłem cię, byś został lordem Winterfell i namiestnikiem północy. Żądam tych zamków.

— Oddałem ci Nocny Fort — przypomniał Jon Snow.

— To tylko szczury i ruiny. Dar skąpca, nic niekosztujący dającego. Twój człowiek, Yarwyck, przyznał, że minie pół roku, nim uda się uczynić zamek zdatnym do zamieszkania.

— Pozostałe forty są w podobnym stanie.

— Wiem o tym. Nieważne. To wszystko, co mamy. Wzdłuż Muru zbudowano dziewiętnaście fortów, a tobie starczy ludzi do obsadzenia trzech. Chcę, by przed końcem roku w każdym był garnizon.

— Przeciwko temu nic nie mam, panie, ale ludzie powiadają, że zamierzasz przyznać te zamki swym rycerzom i lordom, jako wasalom Waszej Miłości.

— Królowie winni być szczodrzy dla swych ludzi. Czy lord

Eddard niczego nie nauczył swego bękarta? Wielu moich rycerzy porzuciło na południu bogate ziemie i warowne zamki. Czy ich wierność ma pozostać bez nagrody?

— Jeśli Wasza Miłość pragnie utracić wszystkich chorążych mojego pana ojca, nie ma lepszego sposobu, niż oddawać północne zamki południowym lordom.

— Jak mogę utracić ludzi, których nie mam? Może sobie przypominasz, że miałem nadzieję oddać Winterfell człowiekowi z północy. Synowi Eddarda Starka. Ale on cisnął mi moją ofertę prosto w twarz.

Stannis Baratheon traktował każdą urazę jak mastif kość. Nie przestawał gryźć, aż przeżuł ją na kawałeczki.

— Zgodnie z prawem Winterfell powinno przypaść mojej siostrze Sansie.

— Masz na myśli lady Lannister? Czy pragniesz, by Krasnal zasiadł na miejscu twego ojca?

— Nie — odparł Jon.

— To dobrze. Zapewniam, że póki żyję, tak się nie stanie, lordzie Snow.

Jon wiedział, że nie ma sensu się spierać.

— Panie, niektórzy mówią, że zamierzasz przyznać ziemie i zamki Grzechoczącej Koszuli oraz magnarowi Thennu.

Oczy króla przybrały wygląd twardych, niebieskich kamieni. Stannis zazgrzytał zębami.

— Kto ci to powiedział?

— Czy to ważne? — Mówili o tym wszyscy w Czarnym Zamku. — Jeśli koniecznie chcesz wiedzieć, to Goździk.

— Kto to jest Goździk? — zapytał król.

— Mamka — wyjaśniła lady Melisandre. — Wasza Miłość przyznał jej wolność w granicach zamku.

— Nie po to, by powtarzała plotki. Potrzebuję jej cycków, nie języka. Niech daje więcej mleka, a powtarza mniej wieści.

— Nie potrzebujemy w Czarnym Zamku bezużytecznych gąb — zgodził się Jon. — Odeślę Goździk na południe najbliższym statkiem odpływającym ze Wschodniej Strażnicy.

— Goździk karmi również syna Dalli — zauważyła Melisandre, dotykając rubinu na swej szyi. — Byłoby okrucieństwem odebrać młodemu księciu mlecznego brata.

Tylko ostrożnie, ostrożnie.

— Nie łączy ich nic poza mlekiem matki. Syn Goździk jest większy i bardziej żywotny. Kopie i szczypie księcia, odpycha go od piersi. Jego ojcem był Craster, okrutny i chciwy człowiek. Widać w nim jego krew.

Stannis zmarszczył czoło.

— Powiedziano mi, że mamka była córką tego Crastera.

— I córką, i żoną. Craster żenił się ze wszystkimi swymi córkami. Chłopiec Goździk jest owocem ich związku.

— Ma dziecko z własnym ojcem? — zapytał wstrząśnięty Stannis. — W takim razie lepiej się jej pozbądź. Nie chcę tu takiego plugastwa. To nie Królewska Przystań.

— Znajdę inną mamkę. Jeśli wśród dzikich nie będzie odpowiedniej kobiety, poślę do górskich klanów. Do tej pory chłopcu wystarczy kozie mleko, jeśli Wasza Miłość pozwoli.

— To kiepski pokarm dla księcia... ale lepsze kozie niż kurewskie. — Stannis zabębnił palcami o mapę. — Czy możemy już wrócić do kwestii fortów...

— Wasza Miłość — zaczął Jon z lodowatą uprzejmością. — Dałem twym ludziom kwatery i nakarmiłem ich, wielkim kosztem dla naszych zimowych zapasów. Odziałem ich również, by nie zamarzli na Murze.

Stannis nie dał się udobruchać.

— Tak podzieliłeś się z nami soloną wieprzowiną i owsianką, dorzuciłeś też trochę czarnych szmat, by nas ogrzać. Szmat, które dzicy zdarliby z waszych trupów, gdybym nie przybył na północ.

Jon zignorował te słowa.

— Dałem wam też paszę dla koni, a gdy tylko ukończymy prace przy schodach, użyczę wam budowniczych, by odbudowali Nocny Fort. Zgodziłem się nawet na osiedlenie dzikich w Darze, który przyznano Nocnej Straży na wieczne użytkowanie.

— Dajesz mi pustkowia, a odmawiasz zamków, których potrzebuję na nagrodę dla swych lordów i chorążych.

— Te zamki zbudowała Nocna Straż...

— I Nocna Straż je opuściła.

— ...po to, by bronić Muru — ciągnął uparcie Jon. — Nie na siedziby dla dzikich i lordów z południa. Kamienie tych fortów połączyła zaprawa z krwi i kości moich dawno nieżyjących braci. Nie mogę ci ich oddać.

— Nie możesz czy nie chcesz? — Mięśnie na szyi króla uwydatniły się, ostre jak miecze. — I pomyśleć, że chciałem ci ofiarować nazwisko.

— Mam nazwisko, Wasza Miłość.

— Snow. Czy istniało kiedyś bardziej złowróżbne? — Stannis dotknął rękojeści miecza. — Za kogo ty się uważasz?

— Za strażnika na murach. Za miecz w ciemności.

— Nie przerzucaj się ze mną słówkami. — Stannis wyciągnął miecz, który zwał Światłonoścą. — Oto miecz w ciemności. — Po klindze przebiegały fale światła, to czerwone, to żółte, to znowu pomarańczowe. Na twarz króla padł ostry, jaskrawy blask. — Nawet niedoświadczony chłopak powinien być w stanie to dostrzec. Czy jesteś ślepy?

— Nie, panie. Zgadzam się, że zamki muszą mieć załogę...

— Młodociany lord dowódca się zgadza. To bardzo fortunne.

— ...z Nocnej Straży — dokończył Jon.

— Masz za mało ludzi.

— To daj mi ich, panie. Przydzielę do każdego z opuszczonych fortów oficerów, doświadczonych ludzi znających Mur i leżące za nim ziemie. Takich, którzy najlepiej wiedzą, jak przetrwać nadchodzącą zimę. W zamian za wszystko, co od nas otrzymałeś, daj mi ludzi, którzy obsadzą garnizony. Zbrojnych, kuszników, surowych chłopaków. Przyjmę nawet rannych i chorych.

Stannis popatrzył nań z niedowierzaniem, po czym wybuchnął ochrypłym śmiechem.

— Muszę przyznać, że nie brak ci czelności, Snow, ale jesteś szalony, jeśli sądzisz, że moi ludzie zechcą przywdziać czerń.

— Mogą się ubierać, w jaki kolor tylko zechcą, pod warunkiem że będą słuchać moich oficerów tak samo, jak słuchaliby twoich.

Król pozostał niewzruszony.

— Służą mi rycerze i lordowie pochodzący ze starych, szlacheckich rodów, pełnych honoru. Nie można od nich żądać, by służyli pod rozkazami kłusowników, chłopów i morderców.

Albo bękartów, panie?

— Twój namiestnik jest przemytnikiem.

— Był nim. I skróciłem mu za to palce. Mówią mi, że jesteś dziewięćset dziewięćdziesiątym ósmym dowódcą Nocnej Straży, lordzie Snow. Zastanawiam się, co powiedziałby na temat tych zamków dziewięćset dziewięćdziesiąty dziewiąty. Widok twojej głowy zatkniętej na pal mógłby go skłonić do większej ustępliwości. — Król położył świecący miecz na mapie, wzdłuż Muru. Klinga lśniła migotliwym blaskiem, jak słońce odbijające się w wodzie. — Jesteś lordem dowódcą tylko dlatego, że na to pozwalam. Lepiej o tym nie zapominaj.

— Jestem lordem dowódcą, bo wybrali mnie bracia.

Bywały ranki, gdy Jon Snow sam w to nie wierzył i budził się przekonany, że wszystko to tylko szalony sen.

To tak, jak wdziać nowe ubranie. Tak zapewniał go Sam. *Z początku nie pasuje za dobrze, ale gdy już ponosisz je przez pewien czas, poczujesz się w nim wygodnie.*

— Alliser Thorne skarży się na formę tych wyborów i muszę przyznać, że ma trochę racji. — Mapa leżała między nimi jak pole bitwy, skąpana w barwnym blasku świecącego miecza. — Głosy liczył ślepiec, a przez ramię spoglądał mu twój gruby przyjaciel. Co więcej, Slynt zwał cię wiarołomcą.

Któż wie o wiarołomcach więcej od niego?

— Wiarołomca powiedziałby ci to, co pragniesz usłyszeć, i zdradziłby cię później. Wasza Miłość wie, że wybrano mnie uczciwie. Ojciec zawsze mówił, że jesteś sprawiedliwym człowiekiem.

Sprawiedliwym, ale bezlitosnym. Tak brzmiały słowa lorda Eddarda, ale Jon nie uważał, by rozsądnie było o tym wspominać.

— Lord Eddard nie był mi przyjacielem, ale miał trochę rozsądku — przyznał Stannis. — Oddałby mi te zamki.

Nigdy.

— Nie mogę wiedzieć, co zrobiłby mój ojciec, Wasza Miłość. Złożyłem przysięgę. Mur należy do mnie.

— Na razie. Przekonamy się, czy zdołasz go utrzymać. — Stannis wskazał palcem na Jona. — Zatrzymaj swe ruiny, jeśli znaczą dla ciebie aż tak wiele. Zapewniam jednak, że jeśli pod koniec roku któryś z fortów będzie pusty, wezmę go sobie z twoim pozwoleniem lub bez niego. A jeśli choć jeden wpadnie w ręce nieprzyjaciela, szybko zapłacisz za to głową. Idź już.

Siedząca przy kominku lady Melisandre wstała.

— Za pozwoleniem, panie, odprowadzę lorda Snow na kwaterę.

— A po co? Zna drogę. — Stannis machnął ręką. — Jak sobie życzysz. Devanie, posiłek. Gotowane jajka i cytrynową wodę.

Po ciepłej samotni króla chłód panujący na serpentynowych schodach wnikał aż do kości.

— Wicher się wzmaga, pani — ostrzegł Melisandre sierżant, zwracając Jonowi broń. — Powinnaś wdziać cieplejszy płaszcz.

— Grzeje mnie wiara. — Kobieta w czerwieni ruszyła w dół u boku Jona. — Jego Miłość cię polubił.

— Zauważyłem. Groził mi ścięciem tylko dwa razy.

Parsknęła śmiechem.

— To jego milczenia powinieneś się bać, nie jego słów. — Gdy wyszli na dziedziniec, płaszcz Jona załopotał na wietrze. Czarna tkanina uderzyła w Melisandre, ale czerwona kapłanka odepchnęła ją na bok i wzięła Jona pod rękę. — Może i masz rację w sprawie króla dzikich. Zajrzę w płomienie i będę się modliła do Pana Światła o przewodnictwo. Ogień pokazuje mi coraz więcej, Jonie Snow. Potrafię przejrzeć kamień i ziemię, wyczytać prawdę w mroku ludzkich dusz. Przemawiam do dawno zmarłych królów i jeszcze nienarodzonych dzieci, widzę umykające lata, aż po sam kres dni.

— Czy twoje ognie nigdy się nie mylą?

— Nigdy… choć kapłani są tylko śmiertelnikami. Czasami błądzimy, nie potrafiąc odróżnić tego, co musi nadejść, od tego, co jedynie może się wydarzyć.

Jon czuł bijący od niej żar, nawet przez wełnę i utwardzaną skórę. Ludzie spoglądali na nich z zaciekawieniem, widząc, że prowadzą się pod rękę. *W koszarach pojawią się dziś plotki.*

— Jeśli rzeczywiście dostrzegasz jutro w płomieniach, powiedz mi, kiedy nadejdzie następny atak dzikich — zażądał, wyszarpując rękę.

— R'hllor zsyła mi takie wizje, jakie zechce, ale poszukam w płomieniach tego Tormunda. — Rozciągnęła w uśmiechu czerwone usta. — Widziałam w ogniach ciebie, Jonie Snow.

— Czy to groźba, pani? Mnie również chcesz spalić?

— Źle mnie zrozumiałeś — zaprzeczyła ze śmiechem. — Obawiam się, że budzę w tobie niepokój, lordzie Snow.

Jon nie próbował temu przeczyć.

— Mur to nie miejsce dla kobiety.

— Mylisz się. Śniłam o twoim Murze, Jonie Snow. Wielka była wiedza, która go wzniosła, a pod jego lodem ukryto potężne zaklęcia. Jesteśmy u stóp jednego z zawiasów świata. — Melisandre spojrzała na szczyt Muru. Jej oddech był ciepłą parą unoszącą się w powietrzu. — Moje miejsce jest tutaj, tak samo jak twoje. Wkrótce możesz mnie bardzo potrzebować. Nie odrzucaj mojej przyjaźni, Jon. Widziałam cię podczas nawałnicy, ze wszystkich stron otaczali cię wrogowie. Masz bardzo wielu wrogów. Czy mam ci podać ich imiona?

— Znam je.

— Nie bądź tego taki pewien. — Rubin na jej szyi rozjarzył się czerwonym blaskiem. — Nie tych, którzy przeklinają cię prosto w oczy, powinieneś się bać, lecz tych, którzy uśmiechają się, gdy na nich patrzysz, a ostrzą noże, kiedy się odwrócisz. Lepiej trzymaj swojego wilka blisko. Widzę lód i sztylety w ciemności. Zamarzniętą krew, czerwoną i twardą, oraz nagą stal. Było bardzo zimno.

— Na Murze zawsze jest zimno.

— Tak myślisz?

— Wiem to, pani.

— A więc nic nie wiesz, Jonie Snow — wyszeptała.

BRAN

Czy już jesteśmy na miejscu?

Bran nigdy nie wypowiedział tych słów na głos, ale często był tego bliski, gdy ich obdarta kompania wlokła się przez gaje prastarych dębów i wyniosłych szarozielonych drzew strażniczych, mijała posępne żołnierskie sosny i nagie brązowe kasztanowce. *Czy jesteśmy już blisko?* — zastanawiał się chłopiec, gdy Hodor wdrapywał się na kamienisty stok albo schodził do mrocznego jaru, na którego dnie brudny śnieg chrzęścił pod jego stopami. *Jak daleko jeszcze?* — zastanawiał się, kiedy wielki łoś przechodził w bród zamarzający strumień. *Jak długo to potrwa? Jest tak bardzo zimno. Gdzie jest trójoka wrona?*

Kołyszący się w wiklinowym koszu na plecach Hodora Bran zgarbił się i pochylił głowę, gdy wysoki chłopiec stajenny przechodził pod nisko wiszącym konarem dębu. Znowu zaczął sypać śnieg, wilgotny i ciężki. Jedno oko Hodora zamknęła warstewka szronu, a z końców bujnych wąsów zwisały mu sople. W urękawicznionej dłoni nadal ściskał długi zardzewiały miecz, zabrany z krypt pod Winterfell. Od czasu do czasu uderzał nim o gałąź, strącając pokrywający ją śnieg.

— Hod-d-d-dor — mruczał, dzwoniąc zębami.

Ten dźwięk działał dziwnie uspokajająco. Wędrując z Winterfell do Muru, Bran i jego towarzysze skracali sobie czas, opowiadając różne historie, tutaj jednak wyglądało to inaczej. Nawet Hodor to rozumiał. Hodorował rzadziej niż na południe od Muru. W tym lesie panowała cisza nieprzypominająca niczego, z czym Bran dotąd się zetknął. Nim spadł śnieg, północny wiatr wzbijał z ziemi chmury zeschłych brązowych liści z cichym szelestem przypominającym chłopcu odgłos karaluchów buszujących w spiżarni. Teraz jednak liście zniknęły pod grubą warstwą śniegu. Od czasu do czasu nad głowami wędrowców przelatywał kruk, poruszając wielkimi czarnymi skrzydłami w zimnym powietrzu. Poza tym było tu zupełnie cicho.

Tuż przed nimi szedł łoś. Brnął przez zaspy ze zwieszoną

głową. Jego potężne poroże pokryła skorupa lodu. Zwiadowca siedział na jego grzbiecie, milczący i ponury. Grubas Sam zwał go Zimnorękim, bo choć twarz mężczyzny była blada, ręce miał czarne i twarde jak żelazo i równie jako ono zimne. Resztę jego ciała spowijały warstwy wełny, utwardzanej skóry i kolczugi, a dolną połowę skrytej pod kapturem twarzy zasłaniał czarny wełniany szalik.

Za zwiadowcą siedziała Meera Reed. Tuliła brata w ramionach, by ciepłem własnego ciała osłonić go przed zimnem i wiatrem. Pod nosem Jojena zgromadziła się grudka zamarzniętych smarków. Od czasu do czasu chłopak drżał gwałtownie. *Wygląda, jakby zmalał* — pomyślał Bran, patrząc na zataczającego się towarzysza. *Sprawia wrażenie mniejszego ode mnie. I słabszego, choć to ja jestem kaleką.*

Ich grupkę zamykał Lato. Oddech wilkora zamarzał w leśnym powietrzu. Zwierzę nadal utykało na tylną łapę, w którą wbiła się strzała pod Koroną Królowej. Bran czuł ból w starej ranie, gdy tylko wślizgiwał się w skórę wielkiego wilka. Ostatnio nosił ciało Laty częściej niż własne. Mimo grubego futra wilk cierpiał od zimna, ale sięgał dalej wzrokiem, miał też lepszy słuch i węch niż siedzący w koszu chłopiec, spowity w liczne warstwy tkanin niczym niemowlę.

Niekiedy, gdy znudziło mu się bycie wilkiem, Bran wkładał skórę Hodora. Łagodny olbrzym jęczał cicho, kiedy go poczuł, i potrząsał kudłatą głową, ale nie tak gwałtownie jak za pierwszym razem, pod Koroną Królowej. *Wie, że to ja* — lubił sobie powtarzać chłopiec. *Już się do mnie przyzwyczaił.* Mimo to nigdy nie czuł się wygodnie w skórze Hodora. Chłopiec stajenny nie potrafił zrozumieć, co się dzieje, i Bran czuł w ustach smak jego strachu. Wewnątrz Laty czuł się lepiej. *Ja jestem nim, a on mną. Obaj czujemy to samo.*

Bran wyczuwał czasami, że wilkor obwąchuje łosia, zastanawiając się, czy zdołałby powalić wielkie zwierzę. W Winterfell Lato przyzwyczaił się do koni, ale to był łoś, a łosie były zwierzyną łowną. Czuł ciepłą krew płynącą pod pokrytą kudłatą sierścią skórą zwierzęcia. Sam ten zapach wystarczał, by paszczę wypełniała mu ślina. Chłopiec reagował identycznie na myśl o ciemnym, sycącym mięsie.

Na pobliskim dębie zakrakał kruk. Bran usłyszał łopot skrzydeł drugiego czarnego ptaszyska, które wylądowało obok towarzysza. Za dnia towarzyszyło im tylko kilka kruków. Przelatywały z drzewa na drzewo albo siadały na porożu łosia. Reszta stada leciała przodem albo zostawała z tyłu. Gdy jednak słońce wisiało nisko nad horyzontem, ptaki wracały, opadając z nieba na czarnych jak noc skrzydłach, aż wreszcie w promieniu wielu jardów wszystkie gałęzie wszystkich drzew uginały się od nich. Niektóre podlatywały do zwiadowcy, kracząc i skrzecząc. Bran odnosił wrażenie, że rozumie ich głosy. *Są jego oczami i uszami. Badają dla niego okolicę i szepczą mu o niebezpieczeństwach czających się z przodu albo podążających za nami.*

Tak samo jak teraz. Łoś zatrzymał się nagle i zwiadowca zeskoczył lekko z jego grzbietu, lądując w sięgającym kolan śniegu. Lato warknął na niego, strosząc sierść. Wilkor nie lubił zapachu Zimnorękiego. *Martwe mięso, zakrzepła krew, lekki powiew zgnilizny. I zimno. Ono przede wszystkim.*

— Co się stało? — zainteresowała się Meera.

— Za nami — oznajmił Zimnoręki głosem stłumionym przez czarny szalik zasłaniający mu nos i usta.

— Wilki? — zapytał Bran. Już od kilku dni wiedzieli, że idą za nimi. Co noc słyszeli żałobne wycie stada i co noc wilki były bliżej. *To łowcy. Głodni. Czują zapach naszej słabości.*

Często budził się z drżeniem kilka godzin przed świtem i słuchał głosów nawołujących się w oddali wilków, czekając na wschód słońca. *Jeśli to wilki, musi tu być zwierzyna* — myślał często, dopóki sobie nie uświadomił, że to oni są zwierzyną.

Zwiadowca potrząsnął głową.

— Ludzie. Wilki nadal trzymają się na dystans. Oni nie są tak płochliwi.

Meera Reed położyła kaptur. Wilgotny śnieg, który się na nim zebrał, spadł na ziemię z cichym łoskotem.

— Co to za ludzie? Ilu ich jest?

— Wrogowie. Poradzę sobie z nimi.

— Pójdę z tobą.

— Zostaniesz. Chłopca trzeba strzec. Przed nami jest jezioro, pokryte grubą warstwą lodu. Gdy do niego dotrzecie, skręćcie na północ i idźcie wzdłuż brzegu, aż znajdziecie wioskę rybacką. Schrońcie się w niej, dopóki was nie dogonię.

Bran odnosił wrażenie, że dziewczyna chce się sprzeciwić.

— Zrób, jak ci mówi — odezwał się jednak jej brat. — On zna tę krainę.

Oczy Jojena, ciemnozielone jak mech, przepełniało znużenie, jakiego Bran nigdy w nich nie widział. *Mały dziadek.* Na południe od Muru wyspiarz sprawiał wrażenie mądrego ponad swoje lata, tu jednak czuł się zagubiony i wystraszony, tak samo jak wszyscy. Niemniej, Meera zawsze go słuchała.

Tym razem również. Zimnoręki zawrócił i zniknął między drzewami. Cztery kruki pofrunęły za nim. Meera odprowadzała go spojrzeniem. Policzki miała rumiane od zimna, jej oddech zamieniał się w parę wokół nozdrzy. Trąciła nogą łosia i wszyscy ruszyli w dalszą drogę. Nim jednak pokonali dwadzieścia kroków, obejrzała się za siebie.

— Ludzie — odezwała się. — Jacy ludzie? Czy to dzicy? Jeśli tak, czemu tego nie powiedział?

— Mówił, że sobie z nimi poradzi — odparł Bran.

— Ehe, tak mówił. Zapewniał też, że zaprowadzi nas do trójokiej wrony. Mogłabym przysiąc, że dziś rano przeszliśmy przez tę samą rzekę co cztery dni temu. Chodzimy w kółko.

— Rzeki zakręcają i zawracają — odparł niepewnym tonem Bran. — Musimy też omijać jeziora i wzgórza.

— Za dużo już było tego omijania — upierała się dziewczyna. — I zbyt wiele tajemnic. To mi się nie podoba. Nie lubię go. I nie ufam mu. Te jego ręce wyglądają podejrzanie. A do tego ukrywa twarz i nie chce zdradzić, jak ma na imię. Kim jest? Czym jest? Każdy może przywdziać czarny płaszcz. Każdy człowiek i każdy stwór. Nigdy nie je ani nie pije, wygląda też na to, że nie czuje zimna.

To prawda. Bran też zauważył to wszystko, ale bał się o tym wspominać. Gdy tylko zatrzymywali się na noc, on, Hodor i rodzeństwo zbijali się w grupkę, żeby się ogrzać, Zimnoręki trzymał się na dystans. Czasami zamykał oczy, ale chłopiec nie sądził, by spał. Było też coś jeszcze…

— Szalik. — Bran rozejrzał się niespokojnie, ale nigdzie nie zauważył żadnego kruka. Wszystkie czarne ptaszyska opuściły ich razem ze zwiadowcą. Nikt ich nie słuchał. Mimo to wolał mówić cicho. — Szalika na jego ustach nigdy nie pokrywa lód, jak brodę Hodora. Nawet kiedy zwiadowca mówi.

Meera przeszyła go ostrym spojrzeniem.

— Masz rację. Nigdy nie widzieliśmy jego oddechu, prawda?

— Tak.

Każdemu „hodorowi" Hodora towarzyszył biały obłoczek. Gdy Jojen albo jego siostra się odzywali, ich słowa również było widać. Nawet łoś wypełniał powietrze ciepłą mgiełką oddechu.

— Jeśli nie oddycha…

Bran przypomniał sobie opowieści Starej Niani. *Za Murem żyją potwory, olbrzymy i ghule, skradające się cienie i umarli, którzy chodzą* — mówiła, przykrywając go gryzącym, wełnianym kocem. *Ale nie mogą przejść, dopóki Mur jest mocny i ludzie z Nocnej Straży dochowują wierności. Śpij, mój mały Brandonie, mój chłopcze. Niech ci się przyśnią słodkie sny. Tu nie ma potworów.* Zwiadowca nosił czerń Nocnej Straży, ale co, jeśli w ogóle nie był człowiekiem, lecz jakimś potworem i prowadził ich na pożarcie innym potworom?

— Zwiadowca uratował Sama i dziewczynę przed upiorami — zaczął z wahaniem Bran. — Prowadzi mnie do trójokiej wrony.

— A dlaczego ta trójoka wrona nie przyjdzie do nas? Dlaczego nie spotkała się z nami pod Murem? Wrony mają skrzydła. Mój brat słabnie z każdym dniem. Jak długo jeszcze zdołamy iść?

Jojen zakasłał.

— Dopóki nie dotrzemy na miejsce.

Wkrótce potem znaleźli obiecane jezioro i skręcili na północ, tak jak kazał zwiadowca. To była łatwa część.

Wody zamarzły, a śnieg padał już tak długo, że Bran stracił rachubę dni. Jezioro zmieniło się w bezkresne białe pustkowie.

Tam, gdzie lód był gładki, a grunt pagórkowaty, posuwali się naprzód bez trudu, ale tam, gdzie wiatr usypał potężne śnieżne zaspy, niekiedy trudno było określić, gdzie się kończy jezioro, a zaczyna brzeg. Nawet drzewa nie były niezawodnymi przewodnikami, bo na jeziorze zdarzały się porośnięte lasem wyspy, a na lądzie rozległe bezdrzewne obszary.

Łoś szedł tam, gdzie zechciał, nie zważając na życzenia dosiadających go Meery i Jojena. Na ogół wędrował pod osłoną drzew, ale tam, gdzie brzeg zakręcał na zachód, zmierzał na skróty po zamarzniętym jeziorze, przedzierając się przez zaspy. Lód chrzęścił pod jego kopytami. Na otwartej przestrzeni wiatr był silniejszy. Lodowaty północny wicher świszczący na jeziorze przedzierał się przez warstwy wełny i skóry, aż wszyscy drżeli z zimna. Kiedy dął im prosto w twarz, zasypywał ich oczy śniegiem i byli prawie ślepi.

Godziny upływały im w milczeniu. Wśród drzew przed nimi pojawiły się cienie, długie palce zmierzchu. Tak daleko na północy zmrok zapadał szybko. Bran bał się tej myśli. Każdy dzień wydawał się krótszy od poprzedniego, a choć za dnia też było zimno, nocą mróz stawał się okrutny.

Meera znowu kazała im się zatrzymać.

— Powinniśmy już znaleźć tę wioskę — stwierdziła cichym, dziwnie brzmiącym głosem.

— Czy mogliśmy ją minąć? — zapytał Bran.

— Mam nadzieję, że nie. Musimy odnaleźć schronienie, nim zapadnie noc.

Miała rację. Jojen miał sine wargi, a jej policzki przybrały ciemnoczerwoną barwę. Policzki samego Brana odrętwiały, brodę Hodora skuła zaś lita pokrywa lodu. Śnieg oblepiał mu nogi niemal do kolan. Olbrzym zachwiał się już kilkakrotnie. Nikt nie był tak silny jak Hodor, nikt. Jeśli nawet jego mocarne mięśnie słabły…

— Lato znajdzie wioskę — odezwał się nagle Bran. Jego słowa zamieniły się w mgiełkę unoszącą się w powietrzu. Nie czekał na odpowiedź Meery, tylko zamknął oczy i opuścił kalekie ciało.

Gdy tylko wśliznął się w skórę Laty, martwy las ożył nagle. Tam, gdzie przedtem panowała cisza, słyszał teraz wiatr szumiący między drzewami, dyszenie Hodora, odgłos wydawany przez łosia rozgrzebującego nogą ziemię w poszukiwaniu pokarmu. Jego nozdrza wypełniły znajome wonie mokrych liści i zeschłej trawy, smród gnijącej w chaszczach martwej wiewiórki, kwaśny odór ludzkiego potu, piżmowy zapach łosia. *Jedzenie. Mięso.* Zwierzę wyczuło jego zainteresowanie. Zwróciło łeb ku wilkorowi, pochylając wielkie poroże.

To nie jest zwierzyna łowna — wyszeptał chłopiec do zwierzęcia, z którym dzielił skórę. *Zostaw go. Biegnij.*

Lato zerwał się do biegu. Pędził po powierzchni jeziora, wzbijając łapami fontanny śniegu. Drzewa stały w ciasnym szyku jak ludzie przed bitwą, wszystkie spowite w biel. Wilkor biegł po korzeniach, głazach i po starym śniegu, pękającym z trzaskiem pod jego ciężarem. Łapy miał wilgotne i przemarznięte. Następne wzgórze porastały sosny. W powietrzu unosił się intensywny zapach ich szpilek. Gdy wbiegł na szczyt, zatoczył krąg, węsząc, a potem uniósł łeb i zawył.

Czuł zapachy. Ludzkie zapachy.

Popioły — pomyślał Bran. *Woń jest stara i słaba, ale to popioły.* Czuł zapach spalonego drewna, sadzy i węgla drzewnego. Wygasłego ognia.

Strząsnął śnieg z pyska. Wiatr dął w porywach, trudno więc było złapać trop. Wilk obracał się to w tę, to w tamtą, nie przestając węszyć. Ze wszystkich stron otaczały go śnieżne zaspy oraz wysokie drzewa obleczone w biel. Wysunął ozór, by poczuć smak lodowatego powietrza. Jego oddech zamieniał się w mgiełkę, płatki śniegu topniały mu na języku. Gdy potruchtał w stronę zapachu, Hodor natychmiast ruszył za nim. Łoś potrzebował więcej czasu, by się zdecydować, Bran wrócił więc z niechęcią do własnego ciała.

— W tamtą stronę — rzekł. — Ruszajcie za Latą. Poczułem zapach.

Gdy zza chmur wyjrzał pierwszy skrawek sierpa księżyca, wreszcie znaleźli wioskę. Mało brakowało, by po prostu ją minęli.

Widziana z powierzchni lodu, niczym się nie różniła od dziesiątków innych miejsc położonych na brzegu. Okrągłe kamienne chaty schowane pod zaspami równie dobrze mogłyby być głazami, wzniesieniami albo zwalonymi na ziemię kłodami, podobnymi do tych, które wczoraj Jojen błędnie wziął za budynki. Rozgrzebali wówczas śnieg, ale znaleźli pod nim tylko połamane gałęzie i butwiejące pnie.

Wioska była pusta. Mieszkający w niej ongiś dzicy opuścili ją, podobnie jak wszystkie inne, które dotąd mijali wędrowcy. Niektóre puszczono z dymem, jakby mieszkańcy chcieli się upewnić, że nie zdołają wrócić do nich ukradkiem. Tę jednak oszczędzono. Pod śniegiem znaleźli kilkanaście chat oraz długi dom o dachu z darni i solidnych ścianach z grubo ciosanych kłód.

— Nareszcie znajdziemy osłonę przed wiatrem — ucieszył się Bran.

— Hodor — potwierdził Hodor.

Meera zsunęła się z grzbietu łosia. Dziewczyna i jej brat pomogli Hodorowi wyjąć Brana z kosza.

— Może dzicy zostawili tu coś do jedzenia — zasugerowała.

Nadzieja okazała się jednak płonna. W długim domu znaleźli tylko popioły wygasłego ognia, mocno ubite klepisko i wnikający aż do kości ziąb. Przynajmniej jednak mieli dach nad głowami i ściany z kłód osłaniające przed wiatrem. Nieopodal płynął strumień, pokryty cienką warstewką lodu. Łoś musiał go rozbić kopytem, żeby się napić. Gdy Bran, Jojen i Hodor byli już bezpiecznie ulokowani, Meera przyniosła im kilka kawałków lodu do ssania. Bran drżał, przełykając zimną wodę.

Lato nie wszedł za nimi do środka. Bran czuł głód wielkiego wilka, cień swego własnego.

— Idź na polowanie — rzekł mu. — Ale łosia zostaw w spokoju.

Częścią jaźni pragnął zapolować razem z wilkorem. Być może później to zrobi.

Kolacja składała się z garści żołędzi zmiażdżonych i ubitych na pastę. Były tak gorzkie, że Bran zwymiotował, kiedy je połknął. Jojen Reed nawet nie próbował. Był młodszy i słabszy od siostry, a z każdym dniem słabł coraz bardziej.

— Jojen, musisz coś zjeść — powiedziała mu Meera.

— Później. Teraz chcę tylko odpocząć. — Chłopak uśmiechnął się blado. — To nie jest dzień mojej śmierci, siostro. Zapewniam cię.

— Mało brakowało, żebyś spadł z łosia.

— Ale nie spadłem. Jestem głodny i przemarznięty, to wszystko.

— To zjedz coś.

— Tłuczone żołędzie? Brzuch mnie boli, a one tylko pogorszą sprawę. Zostaw mnie, siostro. Śnię o pieczonym kurczaku.

— Snami się nie nakarmisz. Nawet zielonymi.

— Sny to wszystko, co mamy.

Wszystko, co mamy. Ostatnie zapasy żywności zabrane z południa skończyły się przed dziesięcioma dniami. Od tej chwili głód towarzyszył im nieustannie. W tym lesie nawet Lato nie potrafił znaleźć zwierzyny. Żywili się tłuczonymi żołędziami i surowymi rybami. Było tu pełno zamarzniętych strumieni i zimnych czarnych jezior. Meera łapała ryby swym trójzębem na żaby sprawniej niż większość ludzi na haczyk. Mimo to wargi często jej siniały z zimna, nim wróciła do nich z rybką wijącą się na ostrzach trójzębu. Minęły już trzy dni, odkąd ostatnio złapała rybę. Bran czuł w brzuchu tak wielką pustkę, że równie dobrze mogłyby to być trzy lata.

Gdy już pochłonęli skromną kolację, dziewczyna oparła się plecami o ścianę i zaczęła ostrzyć sztylet osełką, a chłopiec stajenny przykucnął przed drzwiami.

— Hodor, hodor, hodor — mruczał, kołysząc się w przód i w tył.

Bran zamknął oczy. Było za zimno, żeby rozmawiać, a nie odważyli się rozpalić ogniska. Zimnoręki ostrzegał ich przed tym. „Ten las nie jest tak pusty, jak mogłoby się wam wydawać" — rzekł im. „Nie wiadomo, co światło mogłoby przywołać z mroku". Bran zadrżał na to wspomnienie, mimo że grzała go bliskość Hodora.

Sen nie chciał nadejść. Nie mógł. Były tylko wiatr, przenikliwy chłód, blask księżyca na śniegu i ogień. Bran wrócił do wnętrza Laty. Wilkor oddalił się o wiele mil. Noc wypełniał intensywny odór krwi. *Zabita zwierzyna. Niedaleko.* Mięso było jeszcze ciepłe. W zwierzęciu obudził się głód. Pysk wypełniła mu ślina. *To nie łoś. Ani jeleń. Nic w tym rodzaju.*

Wilkor ruszył w stronę mięsa, szary wychudły cień przemykający od drzewa do drzewa przez plamy księżycowego blasku i śnieżne zaspy. Wiatr dął wokół niego, co chwila zmieniając kierunek. Lato zgubił trop, odnalazł go, a potem znowu zgubił. Kiedy go szukał, nagle usłyszał odległy dźwięk. Postawił uszy.

Wilk — uświadomił sobie natychmiast. Ruszył ukradkiem w stronę, z której dobiegał dźwięk. Musi być ostrożny. Po chwili znowu poczuł zapach krwi, ale mieszały się z nim inne wonie, szczyny i martwe skóry, ptasie odchody, pióra i wilk, wilk, wilk. *Wataha.* Może być zmuszony do walki o mięso.

One również go zwęszyły. Przyglądały mu się, gdy wychynął z ciemnego lasu na zbrukaną krwią polanę. Wilczyca przeżuwała skórzany but, z którego sterczała jeszcze połowa nogi, ale wypuściła go z paszczy na widok Laty. Przewodnik stada, stary wilk o posiwiałym pysku, ślepy na jedno oko, ruszył ku niemu. Warknął, obnażając kły. Młodszy samiec czający się za nim również pokazał zęby.

Jasnożółte oczy wilkora oceniły otaczające go widoki. Trzewia wplątane w krzak, zwisające z jego gałęzi. Para buchająca z rozprutego brzucha, pełna zapachów krwi i mięsa. Głowa zwrócona ku rogatemu księżycowi, policzki rozdarte aż do krwawych kości, puste oczodoły, szyja zakończona nierównym kikutem. Kałuża zamarzniętej, czerwono-czarnej krwi.

Ludzie. Ich smród wypełnił cały świat. Za życia było ich tylu, co palców na łapie człowieka. Teraz nie pozostał ani jeden. *Martwi. Zabici. Mięso.* Mieli kiedyś płaszcze i kaptury, ale wilki podarły ubrania na strzępy w głodnym szale. Te twarze, które ocalały, porastały gęste brody, pokryte lodem i zamarzniętymi smarkami. Sypiący śnieg przykrywał już ich szczątki, tak bardzo białe na tle wystrzępionych płaszczy i spodni. *Były czarne.*

Wiele mil stąd chłopiec poruszył się niespokojnie.

Czarne. Nocna Straż. To byli ludzie z Nocnej Straży.

Wilkora nic to nie obchodziło. To było mięso, a on był głodny.

Ślepia trzech wilków gorzały żółtym ogniem. Wilkor poruszył głową z boku na bok, rozwarł nozdrza, a potem warknął i obnażył kły. Młodszy wilk podał tyły. Lato czuł zapach jego strachu. *Ogon* — zrozumiał. Ale jednooki wilk odpowiedział warknięciem i zastąpił mu drogę. *Głowa. Nie boi się mnie, chociaż jestem dwa razy większy od niego.*

Spojrzeli sobie w oczy.

Warg!

Nagle obaj wpadli na siebie, wilk i wilkor, i nie było już miejsca na myśli. Świat skurczył się do zębów i pazurów, tumany śniegu wzbijały się w górę, gdy obaj krążyli, przetaczali się i gryźli. Dwa pozostałe wilki warczały, kłapiąc zębami. Lato zacisnął zęby na skołtunionym futrze, na kończynie cienkiej jak suchy patyk, ale jednooki wilk drapnął go w brzuch i uwolnił łapę. Potem przetoczył się i skoczył do ataku. Pożółkłe zęby złapały za gardło, ale wilkor strącił z siebie starego szarego kuzyna niczym szczura, a potem runął na niego i zwalił go z nóg. Dwa wilki przetaczały się, gryzły i wierzgały, nie przestając walczyć, aż śnieg wokół nich pokryły świeże plamy krwi. Na koniec jednak stary jednooki zwierz padł na ziemię, odsłaniając brzuch. Wilkor kłapnął zębami jeszcze dwa razy, obwąchał jego tyłek, a potem podniósł nogę.

Kilka kłapnięć i ostrzegawcze warknięcie wystarczyły, by wilczyca i ogon również się poddały. Stado należało do niego.

Zdobycz również. Przechodził od jednego trupa do drugiego, obwąchując wszystkie, nim wreszcie zdecydował się na największego. Mężczyzna z obgryzioną twarzą ściskał w dłoni czarne żelazo. Drugą rękę odcięto mu w nadgarstku. Kikut krył się w skórzanym rękawie. Z poderżniętego gardła powoli wypływała gęsta krew. Wilk pochłeptał ją, polizał pozbawione nosa, oczu i policzków resztki oblicza, a potem wcisnął pysk w szyję, rozszarpał ją i połknął kęs słodkiego mięsa. Nic, co jadł dotąd, nie smakowało nawet w połowie tak dobrze.

Gdy już skończył z tym człowiekiem, przeszedł do następnego, również pożerając najsmaczniejsze kąski. Kruki przyglądały się mu, siedząc na gałęziach, ciemnookie i milczące. Wokół nich wciąż sypał śnieg. Pozostałe wilki zadowoliły się tym, co im zostawił. Pierwszy pożywił się jednooki basior, po nim wilczyca, a na końcu ogon. Należały teraz do niego. Były jego stadem.

Nie — wyszeptał chłopiec. *Mamy inne stado. Dama nie żyje i być może Szary Wicher również, ale są jeszcze Kudłacz, Nymeria i Duch. Pamiętasz Ducha?*

Obraz sypiącego śniegu i ucztujących wilków zaczął się zamazywać. Jego twarz musnął ciepły powiew, pocieszający jak pocałunki matki. *Ogień* — pomyślał. *Dym.* Poruszył nosem, czując woń pieczystego. Potem las zniknął. Znowu był w długim domu, wrócił do kalekiego ciała, wpatrywał się w ogień. Meera Reed obracała nad nim kawał surowego czerwonego mięsa. Jego powierzchnia poczerniała już, tryskając tłuszczem.

— Akurat na czas — stwierdziła. Bran potarł powieki kłębem dłoni i poczołgał się pod ścianę, żeby usiąść. — O mało nie przespałeś kolacji. Zwiadowca znalazł lochę.

Za jej plecami Hodor chciwie pochłaniał kawał gorącego przypalonego mięsa. Na brodę spływały mu krew i tłuszcz, a spomiędzy palców wydostawały się smużki dymu.

— Hodor — mamrotał w przerwach między kęsami. — Hodor, hodor.

Miecz leżał na klepisku obok niego. Jojen Reed ogryzał kość, kilkanaście razy przeżuwając każdy maleńki kęs, nim go połknął.

Zwiadowca zabił świnię. Zimnoręki stał obok drzwi. Na jego ramieniu siedział kruk. Obaj wpatrywali się w ogień. Blask płomieni odbijał się w czterech czarnych oczach. *On nie je* — przypomniał sobie Bran. *I boi się ognia.*

— Powiedziałeś, żebyśmy nie palili ognisk — odezwał się chłopiec.

— Ściany zasłonią światło — odparł zwiadowca. — Zresztą zbliża się już świt. Wkrótce ruszymy w drogę.

— Co się stało z ludźmi? Wrogami, którzy za nami szli?

— Nie sprawią wam kłopotu.

— Kim byli? Dzikimi?

Meera odwróciła mięso, by upiekło się z drugiej strony. Hodor głośno żuł i przełykał, mamrocząc radośnie pod nosem. Tylko Jojen sprawiał wrażenie, że wie, co się dzieje. Zimnoręki odwrócił głowę i spojrzał na Brana.

— Byli wrogami.

Ludźmi z Nocnej Straży.

— Zabiłeś ich. Ty i kruki. Twarze mieli rozszarpane, a oczy zniknęły. — Zimnoręki nie próbował temu zaprzeczyć. — To byli twoi bracia. Widziałem to. Wilki zerwały z nich ubrania, ale i tak je poznałem. Płaszcze były czarne. Jak twoje dłonie. — Zimnoręki milczał. — Kim jesteś? Dlaczego masz czarne ręce?

Zwiadowca przyjrzał się swym dłoniom, jakby nigdy dotąd ich nie zauważył.

— Gdy serce przestanie bić, krew człowieka spływa do kończyn. Tam gęstnieje i krzepnie — ochrypły głos płynął z gardła, brzydki i cienki jak jego właściciel. — Dłonie i stopy robią się obrzęknięte i czarne jak pudding, a reszta ciała biała niczym mleko.

Meera Reed wstała, ściskając trójząb w garści. Na jego zębach nadal wisiał kawał dymiącego mięsa.

— Pokaż nam twarz.

Zwiadowca nawet nie drgnął.

— On nie żyje. — Bran czuł w gardle smak żółci. — Meero, to jakiś martwy stwór. Potwory nie mogą przejść, dopóki Mur stoi i ludzie z Nocnej Straży dochowują wierności. Tak zawsze mówiła Stara Niania. Spotkał się z nami pod Murem, ale nie mógł przejść na drugą stronę. Dlatego wysłał Sama i tę dziką dziewczynę.

Meera zacisnęła urękawicznioną dłoń na rękojeści trójzębu.

— Kto cię przysłał? Kim jest ta trójoka wrona?

— To przyjaciel. Śniący, czarodziej, zwijcie go jak chcecie. Ostatni zielony jasnowidz.

Drewniane drzwi długiego domu otworzyły się nagle. Na dworze zawodził nocny wicher, złowrogi i posępny. Na drzewach siedziało mnóstwo wrzeszczących kruków. Zimnoręki nie ruszał się z miejsca.

— Jesteś potworem — oskarżył go Bran.

Zwiadowca popatrzył na chłopca, jakby reszta grupy nie istniała.

— Twoim potworem, Brandonie Stark.

— *Twoim* — powtórzył echem kruk siedzący na jego ramieniu. Siedzące na drzewach ptaszyska podjęły ten okrzyk, aż wreszcie nocny las wypełniły echa pieśni stada. — *Twoim, twoim, twoim.*

— Jojenie, czy śniłeś o tym? — zapytała brata Meera. — Kim on jest? Czym jest? Co mamy teraz zrobić?

— Pójdziemy ze zwiadowcą — odparł chłopak. — Zawędrowaliśmy za daleko, żeby zawrócić, Meero. Nie mielibyśmy szans dotrzeć do Muru. Musimy iść za potworem Brana albo zginiemy.

TYRION

Opuścili Pentos przez Bramę Wschodzącego Słońca, choć Tyrion Lannister nie miał okazji zobaczyć wschodu.

— To będzie tak, jakbyś nigdy nie odwiedził Pentos, mój mały przyjacielu — zapewnił magister Illyrio, zaciągając zasłony z fioletowego aksamitu. — Nikt nie może zobaczyć, że opuszczasz miasto, tak samo, jak nikt nie widział, że do niego przybyłeś.

— Nikt oprócz marynarzy, którzy wsadzili mnie do beczki, chłopca okrętowego, który po mnie sprzątał, dziewczyny, która grzała mi łoże, i tej zdradzieckiej piegowatej praczki. Aha, i jeszcze twoich strażników. Wiedzą, że nie siedzisz tu sam, chyba że wyciąłeś im rozum razem z jajami.

Lektykę zawieszono na grubych skórzanych pasach między ośmioma gigantycznymi końmi pociągowymi. Obok zwierząt szło czterech eunuchów, po dwóch z każdej strony. Kolejni maszerowali z tyłu, strzegąc bagaży.

— Nieskalani potrafią milczeć — zapewnił Illyrio. — A galera, na której przypłynąłeś, jest już w drodze do Asshai. Miną dwa lata, nim wróci, o ile morza będą łaskawe. Jeśli zaś chodzi o moich domowników, wszyscy mnie kochają. Nikt z nich z pewnością mnie nie zdradzi.

Ciesz się tą myślą, mój gruby przyjacielu. Pewnego dnia wyryjemy te słowa na twoim grobowcu.

— Powinniśmy odpłynąć tą galerą — stwierdził karzeł. — Najszybciej dotarlibyśmy do Volantis drogą morską.

— Morze jest niebezpieczne — sprzeciwił się Illyrio. — Jesień to pora pełna sztormów. Na Stopniach nadal gnieżdżą się piraci łupiący uczciwych ludzi. Nie byłoby dobrze, gdyby mój mały przyjaciel wpadł w ręce takich ludzi.

— Na Rhoyne też są piraci.

— Ale rzeczni. — Handlarz sera ziewnął, zasłaniając usta dłonią. — Karaluszy kapitanowie uganiający się za okruchami.

— Słyszy się również opowieści o kamiennych ludziach.

— Ci nieszczęśnicy istnieją naprawdę. Ale po co rozmawiać o tak nieprzyjemnych sprawach? Dzień jest na to zbyt piękny. Wkrótce ujrzymy Rhoyne. Tam uwolnisz się od Illyria i jego wielkiego brzuszyska. Do tej chwili pijmy i oddawajmy się marzeniom. Mamy słodkie wino i smakołyki. Po co mielibyśmy mówić o chorobie i śmierci?

No właśnie. Po co? — zadał sobie pytanie Tyrion, ponownie usłyszawszy strzał z kuszy. Lektyka chwiała się z boku na bok. Ten uspokajający ruch sprawiał, że czuł się jak dziecko, kołysane do snu w ramionach matki. *Co prawda tego wrażenia nigdy nie zaznałem.* Jego tyłek spoczywał na jedwabnych poduszkach wypełnionych gęsim puchem. Ściany z fioletowego aksamitu łączyły się nad jego głową, tworząc sufit. Lektykę wypełniało przyjemne ciepło, choć na dworze panował jesienny chłód.

Za nimi wlokła się karawana mułów niosących skrzynie, baryłki i beczki oraz kosze z przekąskami, na wypadek gdyby serowy lord zgłodniał. Obaj mężczyźni zjedli dziś na śniadanie korzenną kiełbasę, popijając ją ciemnym nektarem smolistym. Popołudnie uprzyjemniały im węgorze w galarecie i czerwone dornijskie. Z nadejściem wieczoru przyszła kolej na plasterki szynki, jaja na twardo oraz pieczone skowronki nadziewane czosnkiem i cebulą, a do tego jasne *ale* i myrijskie wina ogniste, by ułatwić trawienie. Lektyka była wygodna, ale poruszała się straszliwie powoli i karła dręczyła niecierpliwość.

— Za ile dni dotrzemy do rzeki? — zapytał Illyria owego wieczoru. — Przy takim tempie smoki twojej królowej zrobią się większe niż trzy bestie Aegona, nim będę miał okazję je ujrzeć.

— Gdybyż tylko tak było. Wielki smok jest straszliwszy od małego. — Magister wzruszył ramionami. — Choć z wielką radością przywitałbym królową Daenerys w Volantis, muszę zostawić to zadanie tobie i Gryfowi. Najlepiej przysłużę się jej w Pentos, przygotowując drogę do jej powrotu. Ale dopóki jestem z tobą... no cóż, stary grubas potrzebuje swoich wygód. Chodź, wypij kielich wina.

— Powiedz mi — rzekł Tyrion, pociągając łyk — czemu magistra z Pentos miałoby obchodzić, kto nosi koronę w Westeros? Jakich zysków spodziewasz się po tym przedsięwzięciu, mój panie?

Grubas otarł tłuszcz z warg.

— Jestem starym człowiekiem, znużonym tym światem i jego zdradami. Czy to takie dziwne, że pragnę zrobić coś dobrego, nim mój czas się skończy, pomóc słodkiej młodej dziewczynie w odzyskaniu dziedzictwa?

Za chwilę spróbujesz mi sprzedać magiczną zbroję i pałac w Valyrii.

— Jeśli Daenerys jest tylko słodką młodą dziewczyną, Żelazny Tron pokroi ją na słodkie młode plasterki.

— Nie obawiaj się, mój mały przyjacielu. W jej żyłach płynie krew Aegona Smoka.

Razem z krwią Aegona Niegodnego, Maegora Okrutnego i Baelora Bezmózgiego.

— Opowiedz mi o niej.

Grubas zrobił zadumaną minę.

— Kiedy Daenerys do mnie trafiła, była jeszcze prawie dzieckiem, ale już wtedy przewyższała urodą nawet moją drugą żonę. Była tak piękna, że miałem ochotę zagarnąć ją dla siebie, ale również okropnie skryta i strachliwa, wiedziałem więc, że nie da mi radości w łożu. Dlatego wezwałem nałożnicę i ruchałem ją zawzięcie, aż obłęd minął. Szczerze mówiąc, nie wierzyłem, by Daenerys przeżyła długo wśród władców koni.

— Ale nie przeszkodziło ci to sprzedać jej *khalowi* Drogo...

— Dothrakowie niczego nie kupują ani nie sprzedają. Powiedz raczej, że jej brat Viserys dał ją Drogowi, pragnąc zdobyć przyjaźń *khala*. To był próżny i chciwy młodzieniec. Pragnął ojcowskiego tronu, ale pożądał również Daenerys i nie chciał się jej wyrzec. Nocą przed ślubem księżniczki próbował się zakraść do jej łoża, twierdząc, że jeśli nie może dostać jej ręki, przynajmniej zabierze jej dziewictwo. Gdybym nie był ostrożny i nie wystawił strażników, układane przez wiele lat plany poszłyby na marne.

— Musiał być okrutnie głupi.

— Viserys był synem Aerysa Obłąkanego, właśnie. Daenerys... Daenerys to co innego. — Włożył do ust pieczonego skowronka i rozgryzł go głośno, razem z kośćmi. — Przerażone dziecko kryjące się w mojej rezydencji umarło na Morzu Dothraków, by narodzić się na nowo w krwi i ogniu. Smocza królowa, która nosi jego imię, jest prawdziwą córką Targaryenów. Kiedy wysłałem statki, by przywiozły ją do domu, popłynęła do Zatoki Niewolniczej. W ciągu niewielu dni podbiła Astapor, zmusiła Yunkai do ugięcia kolan i złupiła Meereen. Jeśli pomaszeruje na zachód starymi valyriańskimi drogami, następne będzie Mantarys. A jeśli popłynie morzem, no cóż... jej flota będzie musiała zawinąć do Volantis po żywność i wodę.

— Lądem czy morzem, Meereen dzieli do Volantis wiele mil — zauważył Tyrion.

— Tysiąc sześćset pięćdziesiąt, w linii lotu smoka, przez pustynie, góry, bagna i ruiny nawiedzane przez demony. Bardzo wielu zginie, ale ci, którzy przeżyją, dotrą do Volantis silniejsi. Tam właśnie znajdą ciebie i Gryfa. Będziecie czekać na nich ze świeżymi siłami oraz statkami, które zawiozą ich za morze, do Westeros.

Tyrion spróbował sobie przypomnieć wszystko, co wiedział

o Volantis, najstarszym i najdumniejszym z Dziewięciu Wolnych Miast. Coś tu było nie w porządku. Potrafił to zwęszyć, mimo że miał tylko pół nosa.

— Powiadają, że w Volantis na jednego wolnego człowieka przypada pięciu niewolników. Dlaczego triarchowie mieliby wspierać królową, która zniszczyła handel niewolnikami? — Wskazał palcem na Illyria. — A jeśli już o tym mowa, dlaczego ty miałbyś to robić? Prawa Pentos mogą zakazywać niewolnictwa, ale z pewnością trzymasz palec również i w tym interesie. A może nawet całą rękę. A mimo to spiskujesz na rzecz smoczej królowej, a nie przeciwko niej. Dlaczego? Co masz nadzieję zyskać od królowej Daenerys?

— Znowu wracamy do tego tematu? Uparty z ciebie człowieczek. — Illyrio roześmiał się i poklepał po brzuchu. — Jak sobie życzysz. Żebraczy Król przysiągł, że zrobi mnie starszym nad monetą, a do tego prawdziwie lordowskim lordem. Gdy tylko włoży na głowę koronę, ma mi dać taki zamek, jaki sobie wybiorę... nawet Casterly Rock, gdybym tego zapragnął.

Tyrion prychnął. Z zabliźnionego kikuta nosa trysnęło wino.

— Mój ojciec byłby zachwycony, gdyby to usłyszał.

— Twój pan ojciec nie miałby powodów do obaw. Po co mi skała? Moja rezydencja jest wystarczająco wielka dla każdego, a do tego wygodniejsza niż pełne przeciągów westeroskie zamki. Ale starszy nad monetą... — Grubas obrał kolejne jajko. — Lubię monety. Czy istnieje dźwięk słodszy niż brzęk złota uderzającego o złoto?

Krzyki siostry.

— Jesteś pewien, że Daenerys dotrzyma obietnic złożonych przez brata?

— Dotrzyma albo nie dotrzyma. — Illyrio odgryzł pół jajka. — Już ci mówiłem, mój mały przyjacielu, że nie wszystko, co robi człowiek, robi dla zysku. Wierz sobie, w co chcesz, ale nawet grubi starzy głupcy, tacy jak ja, mają przyjaciół i długi, które pragną im spłacić.

Kłamiesz — pomyślał Tyrion. *Spodziewasz się po tym przedsięwzięciu czegoś, co jest dla ciebie cenniejsze od monet i zamków.*

— W dzisiejszych czasach bardzo rzadko spotyka się ludzi ceniących przyjaźń wyżej od złota.

— To smutna prawda — zgodził się grubas, głuchy na ironię.

— Jak to się stało, że Pająk jest ci tak bliski?

— Spędziliśmy razem dzieciństwo. Dwóch zielonych chłopaków w Pentos.

— Varys pochodzi z Myr.

— To prawda. Poznałem go niedługo po tym, jak przybył do Pentos, o krok przed łowcami niewolników. Za dnia spał w rynsztokach, a nocą łaził po dachach jak kot. Ja byłem prawie tak samo biedny, zbir w brudnych jedwabiach żyjący z miecza. Być może zauważyłeś posąg przy moim basenie? Pytho Malanon wyrzeźbił go, kiedy miałem szesnaście lat. Jest piękny, choć teraz łzy płyną mi z oczu na jego widok.

— Wiek wszystkich doprowadza do ruiny. Nadal opłakuję swój nos. Ale Varys…

— W Myr był księciem złodziei, ale rywal na niego doniósł. W Pentos akcent przyciągał do niego uwagę, a gdy się wydało, że jest eunuchem, spotkał się z pogardą i biciem. Być może nigdy się nie dowiem, dlaczego wybrał mnie na swego strażnika. Tak czy inaczej, zawarliśmy porozumienie. Varys szpiegował drobnych złodziei i kradł ich łupy. Ja proponowałem pomoc ich ofiarom, obiecując odzyskać za opłatą utracone kosztowności. Wkrótce każdy, komu coś zginęło, wiedział, że należy zwrócić się do mnie, a wszyscy rabusie i rzezimieszki w mieście próbowali odszukać Varysa… połowa chciała poderżnąć mu gardło, a druga połowa sprzedać ukradzione przedmioty. Obaj stawaliśmy się coraz bogatsi i Varys zaczął szkolić swe myszy.

— W Królewskiej Przystani miał ptaszki.

— Wtedy zwaliśmy je myszami. Starsi złodzieje byli głupcami, nie obchodziło ich nic poza zamianą zdobytych w nocy łupów na wino. Varys wolał młode sieroty obojga płci. Wybierał najmniejsze, szybkie i ciche. Uczył je wspinać się na mury i wchodzić do kominów. A także czytać. Złoto i klejnoty zostawialiśmy pospolitym złodziejom. Nasze myszy kradły listy, księgi i mapy… a po przeczytaniu kładły je z powrotem na miejsce. Varys zapewniał, że tajemnice są warte więcej niż srebro i szafiry. Właśnie. Stałem się tak szacownym człowiekiem, że kuzyn księcia Pentos pozwolił mi poślubić swą dziewiczą córkę. Tymczasem szepty o talentach pewnego eunucha przedostały się na drugi brzeg wąskiego morza i dotarły do uszu pewnego króla. Bardzo niespokojnego króla, nieufającego w pełni synowi, żonie ani namiestnikowi, przyjacielowi z lat młodości, który zrobił się arogancki i przesadnie dumny. Jestem przekonany, że znasz resztę tej opowieści. Czyż nie tak?

— Większą część znam — przyznał Tyrion. — Widzę, że jednak jesteś kimś więcej niż tylko handlarzem sera.

Illyrio skłonił głowę.

— To bardzo uprzejme słowa, mój mały przyjacielu. Ze swojej strony muszę zauważyć, że rzeczywiście jesteś tak bystry, jak twierdził lord Varys. — Uśmiechnął się, odsłaniając wszystkie żółte krzywe zęby, i zażądał krzykiem kolejnego dzbanka myrijskiego wina ognistego.

Gdy magister zasnął, obejmując dzbanek ramieniem, Tyrion przysunął się ku niemu, by uwolnić naczynie z tłustego więzienia i nalać sobie kielich. Wypił go, ziewnął i nalał sobie następny. *Jeśli upiję się winem ognistym, może przyśnią mi się smoki* — powiedział sobie.

Gdy był jeszcze samotnym dzieckiem krążącym po podziemiach Casterly Rock, często marzył o tym, że leci przez noc na smoku, wyobrażając sobie, że jest jakimś zaginionym książątkiem z rodu Targaryenów albo valyriańskim smoczym lordem, mknącym wysoko nad polami i górami. Kiedyś, gdy stryjowie go zapytali, co chciałby dostać na dzień imienia, błagał ich o smoka.

— Nie musi być duży. Niechby był mały, taki jak ja. — Stryj Gerion uważał, że to najzabawniejsza rzecz, jaką w życiu słyszał, ale stryj Tygett rzekł Tyrionowi: — Ostatni smok umarł przed stuleciem, chłopcze.

To było tak niesprawiedliwe, że Tyrion popłakał się w łóżku przed zaśnięciem.

Jeśli jednak wierzyć serowemu lordowi, córka Obłąkanego Króla zdołała wykluć trzy żywe smoki. *To o dwa więcej, niż kto-*

kolwiek mógłby potrzebować. Nawet Targaryenówna. Tyrion niemal żałował, że zabił ojca. Miło by było zobaczyć minę lorda Tywina w chwili, gdy usłyszałby, że do Westeros zmierza królowa z rodu Targaryenów z trzema smokami, wspierana przez podstępnego eunucha i handlarza sera wielkości połowy Casterly Rock.

Karzeł przejadł się tak bardzo, że musiał rozpiąć pas i rozwiązać górne tasiemki spodni. W dziecinnych ubraniach otrzymanych od swego gospodarza czuł się jak dziesięciofuntowa kiełbasa w kiszce przeznaczonej dla pięciofuntowej. *Jeśli będziemy tak jedli codziennie, zrobię się gruby jak Illyrio, nim dotrę do smoczej królowej.* Na dworze zapadła noc. W lektyce było zupełnie ciemno. Tyrion słuchał chrapania grubasa, poskrzypywania skórzanych pasów i powolnego stukotu podkutych kopyt o twardą valyriańską drogę, ale serce wypełniał mu łopot skórzanych skrzydeł.

Kiedy się obudził, nadszedł już świt. Konie wlokły się przed siebie, a lektyka kołysała się i poskrzypywała między nimi. Tyrion odsunął kotarę na cal, by spojrzeć na zewnątrz, ale nie zobaczył tam nic poza polami barwy ochry, wiązami o nagich brązowych konarach i samą drogą, szerokim traktem o kamiennej nawierzchni, ciągnącym się prosto jak strzelił aż po horyzont. Czytał o valyriańskich drogach, ale po raz pierwszy ujrzał jedną z nich na własne oczy. Panowanie Włości rozciągało się aż po Smoczą Skałę, ale nigdy nie sięgnęło na sam kontynent Westeros. *To dziwne. Smocza Skała to tylko kamienista wyspa. Bogactwa leżały dalej na zachód. Z pewnością o nich wiedzieli i mieli smoki.*

Wypił wczoraj za dużo. Głowa go bolała i nawet łagodne kołysanie się lektyki wystarczało, by zbierało mu się na wymioty. Choć nie poskarżył się ani słowem, Illyrio Mopatis najwyraźniej dostrzegł jego cierpienia.

— Chodź, napij się ze mną — zaproponował grubas. — Łuska smoka, który cię poparzył, jak powiadają.

Nalał im z dzbanka porzeczkowego wina, tak słodkiego, że przyciągało więcej much niż miód. Tyrion odegnał insekty grzbietem dłoni i pociągnął długi łyk. Trunek był tak mdły, że ledwie zdołał utrzymać go w żołądku. Drugi kielich wszedł mu jednak łatwiej. Mimo to nie miał apetytu i gdy Illyrio zaproponował mu miseczkę czarnych porzeczek ze śmietaną, zbył go machnięciem dłoni.

— Śniła mi się królowa — oznajmił. — Klęknąłem przed nią, by przysiąc jej wierność, ale ona wzięła mnie za mojego brata Jaime'a i rzuciła na pożarcie smokom.

— Miejmy nadzieję, że to nie był proroczy sen. Jesteś bystrym krasnalem, jak mówił Varys, a Daenerys będzie potrzebowała ludzi obdarzonych rozumem. Ser Barristan to dzielny i wierny rycerz, ale nikt chyba nigdy nie zwał go sprytnym.

— Rycerze znają tylko jeden sposób rozwiązywania problemów. Chwytają mocno kopię i ruszają do szarży. Karły inaczej patrzą na świat. Ale co z tobą? Ty również jesteś bystry.

— Schlebiasz mi. — Illyrio machnął ręką. — Niestety, nie jestem stworzony do podróży. Dlatego wyślę cię do Daenerys w swym zastępstwie. Wyświadczyłeś Jej Miłości wielką przysługę, zabijając ojca. Mam nadzieję, że wyświadczysz jej też wiele innych. Daenerys nie jest głupia, w przeciwieństwie do swego brata. Przydasz się jej.

Na podpałkę? — pomyślał Tyrion, uśmiechając się uprzejmie.

Owego dnia zmieniali zaprzęgi tylko trzy razy, ale zatrzymywali się chyba co pół godziny, by Illyrio mógł wyleźć z lektyki i się odlać. *Nasz serowy lord jest wielki jak słoń, ale pęcherz ma mały jak orzeszek.* Podczas jednego z takich postojów Tyrion wykorzystał okazję, by lepiej się przyjrzeć drodze. Wiedział, co zobaczy — nie ubitą ziemię, cegły albo brukowce, lecz wstęgę stopionego kamienia wystającą o pół stopy nad poziom gruntu, by deszczówka i woda z topniejącego śniegu mogła spływać na boki. Drogi zbudowane przez Valyrian nie przypominały błotnistych traktów Siedmiu Królestw. Były tak szerokie, że mogły się na nich minąć trzy wozy. Czas ani ruch ich nie zużywały. Nadal trwały niezmienione, choć od Zagłady Valyrii minęły już cztery stulecia. Wypatrywał pęknięć albo kolein, ale zauważył tylko świeże łajno pozostawione przez jednego z koni.

Widok gówna przypomniał mu pana ojca. *Czy jesteś teraz w jakimś piekle, ojcze? Miłym zimnym piekle, z którego będziesz mógł się przyglądać, jak zwracam Żelazny Tron córce Obłąkanego Aerysa?*

Gdy znowu ruszyli w drogę, Illyrio wydobył skądś torebkę pieczonych kasztanów i znowu zaczął opowiadać o smoczej królowej.

— Obawiam się, że nasze wieści o królowej Daenerys nie należą do świeżych. Musimy przyjąć założenie, że do tej pory opuściła już Meereen. Towarzyszy jej zastęp obdartych najemników, dothrackich władców koni oraz piechoty Nieskalanych. Z pewnością powiedzie ich na zachód, by zasiąść na tronie ojca. — Magister Illyrio otworzył słoiczek ślimaków w czosnku i powąchał je z uśmiechem. — Miejmy nadzieję, że w Volantis usłyszysz nowe wieści o Daenerys — rzekł, wysysając ślimaka ze skorupki. — Smoki i młode dziewczęta są równie kapryśne, niewykluczone więc, że będziesz zmuszony skorygować plany. Gryf będzie wiedział, co robić. Chcesz ślimaka? Czosnek pochodzi z moich ogrodów.

Gdybym jechał na ślimaku, dotarłbym na miejsce szybciej niż w tej twojej lektyce. Tyrion odmówił skinieniem dłoni.

— Pokładasz wielkie zaufanie w tym Gryfie. Czy to kolejny przyjaciel z dzieciństwa?

— Nie. Ty nazwałbyś go najemnikiem, ale pochodzi z Westeros. Daenerys potrzebuje ludzi godnych jej sprawy. — Illyrio uniósł rękę. — Wiem! Pomyślałeś sobie: „Najemnicy cenią złoto wyżej niż honor. Ten Gryf sprzeda mnie mojej siostrze". Tak się nie stanie. Ufam Gryfowi jak bratu.

Kolejny fatalny błąd.

— W takim razie uczynię podobnie.

— Do Volantis maszeruje już Złota Kompania. Będzie tam czekać, aż nasza królowa przybędzie ze wschodu.

Pod złotymi płaszczami ostra stal.

— Słyszałem, że Złota Kompania podpisała kontrakt z jednym z wolnych miast.

— Z Myr. — Illyrio uśmiechnął się drwiąco. — Kontrakty można wypowiedzieć.

— Handel serem przynosi większe zyski, niż się spodziewałem — stwierdził Tyrion. — Jak udało ci się tego dokonać?

Magister poruszył pulchnymi palcami.

— Niektóre kontrakty podpisuje się inkaustem, a inne krwią. Nie powiem nic więcej.

Karzeł zastanowił się nad tymi słowami. Złota Kompania słynęła jako najlepsza z wolnych kompanii. Założył ją przed stuleciem Bittersteel, bękart Aegona Niegodnego. Gdy kolejny z Wielkich Bękartów Aegona spróbował odebrać Żelazny Tron prawowicie urodzonemu bratu przyrodniemu, Bittersteel przyłączył się do rebelii. Daemon Blackfyre poległ jednak na Polu Czerwonej Trawy i jego bunt zginął razem z nim. Ci zwolennicy Czarnego Smoka, którzy przeżyli bitwę, ale nie chcieli ugiąć kolan, uciekli za wąskie morze. Byli wśród nich młodsi synowie Daemona, Bittersteel oraz setki pozbawionych włości lordów i rycerzy, którzy wkrótce, by przeżyć, zostali zmuszeni zostać najemnikami. Niektórzy przyłączyli się do Wystrzępionego Sztandaru, inni do Drugich Synów albo Ludzi Dziewicy. Bittersteel uświadomił sobie, że siły rodu Blackfyre'ów rozpraszają się na cztery wiatry, postanowił więc założyć Złotą Kompanię, by połączyć wygnańców.

Od owego czasu aż po dziś dzień ludzie ze Złotej Kompanii żyli i ginęli na Spornych Ziemiach, walczyli dla Myr, Lys albo Tyrosh w ich małych, bezsensownych wojnach i marzyli o ziemiach utraconych przez ojców. Byli wygnańcami i synami wygnańców, wydziedziczono ich i nadal im nie przebaczono... ale wciąż pozostawali groźnymi wojownikami.

— Podziwiam twą zdolność perswazji — oznajmił Illyriowi. — Jak zdołałeś przekonać Złotą Kompanię do wsparcia naszej słodkiej królowej? Przez większą część swojej historii walczyła przeciwko Targaryenom.

Illyrio zbył to pytanie machnięciem ręki, jakby było natrętną muchą.

— Czarny czy czerwony, smok pozostaje smokiem. Gdy Maelys Monstrualny zginął na Stopniach, to oznaczało koniec męskiej linii rodu Blackfyre'ów. — Handlarz sera uśmiechnął się pod rozwidloną brodą. — Daenerys da wygnańcom to, czego Bittersteel i Blackfyre'owie nie zdołali im ofiarować. Zaprowadzi ich do domu.

Ogniem i mieczem. Tyrion również pragnął takiego powrotu.

— Dziesięć tysięcy mieczy to dar godny księcia. Muszę to przyznać. Jej Miłość powinna być bardzo zadowolona.

Magister pokiwał lekko głową, kołysząc licznymi podbródkami.

— Nie śmiałbym zgadywać, co może zadowolić Jej Miłość.

Rozsądne podejście. Tyrion wiedział bardzo wiele o wdzięczności królów. Czemu królowe miałyby być inne?

Wkrótce magister zasnął i pozbawiony towarzystwa Tyrion pogrążył się w ponurych rozmyślaniach. Zastanawiał się, co będzie czuł Barristan Selmy, ruszając do boju u boku Złotej Kompanii. Podczas wojny dziewięciogroszowych królów Selmy wyrąbał sobie krwawą drogę przez jej szeregi, by zabić ostatniego pretendenta z rodu Blackfyre'ów. *Rebelia zmusza do dziwnych sojuszy. A mój sojusz z tym grubasem jest najdziwniejszy ze wszystkich.*

Handlarz sera obudził się, gdy lektyka się zatrzymała, by zmienić konie, i posłał po świeży koszyk jedzenia.

— Jak długą drogę pokonaliśmy? — zapytał karzeł, gdy obżerali się zimnym kapłonem oraz przystawką złożoną z marchewki, rodzynek oraz kawałków pomarańczy i limony.

— Jesteśmy w Andalos, mój przyjacielu. Krainie, z której wywodzą się wasi Andalowie. Odebrali ją włochatym ludziom, którzy mieszkali tu przed nimi, kuzynom włochatych ludzi z Ib. Serce starożytnego królestwa Hugora znajduje się na północ od nas, ale mijamy teraz jego południowe pogranicze. W Pentos zwą te ziemię Równinami. Na wschód od nas leżą Aksamitne Wzgórza, ku którym zmierzamy.

Andalos. Wiara uczyła, że Siedmiu chodziło ongiś po jego wzgórzach w ludzkiej postaci.

— Ojciec sięgnął ręką ku niebu i zdjął z niego siedem gwiazd — wyrecytował z pamięci Tyrion — a potem jedna po drugiej osadził je w czole Hugora ze Wzgórza, tworząc świetlistą koronę.

Magister Illyrio przyjrzał mu się z zainteresowaniem.

— Nawet mi się nie śniło, że mój mały przyjaciel jest taki pobożny.

Karzeł wzruszył ramionami.

— To pamiątka z lat chłopięcych. Wiedziałem, że nie będzie ze mnie rycerza, więc postanowiłem zostać Wielkim Septonem. Ta kryształowa korona dodaje człowiekowi dobrą stopę wzrostu. Studiowałem święte księgi i modliłem się, aż zrobiły mi się strupy na obu kolanach, ale te wysiłki zakończyły się tragicznie. Osiągnąłem pewien wiek i zakochałem się.

— Panna? Wiem, jak to jest. — Illyrio wsadził prawą dłoń w lewy rękaw i wyciągnął stamtąd srebrny medalion. Wewnątrz znajdowało się malowidło kobiety o dużych niebieskich oczach i jasnozłotych włosach usianych srebrnymi smużkami. — Serra. Znalazłem ją w lyseńskim domu rozkoszy i sprowadziłem do domu, żeby grzała mi łoże, ale w końcu ją poślubiłem, mimo że moja pierwsza żona była kuzynką księcia Pentos. Od tej chwili bramy pałacu zamknęły się przede mną, ale nie dbałem o to. Cena nie była wygórowana, nie za Serrę.

— Jak umarła?

Tyrion wiedział, że Serra nie żyje. Żaden mężczyzna nie mówiłby z taką czułością o kobiecie, która go porzuciła.

— Do Pentos zawinęła braavoska galera handlowa, wracająca z Morza Nefrytowego. „Skarbiec" wiózł goździki i szafran, gagat i nefryt, szkarłatny brokat, zielony jedwab… i szarą śmierć. Zabiliśmy wioślarzy, gdy tylko wyszli na brzeg, i spaliliśmy stojący na kotwicy statek, ale szczury zeszły z pokładu po wiosłach i dopłynęły do nabrzeża, poruszając zimnymi skamieniałymi łapkami. Zaraza pochłonęła dwa tysiące ofiar, zanim wygasła. — Magister Illyrio zamknął medalion. — Trzymam jej ręce w sypialni. Kiedyś były takie miękkie…

Tyrion pomyślał o Tyshy. Spojrzał na zewnątrz, na pola, po których chodzili kiedyś bogowie.

— Jacy bogowie stworzyliby szczury, zarazy i karłów? — Przypomniał mu się kolejny ustęp z *Siedmioramiennej gwiazdy*. — Dziewica przyprowadziła mu dziewczynę gibką jak wierzba, o oczach niby głębokie niebieskie jeziorka, i Hugor ogłosił, że weźmie ją za żonę. Matka uczyniła ją płodną, a Starucha przepowiedziała, że urodzi królowi czterdziestu czterech mocarnych synów. Wojownik dał siłę ich ramionom, a Kowal wykuł dla każdego zbroję z żelaznych płyt.

— Wasz Kowal na pewno był Rhoynarem — zażartował Illyrio. — Andalowie nauczyli się sztuki obróbki żelaza od Rhoynarów, którzy mieszkali nad rzeką. Wszyscy to wiedzą.

— Ale nie nasi septonowie. Tyrion wskazał na pola. — Kto teraz mieszka na tych waszych Równinach?

— Oracze i robotnicy, przywiązani do ziemi. Są tu sady, gospodarstwa rolne i kopalnie… niektóre z nich należą do mnie, ale rzadko je odwiedzam. Czemu miałbym spędzać tu czas, mając na wyciągnięcie ręki niezliczone rozkosze Pentos?

— Niezliczone rozkosze. — *I potężne grube mury.* Tyrion zakręcił winem w kielichu. — Od Pentos nie mijaliśmy żadnego miasta.

— Są tu ruiny. — Illyrio wskazał nogą kurczaka na zasłony. — Władcy koni przechodzą tędy, gdy tylko któryś *khal* poczuje ochotę popatrzeć na morze. Dothrakowie nie lubią miast. Z pewnością wiecie o tym nawet w Westeros.

— Zaatakujcie jeden z ich *khalasarów* i zniszczcie go, a może się okaże, że Dothrakowie przestaną się tak palić do przechodzenia Rhoyne.

— Taniej wychodzi przekupienie wrogów żywnością i darami.

Gdybym wpadł na to, by zabrać na bitwę nad Czarnym Nurtem trochę dobrego sera, mógłbym nadal mieć nos. Lord Tywin zawsze gardził Wolnymi Miastami. *Walczą pieniędzmi, nie mieczami* — mawiał. *Złoto nieraz się przydaje, ale wojny wygrywa się żelazem.*

— Jeśli dasz wrogowi złoto, z pewnością wróci po więcej. Tak zawsze mawiał mój ojciec.

— Ten sam, którego zamordowałeś? — Illyrio wyrzucił z lektyki ogryzioną kość. — Najemnicy nie oprą się dothrackim wyjcom. Udowodniono to pod Qohorem.

— Nawet twój dzielny Gryf? — zadrwił Tyrion.

— Gryf to co innego. Ma syna, którego uwielbia. Chłopaka zwą Młodym Gryfem. Nigdy nie było szlachetniejszego młodzieńca.

Wino, jedzenie, słońce, kołysanie się lektyki, brzęczenie much, wszystko to przyprawiało Tyriona o senność. Spał, budził się i pił. Illyrio dotrzymywał mu kroku. Gdy niebo przybrało ciemnofioletową barwę, grubas zaczął chrapać.

Nocą Tyrionowi Lannisterowi śniła się bitwa, która zabarwiła wzgórza Westeros na kolor czerwony jak krew. Był w samym jej środku, zadając śmierć toporem wielkim jak on sam. Walczył u boku Barristana Śmiałego i Bittersteela, a na niebie nad nimi krążyły smoki. W tym śnie miał dwie głowy, obie beznose. Siłami wroga dowodził jego ojciec, Tyrion zabił więc go jeszcze raz. Potem uśmiercił brata, Jaime'a, rąbiąc jego twarz, aż zamieniła się w krwawą miazgę. Śmiał się przy każdym uderzeniu. Dopiero gdy walka się skończyła, uświadomił sobie, że jego druga głowa płacze.

Kiedy się obudził, jego karłowate nogi były sztywne jak żelazo. Illyrio jadł oliwki.

— Gdzie jesteśmy? — zapytał go Tyrion.

— Jeszcze nie opuściliśmy Równin, mój niecierpliwy przyjacielu. Wkrótce droga dotrze do Aksamitnych Wzgórz. Potem rozpoczniemy wspinaczkę ku Ghoyan Drohe nad Małą Rhoyne.

Ghoyan Drohe było ongiś rhoynarskim miastem, ale smoki Valyrii obróciły je w tlące się ruiny. *Mijam nie tylko mile, lecz również lata* — pomyślał Tyrion. *Wędruję przez historię, wracając do czasów, gdy światem władały smoki.*

Spał, budził się i znowu zasypiał. Dzień i noc utraciły dla niego znaczenie. Aksamitne Wzgórza okazały się rozczarowaniem.

— Połowa kurew w Lannisporcie ma piersi większe niż te pagórki — oznajmił Illyriowi. — Trzeba je było nazwać Aksamitnymi Cyckami. — Minęli krąg stojących monolitów, według Illyria ustawionych przez olbrzymów, a potem głębokie jezioro.

— Mieszkała nad nim kiedyś banda zbójców napadających na wszystkich wędrowców — poinformował go Illyrio. — Ponoć nadal żyją w wodach jeziora i każdego, kto próbuje łowić w nim ryby, wciągają w topiel i pożerają.

Następnego wieczoru ujrzeli wielkiego valyriańskiego sfinksa przycupniętego przy drodze. Miał ciało smoka i twarz kobiety.

— Smocza królowa — zauważył Tyrion. — Przyjemny omen.

— Brakuje króla. — Illyrio wskazał na gładki kamienny cokół. Kiedyś stał na nim drugi sfinks, ale teraz porastał go mech i kwitnące pnącza. — Władcy koni wsadzili go na drewniane koła i zaciągnęli do Vaes Dothrak.

To również jest omen — pomyślał Tyrion. *Ale już nie tak dobry.*

Nocą, bardziej pijany niż zwykle, nagle zaczął śpiewać.

Jechał przez miejskie ulice
ze wzgórza na wysokości.
Po bruku, przez kręte zaułki
jechał do kobiecej czułości.
Była jego skarbem sekretnym
jego wstydem i nadzieją ratunku.
A twierdza i łańcuch były niczym
wobec jej pocałunków.

Nie znał więcej słów poza refrenem. *Bo od złotych dłoni zawsze chłodem wionie, a dotyk kobiety jest ciepły.* Shae okładała go swymi dłońmi, gdy te złote zaciskały się na jej gardle. Tyrion nie pamiętał, czy ich dotyk był ciepły. W miarę jak siły ją opuszczały, dłonie przeradzały się w ćmy muskające lekko jego twarz. Za każdym pociągnięciem łańcucha złote ręce wbijały się coraz głębiej. *A twierdza i łańcuch były niczym wobec jej pocałunków.* Czy pocałował ją po raz ostatni, gdy już skonała? Nie pamiętał... choć nadal przypominał sobie ich pierwszy pocałunek, w jego namiocie nad Zielonymi Widłami. Jakże słodkie były wtedy jej usta.

Pamiętał też pierwszy raz z Tyshą. *Nie wiedziała, jak to się robi, podobnie jak ja. Ciągle zderzaliśmy się nosami, ale kiedy dotknąłem jej języka swoim, zadrżała.* Zamknął oczy, by przypomnieć sobie jej twarz, ale zobaczył tylko ojca siedzącego na wychodku ze szlafrokiem uniesionym do pasa. „Tam, dokąd odsyła się kurwy" — powiedział lord Tywin i kusza brzęknęła.

Karzeł przetoczył się na drugi bok, wciskając połowę nosa głębiej w jedwabne poduszki. Sen otworzył się pod nim jak studnia. Rzucił się w nią z chęcią i pozwolił, by pochłonęła go ciemność.

SŁUGA KUPCA

Na „Przygodzie" śmierdziało.

Statek miał sześćdziesiąt wioseł, jeden żagiel i długi, smukły kadłub, obiecujący szybkość. *Jest mały, ale się nada* — pomyślał Quentyn, widząc go po raz pierwszy, ale potem wszedł na pokład i poczuł smród. *Świnie* — brzmiała jego pierwsza myśl, ale potem powąchał dokładniej i zmienił zdanie. Zapach świń był czystszy. Tu śmierdziało szczynami, gnijącym mięsem i kałem, to był fetor trupów, sączących się wrzodów i zakażonych ran, tak silny, że tłumił wypełniającą port woń słonego powietrza i ryb.

— Chce mi się rzygać — poskarżył się Gerrisowi Drinkwaterowi. Czekali, aż zjawi się kapitan, prażąc się w upalnym słońcu i czując napływający z pokładu na dole smród.

— Jeśli kapitan pachnie podobnie do swego statku, twoje wymiociny mogą mu się wydać perfumami — odparł Gerris.

Quentyn chciał już zasugerować, by poszukali innego statku, gdy kapitan wreszcie się zjawił, w towarzystwie dwóch marynarzy o odrażającym wyglądzie. Gerris przywitał go uśmiechem. Choć nie mówił po volanteńsku tak dobrze jak Quentyn, ich podstęp wymagał, by to on przemawiał w ich imieniu. W Mieście z Desek Quentyn udawał kupca winnego, ale męczyła go ta komediancka farsa, gdy więc Dornijczycy przesiedli się w Lys na inny statek, zamienili się również rolami. Na pokładzie „Skowronka" Cletus Yronwood był kupcem, a Quentyn jego sługą. Ponieważ Cletus zginął, w Volantis jego rolę przejął Gerris.

Wysoki i przystojny Gerris Drinkwater o niebieskozielonych oczach, rudawootych włosach i szczupłej, eleganckiej sylwetce cechował się swobodną pewnością siebie graniczącą z arogancją. Nigdy nie sprawiał wrażenia skrępowanego i nawet jeśli nie znał jakiegoś języka, potrafił sprawić, że ludzie go rozumieli. W porównaniu z nim Quentyn prezentował się marnie: krótkie nogi, krępy, masywny tułów i włosy koloru świeżo skopanej ziemi. Czoło miał za wysokie, szczękę zbyt wydatną, a nos zanadto szeroki. „Masz dobrą, szczerą twarz, ale powinieneś się częściej uśmiechać" — powiedziała mu kiedyś jedna dziewczyna.

Uśmiechy nigdy nie przychodziły Quentynowi Martellowi łatwo, podobnie jak jego panu ojcu.

— Jak szybka jest twoja „Przygoda"? — zapytał Gerris w łamanym starovalyriańskim.

Kapitan rozpoznał akcent i odpowiedział w języku powszechnym Westeros.

— Nie ma szybszego statku, szlachetny panie. „Przygoda" potrafi prześcignąć sam wiatr. Powiedz mi, dokąd pragniesz pożeglować, a dostarczę cię tam szybko.

— Chcę się dostać do Meereen w towarzystwie dwóch służących.

To nie przypadło do gustu kapitanowi.

— Bywałem w Meereen — przyznał. — Potrafiłbym odnaleźć drogę do miasta, ale... po co? W Meereen nie kupi się niewolników. Nie znajdziecie tam zarobku. Srebrna królowa położyła temu kres. Zamknęła nawet areny i biedny marynarz nie ma się gdzie rozerwać, czekając na wypełnienie ładowni. Powiedz mi, mój westeroski przyjacielu, co takiego jest w Meereen, że pragniesz tam popłynąć?

Najpiękniejsza kobieta na świecie — pomyślał Quentyn. *Moja przyszła żona, jeśli bogowie będą łaskawi.* Nocami czasem leżał bezsennie, próbując sobie wyobrazić jej twarz i figurę. Zadawał sobie pytanie, dlaczego taka kobieta miałaby pragnąć poślubić akurat jego spośród wszystkich książąt na świecie. *Jestem Dorne* — powtarzał sobie. *Będzie chciała je dostać.*

Gerris opowiedział historię, którą wspólnie ułożyli.

— Nasza rodzina handluje winem. Ojciec ma w Dorne duże winnice i chce, bym znalazł dla nas nowe rynki zbytu. Mamy nadzieję, że dobrym mieszkańcom Meereen spodoba się to, co mamy do zaoferowania.

— Wino? Dornijskie wino? — Kapitan nie był przekonany. — W niewolniczych miastach trwa wojna. Czyżbyście o tym nie słyszeli?

— Walki toczą się ponoć między Yunkai a Astaporem. Mereen w nich nie uczestniczy.

— Jak dotąd. Ale to wkrótce się zmieni. Do Volantis przybył wysłannik z Żółtego Miasta oferujący kontrakty najemnikom. Długie Kopie już popłynęły do Yunkai. Plewy na Wietrze i Kompania Kota wkrótce za nimi podążą, gdy tylko uzupełnią stan. Złota Kompania również maszeruje na wschód. Wszyscy to wiedzą.

— Skoro tak mówisz. Mnie interesuje wino, nie wojny. Wszyscy się zgadzają, że ghiscarskie trunki są kiepskie. Meereeńczycy dobrze zapłacą za moje świetne dornijskie wino.

— Zabitym wszystko jedno, co piją. — Kapitan „Przygody" przeczesał palcami brodę. — Sądzę, że nie jestem pierwszym kapitanem, do którego się zwróciliście. Ani nawet nie dziesiątym.

— To prawda — przyznał Gerris.

— Ilu ich było? Stu?

Niewielu mniej — pomyślał Quentyn. Volanteńczycy lubili się przechwalać, że sto wysp Braavos mogłoby zatonąć w ich głębokim porcie. Quentyn nigdy nie był w położonym najdalej na północ z wolnych miast, ale potrafił w to uwierzyć. Bogate i do cna przegniłe Volantis pokrywało całą deltę Rhoyne niczym ciepły wilgotny pocałunek, rozciągając się na wzgórza i bagna po obu stronach rzeki. Wszędzie widział statki płynące w dół rzeki albo wypływające na morze, tłoczące się przy nabrzeżach i pirsach, wypełniające ładownie albo wyładowujące towary. Okręty wojenne, statki wielorybnicze i galery handlowe, karaki i skify, kogi, wielkie kogi, drakkary, łabędzie statki, żaglowce z Lys, Tyrosh i Pentos, qartheńskie przyprawowce wielkie jak pałace oraz statki z Tolos, Yunkai i Wysp Bazyliszkowych. Było ich tak wiele, że Quentyn, ujrzawszy po raz pierwszy port z pokładu „Skowronka", powiedział przyjaciołom, że spędzą tu tylko trzy dni.

Minęło już jednak dwadzieścia, a oni nadal tu tkwili. Nie mogli znaleźć statku. Kapitanowie „Melantine", „Córki Triarchy" i „Pocałunku Syreny" im odmówili, a na „Śmiałym Podróżniku" pierwszy oficer roześmiał im się prosto w twarz. Kapitan „Delfina" zbeształ ich za marnowanie jego czasu, właściciel „Siódmego Syna" oskarżył zaś o to, że są piratami. I wszystko to wydarzyło się pierwszego dnia.

Tylko kapitan „Jelonka" podał im powody odmowy.

— To prawda, że płynę na wschód — przyznał przy rozwodnionym winie. — Ominę Valyrię od południa i ruszę prosto ku wschodzącemu słońcu. Uzupełnimy zapasy żywności i wody w Nowym Ghis, a potem popłyniemy ile sił w wiosłach do Qarthu i Nefrytowych Bram. Każdy rejs jest pełen niebezpieczeństw, zwłaszcza długi. Czemu miałbym zwiększać ryzyko, zawijając do Zatoki Niewolniczej? „Jelonek" to moje źródło utrzymania. Nie narażę go po to, by zabrać trzech szalonych Dornijczyków w sam środek wojny.

Quentyn zaczął się skłaniać ku poglądowi, że lepiej by zrobili, kupując własny statek w Mieście z Desek. To jednak przyciągnęłoby niepożądaną uwagę. Pająk wszędzie miał szpiegów, nawet w komnatach Królewskiej Włóczni.

„Jeśli ktoś odkryje wasze zamiary, Dorne spłynie krwią" — ostrzegł go ojciec, gdy patrzyli na dzieci bawiące się w basenach i fontannach Wodnych Ogrodów. „To, co robimy, jest zdradą. Niech ci się nie zdaje, że jest inaczej. Ufaj tylko swym towarzyszom i staraj się nie przyciągać uwagi".

Dlatego Gerris Drinkwater uśmiechnął się rozbrajająco do kapitana „Przygody".

— Prawdę mówiąc, nie zliczę wszystkich tchórzy, którzy nam odmówili — rzekł. — Słyszałem jednak w Domu Kupieckim, że jesteś śmielszym człowiekiem, takim, który za odpowiednią ilość złota podejmie każde ryzyko.

Przemytnikiem — pomyślał Quentyn. Tak właśnie mówili o kapitanie „Przygody" inni żeglarze w Domu Kupieckim. „To przemytnik i handlarz niewolników, półpirat i półstręczyciel, ale niewykluczone, że właśnie on jest dla was najlepszą nadzieją" — poinformował ich oberżysta.

— A jaka ilość złota byłaby odpowiednia za taki rejs? — zapytał kapitan, pocierając o kciuk palcem wskazującym.

— Trzykrotność zwyczajowej opłaty za podróż do Zatoki Niewolniczej.

— Od każdego z was? — Mężczyzna odsłonił zęby w czymś, co zapewne miało być uśmiechem, ale nadało jego wąskiej twarzy drapieżny wyraz. — Niewykluczone. To prawda, że jestem śmielszy niż większość ludzi. Kiedy chcielibyście wypłynąć?

— Jutro rano nie byłoby zbyt szybko.

— Zgoda. Wróćcie tu przed świtem, ze swymi przyjaciółmi i winami. Lepiej wyruszyć w drogę, gdy Volantis będzie jeszcze spało. W ten sposób nikt nie zada nam niewygodnych pytań o cel podróży.

— Skoro tak mówisz. Godzinę przed świtem.

Kapitan uśmiechnął się jeszcze szerzej.

— Cieszę się, że mogę wam pomóc. To będzie szczęśliwy rejs, tak?

— Jestem tego pewien — odparł Gerris. Kapitan zażądał *ale* i obaj wychylili toast za powodzenie ich przedsięwzięcia.

— Słodki człowiek — zauważył Drinkwater, gdy wracali z Quentynem do podstawy mola, gdzie czekał wynajęty przez nich *hathay*. Było gorąco i parno, a słońce świeciło tak jasno, że obaj mrużyli powieki.

— To słodkie miasto — zgodził się Quentyn. *Takie słodkie, że aż zęby się psują.* Powszechnie uprawiano tu słodkie buraki, dodawane do niemal każdego posiłku. Volanteńczycy robili też z nich zimną zupę, gęstą i słodką jak purpurowy miód. Tutejsze wina również były słodkie. — Obawiam się jednak, że nasz szczęśliwy rejs potrwa krótko. Ten słodki człowiek nie ma zamiaru zabrać nas do Meereen. Za szybko się zgodził na naszą propozycję. Z pewnością przyjmie trzykrotność zwyczajowej opłaty, a gdy tylko znajdziemy się na pokładzie i oddalimy od lądu, poderżnie nam gardła i zabierze resztę złota.

— Albo przykuje nas do wioseł razem z tymi nieszczęśnikami, których smród czuliśmy. Chyba musimy znaleźć przemytnika wyższej klasy.

Poganiacz czekał na nich obok *hathaya*. W Westeros podobny wóz ciągnąłby wół, ten pojazd był jednak znacznie zdobniejszy od wszystkich, które Quentyn widział w Dorne, a zamiast wołu zaprzężono do niego karłowatą słonicę o skórze barwy brudnego śniegu. Na ulicach Starego Volantis widziało się mnóstwo podobnych zwierząt.

Quentyn wolałby iść na piechotę, ale od kwatery dzieliło ich wiele mil. Co więcej, oberżysta z Domu Kupieckiego ostrzegał, że poruszanie się na własnych nogach wywoła pogardę zarówno cudzoziemskich kapitanów, jak i rodowitych Volanteńczyków. Ludzie z wyższych warstw poruszali się w lektyce albo w *hathayu*... a tak się składało, że kuzyn oberżysty posiadał kilka podobnych pojazdów i z chęcią posłuży im pomocą.

Poganiacz był jednym z niewolników owego kuzyna, niskim mężczyzną z wytatuowanym na policzku kołem. Za cały strój służyła mu przepaska biodrowa i para sandałów. Skórę miał barwy drewna tekowego, a jego oczy przypominały kawałki krzemienia. Pomógł im wdrapać się na wyściełaną ławeczkę umieszczoną między parą wielkich drewnianych kół, a potem dosiadł słonicy.

— Do Domu Kupieckiego — rozkazał Quentyn. — Ale jedź wzdłuż nabrzeży.

Z dala od portu i dmącej od morza bryzy na ulicach Volantis było tak gorąco, że człowiek tonął we własnym pocie, przynajmniej po tej stronie rzeki.

Poganiacz krzyknął coś do słonicy w miejscowym narzeczu. Zwierzę ruszyło przed siebie, kołysząc trąbą na boki. Wóz toczył się za nim, poganiacz pokrzykiwał na tarasujących drogę marynarzy i niewolników. Łatwo było odróżnić jednych od drugich. Wszyscy niewolnicy nosili tatuaże: maska z niebieskich piór, błyskawica biegnąca od żuchwy do czoła, moneta na policzku, lamparcie cętki, czaszka, dzbanek. Maester Kedry mówił, że na każdego wolnego człowieka w Volantis przypada pięciu niewolników, choć nie pożył wystarczająco długo, by potwierdzić trafność tej oceny. Zginął tego ranka, gdy „Skowronka" zaatakowali korsarze.

Quentyn stracił owego dnia również dwóch innych przyjaciół — Williama Wellsa o piegowatej twarzy i krzywych zębach, nieustraszonego w walce na kopie, oraz Cletusa Yronwooda, przystojnego mimo leniwego oka, zawsze jurnego i skorego do śmiechu. Cletus był najbliższym przyjacielem Quentyna przez połowę jego życia, bratem we wszystkim oprócz krwi.

— Pocałuj swoją narzeczoną w moim imieniu — wyszeptał do niego na krótko przed śmiercią.

Korsarze wtargnęli na pokład w mroku przed świtem, gdy „Skowronek" kotwiczył nieopodal brzegu Spornych Ziem. Załoga odparła atak, tracąc dwunastu ludzi. Później marynarze zdjęli zabitym wrogom buty, pasy i broń, podzielili między siebie zawartość ich sakiewek, wyrwali klejnoty z uszu i ściągnęli pierścienie z palców. Jeden z zabitych był tak tłusty, że kucharz okrętowy musiał odrąbać mu palce tasakiem, by zdjąć pierścienie. Potrzeba było trzech ludzi, by stoczyć trupa do morza. Pozostałych piratów ciśnięto w ślad za nim, bez zbędnych ceremonii i słowa modlitwy.

Poległych towarzyszy marynarze potraktowali lepiej. Zaszyli ich zwłoki w żagle i obciążyli kamieniami, by szybciej utonęły. Kapitan „Skowronka" przewodniczył modlitwom za dusze zabitych członków załogi. Potem zwrócił się ku dornijskim pasażerom. Z sześciu, którzy wsiedli na pokład w Mieście z Desek, zostało przy życiu tylko trzech. Nawet Kolos wyszedł na pokład, pobladły od zielonej choroby. Chwiał się na nogach, gramoląc się z ładowni, by oddać ostatni hołd.

— Któryś z was powinien powiedzieć kilka słów o waszych towarzyszach, zanim oddamy ich morzu — rzekł kapitan. Gerris spełnił jego prośbę, kłamiąc co drugie słowo, ponieważ nie śmiał powiedzieć prawdy o tym, kim byli i dlaczego wyruszyli w tę podróż.

Nie tak miało się to dla nich skończyć.

— Będziemy mieli o czym opowiadać wnukom — oznajmił Cletus dnia, gdy wyruszyli z zamku jego ojca.

— Chyba raczej karczemnym dziewkom, żeby chętniej uniosły spódnice — sprzeciwił się Will z grymasem na twarzy.

Cletus poklepał go po plecach.

— Żeby mieć wnuki, trzeba najpierw postarać się o dzieci. A żeby mieć dzieci, trzeba unieść parę spódnic.

Później, w Mieście z Desek, Dornijczycy spełnili toast za przyszłą żonę Quentyna, powtarzając sprośne żarty o czekającej go nocy poślubnej. Rozmawiali też o tym, co zobaczą, o czynach, jakich dokonają, i o chwale, którą zdobędą. *Ale zdobyli tylko po worku z płótna żaglowego wypełnionym kamieniami balastowymi.*

Choć Quentyn opłakiwał Willa i Cletusa, najboleśniejsza była strata maestera. Kedry biegle władał językami wszystkich Wolnych Miast, a nawet zanieczyszczonym ghiscarskim, jakim mówiono nad brzegami Zatoki Niewolniczej.

„Będzie wam towarzyszył maester Kedry" — rzekł mu ojciec w dzień rozstania. „Słuchaj jego rad. Poświęcił połowę życia na studia nad Dziewięcioma Wolnymi Miastami".

Quentyn zastanawiał się, czy nie poszłoby im znacznie łatwiej, gdyby tylko mieli Kedry'ego za przewodnika.

— Sprzedałbym własną matkę za odrobinę wiatru — odezwał się Gerris, gdy przedzierali się przez kłębiący się w dzielnicy portowej tłum. — Jest wilgotno jak w piździe Dziewicy, a przecież jeszcze nie nadeszło południe. Nienawidzę tego miasta.

Quentyn podzielał jego uczucia. Posępny parny upał panujący w Volantis wysysał zeń siły i sprawiał, że czuł się brudny. Najgorsza była świadomość, że nastanie nocy nie przyniesie im ulgi. Na górskich łąkach położonych na północ od włości lorda Yronwooda, po zmierzchu zawsze było rześko i chłodno, nawet po najupalniejszym dniu. Ale nie tutaj. W Volantis nocą było prawie tak samo gorąco jak w dzień.

— „Bogini" wypływa rano do Nowego Ghis — przypomniał mu Gerris. — Przynajmniej bylibyśmy bliżej.

— Nowe Ghis to wyspa i w dodatku ma znacznie mniejszy port niż Volantis. Tak, bylibyśmy bliżej, ale ugrzęźlibyśmy na mieliźnie. Co więcej, Nowe Ghis zawarło sojusz z Yunkai. — Quentyn nie czuł się tym zaskoczony. To były dwa ghiscarskie miasta. — Jeśli Volantis również się z nimi sprzymierzy…

— Musimy znaleźć statek z Westeros — zasugerował Gerris. — Jakiegoś kupca z Lannisportu albo ze Starego Miasta.

— Tylko nieliczni docierają tak daleko, a i oni wypełniają

ładownie jedwabiami i korzeniami znad Morza Nefrytowego, by zaraz powiosłować do domu.

— W takim razie może braavoski? Fioletowe żagle widuje się ponoć nawet w Asshai i na wyspach Morza Nefrytowego.

— Braavosowie pochodzą od zbiegłych niewolników. Nie handlują z niewolniczymi miastami.

— Czy wystarczy nam złota, żeby kupić statek?

— A kto służyłby jako załoga? Ty? Ja? — Dornijczycy nigdy nie byli żeglarzami, nie od czasów, gdy Nymeria spaliła dziesięć tysięcy okrętów. — Morza wokół Valyrii są niebezpieczne i pełne korsarzy.

— Ich nie chcę więcej oglądać. Nie kupujmy statku.

Dla niego to wciąż jest zabawa — uświadomił sobie Quentyn. *Taka sama jak wtedy, gdy poprowadził naszą szóstkę w góry, by odnaleźć dawne legowisko Sępiego Króla.* Myśl, że może im się nie powieść — a co dopiero, że mogliby zginąć — nie leżała w naturze Gerrisa Drinkwatera. Najwyraźniej nie spoważniał nawet po śmierci trzech towarzyszy. *Zostawia to mnie. Wie, że jestem z natury równie ostrożny, jak on jest śmiały.*

— Być może Kolos ma rację — dodał ser Gerris. — Szczać na morze. Dokończmy podróż drogą lądową.

— Wiesz, dlaczego tak mówi — przypomniał mu Quentyn. — Wolałby umrzeć, niż znowu wejść na pokład statku.

Kolos cierpiał na zieloną chorobę przez cały czas trwania rejsu. W Lys potrzebował czterech dni, by odzyskać siły. Musieli wynająć pokoje w gospodzie, by maester Kedry mógł go położyć pod piernatem i karmić rosołami oraz napojami leczniczymi, aż wreszcie policzki młodzieńca odzyskały względnie różową barwę.

Do Meereen można było dotrzeć lądem. To przynajmniej było prawdą. Stare valyriańskie drogi zaprowadzą ich do celu. Ludzie zwali potężne kamienne trakty Włości smoczymi drogami, ale ta, która prowadziła z Volantis na wschód, do Meereen, zasłużyła sobie na bardziej złowieszcze miano. *Szlak demonów.*

— Szlak demonów jest niebezpieczny, a poza tym podróż trwałaby zbyt długo — stwierdził Quentyn. — Gdy tylko wieści o królowej dotrą do Królewskiej Przystani, Tywin Lannister wyśle do niej swoich ludzi. — Jego ojciec był tego pewien. — A jego ludzie będą mieli noże. Jeśli dotrą do niej przed nami…

— Miejmy nadzieję, że jej smoki wywęszą ich i zjedzą — przerwał mu Gerris. — No cóż, jeśli nie możemy znaleźć statku i nie pozwolisz nam pojechać lądem, równie dobrze możemy wracać do Dorne.

Miałbym się poczołgać do Słonecznej Włóczni pokonany, z podkulonym ogonem? Quentyn nie potrafiłby znieść ojcowskiego rozczarowania, a pogarda Żmijowych Bękarcic byłaby miażdżąca. Doran Martell złożył los Dorne w jego ręce. Nie może go zawieść, póki życia.

Hathay podskakiwał z głośnym grzechotem na okutych żelazem kołach. Powietrze nad ulicą migotało od żaru i wszystko wokół wyglądało jak we śnie. Oprócz magazynów i nabrzeży pełno tu było najrozmaitszych sklepów i straganów. W jednym można było kupić świeże ostrygi, w drugim żelazne łańcuchy i kajdany, w trzecim zaś pionki do gry w *cyvasse*, wyrzeźbione z kości słoniowej i nefrytu. Świątynie odwiedzane przez marynarzy składających ofiary cudzoziemskim bogom sąsiadowały z domami rozkoszy, z których balkonów kobiety nawoływały poruszających się ulicą mężczyzn.

— Popatrz na tamtą — odezwał się Gerris, gdy przejeżdżali pod jednym z takich domów. — Chyba się w tobie zakochała.

A ile kosztuje miłość kurwy? Szczerze mówiąc, Quentyn nie miał śmiałości do dziewcząt, zwłaszcza ładnych.

Po przybyciu do Yronwood zadurzył się w Ynys, najstarszej z córek lorda Andersa. Choć nigdy nie zdradził ani słowem swych uczuć, marzył o niej przez lata… aż do dnia, gdy wydano ją za ser Ryona Allyriona, dziedzica Bożej Łaski. Kiedy ostatnio ją widział, jednego synka karmiła piersią, a drugi czepiał się jej spódnic.

Po Ynys były bliźniaczki Drinkwater, dwie płowowłose dziewczyny uwielbiające polowanie, sokolnictwo, wspinanie się na skały i zawstydzanie Quentyna. Od jednej z nich otrzymał swój pierwszy pocałunek, choć nigdy się nie dowiedział, od której. Jako córki rycerza na włościach były zbyt nisko urodzone, by mógł którąś z nich poślubić, ale Cletus nie uważał, że to powód, by ich nie całować. *Jak już się ożenisz, będziesz mógł zrobić jedną z nich swoją faworytą. Albo i obie, czemu by nie?* Quentynowi przychodziło jednak na myśl kilka różnych powodów, by się od tego powstrzymać, zaczął więc unikać bliźniaczek. Drugiego pocałunku nie było.

Ostatnio najmłodsza córka lorda Yronwooda zaczęła chodzić za nim po zamku. Gwyneth miała dopiero dwanaście lat. Była małą, chudą dziewczynką o ciemnych oczach i kasztanowych włosach, co odróżniało ją od całej rodziny niebieskookich blondynów. Cechowała się jednak bystrym umysłem, posługiwała się słowami równie biegle jak dłońmi. Lubiła też powtarzać Quentynowi, że powinien poczekać, aż zakwitnie, żeby mogła za niego wyjść.

To było jeszcze przed tym, nim książę Doran wezwał Quentyna do Wodnych Ogrodów. A teraz w Meereen czekała na niego najpiękniejsza kobieta na świecie. Był zdeterminowany spełnić obowiązek i zdobyć jej rękę. *Nie odmówi mi. Dotrzyma umowy.* Daenerys Targaryen będzie potrzebowała Dorne, by zdobyć Siedem Królestw, a to oznaczało, że będzie potrzebowała jego. *Ale to nie znaczy, że mnie pokocha. Może mnie nawet nie polubić.*

Ulica zakręcała w miejscu, gdzie rzeka docierała do morza. Wzdłuż łuku stała grupa sprzedawców zwierząt oferujących jaszczurki klejnotowe, wielkie pasiaste węże oraz małe ruchliwe małpki o pręgowanych ogonkach i zręcznych różowych dłoniach.

— Może twojej srebrnej królowej spodobałaby się małpka — zasugerował Gerris.

Quentyn nie miał pojęcia, co mogłoby się spodobać Daenerys Targaryen. Obiecał ojcu, że sprowadzi ją do Dorne, ale coraz częściej zadawał sobie pytanie, czy sprosta temu zadaniu.

Nigdy o nie nie prosiłem — pomyślał.

Na drugim brzegu szerokiej błękitnej Rhoyne widział Czarny Mur. Zbudowali go Valyrianie w czasach, gdy Volantis było jedynie wysuniętą placówką ich imperium — wielki owal ze stopionego kamienia wysoki na dwieście stóp i tak gruby, że na jego szczycie mogło się ścigać sześć zaprzężonych w czwórkę koni rydwanów. Takie wyścigi urządzano co rok na pamiątkę założenia miasta. Imigrantów, cudzoziemców i wyzwoleńców nie wpuszczano na obszar otoczony Czarnym Murem, chyba że zaprosili ich ci, którzy tam mieszkali, ludzie Dawnej Krwi, potrafiący prześledzić swe pochodzenia aż do samej Valyrii.

Ruch był tu jeszcze intensywniejszy. Znajdowali się blisko zachodniego końca Długiego Mostu, łączącego ze sobą obie połowy miasta. Na ulicach pełno było wozów krytych, otwartych oraz *hathayów*, zmierzających na most albo zjeżdżających z niego. Krążyli też po nich liczni jak karaluchy niewolnicy wykonujący polecenia swoich panów.

Gdy byli już blisko Targu Rybnego i Domu Kupieckiego, usłyszeli nagle krzyki dobiegające z poprzecznej ulicy. Jakby znikąd pojawiło się dwunastu Nieskalanych włóczników w zdobnych zbrojach i płaszczach z tygrysich skór. Kazali wszystkim usunąć się na bok, by zrobić przejście dla jadącego na słoniu triarchy i jego eskorty. Wierzchowiec triarchy był szaroskórym olbrzymem noszącym zdobną, emaliowaną zbroję, postukującą cicho, gdy zwierzę się ruszało, a zamek na jego grzbiecie był tak wysoki, że drapał o piękny kamienny łuk, pod którym przechodził.

— Triarchów uważa się za tak szlachetnych, że przez cały rok pełnienia urzędu nie mogą dotknąć stopami ziemi — poinformował towarzysza Quentyn. — Wszędzie jeżdżą na słoniach.

— Tamują ruch i zostawiają na ulicach sterty gnoju, z którymi muszą się użerać tacy jak my — poskarżył się Gerris. — Nigdy nie zrozumiem, dlaczego Volantis potrzebuje trzech książąt, skoro Dorne wystarcza tylko jeden.

— Triarchowie nie są królami ani książętami. Volantis to włości, jak dawna Valyria. Władzę sprawują wszyscy wolno urodzeni właściciele ziemscy. Nawet kobietom wolno głosować, pod warunkiem że posiadają ziemię. Trzech triarchów wybiera się spośród szlacheckich rodzin potrafiących udowodnić, że w nieprzerwanej linii pochodzą z Valyrii. Piastują urząd aż do pierwszego dnia następnego roku. Wiedziałbyś to wszystko, gdyby chciało ci się przeczytać książkę, którą dał ci maester Kedry.

— Nie było w niej obrazków.

— Były mapy.

— Mapy się nie liczą. Gdyby mi powiedział, że książka jest o tygrysach i słoniach, może bym spróbował ją przeczytać. Ale ona podejrzanie przypominała historię.

Gdy ich *hathay* dotarł do skraju Targu Rybnego, słonica uniosła trąbę i zatrąbiła głośno niczym jakaś wielka biała gęś, nie chcąc się zagłębiać w kłębowisko wozów, lektyk i pieszych. Poganiacz trącił ją piętą i zwierzę ruszyło naprzód.

Tłumy handlarzy ryb zachwalały poranny połów. Quentyn rozumiał w najlepszym razie co drugie słowo, ale nie musiał znać nazw, by poznawać ryby. Widział dorsze, żaglice i sardynki, a także beczki pełne rozmaitych małży. Przed jednym ze straganów wisiały węgorze, przed innym zaś zawieszono za nogi na łańcuchach wielkiego żółwia, ciężkiego jak koń. W skrzyniach wypełnionych wodą morską i wodorostami łaziły kraby. Niektórzy sprzedawcy smażyli kawałki ryb z cebulą i burakami albo oferowali ostrą zupę rybną w małych żelaznych kociołkach.

Pośrodku placu, pod popękanym bezgłowym posągiem jakiegoś nieżyjącego triarchy zbierał się tłum. Karzełki urządzały przedstawienie. Dwaj mali ludzie wdziali drewniane zbroje, miniaturowi rycerze przygotowywali się do turniejowej walki. Quentyn zauważył, że jeden dosiadł psa, a drugi wskoczył na grzbiet świni… ale zaraz spadł na ziemię przy akompaniamencie śmiechu tłumu.

— Zabawnie wyglądają — stwierdził Gerris. — Zatrzymamy się, żeby popatrzeć na walkę? Przydałoby ci się trochę śmiechu, Quent. Wyglądasz jak staruszek, który nie wypróżniał się przez pół roku.

Mam osiemnaście lat, sześć lat mniej niż ty — pomyślał Quentyn. *Nie jestem staruszkiem.*

— Nie potrzebuję komicznych karłów — rzekł tylko na głos. — Chyba że mają statek.

— Mógłby się okazać za mały.

Trzypiętrowy Dom Kupiecki dominował nad otaczającymi go magazynami i nabrzeżami. Kupcy ze Starego Miasta i z Królewskiej Przystani spotykali się w nim ze swymi odpowiednikami z Braavos, Pentos i Myr, włochatymi Ibbeńczykami, jasnoskórymi podróżnikami z Qarthu, czarnymi jak węgiel Letniakami w płaszczach z piór, a nawet zamaskowanymi władcami cieni z Asshai.

Quentyn wysiadł z *hathaya* i poczuł pod stopami ciepło kamiennej nawierzchni, przenikające przez grube skórzane podeszwy. Pod Domem Kupieckim ustawiono w cieniu stół na kozłach ozdobiony proporczykami w niebiesko-białe paski poruszającymi się przy najdrobniejszym powiewie. Przy stole siedziało czterech najemników o twardych spojrzeniach, nawołując wszystkich przechodzących obok mężczyzn i chłopców. *Plewy na Wietrze* — pomyślał Quentyn. Sierżanci szukali świeżych ludzi, którzy uzupełnią ich szeregi przed wypłynięciem do Zatoki Niewolniczej. *Każdy człowiek, który się do nich zaciągnie, to jeden miecz więcej dla Yunkai, kolejne ostrze mające wypić krew mojej przyszłej żony.*

Jeden z Plew na Wietrze krzyknął coś do nich.

— Nie mówię waszym językiem — odpowiedział Quentyn. Choć czytał i pisał po starovalyriańsku, brakowało mu praktyki w rozmawianiu. W dodatku volanteńskie jabłko spadło dość daleko od valyriańskiej jabłoni.

— Jesteś z Westeros? — zapytał mężczyzna w języku powszechnym.

— Z Dorne. Mój pan jest kupcem winnym.

— Pan? Pierdolić panów. Czy jesteś niewolnikiem? Zaciągnij się do nas i sam zostań własnym panem. Chcesz umrzeć w łóżku? Nauczymy cię walczyć mieczem i włócznią. Ruszysz do bitwy u boku Obdartego Księcia i wrócisz do domu bogatszy niż lord. Chłopcy, dziewczyny, złoto, wszystko, czego zapragniesz, jeśli tylko okażesz się mężczyzną i potrafisz to sobie wziąć. Jesteśmy Plewy na Wietrze i walimy w dupę boginię rzezi.

Dwaj najemnicy zaczęli śpiewać, wykrzykując słowa jakiejś pieśni marszowej. Quentyn rozumiał wystarczająco wiele, by pojąć sens.

— *Jesteśmy Plewami* — śpiewali. — *Wiatr poniesie nas na wschód. Zarżniemy króla-rzeźnika i wyruchamy smoczą królową.*

— Gdyby Cletus i Will byli jeszcze z nami, moglibyśmy tu wrócić z Kolosem i zabić skurczybyków — stwierdził Gerris.

Cletus i Will nie żyją.

— Nie zwracaj na nich uwagi — rzekł Quentyn. Kiedy się oddalali, przepychając przez tłum pod drzwiami Domu Kupieckiego, najemnicy obrzucili ich obelgami, drwiąc z nich jako bezkrwistych tchórzy i wystraszonych dziewczyn.

Kolos czekał na nich w wynajętym pokoju na pierwszym piętrze. Choć kapitan „Skowronka" zachwalał im tę gospodę, Quentyn nie był skłonny zostawić tu ich dobytku i złota bez straży. W każdym porcie byli złodzieje, szczury i kurwy, w Volantis więcej niż gdzie indziej.

— Chciałem już iść was poszukać — stwierdził ser Archibald Yronwood, odsuwając rygiel, by wpuścić ich do środka. To jego kuzyn, Cletus, przezwał go „Kolosem". Archibald zasługiwał na to miano. Miał sześć i pół stopy wzrostu, szerokie bary, wielkie brzuszysko, nogi jak pnie drzew, dłonie wielkości szynek i ani śladu szyi. Jakaś przebyta w dzieciństwie choroba sprawiła, że wypadły mu wszystkie włosy. Jego łysa czaszka przypominała Quentynowi gładki różowy głaz.

— I co powiedział przemytnik? — zapytał. — Mamy łódź?

— Statek — poprawił go Quentyn. — Tak, zgodził się nas zabrać, ale nie dalej niż do najbliższego piekła.

Gerris usiadł na zapadającym się łóżku i ściągnął buty.

— Z każdą chwilą Dorne wydaje mi się coraz atrakcyjniejsze.

— Nadal uważam, że lepiej byłoby pojechać szlakiem demonów — stwierdził Kolos. — Może wcale nie jest tak niebezpieczny, jak mówią. A nawet jeśli jest, to oznacza więcej chwały dla tych, którzy go przejdą. Któż odważyłby się nas niepokoić? Miecz Drinka i mój młot to więcej, niż zdołałby strawić jakikolwiek demon.

— A co, jeśli Daenerys zginie, nim do niej dotrzemy? — zapytał Quentyn. — Musimy popłynąć statkiem, nawet gdyby miała to być „Przygoda".

Gerris parsknął śmiechem.

— Z pewnością pragniesz Daenerys goręcej, niż mi się zdawało, jeśli jesteś gotowy znosić ten smród miesiącami. Już po trzech dniach zacząłbym ich błagać, by mnie zamordowali. Nie, książę, błagam, tylko nie „Przygoda".

— Masz lepszy pomysł? — zapytał go Quentyn.

— Mam. Właśnie na niego wpadłem. Przyznaję, że jest ryzykowny i raczej nie można go uznać za honorowy... ale pozwoli ci dotrzeć do twej królowej szybciej niż szlak demonów.

— Opowiedz mi o nim — zażądał Quentyn Martell.

JON

Jon Snow czytał list raz po raz, aż wreszcie słowa zaczynały mu się zamazywać przed oczyma. *Nie mogę tego podpisać. Nie zrobię tego.*

Mało brakowało, by spalił papier, ale zamiast tego pociągnął łyk *ale*, resztki z połowy kubka pozostałej po wczorajszej, spożytej w samotności kolacji. *Muszę go podpisać. Wybrali mnie na swojego lorda dowódcę. Mur należy do mnie i Straż również. Nocna Straż nie opowiada się po niczyjej stronie.*

Poczuł ulgę, gdy Edd Cierpiętnik Tollett otworzył drzwi i powiedział, że czeka pod nimi Goździk. Jon odłożył list maestera Aemona.

— Przyjmę ją. — Bał się tej rozmowy. — Znajdź Sama. Potem będę chciał porozmawiać z nim.

— Na pewno siedzi na dole, wśród książek. Mój dawny septon mawiał, że książki to umarli, którzy mówią. Uważam, że nieboszczycy powinni trzymać gębę na kłódkę. Nikt nie chce słuchać ich gadania.

Edd Cierpiętnik oddalił się, mamrocząc pod nosem o robakach i pająkach.

Gdy tylko Goździk weszła do środka, natychmiast padła na kolana. Jon okrążył stół i postawił ją na nogi.

— Nie musisz przede mną klękać. Tylko przed królami. —

Choć była żoną i matką, nadal wydawała mu się prawie dzieckiem. Szczupła, drobna dziewczyna opatulona w jeden ze starych płaszczy Sama, tak wielki, że zmieściłoby się pod nim kilka podobnych do niej. — Czy dzieci dobrze się czują? — zapytał.

Dzika dziewczyna uśmiechnęła się nieśmiało pod kapturem.

— Tak, panie. Bałam się, że nie starczy mi mleka dla obu, ale im więcej ssą, tym więcej go mam. To silni chłopcy.

— Muszę ci powiedzieć coś, co będzie trudne.

O mało nie powiedział „muszę cię o coś poprosić", ale powstrzymał się w ostatniej chwili.

— Czy chodzi o Mance'a? Val błagała króla, żeby go oszczędził. Powiedziała, że pozwoli, by jakiś klękacz ją poślubił i nie poderżnie mu gardła, jeśli tylko Mance będzie żył. Lorda Kości mają oszczędzić. Craster zawsze powtarzał, że go zabije, jeśli tylko pokaże się w twierdzy. Mance nie jest winien nawet połowy tego, co on.

Mance jest winien tylko jednego... poprowadzenia armii na królestwo, którego poprzysiągł bronić.

— Mance powiedział słowa, Goździk. A potem zdradził, ożenił się z Dallą i ogłosił królem za Murem. Jego życie jest teraz w rękach króla. To nie o nim musimy porozmawiać, ale o jego synu. O chłopcu Dalli.

— O małym? — zapytała drżącym głosem. — On nie złamał żadnej przysięgi, panie. On tylko śpi, płacze i ssie, nic więcej. Nigdy nikogo nie skrzywdził. Nie pozwól jej go spalić. Uratuj go, proszę.

— Tylko ty możesz go uratować, Goździk — oznajmił jej Jon.

Inna kobieta krzyczałaby na niego, przeklinała go, kazała iść do siedmiu piekieł. Inna kobieta mogłaby wpaść w szał, bić go po twarzy, kopać, próbować wydrapać mu oczy. Mogłaby walczyć.

Goździk potrząsnęła tylko głową.

— Nie. Proszę, nie.

Kruk podchwycił ostatnie słowo.

— *Nie* — wrzasnął.

— Jeśli mi odmówisz, chłopiec spłonie. Nie jutro i nie pojutrze... ale wkrótce, gdy tylko Melisandre będzie potrzebowała obudzić smoka, przywołać wiatr albo rzucić jakiś inny czar wymagający królewskiej krwi. Mance obróci się już w popiół i kości, więc zażąda, by spalono jego syna, a Stannis jej nie odmówi. Jeśli nie zabierzesz stąd chłopca, ona go spali.

— Zrobię to — zgodziła się Goździk. — Zabiorę go. Zabiorę obu, chłopca Dalli i mojego.

Łzy spływały jej po policzkach. Gdyby nie lśniły w blasku świecy, Jon mógłby w ogóle nie zauważyć, że dziewczyna płacze. *Żony Crastera z pewnością uczyły swe córki lać w sekrecie łzy w poduszkę. Być może nawet wychodziły na dwór, żeby się wypłakać z dala od pięści Crastera.*

Jon zacisnął prawą dłoń.

— Jeśli zabierzesz obu chłopców, ludzie królowej ruszą za wami w pościg i sprowadzą was z powrotem. Chłopiec spłonie... i ty razem z nim.

Jeśli zacznę ją pocieszać, pomyśli, że łzy mogą mnie wzruszyć. Musi zrozumieć, że nie ustąpię.

— Zabierzesz tylko jednego chłopca. Chłopca Dalli.

— Matka nie może opuścić syna, bo będzie przeklęta na wieki. Nie syna. Uratowaliśmy go, Sam i ja. Proszę. Proszę, panie. Uratowaliśmy go przed zimnem.

— Powiadają, że zamarznąć na śmierć to prawie jak zasnąć. Ale ogień... widzisz tę świeczkę, Goździk?

Dziewczyna spojrzała na nią.

— Tak.

— Dotknij jej. Przesuń dłoń nad płomieniem.

Jej wielkie brązowe oczy zrobiły się jeszcze większe. Nawet nie drgnęła.

— Zrób to. — *Zabij chłopca.* — Natychmiast.

Dziewczyna wyciągnęła z drżeniem rękę, zatrzymując ją wysoko nad migotliwym płomykiem.

— Niżej. Niech ogień cię pocałuje.

Goździk opuściła rękę. O cal. Potem o drugi. Gdy płomień dotknął jej ciała, cofnęła natychmiast dłoń i rozpłakała się.

— Śmierć w ogniu jest okrutna. Dalla umarła, by dać życie temu dziecku, ale to ty je karmiłaś i kochałaś. Uratowałaś swojego chłopczyka przed lodem. Teraz uratuj jej synka przed ogniem.

— Spalą moje dziecko. Kobieta w czerwieni. Jeśli nie dostanie chłopczyka Dalli, spali mojego.

— W żyłach twojego synka nie płynie królewska krew. Melisandre nic nie zyska, oddając go ogniowi. Stannis chce, żeby wolni ludzie walczyli dla niego. Dlatego nie spali niewinnego dziecka bez dobrego powodu. Twój synek będzie bezpieczny. Znajdę dla niego mamkę. Wychowamy go w Czarnym Zamku, pod moją opieką. Nauczy się polować, jeździć konno, walczyć na miecze i topory i strzelać z łuku. Dopilnuję nawet, żeby go nauczono czytania i pisania. — Samowi to się spodoba. — A gdy osiągnie odpowiedni wiek, dowie się prawdy o swoim pochodzeniu. Będzie mógł cię odszukać, jeśli zapragnie.

— Zrobicie z niego wronę. — Otarła łzy grzbietem małej bladej dłoni. — Nie zgodzę się na to. Nie.

Zabij chłopca — pomyślał Jon.

— Zgodzisz się. Zapewniam, że w przeciwnym razie, gdy spalą chłopca Dalli, twój synek również zginie.

— *Zginie* — zakrakał kruk Starego Niedźwiedzia. — *Zginie, zginie, zginie.*

Dziewczyna zgarbiła się i zapadła w sobie. Siedziała wpatrzona w płomień świecy, a w jej oczach błyszczały łzy.

— Możesz odejść — odezwał się wreszcie Jon. — Nie wspominaj nikomu o naszej rozmowie i pamiętaj, że godzinę przed świtem musisz być gotowa do wyruszenia w drogę. Moi ludzie przyjdą po ciebie.

Goździk wstała bez słowa. Twarz miała pobladłą. Wyszła z pokoju, nie oglądając się na Jona. Słyszał jej kroki dobiegające ze zbrojowni. Niemalże biegła.

Gdy poszedł zamknąć drzwi, zauważył, że Duch uwalił się pod kowadłem, ogryzając kość wołu. Wielki biały wilkor uniósł łeb, spoglądając na niego.

— Cieszę się, że wreszcie wróciłeś.

Jon wrócił na miejsce, by raz jeszcze przeczytać list podyktowany przez maestera Aemona.

Samwell Tarly zjawił się po paru chwilach, dźwigając naręcze książek. Kruk Mormonta natychmiast podfrunął do niego, domagając się ziarna. Sam zrobił, co mógł, by spełnić jego prośbę, wyjmując trochę kukurydzy ze stojącego przy drzwiach worka, a ptak zrobił, co w jego mocy, by przedziobać mu dłoń na wylot. Chłopak wrzasnął, kruk odleciał, ziarno się rozsypało.

— Czy to podłe ptaszysko przebiło ci skórę? — zapytał Jon.

Sam z wielką ostrożnością zdjął rękawicę.

— Przebiło. Krwawię.

— Wszyscy przelewamy krew dla Straży. Noś grubsze rękawice. — Jon podsunął mu nogą krzesło. — Przyjrzyj się temu.

— Co to jest?

— Papierowa tarcza.

Sam przeczytał powoli tekst.

— List do króla Tommena?

— W Winterfell Tommen walczył z moim bratem Branem na drewniane miecze — zaczął wspominać Jon. — Miał pod zbroją tyle wyściółki, że wyglądał jak nadziewana gęś. Bran obalił go na ziemię. — Podszedł do okna i otworzył okiennice. Na dworze było zimno i rześko, choć niebo miało jednolicie szarą barwę. — A teraz Bran nie żyje, a pulchny różowolicy Tommen zasiada na Żelaznym Tronie i na jego lokach spoczywa korona.

Sam zrobił dziwną minę. Przez chwilę sprawiał wrażenie, że chce coś powiedzieć Jonowi, ale przełknął ślinę i ponownie spojrzał na dokument.

— Nie podpisałeś listu.

Jon potrząsnął głową.

— Stary Niedźwiedź sto razy błagał Żelazny Tron o pomoc i przysłali mu Janosa Slynta. Żaden list nie sprawi, że Lannisterowie zapałają do nas większą miłością. Nie, jeśli usłyszą, że pomagamy Stannisowi.

— Tylko w obronie Muru, nie w jego buncie. Tak jest tu napisane.

— Ta różnica może umknąć uwagi lorda Tywina. — Jon wyrwał list z rąk Sama. — Dlaczego miałby teraz nam pomóc? Nigdy dotąd tego nie robił.

— Z pewnością nie chciałby, żeby mówiono, że Stannis stanął w obronie królestwa, a król Tommen bawi się swoimi zabaweczkami. To ściągnęłoby pogardę na ród Lannisterów.

— To śmierć i zniszczenie pragnę ściągnąć na ród Lannisterów, nie pogardę. — Jon zaczął czytać fragment listu. — *Nocna Straż nie bierze udziału w wojnach toczonych w Siedmiu Królestwach. Nasza przysięga każe nam bronić królestwa, a królestwu zagraża obecnie straszliwe niebezpieczeństwo. Stannis Baratheon udzielił nam wsparcia w walce z naszymi wrogami zza Muru, choć nie jesteśmy jego ludźmi...*

— No bo nie jesteśmy — wtrącił Sam, poruszając się nerwowo na krześle. — Prawda?

— Dałem Stannisowi prowiant i schronienie. Oddałem mu też Nocny Fort i pozwoliłem osiedlić w Darze pewną liczbę dzikich. To wszystko.

— Lord Tywin powie, że to za dużo.

— A Stannis mówi, że za mało. Im więcej dajesz królowi, tym więcej od ciebie żąda. Kroczymy po moście z lodu, mając po obu stronach przepaść. Wystarczająco trudno jest zadowolić jednego króla. Zadowolić dwóch jest niemal niemożliwe.

— Tak, ale... jeśli Lannisterowie zwyciężą i lord Tywin dojdzie do wniosku, że pomagając Stannisowi, zdradziliśmy króla, to może oznaczać koniec Nocnej Straży. On ma za sobą Tyrellów, z całą potęgą Wysogrodu. Do tego pokonał lorda Stannisa nad Czarnym Nurtem.

— Czarny Nurt to była tylko jedna bitwa. Robb wygrał wszystkie swoje bitwy, ale i tak stracił głowę. Jeśli Stannis zdoła zdobyć poparcie północy...

Sam wahał się przez chwilę.

— Lannisterowie mają na północy swoich stronników — zauważył wreszcie. — Lorda Boltona i jego bękarta.

— Ale Stannis ma Karstarków. Jeżeli uda mu się zdobyć Biały Port...

— Jeżeli — powtórzył z naciskiem Sam. — A jeżeli nie... lordzie dowódco, nawet papierowa tarcza jest lepsza niż żadna.

— Pewnie masz rację. — *On i Aemon.* Z jakiegoś powodu

miał nadzieję, że Samwell Tarly będzie innego zdania. *To tylko inkaust i papier.* Z rezygnacją wziął w rękę gęsie pióro i podpisał dokument. — Podaj mi lak. — *Zanim zmienię zdanie.* Sam pośpiesznie wykonał polecenie. Jon przystawił pieczęć lorda dowódcy i podał list przyjacielowi. — Po wyjściu zanieś to do maestera Aemona. Powiedz mu, żeby wysłał ptaka do Królewskiej Przystani.

— Tak jest — rzekł z wyraźną ulgą Sam. — Lordzie dowódco, jeśli mogę zapytać... widziałem, jak Goździk stąd wychodziła. Była bliska łez.

— Val znowu ją tu przysłała, żeby błagała o życie Mance'a — skłamał Jon i przez chwilę rozmawiali o Mansie, Stannisie i Melisandre z Asshai, aż wreszcie kruk zjadł ostatnie ziarno kukurydzy.

— *Krew* — wrzasnęło ptaszysko.

— Postanowiłem odesłać stąd Goździk — oznajmił Jon. — Ją i jej chłopczyka. Będziemy musieli znaleźć nową mamkę dla jego mlecznego brata.

— Dopóki jej nie znajdziemy, można go karmić kozim mlekiem. Jest lepsze dla niemowląt od krowiego.

Sam, wyraźnie skrępowany myślą o piersiach, zaczął opowiadać o historii i o młodocianych lordach dowódcach, którzy żyli i umarli przed stuleciami.

— Powiedz mi coś użytecznego — przerwał mu wreszcie Jon. — Opowiedz mi o naszych wrogach.

— Inni. — Sam oblizał wargi. — Wspomina się o nich w rocznikach, choć nie tak często, jak się tego spodziewałem. Przynajmniej w tych woluminach, które znalazłem i przejrzałem. Wiem, że jest ich tam więcej. Niektóre ze starszych tomów rozpadają się na kawałki. Stronice kruszą się, gdy próbuję je odwracać. A naprawdę stare księgi... albo rozpadły się już w proch, albo są zagrzebane gdzieś, gdzie jeszcze nie dotarłem, albo... no cóż, niewykluczone, że nigdy ich nie było. Najstarsze historie, jakie znamy, spisano po przybyciu Andalów do Westeros. Pierwsi Ludzie zostawili po sobie tylko runy wyryte na skałach. Wszystko, co wydaje nam się, że wiemy o Erze Herosów, Erze Świtu i Długiej

Nocy, pochodzi z relacji spisanych przez septonów tysiące lat później. Niektórzy arcymaesterzy z Cytadeli kwestionują prawdziwość wszystkich tych zapisów. W starych opowieściach pełno jest królów, którzy panowali całe stulecia, i rycerzy ruszających do boju na tysiąc lat przed tym, nim pojawili się pierwsi rycerze... znasz je wszystkie, Brandon Budowniczy, Symeon Gwiezdnooki, Nocny Król... mówimy, że jesteś dziewięćset dziewięćdziesiątym ósmym lordem dowódcą Nocnej Straży, ale najstarsza lista, jaką udało mi się znaleźć, wymienia sześciuset siedemdziesięciu czterech dowódców, co sugeruje, że spisano ją podczas...

— Dawno temu — przerwał mu Jon. — A co z Innymi?

— Znalazłem wzmiankę o smoczym szkle. W Erze Herosów dzieci lasu co rok przekazywały Nocnej Straży sto obsydianowych sztyletów. Większość opowieści zgadza się, że Inni nadchodzą, kiedy jest zimno. Albo kiedy nadchodzą, robi się zimno. Czasami pojawiają się w czasie śnieżyc i znikają, gdy niebo robi się czyste. Kryją się przed światłem słońca i wychodzą nocą... albo gdy się pojawiają, zapada noc. Niektóre opowieści mówią, że Inni jeżdżą na trupach zwierząt. Niedźwiedzi, wilkorów, mamutów, koni, wszystko im jedno, pod warunkiem że zwierzę nie żyje. Ten, który zabił Małego Paula, dosiadał martwego konia, więc to przynajmniej jest prawdą. Niektóre relacje wspominają też o gigantycznych lodowych pająkach. Nie wiem, czym one mogą być. Ludzi, którzy polegną w walce z Innymi, trzeba spalić, bo inaczej wstaną z grobu jako ich niewolnicy.

— Wszystko to już wiemy. Pytanie brzmi, jak z nimi walczyć.

— Jeśli wierzyć opowieściom, zbroi Innych nie ima się większość zwyczajnych oręży, a ich miecze są tak zimne, że stal pęka w zetknięciu z nimi. Ogień jednak budzi w nich trwogę i są wrażliwi na obsydian. Znalazłem też jedną opowieść o Długiej Nocy mówiącą, że ostatni bohater zabijał Innych mieczem ze smoczej stali. Ponoć nie mogli się jej oprzeć.

— Ze smoczej stali? — Jon nigdy nie słyszał tego terminu. — To znaczy z valyriańskiej?

— Też przyszło mi to do głowy.

— To znaczy, że jeśli uda mi się przekonać lordów z Siedmiu Królestw, żeby oddali nam swoje valyriańskie miecze, będziemy uratowani? To nie powinno być trudne. — *Nie trudniejsze niż namówienie ich do oddania zamków i skarbców.* Roześmiał się z goryczą. — A czy udało ci się dowiedzieć, kim są Inni, skąd przychodzą i czego chcą?

— Jeszcze nie, lordzie dowódco, ale możliwe, że po prostu czytam nieodpowiednie książki. Są tam setki tomów, na które jeszcze nie spojrzałem. Daj mi więcej czasu, a znajdę wszystko, co można tam znaleźć.

— Nie mamy więcej czasu. Musisz spakować rzeczy, Sam. Będziesz towarzyszył Goździk.

— Towarzyszył? — Grubas gapił się na niego z rozdziawionymi ustami, jakby nie rozumiał znaczenia tego słowa. — Dokąd mam pojechać? Do Wschodniej Strażnicy, lordzie dowódco? Czy... dokąd...

— Do Starego Miasta.

— Do Starego Miasta? — powtórzył Sam piskliwym głosem.

— Aemon popłynie z tobą.

— Aemon? Maester Aemon? Ale lordzie dowódco... on ma sto dwa lata, nie może... wysyłasz jego i mnie? Kto się zajmie krukami? A jeśli będą chorzy albo ranni, kto...

— Clydas. Służył Aemonowi przez wiele lat.

— Clydas jest tylko zarządcą, a do tego ma coraz słabszy wzrok. Potrzebujesz maestera. Maester Aemon jest bardzo słabego zdrowia, podróż morska... — Pomyślał o „Królowej Arbor" i omal nie udławił się językiem. — ...może... jest stary i...

— Jego życiu będzie groziło niebezpieczeństwo. Zdaję sobie z tego sprawę, Sam, ale tutaj ryzyko jest większe. Stannis wie, kim on jest. Jeśli kobieta w czerwieni zażąda królewskiej krwi do swoich czarów...

— Och.

Tłuste policzki Sama utraciły wszelki kolor.

— We Wschodniej Strażnicy dołączy do was Dareon. Mam nadzieję, że jego pieśni zdobędą nam na południu trochę rekrutów. „Kos" zabierze was do Braavos. Tam będziecie musieli znaleźć statek płynący do Starego Miasta. Jeśli nadal zamierzasz podać dziecko Goździk za swojego bękarta, wyślij ją z nim do Horn Hill. W przeciwnym razie Aemon załatwi jej posadę służącej w Cytadeli.

— Mojego b... b... bękarta. Tak, moja ma... matka i siostry pomogą jej zaopiekować się dzieckiem. Dareon mógłby ją odwieźć do Starego Miasta równie dobrze jak ja. Co... co dzień po południu ćwiczyłem strzelanie z łuku pod nadzorem Ulmera, tak jak rozkazałeś... hm, poza tymi dniami, kiedy byłem w podziemiach, ale przecież powiedziałeś, żebym się czegoś dowiedział o Innych. Od strzelania z łuku bolą mnie ramiona i robią mi się pęcherze na palcach. — Pokazał Jonowi pęknięty pęcherz. — Ale i tak to robię. Trafiam teraz w cel częściej niż co drugi raz, ale nadal jestem najgorszym łucznikiem w historii. Za to lubię opowieści Ulmera. Ktoś powinien je spisać i umieścić w książce.

— Ty to zrobisz. Nie wątpię, że w Cytadeli mają papier i inkaust... a także łuki. Liczę na to, że będziesz ćwiczył dalej. Sam, w Nocnej Straży są setki ludzi, którzy potrafią strzelać z łuku, ale tylko garstka takich, którzy umieją czytać i pisać. Musisz zostać moim nowym maesterem.

— Lordzie dowódco, mo... moja praca jest tutaj. Księgi...

— Będą na miejscu, kiedy do nas wrócisz.

Sam dotknął ręką szyi. Niemalże czuł tam dotyk dławiącego łańcucha.

— Lordzie dowódco, w Cytadeli... każą uczniom kroić trupy. Nie mogę nosić łańcucha.

— Możesz i będziesz. Maester Aemon jest stary i ślepy. Traci już siły. Kto zajmie jego miejsce, kiedy umrze? Maester Mullin z Wieży Cieni to raczej wojownik niż uczony, a maester Harmune ze Wschodniej Strażnicy jest częściej pijany niż trzeźwy.

— Gdybyś poprosił Cytadelę o więcej maesterów...

— Mam zamiar to uczynić. Będziemy ich potrzebowali jak najwięcej. Ale niełatwo będzie zastąpić Aemona Targaryena. — *To nie idzie tak, jak miałem nadzieję.* Jon wiedział, że z Goździk będą trudności, ale sądził, że Sam z radością zamieni niebezpieczeństwa Muru na ciepłe Stare Miasto. — Byłem pewien, że się ucieszysz. W Cytadeli jest tyle ksiąg, że nikt nie zdołałby przeczytać wszystkich. Świetnie tam sobie poradzisz, Sam. Wiem, że tak będzie.

— Nie. Mógłbym czytać księgi, ale m… maester musi uzdrawiać, a od widoku k… k… krwi robi mi się słabo. — Uniósł dłoń, żeby pokazać Jonowi, jak drży. — Jestem Samem Strachajłą, nie Samem Zabójcą.

— A czego właściwie się boisz? Że starcy będą cię besztać? Sam, widziałeś upiory szturmujące Pięść, falę żywych trupów o czarnych dłoniach i jaskrawoniebieskich oczach. Zabiłeś Innego.

— To s… s… s… smocze szkło go zabiło, nie ja.

— Cicho — warknął Jon. — Kłamałeś, knułeś i spiskowałeś, żeby uczynić mnie lordem dowódcą. Teraz masz mnie słuchać. Popłyniesz do Cytadeli i wykujesz łańcuch, a jeśli będziesz musiał w tym celu kroić trupy, to trudno. W Starym Mieście trupy przynajmniej nie będą się sprzeciwiać.

— Wasza lordowska mość, mój o… o… o… ojciec, lord Randyll, on, on, on, on, on… maester żyje po to, by służyć. Żaden z synów rodu Tarlych nie będzie nosił łańcucha. Ludzie z Horn Hill nie kłaniają się poślednim lordom. Jon, nie mogę okazać nieposłuszeństwa ojcu.

Zabij chłopca — pomyślał Jon. *Tego w sobie i tego w nim. Zabij obu, cholerny bękarcie.*

— Nie masz ojca. Masz tylko braci. Tylko nas. Twoje życie należy do Nocnej Straży. Dlatego idź spakować do worka bieliznę i co tam jeszcze chcesz zabrać do Starego Miasta. Wyjeżdżacie godzinę przed świtem. Wydam ci jeszcze jeden rozkaz. Od dziś nie będziesz już mówił, że jesteś tchórzem. W minionym roku spotkałeś więcej niebezpieczeństw niż większość ludzi w ciągu całego życia. Poradzisz sobie i z Cytadelą… ale masz stawić jej czoło jako zaprzysiężony brat z Nocnej Straży. Nie mogę ci rozkazać, żebyś był odważny, ale mogę ci nakazać, byś ukrywał swój strach. Wypowiedziałeś słowa, Sam. Pamiętasz?

— S… spróbuję.

— Nie masz próbować. Masz mnie słuchać.

— *Słuchać.*

Kruk Mormonta załopotał wielkimi czarnymi skrzydłami.

Grubas oklapł wyraźnie.

— Wedle rozkazu, lordzie dowódco. Czy... czy maester Aemon wie?

— To był jego pomysł w takim samym stopniu jak mój. — Jon otworzył przed Samem drzwi. — Nie żegnaj się z nikim. Im mniej ludzi będzie o tym wiedziało, tym lepiej. Godzinę przed świtem, przy cmentarzu.

Sam uciekł przed nim tak samo jak Goździk.

Jon czuł się zmęczony. *Muszę się przespać.* Przez pół nocy ślęczał nad mapami, pisał listy i układał plany z maesterem Aemonem. Nawet gdy już zwalił się na wąskie łóżko, sen nie przyszedł łatwo. Wiedział, czemu będzie musiał stawić czoło następnego dnia. Miotał się pod pościelą, wspominając pożegnalne słowa maestera Aemona.

„Lordzie dowódco, pozwól, że na pożegnanie coś ci poradzę" — rzekł mu starzec. „Tej samy rady udzieliłem bratu, kiedy się rozstawaliśmy. Miał trzydzieści trzy lata i Wielka Rada postanowiła, że to on zasiądzie na Żelaznym Tronie. Był już dorosłym mężczyzną i miał synów, ale pod niektórymi względami nadal pozostawał chłopcem. Jajo miał w sobie niewinność, słodycz, którą wszyscy kochaliśmy. Tego dnia, gdy wsiadłem na statek i odpłynąłem na Mur, powiedziałem mu: »Zabij chłopca w sobie. Władca musi być mężczyzną. Aegonem, nie Jajem. Zabij chłopca i pozwól się narodzić mężczyźnie«". — Stary maester pomacał twarz Jona. „Masz o połowę lat mniej niż Jajo wtedy, obawiam się też, że brzemię, które spadło na twoje plecy, jest okrutniejsze. Dowodzenie przyniesie ci niewiele radości, sądzę jednak, że masz w sobie dość siły, by uczynić to, co konieczne. Zabij chłopca, Jonie Snow. Zima już prawie nadeszła. Zabij chłopca i pozwól się narodzić mężczyźnie".

Jon wdział płaszcz i wyszedł na dwór. Codziennie obchodził Czarny Zamek, odwiedzając pełniących straż ludzi, by na własne uszy usłyszeć ich meldunki, przyglądał się Ulmerowi i szkolonym przezeń łucznikom, rozmawiał z ludźmi króla i ludźmi królowej, a także chodził po szczycie Muru, by zobaczyć puszczę. Duch towarzyszył mu niczym biały cień.

Gdy Jon wjechał na górę, służbę pełnił Kedge Białe Oko. Kedge widział już czterdzieści siedem dni imienia, w tym trzydzieści na Murze. Lewe oko miał ślepe, a prawe wredne. W głuszy, sam z toporem i konikiem, radził sobie równie dobrze jak każdy zwiadowca w Straży, ale nigdy nie potrafił się dogadać z innymi ludźmi.

— Dzień jest spokojny — oznajmił. — Nie ma o czym meldować, poza zwiadowcami jadącymi w niewłaściwą stronę.

— W niewłaściwą stronę? — powtórzył Jon.

— Dwóch rycerzy — wyjaśnił z uśmiechem Kedge. — Wyjechali przed godziną. Kiedy Dywen zauważył, jak zapierdalają królewskim traktem na południe, powiedział, że ci durnie jadą w niewłaściwą stronę.

— Rozumiem — rzekł Jon.

Więcej się dowiedział od samego Dywena. Znalazł starego drwala w koszarach, gdzie chłeptał miskę rosołu.

— Tak, lordzie dowódco, widziałem ich. To byli Horpe i Massey. Mówili, że wysłał ich Stannis, ale nie powiedzieli dokąd, po co ani kiedy wrócą.

Ser Richard Horpe i ser Justin Massey byli ludźmi królowej i zajmowali wysoką pozycję w otoczeniu Stannisa. *Gdyby chodziło mu tylko o zwiad, wystarczyłoby dwóch wolnych* — pomyślał Jon Snow. *Ale rycerze lepiej się nadają na posłańców albo wysłanników.* Cotter Pyke przysłał ze Wschodniej Strażnicy wiadomość, że Cebulowy Lord i Salladhor Saan pożeglowali do Białego Portu, by pertraktować z lordem Manderlym. Miało sens, że Stannis wysłałby również innych posłów. Jego Miłość nie był cierpliwym człowiekiem.

Czy jadący w niewłaściwą stronę zwiadowcy wrócą, to całkiem inna sprawa. Mogli być rycerzami, ale nie znali północy. *Przy królewskim trakcie będą oczy i to nie tylko należące do przyjaciół.* To jednak nie był problem Jona. *Niech Stannis zachowa swoje tajemnice. Bogowie wiedzą, że ja mam swoje.*

Duch spał tej nocy obok łoża. Choć raz Jonowi nie śniło się, że jest wilkiem. Mimo to spał niespokojnie. Miotał się całymi godzinami, nim wreszcie zapadł w koszmar. Była w nim Goździk. Błagała ze łzami, by zostawił jej dzieci w spokoju, ale on wyrwał je z jej ramion, odrąbał im głowy, zamienił je i kazał jej przyszyć.

Kiedy się obudził, zobaczył Edda Tolletta, który stał nad łóżkiem w ciemnej izbie.

— Panie? Już czas. Godzina wilka. Kazałeś się obudzić.

— Przynieś mi coś gorącego — rozkazał Jon i zrzucił z siebie koce.

Zdążył się już ubrać, gdy Edd wrócił i wcisnął mu w dłonie gorący kubek z parującą cieczą. Jon spodziewał się grzanego wina, ale z zaskoczeniem przekonał się, że to rosół, pachnący porami i marchewką. *W wilczych snach zapachy są silniejsze* — pomyślał. *I wszystko smakuje intensywniej. Duch jest bardziej żywy ode mnie.* Postawił pusty kubek na kuźni.

Kegs tym razem czekał pod drzwiami.

— Będę chciał porozmawiać z Bedwyckiem i z Janosem Slyntem — powiedział mu Jon. — Niech czekają tu na mnie o pierwszym brzasku.

Na dworze było ciemno i cicho. *Zimno, ale nie niebezpiecznie zimno. Jeszcze nie. Kiedy słońce wzejdzie, zrobi się cieplej. Jeśli bogowie będą łaskawi, Mur może zapłakać.* Gdy dotarli do cmentarza, kolumna już się ustawiła. Jon powierzył dowództwo nad eskortą Czarnemu Jackowi Bulwerowi. Towarzyszyło mu dwunastu konnych zwiadowców oraz dwa wozy. Jeden wyładowano kuframi, skrzyniami i workami zawierającymi zapasy na drogę. Drugi miał sztywny dach z utwardzanej skóry służący jako osłona przed wiatrem. Z tyłu siedział maester Aemon skulony w niedźwiedzim futrze, w którym wydawał się mały jak dziecko. Sam i Goździk stali obok. Oczy dziewczyny były czerwone i opuchnięte, ale trzymała w ramionach szczelnie opatulone dziecko. Jon nie mógł być pewien, czy to jej synek, czy Dalli. Widział obu jednocześnie tylko kilka razy. Chłopczyk Goździk urodził się wcześniej, dziecko Dalli wyglądało zdrowiej, ale obaj nie różnili się od siebie zbytnio wiekiem i rozmiarami, więc temu, kto nie znał ich dobrze, trudno ich było od siebie odróżnić.

— Lordzie Snow — zawołał maester Aemon. — Zostawiłem dla ciebie księgę w mojej komnacie. Nazywa się *Nefrytowe kompendium*. Napisał ją volanteński poszukiwacz przygód, Colloquo Votar, który podczas swych podróży na wschód odwiedził wszystkie krainy położone wokół Morza Nefrytowego. Jest tam fragment, który może cię zainteresować. Kazałem Clydasowi zaznaczyć go dla ciebie.

— Z pewnością go przeczytam.

Maester Aemon otarł nos.

— Wiedza jest bronią, Jon. Uzbrój się dobrze, zanim wyruszysz do boju.

— Zrobię to. — Jon poczuł na twarzy coś zimnego i wilgotnego. Spojrzał w górę i zauważył, że sypie śnieg. *To zły omen.* Spojrzał na Czarnego Jacka Bulwera. — Jedźcie tak szybko, jak tylko się da, ale nie podejmujcie głupiego ryzyka. Wieziecie starca i oseska. Pamiętaj, żeby nie marzli i nie byli głodni.

— I ty zrób to samo, wasza lordowska mość. — Goździk nie śpieszyła się z wsiadaniem do wozu. — Zadbaj o to drugie dziecko. Znajdź mu nową mamkę, tak jak mówiłeś. Obiecałeś, że to zrobisz. Chłopczyk... chłopczyk Dalli... to znaczy mały książę... znajdź jakąś dobrą kobietę, żeby wyrósł duży i silny.

— Masz moje słowo.

— Nie nadawaj mu imienia. Nie waż się tego robić, dopóki nie skończy dwóch lat. Nadawanie imion dzieciom przy piersi przynosi pecha. Wrony, takie jak ty, mogą o tym nie wiedzieć, ale to prawda.

— Jak rozkażesz, pani.

— Nie nazywaj mnie tak. Jestem matką, nie panią. Jestem żoną i córką Crastera, i jestem matką. — Podała chłopczyka Eddowi Cierpiętnikowi, a potem wdrapała się na wóz i przykryła futrami. Gdy Edd oddał jej dziecko, przystawiła je do piersi. Sam odwrócił wzrok od tego widoku. Z poczerwieniałą twarzą wgramolił się na grzbiet klaczy.

— No to ruszajmy — rozkazał Czarny Jack Bulwer, strzelając z bicza. Wozy potoczyły się naprzód.

Sam zwlekał jeszcze chwilę.

— No to do zobaczenia — odezwał się wreszcie.

— Do zobaczenia, Sam — odparł Edd Cierpiętnik. — Twoja łódź chyba raczej nie zatonie. Łodzie toną tylko wtedy, gdy ja jestem na pokładzie.

— Kiedy pierwszy raz widziałem Goździk — zaczął wspominać Jon — stała wciśnięta plecami w mur Twierdzy Crastera. Chuda, ciemnowłosa dziewczyna z wielkim brzuchem skulona ze strachu przed Duchem. Wilkor wpadł między jej króliki i pewnie się bała, że rozszarpie jej brzuch i pożre dziecko... ale to nie jego powinna się bać, prawda?

— Ma więcej odwagi, niż jej się zdaje.

— Ty również, Sam. Życzę ci szybkiej, bezpiecznej podróży. Opiekuj się Goździk, Aemonem i dzieckiem. — Zimne strumyki spływające po twarzy przypomniały Jonowi dzień, gdy żegnał się z Robbem w Winterfell, nie wiedząc, że już się nie zobaczą. — I postaw kaptur. Masz we włosach topniejący śnieg.

Gdy mała kolumna zniknęła w dali, niebo na wschodzie już poszarzało i śnieg sypał gęsto.

— Gigant na pewno już czeka na waszą lordowską mość — przypomniał mu Edd Cierpiętnik. — I Janos Slynt też.

— Tak.

Jon zerknął na Mur, górujący nam nimi niczym lodowy klif. *Trzysta mil od końca do końca i siedemset stóp wysokości.* Siłą Muru była jego wysokość, słabością zaś długość. Jon przypomniał sobie coś, co kiedyś powiedział mu ojciec. *Mur jest tylko tak silny, jak broniący go ludzie.* Ludziom z Nocnej Straży nie brakowało odwagi, ale było ich stanowczo za mało, by mogli sprostać stojącemu przed nimi zadaniu.

Gigant czekał w zbrojowni. Naprawdę nazywał się Bedwyck. Miał o półtora włosa więcej niż pięć stóp wzrostu i był najniższym człowiekiem w Nocnej Straży. Jon od razu przeszedł do rzeczy:

— Potrzebujemy więcej oczu na Murze. Przydrożnych zamków, w których nasze patrole znajdą schronienie przed zimnem, gorące posiłki i świeże wierzchowce. Wysyłam garnizon do Icemarku. Mianuję cię jego dowódcą.

Gigant wsadził czubek małego palca do ucha, by wydłubać woskowinę.

— Dowódcą? Mnie? Wasza lordowska mość wie, że jestem tylko bachorem zagrodnika wysłanym na Mur za kłusownictwo?

— Jesteś zwiadowcą od dwunastu lat. Przeżyłeś Pięść Pierwszych Ludzi i Twierdzę Crastera, a potem wróciłeś na Mur, by o wszystkim opowiedzieć. Młodsi ludzie patrzą na ciebie z podziwem.

Niski mężczyzna parsknął śmiechem.

— Tylko karły mogą patrzeć na mnie z podziwem. Nie umiem czytać, wasza lordowska mość. Jeśli mam dobry dzień, potrafię się podpisać.

— Posłałem do Starego Miasta po więcej maesterów. Będziesz miał dwa kruki do wykorzystania w nagłych przypadkach. Kiedy nie będzie pośpiechu, wysyłaj jeźdźców. Dopóki nie otrzymamy więcej maesterów i więcej ptaków, zamierzam zbudować na szczycie Muru linię wież sygnałowych.

— A ilu biednych durniów będę miał pod sobą?

— Dwudziestu braci ze Straży — odparł Jon — i połowę tego ludzi Stannisa. — *Starych, zielonych albo rannych.* — To nie będą jego najlepsi ludzie i żaden z nich nie wdzieje czerni, ale będą słuchać twoich rozkazów. Wykorzystaj ich najlepiej, jak potrafisz. Czterech braci, których z tobą wysyłam, to ludzie z Królewskiej Przystani, którzy przybyli na Mur z Janosem Slyntem. Jednym okiem uważaj na nich, a drugim na wspinaczy próbujących przejść przez Mur.

— Możemy uważać, wasza lordowska mość, ale jeśli wystarczająco wielu wspinaczy wlezie na górę, trzydziestu ludzi nie wystarczy, by ich zepchnąć.

Nawet trzystu mogłoby nie wystarczyć. Jon jednak zachował te wątpliwości dla siebie. Prawda wyglądała tak, że wspinacze byli rozpaczliwie odsłonięci podczas wchodzenia na górę. Można było na nich zrzucać kamienie, włócznie i wylewać kotły wrzącej smoły, a im nie pozostawało nic poza desperackim trzymaniem się lodu. Czasami sam Mur strząsał ich z siebie, jak pies strzepujący pchły. Jon widział to na własne oczy, gdy tafla lodu pękła i kochanek Val, Jarl, runął na spotkanie śmierci.

Jeśli jednak wspinacze zdołają dotrzeć na szczyt niepostrzeżenie, wszystko się zmieni. Jeżeli będą mieli czas, wyrzeźbią dla siebie stopnie, wzniosą szańce i rzucą na dół liny oraz drabiny, by tysiące innych mogły podążyć za nimi. Tak właśnie zrobił Raymun Rudobrody, który był królem za Murem w czasach dziadka dziadka Jona. Lordem dowódcą był wówczas Jack Musgood. Nim Rudobrody nadszedł z północy, Musgooda zwano „Wesołym Jackiem", ale potem na zawsze już został „Śpiącym Jackiem". Zastęp Raymuna spotkał krwawy kres na brzegach Długiego Jeziora, gdzie wzięto go w kleszcze między lordem Willamem z Winterfell a Pijanym Olbrzymem, Harmondem Umberem. Raymuna zabił Artos Nieubłagany, młodszy brat lorda Willama. Straż przybyła za późno, by wziąć udział w walce z dzikimi, ale akurat na czas, by ich pochować. Rozgniewany Artos Stark zlecił czarnym braciom to zadanie, rozpaczając nad bezgłowym trupem poległego brata.

Jon nie miał zamiaru przejść do historii jako Śpiący Jon Snow.

— Trzydziestu ludzi będzie miało większe szanse niż ani jeden — oznajmił Gigantowi.

— To prawda — przyznał niski mężczyzna. — Czy to ma być tylko Icemark, czy wasza lordowska mość obsadzi też inne forty?

— Z czasem zamierzam wysłać ludzi do wszystkich — odparł Jon. — Ale na razie ograniczę się do Icemarku i Szarej Warty.

— A czy wasza lordowska mość już zdecydował, kto będzie dowodził w Szarej Warcie?

— Janos Slynt — odparł Jon. *Bogowie miejcie nas w opiece.* — Człowiek, który został dowódcą złotych płaszczy, musi mieś pewne talenty. Slynt przyszedł na świat jako syn rzeźnika. W chwili śmierci Manly'ego Stokewortha był kapitanem na Żelaznej Bramie i Jon Arryn awansował go, powierzając mu obronę całej Królewskiej Przystani. Lord Janos nie może być aż tak wielkim głupcem, na jakiego wygląda.

Chcę też, żeby znalazł się jak najdalej od Allisera Thorne'a.

— Może i tak — przyznał Gigant — ale ja bym go wysłał do kuchni, żeby pomagał Trzypalcemu Hobbowi kroić rzepę.

Gdybym tak zrobił, nigdy już bym się nie odważył żadnej zjeść.

Minęła połowa ranka, nim lord Janos raczył się stawić na rozkaz. Jon był zajęty czyszczeniem Długiego Pazura. Niektórzy ludzie zleciliby to zadanie zarządcy albo giermkowi, ale lord Eddard uczył synów, by sami dbali o broń. Gdy Kegs i Edd Cierpiętnik przybyli ze Slyntem, Jon im podziękował i pozwolił lordowi Janosowi usiąść.

Slynt zrobił to, choć zachowywał się niezbyt uprzejmie. Skrzyżował ręce i łypał spode łba na nagą stal w rękach swego lorda dowódcy. Jon przesuwał impregnowaną szmatkę wzdłuż klingi bastardowego miecza, obserwując zmarszczki słonecznego światła odbijające się w metalu. Przemknęła mu przez głowę myśl, że miecz z wielką łatwością przebiłby skórę, tłuszcz i ścięgna, oddzielając brzydką głowę Slynta od ciała. Gdy człowiek przywdział czerń, wszystkie jego zbrodnie ulegały zatarciu, zapominał też o złożonych hołdach. Mimo to Jonowi trudno było uznać Janosa Slynta za brata. *Między nami jest krew. Ten człowiek dopomógł w zamordowaniu mojego ojca i zrobił, co tylko mógł, by zabić również i mnie.*

— Lordzie Janosie. — Jon schował miecz. — Zlecam ci dowództwo nad Szarą Wartą.

To wyraźnie zaskoczyło Slynta.

— Szara Warta... Szara Warta to miejsce, gdzie wdrapałeś się na Mur ze swymi dzikimi przyjaciółmi...

— Zgadza się. Przyznaję, że fort jest w kiepskim stanie. Odbudujesz go na miarę swych możliwości. Zacznij od wyrąbania lasu. Wydobądź kamienie z zawalonych budynków, by naprawić te, które wciąż stoją. — *To będzie ciężka i bezlitosna praca* — mógłby dodać. *Będziesz spał na kamieniu, zbyt zmęczony, by się skarżyć albo knuć spiski. Wkrótce zapomnisz, co to znaczy ciepło, ale może za to przypomnisz sobie, jak być mężczyzną.* — Dostaniesz trzydziestu ludzi. Dziesięciu stąd, dziesięciu z Wieży Cieni i dziesięciu wypożyczonych od króla Stannisa.

Twarz Slynta przybrała kolor suszonej śliwki. Jego mięsiste policzki zadrżały.

— Wydaje ci się, że nie widzę, co próbujesz zrobić? Janos Slynt nie jest człowiekiem, który da się tak łatwo nabrać. Zlecono mi dowodzenie obrońcami Królewskiej Przystani, kiedy ty jeszcze robiłeś w powijaki. Zachowaj sobie swoje ruiny, bękarcie.

Daję ci szansę, lordzie Slynt. To więcej, niż ty dałeś mojemu ojcu.

— Błędnie mnie zrozumiałeś, wasza lordowska mość — rzekł Jon. — To był rozkaz, nie propozycja. Od Szarej Warty dzieli nas sto dwadzieścia mil. Spakuj broń i zbroję, pożegnaj się z towarzyszami i bądź gotowy wyruszyć z pierwszym brzaskiem.

— Nie. — Lord Janos podźwignął się ciężko, przewracając krzesło do tyłu. — Nie odejdę łagodnie, by zamarznąć na śmierć. Żaden bękart zdrajcy nie będzie rozkazywał Janosowi Slyntowi! Ostrzegam cię, że mam jeszcze przyjaciół. Tutaj i w Królewskiej Przystani. Byłem lordem Harrenhal! Oddaj swoje ruiny jednemu z tych ślepych głupców, którzy rzucili sztony dla ciebie. Ja ich nie przyjmę. Słyszałeś, chłopcze? Nie przyjmę!

— Przyjmiesz.

Slynt nie raczył na to odpowiedzieć. Odkopnął krzesło na bok i wyszedł.

Nadal ma mnie za chłopca — pomyślał Jon. *Zielonego młodzieniaszka, którego można zastraszyć gniewnymi słowami.* Mógł tylko mieć nadzieję, że gdy lord Janos się wyśpi, odzyska rozsądek.

Rankiem okazało się, że ta nadzieja była płonna.

Jon zastał Slynta we wspólnej sali, jedzącego śniadanie. Był z nim ser Alliser Thorne oraz kilku ich kamratów. Śmiali się z czegoś, gdy Jon zszedł ze schodów w towarzystwie Żelaznego Emmetta i Edda Cierpiętnika. Za nimi szli Mully, Koń, Rudy Jack Crabb, Rusty Flowers i Owen Przygłup. Trzypalcy Hobb nakładał chochlą owsiankę z kociołka. Ludzie królowej, ludzie króla i czarni bracia siedzieli przy oddzielnych stołach, niektórzy pochylali się nad miskami z owsianką, inni zaś napełniali brzuchy smażonym chlebem z boczkiem. Jon za jednym stołem zauważył

Pypa i Grenna, a za drugim Bowena Marsha. W sali pachniało dymem i tłuszczem, a brzęk noży i łyżek odbijał się echem od kopulastego sufitu.

Wszyscy umilkli w jednej chwili.

— Lordzie Janosie — odezwał się Jon. — Daję ci ostatnią szansę. Odłóż łyżkę i idź do stajni. Kazałem osiodłać twojego konia i założyć mu uzdę. Droga do Szarej Warty jest długa i trudna.

— W takim razie lepiej już ruszaj, chłopcze. — Slynt roześmiał się głośno. Owsianka skapywała mu na pierś. — Myślę, że to dobre miejsce dla takich jak ty. Z dala od porządnych bogobojnych ludzi. Nosisz znamię bestii, bękarcie.

— Odmawiasz wykonania mojego rozkazu?

— Wsadź sobie swój rozkaz w bękarcią dupę — odparł Slynt z drżeniem mięsistych policzków.

Alliser Thorne uśmiechnął się półgębkiem, nie spuszczając z Jona spojrzenia czarnych oczu. Siedzący za innym stołem Godry Olbrzymobójca wybuchnął głośnym śmiechem.

— Jak sobie życzysz. — Jon skinął głową do Żelaznego Emmetta. — Zaprowadźcie lorda Janosa pod Mur…

Mógł dodać: „…i zamknijcie w lodowej celi". Jon nie wątpił, że po jakichś dziesięciu dniach spędzonych w ciasnym mroźnym więzieniu Slynt drżałby z gorączki i błagał o uwolnienie. *Ale gdybym go wypuścił, natychmiast zaczęliby z Thorne'em knuć nowe spiski.*

Mógł też dodać: „…i przywiążcie go do konia". Jeśli nie chciał pojechać do Szarej Warty jako jej dowódca, mógł się tam udać w charakterze kucharza. *Ale byłoby tylko kwestią czasu, nim zdezerteruje. Ilu ludzi poszłoby za nim?*

— …i powieście go — dokończył Jon.

Twarz Janosa Slynta nagle zrobiła się biała jak mleko. Łyżka wypadła mu z palców. Edd i Emmett ruszyli ku niemu, stukając obcasami o kamienną posadzkę. Bowen Marsh otworzył i zamknął usta, ale nie odezwał się ani słowem. Alliser Thorne sięgnął do rękojeści miecza. *Tylko spróbuj* — pomyślał Jon. Długi Pazur miał zawieszony na plecach. *Wyciągnij stal. Daj mi powód, bym uczynił to samo.*

Połowa przebywających w sali ludzi zerwała się na nogi. Rycerze i zbrojni z południa, wierni królowi Stannisowi, kobiecie w czerwieni albo obojgu, oraz zaprzysiężeni bracia z Nocnej Straży. Niektórzy wybrali Jona na swego lorda dowódcę. Inni rzucili sztony dla Bowena Marsha, ser Denysa Mallistera, Cottera Pyke'a... a niektórzy na Janosa Slynta. *Były ich setki, jak sobie przypominam.* Jon zadał sobie pytanie, ilu z nich przebywa teraz w piwnicznej sali. Przez moment los świata chwiał się na krawędzi miecza.

Alliser Thorne cofnął dłoń od rękojeści i ustąpił z drogi Eddowi Tollettowi.

Edd Cierpiętnik złapał Slynta za jedno ramię, a Żelazny Emmett za drugie. Wspólnymi siłami podnieśli go z krzesła.

— Nie — sprzeciwił się lord Janos. Kapki owsianki spadały mu z ust. — Nie, puśćcie mnie. To tylko chłopiec, bękart. Jego ojciec był zdrajcą. Nosi znamię bestii, ten jego wilk... Puśćcie mnie! Pożałujecie dnia, gdy podnieśliście rękę na Janosa Slynta. Mam przyjaciół w Królewskiej Przystani. Ostrzegam...

Nie zaprzestawał sprzeciwów, gdy pół wyprowadzano, pół wywleczono go z sali.

Jon podążył za nimi na dwór. Za jego plecami piwnica opustoszała. Pod klatką Slynt zdołał wyrwać się na chwilę i próbował walczyć, ale Emmett złapał go za gardło i przycisnął plecami do żelaznych krat, aż zaprzestał oporu. Wszyscy w Czarnym Zamku zbiegli się już, by to obejrzeć. Nawet Val stała w oknie. Długi złoty warkocz przewiesiła sobie przez ramię. Król Stannis stał na schodach Wieży Króla, otoczony przez swych rycerzy.

— Jeśli ten chłopiec myśli, że mnie zastraszy, to się myli — zawołał lord Janos. — Nie ośmieli się mnie powiesić. Janos Slynt ma przyjaciół, ważnych przyjaciół, zobaczycie...

Resztę jego słów porwał wiatr.

Nie tak to powinno się odbyć — pomyślał Jon.

— Stójcie.

Emmett zwrócił się ku niemu, marszcząc brwi.

— Wasza lordowska mość?

— Nie powiesimy go. — oznajmił Jon. — Przyprowadźcie go tutaj.

— Siedmiu, zmiłujcie się — zawołał Bowen Marsh.

Uśmiech, który pojawił się na twarzy lorda Janosa Slynta był słodki jak zjełczałe masło. Szybko jednak zniknął.

— Edd, przynieś mi pieniek — rozkazał Jon i wyciągnął Długi Pazur.

Nim udało się znaleźć odpowiedni pieniek, lord Janos zdążył się schować do windy. Żelazny Emmett wszedł do środka i wyciągnął go na zewnątrz.

— Nie — krzyczał Slynt, gdy Emmett pół pchał, pół wlókł go przez dziedziniec. — Puść mnie… nie możecie… kiedy Tywin Lannister się o tym dowie, pożałujecie…

Emmett podciął pod nim nogi, a Edd Cierpiętnik postawił mu stopę na plecach, by nie mógł wstać z kolan. Emmett podsunął mu pieniek pod głowę.

— Pójdzie łatwiej, jeśli nie będziesz się ruszał — zapewnił Jon Snow. — Jeśli spróbujesz umknąć przed ciosem, i tak umrzesz, ale twoja śmierć będzie paskudniejsza. Wyciągnij szyję, panie. — Jon zacisnął obie dłonie na klindze bastardowego miecza, unosząc go nad głowę. Klinga zalśniła w bladym świetle porannego słońca. — Jeśli chcesz wypowiedzieć jakieś ostatnie słowa, to jest odpowiednia chwila — rzekł, spodziewając się przekleństw.

Janos Slynt wyciągnął szyję, spoglądając na niego.

— Błagam, panie. Łaski. Zrobię… zrobię, co mi kazałeś…

Nie — pomyślał Jon. *Te drzwi już zamknąłeś.*

Długi Pazur opadł.

— Czy mogę dostać jego buty? — zapytał Owen Przygłup, gdy głowa Janosa Slynta potoczyła się po błotnistej ziemi. — Są jeszcze prawie nowe i podszyte futrem.

Jon zerknął na Stannisa. Przez krótką chwilę patrzyli sobie w oczy. Potem król skinął głową i wrócił do swojej wieży.

TYRION

Obudził się sam i zorientował, że lektyka się zatrzymała. Tam, gdzie siedział Illyrio, została tylko sterta pogniecionych poduszek. Karzeł czuł suchość w obolałym gardle. Śniło mu się… Co mu się śniło? Nie pamiętał.

Z zewnątrz dobiegały głosy w języku, którego nie znał. Wystawił nogi za zasłony i zeskoczył na ziemię. Magister Illyrio stał przy dwóch jeźdźcach. Obaj nosili wytarte skórzane koszule i płaszcze z ciemnobrązowej wełny. Miecze mieli schowane i nic nie wskazywało na to, by grubasowi coś groziło.

— Muszę się odlać — oznajmił Tyrion. Poczłapał na pobocze, rozwiązał spodnie i oddał mocz w ciemniste chaszcze. Trwało to dość długo.

— Szczać potrafi nieźle — zauważył ktoś.

Karzeł strząsnął ostatnie krople i zawiązał troki.

— To tylko najmniejszy z moich talentów. Powinniście zobaczyć, jak sram. — Spojrzał na Illyria. — Znasz tych dwóch, magistrze? Wyglądają na banitów. Czy mam iść po topór?

— Po topór? — zawołał roślejszy z jeźdźców, muskularny mężczyzna o krzaczastej brodzie i rudej czuprynie. — Słyszałeś, Haldonie? Mały człowieczek chce z nami walczyć!

Jego towarzysz był starszy, gładko wygolony i miał ascetyczną, pooraną bruzdami twarz. Włosy zaczesał sobie do tyłu i związał za głową.

— Niscy ludzie często czują potrzebę udowodnienia swej odwagi za pomocą absurdalnych przechwałek — skwitował. — Wątpię, czy zdołałby zabić kaczkę.

— Dawajcie ją tu — odparł Tyrion, wzruszając ramionami.

— Skoro nalegasz.

Jeździec zerknął na towarzysza.

Muskularny mężczyzna wyciągnął półtoraręczny miecz.

— Ja jestem Kaczka, ty mały pyskaty zaszczańcu.

Och, bogowie, bądźcie łaskawi.

— Miałem na myśli mniejszą.

Jeździec ryknął śmiechem.

— Słyszałeś, Haldonie? On się domaga mniejszej Kaczki!

— Z chęcią zadowolę się cichszą — Mężczyzna zwany Haldonem skierował na Tyriona chłodne spojrzenie szarych oczu. Potem znowu zerknął na Illyria. — Masz dla nas skrzynki?

— I muły, które będą je niosły.

— Muły są zbyt powolne. Mamy juczne konie. Przeniesiemy wszystko na nie. Kaczka, zajmij się tym.

— Dlaczego to zawsze Kaczka musi się wszystkim zajmować? — Wysoki mężczyzna schował miecz. — Czym ty się zajmujesz, Haldonie? Kto tu jest rycerzem, ty czy ja?

Mimo tych słów skierował się ku jucznym mułom.

— Jak się ma nasz chłopak? — zapytał Illyrio, gdy przenoszono skrzynki. Tyrion naliczył ich sześć. Wszystkie były z dębiny, zamknięte na żelazne antaby. Kaczka bez większego trudu przenosił skrzynie, zarzucając je sobie na ramię.

— Dorównuje już wzrostem Gryfowi. Przed trzema dniami powalił Kaczkę, wrzucając go do koryta dla koni.

— Wcale mnie nie powalił. Specjalnie się przewróciłem, żeby go rozśmieszyć.

— Twój plan zakończył się sukcesem — odparł Haldon. — Sam się śmiałem.

— W jednej z tych skrzyń jest prezent dla niego. Imbir w cukrze. Zawsze go lubił. — W głosie Illyria zabrzmiał dziwny smutek. — Myślałem, że będę mógł pojechać z wami do Ghoyan Drohe. Urządzilibyśmy ucztę pożegnalną, nim popłyniecie w dół rzeki…

— Nie mamy czasu na uczty, panie — sprzeciwił się Haldon. — Gryf chce odpłynąć, gdy tylko wrócimy. W górę rzeki docierają wieści, a żadne z nich nie są dobre. Na północ od Jeziora Sztyletów widziano Dothraków, zwiadowców z *khalasaru* starego Motha. *Khal* Zekko podąża tuż za nim, przez Puszczę Qohoricką.

Grubas skwitował to nieuprzejmym odgłosem.

— Zekko odwiedza Qohor co trzy albo cztery lata. Qohoricy dają mu worek złota i wraca na wschód. Jeśli zaś chodzi o Motha, jego ludzie są prawie tak samo starzy jak on i z roku na rok jest ich coraz mniej. Groźny jest tylko…

— *Khal* Pono — dokończył za niego Haldon. — Motho i Zekko uciekają przed nim, jeśli wierzyć opowieściom. Zgodnie z ostatnimi meldunkami Pona widziano w pobliżu górnego biegu Selhoru. Prowadzi *khalasar* złożony z trzydziestu tysięcy ludzi. Gryf nie chce dać się złapać na rzece, jeśli Pono zaryzykuje przeprawę przez Rhoyne. — Haldon zerknął na Tyriona. — Czy twój karzeł jeździ równie dobrze jak szcza?

— Jeździ — odezwał się Tyrion, nim serowy lord zdążył odpowiedzieć za niego — chociaż najlepiej sobie radzi ze specjalnym siodłem i koniem, którego dobrze zna. I mówi też.

— Rzeczywiście. Jestem Haldon, uzdrowiciel naszej małej grupy braci. Niektórzy zwą mnie Półmaesterem. Mój towarzysz to ser Kaczka.

— Ser Rolly — poprawił go rosły mężczyzna. — Rolly Duckfield. Każdy rycerz może pasować kogoś na rycerza, a Gryf pasował mnie. A ty, karle?

— Nazywa się Yollo — odezwał się pośpiesznie Illyrio.

Yollo? Tak można by nazwać małpę. Co gorsza, to było pentoshijskie imię, a każdy głupi zauważyłby, że Tyrion nie jest Pentoshijczykiem.

— W Pentos jestem znany jako Yollo — wtrącił natychmiast, starając się naprawić sytuację — ale matka nazwała mnie Hugorem Hillem.

— Jesteś małym królem czy małym bękartem? — zapytał Haldon.

Tyrion uświadomił sobie, że w rozmowie z Haldonem Półmaesterem lepiej zachować ostrożność.

— Każdy karzeł jest bękartem w oczach ojca.

— Z pewnością. Hugorze Hill, odpowiedz mi na jedno pytanie. Jak Serwyn od Zwierciadlanej Tarczy zdołał zabić smoka Urraxa?

— Podszedł do niego ukryty za tarczą. Urrax widział tylko własne odbicie, aż do chwili, gdy Serwyn wbił mu włócznię w oko.

To nie zaimponowało Haldonowi.

— Nawet Kaczka zna tę historię. A czy potrafisz mi opowiedzieć o rycerzu, który spróbował tej samej sztuczki z Vhagar podczas Tańca Smoków?

Tyrion uśmiechnął się szeroko.

— Ser Byron Swann. Smoczyca upiekła go w nagrodę za jego trudy… ale to była Syrax, nie Vhagar.

— Obawiam się, że się mylisz. W swej księdze *Taniec Smoków, prawdziwa historia* maester Munkun pisze…

— …że to była Vhagar. Wielki maester Munkun się myli. Giermek ser Byrona widział śmierć swego pana i opisał ją własnej córce. Zgodnie z jego relacją to była Syrax, smoczyca Rhaenyry. To ma więcej sensu niż wersja Munkuna. Swann był synem lorda z Pogranicza, a Koniec Burzy opowiedział się za Aegonem. Vhagar dosiadał książę Aemond, brat Aegona. Dlaczego Swann miałby próbować ją zabić?

Haldon wydął wargi.

— Postaraj się nie spaść z konia. Gdyby to ci się przydarzyło, wróć na piechotę do Pentos. Nasza nieśmiała panna nie będzie czekała na nikogo, czy to wysokiego, czy karła.

— Najbardziej lubię nieśmiałe. Pomijając rozwiązłe. Powiedz mi, dokąd odsyła się kurwy?

— Czy wyglądam na człowieka, który je odwiedza?

Kaczka parsknął wzgardliwym śmiechem.

— Nie odważy się. Lemore kazałaby mu się modlić o przebaczenie, chłopak chciałby pójść z nim, a Gryf mógłby mu uciąć kutasa i wepchnąć do gardła.

— Maesterzy nie potrzebują kutasów — zauważył Tyrion.

— Ale Haldon jest tylko półmaesterem.

— Widzę, że karzełek cię bawi, Kaczka — stwierdził Haldon. — W takim razie może pojechać z tobą.

Zawrócił wierzchowca.

Minęło jeszcze parę chwil, nim Kaczka bezpiecznie ulokował wszystkie skrzynie na grzbietach trzech jucznych koni. Haldon zdążył już zniknąć im z oczu, ale rycerz się tym nie przejął. Skoczył na siodło, podniósł Tyriona za kołnierz i posadził go przed sobą.

— Trzymaj się mocno łęku, a nic ci nie będzie. Klacz ma miły słodki chód, a smocza droga jest gładka jak dupa dziewicy.

Ser Rolly ujął wodze w prawą dłoń, a postronki jucznych koni w lewą i ruszył naprzód dziarskim kłusem.

— Życzę szczęścia — zawołał za nimi Illyrio. — Powiedz chłopakowi, że przykro mi, że nie będę na jego ślubie. Dołączę do was w Westeros, przysięgam na dłonie mojej słodkiej Serry.

Gdy Tyrion po raz ostatni ujrzał Illyrio Mopatisa, spowity w brokaty magister stał w swej lektyce, garbiąc masywne barki. Kiedy jego postać znikała we wzbitym przez nich kurzu, serowy lord wydawał się niemal mały.

Kaczka dogonił Haldona Półmaestera ćwierć mili dalej. Od tej chwili jechali obok siebie. Tyrion trzymał się wysokiego łęku, niezgrabnie rozstawiając krótkie nogi. Wiedział, że nie uniknie pęcherzy, kurczów i otarć od siodła.

— Ciekawe, na co piratom z Jeziora Sztyletów zda się nasz karzełek? — odezwał się w pewnej chwili Haldon.

— Na gulasz? — zasugerował Kaczka.

— Najgorszy z nich jest Urho Niemyty — wyznał Półmaester. — Sam jego smród wystarczy, by zabić człowieka.

Tyrion wzruszył ramionami.

— Świetnie się składa, że nie mam nosa.

Haldon uśmiechnął się półgębkiem.

— Jeśli spotkamy lady Korrę i jej „Zęby Jędzy", wkrótce może ci zabraknąć również innych organów. Zwą ją Korrą Okrutną. Załoga jej statku składa się pięknych młodych dziewcząt, które kastrują każdego pojmanego mężczyznę.

— Przerażające. Chyba się zleję w portki.

— Lepiej tego nie rób — ostrzegł go Kaczka złowrogim tonem.

— Skoro tak mówisz. Jeśli spotkamy tę lady Korrę, przebiorę się w spódnicę i powiem, że jestem Cersei, sławna brodata piękność z Królewskiej Przystani.

Tym razem Kaczka się roześmiał.

— Ależ z ciebie dowcipny człowieczek, Yollo — stwierdził Haldon. — Powiadają, że Zawoalowany Lord przyznaje jedną łaskę każdemu człowiekowi, który zdoła go rozśmieszyć. Być może Jego Szara Miłość wybierze cię na ozdobę swego kamiennego dworu.

Ser Rolly obrzucił towarzysza zaniepokojonym spojrzeniem.

— Z niego niedobrze jest żartować. Nie, kiedy jesteśmy tak blisko Rhoyne. On słyszy.

— Słowa mądrości z ust kaczki — mruknął Haldon. — Wybacz, Yollo. Niepotrzebnie tak zbladłeś. Tylko żartowałem. Książę Smutków nie udziela swego szarego pocałunku tak łatwo.

Swego szarego pocałunku. Na tę myśl przebiegły go ciarki. Śmierć utraciła już grozę dla Tyriona Lannistera, ale szara łuszczyca to coś całkiem innego. *Zawoalowany Lord to tylko legenda* — powiedział sobie. *Nie jest bardziej realny niż duch Lanna Sprytnego, według niektórych straszący w Casterly Rock.* Mimo to nie odezwał się ani słowem.

Nagłe milczenie karła nie przyciągnęło uwagi jego towarzyszy. Kaczka zaczął mu opowiadać historię swego życia. Jego ojciec był zbrojmistrzem w Gorzkim Moście, Kaczka urodził się z brzękiem stali w uszach i już od dziecka uczył się posługiwać mieczem. Rosły obiecujący chłopak przyciągnął uwagę starego lorda Caswella, który zaoferował mu miejsce w garnizonie, ale on pragnął czegoś więcej. Widział, jak słabowity syn Caswella został paziem, giermkiem, a w końcu rycerzem.

— To był chuderlawy skarżypyta o wynędzniałej twarzy, ale stary lord miał cztery córki i tylko jednego syna, więc nikomu nie pozwalał powiedzieć na niego ani słowa. Inni giermkowie ledwie się ważyli choć tknąć go palcem na dziedzińcu.

— Ale ty nie byłeś tak bojaźliwy.

Tyrion nie miał trudności z odgadnięciem, dokąd zmierza ta opowieść.

— Na szesnasty dzień imienia ojciec wykuł mi długi miecz — ciągnął Kaczka. — Ale Lorentowi oręż spodobał się tak bardzo, że zagarnął go dla siebie, a mój cholerny staruszek nigdy nie potrafił powiedzieć mu „nie". Kiedy się poskarżyłem, Lorent oznajmił mi prosto w oczy, że moja ręka jest stworzona do młota, nie do miecza. Dlatego wziąłem młot i waliłem go nim tak długo, aż połamałem mu obie ręce i połowę żeber. Potem musiałem opuścić Reach i to szybko. Wybrałem się za wodę, by przyłączyć się do Złotej Kompanii. Przez kilka lat pracowałem dla nich jako uczeń kowalski, aż wreszcie ser Harry Strickland przyjął mnie na giermka. Kiedy Gryf przekazał w dół rzeki wiadomość, że potrzebuje kogoś, kto nauczy jego syna władania bronią, Harry wysłał mu mnie.

— I Gryf pasował cię na rycerza?

— Rok później.

— Czemu nie powiesz naszemu małemu przyjacielowi, w jaki sposób zdobyłeś swe nazwisko? — zapytał z bladym uśmieszkiem Półmaester.

— Rycerzowi nie wystarczy tylko jedno imię — odparł rosły mężczyzna — a kiedy mnie pasował, byliśmy na polu, i jak uniosłem wzrok, zobaczyłem te kaczki, więc... nie śmiej się.

Tuż po zachodzie słońca zjechali z drogi, żeby odpocząć na zarośniętym zielskiem dziedzińcu obok starej kamiennej studni. Tyrion zeskoczył z siodła, by rozprostować dręczone kurczami nogi, a Kaczka i Haldon napoili konie. Z przerw między kamieniami wyrastała twarda brązowa trawa oraz bożodrzewy. Mury budynku, który mógł ongiś być wielką kamienną rezydencją, porastał mech. Oporządziwszy zwierzęta, jeźdźcy spożyli kolację złożoną z solonej wieprzowiny i zimnej białej fasoli, popitych *ale*. Prosty posiłek wydał się Tyrionowi miłą odmianą po frykasach spożywanych w towarzystwie Illyria.

— Te kuferki, które dla was przywieźliśmy — odezwał się w przerwie między kęsami. — Z początku myślałem, że to złoto dla Złotej Kompanii, ale potem zobaczyłem, jak ser Rolly dźwignął skrzynię na ramieniu. Gdyby była pełna monet, nie uniósłby jej tak łatwo.

— To tylko zbroja — odparł Kaczka, wzruszając ramionami.

— I ubranie — wtrącił Haldon. — Dworskie stroje dla całej naszej grupy. Piękne wełny i aksamity, jedwabne płaszcze. Przed obliczem królowej nie staje się w łachmanach... ani z pustymi rękami. Magister był tak łaskawy, że zaopatrzył nas w stosowne podarunki.

Gdy wzeszedł księżyc, znowu dosiedli wierzchowców i pokłusowali na wschód w blasku gwiazd. Stara valyriańska droga lśniła przed nimi niczym długa srebrna wstęga wijąca się przez lasy i doliny. Na krótką chwilę Tyrion Lannister zaznał czegoś przypominającego spokój.

— Lomas Obieżyświat miał rację. Ta droga to prawdziwy cud.

— Lomas Obieżyświat? — zdziwił się Kaczka.

— To dawno nieżyjący skryba — wyjaśnił Haldon. — Spędził całe życie na wędrówkach po świecie i opisał odwiedzone przez siebie krainy w dwóch książkach o tytułach *Cuda* i *Cuda stworzone przez człowieka.*

— Stryj podarował mi je, kiedy byłem chłopcem — dodał Tyrion. — Czytałem je tyle razy, że wreszcie się rozpadły.

— „Bogowie stworzyli siedem cudów, a śmiertelni ludzie dziewięć" — zacytował Półmaester. — Śmiertelnicy prześcignęli bogów o dwa cuda. To nie za dobrze świadczy o ich pobożności, ale tak to już jest. Kamienne drogi Valyrian to jeden z dziewięciu cudów Obieżyświata. Piąty, jeśli się nie mylę.

— Czwarty — poprawił go Tyrion, który w dzieciństwie nauczył się wszystkich szesnastu cudów na pamięć. Stryj Gerion często stawiał go na stole i kazał mu je wyliczać. *Lubiłem to, co? Stałem między wydrążonymi bochnami chleba, wszyscy gapili się na mnie, a ja im udowadniałem, jaki ze mnie sprytny krasnal.* Przez wiele lat marzył o tym, że będzie podróżował po świecie i na własne oczy ujrzy cuda Obieżyświata.

Lord Tywin położył kres tym marzeniom dziesięć dni przed szesnastym dniem imienia swego karłowatego syna, gdy Tyrion poprosił, by wysłał go w podróż po Dziewięciu Wolnych Miastach, jaką odbyli jego stryjowie w tym samym wieku.

— Moim braciom można było zaufać, że nie okryją wstydem rodu Lannisterów — oznajmił jego ojciec. — Żaden z nich nigdy nie ożenił się z kurwą. — Gdy Tyrion przypomniał mu, że za dziesięć dni zostanie dorosłym mężczyzną i będzie mógł podróżować, dokąd zechce, lord Tywin rzekł: — Nikt nigdy nie jest wolny. Tylko dzieci i głupcy wierzą, że jest inaczej. Wyjedź sobie, proszę bardzo. Wdziej błazeński strój i stawaj na głowie dla rozrywki przyprawowych lordów i serowych królów. Tylko pamiętaj, że musisz sam płacić za siebie i zapomnij o powrocie. — Po tych słowach chłopca opuściła wola walki. — Jeśli potrzebujesz użytecznego zajęcia, dostaniesz je — dodał jego ojciec. Z chwilą wejścia w wiek męski Tyriona mianowano nadzorcą wszystkich ścieków i cystern w Casterly Rock. *Może liczył na to, że wpadnę do którejś z nich.* Lorda Tywina spotkało jednak rozczarowanie. Ścieki nigdy nie funkcjonowały nawet w połowie tak dobrze, jak wtedy, gdy odpowiadał za nie Tyrion. *Potrzebny mi kielich wina, żeby zmyć z ust smak ojca. A jeszcze lepszy byłby bukłak.*

Jechali przez całą noc. Tyrion co chwila przysypiał, wsparty o łęk, i budził się nagle. Od czasu do czasu zaczynał się zsuwać w bok, ale ser Rolly prostował go natychmiast. O świcie karzeł miał obolałe nogi i odparzone pośladki.

Minął jeszcze cały dzień, nim dotarli do leżącego nad rzeką Ghoyan Drohe.

— Legendarna Rhoyne — rzekł Tyrion, ujrzawszy ze szczytu wzgórza zieloną, powoli toczącą swe wody rzekę.

— Mała Rhoyne — poprawił go Kaczka.

— To prawda.

Całkiem ładna rzeka, ale najmniejsza z odnóg Tridentu jest dwukrotnie szersza, a wszystkie trzy płyną szybciej. Miasto również nie wyglądało imponująco. Tyrion przypominał sobie z nauki historii, że Ghoyan Drohe nigdy nie należało do wielkich, ale było pięknym miastem, zielonym i kwitnącym, pełnym kanałów i fontann. *Ale potem nadeszła wojna. I przybyły smoki.* Po tysiącu lat kanały były zatkane trzciną i błotem, a w sadzawkach stojącej wody lęgły się roje much. Strzaskane kamienie świątyń i pałaców zapadały się w ziemię, a brzeg rzeki gęsto porastały stare sękate wierzby.

W ruinach nadal wiodła nędzny żywot garstka ludzi uprawiających małe ogródki pośród zielska. Tętent podkutych kopyt uderzających o starą valyriańską drogę sprawił, że większość z nich uciekła do dziur, z których wyszli, ale najśmielsi zatrzymali się w słońcu na chwilę wystarczająco długą, by śledzić jeźdźców tępymi, pozbawionymi ciekawości spojrzeniami. Naga dziewczynka, usmarowana błotem aż po kolana, nie mogła oderwać oczu od Tyriona.

Nigdy nie widziała karła — uświadomił sobie. *A co dopiero beznosego.* Zrobił paskudną minę i pokazał język. Dziewczynka się rozpłakała.

— Co jej zrobiłeś? — zapytał Kaczka.

— Przesłałem całusa. Wszystkie dziewczyny płaczą, kiedy je całuję.

Za gąszczem wierzb droga kończyła się nagle. Skręcili na północ i przez krótki czas jechali wzdłuż brzegu, aż wreszcie wierzby się skończyły i wędrowcy ujrzeli przed sobą stare kamienne nabrzeże, w połowie zalane wodą i otoczone wysokimi brązowymi chwastami

— Kaczka! — zawołał ktoś. — Haldon!

Tyrion wyciągnął głowę w bok i zobaczył stojącego na dachu niskiego drewnianego budynku chłopaka, który machał słomianym kapeluszem o szerokim rondzie. Zgrabny, gibki młodzieniec o szczupłej sylwetce i ciemnoniebieskiej czuprynie. Karzeł oceniał jego wiek na jakieś piętnaście, szesnaście lat.

Okazało się, że dach, na którym stał, pokrywał kajuty „Nieśmiałej Panny", starej, rozklekotanej jednomasztowej barki. Miała szeroki kadłub i małe zanurzenie, doskonale zatem nadawała się do wpływania do najpłytszych strumieni i forsowania ławic. *To brzydka panna, ale czasami takie są najbardziej chciwe w łożu* — pomyślał Tyrion. Łodzie pływające po rzekach Dorne często malowano na jaskrawe kolory i zdobiono pięknymi rzeźbami, ale ta panna wyglądała inaczej. Pokrywała ją farba brudnej, szarobrązowej barwy, obłażąca i pełna plam, a szeroka łukowata rufa nie miała żadnych ozdób. *Wygląda paskudnie, ale z pewnością o to właśnie chodziło.*

Kaczka odwzajemnił się radosnym okrzykiem. Klacz przedarła się przez płyciznę, tratując trzciny. Chłopak zeskoczył z dachu kajut na pokład łodzi. Potem pojawiła się reszta załogi „Nieśmiałej Panny". Para starszych ludzi o rhoynarskich rysach stała bliżej rufy, a przystojna septa w miękkiej białej szacie wyszła z kajuty, odgarniając z oczu lok ciemnych włosów.

Gryfa jednak łatwo było poznać.

— Wystarczy już tych krzyków — rzekł i nad rzeką zapadła nagła cisza.

Będą z nim kłopoty — uświadomił sobie natychmiast Tyrion. Gryf wdział płaszcz ze skóry czerwonego wilka rhoynarskiego razem z głową. Pod futrem miał brązową skórzaną kurtę wzmocnioną żelaznymi pierścieniami. Skóra na jego wygolonej twarzy również wyglądała jak wygarbowana, a w kącikach oczu miał zmarszczki. Choć włosy miał niebieskie jak syn, karzeł zauważył rude odrosty. Brwi mężczyzny były jeszcze bardziej ryże. U pasa nosił miecz i sztylet. Jeśli nawet ucieszył się z powrotu Kaczki i Haldona, dobrze to ukrył. Nie próbował jednak maskować niezadowolenia, jakie wzbudził w nim widok Tyriona.

— Karzeł? Co to ma być?

— Wiem, że liczyłeś na krąg sera. — Tyrion spojrzał na Młodego Gryfa i obdarzył go swym najbardziej rozbrajającym uśmiechem. — Niebieskie włosy mogą się podobać w Tyrosh, ale w Westeros chłopcy będą w ciebie rzucać kamieniami, a dziewczęta śmiać ci się prosto w oczy.

— Moja matka była damą z Tyrosh — wyjaśnił wyraźnie zażenowany chłopak. — Farbuję włosy na jej pamiątkę.

— Co to za stworzenie? — zapytał Gryf.

— Illyrio przysyła list, w którym wszystko wyjaśnia — odparł Haldon.

— Daj mi to pismo. I zaprowadź karła do mojej kajuty.

Nie podobają mi się jego oczy — pomyślał Tyrion, gdy najemnik usiadł naprzeciwko niego w mrocznym pomieszczeniu. Dzielił ich od siebie prosty stół o podrapanym blacie, na którym paliła się łojowa świeczka. Oczy miał jasnoniebieskie i zimne jak lód. Karzeł nie lubił jasnych oczu. Lord Tywin miał jasnozielone, upstrzone złocistymi cętkami.

Przyglądał się, jak najemnik czyta. Sam fakt, że potrafi to robić, już o czymś świadczył. Ilu najemników mogło się tym pochwalić? *Prawie wcale nie porusza ustami* — uświadomił sobie Tyrion.

Wreszcie Gryf oderwał wzrok od listu i przymrużył powieki.

— Tywin Lannister zginął? Z twojej ręki?

— Z mojego palca. O, tego. — Tyrion pokazał go z dumą Gryfowi. — Lord Tywin siedział w wychodku, więc poczęstowałem go bełtem w brzuch, żeby się przekonać, czy rzeczywiście sra złotem. Nie srał. Szkoda, przydałoby mi się trochę złota. Zabiłem też matkę, ale trochę wcześniej. Aha, i jeszcze mojego siostrzeńca Joffreya. Otrułem go na jego weselu i patrzyłem, jak się dusi. Czy handlarz serem wspomniał o tym szczególe? Jeśli wasza królowa pozwoli, zamierzam jeszcze dodać do listy brata i siostrę, zanim skończę.

— Jeśli pozwoli? Czy Illyrio postradał zmysły? Dlaczego uważa, że Jej Miłość przyjmie na służbę człowieka, który otwarcie przyznaje, że jest zdrajcą i królobójcą?

To uczciwe pytanie — pomyślał Tyrion.

— Król, którego zabiłem, siedział na jej tronie, a wszyscy, których zdradziłem, byli lwami — odparł jednak na głos. — Wydaje mi się, że już jej się dobrze przysłużyłem. — Podrapał się po kikucie nosa. — Bez obaw, nie zabiję cię. Nie jesteśmy spokrewnieni. Czy mogę zobaczyć, co napisał handlarz sera? Uwielbiam czytać o sobie.

Gryf zignorował jego prośbę. Przysunął list do płomienia świecy. Papier poczerniał, skurczył się i zapłonął.

— Między Targaryenami a Lannisterami jest krew. Czemu miałbyś wspierać sprawę królowej Daenerys?

— Dla złota i chwały — odparł radośnie karzeł. — Aha, i z nienawiści. Zrozumiałbyś to, gdybyś znał moją siostrę.

— Świetnie rozumiem nienawiść.

Ton, jakim Gryf wypowiedział to słowo, świadczył, że mówi prawdę. *On się karmi nienawiścią. Od lat to ona ogrzewa go nocami.*

— W takim razie mamy coś ze sobą wspólnego, ser.

— Nie jestem rycerzem.

Nie tylko jest kłamcą, ale w dodatku kiepskim. To było głupie i nieudolne, panie.

— A jednak ser Kaczka mówi, że go pasowałeś.

— Kaczka mówi za dużo.

— Niektórzy zdziwiliby się, że taki ptak w ogóle potrafi mówić. Ale mniejsza z tym, Gryfie. Ty nie jesteś rycerzem, a ja jestem Hugor Hill, mały potwór. Twój mały potwór, jeśli zechcesz. Masz moje słowo, że pragnę jedynie zostać wiernym sługą waszej smoczej królowej.

— A w jaki sposób zamierzasz jej służyć?

— Językiem. — Polizał kolejno wszystkie palce. — Mogę opowiedzieć Jej Miłości, jak myśli moja słodka siostra, jeśli można to nazwać myśleniem. Powiedzieć jej dowódcom, jak najłatwiej pokonać w bitwie mojego brata Jaime'a. Wiem, którzy lordowie są odważni, a którzy tchórzliwi, którzy są lojalni, a którzy przekupni. Mogę zdobyć dla niej sojuszników. Wiem też bardzo wiele o smokach. Twój półmaester może to potwierdzić. Na koniec, jestem zabawny i nie jem zbyt wiele. Możesz mnie uważać za swego prawdziwego krasnala.

Gryf zastanawiał się przez chwilę.

— Zrozum jedno, karle. Jesteś najmniej ważnym członkiem naszej kompanii. Trzymaj język za zębami i rób, co ci każą, bo inaczej pożałujesz.

Tak, ojcze — omal nie powiedział Tyrion.

— Jak każesz, wasza lordowska mość.

— Nie jestem lordem.

Kłamiesz.

— To była tylko uprzejmość, mój przyjacielu.

— Nie jestem też twoim przyjacielem.

Nie jesteś rycerzem, lordem ani przyjacielem.

— Szkoda.

— Oszczędź mi swojej ironii. Zabiorę cię do Volantis. Jeśli okażesz się posłuszny i użyteczny, będziesz mógł zostać z nami i służyć królowej na miarę swych możliwości. Ale jeśli okaże się, że jest z tobą więcej kłopotów, niż jesteś wart, będziesz musiał ruszyć swoją drogą.

Pewnie. Ta droga zaprowadzi mnie na dno Rhoyne, gdzie ryby będą mogły obgryźć to, co zostało z mojego nosa.

— *Valar dohaeris.*

— Możesz spać na pokładzie albo w ładowni, jak wolisz. Ysilla znajdzie dla ciebie posłanie.

— To bardzo miło z jej strony. — Tyrion pokłonił się niezgrabnie, ale w drzwiach kajuty obejrzał się jeszcze za siebie. — A co, jeśli odnajdziemy królową i okaże się, że całe to gadanie o smokach to tylko wymysł jakiegoś pijanego marynarza? Na szerokim świecie pełno jest podobnych szalonych opowieści. Grumkiny i snarki, duchy i ghule, syreny, skalne gobliny, skrzydlate konie, skrzydlate świnie... skrzydlate lwy.

Gryf wbił w niego zasępione spojrzenie.

— Już raz cię ostrzegałem, Lannister. Trzymaj język za zębami albo go stracisz. Tu chodzi o los królestw. O nasze życie, nazwiska i honor. To nie jest gra służąca twojej rozrywce.

Ależ jest — pomyślał Tyrion. *Gra o tron.*

— Skoro tak mówisz, kapitanie — wyszeptał i pokłonił się raz jeszcze.

DAVOS

Niebo na północy przeszyła błyskawica. W jej świetle na moment pojawiła się sylwetka Nocnej Lampy rysująca się na tle niebieskobiałego nieba. Po sześciu uderzeniach serca zahuczał grom, niczym odległy ton bębna.

Strażnicy przeprowadzili Davosa Seawortha przez most z czarnego bazaltu. Potem przeszli pod żelazną kratą, naznaczoną już śladami rdzy. Za nią znajdowała się głęboka, wypełniona słoną wodą fosa oraz most zwodzony wiszący na parze potężnych łańcuchów. Pod spodem płynął zielony nurt, obryzgujący pianą fundamenty zamku. Za mostem była druga wieża bramna, większa od pierwszej. Jej kamienie porosły zielonymi algami. Davos wlókł się przez błotnisty dziedziniec z rękami związanymi w nadgarstkach. Od zimnego deszczu szczypały go oczy. Strażnicy poprowadzili go w górę schodów do otchłannego wnętrza kamiennego donżonu zamku Breakwater.

Gdy znaleźli się w środku, kapitan zdjął płaszcz i zawiesił go na kołku, żeby nie zalać wodą wytartego myrijskiego dywanu. Davos postąpił tak samo, szarpiąc zapinkę związanymi dłońmi. Zapomniał o uprzejmościach, których się nauczył w ciągu lat służby na Smoczej Skale.

Lord siedział sam w mrocznej komnacie, spożywając kolację złożoną z piwa, chleba i siostrzanego gulaszu. W grube kamienne mury wprawiono dwadzieścia żelaznych uchwytów, ale tylko w czterech umieszczono żagwie i żadna z nich się nie paliła. Dwie grube łojowe świece dawały słaby, migotliwy blask. Davos słyszał dobiegający z zewnątrz szum deszczu oraz nieustanne kapanie wody wnikającej do środka przez dziurę w dachu.

— Wasza lordowska mość — odezwał się kapitan — znaleźliśmy tego człowieka w „Brzuchu Wieloryba". Próbował kupić miejsce na statku opuszczającym wyspę. Miał przy sobie dwanaście smoków, a także to.

Kapitan położył na stole przed lordem szeroką wstęgę z czarnego aksamitu obszytą złotogłowiem. Widniały na niej trzy pieczęcie: jeleń w koronie odbity w złotym pszczelim wosku; płonące serce w czerwieni oraz ręka w bieli.

Davos czekał. Ociekał wodą, a wilgotne sznury boleśnie uwierały jego nadgarstki. Wystarczy jedno słowo tego lorda, a wkrótce zawiśnie na Szubienicznej Bramie Sisterton. Przynajmniej jednak skrył się przed deszczem, a pod stopami miał solidny kamień zamiast kołyszącego się pokładu. Przemókł, był obolały, wynędzniały, do cna znużony żałobą i świadomością zdrady, przede wszystkim jednak miał już serdecznie dość sztormów.

Lord otarł usta grzbietem dłoni i uniósł wstęgę, by przyjrzeć się jej uważniej. Znowu rozbłysła błyskawica. Otwory strzelnicze na pół uderzenia serca wypełnił niebieskobiały blask. *Raz, dwa, trzy, cztery* — liczył Davos, nim w końcu usłyszał grom. Kiedy ucichł, były przemytnik znowu wsłuchał się w kapanie wody oraz cichszy łoskot fal uderzających o potężne kamienne łuki zamku Breakwater oraz przepływających przez jego lochy. Równie dobrze mógł wkrótce tam wylądować, przykuty do wilgotnej kamiennej posadzki, by utonąć z nadejściem przypływu. *Nie* — przekonywał sam siebie. *Przemytnik mógłby zginąć w ten sposób, ale nie królewski namiestnik. Więcej zyska, gdy sprzeda mnie swojej królowej.*

Lord dotknął palcami wstęgi, przyglądając się z zasępioną miną pieczęciom. Był brzydkim mężczyzną, rosłym i pulchnym. Cechował się potężnymi ramionami wioślarza i brakiem szyi. Policzki i brodę porastała mu szorstka siwa szczecina, gdzieniegdzie przechodząca w biel. Nad wydatnym jak skalna półka czołem był zupełnie łysy. Wielki czerwony nochal przeszywały popękane żyłki, usta miał grube, a między trzema środkowymi palcami prawej dłoni coś w rodzaju błony. Davos słyszał, że niektórzy lordowie Trzech Sióstr mają błoniaste dłonie i stopy, ale zawsze uważał, że to tylko marynarskie bajania.

Lord oparł się wygodnie.

— Przetnij mu więzy — rozkazał. — I zdejmij te rękawice. Chcę zobaczyć jego dłonie.

Kapitan wykonał polecenie. Gdy uniósł okaleczoną lewą dłoń jeńca, znowu rozbłysła błyskawica i cień skróconych palców Davosa Seawortha padł na twarde, grubo ciosane oblicze Godrica Borrella, lorda Słodkiej Siostry.

— Każdy może ukraść wstęgę, ale te palce nie kłamią — stwierdził lord. — Jesteś cebulowym rycerzem.

— Niekiedy tak mnie nazywano, wasza lordowska mość. — Davos również był teraz lordem, a na rycerza pasowano go przed wielu laty, w głębi duszy pozostawał jednak tym, kim był zawsze: nisko urodzonym przemytnikiem, który kupił tytuł rycerza za statek pełen cebuli i solonych ryb. — Słyszałem też gorsze.

— To prawda. Zdrajca. Buntownik. Sprzedawczyk.

To ostatnie oburzyło Davosa.

— Nigdy nikogo nie sprzedałem, wasza lordowska mość. Jestem człowiekiem króla.

— Tylko jeśli uznamy, że Stannis jest królem. — Lord przeszył go twardym spojrzeniem czarnych oczu. — Większość rycerzy, którzy zawijają do moich brzegów, szuka mnie w moim zamku, nie w „Brzuchu Wieloryba". To obrzydliwa nora przemytników. Czyżbyś wrócił do dawnego zajęcia, cebulowy rycerzu?

— Nie, wasza lordowska mość. Szukałem statku do Białego Portu. Król wysłał mnie z listem do jego lorda.

— W takim razie trafiłeś w niewłaściwe miejsce i do niewłaściwego lorda. — Lorda Godrica najwyraźniej to rozbawiło. — To jest Sisterton, na Słodkiej Siostrze.

— Wiem o tym.

Sisterton nie miało w sobie nic słodkiego. To było odrażające miasteczko, mały paskudny chlew cuchnący świńskim gównem i gnijącymi rybami. Davos świetnie je pamiętał z czasów, gdy był przemytnikiem. Trzy Siostry od stuleci były ulubionym miejscem parających się tym zajęciem żeglarzy. Przedtem było to gniazdo piratów. Ulice Sisterton pokrywało błoto albo deski, a tutejsze domy były krytymi strzechą lepiankami. Na Szubienicznej Bramie zawsze wisieli ludzie z wyprutymi wnętrznościami.

— Nie wątpię, że masz na Siostrach przyjaciół — podjął lord. — Każdy przemytnik ich ma. Niektórzy z nich to również moi przyjaciele. A tych, którzy nimi nie są, wieszam. Pozwalam, by dusili się powoli, a wyprute flaki zwisają im do kolan. — Wnętrze komnaty rozjaśniła kolejna błyskawica. Grom zabrzmiał po dwóch uderzeniach serca. — Jeśli chciałeś dotrzeć do Białego Portu, dlaczego trafiłeś do Sisterton? Co cię tu sprowadziło?

Rozkaz króla i zdrada przyjaciela — mógłby rzec Davos.

— Sztormy — powiedział tylko na głos.

Ze Wschodniej Strażnicy wypłynęło dwadzieścia dziewięć okrętów. Davos bardzo by się zdziwił, gdyby choć połowa z nich trzymała się jeszcze na wodzie. Przez całą drogę wzdłuż wybrzeża prześladowały ich czarne niebo, gwałtowne wichry i ulewne deszcze. Galery „Oledo" oraz „Syn Starej Matki" rozbiły się na skałach Skagos, wyspy jednorożców i kanibali, gdzie nawet Ślepy Bękart bał się zapuszczać. Wielka koga „Saathos Saan" zatonęła nieopodal Szarych Urwisk.

— Stannis za nie zapłaci — wściekał się Salladhor Saan. — Zapłaci za wszystkie szczerym złotem.

Mogłoby się zdawać, że jakiś gniewny bóg zażądał od nich zapłaty za łatwy rejs na północ. Sprzyjający wiatr z południa zaniósł ich od Smoczej Skały aż na Mur. Kolejny szkwał zerwał żagle „Obfitych Żniw" i Salla musiał wziąć kogę na hol. Trzydzieści mil na północ od Wdowiej Strażnicy znowu rozpętała się burza. „Obfite Żniwa" uderzyły w jedną z holujących je galer i oba statki zatonęły. Resztę lyseńskiej floty wiatr rozproszył po wąskim morzu. Niektóre okręty zdołają się dowlec do jakiegoś portu. Innych już nigdy nie ujrzą na oczy.

— Salladhor Żebrak, oto, kim uczynił mnie twój król — poskarżył się Davosowi Salladhor Saan, gdy resztki jego floty wlokły się przez Zimną Wodę. — Salladhor Rozbitek. Gdzie są moje statki? I moje złoto, całe to złoto, które mi obiecał? — Gdy Davos próbował go zapewnić, że otrzyma zapłatę, Salla wybuchnął gniewem. — Kiedy? Kiedy! Jutro, przy nowym księżycu, kiedy wróci czerwona kometa? Obiecuje mi złoto i klejnoty, zawsze obiecuje, ale nigdy nie widziałem tego złota. Mówi, że mam jego słowo, och, tak, jego królewskie słowo, zapisał to na papierze. Czy Salladhor Saan może jeść królewskie słowa? Czy nasyci pragnienie dokumentami i lakowymi pieczęciami? Czy może cisnąć obietnice na piernaty i pierdolić je, aż zaczną piszczeć?

Davos usiłował go przekonać do dochowania wierności. Wskazał, że jeśli Salla porzuci Stannisa i jego sprawę, straci wszelką nadzieję na otrzymanie należnego mu złota. W końcu zwycięski król Tommen raczej nie będzie płacił długów pokonanego stryja. Jedyną nadzieją Salli było dochowanie wierności Stannisowi Baratheonowi aż do chwili, gdy ten zasiądzie na Żelaznym Tronie. W przeciwnym razie nigdy nie zobaczy ani miedziaka. Musi być cierpliwy.

Być może jakiś miodousty lord zdołałby przekonać lyseńskiego księcia piratów, ale Davos był tylko cebulowym rycerzem. Jego słowa sprowokowały kolejny wybuch gniewu.

— Byłem cierpliwy na Smoczej Skale, gdy kobieta w czerwieni paliła drewnianych bogów i wrzeszczących ludzi — wołał Salla. — Byłem cierpliwy przez całą długą drogę na Mur. Byłem cierpliwy we Wschodniej Strażnicy… choć marzłem, tak okropnie marzłem. Do licha z tym, mówię. Do licha z twoją cierpliwością i z twoim królem. Moi ludzie są głodni. Chcą znowu wyruchać żony, policzyć synów, zobaczyć Stopnie i ogrody rozkoszy w Lys. Nie potrzebują lodu, sztormów i pustych obietnic. Na północy jest za zimno i z każdą chwilą robi się coraz zimniej.

Wiedziałem, że ten dzień nadejdzie — powiedział sobie Davos. *Lubiłem starego łotra, ale nigdy nie byłem na tyle głupi, żeby mu ufać.*

— Sztormy... — lord Godric wypowiedział to słowo z taką czułością, z jaką inny mężczyzna mógłby wypowiadać imię kochanki. — Przed nadejściem Andalów na Siostrach uważano je za święte. Naszymi bogami byli Pani Fal i Pan Nieba. Kiedy się ze sobą łączyli w miłosnym akcie, powodowali sztormy. — Pochylił się nad stołem. — Wszyscy ci królowie nigdy nie zwracają uwagi na Siostry. Czemu mieliby to robić? Jesteśmy mali i biedni. A mimo to trafiłeś tutaj. Oddały mi cię sztormy.

Oddał ci mnie mój przyjaciel — pomyślał Davos.

Lord Godric spojrzał na kapitana.

— Zostaw tego człowieka ze mną. Nigdy go tu nie było.

— Tak jest, wasza lordowska mość. Nigdy.

Kapitan ruszył w stronę wyjścia. Jego mokre buty zostawiały na podłodze wilgotne ślady. Pod podłogą bezustannie szumiało morze, podmywając fundamenty zamku. Zewnętrzne drzwi zatrzasnęły się z dźwiękiem przypominającym odległy grom. Jakby w odpowiedzi, rozbłysła kolejna błyskawica.

— Wasza lordowska mość — odezwał się Davos. — Gdybyś wysłał mnie do Białego Portu, Jego Miłość uznałby to za akt przyjaźni.

— Mógłbym cię wysłać do Białego Portu — przyznał lord. — Albo do jakiegoś zimnego, wilgotnego piekła.

Samo Sisterton starczy za piekło. Davos obawiał się najgorszego. Trzy Siostry były kapryśnymi dziwkami, wiernymi wyłącznie sobie samym. Ponoć były zaprzysiężone Arrynom z doliny, ale władza Orlego Gniazda nad wyspami była w najlepszym razie niepewna.

— Gdyby Sunderland dowiedział się o tobie, zażądałby, żebym cię wydał. — Borrell ze Słodkiej Siostry, podobnie jak Longthorpe z Długiej Siostry i Torrent z Małej Siostry, przysięgali wierność Tristonowi Sunderlandowi, lordowi Trzech Sióstr. — On sprzedałby cię królowej za garniec lannisterskiego złota. Dla biedaka cenny jest każdy smok. Ma siedmiu synów i wszyscy pragną zostać rycerzami. — Lord wziął w rękę drewnianą łyżkę i znowu zaatakował gulasz. — Przeklinałem bogów, którzy dali mi tylko córki, dopóki nie usłyszałem, jak Triston wyrzeka na ceny rumaków. Zdziwiłbyś się, ilu ryb potrzeba, żeby kupić porządną zbroję płytową i kolczugę.

Ja też miałem siedmiu synów, ale czterech pochłonął ogień.

— Lord Sunderland jest zaprzysiężony Orlemu Gniazdu — stwierdził Davos. — Zgodnie z prawem powinien mnie oddać lady Arryn.

Doszedł do wniosku, że miałby z nią lepsze szanse niż z Lannisterami. Choć Lysa Arryn nie brała udziału w wojnie pięciu królów, była córką Riverrun i ciotką Młodego Wilka.

— Lysa Arryn nie żyje — poinformował go lord Godric. — Zamordował ją jakiś minstrel. Doliną włada teraz lord Littlefinger. Gdzie są piraci? — Gdy Davos nie odpowiadał, Borrell zastukał drewnianą łyżką w stół. — Lyseńczycy. Torrent widział z Małej Siostry ich żagle, a przed nim Flintowie z Wdowiej Strażnicy. Pomarańczowe, zielone i różowe. Salladhor Saan. Gdzie on jest?

— Na morzu. — Salla z pewnością pożeglował wokół Paluchów i dalej, na wąskie morze. Wracał na Stopnie z nielicznymi statkami, które mu zostały. Być może zdobędzie po drodze więcej, jeśli natrafi na jakichś pechowych kupców. Odrobina piractwa dla urozmaicenia podróży. — Jego Miłość wysłał go na południe, by nękał Lannisterów i ich przyjaciół.

Przygotował sobie to kłamstwo, wiosłując przez deszcz w stronę Sisterton. Prędzej czy później świat się dowie, że Salladhor Saan porzucił sprawę Stannisa Baratheona, zostawiając go bez floty, ale nie usłyszy o tym z ust Davosa Seawortha.

Lord Godric zamieszał łyżką w gulaszu.

— Czy ten stary pirat Saan kazał ci dotrzeć do brzegu wpław?

— Przypłynąłem w otwartej łodzi, wasza lordowska mość.

Salla zaczekał, aż z lewej burty „Valyrianina" pokaże się światło Nocnej Lampy, nim kazał mu odpłynąć. Ich przyjaźń była warta przynajmniej tyle. Lyseńczyk zapewniał, że z przyjemnością zabrałby go ze sobą na południe, ale Davos odmówił. Stannis potrzebował Wymana Manderly'ego i ufał, że cebulowy rycerz zdobędzie go dla niego. Oznajmił Salli, że nie zdradzi królewskiego zaufania.

— E tam — odparł książę piratów. — Zabije cię tymi zaszczytami, stary przyjacielu. Zobaczysz.

— Nigdy jeszcze nie gościłem pod dachem królewskiego namiestnika — oznajmił lord Godric. — Ciekawe, czy Stannis zapłaciłby za ciebie okup?

No właśnie. Stannis dał Davosowi ziemie, tytuły i urzędy, ale czy zapłaciłby złotem za jego życie? *On nie ma złota. W przeciwnym razie nie straciłby Salli.*

— Jeśli wasza lordowska mość pragnie zapytać o to Jego Miłość, można go znaleźć w Czarnym Zamku.

Borrell chrząknął.

— A czy Krasnal również tam jest?

— Krasnal? — Davos nie zrozumiał pytania. — On jest w Królewskiej Przystani. Skazano go na śmierć za zamordowanie siostrzeńca.

— Mój ojciec mawiał, że Mur zawsze dowiaduje się o wszystkim ostatni. Karzeł uciekł. Przecisnął się między kratami celi i gołymi rękami rozerwał na strzępy własnego ojca. Strażnik widział, jak uciekał, czerwony od stóp do głów, jakby wykąpał się we krwi. Królowa uczyni lordem każdego, kto go zabije.

Davosowi trudno było uwierzyć w to, co usłyszał.

— Chcesz mi powiedzieć, że Tywin Lannister nie żyje?

— Tak. Zginął z ręki własnego syna. — Lord pociągnął łyk piwa. — Gdy na Siostrach byli królowie, nie pozwalaliśmy karłom żyć. Rzucaliśmy ich do morza jako ofiarę dla bogów. Ale septonowie kazali nam przestać. Banda pobożnych głupców. Po co bogowie nadawaliby człowiekowi taką postać, jeśli nie po to, by zaświadczyć, że jest potworem?

Lord Tywin nie żyje. To wszystko zmienia.

— Wasza lordowska mość, czy pozwolisz mi wysłać kruka na Mur? Jego Miłość zechce się dowiedzieć o śmierci lorda Tywina.

— Dowie się. Ale nie ode mnie. Ani nie od ciebie, dopóki pozostaniesz gościem pod moim przeciekającym dachem. Nie pozwolę, by ludzie mówili, że służyłem Stannisowi pomocą i radą. Sunderlandowie wciągnęli Siostry w dwa bunty Blackfyre'ów i wszyscy straszliwie ucierpieliśmy z tego powodu. — Lord Godric wskazał łyżką na krzesło. — Usiądź, zanim padniesz z nóg, ser. W moim zamku jest zimno, wilgotno i ciemno, ale słyszeliśmy tu o uprzejmości. Znajdziemy dla ciebie jakieś suche ubranie, ale najpierw musisz coś zjeść. — Na jego krzyk do komnaty weszła jakaś kobieta. — Mamy gościa do nakarmienia. Przynieś piwo, chleb i siostrzany gulasz.

Piwo było brązowe, chleb czarny, a gulasz miał barwę kremowobiałą. Kobieta przyniosła go w wydrążonym czerstwym chlebie. Był gęsty od porów, marchewki, jęczmienia oraz rzep i brukwi. Wszystko to pływało w gęstej śmietanie i maśle. Taki gulasz ogrzewał człowieka aż do kości w zimną wilgotną noc. Davos połykał go z wdzięcznością.

— Jadłeś już kiedyś siostrzany gulasz?

— Tak, wasza lordowska mość.

Tę samą potrawę podawano we wszystkich gospodach i tawernach Trzech Sióstr.

— Ale nie taki dobry jak ten. Ugotowała go Gella, córka mojej córki. Czy jesteś żonaty, cebulowy rycerzu?

— Tak, wasza lordowska mość.

— Szkoda. Gella nie ma męża. Brzydkie kobiety to najlepsze żony. Mamy tu trzy rodzaje krabów. Czerwone, jeżokraby i kraby zwycięzcy. Jeżokrabów nie jadam, chyba że w siostrzanym gulaszu. Czuję się prawie jak kanibal. — Jego lordowska mość wskazał na chorągiew wiszącą nad zimnym czarnym kominkiem. Wyszyto na niej jeżokraba, białego na szarozielonym polu. — Słyszeliśmy, że Stannis spalił swojego namiestnika.

Tego, który był przede mną. Na Smoczej Skale Melisandre oddała Alestera Florenta swemu bogu, by wyczarować wiatr, który zaniósł ich na północ. Lord Florent był silny i milczał, gdy ludzie królowej przywiązywali go do pala, zachował tyle godności, ile to możliwe dla półnagiego człowieka, ale gdy płomienie dotknęły jego nóg, zaczął krzyczeć i te krzyki zaniosły ich aż do Wschodniej Strażnicy, jeśli wierzyć kobiecie w czerwieni. Davos nie lubił tamtego wiatru. Miał wrażenie, że czuje w nim zapach palonego ciała, a w jego graniu pośród lin słyszy krzyki bólu. *To równie dobrze mógłbym być ja.*

— Ja nie spłonąłem — zapewnił lorda Godrica. — Choć we Wschodniej Strażnicy omal nie zamarzłem.

— Tak to już jest na Murze. — Kobieta przyniosła świeży, jeszcze ciepły bochen chleba. Gdy Davos zobaczył jej rękę, wytrzeszczył oczy ze zdziwienia. Nie umknęło to uwadze lorda Godrica. — Tak jest, nosi znak, jak wszyscy Borrellowie od pięciu tysięcy lat. To córka mojej córki. Nie ta, która robi gulasz. — Rozerwał bochen i podsunął połowę Davosowi. — Jedz. Jest dobry.

Rzeczywiście był, choć dla cebulowego rycerza czerstwy chleb miałby równie doskonały smak. Znaczyło to, że jest tu gościem, przynajmniej na tę jedną noc. Lordowie Trzech Sióstr mieli złowrogą reputację, a szczególnie Godric Borrell, lord Słodkiej Siostry. Tarcza Sisterton, pan zamku Breakwater i Strażnik Nocnej Lampy... ale starożytne prawa gościnności wiązały nawet lordów-rabusiów i morskich rozbójników. *Ujrzę przynajmniej świt* — powiedział sobie Davos. *Jadłem jego chleb i sól.*

W siostrzanym gulaszu były jednak dziwniejsze przyprawy od soli.

— Czyżbym czuł szafran?

Ta przyprawa była cenniejsza niż złoto. Davos kosztował jej dotąd tylko raz, gdy król Robert podesłał mu połowę ryby podczas uczty na Smoczej Skale.

— Tak. Z Qarthu. I pieprz również. — Lord Godric wziął szczyptę między kciuk a palec wskazujący i wysypał na swój gulasz. — Mielony czarny pieprz z Volantis. Nie ma lepszego. Nasyp sobie, ile tylko zechcesz, jeśli masz ochotę. Mam czterdzieści skrzynek. Nie wspominając już o goździkach i gałce muszkatołowej, a także funcie szafranu. Wszystko to dostałem od dziewczyny o tarninowych oczach. — Roześmiał się. Nadal miał wszystkie zęby, choć Davos zauważył, że większość jest pożółkła, a jeden z przednich czarny i martwy. — Płynęła do Braavos, ale szkwał zaniósł ją na Zimną Wodę i rozbiła się o moje skały. Jak widzisz, nie jesteś jedynym darem, jaki otrzymałem od sztormów. Morze jest okrutne i zdradzieckie.

Ale nie tak zdradzieckie jak ludzie — pomyślał Davos. Przodkowie lorda Godrica byli królami piratów, do czasu, gdy Starkowie policzyli się z nimi ogniem i mieczem. W dzisiejszych czasach Siostrzanie zostawiali otwarte piractwo Salladharowi Saanowi i jemu podobnym, zadowalając się zwabianiem statków na skały. Ognie płonące na brzegach Trzech Sióstr miały rzekomo ostrzegać przed mieliznami, skałami oraz rafami i wskazywać bezpieczną drogę, ale podczas sztormowych lub mglistych nocy niektórzy Siostrzanie zapalali fałszywe światła, by zwabić nieostrożnych kapitanów ku zgubie.

— Sztormy wyświadczyły ci przysługę, przynosząc cię do moich drzwi — stwierdził lord Godric. — W Białym Porcie spotkałoby cię zimne przywitanie. Spóźniłeś się, ser. Lord Wyman zamierza ugiąć kolan i to nie przed Stannisem. — Pociągnął łyk piwa. — Manderly'owie nie są ludźmi z północy, nie w głębi duszy. Przybyli na północ zaledwie dziewięćset lat temu, przynosząc ze sobą złoto i własnych bogów. Byli wielkimi lordami znad Manderu, ale pozwolili sobie na zbyt wiele i zielone ręce ich ukarały. Wilczy król zabrał ich złoto, ale dał im ziemie i pozwolił zachować bogów. — Umaczał w gulaszu kawałek chleba. — Jeśli Stannis myśli, że grubas dosiądzie jelenia, myli się. Przed dwunastoma dniami do Sisterton zawinęła „Lwia Gwiazda", żeby uzupełnić zapasy wody. Znasz ten okręt? Karmazynowe żagle i złoty lew na dziobie. Na pokładzie było pełno Freyów zmierzających do Białego Portu.

— Freyów? — To było ostatnie, czego spodziewałby się Davos. — Słyszeliśmy, że oni zabili syna lorda Wymana.

— To prawda — potwierdził lord Godric. — Grubas tak się wściekł, że poprzysiągł żyć tylko o chlebie i winie, dopóki nie wywrze zemsty. Ale nim dzień się skończył, napychał się już małżami i ciastkami. Między Sisterton a Białym Portem cały czas kursują statki. Sprzedajemy im kraby, ryby i kozi ser, a oni nam drewno, wełnę i skóry. Sądząc z tego, co słyszałem, jego lordowska mość jest grubszy niż kiedykolwiek. Tyle pożytku ze ślubowania. Słowa to wiatr, a wiatr płynący z ust Manderly'ego nie znaczy więcej niż ten, który wydostaje się drugim końcem. — Lord oderwał kolejny kawał chleba i wytarł nim dno wydrążonego bochna. — Freyowie wieźli grubemu głupcowi worek kości. Niektórzy zwą to uprzejmością. Oddali mu szczątki martwego syna. Gdyby to był mój syn, wykazałbym się równą uprzejmością i podziękowałbym Freyom, zanim bym ich powiesił, ale grubas jest zbyt szlachetny, by tak postąpić. — Wsadził chleb do ust, przeżuł i połknął. — Gościłem Freyów na kolacji. Jeden z nich siedział tu, gdzie ty teraz. Powiedział, że ma na imię Rhaegar. O mało nie roześmiałem mu się prosto w twarz. Oznajmił mi, że stracił żonę, ale w Białym Porcie ma nadzieję znaleźć sobie nową. Kruki latały w obie strony. Lord Wyman i lord Walder zawarli pakt. Zamierzają przypieczętować go małżeństwem.

Davos czuł się, jakby lord zdzielił go w brzuch. *Jeśli mówi prawdę, mój król jest zgubiony.* Stannis Baratheon rozpaczliwie potrzebował Białego Portu. Jeśli Winterfell było sercem północy, Biały Port był jej ustami. Tamtejsza odnoga morska od stuleci pozostawała wolna od lodu, nawet podczas najdłuższych zim. Nadchodziła zima, dlatego znaczyło to bardzo wiele. Lannisterowie mieli całe złoto Casterly Rock, a na dodatek bogactwa Wysogrodu. Kufry króla Stannisa były puste. *Muszę przynajmniej spróbować. Może zdołam jakoś zapobiec temu małżeństwu.*

— Muszę dotrzeć do Białego Portu — oznajmił. — Wasza lordowska mość, błagam o pomoc.

Lord Godric zaczął pochłaniać wydrążony bochen, rozdzierając go w wielkich dłoniach. Czerstwy chleb zmiękł od gulaszu.

— Nie darzę miłością ludzi z północy — oznajmił. — Maesterzy mówią, że od Gwałtu na Trzech Siostrach minęły dwa tysiące lat, ale Sisterton nie zapomniało. Przedtem byliśmy wolnym ludem i władali nami nasi królowie. Potem musieliśmy ugiąć kolan przed Orlim Gniazdem, żeby przegnać najeźdźców z północy.

Wilk i sokół walczyły o nas przez tysiąc lat, aż wreszcie na spółkę ogryzły cały tłuszcz i mięso z kości tych biednych wysp. Jeśli zaś chodzi o twojego króla Stannisa, kiedy był starszym nad okrętami króla Roberta, wysłał flotę do mojego portu, nie pytając o pozwolenie, i kazał mi powiesić kilkunastu wiernych przyjaciół. Ludzi takich jak ty. Posunął się nawet do tego, że zagroził, iż powiesi i mnie, gdyby się okazało, że jakiś statek wpadł na skały, bo Nocna Lampa nagle zgasła. Musiałem przełknąć jego arogancję. — Zjadł kolejny kęs. — A teraz przybył na północ pokonany, z podwiniętym ogonem. Dlaczego miałbym mu pomagać? Odpowiedz.

Dlatego, że jest twoim prawowitym królem — pomyślał Davos. *Dlatego, że to silny i sprawiedliwy człowiek, jedyny, który może odbudować królestwo i obronić je przed nadciągającym z północy zagrożeniem. Dlatego, że ma magiczny miecz, gorejący blaskiem słońca.* Te słowa uwięzły mu jednak w gardle. Żadne z nich nie przekona lorda Słodkiej Siostry. Nie zbliży cebulowego rycerza do Białego Portu choćby o jedną stopę. *Jaką odpowiedź pragnie usłyszeć? Czy muszę obiecać mu złoto, którego nie mamy? Szlachetnie urodzonego męża dla córki jego córki? Ziemie, zaszczyty, tytuły?* Lord Alester Florent próbował swych sił w tej grze i król w nagrodę kazał go spalić.

— Widzę, że namiestnik nagle stracił język. Nie smakuje mu siostrzany gulasz albo prawda.

Lord Godric otarł usta.

— Lew nie żyje — zaczął z namysłem Davos. — Oto twoja prawda, wasza lordowska mość. Tywin Lannister nie żyje.

— I co z tego?

— Kto teraz włada w Królewskiej Przystani? Nie Tommen, to jeszcze dziecko. Ser Kevan?

Czarne oczy Godrica lśniły w blasku świec.

— Gdyby tak było, siedziałbyś już w łańcuchach. Władzę sprawuje królowa.

Davos zrozumiał. *Ma wątpliwości. Nie chce się znaleźć po przegranej stronie.*

— Stannis obronił Koniec Burzy przed Tyrellami i Redwyne'ami. Odebrał Smoczą Skałę ostatnim Targaryenom. Rozbił

Żelazną Flotę u brzegów Pięknej Wyspy. Król-dziecko nie zwycięży go w walce.

— To dziecko ma na swoje rozkazy bogactwo Casterly Rock i potęgę Wysogrodu. Ma Boltonów i Freyów. — Lord Godric potarł podbródek. — Ale… na tym świecie tylko zima jest pewna. Tak powiedział Ned Stark mojemu ojcu w tej komnacie.

— Ned Stark tu był?

— W zaraniu buntu Roberta. Obłąkany Król wysłał ludzi do Orlego Gniazda, domagając się głowy Starka, ale Jon Arryn odpowiedział sprzeciwem. Gulltown dochowało jednak wierności koronie. Żeby wrócić do domu i zwołać chorągwie, Stark musiał przejść przez góry, dotrzeć do Paluchów i wynająć rybaka, który przewiózłby go przez Zimną Wodę. Po drodze zaskoczył ich sztorm. Rybak utonął, ale jego córka dostarczyła Starka na Siostry przed zatonięciem łodzi. Ponoć zostawił ją z workiem srebra i bękartem w brzuchu. Nazwała go Jonem Snow, na cześć Arryna. Tak czy inaczej, gdy lord Eddard przybył do Sisterton, mój ojciec siedział tu, gdzie ja siedzę teraz. Nasz maester namawiał go, by odesłał głowę Starka Aerysowi, w dowód naszej wierności. To oznaczałoby sutą nagrodę. Obłąkany Król był hojny dla tych, którzy sprawili mu radość. Wiedzieliśmy już jednak, że Jon Arryn zdobył Gulltown. Robert pierwszy wtargnął na mury i własnoręcznie zabił Marqa Graftona. Rzekłem wówczas: „Ten Baratheon jest nieustraszony. Walczy tak, jak powinien walczyć król". Nasz maester zachichotał i odparł, że książę Rhaegar z pewnością pokona buntownika. I wtedy właśnie Stark powiedział: „Na tym świecie tylko zima jest pewna. Możemy stracić głowy, to prawda… ale co, jeśli zwyciężymy?". Mój ojciec wysłał lorda Eddarda w drogę z głową nadal przytwierdzoną do tułowia. Rzekł mu: „Jeśli przegracie, nigdy cię tu nie było".

— Mnie też nie — zapewnił Davos Seaworth.

JON

Przyprowadzili króla za Murem z rękami związanymi konopnym sznurem i pętlą na szyi.

Drugi koniec sznura przytroczono do łęku rumaka ser Godry'ego Farringa. Olbrzymobójcę i jego wierzchowca pokrywała posrebrzana, niellowana stal. Mance Rayder miał na sobie tylko cienką tunikę. Jego kończyn nic nie chroniło przed chłodem. *Mogli zostawić mu chociaż płaszcz* — pomyślał Jon Snow. *Ten, który dzika kobieta wyszyła paskami karmazynowego jedwabiu.*

Nic dziwnego, że Mur płakał.

— Mance zna nawiedzany las lepiej niż którykolwiek ze zwiadowców — powiedział Jon królowi Stannisowi, po raz ostatni próbując przekonać Jego Miłość, że król za Murem bardziej przyda mu się żywy niż martwy. — Zna Tormunda Zabójcę Olbrzyma. Walczył z Innymi. Miał też Róg Joramuna i nie zadął w niego. Nie zniszczył Muru, mimo że mógł to zrobić.

Stannis pozostawał głuchy na jego słowa. Prawo jasno mówiło, że karą za dezercję jest śmierć.

Lady Melisandre wzniosła nad głowę białe dłonie u stóp płaczącego Muru.

— Wszyscy musimy wybrać — oznajmiła. — Mężczyźni i kobiety, starzy i młodzi, lordowie i wieśniacy, wszyscy stoimy przed tym samym wyborem. — Jej głos kojarzył się Jonowi z zapachem anyżku, goździków i gałki muszkatołowej. Stała obok króla na drewnianym podwyższeniu wzniesionym nad wykopem. — Wybieramy światło albo ciemność. Wybieramy dobro lub zło. Wybieramy prawdziwego boga bądź fałszywego,

Gęste siwo-brązowe włosy Mance'a Raydera powiewały na wietrze. Odgarnął je z oczu związanymi rękoma. Uśmiechał się, ale gdy zobaczył klatkę, odwaga go opuściła. Ludzie królowej sporządzili ją z materiału przyniesionego z nawiedzanego lasu. Z młodych drzewek i giętkich gałęzi, ociekających żywicą sosnowych konarów i białych jak kość palców czardrzew. Powyginali je i posplatali, tworząc drewnianą kratę, a potem zawiesili klatkę wysoko nad głębokim dołem wypełnionym kłodami, liśćmi i chrustem.

Król dzikich wzdrygnął się na ten widok.

— Nie — zawołał. — Łaski! To niesprawiedliwe, nie jestem królem, oni…

Ser Godry popędził wierzchowca i król za Murem nie miał innego wyboru, jak podążyć za nim. Pętla przerwała jego słowa. Przewrócił się, ale Godry zaciągnął go na miejsce. Mance ociekał krwią, gdy ludzie królowej pół wepchnęli, pół wnieśli go do klatki. Kilkunastu zbrojnych wspólnymi siłami pociągnęło ją w górę.

Lady Melisandre przyglądała się temu.

— WOLNI LUDZIE! — zawołała. — Oto wasz król kłamstw. A oto róg, który zgodnie z jego obietnicami miał zniszczyć Mur.

Dwaj ludzie królowej przynieśli Róg Joramuna, czarny i okolony obręczami ze starego złota. Od końca do końca miał osiem stóp długości. W złotych obręczach wyryto runy Pierwszych Ludzi. Joramun umarł przed tysiącleciami, ale Mance znalazł jego grób pod lodowcem, wysoko w Mroźnych Kłach. „Joramun zadął w Róg Zimy i przebudził śpiących w ziemi olbrzymów". Ygritte powiedziała Jonowi, że Mance nie znalazł rogu. *Kłamała albo trzymał to w tajemnicy nawet przed swoimi ludźmi.*

Tysiąc jeńców patrzyło zza palisady, jak uniesiono róg. Wszyscy byli obdarci i wygłodniali. W Siedmiu Królestwach zwano ich dzikimi, ale oni używali nazwy „wolni ludzie". Nie wyglądali ani na dzikich, ani na wolnych, tylko na głodnych, przerażonych i odrętwiałych.

— Róg Joramuna? — zapytała Melisandre. — Nie. Nazwijmy go Rogiem Ciemności. Jeśli Mur padnie, nastanie noc, długa noc, która nigdy się nie skończy. To nie może się zdarzyć i się nie zdarzy! Pan Światła ujrzał grożące jego dzieciom niebezpieczeństwo i przysłał im obrońcę, Azora Ahai narodzonego na nowo.

Wskazała na Stannisa. W wielkim rubinie, który nosiła u szyi, pulsowało światło.

On jest kamieniem, a ona ogniem. Ciemnoniebieskie oczy króla głęboko zapadły w wychudłej twarzy. Włożył szarą zbroję płytową, a na szerokie ramiona zarzucił obszyty futrem płaszcz ze złotogłowiu. Napierśnik zdobiło inkrustowane płonące serce, umieszczone w tym samym miejscu co jego własne. Na czole miał czerwono-złotą koronę o kolcach ukształtowanych na podobieństwo tańczących płomieni. Val stała obok niego, wysoka i jasnowłosa. Ukoronowali ją prostym diademem z ciemnego brązu, ale wyglądała w tym metalu bardziej królewsko niż Stannis w złocie. Oczy miała szare, spokojne i nieustraszone. Pod gronostajowym futrem nosiła białe i złote szaty. Włosy barwy miodu splotła w gruby warkocz, który opadał do talii, przewieszony przez lewe ramię. Policzki dziewczyny poczerwieniały od zimna.

Lady Melisandre nie nosiła korony, ale wszyscy obecni wiedzieli, że to ona jest prawdziwą królową Stannisa, a nie pozbawiona urody kobieta, która marzła porzucona we Wschodniej Strażnicy. Mówiono, że król nie zamierza posłać po Selyse i ich córkę, dopóki Nocny Fort nie będzie gotowy do zamieszkania. Jonowi było ich żal. Na Murze można było znaleźć niewiele wygód, do jakich przywykły damy z południa i szlachetnie urodzone dziewczynki, w Nocnym Forcie nie znajdą zaś żadnych. To było ponure miejsce, nawet w najlepszych czasach.

— WOLNI LUDZIE! — zawołała raz jeszcze Melisandre. — Ujrzyjcie los czekający tych, którzy wybierają ciemność!

Róg Joramuna stanął w płomieniach.

Z głośnym świstem języki zielonego i żółtego ognia przebiegły wzdłuż całej jego długości. Konik Jona spłoszył się nagle. Inni również mieli trudności z uspokojeniem wierzchowców. Zza palisady dobiegł jęk. Wolni ludzie ujrzeli, że ich nadzieja płonie. Garstka zaczęła krzyczeć i przeklinać, ale większość milczała. Przez pół uderzenia serca runy wyryte na złotych obręczach zdawały się migotać za zasłoną rozgrzanego powietrza. Ludzie królowej unieśli róg i cisnęli go do dołu.

Zamknięty w klatce Mance Rayder szarpał pętlę związanymi rękami, krzycząc bez ładu i składu o zdradzie i czarach. Wyrzekał się królewskiego tytułu, swego ludu, imienia i wszystkiego, czym kiedykolwiek był. Błagał wrzaskiem o łaskę i przeklinał kobietę w czerwieni, aż wreszcie wybuchnął histerycznym śmiechem.

Jon patrzył na to wszystko, nie odwracając spojrzenia. Nie

śmiał okazać słabości przed braćmi. Rozkazał przyjść tu dwustu ludziom, ponad połowie załogi Czarnego Zamku. Poważni, spowici w czarne stroje mężczyźni stali w równych szeregach, trzymając w rękach długie włócznie. Postawili kaptury, by osłonić twarze... a także ukryć fakt, że jest wśród nich tak wielu starców i zielonych chłopaków. Wolni ludzie bali się Straży. Jon chciał, by zanieśli ze sobą ten strach do swych nowych domów, położonych na południe od Muru.

Róg spadł na kłody, liście i chrust. Po trzech uderzeniach serca ogień wypełnił cały dół. Mance płakał i błagał, szarpiąc klatkę spętanymi rękami. Gdy ogień go dosięgnął, odtańczył krótki taniec. Jego krzyki przerodziły się w przeciągły nieartykułowany wrzask strachu i bólu. Miotał się jak liść w ognisku, jak ćma w płomieniu świecy.

Jon przypomniał sobie słowa pieśni.

Bracia, ach bracia, moje dni są skończone,
życie zabrał mi Dornijczyk szalony,
Ale to nic nie szkodzi, wszyscy umrzeć musimy,
a jam poznał smak jego żony!

Val stała na podwyższeniu, nieruchoma jak posąg wyrzeźbiony z soli. *Nie będzie płakała ani nie odwróci wzroku.* Jon zastanawiał się, co by zrobiła na jej miejscu Ygritte. *Kobiety są silniejsze od nas.* Pomyślał o Samie i maesterze Aemonie, o Goździk i dziecku. *Przeklnie mnie w ostatnich słowach, ale nie widziałem innego wyjścia.* Ze Wschodniej Strażnicy nadeszły wieści, że na wąskim morzu szaleją straszliwe sztormy. *Chciałem im zapewnić bezpieczeństwo. Czy zamiast tego oddałem ich na żer krabom?* Nocą śnił mu się tonący Sam, Ygritte konająca od jego strzały — w rzeczywistości wystrzelił ją ktoś inny, ale w jego snach to zawsze był on — i Goździk płacząca krwawymi łzami.

Jon Snow widział już wystarczająco wiele.

— Teraz — rozkazał.

Ulmer z Królewskiego Lasu wbił włócznię w ziemię, zdjął łuk i wydobył z kołczana czarną strzałę. Słodki Donnel Hill położył kaptur, by uczynić to samo. Garth Szare Pióro i Brodaty Ben nałożyli strzały, naciągnęli cięciwy i wystrzelili.

Jedna strzała trafiła Mance'a Raydera w pierś, druga w brzuch, a trzecia w gardło. Czwarta uderzyła w płonący pręt klatki, zadrżała i stanęła w płomieniach. Gdy król dzikich osunął się bezwładnie na dno klatki, spowity ogniem, od Muru odbił się echem kobiecy płacz.

— A teraz jego warta się skończyła — wyszeptał Jon. Mance Rayder był kiedyś człowiekiem z Nocnej Straży, nim zamienił czarny płaszcz na obszyty czerwonym jedwabiem.

Stojący na podwyższeniu Stannis skrzywił się z niezadowoleniem. Jon nie chciał spojrzeć mu w oczy. Z drewnianej klatki wypadło dno. Jej pręty się rozpadały. Gdy tylko płomienie sięgnęły wyżej, w dół spadały kolejne gałęzie, ciemnoczerwone i czarne.

— Pan Światła stworzył słońce, księżyc i gwiazdy, by oświetlały nam drogę, i dał nam ogień, by powstrzymywał noc — oznajmiła dzikim kobieta w czerwieni. — Nikt nie oprze się jego płomieniom.

— Nikt nie oprze się jego płomieniom! — powtórzyli echem ludzie królowej.

Ciemnoszkarłatne szaty zawirowały wokół Melisandre, włosy barwy miedzi otoczyły jej twarz aureolą, a z koniuszków palców wystrzeliły długie żółte pazury płomieni.

— WOLNI LUDZIE! Wasi fałszywi bogowie wam nie pomogą. Wasz fałszywy róg was nie uratował. Wasz fałszywy król przyniósł wam tylko śmierć, rozpacz i klęskę... ale tu stoi prawdziwy król. UJRZYJCIE JEGO CHWAŁĘ!

Stannis Baratheon wydobył Światłonoścę.

Miecz rozbłysnął żywym światłem, czerwonym, żółtym i pomarańczowym. Jon widział to już nieraz... ale nie w takiej formie. Nigdy przedtem tak nie było. Światłonośca stał się słońcem przekutym w stal. Gdy Stannis wzniósł oręż nad głowę, ludzie musieli odwracać wzrok albo zasłaniać oczy. Ogień płonący w wykopie cofnął się przed tą burzą światła niczym mały pies kulący się przed większym. Nawet sam Mur przybierał kolor czerwieni, różu bądź oranżu, gdy na powierzchni lodu tańczyły barwne fale. *Czy to jest moc królewskiej krwi?*

— Westeros ma tylko jednego króla — zaczął Stannis twardym głosem, pozbawionym śpiewnych tonów głosu Melisandre. — Tym mieczem bronię poddanych i przynoszę zgubę tym, którzy im zagrażają. Ugnijcie kolan, a obiecuję wam żywność, życie i sprawiedliwość. Klęknijcie i ocalcie życie albo odejdźcie i zgińcie. Wybór należy do was. — Schował Światłonoścę do pochwy i świat pociemniał. — Otwórzcie bramę.

— OTWÓRZCIE BRAMĘ — ryknął ser Clayton Suggs głosem donośnym jak brzmienie rogu. — OTWÓRZCIE BRAMĘ — powtórzył echem ser Corliss Penny, dowodzący strażą. — OTWÓRZCIE BRAMĘ — zawołali sierżanci. Ludzie wzięli się do roboty. Wyrwali z ziemi zaostrzone pale i zakryli deskami głębokie rowy. Jon Snow uniósł rękę, a potem ją opuścił. Czarne szeregi jego ludzi rozstąpiły się, otwierając drogę do Muru, gdzie Edd Cierpiętnik Tollett otwierał żelazną bramę.

— Chodźcie — wzywała ich Melisandre. — Chodźcie do światła... albo ucieknijcie z powrotem w ciemność. — W dole za jej plecami nadal gorzał ogień. — Jeśli wybieracie życie, przyjdźcie do mnie.

Posłuchali jej. Jeńcy zaczęli wychodzić ze swej zagrody z grubo ciosanych kłód. Z początku szli powoli. Niektórzy utykali albo wspierali się na towarzyszach. *Jeśli chcecie jeść, przyjdźcie do mnie* — pomyślał Jon. *Jeśli pragniecie ujść śmierci z głodu lub zimna, poddajcie się.* Niepewni, obawiający się pułapki jeńcy przechodzili po deskach i mijali pierścień pali, zmierzając w stronę Melisandre oraz Muru. Kiedy się przekonali, że tym, którzy szli pierwsi, nie stało się nic złego, podążyli za nimi następni. Było ich coraz więcej, aż wreszcie przerodzili się w ciągły strumień. Ludzie królowej w wysadzanych ćwiekami kurtach oraz półhełmach wręczali każdemu mężczyźnie, kobiecie albo dziecku kawałek białego czardrzewa: patyk, rozszczepioną gałązkę jasną jak kość albo garść ciemnoczerwonych liści. *Fragmenty starych bogów mają nakarmić nowego.* Jon poruszył palcami ręki, w której zwykł trzymać miecz.

Żar bijący od dołu z ogniem wyczuwało się nawet z daleka. Dla dzikich musiał być straszliwy. Widział mężczyzn kulących się trwożnie, gdy zbliżali się do płomieni, słyszał płaczące dzieci. Garstka jeńców zawróciła w stronę lasu. Widział młodą, potykającą się kobietę, na obu rękach trzymającą dzieci. Co kilka kroków oglądała się za siebie, by się upewnić, że nikt za nią nie idzie. Gdy była już blisko drzew, zerwała się do biegu. Jakiś staruszek postanowił wykorzystać otrzymaną gałąź czardrzewa jako broń. Okładał nią wszystkich wkoło, aż wreszcie ludzie królowej przebili go włóczniami. Dzicy musieli omijać jego ciało, lecz po chwili ser Corliss kazał je cisnąć do ognia. Po tym wydarzeniu więcej wolnych ludzi wybierało las, być może jeden na dziesięciu.

Większość jednak przychodziła. Za nimi były tylko zimno i śmierć. Z przodu czekała nadzieja. Szli, ściskając swoje kawałki drewna, aż nadchodziła pora, by cisnąć je do ognia. R'hllor był zazdrosnym, wiecznie głodnym bóstwem. Nowy bóg pożerał trupa starego. W jego blasku Stannis i Melisandre rzucali na Mur gigantyczne cienie, czarne na tle błyszczącego czerwonawym światłem lodu.

Pierwszym, który klęknął przed królem, był Sigorn. Nowy magnar Thennu stanowił niższą i młodszą wersję ojca — szczupły, łysiejący mężczyzna w nagolennikach z brązu oraz skórzanej kurcie, na którą naszyto łuski z tego samego metalu. Za nim szedł Grzechocząca Koszula, w postukującej zbroi z kości i utwardzanej skóry. Na głowie miał hełm zrobiony z czaszki olbrzyma. Pod kośćmi krył się odrażający, okaleczony mężczyzna o połamanych brązowych zębach i żółtawych białkach oczu. *Mały, złośliwy, zdradziecki człowiek, równie głupi, jak okrutny.* Jon ani przez chwilę nie wierzył, że dziki dochowa wiary. Zastanawiał się, co czuje Val, widząc, że Grzechocząca Koszula klęka i otrzymuje przebaczenie.

Za nim poszli pomniejsi wodzowie. Dwie głowy klanów Rogostopych, ludzi o czarnych, stwardniałych stopach. Stara wiedźma szanowana przez ludzi znad Mlecznej Wody. Chudy czarnooki chłopak w wieku dwunastu lat, syn Alfyna Wronobójcy.

Halleck, brat Harmy Psi Łeb, z jej świniami. Wszyscy kolejno klękali przed królem.

Jest za zimno na tę komediancką farsę — pomyślał Jon.

— Wolni ludzie gardzą klękaczami — ostrzegał Stannisa. — Pozwól im zachować dumę, a łatwiej cię pokochają.

Jego Miłość nie chciał jednak słuchać.

— Potrzebuję ich mieczy, nie pocałunków — odparł.

Dzicy, którzy uklękli, przechodzili wzdłuż szeregów czarnych braci ku bramie. Jon zlecił Koniowi, Atłasowi i sześciu innym ludziom przeprowadzenie ich przez Mur z pochodniami w rękach. Po drugiej stronie czekały na nich kotły gorącej zupy cebulowej oraz kawały czarnego chleba z kiełbasą. Przygotowano też dla nich ubrania: płaszcze, spodnie, buty, tuniki oraz dobre skórzane rękawice. Będą spali na stertach czystej słomy, a zapalone ogniska powstrzymają chłód nocy. Ten król z całą pewnością był metodyczny. Ale prędzej czy później Tormund Zabójca Olbrzyma znowu zaatakuje Mur. Jon zadawał sobie pytanie, po czyjej stronie opowiedzą się wówczas nowi poddani Stannisa. *Możesz im przyznać ziemie i okazać łaskę, ale wolni ludzie sami wybierają sobie królów i wybrali Mance'a, nie ciebie.*

Bowen Marsh trącił nogą wierzchowca i podjechał do Jona.

— Nigdy nie myślałem, że zobaczę taki dzień.

Lord zarządca schudł znacznie, odkąd został ranny w głowę na Moście Czaszek. Stracił wtedy część ucha. *Już nie przypomina owocu granatu* — pomyślał Jon.

— Krwawiliśmy, żeby powstrzymać ich w Rozpadlinie. Zginęli tam dobrzy ludzie, nasi przyjaciele i bracia. I po co?

— Królestwo przeklnie nas za to — oznajmił ser Alliser Thorne jadowitym tonem. — Każdy uczciwy człowiek w Westeros odwróci głowę i splunie, słysząc wzmiankę o Nocnej Straży.

Co ty możesz wiedzieć o uczciwych ludziach?

— Cisza w szeregach.

Odkąd lord Janos stracił głowę, ser Alliser zrobił się ostrożniejszy, ale jego wrogość nie zniknęła. Jon bawił się myślą o powierzeniu mu dowództwa, którego nie przyjął Slynt, ale wolał trzymać go blisko. *Z nich dwóch to zawsze on był bardziej niebez-*

pieczny. Zamiast Thorne'a wysłał do Szarej Warty posiwiałego zarządcę z Wieży Cieni.

Miał nadzieję, że dwa nowe garnizony okażą się przydatne. *Straż może utoczyć krwi wolnym ludziom, ale na dłuższą metę nie zdołamy ich powstrzymać.* Oddanie Mance'a Raydera płomieniom niczego nie zmieniło. *Nadal nas jest za mało, a ich zbyt wielu. Muszę wysłać ludzi za Mur. Ale czy wrócą, jeśli to zrobię?*

Tunel pod Murem był wąski i kręty, a wśród dzikich nie brakowało starych, chorych i rannych, więc posuwali się naprzód boleśnie powoli. Gdy ostatni z nich ugiął kolan, zapadła już noc. Ogień w dole palił się słabo, a cień rzucany przez króla na Mur skurczył się do jednej czwartej pierwotnej wielkości. Jon Snow widział w powietrzu własny oddech. *Jest zimno* — pomyślał. *I robi się coraz zimniej. Ta komediancka farsa trwa już wystarczająco długo.*

Przy palisadzie pozostało jeszcze około czterdziestu jeńców. Były wśród nich cztery olbrzymy, potężne kudłate stworzenia o pochyłych barkach, nogach grubych jak pnie drzew i wielkich, płaskich stopach. Mimo dużych rozmiarów mogłyby przejść pod Murem, ale jeden nie chciał porzucić swego mamuta, a pozostałe nie chciały się rozstać z nim. Reszta jeńców była ludzkiego wzrostu. Niektórzy już nie żyli, a inni umierali. Większość stanowiły ich rodziny i bliscy towarzysze, którzy nie chcieli ich porzucić nawet za miskę cebulowej zupy.

Część z nich drżała z zimna, inni byli już na to zbyt odrętwiali, gdy wreszcie usłyszeli odbijający się echem od Muru głos króla.

— Możecie odejść swobodnie — oznajmił im Stannis. — Powiedzcie swym współbraciom, co widzieliście. Powiedzcie im, że spotkaliście prawdziwego króla i że mogą przybyć do jego królestwa, pod warunkiem że zachowają pokój. W przeciwnym razie lepiej niech uciekną albo się ukryją. Nie będę tolerował dalszych ataków na mój Mur.

— Jedno królestwo, jeden bóg, jeden król! — zawołała lady Melisandre.

Ludzie królowej podjęli okrzyk, uderzając tępymi końcami włóczni w tarcze.

— Jedno królestwo, jeden bóg, jeden król! STANNIS! JEDNO KRÓLESTWO, JEDEN BÓG, JEDEN KRÓL!

Jon zauważył, że Val nie przyłączyła się do chóru. Bracia z Nocnej Straży również tego nie zrobili. Podczas tego zgiełku garstka pozostałych pod Murem dzikich umknęła pod osłonę drzew. Olbrzymy odeszły ostatnie. Dwa jechały na mamucie, a dwa szły na piechotę. Stannis zszedł z podwyższenia. Melisandre mu towarzyszyła. *Jego czerwony cień. Nigdy nie oddala się od niego na dłużej.* Otoczyła ich królewska straż honorowa; ser Godry, ser Clayton oraz kilkunastu innych rycerzy, bez wyjątku ludzi królowej. Ich zbroje lśniły w blasku księżyca, a płaszcze powiewały na wietrze.

— Lordzie zarządco, każ porąbać tę palisadę na opał, a trupy wrzucić do ognia — polecił Marshowi Jon.

— Wedle rozkazu, wasza lordowska mość. — Marsh wydał warkliwym tonem komendy. Tłum jego zarządców opuścił szeregi i przystąpił do ataku na drewniane ściany. Przyglądał się im, marszcząc brwi. — Ci dzicy... wierzysz, że dochowają wiary, lordzie dowódco?

— Niektórzy tak. Ale nie wszyscy. Wśród nas są tchórze i łotry, słabeusze i głupcy. Wśród nich również.

— Nasza przysięga... ślubowaliśmy bronić królestwa...

— Gdy wolni ludzie osiedlą się w Darze, również staną się częścią królestwa — przypomniał mu Jon. — Nadeszły rozpaczliwe czasy i zapewne staną się jeszcze gorsze. Widzieliśmy twarz prawdziwego wroga, martwe białe oblicze o jaskrawoniebieskich oczach. Pod tym względem Stannis ma rację. Musimy zawrzeć przymierze z dzikimi.

— Przymierze przeciwko wspólnemu wrogowi, z tym mogę się pogodzić — odparł Bowen Marsh — ale to nie znaczy, że powinniśmy przepuścić dziesiątki tysięcy głodujących barbarzyńców na drugą stronę Muru. Niech wrócą do swoich wiosek i tam walczą z Innymi, a my zapieczętujmy bramy. Othell mówi, że to nie będzie trudne. Musi tylko wypełnić tunele kamiennymi okruchami i wlać do środka wodę przez otwory machikuł. Resztę załatwi mur. Zimno, ciężar... po jednym księżycu nie zostanie nawet ślad po bramie. Wrogowie musieliby przerąbać sobie drogę przez Mur.

— Albo wspiąć się na górę.

— Mało prawdopodobne — sprzeciwił się Bowen Marsh. — To nie są łupieżcy, pragnący ukraść żonę i splądrować wioski. Tormund będzie miał ze sobą stare baby, dzieci, stada owiec i kóz, a nawet mamuty. Będzie potrzebował bramy, a zostały tylko trzy. A jeśli wyśle również wspinaczy, obrona przeciwko nim jest równie łatwa, jak nadziewanie na włócznię ryb w kociołku.

Ryby nie wyłażą z kociołka, żeby ciebie nadziać. Jon sam wspiął się kiedyś na Mur.

— Sądząc po ilości zebranych przez nas drzewc, łucznicy Mance'a Raydera wypuścili do nas około dziesięciu tysięcy strzał — ciągnął Marsh. — A tylko niespełna sto dosięgło stojących na Murze ludzi. W większości przypadków zaniósł je tam przypadkowy powiew wiatru. Jedynym człowiekiem, który zginął na górze, był Czerwony Alyn z Różanego Lasu, a jego zabił upadek, nie strzała wbita w nogę. Donal Noye poległ, broniąc bramy. To był odważny czyn, z pewnością... ale gdyby bramę zapieczętowano, dzielny płatnerz mógłby nadal być z nami. Nieważne, czy wrogów jest stu, czy sto tysięcy. Dopóki my stoimy na szczycie Muru, a oni są na dole, nic nie mogą nam zrobić.

Nie myli się. Zastęp Mance'a Raydera rozbił się o Mur jak fala o kamienisty brzeg, mimo że broniła go tylko garstka starców, zielonych chłopaków i kalek. Mimo to sugestia Bowena kłóciła się z wszystkimi instynktami Jona.

— Jeśli zapieczętujemy bramy, nie będziemy mogli wysyłać zwiadowców — zauważył. — Staniemy się ślepi.

— Ostatnia wyprawa zwiadowcza lorda Mormonta kosztowała Straż jedną czwartą jej ludzi, lordzie dowódco. Musimy oszczędzać siły, które nam zostały. Każda śmierć je umniejsza, a nasze siły są straszliwie rozciągnięte... Mój stryj zawsze mawiał, że trzeba zająć wyżej położoną pozycję, by wygrać bitwę. Żadna pozycja nie jest wyżej położona niż szczyt Muru, lordzie dowódco.

— Stannis obiecał ziemię, żywność i sprawiedliwość wszystkim dzikim, którzy ugną kolan. Nie pozwoli nam zapieczętować bram.

Marsh zawahał się.

— Lordzie Snow, nie zwykłem powtarzać plotek, ale niektórzy gadają, że zbytnio... zbytnio się zaprzyjaźniłeś z lordem Stannisem. Są nawet tacy, którzy sugerują, że jesteś...

Buntownikiem i sprzedawczykiem, tak jest, a także bękartem i na dodatek wargiem. Janos Slynt nie żył, ale jego kłamstwa nie zniknęły.

— Wiem, co gadają. — Jon słyszał szepty, widział ludzi, którzy odwracali się, gdy szedł przez dziedziniec. — A co ich zdaniem powinienem uczynić? Ruszyć z mieczami w rękach na Stannisa i na dzikich? Jego Miłość ma trzy razy więcej ludzi od nas, a do tego jest naszym gościem. Chronią go prawa gościnności. Mamy też wobec niego dług.

— Lord Stannis pomógł nam, gdy potrzebowaliśmy pomocy — nie ustępował Marsh — ale nadal pozostaje buntownikiem, a jego sprawa jest skazana na klęskę. My również będziemy skazani, jeśli Żelazny Tron uzna nas za zdrajców. Musimy uważać, by nie opowiedzieć się po pokonanej stronie.

— Nie mam zamiaru opowiadać się po żadnej ze stron — odparł Jon. — Nie jestem jednak tak pewien wyniku tej wojny jak ty, wasza lordowska mość. Nie po śmierci lorda Tywina. — Jeśli wierzyć opowieściom napływającym królewskim traktem, królewski namiestnik zginął z ręki swego karłowatego syna, siedząc w wychodku. Jon poznał przelotnie Tyriona Lannistera. *Uścisnął mi dłoń i nazwał mnie przyjacielem.* Trudno było uwierzyć, by ten mały człowieczek był zdolny zamordować własnego ojca, ale zgon lorda Tywina wydawał się faktem. — Lew w Królewskiej Przystani to tylko szczenię, a Żelazny Tron dorosłych mężczyzn nieraz krajał na plasterki.

— Może to i chłopiec, wasza lordowska mość, ale... króla Roberta kochano, a większość ludzi nadal wierzy, że Tommen to jego syn. Im lepiej poznają lorda Stannisa, tym mniej go miłują, a jeszcze mniej jest takich, którzy lubią lady Melisandre z jej ogniami i posępnym czerwonym bogiem. Ludzie się skarżą.

— Na lorda dowódcę Mormonta też się skarżyli. Stary Niedźwiedź powiedział mi kiedyś, że ludzie uwielbiają się użalać na żony i na lordów, a ci, którzy nie mają żon, narzekają na lordów dwukrotnie więcej. — Jon Snow zerknął na palisadę. — Zostawię cię tu, żebyś dokończył roboty, Bowen. Dopilnuj, żeby spalono wszystkie trupy. Dziękuję za rady. Zapewniam, że przemyślę wszystko, co mi powiedziałeś.

W powietrzu nadal unosił się dym i drobiny popiołu. Jon ruszył kłusem w stronę bramy. Przed wejściem zsunął się z siodła, by przeprowadzić konika przez lód na południe. Edd Cierpiętnik szedł przed nim z zapaloną pochodnią. Jej płomienie muskały sufit, przy każdym więc kroku skapywały na nich zimne łzy.

— Ulżyło mi, kiedy zobaczyłem, że ten róg się spalił, wasza lordowska mość — odezwał się Edd. — Ostatniej nocy śniło mi się, że odlewałem się z Muru, gdy ktoś nagle postanowił dmuchnąć w ten róg. Nie żebym się skarżył. Lepsze to niż mój poprzedni sen, w którym Harma Psi Łeb rzucała mnie na pożarcie swoim świniom.

— Harma nie żyje — zauważył Jon.

— Ale świnie żyją. Patrzą na mnie tak samo, jak Zabójca gapił się na szynkę. Nie sugeruję, że dzicy źle nam życzą. To prawda, że porąbaliśmy ich bogów na kawałki i kazaliśmy im je spalić, ale za to daliśmy im zupę cebulową. Co znaczy bóg wobec miski porządnej zupy? Sam chętnie bym taką zjadł.

Czarny strój Jona nadal cuchnął dymem i spalonym ciałem. Młodzieniec wiedział, że powinien coś zjeść, ale pragnął towarzystwa, nie posiłku. *Kubka wina z maesterem Aemonem, kilku cichych słów z Samem, odrobiny śmiechu z Pypem, Grennem i Ropuchą.* Ale Aemon i Sam odpłynęli, a jego pozostali przyjaciele...

— Zjem dziś wieczorem kolację z ludźmi.

— Gotowana wołowina i buraki. — Edd Cierpiętnik zawsze wiedział, co przygotował kucharz. — Ale Hobb mówi, że brakuje mu chrzanu. Gotowana wołowina bez chrzanu jest do niczego.

Odkąd dzicy spalili starą wspólną salę, ludzie z Nocnej Straży spożywali posiłki w kamiennej piwnicy pod zbrojownią. Dwa rzędy kwadratowych kamiennych kolumn dzieliły olbrzymie pomieszczenie o kopulastym suficie na trzy części, a pod ścianami stały wielkie beczki z winem i *ale*. Gdy Jon wszedł do środka, za stołem ustawionym najbliżej wejścia czterech budowniczych grało w płytki. Bliżej ognia siedziała grupa zwiadowców oraz garstka ludzi króla, rozmawiających ze sobą cicho.

Młodsi mężczyźni zebrali się przy innym stole. Pyp nadział rzepę na nóż.

— Noc jest ciemna i pełna rzep — oznajmił z namaszczeniem. — Wszyscy módlmy się o dziczyznę, moje dzieci, z cebulą i odrobiną smacznego sosu.

Jego przyjaciele parsknęli śmiechem — Grenn, Ropucha, Atłas i cała reszta.

Ale nie Jon Snow.

— To głupie drwić z modlitwy innych, Pyp. Głupie i niebezpieczne.

— Jeśli czerwony bóg czuje się urażony, niech mnie powali.

Ze wszystkich twarzy zniknęły uśmiechy.

— To z czerwonej kapłanki się śmialiśmy — odezwał się Atłas, ładny gibki młodzieniec, który ongiś trudnił się kurestwem w Starym Mieście. — To był tylko żart, wasza lordowska mość.

— Wy macie swoich bogów, a ona swoich. Zostawcie ją w spokoju.

— Ona nie daje spokoju naszym — sprzeciwił się Ropucha. — Zwie Siedmiu fałszywymi bogami, wasza lordowska mość. I starych bogów też. Kazała dzikim spalić gałęzie czardrzew. Widziałeś to.

— Lady Melisandre nie jest moją podkomendną. Wy jesteście. Nie chcę złej krwi między ludźmi króla a moimi.

Pyp położył dłoń na ramieniu przyjaciela.

— Nie rechocz więcej, dzielna Ropucho. Przemówił wielki lord Snow. — Zerwał się na nogi i pokłonił drwiąco Jonowi. — Błagam o przebaczenie. Od tej chwili nie śmiem nawet poruszyć uszami bez lordowskiego pozwolenia waszej lordowskiej mości.

Wydaje mu się, że to wszystko zabawa. Jon miał ochotę nim potrząsnąć, żeby wbić mu do głowy odrobinę rozsądku.

— Uszami możesz poruszać do woli. To ruszanie językiem powoduje kłopoty.

— Dopilnuję, żeby był ostrożniejszy — zapewnił Grenn. — A jeśli będzie trzeba, to mu przyłożę. — Zawahał się. — Zjesz z nami kolację, lordzie dowódco? Owen, posuń się. Zrób miejsce dla Jona.

Jon niczego nie pragnął bardziej. *Nie* — musiał sobie powiedzieć. *Te czasy już minęły.* Owa świadomość była dla niego jak nóż wbity w brzuch. Mur należał do niego i ich życie również. *Lord może kochać ludzi, którymi dowodzi, ale nie może być im przyjacielem, bo pewnego dnia może być zmuszony ich osądzić albo wysłać na śmierć.* Tak mu powiedział pan ojciec.

— Innym razem — skłamał lord dowódca. — Edd, lepiej zajmij się swoją kolacją. Mam parę pilnych rzeczy do zrobienia.

Na dworze było jeszcze zimniej niż przedtem. Widział blask świec w oknach Wieży Króla. Val stała na jej dachu, gapiąc się na Mur. Stannis trzymał ją zamkniętą w pokojach położonych nad należącymi do niego, ale pozwalał jej wychodzić na dach, by rozprostować kończyny. *Jest samotna* — pomyślał Jon. *Samotna i piękna.* Ygritte była ładna na swój sposób, z rudymi włosami pocałowanymi przez ogień, ale to uśmiech przydawał życia jej twarzy. Val nie musiała się uśmiechać. Mężczyźni oglądaliby się za nią na wszystkich dworach szerokiego świata.

Niemniej strażnicy nie darzyli księżniczki dzikich miłością. Gardziła wszystkimi jako „klękaczami" i już trzykrotnie próbowała ucieczki. Gdy jeden ze zbrojnych pozwolił sobie na zbyt wiele, wyrwała mu sztylet z pochwy i dźgnęła w kark. Cal w lewo i mógłby umrzeć.

Samotna, piękna i śmiertelnie groźna — pomyślał Jon. *A ja mogłem ją mieć. Ją, Winterfell i nazwisko pana ojca.* Wybrał jednak czarny płaszcz i lodowy Mur. Wybrał honor. *Honor bękarta.*

Kiedy szedł przez dziedziniec, Mur majaczył po jego prawej stronie. Na górze lód lśnił blado, ale dolna część była pogrążona w cieniu. Pod bramą dostrzegał słaby pomarańczowy blask pochodni przeświecający przez kraty, za którymi wartownicy skryli się przed wiatrem. Jon słyszał poskrzypywanie łańcuchów. Kołysząca się winda drapała o lód. Ludzie pełniący służbę na szczycie z pewnością tłoczyli się w szopie wokół piecyka, krzycząc do siebie, by zagłuszyć wiatr. Albo może dali sobie spokój z rozmowami i każdy pogrążył się we własnym kręgu milczenia. *Powinienem wjechać na górę. Mur należy do mnie.*

Gdy szedł obok ruin Wieży Lorda Dowódcy, mijając miejsce, w którym Ygritte skonała w jego ramionach, nagle pojawił się Duch. Jego oddech zamieniał się w parę w zimnym powietrzu, a czerwone oczy lśniły w blasku księżyca niczym kałuże ognia. Jon poczuł w ustach smak krwi. Duch coś upolował tej nocy. *Nie* — pomyślał chłopak. *Jestem człowiekiem, nie wilkiem.* Otarł usta grzbietem urękawicznionej dłoni i splunął.

Pokoje pod ptaszarnią nadal zajmował Clydas. Gdy Jon zapukał, zarządca dowlókł się do drzwi i uchylił je nieco. W dłoni trzymał świeczkę.

— Przeszkadzam? — zapytał Jon.

— Nie, nie. — Clydas otworzył drzwi szerzej. — Właśnie grzałem wino. Czy wasza lordowska mość wypije kubek?

— Z przyjemnością.

Ręce zesztywniały mu od zimna. Ściągnął rękawice i zaczął poruszać palcami.

Clydas wrócił do paleniska, żeby pomieszać wino. *Ma sześćdziesiątkę jak nic. Jest już stary. Wydawał się młody tylko w porównaniu z Aemonem.* Niski, pękaty mężczyzna miał mętne różowe oczy jak jakieś nocne stworzenie. Jego czaszki trzymała się jeszcze garstka białych włosów. Gdy nalał wino, Jon wziął kubek w obie ręce, poczuł zapach korzeni i pociągnął łyk. Poczuł, że pierś wypełnia mu ciepło. Wypił drugi łyk, tym razem dłuższy, by spłukać z ust smak krwi.

— Ludzie królowej mówią, że król za Murem umarł jak tchórz. Że błagał o litość i zapewniał, że nie jest królem.

— To prawda. Światłonośca świecił jaśniej niż kiedykolwiek przedtem. Jasno jak słońce. — Uniósł kubek. — Za Stannisa Baratheona i jego magiczny miecz.

Wino w jego ustach miało gorzki smak.

— Jego Miłość ma trudny charakter. Jak większość tych, którzy noszą koronę. Maester Aemon mawiał, że wielu dobrych ludzi okazało się złymi królami, a niektórzy źli ludzie dobrymi.

— Z pewnością wiedział, co mówi. — Aemon Targaryen widział dziewięciu królów na Żelaznym Tronie. Był królewskim synem, bratem i stryjem. — Przejrzałem książkę, którą mi dał. *Nefrytowe kompendium.* Stronice mówiące o Azorze Ahai. Światłonośca był jego mieczem. Zahartował go we krwi własnej żony, jeśli wierzyć Votarowi. Od owej chwili Światłonośca nigdy nie był zimny w dotyku, lecz ciepły jak Nissa Nissa. Podczas bitwy jego klinga gorzała straszliwym żarem. Pewnego razu Azor Ahai walczył z potworem. Gdy wbił miecz w brzuch bestii, jej krew zawrzała, z paszczy buchnęły dym i para, oczy stopiły się i spłynęły po policzkach, a ciało stanęło w płomieniach.

Clydas zamrugał.

— Miecz, który sam produkuje ciepło…

— …przydałby się na Murze. — Jon odstawił kubek i wciągnął czarne rękawice z kreciej skórki. — Szkoda, że miecz Stannisa jest zimny. Chciałbym zobaczyć, jak jego Światłonośca sprawuje się w walce. Dziękuję za wino. Duch, za mną.

Jon Snow postawił kaptur płaszcza i otworzył drwi. Biały wilk podążył za nim w noc.

W zbrojowni było ciemno i cicho. Jon skinął głową do strażników, a potem ruszył wzdłuż pogrążonych w milczeniu półek z włóczniami do swoich pokojów. Pas powiesił na jednym kołku przy drzwiach, a płaszcz na drugim. Ściągnął rękawice. Dłonie miał zimne i zesztywniałe. Minęła dłuższa chwila, nim zdołał zapalić świece. Duch zwinął się na dywaniku i zasnął, ale Jon nie mógł jeszcze udać się na spoczynek. Na podrapanym sosnowym stole leżały mapy Muru i krain położonych za nim, wykaz zwiadowców oraz list z Wieży Cieni napisany wprawną ręką ser Denysa Mallistera.

Przeczytał list raz jeszcze, naostrzył gęsie pióro i otworzył kałamarz z gęstym czarnym inkaustem. Napisał dwa listy, pierwszy do ser Denysa, a drugi do Cottera Pyke'a. Obaj domagali się więcej ludzi. Haldera i Ropuchę wysłał na zachód, do Wieży Cieni, a Grenna i Pypa do Wschodniej Strażnicy. Inkaust gęstniał, a wszystkie napisane słowa wydawały się Jonowi szorstkie, nieuprzejme i źle dobrane. Mimo to nie dawał za wygraną.

Gdy wreszcie odłożył pióro, w pokoju było ciemno i zimno. Miał wrażenie, że ściany zaciskają się wokół niego. Kruk Starego Niedźwiedzia, przycupnięty nad oknem, kierował na Jona sprytne spojrzenie czarnych oczek. *Mój ostatni przyjaciel* — pomyślał z żalem młodzieniec. *I lepiej, żebym go przeżył, bo inaczej zeżre również i moją twarz.* Duch się nie liczył. Był czymś więcej niż przyjacielem. Częścią jego samego.

Jon wstał i wspiął się po stopniach do wąskiego łoża, które niegdyś należało do Donala Noye'a. *To jest teraz mój los* — uświadomił sobie, zdejmując ubranie. *Na tę noc i na wszystkie pozostałe.*

DAENERYS

— Co się stało? — zawołała, gdy Irri potrząsnęła nią łagodnie za ramię. Na dworze była ciemna noc. *Coś jest nie w porządku* — zrozumiała natychmiast. — Czy to Daario? Co się wydarzyło?

Śniło się jej, że są mężem i żoną, prostymi ludźmi wiodącymi nieskomplikowane życie w wysokim kamiennym domu o czerwonych drzwiach. W tym śnie Daario całował jej usta, szyję i piersi.

— Nie, *khaleesi* — wyszeptała Irri. — To twój eunuch Szary Robak i łysi. Przyjmiesz ich?

— Tak. — Dany uświadomiła sobie, że włosy ma rozczochrane, a nocną koszulę zmiętą. — Pomóż mi się ubrać. Chcę też dostać kielich wina. Żeby sobie rozjaśnić w głowie. — *Żeby utopić mój sen.* Usłyszała ciche łkanie. — Czyj to płacz?

— Twojej niewolnicy Missandei.

Irri trzymała w ręce łojową świecę.

— Mojej służki. Ja nie mam niewolników. Dlaczego płacze? — zapytała zdziwiona Dany.

— Rozpacza po tym, który był jej bratem — wyjaśniła Irri.

Reszty dowiedziała się od Skahaza, Reznaka i Szarego Robaka, gdy już wprowadzono ich do komnaty. Nim jeszcze odezwali się choć słowem, Dany wiedziała już, że wieści są złe. Wystarczyło jej jedno spojrzenie na brzydką gębę Golonego Łba.

— Synowie Harpii? — zapytała.

Skahaz skinął głową. Jego usta zastygły w złowrogim grymasie.

— Ilu zginęło?

— Dz… dziewięciu, Wasza Wspaniałość. Cóż za podły, niegodziwy czyn. Straszna noc, straszna.

Dziewięciu. To słowo było jak sztylet wbity w jej serce. Pod schodkowymi piramidami Meereen co noc trwała wojna cieni. Co rano promienie słońca padały na świeże trupy. Na cegłach obok nich rysowano krwią podobizny harpii. Każdemu wyzwoleńcowi, który zanadto się wzbogacił albo zbyt głośno wyrażał swe zdanie, groziła śmierć. *Ale dziewięciu w jedną noc…* To ją przeraziło.

— Opowiedzcie mi.

— Na twoje sługi napadnięto, gdy chodzili po cegłach Meereen, by strzec pokoju Waszej Miłości — zaczął Szary Robak. — Wszyscy byli dobrze uzbrojeni, mieli włócznie, tarcze i krótkie miecze. Chodzili dwójkami i dwójkami ginęli. Twoje sługi Czarną Pięść i Cetherysa zabito strzałami z kuszy w Labiryncie Mazdhana. Na twoje sługi Mossadora i Durana spadły kamienie pod rzecznym murem. Twoje sługi Eladona Złotowłosego i Wierną Włócznię otruto w sklepie winnym, w którym zatrzymywali się co noc podczas swych patroli.

Mossador. Dany zacisnęła pięść. Missandei i jej braci porwali z rodzinnego Naath łupieżcy z Wysp Bazyliszkowych, by sprzedać ich w niewolę w Astaporze. Pomimo młodego wieku Missandei wykazała się tak wielkim talentem do języków, że Dobrzy Panowie uczynili ją skrybą. Mossador i Marselen mieli mniej szczęścia. Wykastrowano ich i zrobiono z nich Nieskalanych.

— Czy złapano któregoś z morderców?

— Twoi słudzy aresztowali właściciela sklepu winnego i jego córki. Zapewniają, że o niczym nie wiedzieli, i błagają o łaskę.

Tak jak oni wszyscy.

— Oddajcie ich Golonemu Łbu. Skahazie, zamknij każde z nich oddzielnie i poddaj przesłuchaniom.

— Tak się stanie, Wasza Łaskawość. Mamy ich wypytywać słodko czy ostro?

— Z początku słodko. Wysłuchajcie, co wam powiedzą i czyje imiona wymienią. Może rzeczywiście nie mieli z tym nic wspólnego. — Zawahała się. — Szlachetny Reznak mówił, że ofiar było dziewięć. Kto jeszcze?

— Troje wyzwoleńców zamordowano w ich domach — odparł Golony Łeb. — Lichwiarza, szewca i harfistkę Rylonę Rhee. Obcięli jej palce, zanim ją zabili.

Królowa wzdrygnęła się. Rylona Rhee grała na harfie słodko jak sama Dziewica. Gdy była niewolnicą w Yunkai, występowała przed wszystkimi szlachetnie urodzonymi rodzinami w mieście. W Meereen stała się jedną z przywódców yunkijskich wyzwoleńców, ich przedstawicielką w radzie Dany.

— Nie zatrzymaliśmy nikogo poza tym kupcem winnym?

— Ta osoba z żalem wyznaje, że nikogo. Błagamy o wybaczenie.

— *Łaska* — pomyślała ze złością Dany. *Dostaną łaskę smoka.*

— Skahazie, zmieniłam zdanie. Przesłuchaj tego człowieka ostro.

— Mogę to zrobić. Albo mogę przesłuchać ostro córki i kazać ojcu patrzeć. Wtedy z pewnością poda kilka imion.

— Zrób, jak uważasz, ale przynieś mi imiona. — W jej brzuchu gorzał ogień furii. — Nie pozwolę, by dalej mordowano Nieskalanych. Szary Robaku, każ swoim ludziom wracać do koszar. Niech strzegą moich murów, bram i mojej osoby. Od dzisiaj zadanie pilnowania porządku w Meereen będzie należało do mieszkańców miasta. Skahazie, powołaj nową gwardię, złożoną w równych częściach z golonych łbów i wyzwoleńców.

— Wedle rozkazu. Ilu ludzi?

— Tylu, ilu będziesz potrzebował.

Reznak mo Reznak wciągnął powietrze.

— Wasza Wspaniałość, skąd weźmiemy pieniądze na żołd dla tak wielu?

— Od piramid. Nazwij to podatkiem od krwi. Wszystkie piramidy zapłacą po sto sztuk złota za każdego wyzwoleńca zabitego przez Synów Harpii.

To skłoniło Golony Łeb do uśmiechu.

— Spełnimy twą wolę — zapewnił. — Ale Wasza Wspaniałość powinna się dowiedzieć, że Wielcy Panowie z rodów Zhaków i Merreqów przygotowują się do porzucenia swych piramid i opuszczenia miasta.

Daenerys miała już po dziurki w nosie Zhaków i Merreqów, podobnie jak wszystkich Meereeńczyków, wielkich i małych.

— Mogą odejść, ale dopilnuj, żeby nie zabrali ze sobą nic poza ubraniami, które mają na grzbietach. Całe ich złoto musi zostać w mieście, podobnie jak zapasy żywności.

— Wasza Wspaniałość — wyszeptał Reznak mo Reznak — nie mamy pewności, że ci szlachetnie urodzeni zamierzają dołączyć do twoich wrogów. Najpewniej wybierają się do swych posiadłości pośród wzgórz.

— W takim razie nie będą mieli nic przeciwko temu, że przypilnujemy ich złota. Tam nie ma nic do kupienia.

— Boją się o swoje dzieci — dodał Reznak.

Tak — pomyślała Daenerys. *I ja również*.

— O ich bezpieczeństwo również musimy zadbać. Chcę dostać po dwojgu dzieci od każdego z nich. Od innych piramid również. Chłopca i dziewczynkę.

— Będą zakładnikami — ucieszył się Skahaz.

— Paziami i podczaszymi. Jeśli Wielcy Panowie będą się sprzeciwiać, wytłumacz im, że w Westeros wybranie dziecka do służby na dworze uważa się za wielki zaszczyt. — Resztę pozostawiła niewypowiedzianą. — Idźcie już i zróbcie, co wam kazałam. Mam zmarłych do opłakania.

Wróciwszy do swych pokojów na szczycie piramidy, zastała Missandei płaczącą na swym posłaniu. Mała skryba starała się szlochać jak najciszej.

— Chodź spać ze mną — powiedziała jej Dany. — Do świtu zostało jeszcze kilka godzin.

— Wasza Miłość jest łaskawa dla tej osoby. — Missandei wśliznęła się pod pościel. — Był dobrym bratem.

Dany objęła dziewczynkę.

— Opowiedz mi o nim.

— Kiedy byliśmy mali, nauczył mnie wdrapywać się na drzewa. Umiał łapać ryby gołymi rękami. Kiedyś znalazłam go śpiącego w ogrodzie. Łaziła po nim setka motyli. Wyglądał tamtego ranka tak pięknie... kochałam go.

— I on kochał ciebie. — Dany pogłaskała ją po włosach. — Powiedz tylko słowo, moja słodka, a odeślę cię z tego okropnego miejsca. Znajdę jakiś statek, który zabierze cię do domu. Na Naath.

— Wolałabym zostać z tobą. Na Naath ciągle bym się bała. Co, jeśli łupieżcy przypłyną znowu? Przy tobie czuję się bezpieczna.

Bezpieczna. Oczy Dany zaszły łzami.

— Pragnę ci zapewnić bezpieczeństwo. — Missandei była tylko dzieckiem i Dany czuła się przy niej tak, jakby również mogła nim być. — Mnie nikt go nie zapewnił, kiedy byłam mała. To znaczy, był ser Willem, ale potem umarł... a Viserys... pragnę cię ochraniać, ale... ale to takie trudne. Być silną. Nie zawsze wiem, jak powinnam postąpić. Ale muszę to wiedzieć. Jestem wszystkim, co mają. Jestem królową, jestem ich... ich...

— ...matką — wyszeptała Missandei.

— Matką Smoków.

Dany zadrżała.

— Nie. Matką nas wszystkich. — Dziewczynka przytuliła ją mocniej. — Wasza Miłość powinna zasnąć. Wkrótce nadejdzie świt i przyjdą błagalnicy.

— Obie zaśniemy i przyśnią nam się słodsze dni. Zamknij oczy.

Gdy Missandei to zrobiła, Dany ucałowała jej powieki. Dziewczynka zachichotała.

Pocałunki przychodziły jednak łatwiej niż sen. Zamknęła oczy i próbowała myśleć o domu, o Smoczej Skale, Królewskiej Przystani i wszystkich tych miejscach, o których opowiadał jej Viserys, leżących w krainie lepszej niż ta... ale jej myśli ciągle wracały do Zatoki Niewolniczej, jak statki niesione jakimś złowrogim wiatrem. Gdy Missandei zasnęła głęboko, Dany wysunęła się z jej objęć i wyszła w chłodne przedświtowe powietrze. Wsparła się o chłodny murek z cegieł i wyjrzała na miasto. Rozciągały się pod nią tysiące dachów pomalowanych przez księżyc na odcienie srebra i kości słoniowej.

Gdzieś pod tymi dachami zbierali się Synowie Harpii, knujący spiski, by zabić Dany i wszystkich, którzy ją kochali, a jej dzieci zakuć z powrotem w łańcuchy. Gdzieś na dole głodne dziecko domagało się płaczem mleka. Gdzieś umierała staruszka. Gdzieś mężczyzna i dziewczyna obejmowali się, niecierpliwymi dłońmi ściągając z siebie ubrania. Na górze widziała jednak tylko księżycowy blask, padający na piramidy i areny. Nic nie zdradzało, co może się dziać pod spodem. Na górze była sama.

Była krwią smoka. Mogła zabić Synów Harpii i synów synów, a potem również ich synów. Ale smok nie nakarmi głodnego dziecka ani nie złagodzi bólu umierającej kobiety. *I kto odważyłby się pokochać smoka?*

Znowu pomyślała o Daario Naharisie z jego złotym zębem, trójdzielną brodą oraz mocnymi dłońmi spoczywającymi na rękojeściach *arakha* i sztyletu, ukształtowanych ze złota na podobieństwo nagich kobiet. W dniu, gdy się z nim żegnała, przesuwał delikatnie wzdłuż nich kciukami. *Jestem zazdrosna o rękojeści* — uświadomiła sobie. *O kobiety ze złota.* Postąpiła rozsądnie, wysyłając go do Owczarzy. Była królową, a Daario Naharis nie nadawał się na króla.

— Minęło już wiele czasu — powiedziała ser Barristanowi nie dalej jak wczoraj. — Co, jeśli Daario zdradził? Przeszedł na stronę moich wrogów? — *Trzy zdrady cię spotkają.* — Co, jeśli poznał inną kobietę? Jakąś lhazareńską księżniczkę?

Wiedziała, że stary rycerz nie lubi Daaria i nie ufa mu.

— Nie ma kobiety piękniejszej niż Wasza Miłość — odparł

jednak uprzejmie. — Tylko ślepiec mógłby sądzić, że jest inaczej, a Daario Naharis nie jest ślepy.

To prawda — pomyślała. *Oczy ma ciemnoniebieskie, prawie fioletowe, a kiedy się do mnie uśmiecha, jego złoty ząb błyszczy.*

Ser Barristan był pewien, że Daario wróci. Dany mogła się jedynie modlić o to, by rycerz miał rację.

Kąpiel mnie uspokoi. Ruszyła boso po trawie do umieszczonego na tarasie basenu. Dotyk chłodnej wody wywołał gęsią skórkę. Małe rybki skubały jej ręce i nogi. Zamknęła oczy, unosząc się na powierzchni.

Otworzyła je, usłyszawszy jakiś szelest. Usiadła z cichym pluskiem.

— Missandei? — zawołała. — Irri? Jhiqui?

— Wszystkie śpią — padła odpowiedź.

Pod hebanowcem stała kobieta odziana w szatę opadającą aż do trawy. Ukryta pod kapturem twarz wydawała się twarda i błyszcząca. *Ona nosi maskę* — uświadomiła sobie Dany. *Drewnianą maskę pociągniętą ciemnoczerwonym lakierem.*

— Quaithe? Czy to sen? — Uszczypnęła się w ucho i skrzywiła z bólu. — Przyśniłaś mi się na „Balerionie", kiedy przypłynęliśmy do Astaporu.

— To nie był sen. Ani wtedy, ani teraz.

— Skąd się tu wzięłaś? Jak udało ci się ominąć strażników?

— Przybyłam w inny sposób. Twoi strażnicy mnie nie widzieli.

— Jeśli ich zawołam, zabiją cię.

— Przysięgną ci, że nikogo tu nie ma.

— Ale ty tu jesteś?

— Nie. Wysłuchaj mnie, Daenerys Targaryen. Szklane świece płoną. Wkrótce przybędzie biała klacz, a po niej inni. Kraken i czarny płomień, lew i gryf, syn słońca i smok komediantów. Nie ufaj żadnemu z nich. Pamiętaj o Nieśmiertelnych. Strzeż się perfumowanego seneszala.

— Reznaka? Dlaczego miałabym się go bać? — Dany wyszła z basenu. Strużki wody spływały jej po nogach, a na ramionach pojawiła się gęsia skórka od chłodnego, nocnego powietrza. —

Jeśli pragniesz mnie przed czymś ostrzec, wyrażaj się jasno. Czego ode mnie chcesz, Quaithe?

— Pragnę wskazać ci drogę — odparła kobieta. — W jej oczach odbijał się blask księżyca.

— Pamiętam ją. Żeby dotrzeć na północ, trzeba zmierzać na południe. Żeby znaleźć się na zachodzie, powinno się podążać na wschód. Żeby iść naprzód, należy się cofać, a żeby dotknąć światła, musi się przejść przez cień. — Wykręciła srebrzyste włosy. Spłynęły z nich strużki wody. — Mam już serdecznie dość zagadek. W Qarthu byłam żebraczką, ale tutaj jestem królową. Rozkazuję ci…

— Daenerys. Pamiętaj o Nieśmiertelnych. Pamiętaj, kim jesteś.

— Krwią smoka. — *Ale moje smoki ryczą w ciemności.* — O Nieśmiertelnych też pamiętam. Nazwali mnie dziecięciem trojga. Obiecali trzy wierzchowce, trzy ognie i trzy zdrady. Jedną za krew, jedną dla złota i jedną z…

— Wasza Miłość? — Missandei stała w drzwiach sypialni królowej, trzymając w ręce lampę. — Z kim rozmawiasz?

Dany zerknęła na drzewo. Nikt pod nim nie stał. Nie widziała szaty z kapturem, lakierowanej maski ani Quaithe.

Nie ma nikogo. To był cień. Wspomnienie. Była krwią smoka, ale ser Barristan ostrzegał ją, że w tej krwi kryje się skaza. *Czy to możliwe, że tracę zmysły?* Jej ojca zwano kiedyś obłąkanym.

— Modliłam się — oznajmiła naathańskiej dziewczynce. — Wkrótce zrobi się jasno. Lepiej, żebym coś zjadła, zanim zaczną się audiencje.

— Przyniosę ci śniadanie.

Gdy Dany została sama, okrążyła piramidę, licząc na to, że znajdzie Quaithe gdzieś za zwęglonymi drzewami i spaloną ziemią pozostałymi w miejscu, gdzie jej ludzie próbowali schwytać Drogona. Słyszała jednak tylko wiatr świszczący wśród drzew owocowych. Nie było tu nic żywego poza kilkoma jasnymi ćmami.

Missandei przyniosła melon i miskę jaj na twardo, ale Dany nie miała apetytu. Gdy niebo zaczęło jaśnieć i gwiazdy znikały jedna po drugiej, Irri i Jhiqui pomogły jej wdziać *tokar* z fiołkowego jedwabiu, obszyty złotą nicią.

Kiedy pojawili się Reznak i Skahaz, złapała się na tym, że spogląda na nich nieufnie, pamiętając o trzech zdradach. *Strzeż się perfumowanego seneszala.* Powąchała podejrzliwie Reznaka mo Reznaka. *Mogłabym rozkazać Golonemu Łbu aresztować go i przesłuchać.* Czy to powstrzymałoby proroctwo? Czy może jakiś inny zdrajca zająłby jego miejsce? Proroctwa są podstępne — powtórzyła sobie. *Niewykluczone, że Reznak jest tylko tym, kim się wydaje.*

W fioletowej komnacie na Dany czekała hebanowa ława, wyłożona stosem atłasowych poduszek. Uśmiechnęła się blado na ten widok. *To robota ser Barristana.* Stary rycerz był dobrym człowiekiem, ale czasami traktował wszystko zbyt dosłownie. *To był tylko żart, ser* — pomyślała, ale i tak usiadła na jednej z poduszek.

Nieprzespana noc wkrótce dała się odczuć. Po krótkiej chwili Dany musiała ukryć ziewnięcie. Reznak ględził o cechach rzemieślniczych. Najwyraźniej kamieniarze gniewali się na nią. I murarze również. Niektórzy z byłych niewolników obrabiali kamień oraz układali cegły, kradnąc pracę cechowym czeladnikom i mistrzom.

— Praca wyzwoleńców jest zbyt tania, Wasza Wspaniałość — mówił Reznak. — Niektórzy podają się za czeladników, a nawet mistrzów, mimo że zgodnie z prawem owe tytuły przysługują jedynie rzemieślnikom zrzeszonym w cechach. Kamieniarze i murarze z całym szacunkiem upraszają Waszą Łaskawość o obronę ich starożytnych praw oraz zwyczajów.

— Wyzwoleńcy pracują tanio, ponieważ są głodni — zauważyła Dany. — Jeśli zabronię im obrabiania kamienia albo układania cegieł, wkrótce u moich bram pojawią się producenci świec, tkacze i złotnicy, domagając się, bym ich rzemiosła również zamknęła dla wyzwoleńców. — Zastanawiała się przez chwilę. — Napiszcie, że od tej pory tylko członkom cechów wolno będzie zwać się czeladnikami albo mistrzami… pod warunkiem że cechy otworzą swe bramy dla wyzwoleńców, którzy wykażą się wymaganymi umiejętnościami.

— Ogłosimy twą decyzję — zapewnił Reznak. — Czy Wasza

Łaskawość zechce teraz wysłuchać szlachetnego Hizdahra zo Loraqa?

Czy on nigdy nie przyzna się do porażki?

— Niech wystąpi.

Dziś Hizdahr nie wdział *tokaru*, a tylko prostą szaroniebieską szatę. Zgolił też brodę i ściął włosy. Nie wygolił sobie czaszki na łyso, ale przynajmniej jego absurdalne skrzydła zniknęły.

— Twój golibroda dobrze się spisał, Hizdahrze. Mam nadzieję, że przyszedłeś po to, by zademonstrować mi jego dzieło i nie masz zamiaru znowu zawracać mi głowy arenami.

Mężczyzna pokłonił się nisko.

— Wasza Miłość, obawiam się, że muszę to zrobić.

Dany skrzywiła się z niezadowoleniem. Nawet jej właśni ludzie nie chcieli zapomnieć o tej sprawie. Reznak mo Reznak podkreślał, że podatki ściągane z aren zasilą ich kasę. Zielona Gracja zapewniała, że bogowie będą zadowoleni z ich otwarcia. Golony Łeb uważał, że zapewni jej to poparcie ludu przeciwko Synom Harpii. „Niech sobie walczą" — mruczał Silny Belwas, który sam ongiś był mistrzem areny. Ser Barristan zasugerował, by zamiast tego urządzili turniej. Jego sieroty mogłyby atakować pierścienie i stoczyć walkę zbiorową na tępą broń. Dany wiedziała jednak, że ta zgłoszona w dobrej wierze propozycja nic nie da. Meereeńczycy pragnęli oglądać krew, nie umiejętności. W przeciwnym razie walczący niewolnicy nosiliby zbroje. Tylko mała skryba Missandei podzielała obawy królowej.

— Odmówiłam ci już sześć razy — przypomniała Hizdahrowi Dany.

— Wasza Promienność czci siedmiu bogów, więc może zechce łaskawiej spojrzeć na moją siódmą prośbę. Dzisiaj nie przybyłem sam. Zechcesz wysłuchać moich przyjaciół? Ich również jest siedmioro. — Zaczął ich kolejno przedstawiać. — To jest Khrazz. To Barsena Czarnowłosa, zawsze waleczna. To są Camarron od Rachuby i Goghor Gigant. To Cętkowany Kot, a to Nieustraszony Ithoke. A na koniec Belaquo Łamignat. Przyszli po to, by dołączyć swe głosy do mojego i błagać Waszą Miłość o otworzenie aren.

Dany znała tych siedmioro, z imion, nawet jeśli nie z widzenia. Wszyscy należeli do najsławniejszych niewolników z aren... a to właśnie ci niewolnicy, uwolnieni z łańcuchów przez jej szczury kanałowe, stanęli na czele powstania, które zdobyło dla nich miasto. Miała wobec nich dług krwi.

— Wysłucham was — zgodziła się.

Jedno po drugim podchodzili do niej i prosili, by zgodziła się otworzyć areny.

— Dlaczego? — zapytała, gdy Ithoke skończył. — Nie jesteście już niewolnikami. Nie musicie umierać dla zaspokojenia kaprysów swych panów. Uwolniłam was. Dlaczego chcecie zakończyć życie na szkarłatnym piasku?

— Ćwiczę od trzeciego roku życia — odparł Goghor Gigant. — A zabijam od szóstego. Matka Smoków mówi, że jestem wolny. To dlaczego nie wolno mi walczyć?

— Jeśli pragniesz walki, walcz dla mnie. Poprzysięgnij wierność Twardym Tarczom albo Ludziom Matki. Naucz walki innych wyzwoleńców.

Goghor potrząsnął głową.

— Przedtem walczyłem dla pana. Mówisz, żebym walczył dla ciebie. A ja mówię, że będę walczył dla siebie. — Ogromny mężczyzna walnął się w pierś pięścią wielką jak szynka. — Dla złota. Dla chwały.

— Goghor przemawia w imieniu nas wszystkich. — Cętkowany Kot nosił przerzuconą przez ramię skórę lamparta. — Kiedy ostatnio mnie sprzedano, cena wynosiła trzysta tysięcy honorów. Jako niewolnik spałem na futrach i obgryzałem z kości czerwone mięso. A teraz jestem wolny, śpię na słomie i jem soloną rybę, jeśli uda mi się ją dostać.

— Hizdahr przysięga, że zwycięzcy otrzymają połowę monet zebranych przy bramach — dodał Khrazz. Przysięga, że połowę, a Hizdahr to honorowy człowiek.

Nie honorowy, tylko sprytny. Daenerys poczuła, że jest w pułapce.

— A pokonani? Co oni otrzymają?

— Ich imiona zostaną wyryte na Bramach Losu, obok innych,

którzy zginęli w walce — oznajmiła Barsena. Ponoć przez osiem lat zabijała wszystkie kobiety, które się z nią zmierzyły. — Wszyscy muszą umrzeć, mężczyźni i kobiety, ale nie o wszystkich będzie się pamiętać.

Dany nie potrafiła na to odpowiedzieć. *Jeśli moi poddani naprawdę tego pragną, jakie mam prawo im odmawiać? To było ich miasto, zanim stało się moje, i to własne życie pragną poświęcić.*

— Rozważę wszystkie wasze słowa. Dziękuję za udzielone mi rady. — Wstała. — Resztę przełożymy na jutro.

— Wszyscy klękają przed Daenerys Zrodzoną w Burzy, Niespaloną, królową Meereen, królową Andalów, Rhoynarów i Pierwszych Ludzi, *khaleesi* Wielkiego Morza Traw, Wyzwolicielką z Okowów i Matką Smoków — zawołała Missandei.

Ser Barristan odprowadził ją do komnat.

— Opowiedz mi coś, ser — zażądała. — Jakąś historię o bohaterskich czynach ze szczęśliwym zakończeniem. — Nagle bardzo zapragnęła szczęśliwych zakończeń. — Opowiedz, jak uciekłeś przez uzurpatorem.

— Wasza Miłość, uciekałem, by uratować życie. Nie ma w tym nic bohaterskiego.

Dany usiadła na poduszce, skrzyżowała nogi i spojrzała na niego.

— Proszę. To młody uzurpator usunął cię z Gwardii Królewskiej...

— Tak, Joffrey. Jako przyczynę podali mój wiek, ale prawda wyglądała inaczej. Chłopak chciał dać biały płaszcz swemu psu, Sandorowi Clegane'owi, a jego matka pragnęła, by Królobójca został jej lordem dowódcą. Kiedy mi o tym powiedzieli... zdjąłem płaszcz, jak mi rozkazali, rzuciłem miecz do stóp Joffreya, a potem przemówiłem nierozsądnie.

— Co powiedziałeś?

— Prawdę... ale na ich dworze prawda nigdy nie była mile widziana. Wyszedłem z sali tronowej, unosząc głowę wysoko, ale nie miałem pojęcia, dokąd się udam. Nie miałem żadnego domu poza Wieżą Białego Miecza. Wiedziałem, że kuzyni znajdą dla mnie miejsce w Żniwnym Dworze, ale nie chciałem ściągnąć im na głowy niezadowolenia Joffreya. Gdy zbierałem swe rzeczy, przyszło mi na myśl, że sam ściągnąłem na siebie ten los, przyjmując ułaskawienie Roberta. On był dobrym rycerzem, ale złym królem, ponieważ nie miał praw do tronu, na którym zasiadał. Wtedy właśnie zrozumiałem, że jeśli pragnę odkupienia, muszę odnaleźć prawdziwego króla i służyć mu ze wszystkich sił, jakie mi pozostały.

— Mojego brata Viserysa.

— Taki był mój zamiar. Gdy dotarłem do stajni, złote płaszcze próbowały mnie zatrzymać. Joffrey proponował mi wieżę, w której mógłbym spokojnie umrzeć, ale ja wzgardziłem jego darem, więc teraz chciał mi zaoferować miejsce w lochu. Dowódca Straży Miejskiej stawił mi czoło, ośmielony moją pustą pochwą, ale towarzyszyło mu tylko trzech ludzi, a ja nadal miałem nóż. Pierwszego ciąłem w twarz, gdy położył na mnie ręce, a potem popędziłem wierzchowca i przedarłem się między nimi. Kiedy pomknąłem ku bramie, usłyszałem krzyk Janosa Slynta, który kazał im mnie ścigać. Wydostałem się z Czerwonej Twierdzy, ale na ulicach panował tłok. Gdyby nie to, uciekłbym bez przeszkód. Dogonili mnie pod Rzeczną Bramą. Złote płaszcze, ścigające mnie od zamku, zakrzyknęły do strażników bramy, każąc im mnie zatrzymać. Skrzyżowali włócznie, by uniemożliwić mi przejście.

— A ty nie miałeś miecza? Jak się zdołałeś przedostać?

— Prawdziwy rycerz jest wart dziesięciu strażników. Ludzie przy bramie dali się zaskoczyć. Stratowałem pierwszego, wyrwałem mu włócznię i wbiłem ją w gardło bliższego ze ścigających mnie złotych płaszczy. Drugi zaprzestał pościgu, gdy znalazłem się za bramą. Spiąłem konia i ruszyłem cwałem, pędząc na złamanie karku wzdłuż rzeki, aż wreszcie miasto zniknęło mi z oczu. Nocą zamieniłem konia na garść grosików i jakieś łachmany, a rano dołączyłem do tłumu prostaczków zmierzających do Królewskiej Przystani. Opuściłem miasto przez Błotnistą Bramę, więc wróciłem Bramą Bogów. Na twarzy miałem brud, na policzkach zarost i nie nosiłem żadnej broni poza drewnianą laską. W ubraniu z samodziału i ubłoconych butach byłem tylko kolejnym starcem uciekającym przed wojną. Złote płaszcze wzięły ode mnie jelenia i wpuściły do środka. W Królewskiej Przystani roiło się od prostaczków szukających schronienia przed działaniami wojennymi. Zniknąłem w tłumie. Miałem trochę srebra, ale potrzebowałem go, by opłacić drogę przez wąskie morze. Dlatego spałem w septach i zaułkach, a żywiłem się w garkuchniach. Pozwoliłem, by wyrosła mi broda. Wiek stał się moją zasłoną. Gdy lord Stark stracił głowę, byłem w tłumie i przyglądałem się uważnie. Potem poszedłem do Wielkiego Septu i podziękowałem siedmiu bogom, że Joffrey pozbawił mnie płaszcza.

— Stark był zdrajcą i zginął śmiercią zdrajcy.

— Wasza Miłość — odrzekł Selmy. — Eddard Stark przyłożył rękę do upadku twojego ojca, ale nie życzył ci źle. Gdy eunuch Varys przyniósł wiadomość, że spodziewasz się dziecka, Robert pragnął cię zabić, ale lord Stark się sprzeciwił. Zamiast uczestniczyć w zabijaniu dzieci, powiedział Robertowi, żeby znalazł sobie innego namiestnika.

— Czy zapomniałeś o księżniczce Rhaenys i księciu Aegonie?

— Nigdy. To była robota Lannisterów, Wasza Miłość.

— Lannister czy Stark, co to za różnica? Viserys zwał ich psami uzurpatora. Jeśli sfora psów napadnie na dziecko, czy to ma znaczenie, który z nich rozszarpał mu gardło? Wszystkie są tak samo winne. Wina... — to słowo uwięzło jej w gardle. — *Hazzea*, pomyślała. — Muszę je zobaczyć — powiedziała niespodziewanie dla samej siebie, głosem cichym jak szept dziecka. — Zaprowadź mnie na dół, ser, jeśli łaska.

Przez twarz starego rycerza przemknął wyraz dezaprobaty, ale Barristan Selmy nie miał w zwyczaju kwestionować decyzji swej królowej.

— Wedle rozkazu.

Najszybciej na dół schodziło się schodami dla służby, ukrytymi w ścianach. Nie były wspaniałe, lecz strome, proste i wąskie. Ser Barristan wziął ze sobą lampę, żeby Dany się nie przewróciła. Ze wszystkich stron otaczały ich cegły w dwudziestu różnych kolorach, przechodzących stopniowo w czerń i szarość poza kręgiem światła lampy. Trzykrotnie mijali Nieskalanych strażników, stojących nieruchomo jak wykuci z kamienia. Jedynym słyszalnym dźwiękiem było ciche drapanie ich stóp o stopnie.

U podstawy Wielkiej Piramidy Meereen panowała cisza, pełna kurzu i cieni. Zewnętrzne mury miały trzydzieści stóp grubości. Dźwięki odbijały się echem od bram z wielobarwnych cegieł, stajni, straganów i magazynów. Przeszli pod trzema potężnymi łukami, a potem zeszli w dół po oświetlonej pochodniami rampie, docierając do podziemi piramidy. Mijali cysterny, lochy i sale tortur, w których niewolników ongiś biczowano, obdzierano ze skóry albo przypalano rozżarzonym żelazem. Wreszcie stanęli przed ogromnymi żelaznymi drzwiami o zardzewiałych zawiasach. Ich również strzegli Nieskalani.

Na jej rozkaz jeden z nich wydobył żelazny klucz. Drzwi otworzyły się z głośnym zgrzytem i Daenerys Targaryen wyszła w gorące serce ciemności, zatrzymując się na skraju głębokiego dołu. Czterdzieści stóp pod nią jej smoki uniosły głowy. W ciemności gorzało czworo oczu: dwoje z płynnego złota i dwoje z brązu.

Ser Barristan ujął ją za ramię.

— Nie podchodź bliżej.

— Myślisz, że mogłyby mnie skrzywdzić?

— Nie wiem, Wasza Miłość. Wolałbym nie narażać cię na niebezpieczeństwo po to, by poznać odpowiedź.

Rhaegal ryknął. Jego żółty płomień na pół uderzenia serca zamienił ciemność w jasny dzień. Ogień musnął ściany. Dany poczuła żar na twarzy, jak podmuch bijący z pieca. Po drugiej stronie dołu Viserion rozpostarł skrzydła, poruszając stęchłym powietrzem. Chciał do niej podlecieć, ale łańcuchy napięły się mocno, obalając go na brzuch. Ogniwa wielkości pięści mężczyzny przykuwały mu nogi do ziemi, a żelazną obrożę na szyi przytwierdzono do ściany za nim. Rhaegal nosił podobne okowy. W świetle lampy Selmy'ego jego łuski lśniły nefrytowym blaskiem. Spomiędzy zębów smoka buchał dym. Na ziemi u jego stóp walały się kości, popękane, przypalone i rozszczepione. Było tu nieprzyjemnie gorąco, w powietrzu unosił się odór siarki i przypalonego mięsa.

— Są większe. — Głos Dany odbijał się echem od poczerniałych od ognia ścian. Kropelka potu spłynęła jej z czoła i spadła na pierś. — Czy to prawda, że smoki nigdy nie przestają rosnąć?

— Pod warunkiem że mają wystarczająco wiele pokarmu i miejsca. Jeśli będą tu przykute…

Wielcy Panowie używali tej sali jako więzienia. Mogła pomieścić pięciuset ludzi… i z nawiązką wystarczała dla dwóch smoków. *Ale na jak długo? Co się stanie, gdy będzie już dla nich za mała? Czy rzucą się na siebie z ogniem i szponami? A może osłabną, boki im zapadną, a skrzydła uschną? Czy ich ognie zgasną, nim nadejdzie koniec?*

Jaka matka pozwala, by jej dzieci gniły w ciemności?

Jeśli spojrzę za siebie, zginę — powtarzała sobie Dany… ale jak długo mogła się przed tym powstrzymywać? *Powinnam była to przewidzieć. Czy byłam aż tak ślepa, czy może celowo zamykałam oczy, by nie widzieć ceny władzy?*

Kiedy była mała, Viserys opowiedział jej wszystkie historie. Uwielbiał mówić o smokach. Wiedziała, jak padł Harrenhal. Słyszała o Polu Ognia i Tańcu Smoków. Jeden z jej przodków, trzeci Aegon, widział, jak jego własną matkę pożarł smok należący do jego stryja. Istniały też niezliczone pieśni o wioskach i królestwach żyjących w strachu przed smokami, aż wreszcie ocalił je jakiś dzielny smokobójca. W Astaporze oczy handlarza niewolników stopiły się w ogniu. Na drodze do Yunkai, gdy Daario rzucił jej do stóp głowy Sallora Łysego i Prendahla na Ghezna, jej dzieci pożarły trofea. Smoki nie bały się ludzi. A smok wystarczająco duży, by pożreć owcę, mógł zrobić to samo z dzieckiem.

Nazywała się Hazzea. Miała cztery lata. *Chyba że jej ojciec kłamał. To było możliwe.* Nikt poza nim nie widział smoka. Jedynym dowodem, jaki przedstawił, były nadpalone kości, ale one o niczym nie świadczyły. Mógł sam zabić dziewczynkę, a potem ją spalić. Nie byłby pierwszym ojcem, który pozbył się niechcianej córki, jak twierdził Golony Łeb. *Winni mogą też być Synowie Harpii. Mogli sprawić, żeby to wyglądało na atak smoka, żeby miasto mnie znienawidziło.* Dany pragnęła w to uwierzyć, ale…

w takim przypadku, czy ojciec Hazzei zaczekałby, aż komnata audiencyjna niemal się opróżni, nim by do niej podszedł. Gdyby zamierzał podburzyć Meereeńczyków przeciwko niej, opowiedziałby swą historię, gdy w komnacie było pełno słuchaczy.

Golony Łeb nalegał, by kazała go zabić.

— Przynajmniej wyrwij mu język. Jego kłamstwa mogą zgubić nas wszystkich.

Dany jednak postanowiła zapłacić okup. Nikt nie potrafił jej powiedzieć, ile jest warta córka, wypłaciła więc stukrotność ceny za owcę.

— Zwróciłabym ci Hazzeę, gdybym mogła — oznajmiła ojcu — ale pewne sprawy wykraczają nawet poza możliwości królowych. Pochowamy jej kości w Świątyni Łask i sto świec będzie się paliło dniem i nocą, by uczcić jej pamięć. Wracaj do mnie co rok w dzień jej imienia, a twoim innym dzieciom niczego nie braknie... ale ta opowieść nigdy więcej nie może wyjść z twoich ust.

— Ludzie będą pytać — odparł pogrążony w żałobie ojciec. — Będą pytać, gdzie jest Hazzea i dlaczego umarła.

— Ukąsił ją wąż — oznajmił Reznak mo Reznak. — Albo porwał żarłoczny wilk. Nagle zachorowała. Powiedz, co zechcesz, ale nie wspominaj o smokach.

Viserion zadrapał pazurami o kamienie. Potężne łańcuchy zagrzechotały, gdy znowu spróbował do niej dotrzeć. Nie zdołał osiągnąć celu i ryknął, wykręcając szyję do tyłu tak mocno, jak tylko mógł. Złocisty płomień padł na ścianę za nim. *Ile czasu minie, nim ten ogień zrobi się tak gorący, że kamienie od niego popękają, a żelazo się roztopi?*

Jeszcze niedawno jechał na ramieniu Dany, owijając ogon wokół jej ramienia. Jeszcze niedawno karmiła go z ręki przypalonym mięsem. Jego pierwszego zakuto w łańcuchy. Daenerys sama zaprowadziła go do podziemia i zamknęła tam z kilkoma wołami. Kiedy się nażarł do syta, zapadł w drzemkę, i wtedy założyli mu łańcuchy.

Z Rhaegalem było trudniej. Być może usłyszał ryki rozjuszonego brata, choć dzieliły ich od siebie mury z cegieł i kamieni.

W końcu musieli narzucić na niego sieć z ciężkich żelaznych łańcuchów, gdy grzał się w słońcu na jej tarasie. Opierał się tak gwałtownie, szarpiąc się i kłapiąc szczękami, że minęły trzy dni, nim sprowadzili go na dół schodami dla służby. Jego ogień poparzył sześciu ludzi.

A Drogon…

Pogrążony w żałobie ojciec nazwał go skrzydlatym cieniem. Drogon był największy, najgwałtowniejszy i najdzikszy z jej smoków. Jego łuski były czarne, a oczy przypominały kałuże ognia.

Drogon daleko zapuszczał się na polowanie, ale lubił wygrzewać się w słońcu na szczycie Wielkiej Piramidy, gdzie kiedyś stała harpia Meereen. Trzykrotnie próbowali go tam pojmać, lecz za każdym razem bez powodzenia. Czterdziestu jej najodważniejszych ludzi ryzykowało życie. Prawie wszyscy zostali poparzeni, a czterech z nich śmiertelnie. Kiedy po raz ostatni widziała Drogona, odlatywał ku zachodzącemu słońcu w noc trzeciej próby. Czarny smok przeleciał nad Skahazadhanem, zmierzając na północ, ku wysokim trawom morza Dothraków. Nie wrócił.

Matka smoków — pomyślała Daenerys. *Matka potworów. Co sprowadziłam na świat? Jestem królową, ale mój tron jest zrobiony ze spalonych kości i stoi na ruchomych piaskach.* Jak mogła utrzymać Meereen bez smoków, nie wspominając już o odzyskaniu Westeros? *Jestem krwią smoka. Jeśli one są potworami, to ja również.*

FETOR

Szczur pisnął, gdy więzień go ugryzł, rozpaczliwie próbując wyrwać mu się z rąk. Brzuch był najbardziej miękki. Mężczyzna rozdzierał zębami słodkie mięso, po wargach spływała mu ciepła krew. Było tak smaczne, że oczy zaszły mu łzami. Gdy przełknął kąsek, zaburczało mu w brzuchu. Po trzecim ugryzieniu szczur przestał się wyrywać. Więzień czuł się niemal zadowolony.

Potem jednak usłyszał głosy pod drzwiami celi.

Natychmiast znieruchomiał. Bał się nawet żuć. Usta miał pełne mięsa, krwi i włosów, ale nie odważył się ich wypluć ani przełknąć. Wsłuchiwał się z przerażeniem w szuranie obutych stóp i brzęk żelaznych kluczy. *Nie* — pomyślał. *Bogowie, błagam, tylko nie teraz.* Schwytanie szczura kosztowało go bardzo wiele czasu. *Jeśli mnie z nim złapią, zabiorą go, a potem lord Ramsay zada mi ból.*

Wiedział, że powinien ukryć szczura, ale był tak straszliwie głodny. Nic nie jadł od dwóch dni, może nawet trzech. Po ciemku trudno było to określić. Ręce i nogi miał chude jak szczapy, lecz za to brzuch obrzęknięty i pusty. Bolał go tak bardzo, że przypomniała mu się lady Hornwood. Lord Ramsay poślubił ją, a potem zamknął w wieży, gdzie umarła z głodu. Pod koniec zjadła własne palce.

Przykucnął w kącie celi, ściskając w rękach swój łup. Krew spływała mu z kącików ust, gdy rozszarpywał szczura zębami, starając się połknąć jak najwięcej ciepłego mięsa. Było łykowate i tak soczyste, że bał się, iż zwymiotuje. Żuł i przełykał, wyciągając małe kosteczki z dziur po wyrwanych zębach. Gryzienie było bolesne, ale ból nie pozwalał mu przestać.

Dźwięki stawały się coraz głośniejsze. *Bogowie, błagam, niech nie idzie do mnie.* Były tu też inne cele, inni więźniowie. Słyszał niekiedy ich krzyki, przebijające się przez grube kamienne mury. *Kobiety zawsze wrzeszczą najgłośniej.* Wyssał surowe mięso i spróbował wypluć szczurzą kość, ale zsuwając mu się z dolnej wargi tylko zaplątała się w brodę. *Idźcie sobie* — modlił się. *Idźcie sobie, pójdźcie dalej, proszę, proszę.*

Kroki jednak ucichły w chwili, gdy były najgłośniejsze, a klucze zagrzechotały tuż za jego drzwiami. Szczur wypadł mu z palców. Więzień wytarł okrwawione palce o spodnie.

— Nie — wymamrotał. — Nieeee.

Uderzał piętami o słomę, próbując wcisnąć się w najdalszy kąt, pod zimnym wilgotnym murem.

Najstraszliwszy był dźwięk obracanego w zamku klucza. Gdy na twarz padło mu światło, z jego ust wyrwał się przenikliwy krzyk. Spróbował zasłonić oczy dłońmi. Głowa bolała go tak bardzo, że wydrapałby je sobie, gdyby tylko się ośmielił.

— Zabierzcie to, zróbcie to po ciemku. Proszę, och proszę.

— To nie on — usłyszał chłopięcy głos. — Popatrz na niego. Pomyliliśmy cele.

— Ostatnia cela po lewej — sprzeciwił się drugi chłopiec. — To jest ostatnia cela po lewej, tak?

— Ehe. — Pierwszy z mówiących umilkł na chwilę. — Co on mówi?

— Chyba nie lubi światła.

— A ty byś lubił, jakbyś tak wyglądał? — Chłopak odkaszlnął i splunął. — A jak śmierdzi. Chyba się zakrztuszę.

— Jadł szczury — zauważył drugi chłopak. — Popatrz.

— Rzeczywiście — zgodził się ze śmiechem pierwszy. — To śmieszne.

Musiałem — pomyślał więzień. Szczury atakowały go, kiedy spał, ogryzały mu palce u rąk i nóg, a nawet twarz, gdy więc złapał jednego z nich, nie wahał się ani chwili. Albo ty jesz, albo ciebie jedzą. To był jedyny wybór.

— Zrobiłem to — wymamrotał. — Zrobiłem, zrobiłem. Zjadłem go. One robią ze mną to samo, proszę…

Chłopcy podeszli bliżej. Słoma chrzęściła cicho pod ich stopami.

— Powiedz coś — zażądał jeden z nich, ten mniejszy. Był chudy, ale sprytny. — Pamiętasz, kim jesteś?

W brzuchu więźnia zagotował się strach. Mężczyzna jęknął.

— Powiedz coś. Jak masz na imię?

Moje imię. Krzyk uwiązł mu w gardle. Nauczyli go, jak ma na imię, tak jest, ale to było tak dawno, że już zapomniał. *Jeśli źle odpowiem, zabierze kolejny palec albo jeszcze gorzej, może... może...*

— Proszę — pisnął słabym, cienkim głosikiem, godnym stuletniego starca. Być może rzeczywiście nim był. *Jak długo już tu siedzę?* — Zostawcie mnie — mamrotał przez wybite zęby i połamane palce, zaciskając mocno powieki w straszliwie jasnym świetle. — Proszę. Możecie zabrać szczura, ale nie róbcie mi krzywdy.

— Fetor — podpowiedział mu większy chłopiec. — Nazywasz się Fetor. Pamiętasz?

On trzymał w ręce pochodnię, a młodszy pęk żelaznych kluczy. *Fetor?* Łzy spłynęły mu po policzkach.

— Pamiętam. Tak. — Otworzył i zamknął usta. — Nazywam się Fetor. Muszę cierpieć przeto.

W ciemności nie potrzebował imienia i łatwo mu było je zapomnieć. *Fetor. Fetor, nazywam się Fetor.* Nie przyszedł na świat z tym imieniem. Kiedyś, w innym życiu, nosił odmienne, ale tu i teraz był Fetorem. Pamiętał.

Przypomniał sobie też chłopaków. Byli ubrani w identyczne wamsy z jagnięcej wełny, srebrnoszare z ciemnoniebieskim obszyciem. Obaj mieli osiem lat, byli giermkami i nazywali się Walder Frey. *Duży Walder i Mały Walder, tak jest.* Ale to ten większy był Małym Walderem, a mniejszy Dużym. Chłopców to bawiło, a resztę świata wprowadzało w błąd.

— Znam was — wyszeptał przez spękane usta. — Wiem, jak się nazywacie.

— Masz iść z nami — oznajmił Mały Walder.

— Jego lordowska mość cię wzywa — dodał Duży Walder.

Strach przeszył go jak nóż. *To tylko dzieci* — pomyślał. *Dwaj ośmioletni chłopcy.* Z pewnością da sobie radę z dwoma ośmioletnimi chłopcami, nawet tak osłabiony. Mógłby zabrać im pochodnie, klucze i sztylet wiszący u pasa Małego Waldera, a potem uciec. *Nie, to zbyt łatwe. To pułapka. Jeśli ucieknę, zabierze mi jeszcze jeden palec i kilka dalszych zębów.*

Już raz próbował ucieczki. Wydawało mu się, że od owej chwili minęło wiele lat. Miał jeszcze wówczas w sobie trochę sił i był zdolny stawiać opór. To Kyra przyszła wtedy z kluczami. Powiedziała, że je ukradła i wie, iż tylna furta nigdy nie jest strzeżona.

— Zabierz mnie z powrotem do Winterfell — błagała z drżeniem. Twarz miała pobladłą. — Nie znam drogi. Nie mogę uciec sama. Chodź ze mną, proszę.

Posłuchał jej. Strażnik był kompletnie pijany. Leżał w kałuży wina, spodnie opadły mu do kostek. Drzwi lochu były otwarte, a tylnej furty nikt nie pilnował, zgodnie ze słowami dziewczyny. Zaczekali, aż księżyc skryje się za chmurą, a potem wymknęli się z zamku i przeszli w bród Płaczącą Wodę, potykając się o kamienie, zimne jak zamarzająca woda. Gdy znaleźli się na drugim brzegu, pocałował ją.

— Uratowałaś nas — oznajmił.

Głupiec. Głupiec.

Wszystko to była pułapka, gra, drwina. Lord Ramsay uwielbiał polowania i wolał ścigać dwunożną zwierzynę. Całą noc biegli przez pogrążoną w mroku puszczę, ale gdy wzeszło słońce, usłyszeli za drzewami odległy dźwięk rogu oraz ujadanie sfory ogarów.

— Powinniśmy się rozdzielić — powiedział Kyrze, gdy psy się zbliżały. — Nie zdołają wytropić obojga.

Dziewczyna oszalała jednak ze strachu i nie chciała go opuścić, nawet gdy przysiągł, że zwoła zastęp żelaznych ludzi i wróci po nią, jeśli to jej trop wybiorą psy.

Pojmano ich przed upływem godziny. Jeden ogar przewrócił go na ziemię, a drugi ugryzł w nogę próbującą wbiec na wzgórze Kyrę. Reszta sfory otoczyła ich, warcząc i ujadając. Kłapały zębami, gdy tylko próbowali się poruszyć, nie pozwalając im uciec, aż zjawił się Ramsay Snow ze swymi łowcami. Był jeszcze wtedy bękartem, nie Boltonem.

— Tu jesteście — rzekł, uśmiechając się do nich z siodła. — Zraniliście mnie, oddalając się w ten sposób. Czyżbyście tak szybko znudzili się moją gościnnością?

Wtedy właśnie Kyra złapała za kamień i rzuciła nim w jego głowę. Chybiła o dobrą stopę.

— Trzeba cię ukarać — oznajmił z uśmiechem.

Fetor pamiętał wyraz rozpaczliwego przerażenia w oczach dziewczyny. Nigdy nie wyglądała tak młodo, jak w owej chwili, jeszcze prawie dziecko. Nie mógł jej jednak pomóc. *To ona ściągnęła na nas ten los* — pomyślał. *Gdybyśmy się rozdzielili, jak tego chciałem, jedno z nas mogłoby uciec.* Trudno mu było oddychać przez to wspomnienie. Odwrócił twarz od blasku pochodni. Oczy zaszły mu łzami. *Czego tym razem ode mnie chce?* — myślał zdesperowany. *Dlaczego nie może dać mi spokoju? Nie zrobiłem nic złego, nie tym razem, czemu nie zostawią mnie w ciemności?* Miał szczura, tłustego, ciepłego i wciąż drgającego...

— Nie powinniśmy go umyć? — zapytał Mały Walder.

— Jego lordowska mość woli, żeby śmierdział — odparł Duży Walder. — Dlatego nazwał go Fetorem.

Fetor. Nazywam się Fetor, muszę cierpieć przeto. Musi o tym pamiętać. Służ, słuchaj i pamiętaj, kim jesteś, a nie spotka cię już nic złego. Obiecał mi, jego lordowska mość obiecał. Nawet gdyby chciał stawić opór, nie miał sił. Odebrały mu je biczowanie, głód i zdzieranie skóry. Gdy Mały Walder pociągnął go za rękę, by wstał, a Duży Walder machnął pochodnią, wyganiając go z celi, poszedł za nimi posłusznie jak pies. Gdyby miał ogon, podkuliłby go.

Gdybym miał ogon, Bękart by mi go uciął. Ta myśl nadeszła nieproszona. Podła, niebezpieczna myśl. Jego lordowska mość nie był już bękartem. *Jest Boltonem, nie Snowem.* Chłopiec zasiadający na Żelaznym Tronie uczynił go prawowitym synem, dał prawo używania tytułu jego pana ojca. Gdyby nazwał go *Snowem*, przypomniałby mu o nieprawym pochodzeniu, co wprawiłoby go w morderczy szał. Musi o tym pamiętać. I jeszcze imię. Musi pamiętać swe imię. Umknęło mu na pół uderzenia serca, co przeraziło go tak bardzo, że potknął się na stromych schodach lochu i rozdarł spodnie o kamień. Popłynęła krew. Mały Walder musiał zagrozić mu pochodnią, by skłonić go do wstania i ruszenia w dalszą drogę.

Wyszli na dziedziniec. Nad Dreadfort zapadała noc. Nad wschodnimi murami zamku wzeszedł księżyc w pełni. Wysokie trójkątne blanki rzucały w jego bladym blasku na zamarzniętą ziemię cienie przypominające szereg ostrych czarnych zębów. Było zimno. W wilgotnym powietrzu unosiły się na wpół zapomniane zapachy. *To świat* — powiedział sobie Fetor. *Tak właśnie pachnie świat.* Nie wiedział, jak długo siedział w lochu, ale z pewnością minęło co najmniej pół roku. *Albo więcej. A gdyby to było pięć lat, dziesięć albo nawet dwadzieścia? Czy wiedziałbym o tym? Co, jeśli popadłem tam w obłęd i minęła połowa mojego życia?* Nie, to był nonsens. Nie mógł tam siedzieć tak długo. Chłopcy nadal byli chłopcami. Gdyby minęło dziesięć lat, staliby się już dorosłymi mężczyznami. Musi o tym pamiętać. *Nie mogę pozwolić, by doprowadził mnie do obłędu. Może zabrać mi palce u rąk i nóg, wyłupić oczy i obciąć uszy, ale nie zdoła mnie pozbawić rozumu, chyba że sam mu pozwolę.*

Mały Walder szedł pierwszy, trzymając w ręce pochodnię. Fetor podążał za nim potulnie, a Duży Walder stąpał tuż za nim. Psy w psiarni zaszczekały, gdy przechodzili obok. Na dziedzińcu hulał wicher, z łatwością przedzierający się przez cienkie, brudne szmaty, które miał na sobie. Dostał gęsiej skórki. Noc była zimna i wilgotna, nie widział jednak żadnych śladów śniegu, choć z pewnością zima była już blisko. Zadał sobie pytanie, czy dożyje jego pierwszych opadów. *Ile palców u rąk będę wtedy miał? A u nóg?* Uniósł rękę i z przerażeniem zauważył, jak bardzo jest biała i chuda. *Mam dłonie starca.* Czy to możliwe, że się pomylił i chłopcy wcale nie byli Małym i Dużym Walderem, lecz ich synami?

W wielkiej komnacie panował półmrok. W powietrzu unosił się dym. Po obu stronach paliły się sterczące ze ścian szeregi pochodni zatkniętych w szkielety ludzkich dłoni. Wysoko nad głową miał drewniane krokwie, poczerniałe od dymu. Kopulasty sufit znikał w mroku. Fetor poczuł mocny zapach wina, *ale* i pieczystego. Zaburczało mu od tego w brzuchu, a do ust napłynęła ślina.

Mały Walder pchał go do przodu. Mijali długie stoły, za którymi posilali się ludzie z garnizonu. Czuł, że kierują na niego spojrzenia. Najlepsze miejsca, blisko podwyższenia, zajmowali ulubieńcy Ramsaya. Chłopaki Bękarta. Ben od Kości, starzec opiekujący się ulubionymi ogarami jego lordowskiej mości. Damon o przezwisku „Zatańcz ze Mną", jasnowłosy i chłopięcy. Chrząkacz, który stracił język za słowa nieostrożnie wypowiedziane przy lordzie Roosie. Skwaszony Alyn. Obdzieracz. Żółta Kuśka. Dalej, poniżej soli, siedzieli mężczyźni znani Fetorowi z widzenia, nawet jeśli nie z imienia, zaprzysiężeni ludzie, sierżanci, żołnierze, strażnicy więzienni i oprawcy. Byli tam też jednak obcy, ludzie, których nie znał. Niektórzy marszczyli nosy, gdy przechodził obok, inni wybuchali głośnym śmiechem na jego widok. *Goście* — pomyślał Fetor. *Przyjaciele jego lordowskiej mości. Przyprowadzono mnie tu, bym dostarczył im rozrywki.* Przeszył go dreszcz strachu.

Bękart Boltona czekał za stołem na podwyższeniu. Siedział na tronie swego ojca i pił z jego pucharu. Obok zasiedli dwaj starzy mężczyźni. Fetor już na pierwszy rzut oka poznał, że obaj są lordami. Jeden był chudy, miał twarde jak kamień oczy, długą, białą brodę i twarz okrutną jak szron zimą. Kamizelkę miał z wystrzępionej niedźwiedziej skóry, znoszoną i brudną. Pod spodem nosił kolczą koszulę. Nie zdjął jej nawet przy stole. Drugi lord również był chudy, ale garbaty, nie prosty jak pierwszy. Jedno ramię miał znacznie wyżej niż drugie. Pochylał się nad posiłkiem jak sęp nad padliną. Oczy miał szare i chciwe, zęby pożółkłe, a rozwidloną, splątaną brodę koloru srebrnego i białego jak śnieg. Na plamistej łysinie zostało mu tylko kilka kosmyków białych włosów, nosił jednak piękny płaszcz z szarej wełny obszyty sobolami i umocowany na ramieniu zapinką z kutego srebra w kształcie gwiazdy.

Ramsay był odziany w czerń i róż: czarne buty, pas i pochwa do miecza, czarna skórzana kamizelka narzucona na różowy aksamitny wams z wcięciami z ciemnoczerwonego atłasu. W jego prawym uchu lśnił granat ukształtowany na podobieństwo kropli krwi. Pomimo przepysznego stroju nadal był brzydkim mężczyzną, grubokościstym i przygarbionym. Cechowała go też pulchność sugerująca, że z wiekiem stanie się otyły. Różową skórę pokrywały mu wykwity, nos miał szeroki, a usta małe. Długie włosy były ciemne i suche, wargi zaś szerokie i mięsiste. Uwagę wszystkich przyciągały jednak oczy. Miał oczy po ojcu: małe, blisko osadzone i niepokojąco jasne. Niektórzy zwali je szarymi jak duchy, ale w rzeczywistości były niemal zupełnie bezbarwne, jak dwa kawałki brudnego lodu.

Uśmiechnął się na widok Fetora, rozciągając wilgotne wargi.

— Oto i on. Mój stary, skwaszony przyjaciel. Fetor towarzyszy mi od wieku chłopięcego — wyjaśnił siedzącym obok lordom. — Pan ojciec dał mi go jako dowód miłości.

Dwaj mężczyźni wymienili spojrzenia.

— Słyszałem, że twój sługa nie żyje — sprzeciwił się ten z krzywymi plecami. — Ponoć zabili go Starkowie.

Lord Ramsay zachichotał.

— Żelaźni ludzie powiadają, że to, co jest martwe, nie może umrzeć, lecz wstaje znowu, twardsze i silniejsze. Zupełnie jak Fetor. Muszę jednak przyznać, że śmierdzi grobem.

— Śmierdzi kałem i zaschniętymi wymiocinami. — Stary, garbaty lord cisnął na bok ogryzioną kość i wytarł palce o obrus. — Z jakiego powodu musisz nas skazywać na jego towarzystwo podczas jedzenia?

Drugi lord, wyprostowany starzec w kolczej koszulce, wbił w Fetora spojrzenie szarych oczu.

— Przyjrzyj mu się uważniej — rzekł towarzyszowi. — Włosy mu zbielały i stracił na wadze ze trzy kamienie, ale to nie jest sługa. Czyżbyś zapomniał?

Garbaty lord raz jeszcze przyjrzał się Fetorowi. Żachnął się nagle.

— On? Czy to możliwe? Podopieczny Starków. Zawsze się uśmiechał.

— Teraz robi to rzadziej. Chyba złamałem mu kilka tych ładnych, białych zębów — wyznał lord Ramsay.

— Trzeba mu było poderżnąć gardło — obruszył się lord w kolczudze. — Pies, który zwraca się przeciwko swemu panu nadaje się tylko do zdarcia skóry.

— Och, zdarłem z niego parę kawałków — zapewnił Ramsay.

— Tak, panie. Byłem niegrzeczny, panie. Bezczelny i… — Oblizał wargi, próbując sobie przypomnieć, co jeszcze zrobił. *Słuchaj i służ, a pozwoli ci żyć i zachować części, które jeszcze masz* — powiedział sobie. *Słuchaj i służ, a także pamiętaj, jak masz na imię. Fetor. Nazywasz się Fetor, musisz służyć przeto.* — …niegrzeczny i…

— Masz krew na ustach — zauważył Ramsay. — Czyżbyś znowu obgryzał palce, Fetor?

— Nie. Nie, panie. Przysięgam. — Kiedyś próbował sobie odgryźć serdeczny palec, żeby przestał go boleć po obdarciu ze skóry. Lord Ramsay nie zadowalał się prostym obcięciem palców. Wolał najpierw zedrzeć z nich skórę, by odsłonięte ciało wyschło i zgniło. Fetora biczowano, łamano kołem i kaleczono, ale żaden ból nie mógł się równać ze zdzieraniem skóry. Tego rodzaju cierpienie wpędzało ludzi w obłęd. Nikt nie mógł wytrzymać go długo. Prędzej czy później ofiara zaczynała krzyczeć. „Proszę, starczy tego, niech przestanie boleć, utnij go". Wtedy lord Ramsay spełniał prośbę. Fetor doskonale już poznał zasady tej gry, ale pewnego dnia zapomniał o nich i spróbował sam przerwać ból, posiłkując się zębami. Ramsay nie był zadowolony i to wykroczenie kosztowało Fetora kolejny palec u nogi. — Zjadłem szczura — wymamrotał.

— Szczura? — Jasne oczy Ramsaya lśniły w blasku pochodni. — Wszystkie szczury w Dreadfort są własnością mojego pana ojca. Jak śmiałeś zrobić sobie posiłek z jednego z nich bez mojego pozwolenia?

Fetor nie wiedział, co odpowiedzieć, milczał więc. Każde błędne słowo mogło go kosztować kolejny palec u nogi albo nawet u ręki. Do tej pory stracił dwa palce lewej ręki i tylko mały u prawej, u prawej stopy zaś tylko mały, ale u lewej aż trzy. Ramsay czasami mówił, że trzeba go zrównoważyć. *Jego lordowska mość tylko żartował* — przekonywał sam siebie Fetor. *Nie chce mi sprawiać bólu, tak powiedział. Robi to tylko wtedy, gdy dam mu powód.* Jego pan był łaskawy i dobry. Mógłby zedrzeć mu skórę z twarzy za pewne rzeczy, które mu powiedział, nim poznał swe prawdziwe imię i miejsce.

— Fetor, mam dla ciebie radosne wieści — ciągnął lord Ramsay, nalewając sobie *ale*. — Mam się ożenić. Pan ojciec przywiezie mi Starkównę. Córkę lorda Eddarda. Aryę. Pamiętasz małą Aryę, prawda?

Arya wszędobylska. Omal nie powiedział tego na głos. *Arya o końskim pysku.* Młodsza siostra Robba. Miała brązowe włosy, pociągłą twarz, była chuda jak patyk i zawsze brudna. *To Sansa była ładna.* Przypomniał sobie czasy, gdy myślał, że lord Eddard Stark może wydać za niego Sansę i uznać go za syna. To były tylko dziecinne mrzonki. Ale Arya...

— Pamiętam ją. Arya.

— Będzie panią Winterfell, a ja będę jej lordem.

To jeszcze dziecko.

— Tak, panie. Gratuluję.

— Pojedziesz ze mną na ślub, Fetor?

— Jeśli wasza lordowska mość sobie życzy — odparł po chwili wahania.

— Och, życzę sobie.

Fetor zawahał się ponownie, zastanawiając się, czy to jakaś okrutna pułapka.

— Tak, panie. Jeśli zechcesz. To byłby dla mnie zaszczyt.

— W takim razie musimy cię zabrać z tego ohydnego lochu. Wyszorujemy cię do czysta, dostaniesz świeże ubranie i coś do jedzenia. Mam dla ciebie drobne zadanie i jeśli masz mi służyć, musisz odzyskać siły. Wiem, że pragniesz mi służyć.

— Tak, panie. Bardziej niż czegokolwiek innego. — Przeszył go dreszcz. — Jestem twoim Fetorem. Błagam, pozwól, bym ci służył. Błagam.

— Jak mógłbym ci odmówić, skoro prosisz tak ładnie? — odparł z uśmiechem Ramsay Bolton. — Ruszam na wojnę, Fetor. A ty będziesz mi towarzyszył. Razem przywieziemy do domu moją dziewiczą narzeczoną.

BRAN

Coś w głosie kruka sprawiło, że po plecach Brana przebiegły ciarki. *Jestem już prawie dorosłym mężczyzną* — musiał sobie powiedzieć. *Muszę być odważny.*

Powietrze było jednak zimne, ostre i pełne strachu. Nawet Lato się bał. Jeżył sierść na karku. Na pagórkach zalegały cienie, czarne i głodne. Wszystkie drzewa pochylały się i wyginały pod ciężarem skuwającego je lodu. Niektóre prawie wcale już nie przypominały drzew. Od korzeni aż po szczyty pokryte zamarzniętym śniegiem wyglądały jak przycupnięte na drzewach olbrzymy, pokraczne monstra kulące się na lodowatym wietrze.

— Są tutaj.

Zwiadowca wyciągnął miecz.

— Gdzie? — zapytała Meera ściszonym głosem.

— Blisko. Nie wiem. Gdzieś.

Kruk znowu wrzasnął.

— Hodor — szepnął Hodor. Olbrzym schował ręce pod pachy. Z krzaczastej kasztanowej brody zwisały mu sople, a wąsy przerodziły się w bryły zamarzniętych smarków, połyskujące czerwonawo w blasku zachodzącego słońca.

— Wilki również są blisko — ostrzegł ich Bran. — Te, które szły za nami. Lato czuje ich zapach, gdy tylko wiatr wieje w naszą stronę.

— Wilki to najmniejsze z naszych zmartwień — stwierdził Zimnoręki. — Musimy się wspiąć na górę. Wkrótce zrobi się ciemno. Dobrze by było, gdybyście przed zapadnięciem nocy znaleźli się w środku. Wasze ciepło je przywabi.

Zerknął na zachód, gdzie za drzewami można było zobaczyć słaby blask zachodzącego słońca, przypominający odległy ogień.

— Czy to jedyna droga? — zapytała Meera.

— Tylne wejście jest dziewięć mil stąd, na dnie leja.

Nie musiał dodawać nic więcej. Nawet Hodor nie zdołałby zejść na dno leja z Branem na plecach, a Jojen nie przejdzie dziewięciu mil. Równie dobrze mogliby mu kazać przebiec tysiąc.

Meera przyjrzała się wzgórzu.

— Droga wygląda na czystą.

— Wygląda — mruknął złowrogo zwiadowca. — Czujesz zimno? Coś tu jest. Gdzie się ukrywają?

— W jaskini? — zasugerowała dziewczyna.

— Jaskinia ma osłony. Nie wejdą. — Zwiadowca wskazał

mieczem. — Widać stąd wejście. Ta szczelina w skale, w połowie wysokości stoku, między czardrzewami.

— Widzę ją — potwierdził Bran. Kruki latały we wszystkie strony.

— Hodor — powiedział Hodor, przestępując z nogi na nogę.

— Ja widzę tylko zagłębienie — sprzeciwiła się Meera.

— Jest tam przejście. Z początku strome i kręte. Tunel biegnący przez skałę. Jeśli zdołacie do niego dotrzeć, będziecie bezpieczni.

— A co z tobą?

— Jaskinia ma osłony.

Meera przyjrzała się szczelinie.

— Nie może być dalej niż tysiąc jardów stąd.

To prawda — pomyślał Bran. *Ale to jest tysiąc jardów pod górę.* Wzgórze było strome i porośnięte gęstym lasem. Śnieg przestał padać przed trzema dniami, lecz w ogóle nie topniał i pod drzewami ziemię pokrywała gruba warstwa nieskazitelnej bieli.

— Nikogo tu nie ma — zapewnił chłopiec z odwagą w głosie. — Spójrzcie na śnieg. Nie widać śladów.

— Biali wędrowcy lekko stąpają po śniegu — rzekł zwiadowca. — Nie zobaczycie ich tropów.

Jeden z kruków sfrunął z gałęzi i usiadł mu na ramieniu. Towarzyszyło im już tylko kilkanaście wielkich czarnych ptaków. Reszta zniknęła gdzieś po drodze. Co rano, budząc się, zauważali, że jest ich mniej.

— *Chodźcie* — zaskrzeczał kruk. — *Chodźcie, chodźcie.*

Trójoka wrona — pomyślał Bran. *Zielony jasnowidz.*

— To nie jest daleko — stwierdził. — Krótka wspinaczka i będziemy bezpieczni. Może uda się rozpalić ognisko.

Wszyscy oprócz zwiadowcy byli zmarznięci, przemoczeni i głodni, a Jojen Reed osłabł tak bardzo, że nie mógł chodzić o własnych siłach.

— Wy idźcie. — Meera Reed pochyliła się nad bratem.

Jojen siedział wsparty o pień dębu. Zamknął oczy i dygotał gwałtownie. Niewielki fragment jego twarzy nieosłonięty przez kaptur i szalik był bezbarwny jak pokrywający ziemię śnieg, ale z nozdrzy chłopaka nadal wydobywały się niewielkie obłoczki pary. Siostra niosła go przez cały dzień. *Posiłek i ogień pomogą mu odzyskać siły* — przekonywał sam siebie Bran, choć nie był pewien, czy tak się stanie.

— Nie dam rady jednocześnie walczyć i nieść Jojena. Zbocze jest za strome — podjęła Meera. — Hodor, zanieś Brana do jaskini.

— Hodor.

Olbrzym klasnął w dłonie.

— Jojen po prostu musi coś zjeść — stwierdził Bran z przygnębieniem w głosie. Minęło dwanaście dni, odkąd łoś padł na ziemię po raz trzeci i ostatni. Zimnoręki uklęknął w zaspie obok zwierzęcia, wyszeptał błogosławieństwo w jakimś niezwykłym języku i poderżnął mu gardło. Gdy trysnęła czerwona krew, Bran popłakał się jak dziewczynka. Nigdy nie odczuwał swego kalectwa dotkliwiej niż wtedy, gdy patrzył bezradnie, jak Meera Reed i Zimnoręki ćwiartują odważne zwierzę, które zaniosło ich tak daleko. Powtarzał sobie, że nie będzie go jadł, że lepiej głodować niż karmić się mięsem przyjaciela, ale na koniec nasycił się dwa razy, w skórze własnej i Laty. Choć łoś był chudy i wygłodzony, wycięte przez zwiadowcę kotlety wystarczyły im na siedem dni. Ostatnie zjedli, kuląc się przy ognisku w ruinach starego fortu na wzgórzu.

— Musi coś zjeść — zgodziła się Meera, głaszcząc brata po czole. — Wszyscy musimy, ale tu nie ma nic do jedzenia. Ruszajcie.

Bran usunął mruganiem łzę i poczuł, jak zamarza mu na policzku. Zimnoręki ujął olbrzymiego sługę za rękę.

— Zmrok już zapada. Jeśli jeszcze ich tu nie ma, wkrótce się zjawią.

Hodor choć raz nie miał nic do powiedzenia. Strzepnął śnieg z nóg i zaczął brnąć pod górę w kopnym śniegu, dźwigając Brana na plecach. Zimnoręki szedł obok, trzymając miecz w czarnej dłoni. Lato zmierzał za nimi. W niektórych miejscach warstwa śniegu była tak gruba, że gdy pod wielkim wilkorem załamała się cienka pokrywa lodu, wpadał w nią całkowicie. Musiał się potem zatrzymywać, żeby się otrząsnąć. Bran odwrócił się niezgrabnie w koszu, by patrzeć na Meerę, która wsunęła rękę pod plecy brata, próbując podnieść go na nogi. *Jest dla niej za ciężki. Ona ledwie żyje z głodu, nie jest już taka silna jak kiedyś.* W drugiej ręce ścisnęła trójząb i wbiła go w śnieg, by mieć się na czym wesprzeć. Gdy tylko ruszyła w górę, pół niosąc, pół wlokąc młodszego brata, Hodor przeszedł między dwoma drzewami i Bran stracił ich z oczu.

Stok był coraz bardziej stromy. Śnieg chrzęścił pod stopami sługi. W pewnej chwili kamień poruszył się pod jego stopą i olbrzym osunął się do tyłu, omal nie spadając ze stoku. W ostatniej chwili zwiadowca złapał go za ramię.

— Hodor — powiedział Hodor. Przy każdym powiewie powietrze wypełniał drobny biały proszek, lśniący w świetle zmierzchu jak szkło. Kruki krążyły wokół nich. Jeden poleciał naprzód i zniknął w jaskini. *Już tylko osiemdziesiąt jardów* — pomyślał Bran. *To niedaleko.*

Wtem Lato stanął jak wryty u podstawy stromego odcinka pokrytego nieprzerwaną pokrywą białego śniegu. Wilkor odwrócił głowę, powęszył, a potem warknął. Zjeżył sierść i zaczął się cofać.

— Hodor, stój — odezwał się Bran. — Hodor. Zaczekaj.

Coś tu było nie w porządku. Lato to zwęszył i on również. *Coś złego. Blisko.*

— Nie, Hodor, zawracaj.

Zimnoręki nadal się wspinał i sługa chciał podążyć za nim.

— Hodor, hodor, hodor — uskarżał się głośno, pragnąc zagłuszyć sprzeciwy Brana. Dyszał ciężko, wypełniając powietrze jasną mgiełką. Postąpił krok naprzód, a potem drugi. Śnieg sięgał mu tu prawie do pasa, a zbocze było bardzo strome. Hodor pochylał się do przodu, chwytając się kamieni i drzew. Kolejny krok. I jeszcze jeden. Poruszony przez olbrzyma śnieg zsuwał się ze zbocza, dając początek małej lawinie.

Sześćdziesiąt jardów. Chłopiec obrócił się w bok, by lepiej widzieć jaskinię. Nagle zobaczył coś innego.

— Ogień! — W wąskiej szczelinie między czardrzewami palił się czerwonawy płomień, rozjaśniający gęstniejący mrok. — Zobacz, ktoś...

Hodor krzyknął. Zachwiał się, potknął i upadł.

Bran poczuł, że świat zsuwa się na bok. Sługa zakręcił się gwałtownie. Wstrząs wybił powietrze z jego płuc. Usta wypełniła mu krew. Miotał się i przetaczał, przygniatając kalekiego chłopca.

Coś go złapało za nogę. Przez pół uderzenia serca Bran myślał, że może stopa chłopca stajennego zaplątała się w korzeń. Ale potem ten korzeń się poruszył. To była ręka. W ślad za nią spod śniegu wyłoniła się reszta upiora.

Hodor go kopnął, uderzając ośnieżoną piętą prosto w twarz, ale trup chyba nawet tego nie poczuł. Obaj szarpali się ze sobą, drapali i okładali pięściami, zsuwając się w dół zbocza. Gdy przetoczyli się po Branie, usta i nos wypełnił mu śnieg, ale w pół uderzenia serca zdołał się odwrócić na plecy. Coś uderzyło go w głowę, kamień, kawałek lodu albo pięść umarłego, nie widział tego. Wypadł z kosza na ziemię, plując śniegiem. W urękawicznionej dłoni miał pełno wyrwanych Hodorowi włosów.

Wszędzie wokół spod śniegu wyłaziły upiory.

Dwa, trzy, cztery. Bran stracił rachubę. Wyłaniały się gwałtownie, wzbijając w górę tumany śniegu. Jedne miały na sobie czarne płaszcze, inne podarte skóry, a jeszcze inne były nagie. Wszystkie miały blade ciała i czarne dłonie. Ich oczy lśniły jak jasnoniebieskie gwiazdy.

Trzy zaatakowały zwiadowcę. Zimnoręki ciął pierwszego w twarz, ale trup nie zatrzymał się, wpychając go w ramiona drugiego. Dwa następne rzuciły się na Hodora, który złaził niezgrabnie w dół stoku. Bran uświadomił sobie, że Meera wejdzie prosto na nie. Z bezsilnego przerażenia dopadły go mdłości. Walnął pięścią w śnieg i wykrzyczał ostrzeżenie.

I nagle coś go złapało.

Jego krzyk przerodził się we wrzask. Bran wypełnił pięść śniegiem i rzucił nim, ale upiór nawet nie mrugnął. Jedną czarną dłonią złapał chłopca za twarz, a drugą za brzuch. Palce miał twarde jak żelazo. *Wyrwie mi trzewia.*

Wtem między nimi znalazł się Lato. Bran zobaczył skórę rozdzierającą się jak tania tkanina, usłyszał trzask pękających kości. Ujrzał urwaną dłoń z nadgarstkiem. Sterczała z rękawa z wyblakłego czarnego samodziału, poruszając palcami. *Czarnego* — pomyślał chłopiec. *Nosi czerń. To był człowiek ze Straży.* Lato odrzucił rękę na bok, odwrócił się i zatopił zęby w szyi trupa tuż pod podbródkiem, wyszarpując większą część gardła stwora. Kawałki bladego zgniłego mięsa posypały się na wszystkie strony.

Odgryziona ręka nie przestawała się poruszać. Bran przetoczył się dalej od niej. Leżał na brzuchu, rozgrzebując palcami śnieg. Przed sobą widział jasne, ośnieżone drzewa. Między nimi palił się pomarańczowy ogień.

Pięćdziesiąt jardów. Jeśli zdoła się przeczołgać tak daleko, nie dopadną go. Jego rękawice przesiąkły wilgocią. Łapał się korzeni i kamieni, zmierzając ku światłu. *Jeszcze kawałek, tylko mały kawałek. Potem będziesz mógł odpocząć przy ognisku.*

Zgasły ostatnie resztki światła dnia. Zapadła noc. Zimnoręki rąbał i ciął mieczem krąg otaczających go trupów. Lato rozszarpywał tego, którego powalił, zaciskając kły na jego twarzy. Nikt nie zwracał uwagi na Brana. Poczołgał się jeszcze trochę wyżej, wlokąc za sobą bezużyteczne nogi. *Jeśli tylko dotrę do jaskini...*

— Hoooodor — dobiegł z dołu przeciągły jęk.

I nagle nie był już Branem, kalekim chłopcem czołgającym się przez śnieg. Stał się Hodorem, który zsunął się już połowę drogi do podstawy zbocza i upiór próbował mu wydrapać oczy. Zerwał się z rykiem na nogi, odrzucając gwałtownie stwora na bok. Trup upadł na jedno kolano i znowu zaczął się podnosić. Bran wyszarpnął z pochwy miecz Hodora. W środku nadal słyszał jęki biednego chłopca stajennego, ale na zewnątrz był siedmiostopową furią ściskającą w dłoni stare żelastwo. Uniósł miecz i z całej siły uderzył nim umarłego. Chrząknął, gdy klinga przebiła wilgotną wełnę, przerdzewiałą kolczugę i przegniłą skórzaną kurtę, wnikając głęboko w ukryte pod spodem ciało i kości.

— HODOR! — ryknął i ciął raz jeszcze. Tym razem odrąbał upiorowi głowę i na krótką chwilę ogarnął go zachwyt… ale potem para martwych dłoni sięgnęła na oślep ku jego gardłu.

Cofnął się, krwawiąc. Meera Reed podbiegła do upiora i wbiła mu trójząb w plecy.

— Hodor! — wrzasnął znowu Bran i skinął na dziewczynę, każąc jej ruszać na górę. — Hodor, hodor. — Jojen poruszał się słabo tam, gdzie go położyła. Bran podszedł do niego, upuścił miecz, wziął chłopca w ramiona olbrzyma i postawił na nogi. — HODOR! — zagrzmiał.

Meera ruszyła pierwsza w górę, dźgając trójzębem zbliżające się trupy. Nie czuły bólu, ale były powolne i niezgrabne.

— Hodor — powtarzał za każdym krokiem. — Hodor, hodor.

Zastanawiał się, co by pomyślała Meera, gdyby nagle powiedział, że ją kocha.

Nad nimi w śniegu tańczyły płonące sylwetki.

To upiory — uświadomił sobie Bran. *Ktoś je podpalił.*

Lato warczał i kłapał zębami, krążąc wokół najbliższego z nich, potężnego trupa spowitego wieńcem ognia. *Co on wyprawia? Nie powinien się zbliżać.* I nagle zobaczył siebie. Leżał w śniegu, twarzą w dół. Lato próbował odpędzić stwora od niego. *Co się stanie, jeśli upiór mnie zabije?* — zadał sobie pytanie chłopiec. *Czy już na zawsze zostanę Hodorem? A może wrócę do skóry Laty? Albo po prostu umrę?*

Świat zawirował nagle wokół niego. Białe drzewa, czarne niebo, czerwone płomienie, wszystko to kręciło się jak szalone. Poczuł, że się potknął. Słyszał krzyki Hodora.

— Hodor hodor hodor hodor. Hodor hodor hodor hodor. Hodor hodor hodor hodor hodor.

Z jaskini wypadło stado kruków. Zobaczył dziewczynkę z pochodnią w dłoni, biegającą to tu, to tam. Przez chwilę Bran myślał, że to jego siostra, Arya, ale to było szaleństwo, bo przecież wiedział, że ona jest tysiące mil stąd albo nie żyje. A mimo to była tutaj, tańczyła w śniegu, chuda, obdarta i dzika. Włosy miała splątane. W oczach Hodora zamarzały łzy.

Wszystko nagle odwróciło się na drugą stronę i do góry nogami. Bran wrócił do własnej skóry. Leżał na wpół zagrzebany w śniegu, a płonący upiór majaczył nad nim, rysując się ostro na tle spowitych całunem śniegu drzew. Bran zorientował się, że to jeden z nagich trupów na chwilę przed tym, nim najbliższe drzewo zrzuciło pokrywający je śnieg prosto na jego głowę.

Kiedy się ocknął, leżał na sosnowych igłach pod ciemnym kamiennym sklepieniem. *Jaskinia. Jestem w jaskini.* W ustach nadal czuł smak krwi po ugryzieniu się w język, ale po jego prawej stronie płonęło ognisko i ciepło grzało mu twarz. Nigdy w życiu nie czuł się tak dobrze. Był tu Lato, obwąchujący ziemię wokół niego, i Hodor, przemoczony do suchej nitki. Meera tuliła na kolanach głowę Jojena. Podobna do Aryi dziewczynka stała obok, trzymając w ręce pochodnię.

— Śnieg — odezwał się chłopiec. — Spadł na mnie. Przysypał mnie.

— Ukrył cię. Ja cię wykopałam. — Meera wskazała głową na dziewczynkę. — Ale to ona nas uratowała. Pochodnia... ogień ich zabija.

— Ogień ich pali — poprawiła ją dziewczynka. — Jest wiecznie głodny.

To nie był głos Aryi ani żadnego dziecka, lecz kobiety. Miał wysokie, słodkie brzmienie i pobrzmiewała w nim niezwykła muzyka, jakiej Bran nigdy dotąd nie słyszał. Przepajał go też smutek tak potężny, że omal nie pękło mu serce. Przymrużył powieki, by przyjrzeć się jej uważniej. Rzeczywiście była dziewczynką i to mniejszą od Aryi. Skórę miała cętkowaną jak łania, ukrytą pod płaszczem z liści. Oczy wyglądały dziwnie — wielkie i jasne, złocistozielone, o źrenicach pionowych jak u kota. *Nikt nie ma takich oczu.* Rozczochrane włosy miały kolor brązu, czerwieni i złota. Barwy jesieni. Wplotła sobie w nie pnącza, gałązki i wyschnięte kwiaty.

— Kim jesteś? — zapytała Meera Reed.

Bran już to wiedział.

— To dziecko. Dziecko lasu.

Zadrżał, w równym stopniu z zachwytu, co z zimna. Wpadli do jednej z opowieści Starej Niani.

— Pierwsi Ludzie nazwali nas dziećmi — potwierdziła mała kobieta. — Olbrzymy mówiły na nas *woh dak nag gran*, ludzie wiewiórki, ponieważ byliśmy mali, szybcy i lubiliśmy drzewa.

My jednak nie jesteśmy wiewiórkami ani dziećmi. Nasza nazwa w prawdziwym języku znaczy „ci, którzy śpiewają pieśń ziemi". Nim jeszcze powstał wasz stary język, śpiewaliśmy już swe pieśni przez dziesięć tysięcy lat.

— Ale teraz mówisz w języku powszechnym — zauważyła Meera.

— Dla niego. Dla małego Brana. Urodziłam się w czasie smoka i przez dwieście lat wędrowałam po świecie ludzi, by patrzeć, słuchać i uczyć się. Mogłabym wędrować nadal, ale nogi mnie rozbolały, a serce się znużyło, więc skierowałam swe kroki do domu.

— Dwieście lat? — zapytała Meera.

— To ludzie są dziećmi — odparła z uśmiechem dziewczynka.

— Masz jakieś imię? — zapytał Bran.

— Kiedy go potrzebuję. — Wskazała pochodnią na czarną szczelinę w tylnej ścianie jaskini. — Nasza droga wiedzie w dół. Musicie pójść ze mną.

Bran zadrżał znowu.

— Zwiadowca…

— On nie może tu przyjść.

— Zabiją go.

— Nie. Zabili go już dawno temu. Chodźcie. Na dole jest cieplej i nikt was tam nie skrzywdzi. Czeka na was.

— Trójoka wrona? — zapytała Meera.

— Zielony jasnowidz.

Wypowiedziawszy te słowa, ruszyła przed siebie. Nie mieli innego wyjścia, jak podążyć za nią. Meera pomogła Branowi wrócić na plecy Hodora, choć jego kosz był uszkodzony i wilgotny od topniejącego śniegu. Potem objęła brata i raz jeszcze uniosła go na nogi.

— Co? — zapytał, otwierając oczy. — Meero? Gdzie jesteśmy? — Zobaczył ogień i uśmiechnął się. — Miałem niezwykły sen.

Tunel był wąski i kręty, tak niski, że Hodor wkrótce musiał przykucnąć. Bran pochylał się, jak tylko mógł, ale i tak co chwila uderzał albo drapał czubkiem głowy o sklepienie. Kawałki ziemi spadały w dół przy każdym dotknięciu, sypały się mu do oczu i na włosy. W pewnej chwili walnął mocno czołem o gruby biały korzeń, wyrastający ze ściany. Zwisały zeń cienkie witki, a między odroślami miał pajęczyny.

Dziecko szło przodem, trzymając w rękach pochodnię. Szemrzący płaszcz liści ciągnął się za nim. Korytarz był jednak tak kręty, że Bran wkrótce stracił je z oczu. W tunelu nie było teraz żadnego światła poza odbijającym się od ścian. Gdy zeszli nieco w dół, jaskinia się podzieliła, ale w jednym odgałęzieniu panowała nieprzenikniona ciemność, dlatego nawet Hodor wiedział, że trzeba iść za światłem pochodni.

Migotliwe cienie sprawiały wrażenie, że ściany również się poruszają. Bran spostrzegł coś, co wyglądało jak wielkie białe palce wyłażące z ziemi i znikające w niej. Serce zabiło mu ze strachu. Zastanawiał się, czy trafili na gniazdo mlecznych węży albo gigantycznych cmentarnych robaków, miękkich, białych i mlaszczących pod nogami. *Cmentarne robaki mają zęby.*

Hodor również je zobaczył.

— Hodor — jęknął, nie chcąc iść dalej. Gdy jednak dziewczynka się zatrzymała, by mogli ją dogonić, blask pochodni znieruchomiał i Bran uświadomił sobie, że węże są w rzeczywistości tylko białymi korzeniami, takimi jak ten, o który się uderzył.

— To korzenie czardrzew — uspokoił chłopca stajennego. — Pamiętasz drzewo serce w bożym gaju, Hodor? Było białe i miało czerwone liście. Drzewo nie może cię skrzywdzić.

— Hodor.

Sługa ruszył przed siebie, śpiesząc za dziewczynką i jej pochodnią. Z każdą chwilą zapuszczali się coraz głębiej. Minęli drugie rozgałęzienie, a potem trzecie, aż wreszcie dotarli do pełnej ech jaskini dorównującej rozmiarami wielkiej komnacie Winterfell. Kamienne zęby zwisały z jej sklepienia i sterczały z podłogi. Dziecko w płaszczu z liści szło przed nimi, wytyczając drogę. Od czasu do czasu zatrzymywało się, by pomachać na nich niecierpliwie pochodnią. *Tędy* — zdawało się mówić. *Tędy, tędy, szybciej.*

Mijali potem kolejne odgałęzienia i podziemne komory. Bran słyszał gdzieś po prawej dźwięk skapującej wody. Spojrzał w tamtą stronę i zobaczył patrzące na nich oczy o pionowych źrenicach, lśniące w blasku pochodni. *To dzieci* — powiedział sobie Bran. *Dziewczynka nie jest jedyna.* Mimo to przypomniał sobie też opowieść Starej Niani o dzieciach Gendela.

Korzenie były wszędzie, przeszywały ziemię i kamienie, zamykały jedne korytarze i podtrzymywały stropy innych. *Wszystkie kolory zniknęły* — uświadomił sobie nagle Bran. Świat składał się z czarnej gleby i białego drewna. Drzewo serce w Winterfell miało korzenie grube jak noga olbrzyma, ale te były jeszcze grubsze. Nigdy też nie widział aż tak wielu. *Nad nami z pewnością rośnie cały gaj czardrzew.*

Światło znowu przygasło. Choć dziecko, które nie było dzieckiem, miało niewielkie rozmiary, potrafiło się poruszać szybko, jeśli tylko zechciało. Pod stopą śpieszącego za nią Hodora coś nagle trzasnęło. Zatrzymał się tak raptownie, że Meera i Jojen omal na niego nie wpadli.

— Kości — odezwał się Bran. — To kości.

Ziemię w tunelu pokrywały liczne kości ptaków i zwierząt. Były tu też jednak inne. Wielkie, z pewnością pochodzące od olbrzymów, i małe, zapewne należące do dzieci. Po obu stronach, w niszach umieszczono czaszki. Bran zauważył niedźwiedzią i wilczą, sześć czaszek ludzkich i prawie tyle samo pochodzących od olbrzymów. Cała reszta była mała i miała dziwne kształty. *Dzieci lasu.* Korzenie otaczały i przerastały każdą z nich. Na kilku siedziały kruki, obserwujące ich czarnymi lśniącymi oczkami.

Ostatni odcinek ich podróży przez ciemność był najbardziej stromy. Hodor pokonał go, zjeżdżając na tyłku. Ślizgał się w dół, połamane kości stukały, a luźna ziemia i kamyki sypały się w dół. Dziewczynka czekała na nich na początku naturalnego mostu przebiegającego nad przepaścią. Z ciemności na dole dobiegał szum płynącej wody. *Podziemna rzeka.*

— Musimy przejść na drugą stronę? — zapytał Bran, gdy Reedowie zsunęli się już na dół i zatrzymali za nim. Bał się tej myśli. Jeśli Hodor pośliźnie się na wąskim moście, upadek będzie długi.

— Nie, chłopcze — uspokoiło go dziecko. — Za tobą.

Dziewczynka uniosła rękę. Światło zamigotało i zmieniło charakter. W jednej chwili płomienie były pomarańczowożółte, wypełniały jaskinię barwnym blaskiem, w następnej zaś wszystkie kolory zniknęły, pozostawiając tylko czerń i biel. Meera wciągnęła nagle powietrze. Hodor się odwrócił.

Blady lord obleczony w czarny strój siedział, pogrążony w snach, w splątanym gnieździe korzeni. Splątany tron z czardrewna obejmował jego zwiędłe kończyny jak matka ściskająca dziecko.

Był chudy jak szkielet, a szaty miał doszczętnie zbutwiałe. W pierwszej chwili Bran wziął go za jeszcze jednego umarłego, który siedział tu tak długo, że korzenie otoczyły go ze wszystkich stron, przerastając ciało. Skóra trupiego lorda była zupełnie biała, pomijając tylko krwawe znamię, przechodzące z szyi na policzek. Również białe włosy, cienkie i delikatne jak witki wyrastające z korzeni, były tak długie, że opadały na ziemię. Korzenie owijały się wokół jego nóg na podobieństwo drewnianych węży. Jeden z nich przeszywał spodnie i wnikał w wyschnięte udo, by wyjść na zewnątrz przez bark. Z czaszki wyrastało skupisko ciemnoczerwonych liści, a czoło pokrywały szare grzyby. Na twarzy zostało tylko niewiele skóry, rozciągniętej i twardej jak wygarbowana. Nawet ona strzępiła się już jednak i tu i ówdzie sterczały spod niej brązowe albo żółte kości.

— Czy jesteś trójoką wroną? — usłyszał własny głos Bran. *Trójoka wrona powinna mieć troje oczu, a on ma tylko jedno i to czerwone.* Bran czuł, że lśniące w blasku pochodni jak kałuża krwi oko wpatruje się w niego. Tam, gdzie powinno być drugie, z pustego oczodołu wyrastał cienki biały korzeń, opadający po policzku i wnikający w szyję.

— Wroną? — głos bladego lorda był suchy. Jego wargi poruszały się powoli, jakby zapomniały, jak się kształtuje słowa. — Kiedyś nią byłem, tak. Czarne szaty i czarna krew. — Jego szaty przegniły i wyblakły, porosły mchem i robaki wyżarły w nich dziury, ale kiedyś były czarne. — Byłem wieloma ludźmi, Bran, a teraz jestem taki, jakim mnie widzisz. Wreszcie rozumiesz, dlaczego nie mogłem do ciebie przyjść… poza snami. Obserwowałem cię tysiącem oczu i jednym. Widziałem, jak przyszedłeś na świat i twój pan ojciec przed tobą. Widziałem twój pierwszy krok, słyszałem twe pierwsze słowo, byłem częścią twego pierwszego snu. Patrzyłem, jak spadałeś. A teraz wreszcie do mnie przyszedłeś, Brandonie Stark, choć godzina jest już późna.

— Przybyłem — potwierdził Bran. — Ale jestem kaleką. Czy... czy potrafisz... mnie naprawić... to znaczy moje nogi?

— Nie — odparł blady lord. — To wykracza poza moje moce.

Oczy Brana zaszły łzami. *Pokonaliśmy tak długą drogę.* W komorze niosło się echo szumu czarnej rzeki.

— Nigdy już nie będziesz chodził, Bran — zapowiedziały pobladłe usta. — Ale nauczysz się latać.

TYRION

Przez dłuższą chwilę nie ruszał się z miejsca. Leżał na stosie starych worków służącym mu za łóżko, słuchając wiatru grającego w linach i wody pluskającej o kadłub.

Nad masztem unosił się księżyc w pełni. *Podąża za mną w dół rzeki, obserwuje mnie jak jakieś wielkie oko.* Choć cuchnące stęchlizną skóry, które go okrywały, były ciepłe, małego człowieczka przeszył dreszcz. *Potrzebny mi kielich wina. Albo tuzin kielichów.* Prędzej księżyc mrugnie, niż ten skurwysyn Gryf pozwoli mu zaspokoić pragnienie. Tyrion musiał pić wodę i był skazany na bezsenne noce oraz dni wypełnione potami i drżeniem.

Karzeł usiadł, ściskając głowę w dłoniach. *Czy coś mi się śniło?* Jeśli tak, wszystkie wspomnienia snu umknęły. Noce nigdy nie były łatwe dla Tyriona Lannistera. Sypiał źle nawet na miękkich piernatach. Na pokładzie „Nieśmiałej Panny" zrobił sobie posłanie na dachu kajut, a za poduszkę służył mu zwój konopnej liny. Wolał to miejsce od ciasnej ładowni statku. Powietrze było tu świeższe, a odgłosy rzeki miały słodsze brzmienie niż chrapanie Kaczki. Za te rozkosze musiał jednak zapłacić pewną cenę.

Było tam twardo, Tyrion obudził się więc sztywny i obolały, a w nogach łapały go kurcze.

Jego twarde jak drewno łydki wypełniał pulsujący ból. Przez pewien czas ugniatał mięśnie palcami, próbując się od niego uwolnić, ale gdy wstał, i tak wykrzywił twarz w bolesnym grymasie. *Muszę się wykąpać.* Jego chłopięce ubranie śmierdziało, podobnie jak on sam. Pozostali kąpali się w rzece, ale Tyrion jak dotąd do nich nie dołączył. Niektóre z żółwi, jakie widział na płyciznach, wyglądały na wystarczająco wielkie, by przegryźć go wpół. Kaczka nazywał je łamignatami. Poza tym nie chciał, żeby Lemore zobaczyła go nago.

Z dachu kajut schodziło się po drewnianej drabince. Tyrion wciągnął buty i zszedł na pokład rufowy. Gryf siedział tam przy żelaznym piecyku koksowym. Najemnik sam pełnił nocną wachtę, wstawał wtedy, gdy reszta grupy udawała się na spoczynek, i opuszczał posterunek ze wschodem słońca.

Karzeł przykucnął naprzeciwko niego, by ogrzać dłonie nad węgielkami. Na brzegu śpiewały słowiki.

— Wkrótce wstanie dzień — odezwał się.

— Oby jak najszybciej. Musimy ruszać w drogę.

Gdyby to zależało od Gryfa „Nieśmiała Panna" płynęłaby w dół rzeki nie tylko za dnia, lecz również nocą. Yandry i Ysilla nie chcieli jednak narażać swej łodzi w mroku. Na Górnej Rhoyne było pełno ukrytych pod wodą kłód, a każda z nich mogła rozpruć kadłub „Nieśmiałej Panny". Gryf nie chciał o tym słuchać. Pragnął jak najprędzej dotrzeć do Volantis.

Oczy najemnika nie przestawały się poruszać, wypatrując w ciemności... właściwie czego? *Piratów? Kamiennych ludzi? Łowców niewolników?* Karzeł wiedział, że na rzece nie brak niebezpieczeństw, ale Gryf robił na nim wrażenie groźniejszego niż którekolwiek z nich. Przypominał Tyrionowi Bronna, choć tamten cechował się czarnym humorem najemnika, a Gryf był całkowicie pozbawiony poczucia humoru.

— Mógłbym zabić za kielich wina — mruknął karzeł.

Gryf nie odpowiedział. *Zginąłbyś, nim zdążyłbyś go wypić* — zdawały się mówić jego jasne oczy. Pierwszej nocy spędzonej na pokładzie „Nieśmiałej Panny" Tyrion upił się do nieprzytomności. Kiedy się ocknął, pod czaszką walczyły mu smoki. Gryf zerknął tylko na rzygającego przez burtę karła i oznajmił:

— Nie będziesz więcej pił.

— Wino pomaga mi zasnąć — sprzeciwił się Tyrion. *Wino odpędza sny* — mógłby powiedzieć.

— To nie śpij — odparł nieubłagany najemnik.

Na wschodzie niebo rozjaśnił już pierwszy blady blask świtu. Wody Rhoyne zmieniły stopniowo kolor z czarnego na niebieski, harmonizujący z brodą i włosami Gryfa. Najemnik wstał.

— Reszta powinna wkrótce się obudzić. Pokład należy do ciebie.

Słowiki na brzegu umilkły, ustępując pola rzecznym skowronkom. Białe czaple brodziły w trzcinach i zostawiały ślady na ławicach piasku. Obłoki na niebie gorzały blaskiem różowym i fioletowym, rdzawym i złotym, perłowym i szafranowym. Jeden z nich przypominał smoka. *Gdy człowiek widział już smoka w locie, niech siedzi w domu i z zadowoleniem uprawia swój ogród, albowiem na całym świecie nie znajdzie się większego cudu.* Tak ktoś kiedyś napisał. Tyrion podrapał się po bliźnie, próbując sobie przypomnieć imię autora. Ostatnio smoki często wypełniały jego myśli.

— Dzień dobry, Hugorze. — Septa Lemore wyszła na pokład w swych białych szatach, przewiązanych w talii plecionym pasem o siedmiu kolorach. Włosy opadały jej luźno na ramiona. — Jak spałeś?

— Niespokojnie, dobra pani. Znowu mi się śniłaś.

To był sen na jawie. Nie mógł zasnąć, wsunął więc dłoń między nogi i wyobraził sobie ujeżdżającą go septę o podskakujących piersiach.

— Z pewnością był to nieczysty sen. Jesteś niegodziwym człowiekiem. Czy zechcesz się ze mną pomodlić, by błagać o wybaczenie za grzechy?

Pod warunkiem że będziemy się modlić jak na Wyspach Letnich.

— Nie, ale przekaż Dziewicy długiego, słodkiego całusa ode mnie.

Septa roześmiała się i przeszła na dziób. Miała zwyczaj co rano kąpać się w rzece.

— Widzę, że tej łodzi nie nazwano na twoją cześć — zawołał do niej Tyrion, gdy zdjęła szaty.

— Matka i Ojciec stworzyli nas na swe podobieństwo, Hugorze. Powinniśmy się cieszyć swymi ciałami, albowiem są one dziełem bogów.

Bogowie musieli być pijani, kiedy wzięli się za mnie. Karzeł nie odrywał spojrzenia od zanurzającej się w wodzie Lemore. Na ten widok zawsze mu stawał. Było coś cudownie grzesznego w myśli o zdarciu z septy tych cnotliwych białych szat i rozsunięciu jej ud. *Niewinność zbezczeszczona* — pomyślał... choć Lemore nie była tak niewinna, jak mogłoby się zdawać. Miała na brzuchu rozstępy, z pewnością świadczące, że urodziła dziecko.

Yandry i Ysilla wstali o wschodzie słońca i zajęli się swoimi zadaniami. Sprawdzając liny, Yandry zerkał od czasu do czasu na septę Lemore. Jego drobna śniada żona, Ysilla, nie zwracała na to uwagi. Wrzuciła do stojącego na pokładzie rufowym piecyka trochę wiórów, poruszyła węgielki poczerniałą łopatką, a potem zaczęła ugniatać ciasto na poranne placki.

Lemore wdrapała się z powrotem na pokład i Tyrion mógł się napawać widokiem wody spływającej między jej piersiami oraz gładkiej skóry lśniącej złocistym blaskiem w porannym słońcu. Miała już z górą czterdzieści lat i była raczej przystojna niż ładna, ale nadal przyciągała spojrzenie. *Człowiek podniecony czuje się prawie tak samo dobrze jak pijany* — skonkludował. Mógłby niemal pomyśleć, że jeszcze żyje.

— Widziałeś żółwia, Hugorze? — zapytała septa, wykręcając włosy z wody. — Tego wielkiego, grzebieniastego?

Wczesnym rankiem najłatwiej można było zauważyć żółwie. Za dnia nurkowały głęboko albo ukrywały się w odnogach przy brzegu, ale po wschodzie słońca wypływały na powierzchnię. Niektóre lubiły płynąć równolegle z łodzią. Tyrion zauważył kilkanaście różnych rodzajów — duże i małe, płaskogrzbiete i czerwonouche, miękkoskóre i łamignaty, żółwie brązowe, zielone i czarne, pazurzaste i rogate, a także takie, których grzebieniaste skorupy pokrywały spiralne wzory barwy złotej, nefrytowej i kremowej. Niektóre były tak wielkie, że człowiek z łatwością mógłby jechać na ich grzbiecie. Yandry przysięgał, że rhoynarscy książęta przeprawiali się na nich przez rzekę. On i jego żona wywodzili się z Zielonej Krwi, byli parą dornijskich sierot, które wróciły do Matki Rhoyne.

— Nie zauważyłem żółwia.

Bo gapiłem się na gołą kobietę.

— Przykro mi z tego powodu. — Lemore włożyła szatę przez głowę. — Wiem, że wstajesz tak wcześnie wyłącznie dlatego, że chcesz zobaczyć żółwie.

— Lubię też patrzeć na wschód słońca. — To było tak, jakby obserwował wychodzącą z kąpieli pannę. Niektóre mogły przewyższać inne urodą, ale wszystkie były pełne obietnic. — Muszę przyznać, że żółwie mają swój urok. Nic nie zachwyca mnie bardziej niż widok pary kształtnych… skorup.

Septa Lemore roześmiała się w głos. Jak wszyscy na pokładzie „Nieśmiałej Panny", miała swoje tajemnice. Mogła je sobie zachować. *Nie pragnę jej poznać, chcę ją tylko wyruchać.* Wiedziała o tym. Zawiesiła sobie na szyi kryształ septy, pozwalając, by opadł między piersi, a potem uśmiechnęła się prowokująco do Tyriona.

Yandry uniósł kotwicę, zdjął z dachu kajut jedną z długich tyczek i odepchnął się od dna. Dwie czaple uniosły głowy, by obserwować wypływającą na środek rzeki łódź. „Nieśmiała Panna" popłynęła powoli z prądem. Yandry podszedł do rumpla. Ysilla przewróciła placki na drugą stronę, postawiła patelnię na szczycie piecyka i dodała boczku. Czasami robiła placki z boczkiem, a czasami boczek z plackami. Raz na dwa tygodnie mogli dostać rybę, ale to nie był jeden z tych dni.

Gdy kobieta odwróciła się plecami, Tyrion porwał z patelni placek. Zdołał umknąć akurat na czas, by uniknąć ciosu straszliwą drewnianą łyżką. Placki najlepsze były na gorąco, ociekające miodem i masłem. Zapach smażonego boczku wkrótce wywabił z ładowni Kaczkę. Mężczyzna pochylił się nad piecykiem, powęszył, oberwał łyżką od Ysilli i poszedł na rufę się odlać.

Tyrion dołączył do niego.

— To ci dopiero widok — zażartował, gdy opróżniali pęcherze — karzeł i kaczka czynią potężną Rhoyne jeszcze potężniejszą.

Yandry prychnął pogardliwie.

— Matka Rhoyne nie potrzebuje twojego moczu, Yollo. To największa rzeka na świecie.

Tyrion strząsnął ostatnie kropelki.

— Przyznaję, że jest wystarczająco duża, by karzeł mógł w niej utonąć, ale Mander nie ustępuje jej szerokością. Trident blisko ujścia również. A Czarny Nurt jest głębszy.

— Nie znasz jej. Poczekaj, zobaczysz.

Boczek zrobił się kruchy, a placki przybrały złocistobrązową barwę. Młody Gryf wyszedł na pokład, ziewając.

— Dzień dobry wszystkim.

Chłopak był niższy od Kaczki, a jego szczupła sylwetka sugerowała, że nie zakończył jeszcze wzrostu. *Ten bezbrody szczeniak mógłby zdobyć każdą dziewczynę w Siedmiu Królestwach, pomimo niebieskich włosów. Żadna nie oparłaby się jego oczom.* Podobnie jak jego ojciec miał niebieskie oczy, ale u ojca były jasne, u syna zaś ciemne. W świetle lampy wydawały się czarne, a o zmierzchu fioletowe. Rzęsy miał długie jak kobieta.

— Czuję zapach boczku — stwierdził chłopak, wciągając buty.

— Dobry boczek — zapewniła Ysilla. — Siadaj.

Dała im jeść na pokładzie rufowym, wciskając Młodemu Gryfowi ociekające miodem placki i waląc Kaczkę łyżką po ręce, gdy tylko spróbował porwać więcej boczku. Tyrion rozerwał dwa placki, wypełnił je boczkiem i jeden zaniósł stojącemu u steru Yandry'emu. Potem pomógł Kaczce rozwinąć wielki łaciński żagiel „Nieśmiałej Panny". Yandry wyprowadził ich na środek rzeki, gdzie nurt był najszybszy. „Nieśmiała Panna" była słodką łodzią. Zanurzenie miała tak małe, że mogła wpływać do nawet najmniejszych dopływów Rhoyne, pokonując ławice, na których większe statki z pewnością by ugrzęzły, a jednocześnie z rozwiniętym żaglem i wsparciem prądu potrafiła rozwijać niezłą prędkość. Yandry utrzymywał, że w górnym biegu Rhoyne może to być sprawą życia i śmierci.

— Powyżej Smutków prawo nie sięga już od tysiąca lat.

— Jak widzę, ludzie też tu nie docierają.

Widział na brzegach nieliczne ruiny, fragmenty starych murów porośnięte pnączami, mchem i kwiatami, ale nie zauważył żadnych innych oznak ludzkiej obecności.

— Nie znasz rzeki, Yollo. W każdym strumieniu może się czaić łódź piracka, a wśród ruin często kryją się zbiegli niewolnicy. Łowcy niewolników rzadko zapuszczają się tak daleko na północ.

— Byliby miłą odmianą po tych wszystkich żółwiach.

Tyrion nie był zbiegłym niewolnikiem, nie bał się więc, że go złapią. Z pewnością też żaden pirat nie zawracałby sobie głowy łodzią płynącą z prądem. Cenne towary transportowano w górę rzeki, z Volantis.

Gdy boczek zniknął, Kaczka klepnął Młodego Gryfa w ramię.

— Czas zarobić parę siniaków. Myślę, że dziś pora na miecze.

— Miecze. — Chłopak wyszczerzył zęby w uśmiechu. — To będzie słodkie.

Przed walką Tyrion pomógł mu wdziać grube spodnie, wams z wyściółką i starą, powgniataną zbroję płytową. Ser Rolly wsunął się w kolczugę i utwardzane skóry. Obaj włożyli na głowy hełmy i wybrali stępione miecze ze skrzyni z orężem. Potem przeszli na pokład rufowy i wzięli się z zapałem do roboty. Wszyscy obecni na pokładzie gapili się na nich.

Gdy walczyli na buzdygany albo stępione topory, większy wzrost i siła ser Rolly'ego pozwalały mu z łatwością zwyciężyć ucznia, ale starcie na miecze było bardziej wyrównane. Żaden z walczących nie wziął dziś tarczy, tańczyli więc po całym pokładzie w serii ataków i zasłon. Dźwięki ich walki niosły się nad rzeką. Młody Gryf zadał więcej trafień, choć uderzenia Kaczki były silniejsze. Po chwili większy mężczyzna zaczął się męczyć. Wyprowadzał cięcia nieco wolniej i trochę niżej. Młody Gryf sparował wszystkie i przeszedł do zaciekłego ataku, zmuszając ser

Rolly'ego do odwrotu. Gdy dotarli do rufy, chłopak sprawił, że klingi zahaczyły o siebie, i walnął Kaczkę barkiem. Rycerz wpadł do rzeki.

Po chwili wynurzył się na powierzchnię, plując i przeklinając. Głośnym rykiem domagał się, by ktoś go wyciągnął, nim żółw odgryzie mu części intymne. Tyrion rzucił mu linę.

— Kaczki powinny lepiej pływać — rzekł, gdy wysoki mężczyzna wgramolił się na pokład „Nieśmiałej Panny".

Ser Rolly złapał go za kołnierz.

— Zobaczmy, jak pływają karły — warknął i cisnął go do Rhoyne.

Krasnal śmiał się ostatni. Umiał pływać całkiem nieźle i robił to… ale po chwili w nogach złapały go kurcze. Młody Gryf podał mu tyczkę.

— Nie jesteś pierwszym, który próbował mnie utopić — oznajmił Kaczce Tyrion, wylewając wodę z buta. — Ojciec cisnął mnie do studni w dzień moich narodzin, ale byłem taki brzydki, że wodna wiedźma, która w niej mieszkała, wypluła mnie.

Ściągnął drugi but, a potem zrobił przewrót w bok na pokładzie, opryskując wszystkich.

— Gdzie się tego nauczyłeś? — zapytał ze śmiechem Młody Gryf.

— Od komediantów — skłamał karzeł. — Matka kochała mnie najbardziej ze wszystkich swych dzieci, bo byłem taki mały. Karmiła mnie piersią aż do siódmego roku życia. Zazdrośni bracia wepchnęli mnie do worka i sprzedali trupie komediantów. Kiedy próbowałem ucieczki, szef trupy uciął mi nos. Potem nie miałem wyboru. Musiałem zostać z nimi i nauczyć się rozśmieszać ludzi.

Prawda wyglądała zupełnie inaczej. Stryj nauczył go robienia fikołków, kiedy Tyrion miał sześć albo siedem lat. Karzeł bardzo się ucieszył. Przez pół roku skakał wesoło po Casterly Rock, przywołując uśmiechy na twarze septonów, giermków i służby. Nawet Cersei roześmiała się raz czy drugi na jego widok.

Wszystko to skończyło się raptownie, gdy jego ojciec wrócił z Królewskiej Przystani. Podczas kolacji Tyrion zaskoczył go, przechodząc na rękach po całym blacie długiego stołu. Lord Tywin nie był zadowolony.

— Bogowie uczynili cię karłem. Czy musisz również być błaznem? Przyszedłeś na świat jako lew, nie małpa.

A ty jesteś trupem, ojcze, więc będę sobie fikał do woli.

— Masz dar rozweselania ludzi — rzekła mu septa Lemore, gdy suszył palce u nóg. — Powinieneś podziękować Ojcu na Górze. On obdarowuje wszystkie swe dzieci.

— To prawda — zgodził się Tyrion uprzejmie. *Kiedy umrę, proszę, pochowajcie mnie z kuszą, żebym mógł podziękować Ojcu na Górze tak samo, jak podziękowałem ojcu na dole.*

Ubranie, nadal mokre po mimowolnej kąpieli, lepiło się nieprzyjemnie do jego rąk i nóg. Gdy Młody Gryf oddalił się z septą Lemore, uczącą go tajemnic Wiary, Tyrion ściągnął mokre łachy i zastąpił je suchymi. Kiedy wrócił na pokład, Kaczka ryknął głośnym śmiechem. Karzeł nie mógł mieć mu tego za złe. W tym stroju wyglądał komicznie. Wams miał zszyty z dwóch różnych połów — lewa z fioletowego aksamitu, ozdobiona ćwiekami z brązu, a prawa z żółtej wełny wyszywanej w zielone kwietne wzory. Spodnie wyglądały podobnie — prawa nogawka jednolicie zielona, a lewa w czerwono-białe paski. Jeden z kufrów Illyria był pełen dziecięcych ubrań, cuchnących stęchlizną, ale dobrze uszytych. Septa Lemore przecięła wszystkie wpół, a potem zszyła je przypadkowo, tworząc proste błazeńskie stroje. Gryf zażądał nawet, by Tyrion jej w tym pomagał. Zapewne chciał go w ten sposób upokorzyć, ale Krasnal lubił pracować igłą, a Lemore zawsze była miłą towarzyszką, choć miała zwyczaj go karcić, gdy tylko powiedział coś niemiłego o bogach. *Jeśli Gryf chce mi przydzielić rolę błazna, to proszę bardzo.* Wiedział, że gdzieś tam lord Tywin Lannister jest przerażony i ta świadomość łagodziła jego cierpienia.

Jego drugi obowiązek nie miał w sobie nic z błazenady. *Kaczka ma miecz, a ja mam gęsie pióro i pergamin.* Gryf nakazał mu spisać wszystko, co wie o smokach. To było wyczerpujące zadanie, ale karzeł trudził się nad nim codziennie. Siedział ze skrzyżowanymi nogami na dachu kajuty, pisząc ze wszystkich sił.

W ciągu lat przeczytał bardzo wiele opowieści o smokach. Większą ich część stanowiły zwykłe bajania, niegodne zaufania, a księgi, które dał mu Illyrio, nie były tymi, które pragnąłby otrzymać. Najbardziej przydałyby mu się *Ognie nad Włościami*, historia Valyrii spisana przez Galendra. W całym Westeros nie zachował się ani jeden kompletny egzemplarz. Nawet w Cytadeli brakowało dwudziestu siedmiu zwojów. *W Starym Volantis na pewno mają bibliotekę. Może znajdę tam bardziej kompletny tekst, jeśli tylko uda mi się wejść do serca miasta położonego za Czarnym Murem.*

Mniej nadziei wiązał z dziełem septona Bartha: *Smoki, żmije i wiwerny: ich historia nienaturalna.* Barth był synem kowala, który za panowania Jaehaerysa Pojednawcy osiągnął pozycję królewskiego namiestnika. Wrogowie zawsze twierdzili, że był raczej czarnoksiężnikiem niż septonem. Gdy na Żelaznym Tronie zasiadał Baelor Błogosławiony, rozkazał zniszczyć wszystkie pisma Bartha. Przed dziesięcioma laty Tyrion przeczytał fragment *Historii nienaturalnej*, który umknął uwagi Baelora, wątpił jednak, by jakieś dzieła Bartha trafiły na drugi brzeg wąskiego morza. A jeszcze mniejsze szanse miał, aby natrafić na fragmentaryczny, zbryzgany krwią tom anonimowego autorstwa znany niektórym jako *Krew i ogień*, innym zaś jako *Śmierć smoków*. Jedyny ocalały egzemplarz przechowywano ponoć w zamkniętej krypcie pod Cytadelą.

Gdy na pokładzie pojawił się w końcu ziewający Półmaester, Tyrion spisywał wszystko, co pamiętał o rozmnażaniu się smoków. Barth, Munkun i Thomax mieli zupełnie inne opinie na ten temat. Haldon przeszedł na rufę i odlał się na odbijający się w wodzie blask słońca, poruszany każdym powiewem.

— Yollo, wieczorem powinniśmy dotrzeć do miejsca, w którym rzeka łączy się z Noyne — zawołał do niego.

Tyrion uniósł wzrok znad tekstu.

— Mam na imię Hugor. Yollo ukrywa się w moich portkach. Mam go na chwilę wypuścić?

— Lepiej nie. Mógłbyś wystraszyć żółwie. — Uśmiech Haldona był ostry jak sztylet. — Jak to się nazywała ta ulica w Lannisporcie, na której się urodziłeś, Yollo?

— To był zaułek. Nie miał nazwy.

Tyrion znajdował chorobliwą przyjemność w wymyślaniu szczegółów barwnego życia Hugora Hilla, znanego również jako Yollo, bękarta z Lannisportu. *Najlepsze są kłamstwa przyprawione odrobiną prawdy.* Karzeł wiedział, że mówi z akcentem człowieka z zachodu i to szlachetnie urodzonego, Hugor musiał więc być bachorem jakiegoś paniątka. Urodzonym w Lannisporcie, ponieważ znał go lepiej niż Stare Miasto czy Królewską Przystań. Większość karłów trafiała do miast, nawet jeśli urodziła je kuma Kmiot na polu rzepy. Na wsi nie było pokazów dziwolągów ani trup komediantów… ale nie brakowało tam studni, w których znikały niechciane kocięta, trójgłowe cielęta i dzieci takie jak on.

— Widzę, że znowu marnujesz dobry pergamin, Yollo — zawołał Haldon, zawiązując spodnie.

— Nie każdy może zostać połową maestera. — Tyriona rozbolała dłoń. Odłożył gęsie pióro i poruszał kiełbaskowatymi palcami. — Masz ochotę zagrać w *cyvasse*?

Półmaester zawsze go ogrywał, ale przynajmniej czas mijał szybciej.

— Wieczorem. Przyłączysz się do lekcji Młodego Gryfa?

— Czemu by nie? Ktoś musi poprawiać twoje błędy.

Na „Nieśmiałej Pannie" były cztery kajuty. Yandry i Ysilla zajmowali jedną, a Gryf i Młody Gryf drugą. Septa Lemore miała całą kajutę dla siebie, podobnie jak Haldon. Ta, która należała do Półmaestera, była największa. Jedną jej ścianę zajmowały regały zastawione księgami oraz kosze pełne starych zwojów i pergaminów, drugą zaś półki pełne maści, ziół i eliksirów. Przez pofałdowane żółte szkło okrągłego bulaju do środka wpadało złociste światło. Na umeblowanie składały się koja, biurko, krzesło, taboret oraz stół do gry w *cyvasse*, zastawiony wystruganymi z drewna figurami.

Lekcja zaczęła się od języków. Młody Gryf władał językiem powszechnym tak biegle, jakby to właśnie była jego ojczysta mowa, mówił też płynnie po starovalyriańsku, w gminnych dialektach Pentos, Tyrosh, Myr i Lys, a także w języku handlowym, używanym przez marynarzy. Volanteński dialekt był jednak dla niego tak samo obcy, jak dla Tyriona. Codziennie poznawali trochę nowych słów, a Haldon poprawiał ich błędy. Meereeński był trudniejszy. Jego korzenie również były valyriańskie, ale drzewo zasadzono w twardej, brzydkiej glebie mowy Starego Ghis.

— Żeby dobrze mówić po ghiscarsku, trzeba mieć pszczołę w nosie — poskarżył się Tyrion.

Młody Gryf się roześmiał, ale Półmaester rzekł tylko:

— Jeszcze raz.

Chłopak go posłuchał, choć przy każdym *zzz* wznosił oczy ku niebu. *Ma lepsze ucho ode mnie* — musiał przyznać Tyrion. *Ale idę o zakład, że mój język jest bardziej giętki.*

Po językach przyszła kolej na geometrię. Tu chłopak radził sobie gorzej, ale Haldon był cierpliwym nauczycielem, a Tyrion również okazał się użyteczny. Tajników kwadratów, kół i trójkątów nauczył się od maesterów ojca w Casterly Rock, a teraz przypominał je sobie szybciej, niż się tego spodziewał.

Gdy przeszli do historii, Młody Gryf zaczął okazywać znużenie.

— Mówiliśmy o dziejach Volantis — rzekł mu Haldon. — Potrafisz wyjaśnić Yollowi, na czym polega różnica między tygrysem a słoniem?

— Volantis jest najstarszym z Dziewięciu Wolnych Miast, pierwszą córą Valyrii — wyrecytował chłopak znudzonym tonem. — Po zagładzie Volanteńczycy ogłosili się dziedzicami Włości i prawowitymi władcami świata, ale byli podzieleni co do tego, jak najpewniej sięgnąć po dominację. Dawna Krew wolała drogę miecza, natomiast kupcy i lichwiarze preferowali handel. Te dwie walczące o władzę nad miastem frakcje z czasem nazwano tygrysami i słoniami. Tygrysy sprawowały rządy przez blisko stulecie po Zagładzie Valyrii. Przez pewien czas odnosiły sukcesy. Volanteńska flota zdobyła Lys, a armia Myr. Przez dwa pokolenia wszystkimi trzema miastami władano zza Czarnego Muru. Skończyło się to jednak, gdy tygrysy spróbowały połknąć Tyrosh.

Pentos przyłączyło się do wojny po stronie zaatakowanego miasta, podobnie jak westeroski Król Burzy. Braavosowie dali lyseńskiemu wygnańcowi sto okrętów, Aegon Targaryen przyleciał ze Smoczej Skały na Czarnym Strachu, w Myr i Lys wybuchły zaś powstania. Wojna spustoszyła Sporne Ziemie, a Lys i Myr uwolniły się spod jarzma. Tygrysy poniosły też inne porażki. Flota, która miała odzyskać Valyrię, zaginęła na Dymiącym Morzu. Qohor i Norvos złamały ich władzę nad Rhoyne podczas bitwy branderów na Jeziorze Sztyletów. Ze wschodu przybyli Dothrakowie, wypędzając prostaczków z chat, a szlachetnie urodzonych z posiadłości, aż wreszcie od Puszczy Qohorickiej aż po górny bieg Selhoru nie zostało nic poza trawą i ruinami. Po stu latach wojen Volantis było pokonane, zubożałe i wyludnione. Wtedy właśnie nadszedł czas słoni, które sprawują władzę po dziś dzień. W niektórych latach tygrysom udaje się zdobyć pozycję triarchy, a w innych nie, ale nigdy więcej niż jedną. Słonie władają miastem od trzystu lat bez przerwy.

— Właśnie — zgodził się Haldon. — A obecni triarchowie?

— Malaquo jest tygrysem, a Nyessos i Doniphos słoniami.

— Jaką naukę możemy wyciągnąć z volanteńskiej historii?

— Jeśli pragniesz podbić świat, lepiej, żebyś miał smoki.

Tyrion nie mógł powstrzymać śmiechu.

Później, gdy Młody Gryf poszedł na pokład, by pomóc Yandry'emu z żaglami i tyczkami, Haldon rozłożył stół do *cyvasse*.

— Chłopak jest bystry — odezwał się Tyrion, spoglądając na Półmaestera różnobarwnymi oczyma. — Wykonałeś z nim dobrą robotę. Muszę ze smutkiem przyznać, że połowa lordów w Westeros jest gorzej wykształcona. Języki, historia, pieśni, rachunki… to oszałamiająca mieszanka jak na syna najemnika.

— W odpowiednich rękach książka może być równie groźna jak miecz — stwierdził Haldon. — Tym razem postaraj się stawić mi większy opór, Yollo. Grasz w *cyvasse* nie lepiej, niż fikasz koziołki.

— Starałem się ciebie uśpić, wzbudzić w tobie fałszywą pewność — odparł Tyrion, gdy rozstawiali płytki po obu stronach rzeźbionej drewnianej bariery. — Wydaje ci się, że to ty nauczyłeś mnie grać, ale pozory nieraz mylą. Może nauczył mnie handlarz sera? Przyszła ci do głowy taka możliwość?

— Illyrio nie gra w *cyvasse*.

To prawda — pomyślał karzeł. *On woli grę o tron, a ty, Gryf i Kaczka jesteście tylko pionkami, które przesuwa do woli, a w razie potrzeby może poświęcić, jak Viserysa.*

— W takim razie wina musi spaść na ciebie. Jeśli gram słabo, komu to zawdzięczam?

Półmaester zachichotał.

— Yollo, będzie mi cię brakowało, gdy już piraci poderżną ci gardło.

— Gdzie się podziali ci sławetni piraci? Rodzi się we mnie myśl, że wymyśliłeś ich na spółkę z Illyriem.

— Najłatwiej ich spotkać na odcinku rzeki między Ar Noy a Smutkami. Powyżej ruin Ar Noy rzeką władają Qohoricy, a poniżej Smutków rządy sprawują galery Volantis, ale żadne z tych miast nie rości sobie pretensji do wód leżących pośrodku. Dlatego piraci uczynili je swą własnością. Na Jeziorze Sztyletów jest pełno wysp, gdzie czają się w ukrytych grotach i sekretnych fortecach. Jesteś gotowy?

— Do walki z tobą? Z pewnością. Z piratami? Nie tak bardzo.

Haldon usunął zasłonę. Obaj gracze przyjrzeli się szykom przeciwnika.

— Uczysz się — przyznał Półmaester.

Tyrion omal nie złapał za smoka, ale powstrzymał się w ostatniej chwili. Poprzednim razem za szybko wprowadził go do gry i Haldon zbił go trebuszem.

— Jeśli spotkamy tych osławionych piratów, może się do nich przyłączę. Powiem im, że nazywam się Hugor Półmaester.

Przesunął lekką konnicę w stronę gór Haldona.

Przeciwnik odpowiedział ruchem słonia.

— Bardziej odpowiedni byłby Hugor Półgłówek.

— Wystarczy mi połowa głowy, żeby zmierzyć się z tobą. — Tyrion przesunął ciężką konnicę, by wesprzeć lekką. — Może chcesz się założyć, kto wygra?

— O ile? — zapytał Półmaester, unosząc brew.

— Nie mam pieniędzy. Zagrajmy o tajemnice.

— Gryf wyrwałby mi język.

— Boisz się, tak? Na twoim miejscu też bym się bał.

— Dzień, gdy pokonasz mnie w *cyvasse*, będzie tym samym, w którym z dupy wylezą mi żółwie. — Półmaester przesunął włóczników. — Masz swój zakład, mały człowieczku.

Tyrion sięgnął po smoka.

Po trzech godzinach mały człowieczek wreszcie wrócił na pokład, by opróżnić pęcherz. Kaczka pomagał Yandry'emu zwinąć żagiel, a Ysilla zajęła się sterem. Słońce wisiało już nisko nad polami trzcin na zachodzie, a wiatr stawał się porywisty. *Przydałby mi się bukłak wina* — pomyślał karzeł. W nogach darły go kurcze od siedzenia na stołku. Kręciło mu się w głowie tak mocno, że miał szczęście, iż nie wpadł do rzeki.

— Yollo — zawołał do niego Kaczka. — Gdzie Haldon?

— Położył się spać. Nie czuje się najlepiej. Z dupy wyłażą mu żółwie.

Zostawił rycerza, by głowił się nad sensem tych słów, i wdrapał się po drabinie na dach kajut. Na wschodzie, za skalistą wyspą, zbierała się ciemność.

Znalazła go tam septa Lemore.

— Czujesz w powietrzu nadchodzącą burzę, Hugorze Hill? — zapytała. — Przed nami Jezioro Sztyletów, na którym grasują piraci. A za jeziorem Smutki.

Nie moje. Swoje noszę ze sobą, dokądkolwiek się udam. Pomyślał o Tyshy i zadał sobie pytanie, dokąd odsyła się kurwy. *Czemu by nie do Volantis? Może ją tam odnajdę. Nie można się wyrzekać nadziei.* Zastanawiał się, co mógłby jej powiedzieć. *Przepraszam, że pozwoliłem im cię zgwałcić, kochanie. Myślałem, że byłaś kurwą. Czy potrafisz się zdobyć w swym sercu na to, by mi wybaczyć? Chcę wrócić do naszej chaty, do czasów, gdy byliśmy mężem i żoną.*

Wyspa została z tyłu. Tyrion zauważył ruiny widoczne na wschodnim brzegu; wyszczerbione mury i zwalone wieże, zburzone kopuły i szeregi zbutwiałych drewnianych kolumn, pełne błota ulice porośnięte fioletowym mchem. *Kolejne umarłe mia-*

sto, dziesięć razy większe niż Ghoyan Drohe. Mieszkały tu teraz żółwie, potężne łamignaty. Karzeł widział, jak wygrzewały się w słońcu — brązowe i czarne wzgórki o zębatych grzebieniach przebiegających przez środek skorupy. Kilka z nich zauważyło „Nieśmiałą Pannę" i wsunęło się do wody, zostawiając za sobą ślad na powierzchni. To nie było dobre miejsce dla pływaków.

Nagle, za powykręcanymi, wyrastającymi z wody drzewami i szerokimi zalanymi ulicami dostrzegł srebrzysty blask słońca odbijającego się w tafli. *Druga rzeka* — uświadomił sobie natychmiast. *Wpada do Rhoyne.* Ruiny stawały się coraz wyższe, a pas ziemi coraz węższy, aż wreszcie miasto kończyło się przylądkiem, na którym stały pozostałości kolosalnego pałacu z różowego i zielonego marmuru. Jego zawalone kopuły i ułamane wieżyczki majaczyły wysoko nad szeregiem przejść o łukowatych sklepieniach. Tyrion zauważył kolejne żółwie, śpiące na pochylniach, przy których mogło niegdyś cumować pięćdziesiąt statków. Wreszcie zrozumiał, gdzie jest. *To był pałac Nymerii. To wszystko co zostało z Ny Sar, jej miasta.*

— Yollo — zawołał Yandry, gdy „Nieśmiała Panna" mijała przylądek. — Opowiedz mi jeszcze raz o tych westeroskich rzekach szerokich jak Matka Rhoyne.

— Nie znałem jej — odkrzyknął. — Żadna rzeka w Siedmiu Królestwach nie jest nawet w połowie tak szeroka.

Dopływ był niemalże bliźniakiem rzeki, którą dotąd płynęli, i sam dorównywał prawie szerokością Manderowi czy Tridentowi.

— To jest Ny Sar. Matka przyjmuje tu w objęcia swą Szaloną Córkę, Noyne — wyjaśnił Yandry. — Niemniej nie osiągnie maksymalnej szerokości, dopóki nie spotka się z innymi córkami. W Jeziorze Sztyletów łączy się z nią Qhoyne, Mroczna Córka, niosąca złoto i bursztyn z Topora oraz szyszki z Puszczy Qohorickiej. Dalej na południe Matka spotyka Lhorulu, Uśmiechniętą Córkę, płynącą ze Złotych Pól. W miejscu ich złączenia leżało kiedyś Chroyane, festiwalowe miasto o ulicach z wody i domach ze złota. Potem przez wiele mil płynie dalej na południowy wschód, aż wreszcie zakrada się do niej Selhoru, Nieśmiała Córka, kryjąca swój bieg w trzcinach i zakrętach. Dalej Matka Rhoyne staje się tak szeroka, że człowiek płynący łodzią pośrodku jej nurtu nie widzi żadnego z brzegów. Zobaczysz to, mój mały przyjacielu.

Zobaczę — przyznał w myślach karzeł. Nagle ujrzał falę, niespełna sześć jardów od łodzi. Chciał już pokazać ją sepcie Lemore, gdy nagle coś wynurzyło się na powierzchnię tak gwałtownie, że „Nieśmiała Panna" zakołysała się na boki.

To był rogaty żółw ogromnych rozmiarów. Jego ciemnozieloną skorupę pokrywały brązowe cętki oraz plamy rzecznego mchu i czarnych słodkowodnych mięczaków. Uniósł łeb i ryknął. Jego gardłowy, wibrujący głos był donośniejszy niż wszystkie rogi wojenne, jakie Tyrion słyszał w życiu.

— Pobłogosławiono nas — zawołała głośno Ysilla. Po jej twarzy spływały łzy. — Pobłogosławiono nas, pobłogosławiono.

Kaczka wrzeszczał radośnie i Młody Gryf również. Haldon wyszedł na pokład, by poznać przyczynę tego zamieszania... ale było już za późno. Ogromny żółw zniknął w odmętach.

— Co spowodowało ten hałas? — zapytał Półmaester.

— Żółw — wyjaśnił Tyrion. — Większy od tej łodzi.

— To był on — zawołał Yandry. — Starzec z Rzeki.

Czemu by nie? Tyrion wyszczerzył zęby w uśmiechu. *Bogowie i cuda zawsze nadchodzą w chwili narodzin królów.*

DAVOS

„Wesoła Akuszerka" zakradła się do Białego Portu z wieczornym przypływem. Jej połatany żagiel łopotał przy każdym powiewie.

To była stara koga, a nawet w latach młodości nikt nigdy nie zwał jej ładną. Jej galion przedstawiał roześmianą kobietę trzymającą niemowlę za stopy, ale policzki położnej i pupa dziecka były pełne wygryzionych przez robaki dziur. Kadłub pokrywały niezliczone warstwy brudnobrązowej farby, a żagle były szare i wystrzępione. To nie był statek przyciągający spojrzenia, chyba żeby ktoś się zdumiewał, jakim cudem utrzymuje się na powierzchni. Co więcej, „Wesołą Akuszerkę" dobrze tu znano. Statek od lat przewoził tanie towary między Białym Portem a Sisterton.

Nie takiego końca podróży spodziewał się Davos Seaworth, gdy wyruszał w rejs z Sallą i jego flotą. Wszystko wydawało się wtedy prostsze. Kruki nie przyniosły królowi Stannisowi hołdu Białego Portu, Jego Miłość wyśle więc posła, by osobiście porozmawiał z lordem Manderlym. To będzie pokaz siły. Davos przybędzie na pokładzie galeasy Salli, „Valyrianina", a reszta lyseńskiej floty będzie czekała z tyłu. Kadłuby wszystkich statków pomalowano w paski: czarne i żółte, różowe i niebieskie, zielone i białe, fioletowe i złote. Lyseńczycy uwielbiali jaskrawe kolory, a Salladhor Saan był najbarwniejszy z nich wszystkich. *Salladhor Wspaniały* — pomyślał Davos. *Ale sztormy położyły temu kres.*

Będzie musiał zakraść się do miasta niepostrzeżenie, jak mógłby to zrobić dwadzieścia lat temu. Dopóki się nie dowie, jak stoją tu sprawy, rozsądniej będzie występować jako prosty marynarz, nie lord.

Przed nimi, na wschodnim brzegu, gdzie Biały Nóż wpadał do zatoki, wznosiły się mury miasta zbudowane z bielonych kamieni. Część fortyfikacji wzmocniono, odkąd Davos był tu ostatnio przed sześciu laty. Na molu dzielącym wewnętrzny port od zewnętrznego wzniesiono kamienny mur, długi prawie na milę i wysoki na trzydzieści stóp. Co sto jardów umieszczono w nim wieże. Również z Foczej Skały, gdzie przedtem były tylko ruiny, ku niebu wznosił się dym. *To może być dobra albo zła wiadomość, zależnie od tego, po której stronie opowie się lord Wyman.*

Davos zawsze lubił to miasto. Pierwszy raz przypłynął tu jako chłopiec okrętowy na „Kocim Łbie". Choć Biały Port był niewielki w porównaniu ze Starym Miastem i Królewską Przystanią, panowały tu porządek i czystość, a szerokie brukowane ulice ułatwiały trafienie do celu. Domy zbudowano z bielonych kamieni, a strome, spadziste dachy pokryto dachówką z szarego łupka. Roro Uhoris, stary zrzędliwy kapitan „Kociego Łba", utrzymywał, że poznaje wszystkie porty po zapachu. Zapewniał, że miasta są jak kobiety i każde ma własną, niepowtarzalną woń. Stare Miasto miało kwietny zapach, jak wyperfumowana wdowa. Lannisport był mleczarką, pachnącą świeżością i ziemią, o włosach przesyconych dymem. Królewska Przystań cuchnęła jak niemyta kurwa. Natomiast woń Białego Portu była ostra i słona, lekko zalatująca rybą.

— Tak właśnie powinna pachnieć syrena — stwierdził Roro. — Tu czuje się zapach morza.

I to się nie zmieniło — pomyślał Davos, choć wyczuwał również nutę torfowego dymu, docierającą tu znad Foczej Skały. Nad wejściem do zewnętrznego portu dominował morski kamień, potężne szarozielone wypiętrzenie wznoszące się pięćdziesiąt stóp nad wodę. Jego szczyt zdobiła korona ze zwietrzałych kamieni, pierścieniowy fort Pierwszych Ludzi, który od stuleci stał opustoszały. Teraz jednak go obsadzono. Davos zauważył skorpiony i ogniomioty ukryte za monolitami, a także wyglądających spomiędzy nich kuszników. *Na pewno jest tam zimno i wilgotno.* Podczas wszystkich poprzednich wizyt widział foki wygrzewające się na strzaskanych głazach na dole. Ślepy Bękart kazał mu je liczyć, gdy „Koci Łeb" opuszczał port. Roro zapewniał, że im więcej fok zobaczą, tym większe szczęście będzie im sprzyjać podczas rejsu. Teraz nie było tam ani jednej. Przestraszyły się dymu i żołnierzy. *Mądrzejszy człowiek uznałby to za ostrzeżenie. Gdybym miał choć krztynę rozsądku, odpłynąłbym z Sallą.* Mógł wrócić na południe, do Maryi i synów. *Czterech moich synów zginęło w służbie królowi, a piąty jest jego giermkiem. Powinienem mieć prawo nacieszyć się tymi, którzy przeżyli. Minęło już zbyt wiele czasu, odkąd ostatnio ich widziałem.*

We Wschodniej Strażnicy czarni bracia powiedzieli mu, że Manderly'owie z Białego Fortu nie darzą miłością Boltonów z Dreadfort. Żelazny Tron wyniósł Roose'a Boltona do godności namiestnika północy, należało więc oczekiwać, że Wyman Manderly opowie się po stronie Stannisa. *Biały Port nie zdoła utrzymać się sam. Miasto musi mieć sojusznika, protektora. Lord Wyman potrzebuje króla Stannisa równie mocno, jak Stannis po-*

trzebuje jego. Tak przynajmniej wydawało się Davosowi we Wschodniej Strażnicy.

Wizyta w Sisterton podważyła jednak te nadzieje. Jeśli lord Borrell nie kłamał i Manderly'owie rzeczywiście zamierzali połączyć siły z Boltonami i Freyami... nie, nie będzie o tym myślał. Wkrótce pozna prawdę. Modlił się o to, by się nie okazało, że przybył za późno.

Mur na molu ukrywa wewnętrzny port — uświadomił sobie Davos, gdy „Wesoła Akuszerka" zwinęła żagiel. Zewnętrzny port był większy, ale wewnętrzny oferował lepsze kotwicowisko, jako że z jednej strony osłaniały go miejskie mury, z drugiej zaś potężna bryła Wilczego Barłogu, a obecnie również mur na molu. We Wschodniej Strażnicy Cotter Pyke powiedział Davosowi, że lord Wyman buduje wojenne galery. Za murami mogło się kryć nawet dwadzieścia okrętów, czekających tylko na rozkaz, by wypłynąć na morze.

Za grubymi białymi murami miejskimi widział dumną, jasną sylwetkę Nowego Zamku, zbudowanego na wzgórzu. Dostrzegał też kopułę Śnieżnego Septu, zwieńczoną wysokimi posągami Siedmiu. Wygnani z Reach Manderly'owie przynieśli ze sobą na północ Wiarę. W Białym Porcie był również boży gaj, posępna plątanina korzeni, gałęzi i kamieni ukryta za rozsypującymi się czarnymi murami Wilczego Barłogu, starożytnej fortecy służącej obecnie za więzienie. Większą częścią miasta władali jednak septonowie.

Wszędzie można było zobaczyć trytona rodu Manderlych. Powiewał na wieżach Nowego Zamku, nad Foczą Bramą i na miejskich murach. We Wschodniej Strażnicy ludzie z północy zapewniali, że Biały Port nigdy nie wyrzeknie się wierności Winterfell, ale Davos nigdzie nie widział wilkora Starków. *Ale lwów również nie ma. Lord Wyman z pewnością nie klęknął jeszcze przed Tommenem. W przeciwnym razie wywiesiłby jego sztandar.*

Na nabrzeżach roiło się od ludzi. Przy targu rybnym cumowała grupa małych łodzi, wyładowujących połów. Davos zauważył też trzy rzeczne łodzie, długie, smukłe i solidnie skonstruowane, zdolne poradzić sobie z szybkimi prądami i kamienistymi odnogami Białego Noża. Najbardziej jednak interesowały go morskie statki. Para karak, brzydkich i odrapanych jak „Wesoła Akuszerka", handlowa galera „Tancerka Burzy", kogi „Dzielny Magister" i „Róg Obfitości", galeasa z Braavos, o charakterystycznym fioletowym kadłubie i żaglach...

...a za nią okręt wojenny.

Jego widok był jak nóż wbity we wszystkie nadzieje Davosa. Kadłub pomalowano na czarno i złoto, a figura dziobowa przedstawiała unoszącego łapę lwa. „Lwia Gwiazda" — głosiły litery namalowane na rufie, a na powiewającej na wietrze chorągwi widniał herb chłopca zasiadającego na Żelaznym Tronie. Przed rokiem cebulowy rycerz nie byłby w stanie odcyfrować napisu, ale maester Pylos nauczył go trochę czytać, jeszcze na Smoczej Skale. Tym razem jednak znajomość liter nie sprawiła mu przyjemności. Podczas rejsu Davos modlił się o to, by galera zaginęła podczas tych samych sztormów, które zdruzgotały flotę Salli, ale bogowie nie okazali się tak łaskawi. Freyowie przybyli do miasta i będzie musiał stawić im czoło.

„Wesoła Położna" zacumowała u końca zwietrzałego drewnianego pirsu w zewnętrznym porcie, daleko od „Lwiej Gwiazdy". Załoga przywiązała liny do pachołków, a kapitan podszedł nieśpiesznie do Davosa. Casso Mogat był kundlem z wąskiego morza, dzieckiem kurwy z Sisterton i ibbeńskiego wielorybnika. Liczył sobie tylko pięć stóp wzrostu i był straszliwie owłosiony. Włosy na głowie i zarost zabarwił na ciemnozielony kolor mchu i z tego powodu przypominał pniak drzewa w żółtych butach. Pomimo wyglądu sprawiał wrażenie dobrego żeglarza, choć dla załogi był surowym kapitanem.

— Jak długo cię nie będzie?

— Co najmniej dobę. Być może dłużej.

Davos zdążył się już nauczyć, że lordowie lubią kazać ludziom czekać. Zapewne chcieli w ten sposób zademonstrować władzę oraz wzbudzić lęk.

— „Akuszerka" może się tu zatrzymać na trzy dni. Nie dłużej. Będą na mnie czekać w Sisterton.

— Jeśli wszystko pójdzie dobrze, mogę wrócić już jutro.

— A jeśli pójdzie źle?

Mogę nie wrócić w ogóle.

— Nie będziesz musiał na mnie czekać.

Gdy schodził na ląd, na pokład weszło dwóch celników. Żaden z nich nawet na niego nie spojrzał. Przyszli porozmawiać z kapitanem i sprawdzić zawartość ładowni. Nie obchodzili ich prości marynarze, a niewielu ludzi wyglądało zwyczajniej od Davosa. Był średniego wzrostu, miał chytrą, chłopską twarz ogorzałą od wiatru i słońca, a kasztanową brodę i włosy mocno upstrzyła mu już siwizna. Ubiór również miał prosty: stare buty, brązowe spodnie, niebieska bluza oraz płaszcz z niefarbowanej wełny, spięty drewnianą zapinką. Włożył pokryte plamami soli rękawice, by ukryć palce, przed tak wielu laty skrócone przez Stannisa. Raczej nie przypominał lorda, a tym bardziej królewskiego namiestnika. Tak będzie lepiej, dopóki się nie zorientuje, jak stoją tu sprawy.

Przeszedł przez nabrzeże i rybny targ. „Dzielny Magister" ładował na pokład miód pitny. Na pirsie ustawiono stosy wysokie na cztery beczułki. Za jednym z nich zauważył trzech marynarzy grających w kości. Handlarki ryb zachwalały dzisiejszy połów. Nieco dalej chłopiec wybijał rytm na bębenku i stary, wyleniały niedźwiedź tańczył w kółko, otoczony pierścieniem rzecznych marynarzy. Przy Foczej Bramie straż pełnili dwaj włócznicy z herbami rodu Manderlych na piersi. Pochłonęło ich jednak flirtowanie z portową kurwą i nawet nie zauważyli Davosa. Brama była otwarta, a krata uniesiona. Były przemytnik wmieszał się w przechodzący pod nią tłum.

Za bramą był brukowany plac z fontanną pośrodku. Z wody wyłaniał się kamienny tryton, wysoki na dwadzieścia stóp od ogona do czubka głowy. Jego kędzierzawa broda zrobiła się zielona i biała od porostów, a jedno z ostrzy trójzębu ułamało się jeszcze przed narodzeniem Davosa. Mimo to posąg nadal wyglądał imponująco. Miejscowi zwali go „Starcem Rybią Stopą". Plac nosił imię jakiegoś nieżyjącego lorda, ale wszyscy używali określenia „Dziedziniec Rybiej Stopy".

Dzisiejszego popołudnia było tu gęsto od ludzi. Jakaś kobieta prała bieliznę w fontannie Rybiej Stopy i wieszała ją na trójzębie, żeby wyschła. Pod łukami kolumnady handlowej na klientów czekali skrybowie i wekslarze, a także wędrowny czarodziej, zielarka i bardzo kiepski żongler. Jakiś mężczyzna sprzedawał jabłka z taczki, a kobieta oferowała śledzie z siekaną cebulą. Pod nogami kręciło się pełno kur i dzieci. Potężne drzwi z okutej żelazem dębiny, prowadzące do Starej Mennicy, zawsze były zamknięte, gdy Davos odwiedzał Biały Port, dzisiaj jednak stały otworem. Wypatrzył w środku setki kobiet, dzieci i starców skulonych na rozłożonych na podłodze futrach. Niektórzy nawet palili małe ogniska.

Davos zatrzymał się przy kolumnadzie i kupił jabłko za pół grosika.

— W Starej Mennicy mieszkają jacyś ludzie? — zapytał handlarza.

— Ci, którzy nie mają gdzie się podziać. Przeważnie prostaczkowie znad Białego Noża, a także ludzie Hornwoodów. Bękart Boltona jest na swobodzie i wszyscy chcą się schronić za murami. Nie wiem, co chce zrobić jego lordowska mość z taką masą ludzi. Większość nie ma nic poza łachmanami na grzbiecie.

Davos poczuł ukłucie winy. *Szukają azylu, miasta nietkniętego przez walki, a ja chcę ich wciągnąć w wojnę.* Ugryzł jabłko i z tego powodu również poczuł wyrzuty sumienia.

— A co jedzą?

Handlarz wzruszył ramionami.

— Niektórzy żebrzą. Inni kradną. Mnóstwo dziewcząt zeszło na złą drogę, jak zawsze się dzieje, gdy nie mają nic więcej do sprzedania. A każdy chłopak, który ma co najmniej pięć stóp wzrostu, znajdzie miejsce w koszarach jego lordowskiej mości, pod warunkiem że potrafi utrzymać włócznię.

A więc zbiera ludzi. To mogła być dobra wiadomość… albo zła. Jabłko było suche i mączyste, ale Davos zmusił się do odgryzienia kolejnego kęsa.

— Czy lord Wyman ma zamiar połączyć siły z Bękartem?

— Gdy tylko jego lordowska mość przyjdzie tu po jabłka, na pewno go o to zapytam.

— Słyszałem, że jego córka ma wyjść za jakiegoś Freya.

— Wnuczka. Ja też o tym słyszałem, ale jego lordowska mość zapomniał zaprosić mnie na wesele. Hej, skończysz wreszcie to jabłko? Wezmę resztę z powrotem. To dobre nasiona.

Davos rzucił mu ogryzek. *Niedobre jabłko, ale warto było zapłacić pół grosika, żeby się dowiedzieć, że Manderly zbiera ludzi.* Ruszył wokół placu, mijając dziewczynę sprzedającą kubki świeżego mleka od własnej kozy. Od chwili przybycia do miasta przypominał sobie coraz więcej szczegółów na jego temat. Trójząb Rybiej Stopy wskazywał na zaułek, w którym sprzedawano smażonego dorsza, z wierzchu kruchego i złocistobrązowego, a w środku białego i rozpadającego się na kawałki. Dalej znajdował się nietypowo czysty burdel, w którym marynarz mógł się nacieszyć towarzystwem kobiety bez obaw, że go obrabują albo zabiją. Po drugiej stronie w jednym z budynków, przylegających do murów Wilczego Barłogu jak pąkle do starego kadłuba, znajdował się ongiś browar, w którym produkowano ciemne piwo tak gęste i smaczne, że za jego beczułkę można było dostać w Braavos albo w Porcie Ibbeńskim tyle samo, co za beczułkę złotego arborskiego — pod warunkiem że miejscowi zostawią piwowarowi coś na eksport.

Davos jednak miał ochotę na wino, kwaśne, ciemne i beznadziejne. Przeciął plac i zszedł po schodach do winiarni „Pod Leniwym Węgorzem", ulokowanej pod magazynem pełnym owczych skór. W czasach gdy był przemytnikiem, tawerna słynęła z najstarszych kurew i najpaskudniejszego wina w Białym Porcie, a także wypełnionych sadłem i chrząstką pasztecików, które w najlepszych dniach były niejadalne, a w najgorszych wręcz trujące. Te atrakcje sprawiały, że większość miejscowych omijała lokal, zostawiając go marynarzom, którzy nie wiedzieli o niczym lepszym. „Pod Leniwym Węgorzem" nigdy nie spotykało się strażników miejskich ani celników.

Niektóre sprawy nigdy się nie zmieniają. „Pod Leniwym Węgorzem" czas się zatrzymał. Beczkowaty sufit pokryły czarne plamy sadzy, podłogę stanowiło ubite klepisko, a w powietrzu unosiła się woń dymu, zepsutego mięsa i starych wymiocin. Wysokie łojowe świece stojące na stołach dawały więcej dymu niż światła, a wino zamówione przez Davosa wydawało się w półmroku raczej brązowe niż czerwone. Przy drzwiach siedziały cztery zajęte piciem kurwy. Gdy wszedł do środka, jedna z nich obrzuciła go pełnym nadziei spojrzeniem. Cebulowy rycerz potrząsnął głową i kobieta powiedziała towarzyszkom coś, co je rozśmieszyło. Potem już nie zwracały na niego uwagi.

Nie licząc kurew i właściciela, Davos miał lokal tylko dla siebie. Piwnica była wielka, pełna zakamarków i pogrążonych w cieniu nisz, w których człowiek mógł być sam. Zabrał wino do jednej z nich, usiadł wsparty plecami o ściany i czekał.

Nie minęło wiele czasu, nim zaczął się wpatrywać w ogień na kominku. Kobieta w czerwieni widziała przyszłość w płomieniach, ale Davos Seaworth potrafił w nich dostrzec jedynie przeszłość: płonące okręty, gorejący łańcuch, zielone cienie tańczące na podbrzuszach chmur i posępną Czerwoną Twierdzę górującą nad tym wszystkim. Był prostym człowiekiem, wyniesionym wysoko przez przypadek, wojnę i Stannisa. Nie rozumiał, dlaczego bogowie zabrali czterech chłopaków tak młodych i silnych jak jego synowie, a oszczędzili ich znużonego życiem ojca. W niektóre noce nawiedzała go myśl, że pozostał na świecie po to, by uratować Edrica Storma... ale bękart króla Roberta był już bezpieczny na Stopniach, a Davos nadal żył. *Czy bogowie mają dla mnie jeszcze jakieś zadanie?* — zastanawiał się. *Jeśli tak, Biały Port może mieć z nim coś wspólnego.* Spróbował wina, a potem wylał połowę kubka na klepisko obok swej stopy.

Gdy na dworze zmierzchało, ławy „Pod Leniwym Węgorzem" zaczęli wypełniać marynarze. Davos zamówił drugi kubek wina. Właściciel razem z nim przyniósł mu świecę.

— Chcesz coś do jedzenia? — zapytał. — Mamy paszteciki z mięsem.

— A jakim mięsem?

— Tym samym co zawsze. Jest dobre.

Kurwy parsknęły śmiechem.

— Chciał powiedzieć, że jest szare — odezwała się jedna z nich.

— Zamknij cholerną gębę. Jesz je.

— Mogę zjeść każde gówno. Ale to nie znaczy, że muszę je lubić.

Gdy tylko właściciel się oddalił, Davos zdmuchnął płomień świecy i znowu ukrył się w cieniu. Gdy lało się wino, nawet tak tanie jak tutaj, marynarze stawali się najgorszymi plotkarzami na świecie. Wystarczy, że będzie słuchał.

Większości tego, o czym usłyszał, dowiedział się już w Sisterton, od lorda Godrica albo od gości „Brzucha Wieloryba". Tywin Lannister nie żył, zamordowany przez swego karłowatego syna. Jego trup śmierdział tak paskudnie, że przez wiele dni nikt nie mógł wejść do Wielkiego Septu Baelora; panią Orlego Gniazda zabił minstrel i rządy w Dolinie sprawował obecnie Littlefinger, ale Spiżowy Yohn Royce poprzysiągł go obalić... Balon Greyjoy również zginął i jego bracia walczyli o Tron z Morskiego Kamienia... Sandor Clegane stał się banitą łupiącym i zabijającym mieszkańców ziem nad Tridentem... Myr, Lys i Tyrosh wdały się w kolejną wojnę... Na wschodzie wybuchło powstanie niewolników.

Inne wieści były bardziej interesujące. W mieście był Robett Glover. Próbował zwołać ludzi, ale bez większego powodzenia. Lord Manderly pozostawał głuchy na jego błagania. Ponoć rzekł mu, że Biały Port jest zmęczony wojną. Niedobrze. Ryswellowie i Dustinowie zaskoczyli żelaznych ludzi nad Rzeką Gorączki i podpalili ich drakkary. Jeszcze gorzej. A teraz Bękart Boltona zmierzał na południe z Hotherem Umberem, by przyłączyć się do ataku na Fosę Cailin.

— Sam Kurwistrach z trzystoma włócznikami i setką łuczników — zapewnił rzeczny marynarz, który niedawno przypłynął Białym Nożem z ładunkiem skór i drewna. — Dołączyło do niego trochę Hornwoodów, a także Cerwynów.

Ta wiadomość była najgorsza ze wszystkich.

— Lord Wyman powinien też wysłać trochę ludzi, jeśli wie, co jest dla niego dobre — stwierdził starszy mężczyzna siedzący u końca stołu. — Namiestnikiem północy jest teraz lord Roose i honor wymaga, by Biały Port odpowiedział na jego wezwanie.

— A co Boltonowie mogą wiedzieć o honorze? — zapytał właściciel lokalu, wypełniając kubki brązowym winem.

— Lord Wyman nigdzie nie pojedzie. Jest za gruby i tyle.

— Słyszałem, że choruje. Ponoć cały czas tylko śpi i płacze. Przez większość dni czuje się tak źle, że nie może wstać z łóżka.

— To dlatego, że jest za gruby.

— Grubość czy chudość nie mają tu nic do rzeczy — stwierdził właściciel. — Lwy mają jego syna.

Nikt nie wspominał o królu Stannisie. Wydawało się, że nikt nawet nie słyszał, że Jego Miłość przybył na północ, by pomóc bronić Muru. We Wschodniej Strażnicy mówiono tylko o dzikich, upiorach i olbrzymach, ale tu najwyraźniej nikt nie poświęcał im ani jednej myśli.

Davos pochylił się, wysuwając głowę w światło.

— Myślałem, że Freyowie zabili jego syna — odezwał się. — Tak mówią w Sisterton.

— Zabili ser Wendela — potwierdził właściciel. — Jego kości spoczywają w Śnieżnym Sepcie, ze wszystkich stron otoczone świecami, jeśli chcesz je sobie obejrzeć. Ale ser Wylis nadal pozostaje w niewoli.

Coraz gorzej i gorzej. Wiedział, że lord Wyman miał dwóch synów, ale myślał, że obaj nie żyją. *Jeśli Żelazny Tron ma zakładnika...* Davos spłodził siedmiu synów i czterech stracił na Czarnym Nurcie. Wiedział, że zrobiłby wszystko, czego zażądaliby bogowie albo ludzie, by uchronić pozostałych trzech. Steffon i Stannis przebywali tysiące mil od okolic, gdzie trwała wojna, i nic im nie groziło, ale Devan został w Czarnym Zamku jako giermek króla. *A zwycięstwo lub klęska sprawy tego króla może zależeć od Białego Portu.*

Inni goście lokalu rozmawiali teraz o smokach.

— Jesteś cholernym szaleńcem — stwierdził wioślarz z „Tancerki Burzy". — Żebraczy Król nie żyje już od lat. Jakiś dothracki władca koni uciął mu głowę.

— Tak nam mówią — odparł starszy mężczyzna. — Ale to może być kłamstwo. Zginął na drugim końcu świata, jeśli rzeczywiście nie żyje. Któż może to wiedzieć? Gdyby król pragnął mojej śmierci, może postarałbym się spełnić jego życzenie i udawałbym trupa. Nikt z nas nie widział jego ciała.

— Ciał Joffreya i Roberta też nigdy nie widziałem — warknął właściciel tawerny. — Może oni również żyją i mają się świetnie. A może Baelor Błogosławiony tylko sobie drzemał przez te wszystkie lata.

Starszy mężczyzna skrzywił się.

— Książę Viserys nie był jedynym smokiem, prawda? Czy jesteśmy pewni, że zabili syna księcia Rhaegara? To był tylko mały chłopczyk.

— A czy nie było też jakiejś księżniczki? — zapytała kurwa, ta sama, która powiedziała, że mięso jest szare.

— Były dwie — odparł starszy mężczyzna. — Córka Rhaegara i jego siostra.

— Daena — stwierdził rzeczny marynarz. — To była ta siostra. Daena ze Smoczej Skały. A może Daera?

— Daena to była żona starego króla Baelora — sprzeciwił się wioślarz. — Wiosłowałem kiedyś na statku nazwanym na jej cześć. „Księżna Daena".

— Gdyby była żoną króla, byłaby królową.

— Baelor nigdy nie miał królowej. Był święty.

— Ale to nie znaczy, że nie ożenił się z siostrą — wyjaśniła kurwa. — Po prostu nigdy z nią nie spał i tyle. Kiedy zrobili go królem, zamknął ją w wieży. I inne siostry też. Miał ich trzy.

— Daenela — rzekł głośno właściciel. — Tak się nazywała. To znaczy, córka Obłąkanego Króla, nie żona cholernego Baelora.

— Daenerys — odezwał się Davos. — Nadano jej imię na cześć Daenerys, która poślubiła księcia Dorne podczas panowania Daerona Drugiego. Nie wiem, co się z nią stało.

— Ja wiem — odparł mężczyzna, który zaczął rozmowę o smokach, braavoski wioślarz w ciemnej wełnianej kurtce. — W Pentos cumowaliśmy obok kupieckiego statku o nazwie „Dziewczyna o Tarninowych Oczach" i piłem ze stewardem jego kapitana. Opowiedział mi historyjkę o dziewczątku, które weszło na pokład w Qarthu i próbowało kupić podróż do Westeros dla siebie i trzech smoków. Miało srebrne włosy i fioletowe oczy. Steward przysięgał, że osobiście zaprowadził ją do kapitana, ale ten nie chciał o tym słyszeć. Stwierdził, że goździki i szafran lepiej się opłacają, a do tego korzenie nie podpalą ci żagli.

Piwnicę wypełnił śmiech, ale Davos się do niego nie przyłączył. Wiedział, jaki los spotkał „Dziewczynę o Tarninowych Oczach". Bogowie byli okrutni. Pozwalali człowiekowi opłynąć pół świata, a potem dopuszczali, by ścigał fałszywe światło, gdy był już prawie w domu. *Ten kapitan był odważniejszy ode mnie* — pomyślał, kierując się ku drzwiom. Jeden rejs na wschód i człowiek mógł żyć jak lord aż po kres swych dni. W młodszym wieku marzył o wypłynięciu w taką wyprawę, ale lata mijały jak ćmy tańczące wokół płomienia i z jakiegoś powodu chwila nigdy nie była odpowiednia. *Pewnego dnia* — powiedział sobie — *kiedy król Stannis zasiądzie na Żelaznym Tronie i nie będzie już potrzebował cebulowych rycerzy, zabiorę ze sobą Devana. Steffa i Stanny'ego też, jeśli będą już wystarczająco duzi. Zobaczymy te smoki i wszystkie cuda świata.*

Płomienie oliwnych lamp oświetlających dziedziniec chwiały się na porywistym wietrze. Po zachodzie słońca zrobiło się zimniej, ale Davos pamiętał Wschodnią Strażnicę, gdzie nocami dął świszczący wicher od Muru, wnikający nawet pod najgrubszy płaszcz i sprawiający, że zamarzała krew w żyłach. W porównaniu z tym Biały Port przypominał ciepłą kąpiel.

Były też inne miejsca, w których mógłby wypełnić uszy: gospoda słynąca z pasztecików z minogiem, piwiarnia, w której pili faktorzy wełniani i celnicy, sala komediantów, gdzie za kilka grosików można było obejrzeć sprośne występy. Davos uznał jednak, że usłyszał już wystarczająco wiele. *Przybyłem za późno.* Dawny instynkt kazał mu sięgnąć do piersi. Kiedyś nosił tam kości palców w woreczku zawieszonym na rzemieniu. Nie poczuł jednak nic. Stracił amulet w pożarze na Czarnym Nurcie, razem ze statkiem i synami.

Co powinienem teraz uczynić? Otulił się ciaśniej płaszczem. *Czy mam wejść na wzgórze i zapukać do bram Nowego Zamku, by błagać nadaremnie? Czy raczej wrócić do Sisterton, a potem popłynąć do Maryi i chłopców? Albo kupić konia, pojechać kró-*

lewskim traktem i powiedzieć Stannisowi, że w Białym Porcie nie znajdzie przyjaciół ani nadziei?

Królowa Selyse wydała ucztę na cześć Salli i jego kapitanów, nocą przed wypłynięciem w rejs. Zjawił się również Cotter Pyke, razem z wysokimi rangą braćmi z Nocnej Straży. Pozwolono też przyjść księżniczce Shireen. Ser Axell Florent uraczył gości opowieścią o targaryeńskim książątku, które trzymało własną małpę i lubiło przebierać ją w stroje swego zmarłego syna. Od czasu do czasu książę składał w jego imieniu propozycję małżeństwa, ale zaszczyceni w ten sposób lordowie bez wyjątku uprzejmie odmawiali.

— Nawet jeśli przebrać małpę w jedwabie i aksamity, i tak pozostanie małpą — skwitował ser Axell. — Mądrzejszy książę wiedziałby, że nie można zlecać małpie zadań odpowiednich dla człowieka.

Ludzie królowej wybuchnęli śmiechem, a kilku uśmiechnęło się znacząco do Davosa. *Nie jestem małpą* — pomyślał cebulowy rycerz. *Jestem lordem, tak samo jak ty, i lepszym człowiekiem od ciebie.* Niemniej to wspomnienie nadal sprawiało mu ból.

Foczą Bramę zamknięto na noc. Do rana Davos nie będzie mógł wrócić na „Wesołą Położną". Musi tu zostać na noc. Zerknął na Starca Rybią Stopę z jego złamanym trójzębem. *Dotarłem tu przez deszcze, sztormy i katastrofy. Nie odpłynę, nie zrobiwszy tego, po co mnie przysłano, nawet jeśli sprawa wydaje się beznadziejna.* Mógł stracić palce i amulet, ale to jeszcze nie znaczyło, że jest małpą przebraną w aksamity. Był królewskim namiestnikiem.

Schody Zamkowe były właściwie ulicą ze stopniami, szeroką, wyłożoną białymi kamiennymi płytami trasą prowadzącą z nadmorskiego Wilczego Barłogu aż do Nowego Zamku wzniesionego na szczycie wzgórza. Gdy Davos wspinał się w górę, drogę oświetlały mu marmurowe syreny, tulące w ramionach misy wypełnione płonącym wielorybim olejem. Cebulowy rycerz dotarł na górę i obejrzał się za siebie. Sięgał stąd wzrokiem aż do portów. Obu. W wewnętrznym, za murem na molu, było pełno wojennych galer. Davos naliczył dwadzieścia trzy. Lord Wyman był gruby, ale z pewnością nie leniwy.

Bramy Nowego Zamku były zamknięte, ale gdy zakrzyknął głośno, otworzyła się furta i wyszedł z niej strażnik, by zapytać, co go sprowadza. Davos pokazał mu czarno-złotą wstęgę, opatrzoną królewskimi pieczęciami.

— Muszę natychmiast pomówić z lordem Manderlym — oznajmił. — To, co mam do powiedzenia, jest przeznaczone wyłącznie dla jego uszu.

DAENERYS

Tancerze lśnili migotliwym blaskiem, ich gładkie, wygolone ciała pokrywała cienka warstewka oliwy. Płonące pochodnie przeskakiwały z ręki do ręki w rytm bębnów i piskliwego głosu fletu. Gdy tylko dwie żagwie mijały się w locie, naga dziewczyna skakała między nimi, wirując w powietrzu. Blask ognia odbijał się w naoliwionych kończynach, piersiach i pośladkach.

Wszyscy trzej mężczyźni mieli wzwód. Ten widok podniecał Daenerys Targaryen, choć jednocześnie wydawał się jej komiczny. Byli tego samego wzrostu, mieli długie nogi i płaskie brzuchy, a wszystkie mięśnie wydatnie zaznaczone, jak wyrzeźbione w kamieniu. Nawet ich twarze z jakiegoś powodu wydawały się podobne... co było naprawdę dziwne, biorąc pod uwagę fakt, że jeden miał skórę czarną jak heban, drugi białą jak mleko, a trzeci barwy polerowanej miedzi.

Czy chodzi o to, żebym zapłonęła? Dany poruszyła się na jedwabnych poduszkach. Stojący pod kolumnami Nieskalani wyglądali jak posągi w spiczastych hełmach. Ich gładkie twarze nic nie wyrażały. Kompletni mężczyźni reagowali jednak inaczej. Reznak mo Reznak rozdziawił usta, a wargi mu lśniły. Hizdahr zo Loraq mówił coś do siedzącego obok człowieka, ale ani na moment nie odrywał spojrzenia od tancerek. Brzydka, wysmarowana oliwą gęba Golonego Łba miała wyraz surowy jak zawsze, ale nic nie umykało jego uwagi.

Trudniej było odgadnąć, o czym marzy jej czcigodny gość. Siedzący z nią przy ustawionym na podwyższeniu stole mężczyzna o bladej, szczupłej, drapieżnej twarzy wyglądał wspaniale w szatach z rdzawobrązowego jedwabiu i złotogłowiu, a jego łysa głowa lśniła w blasku pochodni. Pochłaniał trzymaną w palcach figę małymi, precyzyjnymi, eleganckimi kęsami. Opale w nosie Xaro Xhoan Daxosa migotały, kiedy mężczyzna poruszał głową, śledząc ruchy tancerzy.

Na jego cześć Daenerys wdziała qartheńską suknię, piękną kreację z fioletowego brokatu skrojoną tak, by odsłaniała lewą pierś. Srebrnozłote włosy, lekko wyszczotkowane powyżej ramienia, opadały prawie do sutki. Połowa mężczyzn obecnych w komnacie zerkała na nią ukradkiem, ale nie Xaro. *W Qarthu było tak samo.* W ten sposób nie przekona magnata handlowego. *Ale muszę go jakoś przekonać.* Przypłynął z Qarthu galerą „Jedwabna Chmura". Towarzyszyło jej trzynaście innych. Ta flota była odpowiedzią na modlitwę. Odkąd Dany zdelegalizowała niewolnictwo, handel z Meereen spadł prawie do zera. Xaro był władny go odrodzić.

Kiedy bębny osiągnęły crescendo, trzy dziewczyny skoczyły nad płomieniami, wirując w locie. Mężczyźni złapali je w taliach i nasunęli na członki. Kobiety wygięły plecy i oplotły partnerów nogami. Flety płakały, a mężczyźni poruszali biodrami w rytm muzyki. Daenerys nieraz już oglądała akty miłosne. Dothrakowie parzyli się równie otwarcie jak ich klacze i ogiery. Nigdy jednak nie widziała żądzy zaspokajanej przy akompaniamencie muzyki.

Poczuła ciepło na twarzy. *To wino* — powiedziała sobie. Mimo to złapała się na tym, że myśli o Daario Naharisie. Rano przybył wysłannik od niego. Wrony Burzy wracały z Lhazaru. Kapitan przynosił jej przyjaźń z Owczarzami. *Żywność i handel* — pomyślała. *Nie zawiódł mnie i nigdy nie zawiedzie. Daario pomoże mi uratować miasto.* Królowa pragnęła znowu zobaczyć jego twarz, pogłaskać trójdzielną brodę, opowiedzieć mu o swych kłopotach… ale Wrony Burzy były jeszcze wiele dni drogi stąd, za przełęczą Khyzai, a ona musiała władać królestwem.

Między fioletowymi kolumnami unosiły się kłęby dymu. Tancerze uklękli, pochylając głowy.

— Byliście wspaniali — oznajmiła im Dany. — Rzadko miałam okazję oglądać taką grację i piękno. — Skinęła na Reznaka mo Reznaka. Seneszal podbiegł do niej. Pomarszczoną łysinę upstrzyły mu kropelki potu. — Odprowadź naszych gości do łaźni, żeby mogli się odświeżyć. Niech im też podadzą jadło i napoje.

— To będzie dla mnie wielki zaszczyt, Wasza Wspaniałość.

Daenerys podsunęła Irri kielich do napełnienia. Wino było słodkie i mocne, przesycone wonią wschodnich korzeni. Znacznie lepsze od ghiscarskich cienkuszy, które ostatnio wypełniały jej puchar. Xaro przyjrzał się leżącym na trzymanej przez Jhiqui tacy owocom i wybrał śliwę daktylową. Pomarańczowy owoc harmonizował z koralem w jego nosie. Ugryzł kęs i wydął usta.

— Cierpka.

— Wolałbyś coś słodszego, panie?

— Słodycz jest mdła. Cierpkie owoce i pikantne kobiety nadają życiu smak. — Odgryzł kolejny kęs, przeżuł go i połknął. — Daenerys, słodka królowo, nie potrafię wyrazić, jak mi przyjemnie, że znowu mogę się napawać twą bliskością. Z Qarthu odpłynęło dziecko, piękne i zagubione. Obawiałem się, że zmierzasz ku zgubie, ale teraz widzę, że siedzisz na tronie i władasz starożytnym miastem, otoczona przez potężny zastęp wyczarowany z marzeń.

Nie — pomyślała. *Z krwi i ognia.*

— Cieszę się, że mnie odwiedziłeś. Miło jest znowu ujrzeć twą twarz, przyjacielu.

Nie zaufam ci, ale jesteś mi potrzebny. Potrzebuję twoich Trzynastu, twoich statków i twoich towarów.

Przez stulecia Meereen oraz jego siostrzane miasta, Yunkai i Astapor, były fundamentami handlu niewolnikami, miejscem, gdzie dothraccy *khale* i korsarze z Wysp Bazyliszkowych sprzedawali jeńców, a reszta świata zjeżdżała się, by ich kupować. Bez niewolników Meereen miało niewiele do zaoferowania kupcom. Pośród wzgórz ghiscarskich nie brakowało złóż miedzi, ale ten metal nie był już tak cenny jak w czasach, gdy światem władał brąz. Wysokie cedry, porastające ongiś wybrzeże, padły pod ciosami siekier Starego Imperium albo pochłonął je smoczy ogień w czasach, gdy Ghis toczyło wojnę z Valyrią. Po zniknięciu drzew gleba spiekła się w gorących promieniach słońca i uleciała z wiatrem w gęstych czerwonych tumanach. „To właśnie te katastrofy uczyniły z tutejszych ludzi handlarzy niewolników" — oznajmiła jej Galazza Galare w Świątyni Gracji. *A ja jestem katastrofą, która z powrotem zamieni handlarzy niewolników w ludzi* — poprzysięgła sobie Dany.

— Musiałem tu przybyć — odparł ospałym tonem Xaro. — Nawet w odległym Qarthu do moich uszu dotarły przerażające opowieści. Płakałem, słuchając ich. Powiadają, że twoi wrogowie obiecują bogactwa, chwałę i sto dziewiczych niewolnic każdemu mężczyźnie, który cię zabije.

— Synowie Harpii. — *Skąd o tym wie?* — Bazgrzą nocami po murach i podrzynają gardła uczciwym wyzwoleńcom, kiedy ci śpią. A gdy wzejdzie słońce, kryją się jak karaluchy. Boją się moich Mosiężnych Bestii. — Skahaz mo Kandaq dał jej nową straż, o którą prosiła, złożoną w połowie z wyzwoleńców, a w połowie z meereeńskich golonych łbów. Zbrojni w ciemnych kapturach i mosiężnych maskach patrolowali ulice dniem i nocą. Synowie Harpii grozili straszliwą śmiercią każdemu zdrajcy, który odważy się służyć smoczej królowej, a także całym ich rodzinom. Dlatego ludzie Golonego Łba ukrywali prawdziwe twarze za maskami szakali, sów i innych stworzeń. — Miałabym powód bać się Synów, gdyby złapali mnie samą na ulicy, ale tylko nocą i gdybym nie miała broni. To tchórze.

— Tchórz z nożem może zabić królową równie łatwo jak bohater. Spałbym lepiej, gdybym wiedział, że zachwyt mojego serca ma przy sobie swych wojowniczych władców koni. W Qarthu miałaś trzech braci krwi, którzy nigdy się od ciebie nie oddalali. Gdzie się podziali?

— Aggo, Jhogo i Rakharo nadal mi służą. — *Igra ze mną.* Dany potrafiła odwdzięczyć mu się tym samym. — Jestem tylko młodą dziewczyną i niewiele wiem o takich sprawach, ale starsi i mądrzejsi mężczyźni mówią mi, że aby władać Meereen, muszę panować nad otaczającymi je ziemiami, aż po zachodnią granicę Lhazaru i Yunkijskie Wzgórza na południu.

— Te ziemie nie są dla mnie cenne. Ty zaś jesteś. Gdyby przydarzyło ci się coś złego, ten świat utraciłby smak.

— To miło, że wykazujesz taką troskę, panie, ale jestem dobrze strzeżona. — Dany wskazała na Barristana Selmy'ego, który stał obok z dłonią na rękojeści miecza. — Zwą go Barristanem Śmiałym. Już dwukrotnie uratował mnie przed skrytobójcami.

Xaro obrzucił Selmy'ego pobieżnym spojrzeniem.

— Chciałaś powiedzieć, Barristanem Starym? Twój niedźwiedzi rycerz był młodszy i bardziej ci oddany.

— Nie chcę mówić o Jorahu Mormoncie.

— Oczywiście. Był grubiański i kudłaty. — Magnat handlowy pochylił się nad stołem. — Lepiej porozmawiajmy o miłości, o marzeniach, pożądaniu i o Daenerys, najpiękniejszej kobiecie tego świata. Upiłem się twoim widokiem.

Przesadne qartheńskie komplementy nie były dla niej nowością.

— Jeśli się upiłeś, to z pewnością winem.

— Żadne wino nie oszałamia nawet w połowie tak skutecznie jak twa uroda. Moja rezydencja stała się pusta jak grobowiec, odkąd opuściła ją Daenerys. Wszystkie przyjemności Królowej Miast mają dla mnie smak popiołu. Dlaczego mnie porzuciłaś?

Musiałam uciekać z twojego miasta z obawy o życie.

— Nadszedł na to czas. Qarth chciał, żebym odpłynęła.

— Kto? Ludzie czystej krwi? Oni mają w żyłach wodę. Kupcy korzenni? Ci mają twaróg zamiast mózgu. Powinnaś była mnie poślubić. Jestem prawie pewien, że prosiłem cię o rękę. A nawet błagałem.

— Tylko pół setki razy — zażartowała Dany. — Za łatwo dajesz za wygraną, panie. Wszyscy się zgadzają, że muszę wyjść za mąż.

— *Khaleesi* potrzebuje *khala* — potwierdziła Irri, ponownie napełniając kielich królowej. — Wszyscy to wiedzą.

— Czy mam cię poprosić znowu? — zastanawiał się Xaro. —

Nie, znam ten uśmiech. Tylko okrutna królowa igra z męskimi sercami. Skromni kupcy, tacy jak ja, to jedynie kamienie pod twymi ozdobionymi klejnotami sandałami.

Po jego białym policzku spłynęła łza.

Dany za dobrze go znała, żeby się wzruszyć. Qartheńscy mężczyźni potrafili płakać na zawołanie.

— Och, przestań. — Wzięła wiśnię z tacy i rzuciła mu nią w nos. — Mogę być młodą dziewczyną, ale nie jestem aż taka głupia, by poślubić mężczyznę, którego taca z owocami interesuje bardziej niż moja pierś. Zauważyłam, na kogo patrzyłeś podczas tańców.

Xaro otarł łzę.

— Mam wrażenie, że patrzyłem na tych samych tancerzy, co Wasza Miłość. Widzisz? Jesteśmy do siebie podobni. Jeśli nie pragniesz mnie za męża, z radością zostanę twym niewolnikiem.

— Nie chcę mieć niewolników. Wyzwalam cię.

Jego wysadzany klejnotami nos był kuszącym celem. Tym razem Dany rzuciła morelą.

Xaro złapał owoc w locie i odgryzł kęs.

— Skąd się wzięło to szaleństwo? Czy mam uznać, że poszczęściło mi się, iż nie wyzwoliłaś moich niewolników, gdy byłaś moim gościem w Qarthu?

Byłam żebraczą królową, a ty byłeś Xarem z Trzynastu i chodziło ci tylko o moje smoki — pomyślała Dany.

— Twoi niewolnicy robili wrażenie dobrze traktowanych i zadowolonych. Dopiero w Astaporze otworzyły mi się oczy. Czy wiesz, jak się produkuje i szkoli Nieskalanych?

— Nie wątpię, że to okrutne. Gdy kowal wykuwa miecz, wkłada klingę w ogień, wali w nią młotem, a potem zanurza w lodowatej wodzie, żeby zahartować stal. Jeśli chcesz się radować słodkim smakiem owoców, musisz podlewać drzewo.

— To drzewo podlewano krwią.

— Jak inaczej można stworzyć żołnierzy? Waszej Promienności podobali się moi tancerze. Czy zdziwisz się, jeśli ci powiem, że to niewolnicy, wyhodowani i wyszkoleni w Yunkai? Tańczą, odkąd nauczyli się chodzić. Jak inaczej mogliby osiągnąć podobną doskonałość? — Wypił łyk wina. — Są też mistrzami we wszystkich sztukach miłosnych. Miałem ochotę podarować ich Waszej Miłości.

— Proszę bardzo. — Dany nie była zaskoczona. — Wyzwolę ich.

Skrzywił się.

— A co by zrobili z wolnością? Równie dobrze mogłabyś podarować rybie kolczugę. Są stworzeni do tańca.

— Przez kogo? Przez swoich panów? Może twoi tancerze woleliby być murarzami, piekarzami albo rolnikami? Pytałeś ich o to?

— A może twoje słonie wolałyby być słowikami. Zamiast słodkich pieśni meereeńskie noce wypełniałoby gromkie trąbienie, a twoje drzewa łamałyby się pod ciężarem ogromnych szarych ptaków. — Xaro westchnął. — Daenerys, moja radości, pod twoją słodką młodą piersią bije czułe serce... ale wysłuchaj rady kogoś starszego i mądrzejszego. Nie wszystko wygląda tak, jak nam się zdaje. To, co z pozoru jest złe, nieraz bywa dobre. Na przykład deszcz.

— Deszcz?

Czy ma mnie za idiotkę, czy po prostu za dziecko?

— Przeklinamy go, kiedy pada nam na głowy, ale bez niego umarlibyśmy z głodu. Świat potrzebuje deszczu... i niewolników. Możesz się krzywić, ale to prawda. Na przykład Qarth. W sztuce, muzyce, magii, handlu i wszystkim, co czyni nas więcej niż zwierzętami, nasze miasto przewyższa resztę ludzkości tak samo jak ty, gdy siedzisz na szczycie tej piramidy... ale na dole, na cegłach, wspaniałość Królowej Miast wspiera się na grzbietach niewolników. Sama się zastanów, czy gdyby wszyscy musieli orać ziemię, by zdobyć pożywienie, ktokolwiek mógłby wznosić oczy ku gwiazdom? Gdyby każdy z nas musiał się trudzić, by wybudować chatę dla siebie, kto wznosiłby świątynie ku chwale bogów? Żeby część ludzi mogła się stać wielkimi, inni muszą być niewolnikami.

Był dla niej zbyt elokwentny. Nie miała dla niego żadnej odpowiedzi poza nagim uczuciem wypełniającym jej brzuch.

— Niewolnictwo to nie to samo co deszcz — upierała się. — Nieraz zmokłam, a kiedyś też mnie sprzedano. To co innego. Nikt nie chce być własnością.

Xaro wzruszył leniwie ramionami.

— Tak się składa, że po wyjściu na brzeg w twoim słodkim mieście zobaczyłem na brzegu rzeki człowieka, który był kiedyś gościem w moim domu, kupca handlującego rzadkimi korzeniami i wybornymi winami. Był nagi do pasa, a czerwona skóra złaziła z niego płatami. Najwyraźniej kopał jakiś dół.

— Nie dół tylko rów doprowadzający wodę z rzeki na pola. Zamierzamy zasadzić fasolę, a ona wymaga wody.

— To bardzo uprzejme ze strony mojego starego przyjaciela, że zgodził się pomóc w tej pracy. A także zupełnie do niego niepodobne. Czy to możliwe, że nie miał wyboru? Z pewnością niemożliwe. W Meereen nie ma niewolników.

Dany zaczerwieniła się.

— Twój przyjaciel otrzymuje w nagrodę jedzenie i dach nad głową. Nie mogę mu zwrócić majątku. Meereen potrzebuje fasoli bardziej niż rzadkich korzeni, a fasola wymaga wody.

— Czy moim tancerzom również kazałabyś kopać rowy? Słodka królowo, gdy mój stary przyjaciel mnie ujrzał, padł na kolana i błagał, bym go kupił i zabrał do Qarthu jako niewolnika.

Poczuła się, jakby ją spoliczkował.

— Zrób to więc.

— Jeśli to cię ucieszy. Jego ucieszy z pewnością. — Położył dłoń na jej ramieniu. — Są prawdy, które może ci powiedzieć tylko przyjaciel. Pomogłem ci, gdy przybyłaś do Qarthu jako żebraczka, a teraz przebyłem wiele mil i burzliwe morza, by znowu służyć ci pomocą. Czy jest tu jakieś miejsce, gdzie moglibyśmy porozmawiać szczerze?

Dany czuła ciepło jego palców. *W Qarthu też był ciepły* — przypomniała sobie. *Aż do chwili, gdy przestałam mu być potrzebna.* Wstała.

— Chodź — powiedziała.

Xaro podążył za nią pod kolumnami. Weszli na szerokie marmurowe schody wiodące do jej prywatnych komnat na szczycie piramidy.

— Och, najpiękniejsza z kobiet — rzekł Xaro, gdy ruszyli w górę — słyszę z tyłu kroki. Ktoś za nami idzie.

— Z pewnością nie boisz się mojego starego rycerza? Ser Barristan przysiągł dochować wszystkich moich tajemnic. — Wyprowadziła gościa na taras wychodzący na miasto. Na czarnym niebie nad Meereen unosił się księżyc w pełni. — Przespacerujemy się? — Dany wsunęła mu rękę pod ramię. W powietrzu unosił się intensywny zapach nocnych kwiatów. — Mówiłeś o pomocy. Jeśli chcesz mi pomóc, handluj ze mną. Meereen ma na sprzedaż sól, wino…

— Ghiscarskie? — Xaro skrzywił się kwaśno. — Qarth całą swoją sól czerpie z morza, ale z chęcią kupię od ciebie tyle oliwek, ile tylko zechcesz mi sprzedać. I oliwę też.

— Nie mam oliwy. Handlarze niewolników spalili wszystkie drzewa. — Na brzegach Zatoki Niewolniczej drzewa oliwne rosły od stuleci, ale Meereeńczycy puścili z dymem swe starożytne gaje, gdy maszerował na nich zastęp Dany, zmuszając ją do posuwania się przez zwęglone pustkowie. — Sadzimy nowe, ale musi minąć siedem lat, nim drzewo oliwne wyda owoce, a trzydzieści, nim można je nazwać wydajnym. A co z miedzią?

— To ładny metal, ale kapryśny jak kobieta. Za to złoto… złoto jest szczere. Qarth z chęcią ci je zaoferuje… za niewolników.

— Meereen to wolne miasto wolnych ludzi.

— Biedne miasto, choć kiedyś było bogate. Głodne miasto, choć kiedyś było syte. Krwawiące miasto, choć kiedyś panował w nim pokój.

Zabolały ją jego oskarżenia. Było w nich zbyt wiele prawdy.

— Bogactwo, sytość i pokój wrócą do Meereen, a wolność pozostanie. Jeśli musisz mieć niewolników, zwróć się do Dothraków.

— Dothrakowie chwytają niewolników, a Ghiscarczycy ich szkolą. Żeby dotrzeć do Qarthu, władcy koni musieliby przeprowadzić swoich jeńców przez czerwone pustkowie. Umarłyby setki, jeśli nie tysiące. Padłoby też wiele koni i dlatego żaden *khal* nie podejmie takiego ryzyka. Jest jeszcze jedno: Qarth nie chce żadnych *khalasarów* pod swymi murami. Smród tych wszystkich koni... bez obrazy, *khaleesi*.

— Koń ma uczciwy zapach. To więcej, niż można powiedzieć o niektórych wielkich panach i handlowych magnatach.

Xaro nie zwrócił uwagi na ten przytyk.

— Daenerys, pozwól, że będę z tobą szczery, jak przystoi przyjacielowi. Nie zapewnisz Meereen bogactwa, sytości i pokoju. Możesz jedynie przywieść je do zguby, jak Astapor. Czy wiesz, że pod Rogami Hazzatu wybuchły walki? Król-rzeźnik uciekł do swego pałacu, a jego nowi Nieskalani razem z nim.

— Wszyscy to wiedzą. — Brązowy Ben Plumm przysłał jej wiadomość o tej bitwie. — Yunkai'i kupili sobie nowych najemników, a u ich boku walczyły dwa legiony z Nowego Ghis.

— Dwa staną się czterema, a potem dziesięcioma. Yunkijscy wysłannicy wyruszyli do Myr i Volantis po kolejne oddziały. Kompania Kota, Długie Kopie, Plewy na Wietrze. Niektórzy zapewniają, że Mądrzy Panowie kupili sobie również Złotą Kompanię.

Jej brat Viserys wydał kiedyś ucztę dla kapitanów Złotej Kompanii, w nadziei, że zechcą się przyłączyć do jego sprawy. *Zjedli, co im dał, wysłuchali jego próśb, a potem go wyśmiali.* Dany była wtedy małą dziewczynką, ale wszystko pamiętała.

— Ja też mam najemników.

— Dwie kompanie. Jeśli będzie trzeba, Yunkai'i wyślą przeciwko tobie dwadzieścia. A kiedy wymaszerują, nie będą sami. Tolos i Mantarys zgodziły się zawrzeć sojusz.

Jeśli Xaro mówił prawdę, to były złe wieści. Daenerys wysłała poselstwa do Tolos i Mantarys w nadziei, że znajdzie na zachodzie przyjaciół, którzy zrównoważą wrogość położonego na południu Yunkai. Jej posłowie nie wrócili.

— Meereen zawarło sojusz z Lhazarem.

Xaro zachichotał.

— Dothraccy władcy koni porównują Lhazareńczyków do owiec. Kiedy ich ostrzyc, tylko beczą. To nie jest wojowniczy lud.

Lepiej jest mieć za sojuszników owce niż nikogo.

— Mądrzy Panowie powinni wziąć z nich przykład. Za pierwszym razem oszczędziłam Yunkai, ale drugi raz nie popełnię tego błędu. Jeśli ośmielą się mnie zaatakować, zrównam Żółte Miasto z ziemią.

— A kiedy będziesz tym zajęta, moja słodka, Meereen powstanie za twoimi plecami. Nie zamykaj oczu na grożące ci niebezpieczeństwa, Daenerys. Twoi eunuchowie to znakomici żołnierze, ale jest ich za mało, by mogli się oprzeć zastępom, które rzuci przeciwko tobie Yunkai, gdy Astapor już padnie.

— Moi wyzwoleńcy... — zaczęła Dany.

— Nałożnicy, balwierze i murarze nie wygrywają bitew.

Miała nadzieję, że Xaro się myli. Wyzwoleńcy jeszcze niedawno byli niezdyscyplinowaną hałastrą, ale Daenerys podzieliła wszystkich zdolnych do walki mężczyzn na kompanie i rozkazała Szaremu Robakowi zrobić z nich żołnierzy. *Niech sobie myśli, co chce.*

— Zapomniałeś o czymś. Mam smoki.

— Naprawdę? W Qarthu rzadko widziano cię bez smoka na ramieniu... ale zauważyłem, że teraz twe kształtne ramię jest tak samo nagie, jak twoja pierś.

— Smoki urosły, a moje ramię nie. Poleciały daleko na łowy. — *Wybacz mi, Hazzeo.* Zastanawiała się, ile wie Xaro, jakie szepty dotarły do jego uszu. — Jeśli wątpisz w moje smoki, zapytaj o nie Dobrych Panów z Astaporu. *Widziałam, jak oczy handlarza niewolników stopiły się i wypłynęły na policzki.* — Powiedz prawdę, stary przyjacielu. Jeśli nie chcesz handlować, co cię tu sprowadza?

— Chciałem oferować dar królowej mojego serca.

— Mów dalej.

Cóż to znowu za pułapka?

— Dar, o który błagałaś mnie w Qarthu. Statki. W zatoce stoi trzynaście galer. Należą do ciebie, jeśli zechcesz je przyjąć. Przyprowadziłem dla ciebie flotę, która zabierze cię do Westeros.

Flota. To było więcej, niż mogła się spodziewać, stała się więc oczywiście nieufna. W Qarthu Xaro ofiarował jej trzydzieści statków... za smoka.

— A jakiej ceny żądasz za ten dar?

— Żadnej. Nie pragnę już smoków. Po drodze tutaj widziałem, czego dokonały w Astaporze. Moja „Jedwabna Chmura" zawinęła tam, by uzupełnić zapasy wody. Statki są twoje, słodka królowo. Trzynaście galer razem z ludźmi do wioseł.

Trzynaście. Zaiste. Xaro był jednym z Trzynastu. Z pewnością przekonał współbraci, by każdy dał po jednym statku. Za dobrze znała magnata handlowego, by uwierzyć, że poświęcił trzynaście własnych galer.

— Muszę rozważyć sprawę. Czy pozwolisz na inspekcję tych statków?

— Zrobiłaś się podejrzliwa, Daenerys.

Niechybnie.

— Zmądrzałam, Xaro.

— Nie widzę przeszkód. Gdy już się upewnisz, że wszystko w porządku, przysięgnij, że natychmiast wrócisz do Westeros, a statki będą twoje. Przysięgnij na swoje smoki, na boga o siedmiu twarzach i na popioły ojców, a potem odpłyń.

— A jeśli postanowię, że zaczekam rok albo i trzy lata?

Na twarzy Xara pojawił się wyraz żałoby.

— To bardzo by mnie zasmuciło, moja słodka rozkoszy... choć bowiem jesteś młoda i silna, nie pożyjesz tak długo. Nie tutaj.

Jedną ręką podsuwa mi plaster miodu, a w drugiej unosi bicz.

— Yunkai'i nie są znowu tacy straszliwi.

— Nie wszyscy twoi wrogowie mieszkają w Żółtym Mieście. Strzeż się ludzi o zimnych sercach i sinych wargach. Ledwie dwa tygodnie po tym, jak opuściłaś Qarth, Pyat Pree wyruszył z trzema innymi czarnoksiężnikami do Pentos, by tam cię doścignąć.

To raczej rozśmieszyło, niż przestraszyło Dany.

— Całe szczęście, że tam nie popłynęłam. Pentos dzieli od Meereen pół świata.

— To prawda — przyznał Xaro — ale z pewnością prędzej czy później dotrą do nich wieści o smoczej królowej z Zatoki Niewolniczej.

— Chcesz mnie przestraszyć? Żyłam w strachu przez czternaście lat, mój panie. Budziłam się z nim i zasypiałam co noc... ale wszystkie moje obawy spłonęły w dniu, gdy wyszłam z ognia. Teraz przeraża mnie tylko jedno.

— A co, słodka królowo?

— Jestem tylko młodą, głupią dziewczyną. — Dany wspięła się na palce i pocałowała go w policzek. — Ale nie aż tak głupią, by ci to powiedzieć. Moi ludzie obejrzą te statki. Potem usłyszysz odpowiedź.

— Skoro tak mówisz. — Dotknął jej nagiej piersi. — Pozwól mi zostać, bym mógł cię przekonać — wyszeptał.

Przez chwilę czuła pokusę. Być może tancerze jednak ją podniecili. *Mogłabym zamknąć oczy i wyobrażać sobie, że to Daario.* Najemnik z marzeń byłby bezpieczniejszy od prawdziwego, ale Dany odepchnęła od siebie tę myśl.

— Nie, panie. Dziękuję, ale nie. — Wysunęła się z jego objęć. — Może jakiejś innej nocy.

— Jakiejś innej nocy — powtórzył. Jego usta wyrażały smutek, ale w oczach dostrzegła raczej ulgę niż rozczarowanie.

Gdybym była smokiem, mogłabym polecieć do Westeros — pomyślała, gdy już sobie poszedł. *Nie potrzebowałabym Xara i jego statków.* Zadała sobie pytanie, ilu ludzi zmieści się na trzynastu galerach. Potrzebowała trzech, by przewieźć swój *khalasar* z Qarthu do Astaporu, a wtedy nie miała jeszcze ośmiu tysięcy Nieskalanych, tysiąca najemników i wielkiej hordy wyzwoleńców. *A także smoków. Co mam z nimi zrobić?*

— Drogon — wyszeptała. — Gdzie jesteś?

Przez chwilę zdawało się jej, że widzi go na niebie. Jego czarne skrzydła przesłaniały gwiazdy.

Odwróciła się plecami do nocy i spojrzała na Barristana Selmy'ego, który stał bez słowa w ciemności.

— Brat powiedział mi kiedyś westeroską zagadkę. Kto słucha wszystkiego, ale nic nie słyszy?

— Rycerz z Gwardii Królewskiej — odparł z powagą Selmy.

— Słyszałeś propozycję Xara?

— Słyszałem, Wasza Miłość — potwierdził stary rycerz, ze wszystkich sił starając się nie spoglądać na jej nagą pierś.

Ser Jorah nie odwracałby wzroku. Kochał kobietę, a ser Barristan miłuje tylko królową. Mormont był szpiegiem, przesyłał informacje wrogom Dany z Westeros, ale często udzielał jej też dobrych rad.

— I co o niej sądzisz? I o nim?

— O nim nie warto myśleć, ale te statki... Wasza Miłość, mogłyby nas zanieść do domu jeszcze przed końcem roku.

Dany nigdy nie miała prawdziwego domu. W Braavos był dom z czerwonymi drzwiami, ale to wszystko.

— Strzeż się Qartheńczyków przynoszących dary, zwłaszcza kupców z Trzynastu. Jest w tym jakaś pułapka. Może statki są przegniłe albo...

— Gdyby nie nadawały się do żeglugi, nie przypłynęłyby tu z Qarthu — zauważył ser Barristan. — Niemniej Wasza Miłość postąpiła mądrze, domagając się inspekcji. Z pierwszym brzaskiem zaprowadzę na te galery admirała Groleo. Zabierze ze sobą swoich kapitanów i czterdziestu marynarzy, żebyśmy mogli sprawdzić każdy cal.

To była dobra rada.

— Tak, zróbmy to.

Westeros. Dom. Ale jeśli odpłynie, co się stanie z jej miastem? *Meereen nigdy nie było twoim miastem* — wyszeptał głos, który zdawał się należeć do jej brata. *Twoje miasta leżą za morzem. Siedem Królestw, gdzie czekają na ciebie wrogowie. Urodziłaś się po to, by dać im krew i ogień.*

Ser Barristan odchrząknął.

— Ten czarnoksiężnik, o którym wspominał kupiec...

— Pyat Pree. — Spróbowała przypomnieć sobie jego twarz, ale widziała tylko usta. Wino czarnoksiężników nadało im siną barwę. Zwali je cieniem wieczoru. — Gdyby jego zaklęcia mogły mnie zabić, już bym nie żyła. Opuszczając ich pałac, zostawiłam za sobą popioły.

Drogon mnie uratował, gdy chcieli wyssać ze mnie życie. Spalił wszystkich.

— Skoro tak mówisz, Wasza Miłość. Niemniej będę miał oczy otwarte.

Pocałowała go w policzek.

— Wiem o tym. Chodź, wrócimy na ucztę.

Rankiem Dany obudziła się pełna nadziei, bardziej niż kiedykolwiek od chwili przybycia do Zatoki Niewolniczej. Daario wkrótce znów będzie przy niej i razem pożeglują do Westeros. *Do domu.* Śniadanie przyniosła jej młoda zakładniczka, pulchna nieśmiała dziewczyna imieniem Mezzara. Jej ojciec władał piramidą Merreqów. Dany uściskała ją radośnie i podziękowała jej pocałunkiem.

— Xaro Xhoan Daxos oferował mi trzynaście galer — poinformowała Irri i Jhiqui, gdy ubierały ją przed audiencją.

— Trzynaście to niedobra liczba, *khaleesi* — wyszeptała Jhiqui po dothracku. — Wszyscy to wiedzą.

— Wszyscy to wiedzą — zgodziła się Irri.

— Trzydzieści byłoby lepsze — przyznała Daenerys. — A trzysta jeszcze lepsze. Ale trzynaście może wystarczyć, by zanieść nas do Westeros.

Dothrackie dziewczęta wymieniły spojrzenie.

— Trująca woda jest przeklęta, *khaleesi* — oznajmiła Irri. — Konie nie mogą jej pić.

— Nie będę jej piła — zapewniła Dany.

Dzisiaj zjawiło się tylko czterech błagalników. Lord Ghael jak zwykle wysunął się na czoło. Minę miał jeszcze bardziej przygnębioną niż podczas poprzednich okazji.

— Wasza Promienność — wyjęczał, opadając na marmur u jej stóp — armie Yunkai'i maszerują na Astapor. Błagam, przyjdź nam z pomocą ze wszystkimi swymi siłami.

— Ostrzegałam waszego króla, że ta jego wojna to szaleństwo — przypomniała mu Dany. — Ale nie chciał mnie słuchać.

— Wielki Cleon chciał jedynie zniszczyć obmierzłych handlarzy niewolników z Yunkai.

— Wielki Cleon sam jest handlarzem niewolników.

— Wiem, że Matka Smoków nie opuści nas w godzinie potrzeby. Pożycz nam swych Nieskalanych, by bronili naszych murów.

Jeśli to zrobię, kto będzie bronił moich?

— Wielu moich wyzwoleńców było niewolnikami w Astaporze. Być może niektórzy zechcą walczyć w obronie waszego króla. Jako wolni ludzie mają do tego prawo. Dałam Astaporowi wolność, ale bronić jej musicie sami.

— A więc wszyscy jesteśmy już trupami. Dałaś nam śmierć, nie wolność.

Ghael zerwał się na nogi i splunął jej w twarz.

Silny Belwas złapał go za bark i cisnął nim o marmur z taką siłą, że Dany usłyszała trzask pękających zębów. Golony Łeb potraktowałby go jeszcze gorzej, ale mu nie pozwoliła.

— Starczy tego — rozkazała, ocierając policzek końcówką *tokaru.* — Nikt nigdy nie umarł od śliny. Wyprowadźcie go.

Wywlekli Ghaela z komnaty za nogi, zostawiając za sobą ślad krwi oraz kilka wybitych zębów. Dany z chęcią odesłałaby pozostałych błagalników... ale nadal była ich królową, wysłuchała ich więc i postarała się dać im sprawiedliwość.

Późnym popołudniem admirał Groleo i ser Barristan wrócili z inspekcji galer. Dany zwołała radę, by ich wysłuchać. Nieskalanych reprezentował Szary Robak, a Mosiężne Bestie Skahaz mo Kandaq. Pod nieobecność braci krwi Dany, w imieniu jej Dothraków przemawiał Rommo, stary *jaqqa rhan* o wąskich oczkach i krzywych nogach. Przedstawicielami wyzwoleńców byli kapitanowie trzech sformowanych przez nią kompanii: Mollono Yos Dob dla Twardych Tarcz, Symon Pręgowany Grzbiet dla Wolnych Braci i Marselen dla Ludzi Matki. Reznak mo Reznak trzymał się blisko boku królowej, a Silny Belwas stanął za nią i założył potężne łapska na piersi. Nie brakowało jej doradców.

Groleo był bardzo nieszczęśliwy, odkąd rozmontowali jego statek, by zbudować machiny oblężnicze, które zdobyły dla Dany Meereen. Próbowała pocieszyć nieszczęśnika, mianując go lordem admirałem, ale ten tytuł był pozbawiony znaczenia. Meereeńska flota odpłynęła do Yunkai, gdy tylko zastęp Dany zbliżył się do miasta, i stary Pentoshijczyk był admirałem bez okrętów. Teraz jednak pod jego wystrzępioną, pokrytą śladami soli brodą pojawił się uśmiech, którego królowa niemal już nie pamiętała.

— A więc statki są w dobrym stanie? — zapytała z nadzieją w głosie.

— W całkiem niezłym, Wasza Miłość. Są stare, tak jest, ale większość jest dobrze utrzymana. Kadłub „Księżniczki Czystej Krwi" przeżarły robaki. Nie chciałbym oddalać się nią poza zasięg wzroku od lądu. „Narraqqa" wymaga nowego rumpla i olinowania, a na „Pręgowanej Jaszczurce" złamało się kilka wioseł, ale oba statki nadają się do użytku. Wioślarze to niewolnicy, ale jeśli zaoferujemy im uczciwą zapłatę dla wolnych ludzi, większość zostanie z nami. Nie znają niczego poza wiosłowaniem. Tych, którzy odejdą, będą mogli zastąpić ludzie z moich załóg. Podróż do Westeros jest długa i trudna, ale uważam, że te statki mogą nas tam zabrać.

Reznak mo Reznak wydał z siebie żałosny jęk.

— A więc to prawda. Wasza Wysokość zamierza nas opuścić. — Załamał ręce. — Gdy tylko odpłyniesz, Yunkai'i przywrócą do władzy Wielkich Panów, tych, którzy wiernie służyli twej sprawie, skażą na śmierć, a nasze słodkie żony oraz dziewicze córki zgwałcą i obrócą w niewolnice.

— Nie moje — warknął Skahaz Golony Łeb. — Sam je przedtem zabiję — zapewnił i uderzył otwartą dłonią w rękojeść miecza.

Dany poczuła się, jakby wymierzył jej policzek.

— Jeśli obawiacie się tego, co może was czekać po moim odejściu, popłyńcie ze mną do Westeros.

— Dokądkolwiek uda się Matka Smoków, Ludzie Matki podążą za nią — oznajmił Marselen, ocalały brat Missandei.

— Jak? — zapytał Symon Pręgowany Grzbiet, przezwany tak z powodu gęstej siatki blizn na plecach i ramionach, pamiątki po licznych chłostach z czasów, gdy był niewolnikiem w Astaporze. — Trzynaście statków… to nie wystarczy. Nawet sto mogłoby być za mało.

— Drewniane konie są niedobre — zaprotestował Rommo, stary *jaqqa rhan*. — Dothrakowie pojadą na swoich.

— Te osoby mogą pomaszerować lądem wzdłuż brzegu —

zaproponował Szary Robak. — Statki mogą dotrzymywać im kroku i uzupełniać zapasy.

— To mogłoby się udać, dopóki nie doszlibyście do ruin Bhorash — odezwał się Golony Łeb. — Dalej statki musiałyby zawrócić na południe i popłynąć obok Tolos i Wyspy Cedrów, żeby opłynąć Valyrię, a piechota poszłaby dalej w stronę Mantarys starą smoczą drogą.

— Zwą ją teraz drogą demonów — zauważył Mollono Yos Dob. Tłusty dowódca Twardych Tarcz przypominał raczej skrybę niż żołnierza, ze swymi poplamionymi inkaustem rękami i wydatnym brzuszkiem. Niemniej był wyjątkowo bystry. — Bardzo wielu z nas umarłoby podczas tej podróży.

— Ci, którzy zostaliby w Meereen, zazdrościliby im lekkiej śmierci — jęknął Reznak. — Zrobią z nas niewolników albo zginiemy na arenach. Wszystko będzie jak dawniej. Może nawet gorzej.

— Gdzie wasza odwaga? — oburzył się ser Barristan. — Jej Miłość wyzwoliła was z łańcuchów. Gdy już was opuści, będziecie musieli naostrzyć miecze i bronić swej wolności.

— Śmiałe słowa w ustach kogoś, kto zamierza odpłynąć ku zachodzącemu słońcu — warknął w odpowiedzi Symon Pręgowany Grzbiet. — Czy obejrzysz się za siebie, by patrzeć, jak giniemy?

— Wasza Miłość…

— Wasza Wspaniałość…

— Wasza Czcigodność…

— Dość tego. — Dany trzasnęła dłonią w stół. — Nikogo nie zostawię na śmierć. Wszyscy jesteście moimi ludźmi. — Marzenia o domu i miłości oślepiły ją na chwilę. — Nie porzucę Meereen, by podzieliło los Astaporu. Mówię to z wielkim żalem, ale Westeros musi zaczekać.

— Musimy przyjąć te statki — zaprotestował przerażony Groleo. — Jeśli odrzucimy dar…

Barristan opadł na jedno kolano przed Dany.

— Moja królowo, twoje królestwo cię potrzebuje. Tutaj cię nie chcą, ale w Westeros pod twoje sztandary napłyną tysiące ludzi, wielkich lordów i szlachetnych rycerzy. „Nadeszła", będą krzyczeć z radością do siebie. „Siostra księcia Rhaegara w końcu nadeszła".

— Jeśli kochają mnie tak bardzo, z pewnością na mnie zaczekają. — Dany wstała. — Reznaku, wezwij Xaro Xhoan Daxosa.

Przyjęła magnata handlowego sama, na swej hebanowej ławie, siedząc na poduszkach otrzymanych od ser Barristana. Xarowi towarzyszyło czterech qartheńskich marynarzy, niosących na plecach zwinięty arras.

— Przyniosłem królowej mojego serca jeszcze jeden dar — oznajmił kupiec. — Leżał w skarbcu mojej rodziny od czasu Zagłady Valyrii.

Marynarze rozwinęli arras na podłodze. Był stary, zakurzony, wyblakły... i ogromny. Dany musiała podejść do Xara, by zobaczyć utkany na nim wzór.

— Mapa? To piękne.

Tkanina pokrywała połowę podłogi. Morza były niebieskie, lądy zielone, a góry czarne i brązowe. Miasta przedstawiono jako gwiazdy wyszyte złotą bądź srebrną nicią. Nie ma Dymiącego Morza — uświadomiła sobie. *Valyria jeszcze nie jest wyspą.*

— Tu widzisz Astapor, Yunkai i Meereen. — Xaro wskazał na trzy srebrne gwiazdki sąsiadujące z błękitną Zatoką Niewolniczą. — Westeros jest... gdzieś tam. — Machnął od niechcenia ręką w kierunku końca komnaty. — Zawróciłaś na północ, zamiast popłynąć na południowy zachód przez Letnie Morze, ale ten dar pomoże ci powrócić na właściwą drogę. Przyjmij moje galery z radością w sercu i powiosłuj na zachód.

Gdybym tylko mogła.

— Panie, bardzo bym się ucieszyła z tych statków, ale nie mogę ci dać obietnicy, o którą prosisz. — Ujęła go za rękę. — Daj mi te galery, a przysięgnę, że Qarth pozostanie przyjacielem Meereen, dopóki gwiazdy nie zgasną. Pozwól mi wykorzystać je do handlu, a otrzymasz znaczącą część zysków.

Z twarzy magnata handlowego zniknął zadowolony uśmieszek.

— Co mówisz? Chcesz powiedzieć, że nie opuścisz Meereen?

— Nie mogę.

Z jego oczu popłynęły łzy, spływające nosem między szmaragdami, ametystami i czarnymi diamentami.

— Zapewniłem Trzynastu, że wysłuchasz moich słów mądrości. Z wielkim żalem słyszę, że się myliłem. Przyjmij te statki i odpłyń albo z pewnością zginiesz, krzycząc z bólu. Nie możesz wiedzieć, ilu wrogów sobie narobiłaś.

Wiem, że jeden z nich stoi teraz przede mną, roniąc komedianckie łzy — uświadomiła sobie ze smutkiem.

— Kiedy przybyłem do Komnaty Tysiąca Tronów, by błagać o twoje życie, powiedziałem, że jesteś tylko dzieckiem — ciągnął Xaro. — Ale wtedy Egon Emeros Wyśmienity wstał i rzekł: „Jest głupim dzieckiem, szalonym, lekkomyślnym i zbyt niebezpiecznym, by pozwolić mu żyć". Małe smoki były cudem, ale kiedy dorosły, stały się śmiercią i zniszczeniem, płonącym mieczem zawieszonym nad światem. — Otarł łzy. — Powinienem był zabić cię w Qarthu.

— Byłam gościem pod twoim dachem, spożywałam twoje mięso i miód — odpowiedziała. — Na pamiątkę wszystkiego, co dla mnie uczyniłeś, wybaczę ci te słowa... jeden raz... ale już nigdy nie waż się mi grozić.

— Xaro Xhoan Daxos nie grozi. On obiecuje.

Smutek Dany przerodził się w furię.

— A ja ci obiecuję, że jeśli nie znikniesz z miasta przed wschodem słońca, przekonamy się, czy łzy kłamcy potrafią skutecznie ugasić smoczy ogień. Odejdź stąd, Xaro. Szybko.

Oddalił się, ale zostawił za sobą swój świat. Dany wróciła na ławę i wpatrzyła się na niebieskie jedwabne morze, za którym leżało odległe Westeros. *Pewnego dnia* — obiecała sobie.

Rankiem galeasy, którą przypłynął Xaro, nie było już w porcie, ale jego „dar" pozostał w Zatoce Niewolniczej. Na masztach trzynastu qartheńskich galer powiewały długie czerwone proporce. Gdy Daenerys zeszła na audiencję, czekał już na nią poseł ze statków. Nie odzywając się ani słowem, położył u jej stóp czarną atłasową poduszkę, na której leżała brudna od krwi rękawica.

— Co to ma być? — zapytał Skahaz. — Zakrwawiona rękawica...

— ...oznacza wojnę — dokończyła królowa.

JON

— Uważaj na szczury, panie. — Edd Cierpiętnik prowadził Jona w dół po schodach, trzymając w ręce lampę. — Okropnie piszczą, jeśli na nie nadepnąć. Moja mama zawsze wydawała z siebie podobny dźwięk, kiedy byłem chłopcem. Musiała mieć w sobie coś ze szczura, jeśli się nad tym zastanowić. Myszowate włosy, małe paciorkowate oczka, lubiła ser. Może miała też ogon, ale nigdy tam nie zaglądałem, żeby sprawdzić.

Cały Czarny Zamek łączył ze sobą labirynt podziemnych tuneli zwanych przez braci „robaczymi korytarzami". Było w nich ciemno i wilgotno, więc latem rzadko z nich korzystano, ale gdy nachodziły zimowe wichry i zaczynał sypać śnieg, stawały się najłatwiejszą drogą między poszczególnymi budynkami. Zarządcy już teraz nimi chodzili. Jon zauważył świece palące się w niektórych wnękach po drodze. Korytarz wypełniało echo ich kroków.

Bowen Marsh czekał na nich na skrzyżowaniu, od którego odchodziły tunele prowadzące w cztery strony. Towarzyszył mu Wick Strugany Patyk, wysoki i chudy jak włócznia.

— To są zapisy sprzed trzech cykli księżyca — oznajmił Marsh, wręczając Jonowi gruby plik papierów — dla porównania z obecnym stanem zapasów. Czy zaczniemy od spichrzy?

Ruszyli naprzód przez szary półmrok. Każdy magazyn wyposażono w solidne dębowe drzwi zamknięte na żelazną kłódkę, wielką jak mały talerz.

— Czy kradzieże są problemem? — zapytał Jon.

— Jak dotąd nie — odparł Bowen Marsh — ale gdy nadejdzie zima, wasza lordowska mość postąpiłby rozsądnie, wystawiając tu strażników.

Wick Strugany Patyk nosił klucze na pierścieniu zawieszonym na szyi. Dla Jona wszystkie wyglądały jednakowo, ale Wick w jakiś sposób zawsze znajdował odpowiedni. Po wejściu do środka wyciągał z mieszka kawał kredy wielkości pięści i oznaczał wszystkie skrzynie, worki i beczki, licząc je. Potem Marsh porównywał wynik ze stanem zapisanym poprzednio.

W spichrzach mieli owies, pszenicę i jęczmień, a także beczki grubo mielonej mąki. W spiżarniach przeznaczonych do przechowywania jarzyn z krokwi zwisały sznury cebuli i czosnku, a na półkach leżały worki marchewki, pasternaku, rzodkiewki, rzepy i brukwi. W jednym magazynie mieli kręgi sera tak wielkie, że potrzeba było dwóch mężczyzn, by je przesunąć. W następnym beczułki z soloną wołowiną, wieprzowiną, baraniną i dorszem ustawiono w stosach wysokich na dziesięć stóp. Na belkach sufitowych pod wędzarnią zawieszono trzysta szynek oraz trzy tysiące długich czarnych kiełbas. W schowku z przyprawami znaleźli pieprz, goździki, cynamon, ziarna gorczycy, kolendrę, szałwię lekarską i muszkatołową, pietruszkę oraz bloki soli. W innym pomieszczeniu były beczki z jabłkami i gruszkami, suszonym grochem i suszonymi figami, worki orzechów i migdałów, płaty wędzonego łososia oraz gliniane dzbany wypełnione oliwkami w oliwie i zalakowane. W innym magazynie można było znaleźć słoje z mięsem zająca, udźce jelenie w miodzie, kiszoną kapustę i buraki, a do tego cebulę, jaja albo śledzie w occie.

W miarę jak przechodzili od pomieszczenia do pomieszczenia, w korytarzach robiło się coraz zimniej. Po chwili Jon zauważył w świetle lampy, że z ich ust bucha para.

— Jesteśmy pod Murem.

— A wkrótce znajdziemy się w jego wnętrzu — dodał Marsh. — W zimnie mięso się nie psuje. Do celów długotrwałego przechowywania to lepsze niż sól.

Następne drzwi były żelazne i zardzewiałe. Za nimi zaczynały się drewniane schody. Edd Cierpiętnik ruszył przodem, oświetlając im drogę. Na szczycie znaleźli tunel długi jak wielka komnata Winterfell, ale nie szerszy od robaczych korytarzy. Jego lodowe ściany jeżyły się mnóstwem żelaznych haków. Na każdym zawieszono zwierzęcą tuszę; obdarte ze skóry jelenie i łosie, połowy krów, wielkie świnie kołyszące się pod sufitem, bezgłowe owce i kozy, a nawet konie i niedźwiedzie. Wszystko pokrywała warstwa szronu.

W pewnej chwili Jon zdjął lewą rękawicę i dotknął najbliższego udźca. Poczuł, że palce przylepiły mu się do mięsa, a gdy zdołał je oderwać, stracił kawałek skóry. Ich koniuszki miał zupełnie odrętwiałe. *A czego się spodziewałeś? Masz nad głową całą lodową górę, tyle ton lodu, że nawet Bowen Marsh nie zdołałby ich zliczyć.* Niemniej było tu zimniej, niżby należało.

— Jest gorzej, niż się obawiałem, panie — oznajmił lord zarządca, kiedy skończył, głosem bardziej posępnym niż głos Edda Cierpiętnika.

Jon właśnie w tej chwili pomyślał, że otacza ich całe mięso na świecie. *Nic nie wiesz, Jonie Snow.*

— Dlaczego? Mam wrażenie, że to mnóstwo żywności.

— Lato było długie, żniwa udane, a lordowie hojni. Mieliśmy tyle, że wystarczyłoby na trzy lata zimy, a nawet na cztery przy odrobinie ostrożności, ale teraz, jeśli będziemy musieli karmić tych wszystkich ludzi króla, ludzi królowej i dzikich... W samym tylko Mole's Town jest tysiąc bezużytecznych gąb, a wciąż napływają nowe. Wczoraj pod bramą zjawiło się trzech, a poprzedniego dnia cały tuzin. Tak nie może być dalej. Osiedlić ich w Darze, proszę bardzo, ale jest już za późno na siewy. Nim minie rok, będziemy skazani na rzepę i grochówkę. Potem zostanie nam tylko końska krew.

— Mniam, mniam — odezwał się Edd Cierpiętnik. — Nie ma jak kubek gorącej końskiej krwi w zimną noc. Najbardziej lubię ją z odrobiną cynamonu.

Lord zarządca nie zwracał na niego uwagi.

— Ludzie zaczną też chorować — ciągnął. — Dziąsła będą im krwawiły, a zęby wypadały. Maester Aemon zawsze mawiał, że sok z limony i świeże mięso na to pomogą, ale limony skończyły się nam przed rokiem, a mamy za mało paszy, by utrzymać stada zwierząt. Powinniśmy zarżnąć wszystkie poza kilkoma rozpłodowymi parami. Już najwyższy czas. Podczas minionych zim sprowadzano żywność z południa królewskim traktem, ale trwa wojna… wiem, że jeszcze jest jesień, ale doradzałbym przejście na zimowe racje, jeśli wasza lordowska mość raczy.

Ludzie będą zachwyceni.

— Jeśli to konieczne, zmniejszymy wszystkim racje o jedną czwartą.

Bracia już teraz się na mnie skarżą. Co powiedzą, gdy będą zmuszeni żywić się śniegiem i papką z żołędzi?

— To poprawi sytuację, panie.

Ton lorda zarządcy jasno świadczył, że jego zdaniem to nie wystarczy.

— Teraz rozumiem, dlaczego król Stannis przepuścił dzikich przez Mur — odezwał się Edd Cierpiętnik. — Chce, żebyśmy ich jedli.

Jon nie mógł powstrzymać uśmiechu.

— Do tego nie dojdzie — zapewnił.

— To świetnie — ucieszył się Edd. — Wyglądają na dość żylastych, a moje zęby nie są już takie ostre jak kiedyś.

— Gdybyśmy mieli pieniądze, moglibyśmy kupić żywność na południu i sprowadzić ją tu statkami — stwierdził lord zarządca.

Moglibyśmy — pomyślał Jon. *Gdybyśmy mieli złoto i kogoś, kto chciałby ją nam sprzedać.* Niestety, nie mieli ani jednego, ani drugiego. *Naszą największą nadzieją jest Orle Gniazdo.* Dolina Arrynów słynęła z żyznej gleby i wojna dotąd jej nie tknęła. Jon zastanawiał się, czy siostra lady Catelyn będzie miała ochotę karmić bękarta Neda Starka. W młodości często miał wrażenie, że żona jego ojca żałuje mu każdego kęsa.

— Jeśli będzie trzeba, zawsze możemy polować — zaproponował Wick Strugany Patyk. — W lasach nadal jest zwierzyna.

— A także dzicy i gorsze stworzenia — sprzeciwił się Marsh. — Nie chciałbym wysyłać tam myśliwych, wasza lordowska mość. Nie chciałbym.

To prawda. Wolałbyś zamknąć bramy na zawsze, zapieczętować je kamieniami i lodem. Wiedział, że połowa Czarnego Zamku zgadza się z poglądem lorda zarządcy, ale druga połowa traktuje ten pomysł z nieskrywaną pogardą.

— Tak jest, zapieczętujcie bramy i usadźcie na murze grube czarne dupy. Wolni ludzie przejdą przez Most Czaszek albo przez jakąś bramę, którą uważaliście za zapieczętowaną od pięciuset lat — oznajmił głośno przy kolacji stary drwal Dywen przedwczorajszego wieczoru. — Mamy za mało ludzi, by strzec trzystu mil Muru. Tormund Dupa Olbrzyma i cholerny Płaczka też o tym wiedzą. Widzieliście kiedyś kaczkę zamarzniętą na stawie, z łapkami uwięzionymi w lodzie? Z wronami może się stać tak samo.

Większość zwiadowców była tego samego zdania, co Dywen, natomiast zarządcy i budowniczowie skłaniali się ku opinii Bowena Marsha.

To jednak była kwestia na inny dzień. W tej chwili problem stanowiła żywność.

— Nie możemy pozwolić, by król Stannis i jego ludzie głodowali, nawet gdybyśmy chcieli — rzekł Jon. — W razie potrzeby mógłby po prostu zabrać nam wszystko siłą. Mamy za mało ludzi, by go powstrzymać. Dzikich również musimy karmić.

— Jak, wasza lordowska mość? — zapytał Bowen Marsh.

Gdybym tylko wiedział.

— Znajdziemy jakiś sposób.

Gdy wrócili na powierzchnię, popołudniowe cienie były już długie. Wiatr niósł po niebie szare i białe chmury, przypominające wystrzępione chorągwie. Dziedziniec pod zbrojownią był pusty, ale Jon zauważył, że w środku czeka na niego królewski giermek. Devan był chudym chłopakiem w wieku około dwunastu lat, ciemnowłosym i ciemnookim. Stał przemarznięty przy kuźni, ledwie śmiejąc się poruszyć, gdy Duch obwąchiwał go od stóp do głów.

— Nie zrobi ci krzywdy — zapewnił Jon, ale chłopiec wzdrygnął się na dźwięk jego głosu i nagły ruch sprawił, że wilkor obnażył kły.

— Nie! — zawołał Jon. — Duch, zostaw go. Idź.

Wilk wrócił do swej wołowej kości jak milczek na czterech łapach.

Devan był blady jak Duch, twarz miał mokrą od potu.

— P... panie. Wasza Miłość n... nakazuje, byś go odwiedził.

Chłopak był obleczony w czarno-złote barwy Baratheonów, a na piersi miał wyszyte serce człowieka królowej.

— Chciałeś powiedzieć „prosi" — poprawił go Edd Cierpiętnik. — Jego Miłość prosi, by lord dowódca go odwiedził. Tak ja bym to ujął.

— Zostaw go, Edd.

Jon nie miał ochoty na kłótnie.

— Wrócili ser Richard i ser Justin — oznajmił Devan. — Pójdziesz ze mną, panie?

Zwiadowcy jadący w niewłaściwą stronę. Massey i Horpe wyruszyli na południe, nie na północ. To, czego się dowiedzieli, z pewnością nie dotyczyło Nocnej Straży, ale Jon i tak był ciekawy.

— Skoro Jego Miłość tego pragnie. — Ruszył za młodym giermkiem przez dziedziniec. Duch ruszył za nim, ale Jon zawołał: — Nie! Zostań.

Zamiast zostać, wilkor gdzieś pobiegł.

W Wieży Króla Jonowi odebrano broń, po czym dopuszczono go przed królewskie oblicze. W samotni było gorąco i tłoczno. Stannis i jego oficerowie zgromadzili się nad mapą północy. Byli wśród nich dwaj rzekomi zwiadowcy, a także Sigorn, młody magnar Thennu, odziany w skórzaną kurtę wyszywaną łuskami z brązu. Grzechocząca Koszula siedział na krześle, drapiąc kajdany na nadgarstku pękniętym pożółkłym paznokciem. Jego zapadnięte policzki i cofnięty podbródek porastała brązowa szczecina, a na oczy opadały kosmyki brudnych włosów.

— Idzie dzielny chłopak, który zabił Mance'a Raydera, kiedy go związano i zamknięto w klatce — odezwał się na widok Jona. — Wielki kwadratowy klejnot na jego okowach migotał krwawym blaskiem. — Podoba ci się mój rubin, Snow? To dar miłości od Czerwonej Pani.

Jon zignorował jego słowa i opadł na jedno kolano.

— Wasza Miłość, przyprowadziłem lorda Snow — oznajmił Devan.

— Widzę. Witaj, lordzie dowódco. Jak sądzę, znasz moich rycerzy i oficerów.

— Mam ten zaszczyt.

Zadał sobie trud, by dowiedzieć się jak najwięcej o tych, którzy otaczali Stannisa. Wszystko to są ludzie królowej. Jonowi wydawało się dziwne, że w królewskiej świcie nie ma ludzi króla, ale tak to wyglądało. Opowiadano, że narazili się na gniew Stannisa na Smoczej Skale.

— Mamy wino. Albo wodę gotowaną z cytrynami.

— Dziękuję, ale nie.

— Jak sobie życzysz. Mam dla ciebie dar, lordzie Snow. — Król wskazał na Grzechoczącą Koszulę. — Jego.

— Mówiłeś, że potrzebujesz ludzi, lordzie Snow — dodała z uśmiechem lady Melisandre. — Jestem przekonana, że nasz Lord Kości nadal spełnia wymagania.

Jon był przerażony.

— Wasza Miłość, temu człowiekowi nie można ufać. Jeśli zostawię go tutaj, ktoś poderżnie mu gardło, a jeśli wyślę go na zwiad, po prostu wróci do dzikich.

— Nie ja. Skończyłem już z tymi cholernymi głupcami. — Dziki postukał palcem w rubin na swym nadgarstku. — Zapytaj swojej czerwonej wiedźmy, bękarcie.

Melisandre wypowiedziała kilka cichych słów w nieznanym języku. Rubin u jej gardła rozbłysnął pulsującym powoli blaskiem. Jon zauważył, że mniejszy klejnot wprawiony w kajdany również rozżarza się i ciemnieje.

— Dopóki nosi ten kamień, jest ze mną związany krwią i duszą — oznajmiła czerwona kapłanka. — Ten człowiek będzie służył wiernie. Płomienie nie kłamią, lordzie Snow.

Płomienie może nie — pomyślał Jon. *Ale ty tak.*

— Zostanę twoim zwiadowcą, bękarcie — zapewnił Grzechocząca Koszula. — Będę ci udzielał mądrych rad albo śpiewał ładne pieśni, jak wolisz. Będę nawet dla ciebie walczył. Tylko nie każ mi wkładać waszego płaszcza.

Nie jesteś go godzien — pomyślał Jon, ale zachował milczenie. Kłótnie w obecności króla nie doprowadzą do niczego dobrego.

— Lordzie Snow, opowiedz mi o Morsie Umberze — zażądał król Stannis.

Nocna Straż nie opowiada się po niczyjej stronie — pomyślał Jon, ale inny głos w jego jaźni dodał: *Słowa nie są mieczami.*

— To starszy ze stryjów Greatjona. Zwą go Wronojadem. Wrona kiedyś wydziobała mu oko, sądząc, że jest martwy. Złapał ptaka w garść i odgryzł mu głowę. W młodych latach był potężnym wojownikiem. Jego synowie zginęli nad Tridentem, a żona zmarła przy porodzie. Jedyną córkę przed trzydziestu laty porwali dzicy.

— I dlatego domaga się głowy — wtrącił Harwood Fell.

— Czy temu Morsowi można ufać? — zapytał Stannis.

Czyżby Mors Umber ugiął kolan?

— Wasza Miłość powinien mu kazać przysiąc przed jego drzewem sercem.

Godry Olbrzymobójca ryknął głośnym śmiechem.

— Zapomniałem, że ludzie z północy czczą drzewa.

— Jaki bóg pozwala, by obszczywały go psy? — zapytał kamrat Farringa, Clayton Suggs.

Jon postanowił ich zignorować.

— Wasza Miłość, czy mogę zapytać, czy Umberowie zgodzili się cię poprzeć?

— Tylko połowa z nich, i to pod warunkiem że zapłacę cenę, której żąda ten Wronojad. — Chce dostać czaszkę Mance'a Raydera, żeby zrobić z niej puchar. Domaga się też ułaskawienia dla swego brata, który ruszył na południe, by przyłączyć się do Boltonów. Zwą go Kurwistrachem.

To również rozśmieszyło ser Godry'ego.

— Cóż za przydomki noszą ci ludzie z północy? Czy ten odgryzł głowę jakiejś kurwie?

— Można by tak powiedzieć — odparł Jon, obrzucając go chłodnym spojrzeniem. — Próbowała go obrabować, pięćdziesiąt lat temu w Starym Mieście.

Choć brzmiało to dziwnie, stary Hoarfrost Umber był kiedyś przekonany, że jego najmłodszy syn nadaje się na maestera. Mors uwielbiał opowiadać o wronie i wydziobanym oku, ale historię Hothera powtarzano tylko szeptem… najpewniej dlatego, że kurwa, której wypruł trzewia, była mężczyzną. — Czy jacyś inni lordowie też przysięgli wierność Boltonowi?

Czerwona kapłanka przysunęła się bliżej do króla.

— Widziałam drewniane miasteczko otoczone drewnianą palisadą. Było pełne ludzi. Nad fortyfikacjami powiewały chorągwie: łoś, topór, trzy sosny, dwa berdysze skrzyżowane pod koroną, końska głowa o gorejących oczach.

— Hornwoodowie, Cerwynowie, Tallhartowie, Ryswellowie i Dustinowie — podpowiedział ser Clyton Suggs. — Wszystko to zdrajcy. Pieski Lannisterów.

— Ryswellów i Dustinów połączyły z rodem Boltonów więzy małżeńskie — poinformował go Jon. — Pozostałe rody straciły swych lordów w wojnie. Nie wiem, kto teraz nimi włada. Wronojad nie jest pieskiem. Wasza Miłość postąpiłby rozsądnie, zgadzając się na jego warunki.

Stannis zazgrzytał zębami.

— Oznajmił mi, że Umber nie będzie walczył z Umberem, dla żadnej sprawy.

To nie zaskoczyło Jona.

— Jeśli dojdzie do bitwy, zobacz, gdzie powiewa chorągiew Hothera, i ustaw Morsa na drugim skrzydle.

Olbrzymobójca był innego zdania.

— W ten sposób Jego Miłość sprawiłby wrażenie słabego. Uważam, że powinniśmy zademonstrować siłę. Spalmy Ostatnie Domostwo i ruszmy na wojnę z głową Wronojada zatkniętą na włóczni, by była nauczką dla następnego lorda, który waży się ofiarować połowę hołdu.

— To piękny plan, jeśli chcesz, by wszyscy ludzie z północy zwrócili się przeciwko wam. Lepsza połowa niż nic. Umberowie nie darzą miłością Boltonów. Jeśli Kurwistrach dołączył do Bękarta, to z pewnością wyłącznie dlatego, że Lannisterowie trzymają Greatjona jako zakładnika.

— To tylko pretekst, nie prawdziwy powód — oznajmił ser Godry. — Jeśli ich bratanek sczeźnie w łańcuchach, stryjowie będą mogli zagarnąć jego ziemie i tytuł lordowski.

— Greatjon ma synów i córki. Na północy dzieci zawsze mają pierwszeństwo przed braćmi, ser.

— Chyba że umrą. Martwe dzieci nigdzie nie mają pierwszeństwa.

— Jeśli zasugerujesz coś takiego w obecności Morsa Umbera, ser Godry, wkrótce dowiesz się o śmierci więcej, niżbyś chciał.

— Zabiłem olbrzyma, chłopcze. Czemu miałbym się bać jakiegoś zapchlonego dzikusa z północy, który maluje sobie olbrzyma na tarczy?

— Olbrzym uciekał. Mors tego nie zrobi.

Wysoki rycerz poczerwieniał na twarzy.

— W królewskiej samotni przemawiasz śmiało, chłopcze, ale na dziedzińcu słyszę od ciebie inną pieśń.

— Och, daj spokój, Godry — odezwał się ser Justin Massey, tęgi, zawsze uśmiechnięty rycerz o długich rękach i lnianej czuprynie, który był jednym ze zwiadowców jadących w niewłaściwą stronę. — Wszyscy już wiemy, że masz bardzo duży miecz. Nie musisz ciągle nim wymachiwać na naszych oczach.

— To raczej ty wymachujesz językiem, Massey.

— Cisza — warknął Stannis. — Lordzie Snow, wysłuchaj mnie. Zwlekałem tu w nadziei, że dzicy okażą się na tyle głupi, by przypuścić kolejny atak na Mur. Ponieważ nie chcą pójść mi na rękę, pora już, bym policzył się z innymi wrogami.

— Rozumiem — rzekł Jon z ostrożnością w głosie. *Czego ode mnie chce?* — Nie darzę miłością lorda Boltona ani jego syna, ale Nocna Straż nie może ruszyć do walki z nimi. Nasze śluby zabraniają...

— Wiem wszystko o waszych ślubach. Oszczędź mi swej prawości, lordzie Snow. I bez was wystarczy mi sił. Mam zamiar pomaszerować na Dreadfort. — Uśmiechnął się na widok wstrząśniętej miny Jona. — Dziwisz się? To dobrze. Co zaskoczy jednego Snowa, może też zaskoczyć drugiego. Bękart Boltona wyruszył na południe i zabrał ze sobą Hothera Umbera. W tej sprawie Mors Umber i Arnolf Karstark zgadzają się ze sobą. To musi oznaczać, że zamierza uderzyć na Fosę Cailin, by otworzyć swemu panu ojcu drogę na północ. Bękart z pewnością jest przekonany, że jestem zbyt zajęty dzikimi, by sprawić mu kłopoty. I bardzo dobrze. Chłopak odsłonił przede mną gardło i zamierzam mu je rozerwać. Roose Bolton może odzyskać północ, ale gdy to zrobi, przekona się, że jego zamek, stada i plony należą do mnie. Jeśli zdołam wziąć Dreadfort z zaskoczenia…

— Nie zdołasz — przerwał mu Jon.

To było tak, jakby uderzył kijem gniazdo os. Jeden z ludzi królowej roześmiał się, drugi splunął, trzeci zmełł w ustach przekleństwo, a cała reszta próbowała mówić jednocześnie.

— Chłopak ma w żyłach rozwodnione mleko — stwierdził ser Godry Olbrzymobójca.

— Tchórz widzi banitę za każdym źdźbłem trawy — wysapał lord Sweet.

Stannis uciszył ich, unosząc rękę.

— Wytłumacz dlaczego.

Od czego zacząć? Jon podszedł do mapy. W rogach stołu ustawiono świece, żeby się nie zwijała. Przez Zatokę Fok płynął palec ciepłego wosku, powoli jak lodowiec.

— Żeby dotrzeć do Dreadfort, Wasza Miłość musi pomaszerować królewskim traktem aż za Ostatnią Rzekę, a potem zawrócić na południe południowy wschód i przejść przez Samotne Wzgórza. — Wskazał je na mapie. — To ziemie Umberów. Znają tam każde drzewo i każdy kamień. Królewski trakt przez trzysta mil biegnie ich zachodnim pograniczem. Mors poszatkuje twój zastęp na plasterki, chyba że przyjmiesz jego warunki i skłonisz go do poparcia twej sprawy.

— Proszę bardzo. Powiedzmy, że to zrobiłem.

— To pozwoli ci dotrzeć do Dreadfort — przyznał Jon — ale w zamku będą wiedzieli, że nadchodzisz, chyba że twoje oddziały potrafią prześcignąć kruka albo szereg ognisk sygnałowych. Ramsay Bolton bez trudu będzie mógł odciąć ci odwrót i zostawić daleko od Muru, bez żywności i schronienia, otoczonego wrogami.

— Musiałby porzucić oblężenie Fosy Cailin.

— Fosa Cailin padnie, nim zdołasz dotrzeć do Dreadfort. Gdy

lord Roose połączy siły z Ramsayem, będą mieli pięć razy więcej ludzi od ciebie.

— Mój brat wygrywał bitwy przeciwko większej przewadze.

— Zakładasz, że Fosa Cailin upadnie szybko, Snow — sprzeciwił się Justin Massey — ale żelaźni ludzie to dzielni wojownicy, a słyszałem też, że Fosy nigdy nie zdobyto.

— *Od południa.* Nawet mały garnizon może zadać straszliwe straty armii posuwającej się groblą, ale od północy i od wschodu ruiny są odsłonięte. — Jon spojrzał na Stannisa. — Panie, to śmiały plan, ale ryzyko… — *Nocna Straż nie opowiada się po niczyjej stronie. Baratheon czy Bolton, powinno mi być wszystko jedno.* — Jeśli główne siły Roose'a Boltona zaskoczą was pod jego murami, to będzie koniec dla was wszystkich.

— Ryzyko to element wojny — oznajmił ser Richard Horpe, chudy rycerz o wyniszczonej twarzy, odziany w wams z podszewką, ozdobiony trzema ćmami trupimi główkami na polu z popiołu i kości. — Każda bitwa go wymaga, Snow. Ten, kto nic nie robi, również ryzykuje.

— Są różne postacie ryzyka, ser Richardzie. W tym przypadku… to zbyt wiele, za wcześnie i za daleko. Znam Dreadfort. To potężny zamek, cały zbudowany z kamienia. Ma grube mury i masywne wieże. Choć nadchodzi zima, z pewnością nie brak w nim zapasów. Przed stuleciami ród Boltonów zbuntował się przeciwko królowi północy i Harlon Stark obległ Dreadfort. Potrzebował dwóch lat, by wziąć zamek głodem. Żeby mieć szansę jego zdobycia, Wasza Miłość musiałby mieć machiny oblężnicze, wieże, tarany…

— Wieże oblężnicze można zbudować, jeśli będzie trzeba — odparł Stannis. — Można też ściąć drzewa i zrobić z nich tarany. Arnolf Karstark pisze mi, że w Dreadfort zostało niespełna pięćdziesięciu ludzi, z czego połowa to służba. Mocny zamek ze słabą załogą jest słaby.

— Pięćdziesięciu ludzi w zamku jest wartych pięciuset na zewnątrz.

— To zależy od ludzi — sprzeciwił się Richard Horpe. — To będą staruszkowie i zielone chłopaki, ci, których bękart uznał za niezdolnych do walki. Nasi ludzie posmakowali krwi nad Czarnym Nurtem i dowodzą nimi rycerze.

— Widziałeś, jak rozbiliśmy dzikich. — Ser Justin odgarnął z oczu kosmyk lnianych włosów. — Karstarkowie przysięgli, że dołączą do nas pod Dreadfort, i będziemy też mieli naszych dzikich. Trzystu mężczyzn w wieku odpowiednim do walki. Lord Harwood policzył ich, kiedy przechodzili przez bramę. A ich kobiety również walczą.

Stannis obrzucił go kwaśnym spojrzeniem.

— Nie dla mnie, ser. Nie chcę ciągnąć za sobą zawodzących wdów. Kobiety zostaną tutaj, razem ze starcami, rannymi i dziećmi. Będą zakładniczkami, które zagwarantują wierność ich mężów i ojców. Z dzikich mężczyzn sformuję swą straż przednią. Dowództwo zlecę magnarowi, a ich wodzowie będą jego sierżantami. Najpierw jednak muszę ich uzbroić.

Ma zamiar splądrować naszą zbrojownię — uświadomił sobie Jon. *Żywność i ubrania, ziemie i zamki, a teraz broń. Z każdym dniem wciąga mnie głębiej.* Słowa mogły nie być mieczami, ale miecze nimi były.

— Mógłbym dla nich znaleźć trzysta włóczni — zgodził się z niechęcią. — A także hełmów, jeśli mogą być stare, powgniatane i czerwone od rdzy.

— A zbroje? — zapytał magnar. — Płytowe? Kolczugi?

— Ze śmiercią Donala Noye'a straciliśmy ostatniego płatnerza.

Reszta pozostała niewypowiedziana. *Jeśli dać dzikim zbroje, staną się dwukrotnie większym zagrożeniem dla królestwa.*

— Wystarczą utwardzone skóry — oznajmił ser Godry. — Gdy już posmakują bitwy, ci, którzy przeżyją, będą mogli ograbić zabitych wrogów.

Ale będzie ich niewielu. Jeśli Stannis umieści wolnych ludzi w przedniej straży, większość z nich nie pożyje długo.

— Picie z czaszki Mance'a Raydera może ucieszyć Morsa Umbera, ale gdy ujrzy dzikich maszerujących przez jego ziemie, z pewnością nie będzie zadowolony. Wolni ludzie łupili Umberów już od Dni Świtu. Wyprawiali się przez Zatokę Fok po złoto, owce i kobiety. Jedna z uprowadzonych była córką Wronojada. Wasza Miłość, zostaw tu dzikich. Jeśli poprowadzisz ich ze sobą, chorążowie mojego pana ojca zwrócą się przeciwko tobie.

— Chorążowie twojego pana ojca i tak nie miłują mojej sprawy. Muszę przyjąć założenie, że uważają mnie za... jak to mnie nazwałeś, lordzie Snow? *Kolejnego pretendenta, skazanego na nieuchronną klęskę.* — Stannis wpatrzył się w mapę. Przez dłuższą chwilę słychać było tylko zgrzytanie królewskich zębów. — Zostawcie mnie wszyscy. Lordzie Snow, ty zostań.

To szorstkie pożegnanie nie przypadło do gustu Justinowi Masseyowi, rycerz nie miał jednak innego wyboru, jak uśmiechnąć się i wyjść. Horpe podążył za nim, ale najpierw omiótł Jona długim spojrzeniem. Clayton Suggs opróżnił kielich, a potem mruknął do Harwooda Fella coś, co go rozśmieszyło. Jon usłyszał słowo „chłopiec". Suggs był wędrownym rycerzem awansowanym przez Stannisa, równie prostackim, co silnym. Jako ostatni samotnię opuścił Grzechocząca Koszula. W drzwiach pokłonił się drwiąco Jonowi, odsłaniając w uśmiechu brązowe, połamane zęby.

„Wszyscy" najwyraźniej nie obejmowali lady Melisandre. *Czerwony cień króla.* Stannis zażądał od Devana wody z cytryną i wychylił napełniony kielich.

— Horpe i Massey aspirują do siedziby twojego ojca — oznajmił Jonowi. — Massey pragnie też poślubić księżniczkę dzikich. Służył kiedyś mojemu bratu Robertowi jako giermek i zaraził się od niego upodobaniem do kobiet. Horpe ożeni się z Val, jeśli mu rozkażę, ale to walki pożąda. Jako giermek marzył o białym płaszczu, ale Cersei Lannister się sprzeciwiła i Robert go pominął. Być może słusznie. Ser Richard za bardzo lubi zabijać. Którego z nich wolałbyś widzieć jako lorda Winterfell, Snow? Wiecznie uśmiechniętego czy krwiożerczego?

— Winterfell należy do mojej siostry Sansy — odparł Jon.

— Słyszałem już wszystko, co pragnąłem usłyszeć o lady Lannister i jej prawach. — Król odstawił kielich. — Ty mógłbyś dać mi północ. Chorążowie twojego ojca zbiegliby się pod sztandary syna Eddarda Starka. Nawet lord Za Gruby by Dosiąść Konia. Biały Port zapewniłby mi stałe dostawy i bezpieczną bazę, do której mógłbym się wycofać w razie potrzeby. Jeszcze nie jest za późno, by naprawić twe szaleństwo, Snow. Klęknij przede mną i zaprzysięgnij mi swój bastardowy miecz, a wstaniesz jako Jon Stark, lord Winterfell i namiestnik północy.

Ile razy każe mi to powtarzać?

— Mój miecz jest zaprzysiężony Nocnej Straży.

— Twój ojciec też był uparty — stwierdził Stannis z pełną niesmaku miną. — Mówił, że to honor. No cóż, honor ma swoją cenę i lord Eddard przekonał się o tym ku swemu smutkowi. Jeśli to cię pocieszy, Horpe i Massey są skazani na rozczarowanie. Skłaniam się raczej ku temu, by oddać Winterfell Arnolfowi Karstarkowi. To szczery człowiek z północy.

— Człowiek z północy — powtórzył Jon. *Lepszy Karstark niż Bolton albo Greyjoy.* Ta myśl nie pocieszyła go jednak zbytnio. — Karstarkowie porzucili mojego brata wśród wrogów.

— Dlatego, że twój brat ściął głowę lordowi Rickardowi. Arnolf był tysiąc mil od tego miejsca. W jego żyłach płynie krew Starków. Krew Winterfell.

— Nie gęstsza niż w żyłach połowy północnych rodów.

— Te inne rody nie poprzysięgły mi wierności.

— Arnolf Karstark jest stary i zgarbiony, a nawet w młodości nie był takim wojownikiem jak lord Rickard. Trudy kampanii mogą go zabić.

— Ma dziedziców — warknął Stannis. — Dwóch synów, sześciu wnuków i kilka córek. Gdyby Robert spłodził prawowitych synów, wielu z tych, którzy zginęli, mogłoby nadal żyć.

— Lepiej przysłużyłby się Waszej Miłości Mors Wronojad.

— Dreadfort tego dowiedzie.

— A więc jednak zamierzasz zaatakować Boltonów, Wasza Miłość?

— Pomimo rad wielkiego lorda Snow? Tak. Horpe i Massey mogą ulegać podszeptom ambicji, ale się nie mylą. Nie zamierzam siedzieć bezczynnie, pozwalając, by gwiazda Roose'a Boltona wznosiła się coraz wyżej, podczas gdy moja opada. Muszę uderzyć i zademonstrować północy, że nadal należy się mnie bać.

— Trytona Manderlych nie było wśród chorągwi widzianych

w płomieniach przez lady Melisandre — zauważył Jon. — Gdybyś miał Biały Port i rycerzy lorda Wymana…

— „Gdyby" to słowo dla głupców. Nie mamy żadnych wieści od Davosa. Być może w ogóle nie dotarł do Białego Portu. Arnolf Karstark pisze, że na wąskim morzu szalały straszliwe sztormy. Tak czy inaczej, nie mam czasu na żale ani czekanie na kaprysy lorda Za Grubego. Muszę uważać Biały Port za stracony. Nie mając u swego boku syna Winterfell, mogę zdobyć północ jedynie na polu bitwy, a w tym celu muszę ukraść kartę z książki mojego brata, nawet jeśli Robert żadnej w życiu nie przeczytał. Muszę zadać wrogom śmiertelny cios, nim się zorientują, że nadchodzę.

Jon uświadomił sobie, że strzępił język po próżnicy. Stannis zdobędzie Winterfell albo zginie. *Nocna Straż nie opowiada się po niczyjej stronie* — powiedział mu wewnętrzny głos. *Stannis walczy o królestwo, a żelaźni ludzie o łupy i brańców* — odparł jednak inny.

— Wasza Miłość, wiem, gdzie mógłbyś zdobyć więcej ludzi. Jeśli dasz mi dzikich, z chęcią ci powiem, gdzie ich znaleźć i w jaki sposób pozyskać.

— Otrzymałeś ode mnie Grzechoczącą Koszulę. To ci powinno wystarczyć.

— Chcę dostać wszystkich.

— Niektórzy z twoich zaprzysiężonych braci próbują mnie przekonać, że sam jesteś w połowie dzikim. Czy to prawda?

— Ty pragniesz tylko zrobić z nich żywe tarcze. Na Murze zrobię z nich lepszy użytek. Pozwól mi uczynić z nimi, co zechcę, a powiem ci, gdzie możesz znaleźć zwycięstwo… a także ludzi.

Stannis potarł się po karku.

— Targujesz się jak stara handlarka dorszy, lordzie Snow. Czyżby Ned Stark spłodził cię z jakąś rybaczką? Ilu ludzi?

— Dwa tysiące. Może trzy.

— Trzy tysiące? Jacy to ludzie?

— Dumni. Ubodzy. Drażliwi, gdy chodzi o ich honor, ale dzielni w walce.

— Lepiej, żeby to nie była jakaś bękarcia sztuczka. Czy zamienię trzystu wojowników na trzy tysiące? Oczywiście. Nie jestem ostatnim głupcem. Jeśli zostawię z tobą też naszą księżniczkę, czy dasz mi słowo, że będziesz jej pilnie strzegł?

Ona nie jest księżniczką.

— Jak sobie życzysz, Wasza Miłość.

— Czy muszę ci kazać przysiąc przed drzewem?

— Nie.

Czy to miał być żart? W przypadku Stannisa trudno to było odgadnąć.

— W takim razie zgoda. A teraz powiedz, gdzie znajdę tych ludzi?

— Tutaj.

Jon rozpostarł poparzoną dłoń na mapie, na zachód od królewskiego traktu i na południe do Daru.

— W tych górach? — W głosie Stannisa zabrzmiała podejrzliwość. — Nie widzę tu żadnych zamków. Ani dróg, miasteczek, czy wiosek.

— Mapa to nie kraina, jak często mawiał mój ojciec. W dolinach i na tamtejszych łąkach od tysiącleci mieszkają ludzie. Władają nimi wodzowie klanów. Można by ich nazwać poślednimi lordami, choć sami nie używają podobnych tytułów. Ich wielcy wojownicy walczą potężnymi dwuręcznymi mieczami, a prości ludzie używają proc albo okładają się nawzajem drągami z jarzębinowego drewna. Trzeba przyznać, że to swarliwy lud. Kiedy nie walczą między sobą, wypasają swe stada, łowią ryby w Lodowej Zatoce i hodują najodporniejsze konie, jakie w życiu zobaczysz.

— I wierzysz, że zechcą walczyć dla mnie?

— Jeśli ich poprosisz.

— Czemu miałbym żebrać o to, co mi się prawnie należy?

— Powiedziałem, że musisz poprosić, nie żebrać. — Jon uniósł dłoń. — Pisanie listów nic nie da. Wasza Miłość musi się do nich udać osobiście. Jedz ich chleb i sól, pij ich *ale*, słuchaj ich dudziarzy, wychwalaj urodę córek i odwagę synów, a otrzymasz ich miecze. Klany nie oglądały króla, odkąd Torrhen Stark ugiął kolan. Twoją wizytę uznają za zaszczyt. Jeśli rozkażesz im walczyć za twoją sprawę, popatrzą na siebie nawzajem i powiedzą: „Kim jest ten człowiek? To nie mój król”.

— O ilu klanach mowa?

— Czterdziestu, małych i dużych. Flintowie, Wullowie, Norreyowie, Liddle’owie... jeśli zdobędziesz starego Flinta i Wiadrowego, reszta pójdzie za nimi.

— Wiadrowego?

— Wulla. Ma największe brzuszysko w górach, a także najwięcej ludzi. Wullowie łowią ryby w Lodowej Zatoce i straszą dzieci, że jeśli będą niegrzeczne, porwą je żelaźni ludzie. Ale żeby do nich dotrzeć, Wasza Miłość musi przejść przez ziemie Norreyów. Oni mieszkają najbliżej Daru i zawsze byli dobrymi przyjaciółmi Straży. Mógłbym dać wam przewodników.

— Mógłbyś? — Niewiele umykało uwagi Stannisa. — Czy dasz?

— Dam. Będą wam potrzebni. A także pewnie stąpające koniki. Tamtejsze szlaki to niewiele więcej niż ścieżki wydeptane przez kozy.

— Słucham? — Król przymrużył oczy. — Mówię, że muszę poruszać się szybko, a ty marnujesz mój czas na kozie ścieżki?

— Kiedy Młody Smok podbił Dorne, też skorzystał z takich ścieżek, żeby ominąć wieże strażnicze na Szlaku Kości.

— Znam tę opowieść. Daeron za bardzo się tym przechwala w tej swojej pyszałkowatej książce. To okręty wygrały tę wojnę, nie kozie ścieżki. Oakenfist zdobył Miasto z Desek i dotarł do połowy długości Zielonej Krwi, podczas gdy główne siły Dornijczyków były związane w Książęcym Wąwozie. — Stannis zabębnił palcami o mapę. — Czy ci górscy lordowie nie będą mi utrudniać przemarszu?

— Tylko ucztami. Każdy będzie się starał prześcignąć innych w gościnności. Pan ojciec mawiał, że nigdzie nie jadł tak dobrze, jak wśród górskich klanów.

— Za trzy tysiące ludzi pewnie jakoś zniosę dudy i owsiankę — zgodził się król. W jego głosie jednak nadal pobrzmiewała pretensja.

Jon spojrzał na Melisandre.

— Pani, muszę cię ostrzec. W górach starzy bogowie są silni. Ludzie z klanów nie będą tolerować zniewag dla swych drzew serc.

To ją rozweseliło.

— Nie obawiaj się, Jonie Snow. Nie będę kłopotała twych górskich dzikusów i ich mrocznych bogów. Moje miejsce jest tutaj, z tobą i twymi dzielnymi braćmi.

To było ostatnie, czego chciałby Jon Snow, nie zdążył się jednak sprzeciwić.

— A gdzie twoim zdaniem powinienem poprowadzić tych śmiałków, jeśli nie na Dreadfort?

Jon zerknął na mapę.

— Na Deepwood Motte. — Wskazał zamek palcem. — Jeśli Bolton zamierza walczyć z żelaznymi ludźmi, nie możesz być gorszy od niego. Deepwood to gródek z podgrodziem, położony w gęstym lesie. Łatwo można zakraść się do niego niepostrzeżenie. To drewniany zamek, otoczony wykopaną w ziemi fosą i palisadą. Co prawda marsz przez góry będzie wolniejszy, ale za to twój zastęp może się posuwać niepostrzeżenie i ujawnić się dopiero prawie pod samymi bramami Deepwood.

Stannis potarł szczękę.

— Kiedy Balon Greyjoy zbuntował się po raz pierwszy, pokonałem żelaznych ludzi na morzu, gdzie są najgroźniejsi. Na lądzie, zaskoczeni… tak jest. Pokonałem już dzikich i ich króla za Murem. Jeśli zdołam rozbić również żelaznych ludzi, północ zrozumie, że znowu ma króla.

A ja dostanę tysiąc dzikich — pomyślał Jon. *Choć nie mam czym wykarmić nawet pięciuset.*

TYRION

„Nieśmiała Panna" sunęła przez mgłę jak ślepiec wymacujący sobie drogę w nieznanym korytarzu.

Septa Lemore modliła się. Jej stłumiony przez mgłę głos

brzmiał słabo i cicho. Gryf spacerował po pokładzie, pod jego futrem z wilczych skór pobrzękiwała kolczuga. Od czasu do czasu dotykał miecza, jakby chciał się upewnić, że nadal ma go u pasa. Rolly Duckfield odpychał tyczką łódź przy prawej burcie, a Yandry przy lewej. Ysilla stała przy rumplu.

— Nie podoba mi się to miejsce — mruknął Haldon Półmaester.

— Boisz się odrobiny mgły? — zadrwił Tyrion, choć w rzeczywistości było jej bardzo dużo. Na dziobie stał Młody Gryf z trzecią tyczką, służącą do odpychania łodzi od wyłaniających się z oparów zagrożeń. Z przodu i z tyłu zapalono lampy, ale mgła była tak gęsta, że ze środkowego pokładu karzeł widział tylko dwa światła unoszące się przed łodzią i za nią. Jemu zlecono opiekowanie się piecykiem koksowym i pilnowanie, by ogień nie zgasł.

— To nie jest zwykła mgła, Hugorze Hill — zapewniła Ysilla. — Śmierdzi czarami. Sam byś to poczuł, gdybyś miał nos. Wielu wędrowców zaginęło tu bez śladu. Barki, piraci, a nawet wielkie rzeczne galery. Błądzą we mgle, szukając słońca, ale nie mogą go znaleźć, aż wreszcie głód albo obłęd kładą kres ich życiu. W powietrzu unoszą się tu niespokojne widma, a pod wodą czają się udręczone dusze.

— Oto jedna z nich — odezwał się Tyrion. Po prawej burcie z mrocznej topieli wyłaniała się dłoń tak wielka, że mogłaby zgnieść w uścisku całą ich łódź. Nad taflę wysuwały się tylko koniuszki dwóch palców, ale gdy „Nieśmiała Panna" przepływała obok, karzeł ujrzał w głębi resztę ręki, a także bladą twarz zwróconą ku górze. Choć próbował żartować, ogarnął go niepokój. To było niedobre miejsce, cuchnące rozpaczą i śmiercią. *Ysilla się nie myli. To nie jest naturalna mgła.* W tutejszych wodach lęgło się coś plugawego, a w powietrzu unosiły się toksyczne opary. *Nic dziwnego, że kamienni ludzie tracą zmysły.*

— Nie powinieneś z tego drwić — ostrzegła go kobieta. — Szepczące trupy nienawidzą ciepłych i żywych. Zawsze też poszukują nowych potępieńców, którzy powiększą ich zastęp.

— Wątpię, by mieli całun moich rozmiarów — odparł Tyrion i poruszył węgielki pogrzebaczem.

— Kamiennymi ludźmi kieruje nie tyle nienawiść, ile głód. — Haldon Półmaester osłonił sobie usta i nos żółtą chustą, tłumiącą jego głos. — W tych mgłach nie rośnie nic, co zdrowy na umyśle człowiek pragnąłby zjeść. Triarchowie Volantis trzy razy do roku wysyłają w górę rzeki galerę z zapasami, ale statki miłosierdzia często się spóźniają, a zdarza się też, że przywożą więcej gąb do wykarmienia niż żywności.

— W rzece muszą być ryby — sprzeciwił się Młody Gryf.

— Nie chciałabym zjeść żadnej z ryb złowionych w tych wodach — odparła Ysilla. — Naprawdę nie.

— Lepiej by też było nie wdychać tej mgły — dodał Haldon. — Klątwa Garina otacza nas ze wszystkich stron.

Żeby jej nie wdychać, musielibyśmy nie oddychać w ogóle.

— Klątwa Garina to tylko szara łuszczyca — zapewnił Tyrion. Często widziało się ją u dzieci, zwłaszcza w zimnym, wilgotnym klimacie. Zarażone ciało sztywniało, ulegało zwapnieniu, a wreszcie pękało, karzeł czytał jednak, że postępy choroby można zatrzymać za pomocą limony, okładów z gorczycy oraz gorących kąpieli — jak mówili maesterzy — albo modlitwy, składania ofiar i postów — jak zapewniali septonowie. Z czasem choroba ustępowała, zostawiając młodą ofiarę oszpeconą, ale żywą. Maesterzy i septonowie zgadzali się co do tego, że dzieciom dotkniętym szarą łuszczycą nie grozi rzadsza, śmiertelna postać choroby ani jej straszliwa błyskawiczna kuzynka, szara zaraza.

— Powiadają, że winna jest wilgoć — dodał. — Plugawe wapory unoszące się w powietrzu, nie żadne klątwy.

— Zdobywcy również w to nie wierzyli, Hugorze Hill — odparła Ysilla. — Ludzie z Volantis i Valyrii zawiesili Garina w złotej klatce i drwili z niego, gdy wezwał swą Matkę, by ich zniszczyła. Ale nocą wody wezbrały i wszyscy utonęli. Po dziś dzień nie zaznali spokoju. Nadal siedzą pod wodą, ci, którzy kiedyś byli władcami ognia. Ich zimny oddech wznosi się z topieli i staje się mgłą, a ich ciała zamieniły się w kamień, taki sam jak ich serca.

Tyrion poczuł nagłe swędzenie w kikucie nosa. Podrapał się po nim. *Ona może mieć rację. To niedobre miejsce. Czuję się, jak-*

bym znowu był w wychodku i patrzył, jak ojciec umiera. On również by oszalał, gdyby musiał spędzać swe dni w tej szarej zupie, podczas gdy jego ciało i kości obracałyby się w kamień.

Młody Gryf najwyraźniej nie podzielał jego obaw.

— Jeśli spróbują nas niepokoić, pokażemy im, z czego my jesteśmy stworzeni.

— Z krwi i kości, na podobieństwo Ojca i Matki — oznajmiła septa Lemore. — Błagam, nie wypowiadaj czczych przechwałek. Pycha to straszliwy grzech. Kamienni ludzie również jej ulegali, a Zawoalowany Lord był najpyszniejszy z nich wszystkich.

Twarz Tyriona poczerwieniała od buchającego od węgielków żaru.

— Czy Zawoalowany Lord rzeczywiście istnieje? To nie są tylko bajania?

— Władał tymi mgłami od czasów Garina — odparł Yandry. — Niektórzy powiadają, że to sam Garin, który wstał z podwodnego grobu.

— Umarli nie wstają — zapewnił Haldon Półmaester. — I żaden człowiek nie może żyć tysiąc lat. Ale zawoalowani lordowie istnieli. Było ich już ze dwudziestu. Kiedy jeden umiera, jego miejsce zajmuje następny. Obecny był korsarzem z Bazyliszkowych Wysp, który sądził, że na Rhoyne znajdzie bogatsze łupy niż na Morzu Letnim.

— Tak, ja też o tym słyszałem — zgodził się Kaczka.— Ale bardziej mi się podoba inna opowieść. Ta, według której on nie jest jak inni kamienni ludzie, i z początku był posągiem, ale potem z mgły wyłoniła się szara kobieta i pocałowała go ustami zimnymi jak lód.

— Dość tego — warknął Gryf. — Uciszcie się wszyscy.

Septa Lemore wessała nagle powietrze w płuca.

— Co to było?

— Gdzie?

Tyrion nie widział nic poza mgłą.

— Coś się poruszyło. Widziałam fale na wodzie.

— Żółw — zapewnił radośnie książę. — Wielki łamignat, to wszystko.

Uniósł tyczkę przed siebie i odepchnął ich od wyniosłego zielonego obelisku.

Mgła lepiła się do nich, zimna i wilgotna. Z szarości wyłoniła się pogrążona częściowo w wodzie świątynia. Yandry i Kaczka wsparli się mocno na tyczkach i szli powoli w stronę rufy, popychając łódź. Minęli kręte marmurowe schody, wynurzające się z błota i kończące nagle w powietrzu. Dalej majaczyły inne, ledwie widoczne kształty: strzaskane wieże, bezgłowe posągi, drzewa o korzeniach większych niż ich łódź.

— To było najpiękniejsze i najbogatsze miasto na rzece — oznajmił Yandry. — Chroyane, miasto festiwalowe.

Za bogate i za piękne — pomyślał Tyrion. *Kuszenie smoków nigdy nie jest rozsądne.* Zatopione miasto otaczało ich ze wszystkich stron. Na górze przemknęła jakaś ledwie widoczna sylwetka, poruszając we mgle jasnymi skórzastymi skrzydłami. Karzeł wyciągał szyję, by przejrzeć się lepiej, ale stworzenie zniknęło równie nagle, jak się pojawiło.

Wkrótce potem ujrzeli inne światło.

— Hej, tam, na łodzi — dobiegł ich nad wodą słaby głos. — Kim jesteście?

— „Nieśmiała Panna" — odkrzyknął Yandry.

— „Zimorodek". W górę czy w dół?

— W dół. Skóry i miód, *ale* i łój.

— W górę. Noże i igły, koronki, płótno i korzenne wino.

— Jakie wieści ze starego Volantis? — zawołał Yandry.

— Wojna — odpowiedział głos.

— Gdzie? — zawołał Gryf. — Kiedy?

— Gdy rok się skończy. Nyessos i Malaquo idą ręka w rękę. Na słoniach pojawiły się pasy.

Głos ucichł, gdy druga łódź się oddaliła. Śledzili wzrokiem jej znikające we mgle światło.

— Czy to rozsądne krzyczeć do łodzi, których nie widzimy? — zapytał Tyrion. — A gdyby to byli piraci?

Jeśli chodzi o piratów, szczęście im dotąd sprzyjało. Przez Jezioro Sztyletów przemknęli się nocą. Nikt ich nie zauważył ani nie niepokoił. Raz tylko Kaczka dostrzegł w oddali sylwetkę statku należącego według jego zapewnień do Urha Niemytego, ale „Nieśmiała Panna" była pod wiatr od niego i Urho — jeśli to rzeczywiście był on — nie okazał zainteresowania.

— Piraci nie zapuszczają się do Smutków — zapewnił Yandry.

— Słonie mają pasy? — mruknął Gryf. — O co tu chodzi? Nyessos i Malaquo? Illyrio zapłacił triarsze Nyessosowi ośmiokrotność jego wagi.

— W złocie czy w serze? — zażartował Tyrion.

— Zachowaj te dowcipasy dla siebie, chyba że potrafisz rozproszyć nimi mgłę — naskoczył na niego Gryf.

Tak jest, ojcze — omal nie powiedział karzeł. *Będę cicho. Dziękuję.* Nic nie wiedział o Volanteńczykach, ale podejrzewał, że słonie i tygrysy mogły mieć wystarczający powód do zawarcia sojuszu, gdy miały do czynienia ze smokami. *Niewykluczone, że handlarz sera źle ocenił sytuację. Można kupić człowieka za złoto, ale tylko krew i stal zmuszą go do dochowania wierności.*

Mały człowieczek ponownie poruszył węgielki i dmuchnął na nie, by rozżarzyły się jaśniej. *Nienawidzę tego. Nienawidzę tej mgły i tego miejsca, a za Gryfem też nie przepadam.* Tyrion nadal miał trujące grzyby, zebrane w rezydencji Illyria. Były dni, gdy odczuwał silną pokusę, by dodać je Gryfowi do kolacji. Kłopot w tym, że Gryf prawie nic nie jadł.

Kaczka i Yandry napierali na tyczki. Ysilla poruszała sterem. Młody Gryf odepchnął „Nieśmiałą Pannę" od ruin wieży. Jej puste okna spoglądały na nich z góry niczym czarne ślepe oczy. Żagiel zwisał ciężko i bezwładnie. Rzeka pod nimi stawała się coraz głębsza, aż wreszcie tyczki nie mogły już sięgnąć dna. Mimo to prąd nadal niósł ich w dół, aż wreszcie…

Tyrion zobaczył tylko potężną sylwetkę wyłaniającą się z rzeki, garbatą i złowrogą. Pomyślał, że to wzgórze wznoszące się nad zalesioną wyspą albo olbrzymia skała porośnięta mchem i paprociami, ukrywająca się we mgle. Gdy jednak „Nieśmiała Panna" się zbliżyła, kształt stał się wyraźniejszy. Nad wodą wznosiła się drewniana twierdza, zbutwiała i porośnięta zielskiem. Górowały nad nią smukłe wieżyczki, niektóre kończyły się nagle jak złamane włócznie. Pozbawione dachów wieże pojawiały się i znikały, wyciągając się na oślep ku górze. Mijali komnaty i galerie, wdzięczne przypory, delikatne łuki, podobne do fletów kolumny, a także tarasy i altany.

Wszystko porzucone, wszystko w ruinie, wszystko zniszczone.

Pełno tu było szarego mchu. Porastał zwalone kamienie wielkimi kopcami i tworzył brody na wszystkich wieżach. Czarne pnącza przechodziły przez okna i drzwi, oplatały łuki bram, wspinały się na wysokie kamienne mury. Trzy czwarte pałacu skrywała mgła, ale to, co zobaczyli, wystarczyło, by Tyrion zrozumiał, że wzniesiona na wyspie forteca była ongiś dziesięciokrotnie większa i sto razy piękniejsza od Czerwonej Twierdzy. Wiedział, gdzie jest.

— Pałac Miłości — wyszeptał.

— Tak zwali go Rhoynarzy — potwierdził Haldon Półmaester — ale od tysiąclecia to jest Pałac Smutku.

Ruiny rzeczywiście wywoływały smętne wrażenie, ale świadomość, czym ongiś były, jeszcze pogarszała sprawę. *Kiedyś słyszało się tu śmiech* — myślał Tyrion. *Ogrody były pełne barwnych kwiatów, a fontanny lśniły w słońcu złocistym blaskiem. Na tych schodach niosły się echem kroki kochanków, a pod zburzoną kopułą niezliczone małżeństwa przypieczętowano pocałunkiem.* Jego myśli skierowały się ku Tyshy, która przez tak krótką chwilę była jego panią żoną. *To przez Jaime'a* — pomyślał zrozpaczony. *W jego żyłach płynęła moja krew, był moim starszym, silnym bratem. Kiedy byłem małym dzieckiem, przynosił mi zabawki. Obręcze z beczek, klocki i wystruganego z drewna lwa. Dał mi pierwszego kucyka i nauczył mnie na nim jeździć. Kiedy powiedział, że kupił cię dla mnie, nie wątpiłem w jego słowa. Dlaczego miałbym wątpić? To był Jaime, a ty byłaś tylko jakąś dziewczyną, która odegrała swoją rolę. Bałem się tego od samego początku, od chwili, gdy po raz pierwszy uśmiechnęłaś się do mnie i pozwoliłaś dotknąć swej dłoni. Własny ojciec nie potrafił mnie pokochać, więc czemu ty miałabyś to zrobić, jeśli nie dla złota?*

Pośród długich szarych palców mgły raz jeszcze usłyszał niski, drżący brzęk cięciwy, stęknięcie, jakie wydał z siebie lord Tywin, gdy bełt wbił mu się w podbrzusze, plask jego pośladków uderzających o kamień, gdy usiadł, żeby umrzeć. „Tam, dokąd odsyła się kurwy". Tak mu powiedział. *To znaczy dokąd?* — pragnął go zapytać Tyrion. *Dokąd odesłano Tyshę, ojcze?*

— Jak długo jeszcze będziemy musieli znosić tę mgłę?

— Za godzinę powinniśmy zostawić Smutki za sobą — odparł Haldon Półmaester. — Potem to już będzie miła wycieczka. W dolnym biegu Rhoyne za każdym zakrętem rzeki jest wioska. Sady i winnice, pola pełne zboża dojrzewającego w blasku słońca, rybacy na rzece, gorące kąpiele i słodkie wina. Selhorys, Valysar i Volon Therys to otoczone murami miasteczka tak duże, że w Siedmiu Królestwach uważano by je za wielkie miasta. Myślę, że…

— Światło przed nami — odezwał się Młody Gryf.

Tyrion również je zauważył. *To „Zimorodek" albo inna łódź flisacka* — przekonywał sam siebie, ale wiedział skądś, że tak nie jest. Zaswędział go nos. Podrapał się z pasją. Światło stawało się coraz jaśniejsze, w miarę jak „Nieśmiała Panna" zbliżała się do niego. Było jak blada gwiazda w oddali, wabiąca ich swym słabym migotaniem. Po krótkiej chwili przerodziło się w dwa światła, a potem w trzy. Nad wodą unosił się nierówny szereg świecących punktów.

— Most Marzenia — oznajmił Gryf. — Będą na nim stali kamienni ludzie. Niektórzy mogą zacząć zawodzić na nasz widok, ale raczej nie będą nas zaczepiać. Większość z nich to słabowite stworzenia, niezgrabne, ociężałe i głupie. Pod koniec wszyscy ulegają szaleństwu i wtedy stają się najbardziej niebezpieczni. Jeśli będzie trzeba, odpędźcie ich pochodniami. W żadnym wypadku nie pozwalajcie, żeby was dotknęli.

— Mogą nas nawet nie zauważyć — dodał Haldon Półmaester. — Mgła ukryje nas przed nimi aż do chwili, gdy będziemy już bardzo blisko mostu, i znajdziemy się za nim, nim zdążą się zorientować.

Oczy z kamienia są ślepe — pomyślał Tyrion. Wiedział, że śmiertelna postać szarej łuszczycy zaczyna się od kończyn: świerzbienie w koniuszku palca, poczerniały paznokieć, utrata czucia. Gdy odrętwienie docierało do dłoni albo za stopę, ciało sztywniało i robiło się zimne, a skóra ofiary nabierała szarawego odcienia, przypominającego kamień. Karzeł słyszał, że istnieją trzy skuteczne lekarstwa: topór, miecz i tasak. Odrąbanie zaatakowanych części niekiedy powstrzymywało postępy choroby, ale nie zawsze. Wielu ludzi poświęciło jedną rękę albo stopę tylko po to, by się przekonać, że druga również szarzeje. Gdy kamień docierał do twarzy, często nadchodziła ślepota. W ostatnich stadiach klątwa zwracała się do środka, docierając do mięśni, kości i narządów wewnętrznych.

Most rósł z każdą chwilą. Gryf nazwał go Mostem Marzenia, ale to marzenie zdruzgotano i obrócono w ruinę. Jasne kamienne łuki niknęły we mgle po obu stronach. Most prowadził z Pałacu Smutku na zachodni brzeg rzeki. Połowa z nich zawaliła się pod ciężarem szarego mchu oraz grubych czarnych pnączy wyrastających z wody. Szerokie drewniane przęsło przegniło na wylot, ale niektóre z oświetlających drogę lamp nadal się paliły. Gdy „Nieśmiała Panna" podpłynęła bliżej, Tyrion zobaczył sylwetki kamiennych ludzi poruszające się w świetle. Łazili bez celu wokół lamp jak szare powolne ćmy. Niektórzy byli nadzy, a innych spowijały całuny.

Gryf wydobył miecz.

— Yollo, zapal pochodnie. Chłopcze, zaprowadź Lemore do kajuty i zostań tam z nią.

Młody Gryf obrzucił ojca buntowniczym spojrzeniem.

— Lemore wie, gdzie jest kajuta. Chcę zostać.

— Poprzysięgliśmy cię chronić — rzekła cicho septa.

— Nie chcę ochrony. Władam mieczem równie dobrze jak Kaczka. Jestem już w połowie rycerzem.

— A w połowie chłopcem — dodał Gryf. — Zrób, jak ci kazałem. Natychmiast.

Młodzieniec zaklął pod nosem i cisnął tyczkę na pokład. Jej stuk poniósł się we mgle dziwnym echem, jakby wokół upadło mnóstwo tyczek.

— Czemu miałbym się ukrywać i uciekać? Haldon i Ysilla zostają na pokładzie. A nawet Hugor.

— To prawda — zgodził się Tyrion — ale ja jestem mały i mogę się schować za kaczką.

Rzucił sześć żagwi na rozżarzone węgielki. Nasączone olejem szmaty stanęły w płomieniach. *Nie gap się na ogień* — powiedział sobie. Płomienie mogły go na chwilę oślepić.

— Jesteś karłem — stwierdził z pogardą Młody Gryf.

— Moja tajemnica się wydała — zmartwił się Tyrion. — Tak, jestem o połowę niższy niż Haldon, a nawet jeśli zginę, wszystkich obejdzie to tyle, co pierdnięcie komedianta. — *A mnie nawet mniej.* — Ale ty... ty jesteś wszystkim.

— Karle — odezwał się Gryf. — Ostrzegałem cię.

We mgle rozległ się wrzask, słaby i piskliwy.

Lemore obróciła się z drżeniem wkoło.

— Siedmiu zbawcie nas wszystkich.

Zniszczony most był już tylko pięć jardów przed nimi. Wokół jego filarów wzburzona woda była biała jak piana toczona z ust szaleńca. Czterdzieści stóp nad rzeką kamienni ludzie jęczeli i mamrotali w blasku migotliwej lampy. Większość z nich poświęcała „Nieśmiałej Pannie" tyle uwagi, co płynącej z nurtem kłodzie. Tyrion ścisnął mocniej pochodnię. Złapał się na tym, że wstrzymuje oddech. Nagle znaleźli się pod mostem. Po obu stronach mieli białe ściany porośnięte zasłonami szarego grzyba, a woda wokół nich kipiała gniewnie. Przez chwilę wydawało się, że mogą się rozbić o prawy filar, ale Kaczka uniósł tyczkę i odepchnął łódź od niego, wracając na środek nurtu. Po kilku uderzeniach serca zostawili most za sobą.

Gdy tylko Tyrion wypuścił powietrze z płuc, Młody Gryf złapał go za ramię.

— Co to miało znaczyć, że jestem wszystkim? Co chciałeś przez to powiedzieć? Dlaczego wszystkim?

— No wiesz — odparł Tyrion — gdyby kamienni ludzie zabili Yendry'ego albo Gryfa czy naszą śliczną Lemore, zapłakalibyśmy nad nimi, a potem ruszylibyśmy w dalszą drogę. Ale jeśli stracimy ciebie, całe to przedsięwzięcie straci sens. Wszystkie te lata spisków knutych gorączkowo przez handlarza sera i eunucha pójdą na marne... czyż nie tak?

Chłopak spojrzał na Gryfa.

— On wie, kim jestem.

A gdybym nie wiedział przedtem, dowiedziałbym się teraz. „Nieśmiała Panna" oddaliła się już spory kawałek od Mostu Marzenia. Widzieli tylko słabnące światło za rufą. Wkrótce ono również zniknie.

— Jesteś Młody Gryf, syn Gryfa najemnika — stwierdził Tyrion. — Albo może jesteś Wojownikiem w śmiertelnej postaci. Pozwól mi się przyjrzeć bliżej.

Uniósł pochodnię, by światło padło na twarz Młodego Gryfa.

— Zostaw go — rozkazał Gryf. — Bo pożałujesz.

Karzeł go zignorował.

— Dzięki niebieskim włosom wydaje się, że twoje oczy mają taki sam kolor. To dobry pomysł. A kiedy usłyszałem, że ufarbowałeś je sobie na pamiątkę tyroshijskiej matki, o mało się nie popłakałem. Niemniej, ktoś ciekawski mógłby się zainteresować, dlaczego bachor najemnika potrzebuje zbrukanej septy, by uczyła go Wiary, albo niemającego łańcucha maestera, który wypełnia mu głowę historią i językami. A ktoś bystry mógłby zadać pytanie, dlaczego ojciec wynajął wędrownego rycerza, by uczył cię władania mieczem, zamiast po prostu wysłać cię na szkolenie w którejś z wolnych kompanii. Mogłoby się niemal zdawać, że ktoś stara się trzymać cię w ukryciu, a jednocześnie przygotowuje cię… do czego? To ci dopiero zagadka. Jestem jednak przekonany, że z czasem odpowiedź przyjdzie mi do głowy. Muszę przyznać, że masz szlachetne rysy, jak na martwego.

Chłopak poczerwieniał.

— Nie jestem martwy.

— Jak to nie? Mój pan ojciec owinął twojego trupa w karmazynowy płaszcz i położył obok twej siostry u stóp Żelaznego Tronu jako dar dla nowego króla. Ci, którzy mieli odwagę unieść płaszcz, mówili, że połowa twojej głowy zamieniła się w miazgę.

Zmieszany chłopak cofnął się o krok.

— Twój…?

— Ojciec, tak. Tywin z rodu Lannisterów. Być może o nim słyszałeś.

Młody Gryf zawahał się.

— Lannisterów? Twój ojciec…

— …nie żyje. Zginął z mojej ręki. Jeśli Wasza Miłość chce mnie zwać Yollem albo Hugorem, nie mam nic przeciwko temu, ale dowiedz się, że przyszedłem na świat jako Tyrion z rodu Lannisterów, prawowity syn Tywina i Joanny. Oboje ich zabiłem. Ludzie ci powiedzą, że jestem królobójcą, zabójcą krewnych i kłamcą. Wszystko to prawda… ale przecież jesteśmy kompanią kłamców, czyż nie tak? Na przykład twój przybrany ojciec. Gryf, tak? — Karzeł zachichotał. — Powinieneś dziękować bogom, że Varys Pająk jest częścią waszego spisku. Ten bezjajowy geniusz nie dałby się nabrać na „Gryfa" nawet na krótką chwilę. Ja też się nie dałem. Jego lordowska mość oznajmił mi, że nie jest lordem ani rycerzem. A ja nie jestem karłem. Nie wystarczy coś powiedzieć, by uczynić to prawdą. Któż byłby lepszym wychowawcą dla małego synka księcia Rhaegara niż jego bliski przyjaciel Jon Connington, dawny lord Gniazda Gryfów i królewski namiestnik?

— Bądź cicho — zażądał Gryf z niepokojem w głosie.

Z lewej burty pod wodą majaczyła ogromna kamienna dłoń. Dwa palce wystawały ponad powierzchnię. *Ile ich tu jest?* Tyrion zadrżał, czując spływającą po plecach wilgoć. Płynęli powoli przez Smutki. Wpatrzył się w mgłę i zauważył ruiny wieży, bezgłowego bohatera oraz prastare drzewo wyrwane z ziemi i odwrócone koroną do dołu. Jego potężne korzenie wysuwały się na zewnątrz przez dach i okna zdruzgotanej kopuły. *Dlaczego to wszystko wydaje mi się takie znajome?*

Przed nimi przechylone schody z bladoróżowego marmuru wychodziły z wody wdzięczną spiralą, kończąc się raptownie dziesięć stóp nad ich głowami. *Nie* — pomyślał Tyrion. *To niemożliwe.*

— Przed nami — odezwała się drżącym głosem Lemore. — Widzę światło.

Wszyscy unieśli wzrok i wszyscy je zobaczyli.

— „Zimorodek" — stwierdził Gryf. — Albo inna podobna łódź.

Wydobył jednak miecz.

Nikt nie odzywał się ani słowem. „Nieśmiała Panna" sunęła z prądem. Odkąd wpłynęli na Smutki, nie rozwijali żagla. Mogli się posuwać tylko z biegiem rzeki. Kaczka wytężył wzrok. Stał nieruchomo, ściskając tyczkę w obu dłoniach. Po chwili nawet Yandry przestał popychać łódź. Wszyscy wpatrywali się w odległe światło. Kiedy się zbliżyli, jedno światło przerodziło się we dwa. A potem w trzy.

— Most Marzenia — stwierdził Tyrion.

— Niewiarygodne — odrzekł Haldon Półmaester. — Minęliśmy już most. Rzeki płyną tylko w jedną stronę.

— Matka Rhoyne płynie, dokąd zechce — wyszeptał Yandry.

— Siedmiu zbawcie nas — mruknęła Lemore.

Kamienni ludzie na moście zaczęli zawodzić. Kilku wskazywało na łódź.

— Haldon, sprowadź księcia pod pokład — rozkazał Gryf.

Było już jednak za późno. Prąd złapał ich w swe objęcia. Płynęli niepowstrzymanie w stronę mostu. Yandry uderzył tyczką, by łódź nie wpadła na filar. Wstrząs odepchnął ich na bok, przez zasłonę jasnoszarego mchu. Tyrion poczuł witki muskające mu twarz, miękkie jak kurewskie palce. Z tyłu dobiegł go łoskot. Pokład przechylił się tak gwałtownie, że karzeł omal nie wyleciał za burtę.

Na łódź zeskoczył kamienny człowiek.

Wylądował na dachu kajut, tak ciężko, że „Nieśmiała Panna" zakołysała się nagle, a potem ryknął do nich jakieś słowo w nieznanym Tyrionowi języku. Drugi wylądował obok rumpla. Zwietrzałe deski złamały się pod jego ciężarem. Ysilla krzyknęła przeraźliwie.

Najbliżej niej stał Kaczka. Wysoki mężczyzna nie marnował czasu na wyciąganie miecza. Zamachnął się tyczką, uderzył nią kamiennego człowieka w pierś i strącił go do rzeki. Napastnik natychmiast utonął, nie wydając żadnego dźwięku.

Gryf zaatakował drugiego, gdy tylko ten zlazł z dachu kajut. W prawej ręce trzymając miecz, a w lewej pochodnię, zmusił go do odwrotu. „Nieśmiała Panna" przepływała pod mostem. Na omszałych ścianach tańczyły cienie walczących. Gdy kamienny człowiek próbował przejść na rufę, Kaczka blokował mu drogę tyczką, a kiedy posuwał się ku dziobowi, Haldon Półmaester machał drugą pochodnią, zmuszając go do odwrotu. Napastnik nie miał innego wyboru, jak ruszyć prosto na Gryfa. Najemnik usunął się na bok. Błysnął miecz. Gdy stal przeszyła szare, zwapniałe ciało, posypały się skry, ale ręka i tak spadła na pokład. Gryf odkopnął ją na bok. Yandry i Kaczka unieśli tyczki i zaatakowali kamiennego człowieka, spychając go w czarne odmęty Rhoyne.

„Nieśmiała Panna" zostawiła już za sobą zburzony most.

— To wszyscy? — zapytał Kaczka. — Ilu skoczyło?

— Dwóch — odparł z drżeniem Tyrion.

— Trzech — poprawił go Haldon. — Za tobą.

Karzeł odwrócił się. Rzeczywiście.

Jedna z nóg złamała się po upadku. Spod zbutwiałej tkaniny spodni i szarego ciała znajdującego się pod spodem wystawał wyszczerbiony kawałek bladej kości, upstrzony kapkami brązowej krwi. Mimo to stwór ruszył chwiejnie naprzód, wyciągając rękę do Młodego Gryfa. Dłoń miał szarą i sztywną, ale gdy spróbował zacisnąć palce, by pochwycić chłopaka, spomiędzy jej kostek popłynęła krew. Książę gapił się tylko, sparaliżowany, jakby sam był zrobiony z kamienia. Dłoń trzymał na rękojeści miecza, ale najwyraźniej zapomniał, do czego on służy.

Tyrion kopnął chłopaka w nogę i przewrócił go na pokład. Potem przeskoczył nad nim, uderzając pochodnią w twarz kamiennego człowieka. Stwór kuśtykał do tyłu, wymachując sztywnymi szarymi rękami, by ugasić płomienie. Karzeł szedł za nim i uderzał pochodnią, atakując oczy. *Jeszcze kawałek. Cofnij się, jeden krok, a potem drugi.* Gdy dotarli na koniec pokładu, stwór rzucił się do kontrataku i wyrwał mu pochodnię. *O w dupę* — pomyślał Tyrion.

Kamienny człowiek cisnął żagiew za burtę. Czarne wody z cichym sykiem ugasiły płomienie. Napastnik zawył. Był kiedyś Letniakiem, jego żuchwa i połowa policzka obróciły się w kamień, ale tam, gdzie skóra nie poszarzała, była czarna jak noc. W miejscu, gdzie złapał pochodnię, widać było pęknięcia i szczeliny. Z kostek jego dłoni płynęła krew, ale najwyraźniej nic nie czuł. Zapewne można to było nazwać łaską. Choć choroba była śmiertelna, ponoć nie sprawiała bólu.

— Odsuńcie się! — zawołał ktoś w oddali.

— Książę! Brońcie chłopca! — dodał inny głos.

Kamienny człowiek powlókł się chwiejnie naprzód, wyciągając chciwie dłonie.

Karzeł uderzył go barkiem.

To było tak, jakby walnął w mur zamkowy, ale ten zamek wspierał się na złamanej nodze. Kamienny człowiek runął do tyłu. Padając, zdołał jeszcze złapać Tyriona. Obaj wpadli do wody z głośnym pluskiem i pochłonęła ich Matka Rhoyne.

Nagły chłód uderzył karła z siłą młota. Opadając na dno, Tyrion poczuł, że kamienna dłoń dotknęła jego twarzy. Druga zacisnęła się na ramieniu, ściągając go w ciemność. Nic nie widział, w nosie miał pełno wody, dławił się, tonął, wierzgał, szarpał się, próbował wyrwać rękę z uścisku, ale kamienne palce nie ustępowały. Z ust wypływały mu pęcherzyki powietrza. Świat pociemniał i z każdą chwilą stawał się coraz ciemniejszy. Tyrion nie mógł oddychać.

Są gorsze rodzaje śmierci niż utonięcie. Prawdę mówiąc, zginął już dawno temu, w Królewskiej Przystani. Był tylko chodzącym trupem, małym mściwym duchem, który udusił Shae i umieścił bełt w trzewiach wielkiego lorda Tywina. Nikt nie będzie płakał po tym, kim się stał. *Będę straszył w Siedmiu Królestwach* — pomyślał, pogrążając się w topieli. *Nie kochali mnie za życia, niech więc boją się mnie po śmierci.*

Otworzył usta, by przekląć ich wszystkich i czarna woda wypełniła mu płuca. Wokół niego zamknęła się ciemność.

DAVOS

— Jego lordowska mość teraz cię wysłucha, przemytniku.

Rycerz miał na sobie srebrną zbroję z naramiennikami i nagolennikami niellowanymi wzorem przywodzącym na myśl unoszące się w prądzie wodorosty. Hełm, który trzymał pod pachą, ukształtowano na podobieństwo głowy króla merlingów. Jego szczyt zrobiono z macicy perłowej, a sterczący podbródek z gagatu i nefrytu. Posiwiała broda mężczyzny miała kolor zimowego morza.

Davos wstał.

— Czy mogę zapytać, jak się nazywasz, ser?

— Jestem ser Marlon Manderly. — Był o głowę wyższy od Davosa i ze trzy kamienie cięższy. Oczy miał ciemnoszare i przemawiał butnym tonem. — Mam zaszczyt być kuzynem lorda Wymana i dowódcą jego garnizonu. Chodź ze mną.

Davos przybył do Białego Portu jako poseł, ale traktowano go tu jak jeńca. Przydzielone mu komnaty były przestronne, jasne i porządnie umeblowane, lecz pod drzwiami stali strażnicy. Widział przez okno ulice Białego Portu za murami zamkowymi, ale nie wolno mu było po nich chodzić. Widział również port i zobaczył, jak „Wesoła Akuszerka” odpływa w głąb zatoki. Casso Mogat czekał cztery dni zamiast umówionych trzech. Od tego czasu minęły już dwa tygodnie.

Domowi strażnicy lorda Manderly’ego nosili niebiesko-zielone wełniane płaszcze, a zamiast zwykłych włóczni mieli srebrne trójzęby. Jeden szedł przed Davosem, jeden za nim i dwaj po bokach. Mijali wyblakłe chorągwie, pęknięte tarcze i zardzewiałe miecze — pamiątki po stu starożytnych zwycięstwach — a także około dwudziestu drewnianych figur, popękanych i nadgryzionych przez robaki, z pewnością zdobiących niegdyś dzioby statków.

Wejścia do głównej komnaty strzegły dwa marmurowe trytony, mniejsi kuzyni Rybiej Stopy. Gdy strażnicy otworzyli drzwi, herold uderzył laską o podłogę ze starych desek.

— Ser Davos z rodu Seaworthów — oznajmił dźwięcznym głosem.

Choć Davos już nieraz był w Białym Porcie, nigdy nie postawił nogi w Nowym Zamku, nie wspominając już o Dworze Trytona. Ściany, podłogę i sufit wykonano z desek zręcznie połączonych ze sobą i ozdobiono wizerunkami najprzeróżniejszych morskich stworzeń. Zbliżając się do podwyższenia, Davos stąpał po malowanych podobiznach krabów, małży i rozgwiazd, kryjących się pośród czarnych powykręcanych wodorostów oraz kości utopionych marynarzy. Na ścianach po obu jego stronach blade rekiny krążyły w niebieskozielonej toni, a węgorze i ośmiornice czaiły się wśród skał i zatopionych statków. Między wysokimi łukowatymi oknami pływały ławice śledzi oraz wielkie dorsze. Wyżej, blisko starych sieci rybackich zwisających z krokwi, przedstawiono powierzchnię morza. Po prawej Davos widział wojenną galerę, płynącą spokojnie na tle wschodzącego słońca, po lewej zaś stara sfatygowana koga uciekała przed sztormem. Z jej żagli zostały tylko strzępy. Za podwyższeniem kraken i szary lewiatan zwarły się w boju pod namalowanymi falami.

Davos miał nadzieję porozmawiać z Wymanem Manderlym w cztery oczy, ale okazało się, że w komnacie jest mnóstwo ludzi. Wśród siedzących pod ścianami pięciokrotną przewagę liczebną miały kobiety. Nieliczni mężczyźni, których zauważył, mieli długie siwe brody albo wyglądali na zbyt młodych, żeby się golić. Zjawili się też septonowie oraz święte siostry w białych i szarych szatach. Blisko podwyższenia stało kilkunastu mężczyzn obleczonych w niebieskie i srebrnoszare barwy rodu Freyów. Nawet ślepiec zauważyłby, że wszyscy wyglądają bardzo podobnie. Kilku miało na piersi godło Bliźniaków — dwie wieże połączone mostem.

Davos umiał czytać z ludzkich twarzy na długo przed tym, nim maester Pylos nauczył go czytać słowa napisane na papierze. *Ci Freyowie pragną mojej śmierci* — uświadomił sobie na pierwszy rzut oka.

W jasnoniebieskich oczach Wymana Manderly'ego również nie wyczytał śladu sympatii. Wyściełany tron jego lordowskiej mości był tak szeroki, że mogłoby na nim siedzieć trzech mężczyzn przeciętnej tuszy. Mimo to Manderly ledwie się w nim mieścił. Jego lordowska mość oklapł na swym stolcu, ramiona mu opadały, nogi rozstawiał szeroko, a ręce wspierał na poręczach tronu, jakby nie mógł udźwignąć ich ciężaru. *Bogowie bądźcie łaskawi* — pomyślał Davos na widok twarzy lorda Wymana. *Wygląda prawie jak trup.* Cerę miał bladą, z odcieniem szarości.

Królowie i trupy zawsze wymagają obsługi, jak mówiło stare porzekadło. W przypadku Manderly'ego również było to prawdą. Na lewo od ulokowanego na podwyższeniu tronu stał maester, niemalże dorównujący tuszą lordowi, któremu służył. Miał różowe policzki, mięsiste usta i głowę pełną złotych loków. Honorowe miejsce na prawo od jego lordowskiej mości zajął ser Marlon. Na wyściełanym stołku u jego stóp przycupnęła tłusta różowolica dama. Za lordem Wymanem stały dwie młodsze kobiety, wyglądające na siostry. Starsza splotła kasztanowe włosy w długi warkocz. Młodsza, najwyżej piętnastoletnia, miała jeszcze dłuższy, ufarbowany na jaskrawozielono.

Nikt nie raczył przedstawić się Davosowi. Pierwszy odezwał się maester.

— Stoisz przed Wymanem Manderlym, lordem Białego Fortu i strażnikiem Białego Noża, Tarczą Wiary, Obrońcą Wydziedziczonych, lordem marszałkiem Manderu i rycerzem Zakonu Zielonej Ręki — oznajmił. — Na Dworze Trytona zwyczaj wymaga, by wasale i błagalnicy klęknęli.

Cebulowy rycerz mógłby ugiąć kolan, ale nie królewski namiestnik. W ten sposób zasugerowałby, że król, któremu służy, stoi niżej od grubego lorda.

— Nie przybyłem tu jako błagalnik — odparł Davos. — Ja również mam sporo tytułów. Lord Deszczowego Lasu, admirał wąskiego morza, królewski namiestnik.

Tłusta kobieta siedząca na stołku zatoczyła oczami.

— Admirał bez okrętów, namiestnik bez palców, służący królowi bez tronu. Czy to rycerz stoi przed nami, czy odpowiedź na dziecinną zagadkę?

— To wysłannik, dobra córko — odparł lord Wyman — złowróżbna cebula. Stannisowi nie spodobała się odpowiedź, jaką przyniosły mu kruki, przysłał nam więc tego... tego przemytnika. — Skierował na Davosa oczka ledwie widoczne pod zwałami tłuszczu. — Jak sądzę, odwiedzałeś już nasze miasto, by pozbawić nasze kieszenie monet, a nasze stoły żywności? Ciekawe, ile zdołałeś mi ukraść?

Za mało, byś choć raz musiał się obejść bez posiłku.

— Zapłaciłem za przemyt w Końcu Burzy, wasza lordowska mość.

Davos zdjął rękawicę i pokazał lewą dłoń z jej czterema skróconymi palcami.

— Cztery palce za całe życie spędzone na kradzieży? — zapytała siedząca na stołku kobieta. Włosy miała blond, a twarz pyzatą, różową i mięsistą. — Tanio się wykpiłeś, cebulowy rycerzu.

Davos nie zamierzał temu przeczyć.

— Jeśli wasza lordowska mość raczy, chciałbym prosić o audiencję w cztery oczy.

Jego lordowska mość nie raczył.

— Nie mam tajemnic przed swą rodziną ani przed wiernymi lordami i rycerzami. Wszystko to moi dobrzy przyjaciele.

— Panie — odrzekł Davos — nie chciałbym, żeby moje słowa usłyszeli wrogowie Jego Miłości... albo twoi.

— Stannis może mieć wrogów w tej komnacie, ale ja nie.

— Nawet ludzi, którzy zabili twojego syna? — Davos wskazał palcem. — Ci Freyowie byli wśród gospodarzy Krwawych Godów.

Jeden ze wskazanych podszedł bliżej — wysoki gibki rycerz o twarzy gładko wygolonej, poza wąsami cienkimi jak myrijski sztylet.

— Krwawych Godów winien był Młody Wilk. Zamienił się w bestię na naszych oczach i rozszarpał gardło mojemu kuzynowi Dzwoneczkowi, który był nieszkodliwym półgłówkiem. Zabiłby też mojego pana ojca, gdyby ser Wendel nie osłonił go własnym ciałem.

Lord Wyman usunął mruganiem łzy z oczu.

— Wendel zawsze był dzielnym chłopakiem. Nie zdziwiłem się na wieść, że zginął jak bohater.

Davos zaczerpnął głośno tchu, porażony bezczelnością tego kłamstwa.

— Utrzymujesz, że to Robb Stark zabił Wendela Manderly'ego? — zapytał Freya.

— I wielu innych. Był wśród nich mój własny syn, Tytos, a także mąż mojej córki. Kiedy Stark zmienił się w wilka, jego ludzie z północy poszli za jego przykładem. Wszyscy nosili znamię bestii. Wargowie tworzą nowych wargów, zarażając innych przez ukąszenie, wszyscy to dobrze wiedzą. Ja i moi bracia ledwie zdołaliśmy ich powstrzymać, by nie zabili nas wszystkich.

Frey uśmiechał się szyderczo, opowiadając tę historię. Davos miał ochotę wyciąć mu usta nożem.

— Ser, czy mogę zapytać, jak się zwiesz?

— Ser Jared z rodu Freyów.

— Jaredzie z rodu Freyów, nazywam cię kłamcą.

To wyraźnie rozbawiło ser Jareda.

— Niektórzy płaczą, gdy siekają cebulę, ale ja zawsze byłem wolny od tej słabości. — Wyciągnął miecz z szelestem stali trącej o skórę. — Jeśli rzeczywiście jesteś rycerzem, ser, broń tego oszczerstwa własnym ciałem.

Lord Wyman otworzył nagle oczy.

— Nie pozwolę na przelew krwi na Dworze Trytona. Schowaj stal, ser Jaredzie, bo inaczej będę zmuszony cię prosić, byś nas opuścił.

Frey schował miecz.

— Pod twoim dachem twe słowo jest prawem, wasza lordowska mość... ale zamierzam się policzyć z tym cebulowym lordem, zanim opuści miasto.

— Krew! — zawyła siedząca na stołku kobieta. — Tego właśnie chce od nas ta złowróżbna cebula, panie. Widzisz, jak próbuje wywoływać kłopoty. Odeślij go, błagam. On łaknie krwi tego ludu, krwi twych dzielnych synów. Odeślij go. Jeśli królowa usłyszy, że udzieliłeś audiencji temu zdrajcy, może zwątpić w naszą lojalność. Może... może...

— Nie dojdzie do tego, dobra córko — zapewnił lord Wyman. — Żelazny Tron nie ma powodu w nas wątpić.

Te słowa nie przypadły do gustu Davosowi, ale nie pokonał tak długiej drogi po to, by trzymać język za zębami.

— Chłopiec siedzący na Żelaznym Tronie to uzurpator — oznajmił. — A ja nie jestem zdrajcą, lecz namiestnikiem Stannisa Baratheona, Pierwszego Tego Imienia, prawowitego króla Westeros.

Gruby maester odchrząknął.

— Stannis Baratheon jest bratem nieżyjącego króla Roberta, niech Ojciec osądzi go sprawiedliwie. Tommen to potomek z ciała Roberta. W takim przypadku prawa sukcesji są jasne. Syn musi mieć pierwszeństwo przed bratem.

— Maester Theomore ma rację — zgodził się lord Wyman. — Jest mądry we wszystkich takich sprawach i zawsze służył mi dobrą radą.

— Prawowity syn ma pierwszeństwo przed bratem — przyznał Davos — ale Tommen zwany Baratheonem jest bękartem, podobnie jak jego brat Joffrey przed nim. Spłodził ich Królobójca, łamiąc wszelkie prawa bogów i ludzi.

— Słowa zdrady płyną z jego ust — odezwał się inny Frey. — Stannis odrąbał mu złodziejskie palce, a ty powinieneś mu uciąć zdradziecki język.

— Lepiej zetnij mu głowę — zasugerował Jared. — Albo każ mu spotkać się ze mną w honorowej walce.

— Co Frey może wiedzieć o honorze? — odciął się Davos.

Czterech Freyów ruszyło ku niemu, ale lord Wyman powstrzymał ich, unosząc rękę.

— Stójcie, przyjaciele. Wysłucham go, zanim… zanim postanowię, co z nim zrobić.

— Czy możesz przedstawić jakiś dowód tego kazirodztwa, ser? — zapytał maester Theomore, splatając na brzuchu miękkie dłonie.

Edric Storm — pomyślał Davos — *ale odesłałem go daleko za wąskie morze, by go ocalić przed ogniami Melisandre.*

— Masz słowo Stannisa Baratheona na to, że wszystko, co powiedziałem, jest prawdą.

— Słowa to wiatr — odezwała się młoda kobieta stojąca za tronem lorda Wymana, ta z długim kasztanowym warkoczem. — A każda dziewczyna ci powie, że mężczyźni często kłamią, by zdobyć to, czego pragną.

— Niczym niepoparte słowo jakiegoś lorda nie wystarczy za dowód — stwierdził maester Theomore. — Stannis Baratheon nie byłby pierwszym człowiekiem, który skłamał, by zdobyć tron.

Różowolica kobieta wskazała pulchnym palcem na Davosa.

— Hej, ty. Nie chcemy uczestniczyć w żadnej zdradzie. Tu, w Białym Porcie mieszkają dobrzy ludzie. Praworządni i lojalni. Przestań lać truciznę w nasze uszy, bo inaczej mój dobry ojciec odeśle cię do Wilczego Barłogu.

Czym ją obraziłem?

— Czy mogę cię zapytać o imię, pani?

Różowolica kobieta pociągnęła gniewnie nosem, pozwalając, by maester odpowiedział za nią.

— Lady Leona jest żoną syna lorda Wymana, ser Wylisa, który obecnie pozostaje więźniem Lannisterów.

To strach przez nią przemawia. Gdyby Biały Port opowiedział się po stronie Stannisa, jej mąż zapłaciłby za to życiem. *Jak mogę prosić lorda Wymana, by skazał własnego syna na śmierć? Co uczyniłbym na jego miejscu, gdyby to Devan był zakładnikiem?*

— Panie — rzekł Davos — modlę się o to, by nic złego nie stało się twojemu synowi ani żadnemu człowiekowi z Białego Portu.

— Kolejne kłamstwo — odezwała się lady Leona.

Cebulowy rycerz doszedł do wniosku, że lepiej będzie ją zignorować.

— Kiedy Robb Stark wyruszył zbrojnie przeciwko bękartowi Joffreyowi zwanemu Baratheonem, Biały Port pomaszerował u jego boku. Lord Stark padł, ale jego wojna twa nadal.

— Robb Stark był moim seniorem — odparł lord Wyman. — A kim jest ten Stannis? Dlaczego zawraca nam głowę? O ile sobie przypominam, nigdy dotąd nie czuł potrzeby odwiedzenia północy. A teraz się zjawił, zbity pies z hełmem w dłoni, błagający o jałmużnę.

— Przybył tu po to, by uratować królestwo, wasza lordowska mość — zapewnił Davos. — Broni waszych ziem przed żelaznymi ludźmi i dzikimi.

Siedzący obok lorda ser Marlon Manderly prychnął pogardliwie.

— Minęły stulecia, odkąd ostatnio w Białym Porcie widziano dzikich, a żelaźni ludzie nigdy nie niepokoili tego wybrzeża. Czy lord Stannis zamierza nas bronić również przed snarkami i smokami?

Dwór Trytona wypełnił śmiech, ale siedząca u stóp lorda Wymana lady Leona zaczęła łkać.

— Żelaźni ludzie z wysp, dzicy zza Muru… a teraz ten zdradziecki lord ze swymi banitami, buntownikami i czarownikami. — Wskazała palcem na Davosa. — tak jest, słyszeliśmy o waszej czerwonej czarownicy. Ona pragnie, byśmy się odwrócili od Siedmiu i pokłonili demonowi ognia!

Davos nie darzył miłością czerwonej kapłanki, ale nie śmiał pozostawić słów lady Leony bez odpowiedzi.

— Lady Melisandre jest kapłanką czerwonego boga. Królowa Selyse przyjęła jej wiarę i wielu innych razem z nią, ale większość zwolenników Jego Miłości nadal czci Siedmiu. Ja również.

Modlił się, by nikt mu nie kazał wyjaśniać, co się stało z septem na Smoczej Skale i bożym gajem w Końcu Burzy. *Jeśli mnie zapytają, będę musiał im odpowiedzieć. Stannis nie chciałby, żebym kłamał.*

— Siedmiu broni Białego Portu — oznajmiła lady Leona. — Nie boimy się waszej czerwonej królowej ani jej boga. Niech rzuca na nas zaklęcia, jakie tylko zechce. Modlitwy pobożnych ludzi uchronią nas przed złem.

— Zaiste. — Lord Wyman poklepał lady Leonę po ramieniu. — Lordzie Davosie, jeśli rzeczywiście jesteś lordem, wiem, czego ode mnie chce twój tak zwany król. Stali, srebra i ugiętych kolan. — Przesunął się na tronie, by wesprzeć się na łokciu. — Nim lord Tywin padł ofiarą morderstwa, ofiarował Białemu Portowi pełne ułaskawienie za poparcie Młodego Wilka. Obiecał, że oddadzą mi syna, gdy zapłacę trzy tysiące smoków okupu i dowiodę swej lojalności ponad wszelką wątpliwość. Roose Bolton, którego mianowano namiestnikiem północy, żąda, bym wyrzekł się pretensji do ziem i zamków lorda Hornwooda, ale przysięga, że moje pozostałe włości pozostaną nietknięte. Walder Frey, jego dobry ojciec, ofiaruje mi jedną ze swych córek za żonę, a także mężów dla córek mojego syna, które stoją za mną. Uważam, że to szczodre warunki, dobra podstawa uczciwego, trwałego pokoju. A ty chciałbyś, żebym nimi wzgardził. Pytam więc, cebulowy rycerzu, co oferuje lord Stannis w zamian za moją wierność?

Wojnę, żal i krzyki palonych na stosie ludzi — mógłby odpowiedzieć Davos.

— Szansę spełnienia obowiązku — rzekł jednak. To była odpowiedź, jakiej udzieliłby Wymanowi Manderly'emu Stannis. *Namiestnik powinien przemawiać głosem króla.*

Lord Wyman osunął się z powrotem na tron.

— Obowiązku. Rozumiem.

— Biały Port jest za słaby, by mógł się obronić sam. Potrzebujesz Jego Miłości tak samo, jak on potrzebuje ciebie. Razem będziecie mogli pokonać wspólnych wrogów.

— Panie — odezwał się ser Marlon, zakuty w zdobną srebrną zbroję — czy pozwolisz, bym zadał lordowi Davosowi kilka pytań?

— Jak sobie życzysz, kuzynie.

Lord Wyman przymknął oczy.

Ser Marlon zwrócił się w stronę Davosa.

— Powiedz nam, ilu północnych lordów opowiedziało się za Stannisem.

— Arnolf Karstark poprzysiągł przyłączyć się do Jego Miłości.

— Arnolf nie jest prawdziwym lordem, a tylko kasztelanem. Powiedz mi, proszę, iloma zamkami włada w tej chwili lord Stannis.

— Jego Miłość wziął sobie za siedzibę Nocny Fort. Na południu włada Końcem Burzy i Smoczą Skałą.

Maester Theomore odchrząknął.

— Ale nie utrzyma ich długo. Oba zamki mają tylko słabą

załogę i wkrótce muszą upaść, a Nocny Fort to złowrogie, posępne ruiny nawiedzane przez duchy.

— A czy możesz nam powiedzieć, ilu ludzi może wystawić lord Stannis? — ciągnął ser Marlon. — Ilu ma rycerzy? Ilu łuczników, wolnych jeźdźców i zbrojnych?

Za mało — pomyślał Davos. Stannis przyprowadził na północ zaledwie tysiąc pięćset ludzi... ale gdyby im to powiedział, jego misja byłaby zgubiona. Szukał odpowiednich słów, lecz nie znalazł żadnych.

— Twoje milczenie jest wystarczającą odpowiedzią, ser. Twój król może nam dać jedynie wrogów. — Ser Marlon spojrzał na swego lordowskiego kuzyna. — Jego lordowska mość pytał cebulowego rycerza, co oferuje nam Stannis. Pozwól, że ja odpowiem. Klęskę i śmierć. Pragnie, byś dosiadł konia zrobionego z powietrza i ruszył do boju z mieczem wykutym z wiatru.

Gruby lord otworzył powoli oczy, jakby ten wysiłek kosztował go niemal zbyt wiele.

— Mój kuzyn jak zwykle mówi do rzeczy. Masz coś jeszcze do powiedzenia, cebulowy rycerzu, czy masz coś jeszcze do powiedzenia, czy też możemy już zakończyć tę komediancką farsę? Znużył mnie widok twej twarzy.

Davosa przeszyło ukłucie rozpaczy. *Jego Miłość powinien był wysłać kogoś innego, jakiegoś lorda, rycerza albo maestera. Kogoś, komu język by się nie plątał, gdy przemawia w imieniu króla.*

— Śmierć — usłyszał własny głos. — Zaiste, zobaczymy ją. Wasza lordowska mość stracił syna na Krwawych Godach. Ja straciłem czterech na Czarnym Nurcie. A dlaczego? Dlatego, że Lannisterowie zagrabili tron. Pojedź do Królewskiej Przystani i sam przyjrzyj się Tommenowi, jeśli wątpisz w moje słowa. Nawet ślepiec by to zauważył. Co oferuje ci Stannis? Zemstę. Zemstę za moich i twoich synów, za mężów, ojców i braci was wszystkich. Zemstę za waszego zamordowanego lorda, waszego zamordowanego króla, za zaszlachtowane książęta. Zemstę!

— Tak — odezwał się nagle dziewczęcy głos, słaby i wysoki. Należał do niedorośniętego dziecka o blond brwiach i długim zielonym warkoczu.

— Zabili lorda Eddarda, lady Catelyn i króla Robba — mówiła dziewczyna. — Był naszym władcą! Był odważny i dobry, a Freyowie go zamordowali. Jeśli lord Stannis chce go pomścić, powinniśmy się do niego przyłączyć.

Manderly przyciągnął ją do siebie.

— Wyllo, za każdym razem, gdy otwierasz usta, mam ochotę odesłać cię do milczących sióstr.

— Powiedziałam tylko...

— Słyszeliśmy, co powiedziałaś — odezwała się starsza dziewczyna, jej siostra. — To dziecinne głupoty. Nie możesz mówić źle o naszych przyjaciołach Freyach. Jeden z nich wkrótce zostanie twoim panem i mężem.

— Nie — sprzeciwiła się dziewczyna, potrząsając głową. — Nie zrobię tego. Nigdy. Oni zabili króla.

Lord Wyman poczerwieniał.

— Zrobisz to. Gdy nadejdzie wyznaczony dzień, wypowiesz słowa małżeńskiej przysięgi albo dołączysz do milczących sióstr i nic już nigdy nie powiesz.

Biedna dziewczyna była przerażona.

— Dziadku, proszę...

— Cicho, dziecko — odezwała się lady Leona. — Słyszałaś, co powiedział twój pan dziadek. Cicho! Nic nie wiesz.

— Wiem o obietnicy — upierała się dziewczyna. — Maesterze Theomore, powiedz im! Tysiąc lat przed podbojem złożono obietnicę i w Wilczym Barłogu wypowiedziano przysięgi, przed starymi i nowymi bogami. Gdy byliśmy w rozpaczliwym położeniu i nie mieliśmy przyjaciół, gdy wygnano nas z domów i musieliśmy bać się o życie, wilki przyjęły nas, wykarmiły i obroniły przed wrogami. To miasto wybudowano na ziemiach, które od nich otrzymaliśmy. W zamian przysięgliśmy, że zawsze będziemy ich ludźmi. Ludźmi Starków!

Maester dotknął łańcucha, który nosił na szyi.

— To prawda, złożyliśmy solenne przysięgi Starkom z Winterfell. Ale Winterfell padło, a ród Starków wygasł.

— Dlatego, że wszystkich zabili!

— Lordzie Wymanie, czy mogę? — odezwał się inny Frey.

Wyman Manderly skinął głową.

— Zawsze z przyjemnością słuchamy twych szlachetnych rad, Rhaegarze.

Rhaegar Frey odwdzięczył się za komplement ukłonem. Zbliżał się do trzydziestki, miał lekko przygarbione ramiona i wydatny brzuszek. Wdział kosztowny wams z delikatnej szarej wełny, obszyty srebrnogłowiem. Płaszcz, również uszyty ze srebrnogłowiu, spiął pod szyją broszę w kształcie dwóch wież.

— Lady Wyllo — rzekł dziewczynie z zielonym warkoczem — lojalność jest cnotą. Mam nadzieję, że będziesz równie lojalna wobec Małego Waldera, gdy już połączy was węzeł małżeński. Jeśli zaś chodzi o Starków, ich ród wygasł tylko w linii męskiej. Synowie lorda Eddarda zginęli, ale jego córki żyją. Młodsza jedzie właśnie na północ, by poślubić dzielnego Ramsaya Boltona.

— Ramsaya Snowa — odcięła się Wylla Manderly.

— Jak sobie życzysz. Pod takim czy innym nazwiskiem, wkrótce poślubi Aryę Stark. Jeśli pragniesz dochować waszej obietnicy, powinnaś poprzysiąc mu wierność, albowiem będzie waszym lordem z Winterfell.

— Nigdy nie będzie moim lordem! Zmusił lady Hornwood do małżeństwa, a potem zamknął ją w lochu, gdzie z głodu zjadła własne palce!

Przez Dwór Trytona przebiegł szmer zgody.

— Dziewczyna mówi prawdę! — odezwał się tęgi mężczyzna w biało-fioletowym płaszczu, spiętym parą skrzyżowanych kluczy z brązu. — Roose Bolton jest zimny i podstępny, tak jest, ale można się z nim dogadać. Wszyscy widzieliśmy gorszych. Ale ten jego bękart... powiadają, że to potwór, szalony i okrutny.

— Powiadają? — Rhaegar Frey uśmiechnął się drwiąco pod jedwabistą brodą. — Jego wrogowie tak powiadają, zaiste... ale to Młody Wilk był potworem. Miał w sobie więcej z bestii niż z chłopca, wypełniała go pycha i żądza krwi. Był też wiarołomcą, o czym mój pan dziadek przekonał się ku swemu smutkowi. — Rozpostarł dłonie. — Nie winię Białego Portu o to, że go poparliście. Mój dziadek popełnił ten sam fatalny błąd. We wszystkich bitwach Młodego Wilka, Biały Port i Bliźniaki walczyły bok u boku pod jego chorągwiami. Robb Stark zdradził nas wszystkich. Zostawił północ na okrutną łaskę żelaznych ludzi, by wykroić dla siebie piękniejsze królestwo nad brzegami Tridentu. A potem porzucił też lordów dorzecza, którzy zaryzykowali dla niego bardzo wiele, i złamał umowę małżeńską zawartą z moim dziadkiem, by poślubić pierwszą zachodnią dziewkę, która wpadła mu w oko. Młody Wilk? Był wściekłym psem i zginął jak pies.

W Dworze Trytona zapadła cisza. Davos czuł unoszący się w powietrzu chłód. Lord Wyman spoglądał na Rhaegara jak na karalucha wymagającego zgniecenia twardym obcasem. Ale nagle skinął głową z takim rozmachem, że jego liczne podbródki się zatrzęsły.

— Psem, tak jest. Przyniósł nam tylko żałobę i śmierć. Zaiste był wściekłym psem. Mów dalej.

Rhaegar Frey spełnił jego wolę.

— Żałobę i śmierć, to prawda... a ten cebulowy lord przyniesie wam więcej tego samego swym gadaniem o zemście. Otwórz oczy, jak zrobił to mój pan dziadek. Wojna pięciu królów już się w zasadzie skończyła. Tommen jest naszym królem, naszym jedynym królem. Musimy mu pomóc uzdrowić rany pozostałe po tym smutnym konflikcie. Jest prawowitym synem Roberta, dziedzicem jelenia i lwa, i w związku z tym Żelazny Tron prawnie mu się należy.

— Mądre i prawdziwe słowa — zgodził się lord Wyman Manderly.

— Nieprawda!

Wylla Manderly tupnęła gniewnie.

— Bądź cicho, okropne dziecko — skarciła ją lady Leona. — Młode dziewczęta powinny być ozdobą dla oczu, nie bólem dla uszu.

Złapała dziewczynę za warkocz i pociągnęła za sobą, nie zważając na jej piski. *Straciłem jedyną przyjaciółkę w tej komnacie* — pomyślał Davos.

— Wylla zawsze była krnąbrnym dzieckiem — oznajmiła jej siostra przepraszającym tonem. — Obawiam się, że będzie też nieposłuszną żoną.

Rhaegar wzruszył ramionami.

— Nie wątpię, że małżeństwo złagodzi jej charakter. Stanowcza dłoń i ciche słowo.

— Jeśli to nie poskutkuje, zawsze pozostają milczące siostry. — Lord Wyman przesunął się na tronie. — Jeśli zaś chodzi o ciebie, cebulowy rycerzu, wysłuchałem już wystarczająco wielu słów zdrady, jak na jeden dzień. Chcesz, bym naraził swe miasto dla fałszywego króla i fałszywego boga. Bym poświęcił jedynego żyjącego syna po to, by Stannis Baratheon mógł usadzić pomarszczoną dupę na tronie, do którego nie ma praw. Nie zrobię tego. Ani dla ciebie, ani dla twojego lorda, ani dla nikogo. — Lord Białego Portu podźwignął się z wysiłkiem tak wielkim, że aż szyja mu poczerwieniała. — Nadal pozostajesz przemytnikiem, ser. Przybyłeś tu po to, by ukraść mi złoto i krew. Pragniesz głowy mojego syna. Myślę, że w związku z tym pozbawię cię twojej. Straże! Pojmijcie tego człowieka!

Nim Davos zdążył choćby pomyśleć o tym, by się poruszyć, otoczyły go srebrne trójzęby.

— Panie — sprzeciwił się. — Jestem posłem.

— Czyżby? Zakradłeś się do mojego miasta jak przemytnik. Oznajmiam, że nie jesteś lordem, rycerzem ani posłem, a tylko złodziejem i szpiegiem, handlarzem kłamstwa i zdrady. Powinienem wyrwać ci język rozżarzonymi szczypcami, a potem wysłać cię do Dreadfort, by cię obdarto ze skóry. Ale Matka jest łaskawa i ja również. — Skinął na ser Marlona. — Kuzynie, odprowadź tę kreaturę do Wilczego Barłogu. Niech mu utną głowę i dłonie. Mają mi je przynieść jeszcze przed kolacją. Nie będę w stanie nic przełknąć, dopóki nie zobaczę głowy tego przemytnika na palu, z cebulą zatkniętą między kłamliwymi zębami.

FETOR

Dali mu konia i chorągiew, miękki wełniany wams i ciepłe futro, a potem go wypuścili. Po raz pierwszy od dawna nie śmierdział.

— Wróć i daj nam ten zamek — zażądał Damon Zatańcz ze Mną, pomagając drżącemu Fetorowi wspiąć się na siodło — albo ruszaj przed siebie i przekonaj się, jak daleko zdołasz zajechać, nim cię dościgniemy. On by się z tego ucieszył, mówię ci.

Damon z uśmiechem smagnął koński zad batem. Stara szkapa zarżała i ruszyła ociężale naprzód.

Fetor nie śmiał się oglądać za siebie, w obawie, że Damon, Żółta Kuśka, Chrząkacz i cała reszta jadą za nim, że to tylko kolejny żart lorda Ramsaya, że poddano go okrutnej próbie, mającej sprawdzić, co zrobi, jeśli dadzą mu konia i puszczą wolno. *Czy myślą, że ucieknę?* Szkapina wyglądała żałośnie, nogi miała koślawe i była zagłodzona. Nie miał szans prześcignąć pięknych wierzchowców, na których jeździli lord Ramsay i jego łowcy. A Ramsay najbardziej ze wszystkiego lubił spuścić ze smyczy swoje dziewczyny i puścić je tropem nowej zwierzyny.

Zresztą dokąd miałby uciec? Za plecami miał obozy pełne ludzi z Dreadfort oraz tych, których Ryswellowie przyprowadzili ze sobą ze Strumieniska. Między nimi rozbił namioty zastęp z Barrowton. Na południe od Fosy Cailin armia Boltonów i Freyów maszerowała groblą pod chorągwiami Dreadfort. Na wschód od traktu był posępny, jałowy brzeg i zimne, słone morze, na zachód zaś bagna i moczary Przesmyku, pełne węży, jaszczurolwów oraz błotnych diabłów z ich zatrutymi strzałami.

Nie ucieknie. Nie zdoła uciec.

Dam mu zamek. Zrobię to. Muszę.

Dzień był szary, mokry i mglisty. Dął wiatr z południa, wilgotny jak pocałunek. Ruiny Fosy Cailin były widoczne z daleka, przesłonięte pasemkami porannej mgły. Szkapa wlokła się ku nim stępa, jej kopyta wydawały ciche, mlaszczące dźwięki, wydostając się z szarozielonego błota.

Kiedyś już tędy jechałem. To była niebezpieczna myśl i natychmiast jej pożałował.

— Nie — powiedział sobie. — Nie, to był ktoś inny. Wtedy jeszcze nie wiedziałeś, jak masz na imię.

Teraz nazywał się Fetor. Musi o tym pamiętać. *Nazywam się Fetor, muszę śmierdzieć przeto.*

Gdy tamten mężczyzna tędy jechał, tuż za nim podążała armia, potężny zastęp północy, zmierzający na wojnę pod szaro-białymi chorągwiami rodu Starków. Fetor był sam, w ręce trzymał proporzec pokoju zatknięty na sosnowej tyczce. Gdy tamten mężczyzna tędy jechał, dosiadał bojowego rumaka, szybkiego i narowistego. Fetor miał wygłodzoną chabetę, sama skóra, kości i żebra, i musiał jechać powoli, żeby nie spaść z siodła. Tamten mężczyzna był dobrym jeźdźcem, a Fetor z trudem trzymał się na końskim grzbiecie. Minęło już bardzo wiele czasu. Nie był jeźdźcem. Nie był nawet mężczyzną. Był sługą lorda Ramsaya, nędzniejszym od psa, robakiem w ludzkiej skórze.

— Będziesz udawał księcia — oznajmił mu nocą lord Ramsay, gdy Fetor moczył się w wannie pełnej gorącej wody — ale obaj znamy prawdę. Jesteś Fetorem. Już zawsze nim pozostaniesz, jakkolwiek byś nie pachniał. Nos może cię okłamać. Pamiętaj, jak masz na imię. Pamiętaj, kim jesteś.

— Jestem Fetor — zapewnił. — Twój Fetor.

— Zrób dla mnie ten drobiazg, a zostaniesz moim psem i będziesz co dzień jadł mięso — obiecał lord Ramsay. — Będzie cię kusiło, by mnie zdradzić. Uciec, walczyć albo przyłączyć się do moich wrogów. Nie, spokój, nie chcę słyszeć, jak temu przeczysz. Jeśli mnie okłamiesz, wyrwę ci język. Mężczyzna na twoim miejscu zwróciłby się przeciwko mnie, ale przecież wiemy, kim jesteś, prawda? Zdradź mnie, jeśli chcesz, to nieważne... ale najpierw policz palce i pamiętaj o cenie.

Fetor znał cenę. *Siedem* — pomyślał. *Siedem palców. Z siedmioma palcami można sobie jakoś poradzić. To święta liczba.* Przypomniał sobie, jak bardzo go bolało, gdy lord Ramsay rozkazał Obdzieraczowi odsłonić jego serdeczny palec.

Było wilgotno i parno. Ziemię pokrywały liczne kałuże. Fetor omijał je ostrożnie, zmierzając resztkami drogi z kłód i desek, którą straż przednia Robba Starka ułożyła na miękkim gruncie, by przyśpieszyć marsz jego armii. Tam, gdzie ongiś stał potężny mur kurtynowy, zostały tylko pojedyncze głazy, bloki czarnego bazaltu tak ogromne, że z pewnością potrzeba było stu ludzi, by je ustawić na miejscu. Niektóre zapadły się w bagno tak głęboko, że wystawał tylko jeden róg, inne leżały porozrzucane jak zabawki porzucone przez jakiegoś boga, popękane, rozsypujące się i upstrzone plamami porostów. Padający nocą deszcz zmoczył potężne głazy i lśniły teraz w porannym słońcu, jakby pokrywała je cieniutka warstewka czarnego oleju.

Za nimi były wieże.

Wieża Pijaka pochylała się, jakby zaraz miała się zawalić. Stała w tej pozycji już od pięciuset lat. Dziecięca Wieża wznosiła się ku niebu prosto jak włócznia, ale jej strzaskany szczyt był otwarty na wiatr i deszcz. Wieża Wartownicza, największa z trzech, była szeroka i przysadzista. Jej mury pokryła warstewka mchu, po północnej stronie ze szczeliny między kamieniami poziomo wyrastało sękate drzewo, a na wschód i na zachód od niej widziało się jeszcze fragmenty murów. *Karstarkowie zajęli Wieżę Pijaka, a Umberowie Dziecięcą* — przypomniał sobie. *Wieżę Wartowniczą Robb zatrzymał dla siebie.*

Gdyby zamknął oczy, mógłby oczyma wyobraźni ujrzeć chorągwie powiewające śmiało na rześkim wietrze z północy. *Wszystko to utracono, wszystko runęło.* Wiatr muskający jego policzki dął z południa, a nad Fosą Cailin powiewały tylko sztandary ze złotym krakenem w czarnym polu.

Obserwowano go. Czuł na sobie spojrzenia. Gdy uniósł wzrok, dostrzegał blade twarze spoglądające nań ze szczytu murów Wieży Wartowniczej oraz zza rozbitych głazów wieńczących szczyt Dziecięcej Wieży. Według legend to stamtąd dzieci lasu przywołały ongiś młot wód, który rozszczepił ląd Westeros na dwoje.

Jedyną suchą drogą prowadzącą przez Przesmyk była grobla, a wieże Fosy Cailin zamykały jej północny koniec na podobieństwo korka w butelce. Droga była wąska, a ruiny tak ulokowane, że nieprzyjaciel nadchodzący z południa musiał przejść pod i między nimi. By zaatakować którąś z trzech wież, napastnicy musieli się wystawić na ostrzał z pozostałych dwóch, gdy będą się wspinali na wilgotne kamienne mury usiane wstęgami białych śliskich upiornych skórek. Bagnisty grunt poza groblą był nieprzebyty, tworzył bezkresne trzęsawisko pełne podziemnych lejów, ruchomych piasków oraz plam zielonej roślinności, które nieostrożnemu mogły się wydawać stałym gruntem, ale gdy postawić na nich nogę, obracały się w wodę. Wszędzie pełno było ogromnych węży, trujących kwiatów oraz monstrualnych jaszczurolwów o zębach jak sztylety. Równie niebezpieczni byli tubylcy, rzadko oglądani, ale zawsze czający się w pobliżu, ludzie z moczarów, żabole, błotniacy. Fennowie i Reedowie, Peatowie i Boggsowie, Crayowie i Quaggowie, Greengoodowie i Blackmyre'owie — takie nazwiska zwykli sobie nadawać. Żelaźni ludzie wszystkich zwali błotnymi diabłami.

Fetor minął gnijącą padlinę konia. Z jego szyi sterczała strzała. Gdy przejeżdżał obok, długi biały wąż skrył się w oczodole martwego zwierzęcia. Za koniem leżał jeździec, czy raczej to, co z niego zostało. Wrony zdarły ciało z twarzy mężczyzny, a zdziczały pies podkopał się pod kolczą zbroję, by dobrać się do wnętrzności. Nieco dalej, następne ciało zapadło w błoto tak głęboko, że tylko twarz i palce u rąk były widoczne.

Bliżej wież po obu stronach drogi walały się liczne trupy. Z ich otwartych ran wyrastały krwawe kwiaty o bladych mięsistych płatkach, wilgotnych jak usta kobiety.

Ludzie z garnizonu mnie nie poznają. Niektórzy mogli sobie przypominać chłopaka, którym był, nim się dowiedział, jak ma na imię, ale Fetor będzie dla nich kimś obcym. Minęło wiele czasu, odkąd ostatnio spoglądał w lustro, wiedział jednak, że z pewnością wygląda staro. Włosy mu zbielały, większość wypadła, a te, które zostały, zrobiły się sztywne i suche jak słoma. Po pobycie w lochach stał się słaby jak stara baba i tak chudy, że silny wiatr mógłby go przewrócić.

A jego dłonie… Ramsay dał mu rękawice, piękne rękawice z czarnej skóry, wypchane wełną, by zamaskować brak palców, ale jeśli ktoś przyjrzy się uważniej, zauważy, że trzy z tych palców się nie zginają.

— Nie podchodź bliżej! — zawołał ktoś. — Czego chcesz?

— Słów. — Spiął chabetę, wymachując chorągwią pokoju, by mieć pewność, że ją zauważą. — Przychodzę bez broni.

Nie odpowiedzieli mu. Wiedział, że za murami żelaźni ludzie debatują, czy go wpuścić, czy raczej naszpikować mu pierś strzałami. *Wszystko mi jedno.* Szybka śmierć byłaby sto razy lepsza niż powrót do lorda Ramsaya w przypadku niepowodzenia.

Drzwi wartowni otworzyły się szeroko.

— Szybko.

Fetor zwracał się w stronę, z której dobiegał głos, gdy uderzyła strzała. Nadleciała z prawej, z miejsca, gdzie skruszone fragmenty muru kurtynowego leżały na wpół pogrążone w bagnie. Drzewce przebiło fałdy chorągwi i zatrzymało się w niej. Grot od jego twarzy dzieliła tylko stopa. Fetor przestraszył się tak bardzo, że wypuścił proporzec i spadł z siodła.

— Do środka — zawołał głos. — Szybko, ty durniu, szybko!

Fetor wdrapał się na stopnie na rękach i kolanach. Druga strzała przemknęła mu nad głową. Ktoś go złapał i wciągnął do wieży. Za sobą usłyszał trzask zamykanych drzwi. Postawiono go na nogi i oparto o ścianę. Jego gardła dotknął nóż. Zobaczył brodatą twarz, tak blisko swojej, że mógłby policzyć włoski w nosie mężczyzny.

— Kim jesteś? Po co tu przybyłeś? Szybko, bo zrobię ci to samo, co jemu.

Strażnik wskazał głową na zwłoki gnijące na podłodze obok drzwi. Po zielonym ciele pełzały czerwie.

— Jestem żelaznym człowiekiem — skłamał Fetor. Chłopak, którym był przedtem, rzeczywiście pochodził z Żelaznych Wysp, ale on przyszedł na świat w lochach Dreadfort. — Przyjrzyj się mojej twarzy. Jestem synem lorda Balona. Waszym księciem.

Wypowiedziałby to imię, ale nie chciało mu przejść przez gardło. *Nazywam się Fetor, muszę piszczeć przeto.* Był jednak zmuszony zapomnieć o tym na chwilę. Nikt nie poddałby się takiej kreaturze jak Fetor, nawet w najbardziej rozpaczliwej sytuacji. Musi udawać, że znowu stał się księciem.

Strażnik przyglądał się z uwagą jego twarzy, wykrzywiając usta w grymasie podejrzliwości. Zęby miał brązowe, a jego broda cuchnęła *ale* i cebulą.

— Synów lorda Balona zabito.

— Moich braci. Nie mnie. Lord Ramsay wziął mnie do niewoli w Winterfell. Przysłał mnie tu, żebym z wami rokował. Ty tutaj dowodzisz?

— Ja? — Mężczyzna opuścił nóż i cofnął się o krok, omal nie potykając się o trupa. — Nie ja, panie. — Kolczugę miał zardzewiałą, a skórzaną kurtę zbutwiałą. Grzbiet jednej z dłoni szpecił otwarty, sączący krwią wrzód. — Dowodzi Ralf Kenning. Tak rzekł kapitan. Ja tylko pilnuję drzwi, to wszystko.

— A to kto był?

Fetor kopnął trupa.

Strażnik przyjrzał się zabitemu, jakby widział go pierwszy raz w życiu.

— On... pił wodę. Musiałem mu poderżnąć gardło, żeby uciszyć jego krzyki. Bolał go brzuch. Nie można pić wody. Dlatego mamy *ale.* — Strażnik potarł twarz. Oczy miał poczerwieniałe i obrzękłe. — Przedtem ściągaliśmy trupy do piwnicy. Wszystkie krypty zalała woda. Ale teraz nikomu już się nie chce, więc po prostu zostawiamy ich tam, gdzie padli.

— Piwnica to lepsze miejsce. Oddajcie ich wodzie. Utopionemu Bogu.

Strażnik roześmiał się w głos.

— Tam nie ma bogów, panie. Tylko szczury i węże wodne. Białe i grube jak twoja noga. Czasami wpełzają na górę i kąsają śpiących ludzi.

Fetor przypomniał sobie lochy pod Dreadfort, szczura szarpiącego się między jego zębami, smak ciepłej krwi na wargach. *Jeśli mi się nie uda, Ramsay wyśle mnie z powrotem do lochu, ale przedtem zedrze mi skórę z kolejnego palca.*

— Ilu ludzi zostało w garnizonie?

— Trochę — odparł żelazny człowiek. — Nie wiem. Mniej,

niż było ich przedtem. W Wieży Pijaka też chyba jacyś są. Ale nie w Dziecięcej. Dagon Codd poszedł tam kilka dni temu. Powiedział, że zostało tylko dwóch żywych i obaj żarli umarłych. Zabił ich, jeśli potrafisz w to uwierzyć.

Fosa Cailin już padła — uświadomił sobie Fetor — *ale nikt im o tym nie powiedział.*

— Muszę porozmawiać z waszym dowódcą — oznajmił, pocierając usta, by osłonić połamane zęby.

— Z Kenningiem? — Strażnik sprawiał wrażenie zdziwionego. — On nie ma ostatnio wiele do powiedzenia. Umiera. Może nawet już nie żyje. Nie widziałem go od… nie pamiętam od kiedy…

— Gdzie on jest? Zaprowadź mnie do niego.

— A kto będzie pilnował drzwi?

— On — odparł Fetor i znowu kopnął trupa.

Mężczyzna parsknął śmiechem.

— Tak jest. Czemu by nie? Chodź ze mną. — Zdjął pochodnię z uchwytu na ścianie i pomachał nią, aż rozjarzyła się jasno i gorąco. — Tędy.

Przeszli przez drzwi i ruszyli w górę krętymi schodami. Blask pochodni odbijał się od czarnych kamiennych murów.

W komnacie położonej na szczycie było ciemno i nieprzyjemnie gorąco. Wypełniał ją dym. W wąskim oknie zawieszono wystrzępioną skórę, by nie wpuszczać wilgoci, a na piecyku tliła się kostka torfu. Pomieszczenie wypełniał paskudny smród, miazmaty pleśni, szczyn i kału, dymu i choroby. Na podłodze walało się zanieczyszczone sitowie, a sterta słomy w kącie służyła za łóżko.

Ralf Kenning leżał pod górą futer. Targały nim dreszcze. Broń spoczywała obok: miecz i topór, kolcza koszula i żelazny hełm. Jego tarczę zdobiła utkana z chmur dłoń boga sztormów. Błyskawica wychodząca z jego palców uderzała we wzburzone morze. Farba jednak straciła kolor i obłaziła. Drewno pod nią toczyła zgnilizna.

Ralf również gnił. Pod futrami był nagi i dygotał od gorączki. Jego blade obrzękłe ciało pokrywały sączące wrzody oraz strupy. Głowa wyglądała pokracznie. Jeden policzek obrzękł groteskowo, a szyja była tak przepełniona krwią, że prawie pochłonęła twarz. Ręka po tej stronie była gruba jak kłoda i łaziły po niej białe robaki. Sądząc po wyglądzie, od wielu dni nikt go nie kąpał ani nie golił. Z jednego oka ciekła ropa, a broda była pełna zaschniętych wymiocin.

— Co mu się stało? — zapytał Fetor.

— Był na murach i jakiś błotny diabeł strzelił do niego z łuku. Strzała tylko go drasnęła, ale... oni zatruwają groty, smarują je gównem i jeszcze gorszymi rzeczami. Zalaliśmy ranę wrzącym winem, ale to nic nie pomogło.

Nie mogę paktować z takim czymś.

— Zabij go — rozkazał strażnikowi Fetor. — Postradał już rozum. Jest pełen krwi i robaków.

Mężczyzna gapił się tylko na niego.

— Kapitan zostawił mu dowództwo.

— Zdychającego konia byś dobił.

— Jakiego konia? Nigdy nie miałem konia.

Ja miałem. Wspomnienie powróciło nagle. Kwiczenie Śmieszka brzmiało niemal jak ludzki głos. Grzywa ogiera płonęła. Stanął dęba, oślepiony bólem, i młócił kopytami. *Nie, nie. Nie mój. Nie był mój. Fetor nigdy nie miał konia.*

— Zabiję go za ciebie.

Fetor złapał wsparty o tarczę miecz Ralfa Kenninga. Miał jeszcze wystarczająco wiele palców, by ująć rękojeść. Gdy dotknął ostrzem obrzękłego gardła spoczywającego na słomie półtrupa, skóra się rozszczepiła i trysnęła spod niej czarna krew zmieszana z żółtą ropą. Kenning szarpnął się gwałtownie, a potem znieruchomiał. Pomieszczenie wypełnił straszliwy smród. Fetor uciekł na schody. Na zewnątrz powietrze było zimne i wilgotne, ale znacznie czystsze niż w środku. Żelazny człowiek powlókł się za nim. Twarz mu zbielała i z wysiłkiem powstrzymywał wymioty. Fetor złapał go za rękę.

— Kto był jego zastępcą? Gdzie jest reszta ludzi?

— Na murach albo w komnacie. Śpią, piją. Zaprowadzę cię tam, jeśli chcesz.

— Zrób to.

Ramsay dał mu tylko jeden dzień.

Komnatę zbudowano z ciemnego kamienia. Była wietrzna i miała wysoki sufit, unosiły się w niej kłęby dymu, a ściany pokrywały wielkie plamy jasnych porostów. Torf palił się słabo w palenisku poczerniałym od gorętszych płomieni z minionych lat. W pomieszczeniu od stuleci stał potężny stół wyrzeźbiony z kamienia. *Za nim siedziałem, kiedy byłem tu poprzednio* — przypomniał sobie. *Robb zasiadł na honorowym miejscu. Po prawej miał Greatjona, a po lewej Roose'a Boltona. Gloverowie siedzieli obok Helmana Tallharta, a Karstark i jego synowie naprzeciwko nich.*

Za stołem siedziały dwa tuziny żelaznych ludzi zajętych piciem. Gdy wszedł do środka, kilku skierowało na niego tępe, pozbawione wyrazu spojrzenia. Reszta go zignorowała. Nie znał tu nikogo. Kilku mężczyzn miało płaszcze spięte broszami w kształcie srebrnych dorszy. Coddowie nie byli zbyt szanowani na Żelaznych Wyspach. Ich mężczyzn uważano za tchórzy i złodziei, a kobiety za ladacznice sypiające z własnymi ojcami i braćmi. Fetor nie był zaskoczony, że jego stryj postanowił zostawić tu tych ludzi, gdy Żelazna Flota wracała do domu. *To znacznie ułatwi mi zadanie.*

— Ralf Kenning nie żyje — oznajmił. — Kto tu dowodzi?

Pijący obrzucili go tępymi spojrzeniami. Jeden z nich się roześmiał. Drugi splunął.

— A kto pyta? — odezwał się wreszcie któryś z Coddów.

— Syn lorda Balona. — *Nazywam się Fetor, muszę kłamać przeto.* — Przybyłem tu na rozkaz Ramsaya Boltona, lorda Hornwood i dziedzica Dreadfort, który pojmał mnie w Winterfell. Jego zastęp obozuje na północ od was, a armia jego ojca czeka na południu, ale lord Ramsay jest gotów okazać łaskę, jeśli przed zachodem słońca poddacie mu Fosę Cailin.

Wyjął list, który mu dali, i rzucił go na stół.

Jeden z pijących podniósł go i obrócił w dłoniach, drapiąc pieczęć z różowego laku.

— Pergamin — stwierdził po chwili. — Co nam po nim? Potrzebujemy sera i mięsa.

— Chciałeś powiedzieć, stali — sprzeciwił się siedzący obok mężczyzna o posiwiałej brodzie. Jego lewa ręka kończyła się kikutem. — Mieczy. Toporów. Tak jest, i łuków, jeszcze stu łuków. A także mężczyzn, którzy będą z nich strzelali.

— Żelaźni ludzie nigdy się nie poddają — oznajmił trzeci mężczyzna.

— Powiedz to mojemu ojcu. Lord Balon ugiął kolan, kiedy Robert rozbił jego mur. W przeciwnym razie zginąłby. — Fetor wskazał na dokument. — Złamcie pieczęć. Przeczytajcie słowa. To list żelazny, spisany własną ręką lorda Ramsaya. Oddajcie miecze i pójdźcie za mną, a jego lordowska mość nakarmi was i pozwoli odejść bezpiecznie na Kamienny Brzeg, gdzie będziecie mogli znaleźć statek do domu. W przeciwnym razie czeka was śmierć.

— Czy to groźba? — zapytał jeden z Coddów, wstając z krzesła. Był potężnie zbudowanym mężczyzną, ale oczy miał wyłupiaste, usta szerokie, a cerę białą jak trup. Wyglądał, jakby ojciec spłodził go z rybą, lecz mimo to nosił u pasa miecz. — Dagon Codd nie poddaje się nikomu.

Nie, błagam, musicie mnie wysłuchać. Myśl o tym, co zrobi mu Ramsay, jeśli wróci do obozu, nie przynosząc kapitulacji garnizonu, przeraziła go tak bardzo, że omal się nie zlał. *Nazywam się Fetor, sikam w portki przeto.*

— Czy tak brzmi wasza odpowiedź? — Te słowa zabrzmiały słabo w jego uszach. — Czy ten dorsz przemawia w imieniu was wszystkich?

Strażnik, który spotkał go u drzwi, nie był taki pewien.

— Victarion rozkazał nam utrzymać Fosę, to prawda. Słyszałem go na własne uszy. Powiedział Kenningowi: „Brońcie się tu, dopóki nie wrócę".

— Zaiste — poparł go jednoręki mężczyzna. — Tak właśnie powiedział. Wezwano go na królewski wiec, ale poprzysiągł, że wróci z koroną z wyrzuconego na brzeg drewna na głowie i tysiącem ludzi.

— Mój stryj nie wróci — oznajmił im Fetor. — Wiec ukoronował jego brata Eurona, a Wronie Oko ma na głowie inne wojny.

Myślicie, że Victariona obchodzi wasz los? Nie obchodzi. Zostawił was tu na śmierć. Zdrapał was, jak zdrapuje błoto z butów, gdy wychodzi na brzeg.

Te słowa okazały się celne. Wyczytał to z oczu żelaznych ludzi, z tego, jak popatrzyli na siebie albo zasępili się nad kubkami. *Wszyscy bali się, że ich tu porzucono, ale dopiero ja zamieniłem ich strach w pewność.* Nie byli kuzynami sławnych kapitanów, w ich żyłach nie płynęła też krew wielkich rodów z Żelaznych Wysp. To byli synowie poddanych i morskich żon.

— Jeśli się poddamy, będziemy mogli odejść? — zapytał jednoręki mężczyzna — Czy tak właśnie tu napisano?

Trącił nadal nierozwinięty dokument.

— Sprawdźcie to sami — odparł Fetor, choć był niemal całkowicie pewien, że nikt z obecnych nie umie czytać. — Lord Ramsay traktuje jeńców honorowo, pod warunkiem że dochowują mu wiary. — *Zabrał mi tylko palce u rąk i nóg i tę inną rzecz, choć przecież mógł mi wyrwać język albo zedrzeć skórę z nóg od pięt aż po uda.* — Oddajcie mu miecze, a daruje wam życie.

— Kłamiesz. — Dagon Codd wydobył miecz. — Jesteś tym, którego zwą Sprzedawczykiem. Czemu mielibyśmy uwierzyć twoim obietnicom?

Jest pijany — uświadomił sobie Fetor. *Mówi przez niego* ale.

— Wierzcie sobie, w co chcecie. Przyniosłem wam list od lorda Ramsaya. Teraz muszę do niego wrócić. Zjemy na kolację pieczeń z dzika z brukwią i popijemy ją mocnym czerwonym winem. Ci, którzy pójdą ze mną, będą gośćmi na uczcie. Reszta zginie przed upływem dnia. Lord Dreadfort przyprowadzi swoich rycerzy groblą, a jego syn nadejdzie ze swymi ludźmi z północy. Nie będą dawać pardonu. Ci, którzy zginą w walce, będą mieli szczęście. Ci, którzy przeżyją, będą oddani błotnym diabłom.

— Dość tego — warknął Dagon Codd. — Myślisz, że zdołasz przestraszyć żelaznych ludzi słowami? A kysz. Wracaj do swego pana, nim otworzę ci brzuch, wypruję flaki i każę je zjeść.

Mógłby powiedzieć jeszcze coś więcej, ale nagle wybałuszył oczy. W jego czoło z głośnym łoskotem wbił się toporek. Miecz wypadł mu z palców. Codd szarpnął się jeszcze jak ryba na haczyku i padł twarzą na stół.

To jednoręki mężczyzna rzucił toporkiem. Potem wstał, trzymając w ręce drugi.

— Kto jeszcze chce umrzeć? — zapytał resztę siedzących za stołem. — Przemówcie, a ułatwię wam to. — Pod głową Dagona Codda utworzyła się kałuża krwi. Jej strumyczki spływały po kamiennym blacie. — Ja pragnę żyć, a to znaczy, że nie zamierzam tu siedzieć, aż zgniję.

Jeden z mężczyzn przełknął łyk *ale*. Drugi odwrócił kubek, by zmyć strużkę krwi, nim dotrze do miejsca, w którym siedział. Nikt się nie odzywał. Gdy jednoręki mężczyzna zatknął toporek za pas, Fetor zrozumiał, że wygrał. O mało nie poczuł się znowu mężczyzną. *Lord Ramsay będzie ze mnie zadowolony.*

Własnymi rękami ściągnął chorągiew z krakenem. Brakujące palce utrudniały mu zadanie, ale cieszył się, że ma te, które lord Ramsay mu zostawił. Minęła większa część popołudnia, nim żelaźni ludzie byli gotowi do wymarszu. Było ich więcej, niżby się spodziewał: czterdziestu siedmiu w Wieży Wartowniczej i jeszcze osiemnastu w Wieży Pijaka. Dwaj z tych ostatnich byli tak bliscy śmierci, że nie było dla nich nadziei, a pięciu następnych nie miało sił iść. Niemniej zostało jeszcze pięćdziesięciu ośmiu zdolnych do walki ludzi. Choć byli słabi, zabraliby ze sobą trzy razy tylu wrogów, gdyby lord Ramsay postanowił wziąć ruiny szturmem. *Dobrze zrobił, że mnie wysłał* — pomyślał Fetor, wdrapując się na grzbiet chabety. Potem poprowadził obdartą kolumnę przez bagna ku miejscu, gdzie obozowali ludzie z północy.

— Zostawcie tu broń — rozkazał jeńcom. — Miecze, łuki, sztylety. Kto ją zachowa, zapłaci za to życiem.

Droga zajęła im trzy razy więcej czasu niż przedtem samemu Fetorowi. Dla czterech żelaznych ludzi, którzy nie mogli iść, sklecono prowizoryczne nosze. Piątego niósł na plecach jego własny syn. Spowalniało to marsz. Wszyscy zdawali sobie sprawę, że są odsłonięci, narażeni na zatrute strzały błotnych diabłów. *Jeśli zginę, to zginę.* Fetor modlił się tylko o to, by łucznik znał się na swoim fachu i dał mu czystą, szybką śmierć. *Umarłbym jak mężczyzna, nie jak Ralf Kenning.*

Na czele orszaku szedł jednoręki mężczyzna, utykając ciężko. Oznajmił Fetorowi, że nazywa się Adrack Humble i ma na Wielkiej Wyk skalną żonę, a także trzy morskie.

— Kiedy wypływaliśmy, trzy z czterech miały wielkie brzuchy — przechwalał się — a u Humble'ów często się rodzą bliźniaki. Pierwsze, co zrobię po powrocie do domu, to policzę nowych synów. Może nawet nazwę jednego na twoją cześć, panie.

Tak jest, daj mu na imię Fetor, a kiedy będzie niegrzeczny, będziesz mógł uciąć mu palce u nóg i nakarmić go szczurami. Odwrócił się i splunął, zastanawiając się, czy Ralf Kenning nie miał jednak szczęścia.

Gdy ujrzeli przed sobą obóz lorda Ramsaya, z szarego nieba zaczęła siąpić lekka mżawka. Wartownik przyglądał się im bez słowa, gdy się zbliżali. W powietrzu unosiły się kłęby dymu pochodzącego z zalewanych deszczem ognisk. Za jeńcami pojawiła się kolumna jeźdźców, dowodzona przez paniątko z głową konia na tarczy. *To jeden z synów lorda Ryswella* — pomyślał Fetor. *Roger albo może Rickard.* Nie potrafił ich od siebie odróżnić.

— To wszyscy? — zapytał siedzący na kasztanowym ogierze rycerz.

— Wszyscy, którzy jeszcze żyli, panie.

— Myślałem, że będzie ich więcej. Atakowaliśmy ich trzykrotnie i za każdym razem nas odparli.

Jesteśmy żelaznymi ludźmi — pomyślał z nagłym błyskiem dumy. Na pół uderzenia serca znowu stał się księciem, synem lorda Balona z krwi Pyke. Ale nawet myślenie było niebezpieczne. Musiał pamiętać, jak ma na imię. *Fetor. Nazywam się Fetor, jestem słaby przeto.*

Gdy byli już blisko, usłyszeli ujadanie sfory psów. Zbliżał się lord Ramsay. Towarzyszył mu Kurwistrach oraz garstka ulubieńców: Obdzieracz, Skwaszony Alyn, Damon Zatańcz ze Mną, a także Duży i Mały Walder. Psy krążyły wokół, warcząc na obcych i grożąc im zębami. *Dziewczyny Bękarta* — pomyślał Fetor, ale zaraz przypomniał sobie, że nigdy, ale to nigdy, nie wolno wypowiadać tego słowa w obecności Ramsaya.

Zeskoczył z siodła i opadł na jedno kolano.

— Panie, Fosa Cailin należy do ciebie. To są jej ostatni obrońcy.

— Tak niewielu. Miałem nadzieję, że będzie ich więcej. Byli bardzo upartymi wrogami. — W jasnych oczach lorda Ramsaya pojawił się błysk. — Z pewnością umieracie z głodu. Damonie, Alynie zajmijcie się nimi. Dajcie im wina, *ale* i tyle jedzenia, ile zdołają pomieścić. Obdzieracz, ty zaprowadź rannych do naszych maesterów.

— Tak jest, wasza lordowska mość.

Kilku żelaznych ludzi wymamrotało słowa podziękowania, nim powlekli się w stronę ognisk płonących pośrodku obozu. Jeden z Coddów próbował nawet pocałować pierścień lorda Ramsaya, ale psy go przegnały, nim zdążył się zbliżyć. Alison odgryzła mu kawałek ucha. Choć krew spływała mu po szyi, mężczyzna nie przestał się kłaniać i kiwać głową, wysławiając łaskawość jego lordowskiej mości.

Gdy wszyscy już sobie poszli, uśmiechnięty Ramsay Bolton przeniósł spojrzenie na Fetora. Złapał go za tył głowy, przyciągnął do siebie i pocałował w policzek.

— Mój stary przyjacielu Fetorze, czy naprawdę wzięli cię za swego księcia? — wyszeptał. — Cóż za cholerni głupcy z tych żelaznych ludzi. Bogowie się śmieją.

— Pragną tylko wrócić do domu, panie.

— A czego ty pragniesz, mój słodki Fetorze? — wyszeptał Ramsay, cicho jak kochanek. Jego oddech kusząco pachniał grzanym winem i goździkami. — Tak dzielna służba zasługuje na nagrodę. Nie mogę ci zwrócić palców u rąk ani nóg, ale z pewnością jest coś, czego ode mnie pragniesz. Czy mam ci zwrócić wolność? Pragniesz zakończyć służbę u mnie i wrócić na swe posępne wyspy na zimnym siwym morzu, by znowu stać się księciem? A może wolisz pozostać moim wiernym sługą?

Zimny nóż przesunął się po jego kręgosłupie. *Bądź ostrożny* — pomyślał Fetor. *Bardzo, bardzo ostrożny.* Nie podobał mu się uśmiech jego lordowskiej mości, błysk w jego oczach, ślina zbierająca się w kąciku ust. Widywał już podobne oznaki. *Nie jesteś księciem tylko Fetorem. Nazywasz się Fetor, bądź odmieńcem przeto. Daj mu odpowiedź, jaką pragnie usłyszeć.*

— Wasza lordowska mość, moje miejsce jest tutaj, u twego boku. Jestem twoim Fetorem. Nie pragnę niczego więcej, niż ci służyć. Proszę tylko o... bukłak wina, to będzie wystarczającą nagrodą... czerwonego wina, najmocniejszego, jakie masz, tyle wina, ile człowiek może wypić.

Lord Ramsay ryknął śmiechem.

— Nie jesteś człowiekiem, Fetor, tylko zwierzęciem na mojej służbie. Ale dostaniesz wino. Walder, zajmij się tym. Nie obawiaj się, nie wrócisz do lochów. Słowo Boltona. Zrobimy z ciebie psa. Codziennie będziesz jadł mięso i nawet zostawię ci wystarczająco wiele zębów, żebyś mógł je przegryźć. Możesz spać z moimi dziewczynami. Ben, masz dla niego obrożę?

— Każę ją zrobić, panie — zapewnił stary Ben od Kości.

Spisał się nawet lepiej. Nocą, oprócz obroży, Fetor otrzymał też wystrzępiony koc i połowę kury. O mięso musiał walczyć z psami, ale i tak był to najlepszy posiłek, jaki spożył od czasów Winterfell.

A wino... było ciemne i kwaśne, ale mocne. Przykucnięty między psami Fetor pił, aż zakręciło mu się w głowie. Zwymiotował, otarł usta i wypił jeszcze trochę. Potem położył się i zamknął oczy. Gdy się obudził, pies zlizywał mu wymiociny z brody, a na tle sierpa księżyca przesuwały się ciemne chmury. Gdzieś w ciemności krzyczeli ludzie. Odepchnął psa, przetoczył się na drugi bok i znowu zasnął.

Rankiem lord Ramsay wysłał trzech jeźdźców groblą, by zawiadomili jego pana ojca, że droga wolna. Na miejsce ściągniętego przez Fetora złotego krakena Pyke nad Wieżą Wartowniczą zawieszono obdartego ze skóry człowieka rodu Boltonów. Wzdłuż drogi z butwiejących desek głęboko w błoto wbito drewniane pale. Gniły na nich trupy, czerwone i ociekające krwią. *Sześćdziesiąt trzy* — pomyślał Fetor. *Było ich sześćdziesięciu trzech.* Jednemu brakowało połowy ręki. Drugiemu wepchnięto w usta pergamin, nadal zamknięty lakową pieczęcią.

Po trzech dniach przednia straż zastępu Roose'a Boltona minęła ruiny i szereg makabrycznych strażników. Czterystu jeźdźców nosiło niebiesko-szare barwy rodu Freyów, a groty ich włóczni błyszczały, gdy tylko przez chmury przebiły się promienie słońca. Oddział wiodło dwóch synów starego lorda Waldera. Jeden był muskularny i cechował się masywną, wystającą żuchwą oraz grubymi ramionami. Drugi miał głodne, osadzone blisko siebie oczy, spiczasty nos, rzadką kasztanową brodę, nie do końca osłaniającą słaby podbródek, i łysą głowę. *Hosteen i Aenys.* Fetor pamiętał ich z czasów, gdy jeszcze nie wiedział, jak ma na imię. Hosteen był silny jak byk, niełatwo wpadał w gniew, ale gdy już się to stało, stawał się nieubłagany. Uchodził za najgroźniejszego w walce ze wszystkich potomków lorda Waldera. Aenys był starszy, okrutniejszy i bystrzejszy. Dowódca, nie wojownik. Obaj byli doświadczonymi żołnierzami.

Tuż za strażą przednią posuwali się ludzie z północy. Ich wystrzępione chorągwie powiewały na wietrze. Fetor przyglądał się im uważnie. Było ich niewielu, a większość szła na piechotę. Pamiętał potężny zastęp, który maszerował z Młodym Wilkiem pod znakiem wilkora z Winterfell. Dwadzieścia tysięcy mieczy i włóczni ruszyło na wojnę pod dowództwem Robba, albo prawie tyle, ale wracały tylko dwie dziesiąte i to przeważnie ludzie z Dreadfort.

W najgęstszym tłumie, pośrodku kolumny, jechał mężczyzna w ciemnoszarej zbroi płytowej włożonej na krwawoczerwoną skórzaną tunikę z podszewką. Jego tarczki opachowe ukształtowano na podobieństwo ludzkich głów o otwartych, krzyczących z bólu ustach. Z ramion opadał mu różowy wełniany płaszcz, wyszywany w kropelki krwi. Na szczycie zamkniętego hełmu powiewały długie proporce z czerwonego jedwabiu. *Żaden wyspiarz nie zabije Roose'a Boltona zatrutą strzałą* — pomyślał Fetor na jego widok. Za Boltonem posuwał się, poskrzypując, zamknięty wóz zaprzężony w sześć wielkich koni pociągowych. Z przodu i z tyłu strzegli go kusznicy. Jadących na wozie osłaniały przed spojrzeniami gapiów kotary z ciemnoniebieskiego aksamitu.

Dalej sunęły tabory. Wozy obładowane zapasami oraz łupami,

a także inne wiozące rannych i kalekich. Kolumnę zamykali ludzie Freyów. Było ich co najmniej tysiąc, może więcej; łucznicy, włócznicy, chłopi uzbrojeni w kosy i zaostrzone pale, wolni jeźdźcy i konni łucznicy, a także stu kolejnych rycerzy, dla wzmocnienia oddziału.

Fetor — z obrożą na szyi, znowu noszący łachmany — poszedł razem z innymi psami za lordem Ramsayem, gdy jego lordowska mość ruszył przywitać ojca. Kiedy jednak jeździec w ciemnej zbroi zdjął hełm, ukazała się twarz, której Fetor nie znał. Uśmiech Ramsaya zwarzył się na ten widok. Na jego twarzy pojawił się gniew.

— Co to ma być, jakaś drwina?

— Tylko ostrożność — wyszeptał Roose Bolton, wychodząc zza zasłon osłaniających wnętrze wozu.

Lord Dreadfort nie był zbyt podobny do swego bękarta. Twarz miał wygoloną, gładką i zwyczajną, może nie przystojną, lecz również nie brzydką. Choć Roose walczył w bitwach, nie naznaczyły go blizny. Dawno już przekroczył czterdziestkę, ale nie miał zmarszczek i tylko słabo zaznaczone bruzdy świadczyły o upływie czasu. Usta miał tak wąskie, że gdy je zacisnął, znikały niemal bez śladu. Miał w sobie jakiś opierający się upływowi czasu spokój. Na twarzy Roose'a Boltona gniew i radość wyglądały bardzo podobnie. Jedyne, co łączyło go z Ramsayem, to oczy. *Jego oczy są jak lód.* Fetor zastanawiał się, czy Roose Bolton kiedyś w życiu płakał. *A jeśli tak, czy po jego policzkach spływały zimne łzy?*

Kiedyś chłopak zwany Theonem Greyjoyem z przyjemnością żartował z Roose'a Boltona, gdy zasiadali w radzie Robba Starka. Szydził z jego cichego głosu i dowcipkował na temat pijawek. *Musiał być szalony. Z tego człowieka nie wolno drwić.* Wystarczyło spojrzeć na Boltona, by sobie uświadomić, że w małym palcu u jego nogi kryje się więcej okrucieństwa niż we wszystkich Freyach razem wziętych.

— Ojcze — rzekł lord Ramsay i klęknął przed nim.

Lord Roose przyglądał mu się przez chwilę.

— Możesz wstać.

Odwrócił się, by pomóc dwóm młodym kobietom wysiąść z wozu.

Pierwsza była niska i bardzo tłusta. Spod kaptura sobolowego futra wyglądała okrągła czerwona twarz o trzech kołyszących się podbródkach.

— Moja nowa żona — przedstawił ją Roose Bolton. — Lady Waldo, to jest mój naturalny syn. Pocałuj macochę w rękę, Ramsayu. — Syn go posłuchał. — Jestem pewien, że pamiętasz lady Aryę, swą narzeczoną.

Dziewczyna była szczupła i wyższa, niż pamiętał Fetor, ale tego należało się spodziewać. *W tym wieku dziewczęta rosną szybko.* Miała na sobie suknię z szarej wełny, obszytą białym atłasem, na którą narzuciła gronostajowe futro spięte srebrną głową wilka. Ciemnobrązowe włosy opadały jej do połowy pleców. A oczy...

To nie jest córka lorda Eddarda.

Arya miała oczy po ojcu, szare oczy Starków. Dziewczyna w jej wieku mogła zapuścić długie włosy i urosnąć kilka cali, mogły się jej też wypełnić piersi, ale zmiana koloru oczu nie wchodziła w grę. *To jest mała przyjaciółka Sansy, córka zarządcy. Jeyne, tak się nazywała. Jeyne Poole.*

— Lordzie Ramsayu. — Dziewczyna dygnęła przed nim. To również się nie zgadzało. *Prawdziwa Arya Stark splunęłaby mu w twarz.* — Modlę się, bym stała się dla ciebie dobrą żoną i dała ci silnych synów, którzy będą twymi następcami.

— Tak się stanie — zapewnił Ramsay. — I to wkrótce.

JON

Świeca zgasła w kałuży wosku, ale przez okiennice do środka wnikało już światło poranku. Jon znowu zasnął przy pracy. Stół pokrywały wysokie stosy książek. Przyniósł je tu osobiście, poświęciwszy pół nocy na poszukiwania w zakurzonych piwnicach przy świetle lampy. Samwell miał rację, księgi pilnie powinno się posegregować, sporządzić listę i ustawić w porządku. To jednak nie było zadanie dla zarządców, którzy nie umieli czytać ani pisać. Trzeba będzie z tym zaczekać na powrót grubasa.

Jeśli w ogóle wróci. Jon bał się o Sama i o maestera Aemona. Cotter Pyke napisał mu ze Wschodniej Strażnicy, że ludzie z „Wrony Burzy" widzieli u brzegów Skagos wrak galery. Załoga nie potrafiła określić, czy rozbitym statkiem był „Kos", któryś z najemników Stannisa Baratheona, czy może jakiś statek kupiecki. *Chciałem wysłać Goździk i dziecko w bezpieczne miejsce. Czyżbym zamiast tego wysłał ich do grobu?*

Obok jego łokcia stała zimna kolacja, prawie nietknięta. Edd Cierpiętnik wypełnił wydrążony bochen tak bardzo, że zawartość niemal się przelewała, by osławiony gulasz z trzech mięs Trzypalcego Hobba choć trochę zmiękczył czerstwy chleb. Bracia żartowali, że te trzy mięsa to baranina, baranina i baranina, ale bliższe prawdy byłyby marchew, cebula i rzepa. Resztki gulaszu pokrywała lśniąca warstewka zimnego tłuszczu.

Bowen Marsh nalegał, by Jon przeniósł się do dawnych komnat Starego Niedźwiedzia w opuszczonej przez Stannisa Wieży Króla, ale on nie chciał tego zrobić. Gdyby wprowadził się do komnat króla, ludzie zbyt łatwo mogliby uznać, że nie liczy na jego powrót.

Odkąd Stannis pomaszerował na południe, w Czarnym Zamku zapanowała dziwna apatia. Mogłoby się zdawać, że i wolni ludzie, i czarni bracia wstrzymują oddech, czekając na rozwój wydarzeń. Na dziedzińcach i w wieży jadalnej najczęściej nikogo nie było, Wieża Lorda Dowódcy zamieniła się w pustą skorupę, stara wspólna sala była tylko stosem poczerniałych belek, a Wieża Hardina wyglądała, jakby mógł ją przewrócić następny podmuch wiatru. Jedynym odgłosem życia, jaki słyszał Jon, był cichy brzęk mieczy dobiegający z dziedzińca pod zbrojownią. Żelazny Emmett krzyczał na Skoczka, każąc mu unieść tarczę. *Lepiej, żebyśmy wszyscy trzymali tarcze uniesione.*

Jon umył się, ubrał i wyszedł ze zbrojowni, zatrzymując się na chwilę na dziedzińcu, by powiedzieć kilka słów zachęty Skoczkowi oraz innym podopiecznym Emmetta. Jak zwykle odrzucił propozycję Ty'a, który chciał dać mu eskortę. Będzie dziś miał wokół siebie wystarczająco wielu ludzi. Gdyby doszło do rozlewu krwi dwóch więcej niewiele zmieni. Zabrał jednak Długi Pazur i towarzyszył mu Duch.

Gdy dotarł do stajni, Edd Cierpiętnik przygotował do drogi klaczkę lorda dowódcy. Wozy ustawiały się już pod czujnym okiem Bowena Marsha. Lord zarządca truchtał wzdłuż kolumny, wskazując ręką na budzące jego dezaprobatę szczegóły. Policzki miał czerwone od zimna. Gdy zauważył Jona, poczerwieniały jeszcze bardziej.

— Lordzie dowódco, czy nadal upierasz się przy tym...

— ...szaleństwie? — dokończył Jon. — Powiedz mi proszę, że nie to słowo chciałeś wypowiedzieć, panie. Tak, upieram się. Wschodnia Strażnica domaga się więcej ludzi. Wieża Cieni również. Nie wątpię, że w Szarej Warcie i Icemarku również by się przydali, a mamy też czternaście innych zamków, które nadal stoją puste, a także wiele mil Muru, nieobsadzonych i pozbawionych obrońców.

Marsh wydął usta.

— Lord dowódca Mormont...

— ...nie żyje. Co więcej, nie zginął z rąk dzikich, lecz własnych zaprzysiężonych braci, którym ufał. Żaden z nas nie może wiedzieć, co by zrobił albo czego by nie zrobił na moim miejscu. — Jon zawrócił wierzchowca. — Dość już gadania. W drogę.

Edd Cierpiętnik słyszał całą rozmowę. Gdy Bowen Marsh oddalił się kłusem, wskazał głową w kierunku jego pleców.

— Owoce granatu — rzekł. — Wszystkie te pestki. Można się nimi zadławić na śmierć. Wolę rzepy. Nigdy nie słyszałem, żeby rzepa komuś zaszkodziła.

Właśnie w takich chwilach Jonowi najbardziej brakowało maestera Aemona. Clydas potrafił się opiekować krukami, ale nie miał nawet jednej dziesiątej wiedzy i doświadczenia Aemona Targaryena, a co dopiero jego mądrości. Bowen był dobrym człowiekiem na swój sposób, ale rana odniesiona na Moście Czaszek usztywniła jego poglądy i jedyną piosenką, jaką można było usłyszeć, był znajomy tekst o zapieczętowaniu bram. Othell Yarwyck był małomówny, flegmatyczny i pozbawiony wyobraźni, a pierwsi zwiadowcy ginęli tak szybko, że Jon nie mógł nadążyć z ich mianowaniem. *Nocna Straż straciła zbyt wielu najlepszych ludzi* — pomyślał, gdy wozy ruszyły w drogę. *Starego Niedźwiedzia, Qhorina Półrękiego, Donala Noye'a, Jarmena Buckwella, mojego stryja...*

Zaczął sypać lekki śnieżek. Kolumna posuwała się na południe królewskim traktem, długi szereg wozów mijał pola, strumienie i zalesione wzgórza. Eskorta składała się z dwunastu włóczników i takiej samej liczby konnych łuczników. Podczas kilku ostatnich podróży w Mole's Town doszło do szeregu nieprzyjemnych incydentów, przepychanek i szarpanin, słyszeli też trochę wymamrotanych przekleństw i widzieli mnóstwo złowrogich spojrzeń. Bowen Marsh uważał, że lepiej nie ryzykować i tym razem Jon się z nim zgadzał.

Lord zarządca jechał na początku kolumny. Jon trzymał się kilka jardów za nim, z Eddem Cierpiętnikiem Tollettem u boku. Pół mili na południe od Czarnego Zamku Edd podjechał bliżej.

— Panie? — odezwał się. — Popatrz tam. Wielki pijak na wzgórzu.

Pijak był starym jesionem, powykręcanym przez stulecia narażenia na wiatr. A teraz miał twarz. Poważne usta, złamany konar służący jako nos, dwoje wyrzeźbionych głęboko w pniu oczu patrzyło na północ, w stronę zamku i Muru.

A więc dzicy jednak przyprowadzili ze sobą swych bogów. Jon nie był zaskoczony. Ludzie nie wyrzekali się swych wierzeń tak łatwo. Całe przedstawienie urządzone pod Murem przez lady Melisandre nagle wydało mu się pustą komediancką farsą.

— Trochę przypomina ciebie, Edd — odparł, starając się obrócić całą sprawę w żart.

— To prawda, panie. Ja nie mam liści w nosie, ale poza tym... lady Melisandre nie będzie zadowolona.

— Wątpię, by to zobaczyła. Dopilnuj, by nikt jej nie powiedział.

— Ale ona widzi różne rzeczy w tych swoich ogniach.

— Dym i popioły.

— I płonących ludzi. Najpewniej mnie. Z liśćmi w nosie. Zawsze się bałem, że mnie spalą, ale miałem nadzieję, że najpierw umrę.

Jon obejrzał się na twarz, zastanawiając się, kto ją wyrył. Wystawił wokół Mole's Town strażników mających nie dopuścić jego wron do dzikich kobiet, a także nie pozwolić wolnym ludziom wybierać się na południe na wyprawy łupieżcze. Ten, kto wyrył twarz, najwyraźniej jednak wymknął się wartownikom. *Mógłbym raz jeszcze podwoić straże* — pomyślał skwaszony Jon. *I zmarnować dwukrotnie więcej ludzi, którzy mogliby chodzić po Murze.*

Wozy nadal posuwały się powoli na południe przez zamarznięte błoto i sypiący śnieg. Jakąś milę dalej natrafili na drugą twarz, wyrytą w kasztanowcu rosnącym nad lodowatym strumieniem. Oczy drzewa były skierowane na stary most z desek.

— Dwa razy więcej kłopotów — skwitował Edd Cierpiętnik.

Drzewo było bezlistne jak szkielet, ale jego nagie brązowe konary nie były puste. Na nisko zwisającej nad strumieniem gałęzi siedział kruk. Ptaszysko skuliło się, stroszące pierze dla ochrony przed zimnem. Zauważywszy Jona, rozpostarło skrzydła i wrzasnęło głośno. Młodzieniec uniósł zaciśniętą w pięść dłoń i zagwizdał. Wielki czarny ptak podleciał do niego.

— *Ziarno, ziarno, ziarno* — wrzeszczał.

— Ziarno jest dla wolnych ludzi — oznajmił mu Jon. — Nie dla ciebie.

Zadał sobie pytanie, czy przed końcem zimy wszyscy nie będą zmuszeni jeść kruków.

Nie wątpił, że bracia jadący na wozach również widzieli twarze. Nikt o nich nie wspominał, ale każdy, kto miał oczy, potrafiłby to wyczytać z ich min. Jon słyszał kiedyś, jak Mance Rayder stwierdził, że większość klękaczy to owce.

— Pies może kierować stadem owiec — rzekł mu król za Murem — ale wśród wolnych ludzi niektórzy są cieniokotami, a inni kamieniami. Ten pierwszy rodzaj wędruje, gdzie zechce, i rozszarpie wasze psy na strzępy. Ten drugi nie ruszy się z miejsca, dopóki się go nie kopnie.

Ani cieniokoty, ani kamienie nie wyrzekną się bogów czczonych przez całe życie, by pokłonić się takiemu, którego ledwie znali.

Tuż na północ od Mole's Town ujrzeli trzeciego obserwatora, wyrzeźbionego w wielkim dębie, znaczącym granicę wioski. Głębokie oczy kierował na królewski trakt. *To nie jest przyjazna twarz* — pomyślał Jon Snow. Oblicza w minionych epokach wyryte w czardrzewach przez Pierwszych Ludzi i dzieci lasu często robiły surowe bądź gwałtowne wrażenie, ale ta twarz wyglądała na wyjątkowo zagniewaną, jakby drzewo było gotowe wyrwać korzenie z ziemi i ruszyć w pościg za nimi. *Jego rany są tak samo świeże, jak rany tych, którzy wyrzeźbili mu twarz.*

Mole's Town zawsze było większe, niż się zdawało. Większa część osady znajdowała się pod ziemią, osłonięta przed zimnem i śniegiem. Teraz było to prawdą w jeszcze większym stopniu niż kiedykolwiek. Magnar Thennu puścił opustoszałą wioskę z dymem, gdy przejeżdżał tędy, by zaatakować Czarny Zamek. Na górze pozostały tylko stosy poczerniałych belek i osmalone kamienie... ale krypty, tunele i głębokie piwnice ukryte pod zamarzniętą ziemią ocalały. W nich właśnie skryli się wolni ludzie. Tulili się do siebie w ciemności jak krety, od których pochodziła nazwa osady.

Wozy ustawiono w półksiężyc przed resztkami budynku, który ongiś był kuźnią. Nieopodal tłumek dzieci o czerwonych od zimna twarzach budował fort ze śniegu, ale wszystkie uciekły na widok obleczonych w czarne płaszcze braci i skryły się w dziurach w ziemi. Po paru chwilach zaczęli z nich wychodzić dorośli. Przynieśli ze sobą smród niemytych ciał i brudnych ubrań, kału i moczu. Jon zauważył, że jeden z jego ludzi zmarszczył nos i powiedział coś do towarzysza. *Na pewno jakiś żart o zapachu wolności.* Zbyt wielu jego braci kpiło ze smrodu dzikusów z Mole's Town.

Durne uprzedzenia — pomyślał Jon. Wolni ludzie niczym się nie różnili od braci z Nocnej Straży. Jedni byli czyści, inni brudni, ale większość była raz taka, a raz taka. Ten smród był po prostu wonią tysiąca ludzi tłoczących się w tunelach i piwnicach mających pomieścić zaledwie stu.

Dzicy nie pierwszy raz tańczyli ten taniec. Bez słowa ustawili się w kolejkach za wozami. Na jednego mężczyznę przypadały trzy kobiety. Spódnic wielu z nich czepiały się blade chude dzieci. Jon widział bardzo niewiele niemowląt. *Umarły podczas marszu* — uświadomił sobie. *A te, które przeżyły bitwę, nie przetrwały królewskiej zagrody.*

Wojownikom powiodło się lepiej. Podczas rady Justin Massey wspomniał o trzystu zdolnych do walki mężczyznach. Policzył ich lord Harwood Fell. *Będą też włóczniczki. Pięćdziesiąt, sześćdziesiąt, może nawet sto.* Jon wiedział, że Fell uwzględnił również mężczyzn, którzy odnieśli rany. Widział ich około dwudziestu. Wspierali się na prowizorycznych kulach, mieli puste rękawy, stracili jedno oko albo połowę twarzy. Jednego beznogiego człowieka niosło dwóch towarzyszy. Wszyscy byli wychudzeni i mieli poszarzałe twarze. *Są złamani* — pomyślał. *Nie tylko upiory trzeba zwać żywymi trupami.*

Niemniej nie wszyscy wojownicy dali się złamać. Sześciu Thennów w zbrojach łuskowych z brązu przystanęło wokół jednego z zejść do piwnicy. Patrzyli spode łba na pozostałych, nie chcąc się do nich przyłączyć. W ruinach wioskowej kuźni Jon wypatrzył masywnego łysego mężczyznę. Poznał Hallecka, brata Harmy Psi Łeb. Ale świnie jego siostry zniknęły. *Na pewno je zjedli.* Dwaj mężczyźni w futrach byli Rogostopymi, chudymi i barbarzyńskimi. Nawet na śniegu nie włożyli butów. *Wśród tych owiec są jeszcze wilki.*

Val przypomniała mu o tym, kiedy ją ostatnio odwiedził.

— Wolni ludzie i klękacze nie różnią się od siebie aż tak bardzo, Jonie Snow. Mężczyźni są mężczyznami, a kobiety kobietami, wszystko jedno, po której stronie Muru się zrodzili. Dobrzy i źli, bohaterowie i łajdacy, ludzie honoru, tchórze, bestie… mamy ich pod dostatkiem, tak samo jak wy.

Nie myliła się. Kłopot w tym, jak ich odróżnić, oddzielić owce od kozłów.

Czarni bracia zaczęli rozdawać żywność. Przywieźli płaty twardej solonej wołowiny, suszone dorsze, suszoną fasolę, rzepę, marchew, worki jęczmiennej kaszy i pszenicznej mąki, marynowane jajka, beczki cebuli i jabłek.

— Możesz dostać cebulę albo jabłko — oznajmił Kudłaty Hal jakiejś kobiecie — ale nie jedno i drugie. Musisz wybrać.

Najwyraźniej go nie zrozumiała.

— Potrzebuję po dwa. Po jednym dla mnie i po jednym dla mojego chłopca. Jest chory, ale jabłko mu pomoże.

Hal potrząsnął głową.

— Musi sam przyjść, żeby dostać jabłko. Albo cebulę. Nie i to, i to. Jabłko czy cebula? Decyduj się szybko, ludzie czekają.

— Jabłko — odpowiedziała.

Podał jej owoc, mały, stary i wyschnięty.

— Ruszaj się, kobieto — zawołał mężczyzna stojący trzy osoby za nią. — Jest zimno.

Zignorowała jego krzyk.

— Jeszcze jedno jabłko — poprosiła Kudłatego Hala. — Dla mojego syna. Proszę. To jest bardzo małe.

Hal spojrzał na Jona, który potrząsnął głową. Wkrótce zabraknie im jabłek. Jeśli zaczną dawać po dwa każdemu, kto o to poprosi, nie wystarczy ich dla tych, którzy przyszli później.

— Z drogi — zawołała stojąca za kobietą dziewczyna i nagle popchnęła ją w plecy. Kobieta zachwiała się, wypuściła jabłko i upadła. Inne wiktuały, które trzymała w ramionach, spadły na ziemię. Fasola poleciała na wszystkie strony, rzepa potoczyła do kałuży, a worek z mąką pękł i jego cenna zawartość posypała się na śnieg.

Zabrzmiały gniewne głosy w obu językach, starym i powszechnym. Pod sąsiednim wozem również doszło do przepychanki.

— To za mało — warknął jakiś staruszek. — Chcecie nas zagłodzić na śmierć, cholerne wrony?

Przewrócona kobieta klęczała, zbierając porozrzucane produkty. W odległości kilku jardów Jon zauważył błysk nagiej stali. Jego łucznicy nałożyli strzały na cięciwy.

Odwrócił się w siodle.

— Rory, ucisz ich.

Mężczyzna uniósł do ust swój wielki róg i zadął w niego.

— *AAAAhuuuuuuuuuuuuuuuuuuuuuuuuuuuuuuuuuuuuuuuuu.*

Tumult i szarpanina ustały. Głowy się odwróciły. Jakieś dziecko się rozpłakało. Kruk Mormonta przeszedł z lewego ramienia Jona na prawe.

— *Snow, snow, snow* — mamrotał, kołysząc głową.

Jon zaczekał, aż wybrzmią ostatnie echa, po czym spiął klaczkę i wyjechał na wolną przestrzeń, by wszyscy go widzieli.

— Karmimy was najlepiej jak możemy, oddajemy wszystko, co możemy poświęcić. Jabłka, cebulę, rzepę, marchew… przed nami długa zima, a nasze zapasy nie są niewyczerpane.

— Wrony jedzą dobrze — odciął się Halleck.

Na razie.

— Bronimy Muru. Mur osłania królestwo… a teraz również was. Znacie wroga, z którym mamy do czynienia. Wiecie, kto wkrótce nadejdzie. Niektórzy z was już się z nimi zetknęli. Upiory i biali wędrowcy, martwe stworzenia o niebieskich oczach i czarnych dłoniach. Ja również ich widziałem. Walczyłem z nimi i kilku odesłałem do piekła. Zabijają nas, a potem wysyłają poległych przeciwko nam. Olbrzymy nie zdołały się im oprzeć, wy, Thennowie, również nie, podobnie jak klany znad lodowej rzeki, Rogostopi, wolni ludzie… a w miarę jak dni stają się krótsze i robi się coraz zimniej, ich moc narasta. Porzuciliście domy i przybyliście na południe setkami i tysiącami, po co, jeśli nie po to, by przed nimi uciec? Znaleźć bezpieczne miejsce. No więc, to Mur zapewnia wam bezpieczeństwo. Mur i my, czarne wrony, którymi gardzicie.

— Bezpieczeństwo i głód — skwitowała przysadzista kobieta o ogorzałej twarzy, wyglądająca na włóczniczkę.

— Chcecie dostać więcej? — zapytał Jon. — Mamy żywność dla wojowników. Pomóżcie nam bronić Muru, a będzie jeść równie dobrze jak wrony.

Albo równie kiepsko, gdy zapasy zaczną się kończyć.

Zapadła cisza. Dzicy wymieniali nieufne spojrzenia.

— *Jeść* — odezwał się kruk. — *Ziarno, ziarno.*

— Walczyć dla was? — zapytał ktoś mówiący z silnym akcentem. To był Sigorn, magnar Thennu, posługujący się tylko łamanym językiem powszechnym. — Nie będziemy walczyć. Lepiej was zabić. Zabić wszystkich.

Ojciec Sigorna, stary magnar, zginął przygnieciony spadającymi schodami podczas ataku na Czarny Zamek. *Ja czułbym to samo, gdyby ktoś mi zaproponował połączenie sił z Lannisterami* — pomyślał Jon.

— Twój ojciec próbował nas wszystkich zabić — przypomniał Sigornowi. — Magnar był odważnym człowiekiem, ale przegrał. A gdyby zwyciężył… kto teraz stałby na Murze? — Odwrócił się od Thennów. — Fortyfikacje Winterfell również były mocne, ale zamek leży w gruzach, spalony i zburzony. Mur jest wart tylko tyle, ile broniący go ludzie.

— Zabijaliście nas i głodziliście, a teraz chcecie z nas zrobić niewolników — zaprotestował staruszek przyciskający do piersi rzepę.

— Wolę chodzić nago, niż nosić na grzbiecie czarne łachmany — zawołał na znak poparcia tęgi mężczyzna o czerwonej twarzy.

Jedna z włóczniczek roześmiała się w głos.

— Nawet własna żona nie chce cię widzieć nago, Butts.

Kilkanaście głosów zaczęło mówić jednocześnie. Thennowie krzyczeli w starym języku. Jakiś chłopczyk wybuchnął płaczem. Jon Snow zaczekał, aż wszyscy się uspokoją. Potem spojrzał na Kudłatego Hala.

— Hal, co powiedziałeś tej kobiecie?

— Chodzi ci o żarcie? — zapytał czarny brat ze zdziwioną miną. — Jabłko albo cebula? Powiedziałem, że musi wybrać, to wszystko.

— Musicie wybrać — powtórzył Jon Snow. — Wszyscy. Nikt was nie prosi o złożenie ślubów i nic mnie nie obchodzi, komu oddajecie cześć. Moimi bogami są starzy bogowie północy, ale możecie sobie zachować czerwonego boga, Siedmiu albo innych bogów, którzy zechcą wysłuchać waszych modłów. To włóczni potrzebujemy. Łuków. Oczu na Murze. Przyjmę każdego chłopaka w wieku powyżej dwunastu lat, który potrafi utrzymać w ręce włócznię albo naciągnąć łuk. Przyjmę waszych starców, rannych i kalekich, nawet tych, którzy nie mogą już walczyć. Znajdziemy dla nich inne zadania. Produkcja strzał, zbieranie drewna na opał, czyszczenie stajni… pracy nie ma końca. I tak jest, przyjmę także kobiety. Nie potrzebujemy wstydliwych panien szukających opieki, ale wszystkie włóczniczki będą mile widziane.

— A dziewczęta? — zapytała dziewczynka nie starsza od Aryi w chwili, gdy Jon widział ją po raz ostatni.

— Co najmniej szesnastoletnie.

— Chłopców przyjmujesz od dwunastego roku życia.

W Siedmiu Królestwach dwunastoletni chłopcy często bywali paziami albo giermkami, wielu już od lat uczyło się władania bronią. Dwunastoletnie dziewczęta uważano za dzieci. *Ale to są dzicy.*

— Jak sobie życzysz. Chłopców i dziewczęta od dwunastego roku życia. Ale tylko tych, którzy umieją słuchać rozkazów. To samo dotyczy was wszystkich. Nie będę prosił, byście przede mną klęknęli, ale wyznaczę nad wami kapitanów i sierżantów, którzy będą wam mówili, kiedy macie wstawać, a kiedy kłaść się spać, gdzie jeść, kiedy pić, w co się ubierać, kiedy wyciągać miecze i wypuszczać strzały. Służba w Nocnej Straży jest dożywotnia. Nie żądam tego od was, ale dopóki będziecie na Murze, musicie słuchać moich rozkazów. Jeśli jakiegoś nie wykonacie, utnę wam głowę. Zapytajcie moich braci, jeśli nie wierzycie. Widzieli, jak to robię.

— *Utnę* — wrzasnął kruk Starego Niedźwiedzia. — *Utnę, utnę, utnę.*

— Wybór należy do was — oznajmił Jon Snow. — Ci, którzy chcą nam pomóc w obronie Muru, niech wrócą ze mną do Czarnego Zamku. Dam im żywność i odzienie. Reszta niech zabiera rzepy i cebule i wraca do swoich nor.

Pierwsza z tłumu wystąpiła dziewczynka, która odezwała się przedtem.

— Umiem walczyć. Moja mama była włóczniczką.

Jon skinął głową. *Może nawet nie mieć dwunastu lat* — pomyślał, gdy przeciskała się między dwoma starszymi mężczyznami. Nie miał jednak zamiaru odrzucać swej jedynej rekrutki.

Podążyła za nią para niedorostków, chłopaków najwyżej czternastoletnich. Za nimi jednooki mężczyzna naznaczony blizną.

— Ja też ich widziałem. Umarłych. Nawet wrony są lepsze od nich.

Za nim poszli wysoka włóczniczka, staruszek wspierający się na kulach, pyzaty chłopak z uschniętą ręką oraz młodzieniec o rudych włosach, przypominających Jonowi Ygritte.

A za nimi Halleck.

— Nie lubię cię, wrono — warknął — ale Mance'a też nigdy nie lubiłem, podobnie jak moja siostra. A mimo to walczyliśmy dla niego. Czemu nie miałbym walczyć dla ciebie?

Tama pękła. Halleck był sławnym wojownikiem. *Mance się nie mylił.* „Wolni ludzie nie mają szacunku dla imion ani małych zwierząt z materiału naszytych na bluzę" — tłumaczył mu kiedyś król za Murem. „Nie zechcą tańczyć za pieniądze, nie obchodzi ich, jaki tytuł nosisz, co oznacza łańcuch, który wisi na twojej szyi, ani kim był twój dziadek. Szanują siłę. Słuchają tych, którzy ją mają".

Kuzyni Hallecka poszli za jego przykładem. Potem dołączył do nich jeden z chorążych Harmy, za nim podążyli ludzie, którzy walczyli u jej boku, a za nimi inni, którzy słyszeli opowieści o ich czynach. Staruszkowie i zieloni chłopcy, mężczyźni w sile wieku, ranni i kalecy, około dwudziestu włóczniczek, a nawet trzech Rogostopych.

Ale nie Thennowie. Magnar odwrócił się i zniknął w tunelach. Jego zakuci w brąz słudzy natychmiast podążyli za nim.

Gdy już rozdano wszystkie wyschnięte jabłka, na wozy wleźli dzicy. Kolumna miała sześćdziesięciu trzech ludzi więcej niż rankiem, gdy wyruszała z Czarnego Zamku.

— Co z nimi zrobisz? — zapytał Jona Bowen Marsh, gdy wracali królewskim traktem.

— Wyszkolę ich, uzbroję, a potem podzielę i wyślę tam,

gdzie są potrzebni. Do Wschodniej Strażnicy, Wieży Cieni, Icemarku i Szarej Warty. Zamierzam też otworzyć trzy kolejne forty.

Lord zarządca obejrzał się za siebie.

— Kobiety też? Nasi bracia nie są przyzwyczajeni do służby z kobietami, wasza lordowska mość. Ich śluby… zaczną się bójki, gwałty…

— Te kobiety mają noże i potrafią się nimi posługiwać.

— A co się stanie, gdy pierwsza włóczniczka poderżnie gardło któremuś z naszych braci?

— Będziemy mieli jednego człowieka mniej — odparł Jon. — Ale właśnie zdobyliśmy sześćdziesięciu trzech. Potrafisz biegle liczyć, panie. Popraw mnie, jeśli się mylę, ale mam wrażenie, że w takim przypadku nadal zyskamy sześćdziesięciu dwóch.

Marsh nie dał się przekonać.

— Dodałeś nam sześćdziesiąt trzy gęby do wykarmienia, panie… ale ilu z nich to wojownicy i po czyjej stronie będą walczyć? Przyznaję, że jeśli to Inni staną u bram, najpewniej po naszej… ale jeśli zawita do nas Tormund Zabójca Olbrzyma albo Płaczka z dziesięcioma tysiącami wyjących zabójców, co się stanie wtedy?

— Wtedy się przekonamy. Dlatego lepiej miejmy nadzieję, że do tego nie dojdzie.

TYRION

Śnił mu się pan ojciec i Zawoalowany Lord. We śnie byli jedną i tą samą osobą, a gdy ojciec objął go kamiennymi ramionami i pochylił się, by dać mu szary pocałunek, Tyrion obudził się nagle. W zaschniętych ustach czuł metaliczny smak krwi, a serce tłukło mu jak szalone.

— Martwy karzeł wrócił do nas — odezwał się Haldon.

Tyrion potrząsnął głową, by oczyścić ją z pajęczyny snów. *Smutki. Utonąłem w Smutkach.*

— Nie jestem martwy.

— To się dopiero okaże. — Półmaester zatrzymał się nad nim. — Kaczko, bądź miłym ptakiem i ugotuj dla naszego małego przyjaciela trochę rosołu. Na pewno kona z głodu.

Tyrion zorientował się, że przebywa na pokładzie „Nieśmiałej Panny". Leżał pod drapiącym kocem o zapachu octu. *Smutki zostały za nami. To był tylko sen, który mnie nawiedził, kiedy tonąłem.*

— Dlaczego śmierdzę octem?

— Lemore cię nim wymyła. Niektórzy wierzą, że to zapobiega szarej łuszczycy. Osobiście raczej w to wątpię, ale nie zawadzi spróbować. To septa usunęła wodę z twoich płuc, jak już Gryf cię wyciągnął. Byłeś zimny jak lód, a wargi miałeś sine. Yandry mówił, że powinniśmy cię wrzucić z powrotem do rzeki, ale chłopak tego zabronił.

Książę. Wspomnienia wróciły nagle; kamienny człowiek wyciągający szare, spękane dłonie, krew sącząca się spomiędzy ich kostek. *Był ciężki jak głaz. Pociągnął mnie prosto na dno.*

— Gryf mnie wyciągnął? — *Na pewno mnie nienawidzi. W przeciwnym razie pozwoliłby mi zginąć.* — Jak długo spałem? Gdzie jesteśmy?

— W Selhorys. — Haldon wyjął z rękawa mały nóż. — Masz — powiedział i rzucił go ukradkiem Tyrionowi.

Karzeł wzdrygnął się, gdy nożyk wylądował między jego nogami, wbijając się w pokład. Wyrwał go z desek.

— Co mam z nim zrobić?

— Zdejmij buty, a potem ukłuj się we wszystkie palce i nóg, i rąk.

— To chyba… bolesne.

— Mam nadzieję. Zrób to.

Tyrion zdjął jeden but, a potem drugi, następnie ściągnął rajtuzy i przyjrzał się palcom. Wyglądały tak samo jak zwykle. Dotknął ostrożnie nożem jednego z paluchów.

— Mocniej — zażądał Haldon Półmaester.

— Chcesz, żeby popłynęła mi krew?

— Jeśli będzie trzeba.

— Zrobią mi się strupy na każdym palcu.

— Nie chodzi mi o to, żeby je policzyć. Chcę zobaczyć, jak się krzywisz z bólu. Dopóki ukłucia bolą, jesteś bezpieczny. Dopiero gdy nie poczujesz noża, będziesz miał powody do obaw.

Szara łuszczyca. Tyrion skrzywił się wściekle i dźgnął w drugi palec. Zaklął, gdy na czubku noża pojawiła się kropelka krwi.

— Zabolało. Cieszysz się?

— Tańczę z radości.

— Nogi ci śmierdzą jeszcze gorzej niż mnie, Yollo. — Kaczka przyniósł mu kubek rosołu. — Gryf ostrzegał cię, żebyś nie dotykał kamiennych ludzi.

— Tak, ale zapomniał ostrzec kamiennych ludzi, żeby nie dotykali mnie.

— Kiedy będziesz się kłuł, szukaj plam martwej szarej skóry i początków czernienia paznokci — mówił Haldon. — Jeśli zobaczysz podobne objawy, nie wahaj się. Lepiej stracić palec niż stopę. Lepiej stracić rękę, niż spędzić resztę swych dni, wyjąc na Moście Marzenia. A teraz druga stopa, jeśli łaska. Potem przyjdzie kolej na ręce.

Karzeł przełożył skrzyżowane nogi i zaczął się kłuć w palce drugiej stopy.

— W kutasa też mam się ukłuć?

— Nie zaszkodzi.

— Tobie z pewnością nie. Zresztą właściwie mógłbym go sobie uciąć. I tak nie mam z niego żadnego pożytku.

— Nie krępuj się. Wygarbujemy go, wypchamy, sprzedamy i zarobimy fortunę. Członek karła ma magiczną moc.

— Od lat powtarzam to kobietom. — Tyrion wbił sztych sztyletu w paluch drugiej stopy. Gdy pojawiła się kropelka krwi, wyssał ją. — Jak długo jeszcze będę musiał się tak dręczyć? Kiedy będziemy pewni, że jestem czysty?

— Szczerze? — zapytał Półmaester. — Nigdy. Wypiłeś połowę rzeki. Całkiem możliwe, że już robisz się szary, zmieniasz się w kamień od środka, poczynając od serca i płuc. W takim przypadku kłucie w palce i kąpiele w occie nic ci nie pomogą. Kiedy skończysz, zjedz trochę rosołu.

Rosół był smaczny, ale Tyrion zauważył, że Półmaester wolał usiąść po drugiej stronie stołu. „Nieśmiała Panna" cumowała przy zwietrzałym nabrzeżu na wschodnim brzegu Rhoyne. Dwa stanowiska dalej z volanteńskiej rzecznej galery wysiadali żołnierze. Pod murem z piaskowca przycupnęły sklepy, stragany i magazyny. Po drugiej stronie widać było wieże i kopuły miasta, lśniące czerwonym blaskiem w świetle zachodzącego słońca.

To nie jest miasto. Selhorys nadal uważano za zwykłe miasteczko, podlegające władzy Starego Volantis. Nie byli w Westeros.

Lemore wyszła na pokład, prowadząc za sobą księcia. Ujrzawszy Tyriona, natychmiast podbiegła, by go uściskać.

— Matka jest łaskawa. Modliliśmy się za ciebie, Hugorze.

A przynajmniej ty się modliłaś.

— Nie mam wam tego za złe.

Młody Gryf przywitał go mniej wylewnie. Książątko było w kiepskim nastroju. Gniewało się, że musiało zostać na „Nieśmiałej Pannie", zamiast wyjść na brzeg z Yandrym i Ysillą.

— Chodzi nam o twoje bezpieczeństwo — tłumaczyła Lemore. — Czasy są niespokojne.

— Po drodze ze Smutków do Selhorys trzykrotnie widzieliśmy jeźdźców zmierzających wschodnim brzegiem rzeki — dodał Haldon Półmaester. — To byli Dothrakowie. W pewnej chwili zbliżyli się tak bardzo, że słyszeliśmy dzwoneczki pobrzękujące w ich warkoczach. Nocami widzieliśmy ogniska, palone przez nich pośród wzgórz na wschodzie. Mijaliśmy też okręty, volanteńskie rzeczne galery pełne żołnierzy-niewolników. Najwyraźniej triarchowie obawiają się ataku na Selhorys.

Tyrion szybko zrozumiał dlaczego. Wśród wszystkich nadrzecznych osad tylko Selhorys leżało na wschodnim brzegu Rhoyne, co czyniło je bardziej narażonym na atak władców koni od siostrzanych miasteczek. *Niemniej to marny łup. Gdybym był* khalem, *upozorowałbym atak na Selhorys, zaczekał, aż Volanteńczycy wyślą wojska, by go bronić, a potem zawróciłbym na południe i ruszył, co koń wyskoczy, w stronę samego Volantis.*

— Umiem władać mieczem — zapewnił Młody Gryf.

— Nawet najodważniejsi z twych przodków otaczali się Gwardią Królewską, gdy czasy były niebezpieczne.

Lemore zamieniła szaty septy na strój bardziej odpowiedni dla żony albo córki bogatego kupca. Tyrion przyglądał się jej uważnie. Bez większego wysiłku wywęszył prawdę ukrytą za ufarbowanymi na niebiesko włosami Gryfa i Młodego Gryfa, Yandry i Ysilla zapewne byli tymi, za kogo się podawali, nikim więcej, natomiast Kaczka był kimś mniej. Ale Lemore... *Kim jest naprawdę? Dlaczego nam towarzyszy? Myślę, że nie dla złota. Kim jest dla niej ten książę? Czy rzeczywiście była kiedyś septą?*

Haldon również zauważył, że kobieta zmieniła strój.

— Co mamy sądzić o tej nagłej utracie wiary? — zapytał. — Wolałem cię w szatach septy, Lemore.

— Ja wolałem ją nagą — wtrącił Tyrion.

Obrzuciła go pełnym dezaprobaty spojrzeniem.

— To dlatego, że masz nikczemną duszę. Szaty septy głośno krzyczą: „Westeros" i mogłyby przyciągnąć niepożądane spojrzenia. — Zwróciła się ku księciu Aegonowi. — Nie tylko ty jeden musisz się ukrywać.

Chłopak nie dał się udobruchać. *To idealny książę, ale jeszcze w połowie chłopiec. Wie bardzo niewiele o świecie i wszystkich jego nieszczęściach.*

— Książę Aegonie — odezwał się Tyrion — ponieważ obaj jesteśmy uwięzieni na pokładzie tej łodzi, może zaszczycisz mnie partyjką *cyvasse*, by wypełnić czymś długie godziny oczekiwania?

Książę zerknął na niego nieufnie.

— Mam już po dziurki w nosie *cyvasse*.

— Chcesz powiedzieć, że masz po dziurki w nosie przegrywania z karłem?

To ukłuło dumę chłopaka, zgodnie z przewidywaniami Tyriona.

— Przynieś planszę i figury. Tym razem cię zniszczę.

Grali na pokładzie, siedząc ze skrzyżowanymi nogami za kajutą. Młody Gryf ustawił armię w ofensywnym szyku, wysuwając na czoło smoka, słonie i ciężką konnicę. *To formacja godna młodzieńca, śmiała, ale głupia. Ryzykuje wszystko dla szybkiego zwycięstwa.* Pozwolił, by książę wykonał pierwszy ruch. Haldon stał za nimi, przyglądając się grze.

Gdy chłopak sięgnął po smoka, Tyrion odchrząknął.

— Na twoim miejscu bym tego nie robił. To błąd wprowadzać smoka do akcji zbyt szybko. — Uśmiechnął się niewinnie. — Twój ojciec wiedział, czym grozi nadmierna śmiałość.

— Znałeś mojego prawdziwego ojca?

— No cóż, widziałem go dwa czy trzy razy, ale miałem tylko dziesięć lat, kiedy Robert go zabił, a do tego mój własny ojciec trzymał mnie ukrytego pod skałą. Nie, nie mogę twierdzić, bym znał księcia Rhaegara. Nie tak, jak twój fałszywy ojciec. Lord Connington był jego najbliższym przyjacielem, nieprawdaż?

Młody Gryf odgarnął z oczu niebieski kosmyk.

— Byli razem giermkami w Królewskiej Przystani.

— Nasz lord Connington to z pewnością wierny przyjaciel. Okazał wielką lojalność wobec wnuka króla, który zabrał mu ziemie i tytuły, skazując go na wygnanie. Wielka szkoda. W przeciwnym razie przyjaciel księcia Rhaegara mógłby być pod ręką, gdy mój ojciec złupił Królewską Przystań, i uratowałby drogocennego synka tegoż księcia przed rozbiciem królewskiej czaszki o mur.

Chłopak poczerwieniał.

— To nie byłem ja. Już ci mówiłem. To był syn jakiegoś garbarza znad Szczynowej Wody. Jego matka umarła przy porodzie, a ojciec sprzedał go lordowi Varysowi za dzban złotego arborskiego. Miał też innych synów, a złotego arborskiego nigdy nie kosztował. Varys dał syna garbarza mojej matce, a mnie zabrał.

— Tak. — Tyrion wykonał ruch słoniami. — A kiedy książę ze Szczynowej Wody już szczęśliwie nie żył, eunuch przemycił cię za morze, do swego przyjaciela, grubego handlarza sera, który ukrył cię na flisackiej łodzi i znalazł wygnanego lorda gotowego podjąć się roli twego ojca. To wzruszająca opowieść i minstrele będą śpiewać wspaniałe pieśni o twojej ucieczce, gdy już zasiądziesz na Żelaznym Tronie… pod warunkiem że nasza piękna Daenerys zgodzi się ciebie poślubić.

— Zgodzi się. Musi.

— Musi? — Tyrion cmoknął. — To nie jest słowo, które królowe lubią słyszeć. Jesteś jej idealnym księciem, zgoda, promiennym, śmiałym i tak urodziwym, że żadna panna nie mogłaby pragnąć lepszego. Ale Daenerys Targaryen nie jest panną. Jest wdową po dothrackim *khalu*, matką smoków i niszczycielką miast. Aegonem Zdobywcą z cyckami. Może się nie okazać taka chętna, jak byś tego pragnął.

— Będzie chętna. — W głosie księcia Aegona pobrzmiewał szok. Było oczywiste, że nigdy nie przyszło mu nawet do głowy, iż kandydatka na żonę może go odrzucić. — Nie znasz jej.

Wziął w rękę ciężką konnicę i postawił ją na planszy z głośnym stukiem.

Karzeł wzruszył ramionami.

— Wiem, że spędziła dzieciństwo na wygnaniu, w nędzy, karmiąc się marzeniami i spiskami, uciekała z miasta do miasta, zawsze pełna strachu, nigdy nie czuła się bezpieczna, nie miała przyjaciół poza bratem, który według wszystkich relacji był na wpół obłąkany… bratem, który sprzedał jej dziewictwo Dothrakowi w zamian za obietnicę armii. Wiem, że gdzieś pośród traw wykluły się jej smoki, a ona narodziła się na nowo. Wiem, że jest dumna. Jak mogłoby być inaczej? Cóż poza dumą jej zostało? Wiem, że jest silna. Jak mogłoby być inaczej? Dothrakowie gardzą słabością. Gdyby Daenerys była słaba, zginęłaby razem z Viserysem. Wiem, że jest wojownicza. Astapor, Yunkai i Meereen najlepiej o tym świadczą. Przebyła stepy i czerwone pustkowia, przeżyła zamachy skrytobójcze, spiski i złowrogie czary, opłakała brata, męża i syna, zdeptała w pył miasta handlarzy niewolników swymi obutymi w zdobne sandałki stopy. Jak twoim zdaniem zareaguje ta królowa, kiedy zjawisz się z żebraczą miseczką w dłoni i powiesz: „Dzień dobry, ciociu. Jestem twój bratanek Aegon. Wróciłem z grobu. Całe życie ukrywałem się na łodzi flisackiej, ale teraz zmyłem z włosów niebieską farbę i chciałbym dostać smoka, zgoda… aha, i czy wspomniałem o tym, że mam lepsze prawa do Żelaznego Tronu od ciebie?”.

Aegon wykrzywił usta w grymasie furii.

— Nie przyjdę do ciotki jako żebrak, lecz jako kuzyn. Przyprowadzę armię.

— Ale małą. — *Proszę, udało się go rozgniewać.* Karzeł nie potrafił powstrzymać myśli o Joffreyu. *Mam dar do irytowania książąt.* — Królowa Daenerys ma wielką, i to nie dzięki tobie.

Tyrion przesunął kuszników.

— Mów sobie, co chcesz. Zostanie moją żoną. Lord Connington się o to postara. Ufam mu, jakbyśmy byli tej samej krwi.

— Może to ty powinieneś zostać błaznem zamiast mnie. Nie ufaj nikomu, mój książę. Ani swemu maesterowi bez łańcucha, ani fałszywemu ojcu, ani dzielnej Kaczce, pięknej Lemore czy innym twym wspaniałym przyjaciołom, którzy wyhodowali cię z ziarnka fasoli. A nade wszystko nie ufaj handlarzowi sera, Pająkowi i tej małej smoczej królowej, którą zamierzasz poślubić. To prawda, że od całej tej nieufności dostaniesz zgagi i nie będziesz mógł spać po nocach, ale lepsze to niż długi sen, który nie ma końca. — Karzeł przesunął czarnego smoka na drugą stronę łańcucha górskiego. — Ale co ja mogę wiedzieć? Twój fałszywy ojciec jest wielkim lordem, a ja tylko wypaczonym człowieczkiem podobnym do małpy. Niemniej na twoim miejscu postąpiłbym inaczej.

Te słowa przyciągnęły uwagę chłopaka.

— To znaczy jak?

— Na twoim miejscu? Popłynąłbym na zachód, nie na wschód. Wylądowałbym w Dorne i wzniósłbym chorągwie. Siedmiu Królestw nigdy nie będzie łatwiej podbić niż teraz. Na Żelaznym Tronie zasiada chłopiec. Na północy panuje chaos, dorzecze spustoszono, Koniec Burzy i Smocza Skała nadal są w rękach buntownika. Z nadejściem zimy w królestwie nastanie głód. A kto musi sobie radzić z tym wszystkim, kto włada małym królem władającym Siedmioma Królestwami? Ależ moja słodka siostra. Nie został już nikt inny. Mój brat Jaime jest spragniony walki, nie władzy. Uciekał przed każdą szansą objęcia rządów, jaka mu się nadarzyła. Mój stryj Kevan byłby całkiem niezłym regentem, gdyby ktoś mu zaoferował tę pozycję, ale sam nigdy po nią nie sięgnie. Bogowie uczynili go podwładnym, nie przywódcą. —

Bogowie i mój pan ojciec. — Mace Tyrell z chęcią zagarnąłby berło, ale moi kuzyni nie oddadzą mu go dobrowolnie. A Stannisa wszyscy nienawidzą. Kto więc zostaje? Ależ tylko Cersei. Westeros jest rozdarte i krwawi z licznych ran, nie wątpię też, że moja słodka siostra robi wszystko, by je zamknąć… solą. Cersei jest łagodna jak król Maegor, bezinteresowna jak Aegon Niegodny i mądra jak Obłąkany Aerys. Nigdy nie zapomina zniewagi, prawdziwej czy wyimaginowanej. Ostrożność uważa za tchórzostwo, a krytykę za bunt. Jest też chciwa. Chciwa władzy, zaszczytów i miłości. Panowanie Tommena wspiera się na licznych sojuszach, które mój pan ojciec budował tak starannie, ale Cersei wkrótce wszystkie zniszczy. Wyląduj i wznieś chorągwie, a ludzie pod nie napłyną. Lordowie wielcy i mali, a także prostaczkowie. Ale nie zwlekaj za długo, książę. Ta chwila nie będzie trwała wiecznie. Fala, która cię teraz unosi, wkrótce opadnie. Upewnij się, że dotrzesz do Westeros, nim moja siostra padnie, a jej miejsce zajmie ktoś bardziej kompetentny.

— Ale bez Daenerys i jej smoków, jak możemy liczyć na zwycięstwo?

— Nie musisz zwyciężyć — zapewnił Tyrion. — Wystarczy, że wzniesiesz chorągwie, zgromadzisz stronników i utrzymasz się aż do chwili, gdy przybędzie Daenerys, by dodać swe siły do twoich.

— Powiedziałeś, że może mnie nie zechcieć.

— Być może przesadziłem. Może ulituje się nad tobą, gdy przybędziesz, by żebrać o jej rękę. — Karzeł wzruszył ramionami. — Chcesz postawić swój tron na kaprys kobiety? Ale jeśli popłyniesz do Westeros… ach, wtedy będziesz buntownikiem, nie żebrakiem. Śmiałym i nieustraszonym, prawdziwą latoroślą rodu Targaryenów, idącą w ślady Aegona Zdobywcy. Smokiem. Mówiłem ci, że znam naszą małą królową. Niech tylko usłyszy, że zamordowany syn jej brata Rhaegara żyje, że dzielny chłopak ponownie wzniósł w Westeros smoczy sztandar jej przodków, że toczy rozpaczliwą wojnę, by pomścić ojca i odzyskać Żelazny Tron dla dynastii Targaryenów, że ze wszystkich stron otaczają go wrogowie… pomknie do ciebie tak szybko, jak tylko poniosą ją wiatr i woda. Jesteś ostatni z jej rodu, a ta Matka Smoków, ta Wyzwolicielka z Okowów, nade wszystko pragnie nieść ratunek. Dziewczyna, która utopiła niewolnicze miasta we krwi, bo nie chciała pozwolić, by obcy jej ludzie nosili łańcuchy, raczej nie porzuci syna własnego brata w godzinie niebezpieczeństwa. A gdy dotrze do Westeros i ujrzy cię po raz pierwszy, spotkacie się jako równi sobie, mężczyzna i kobieta, nie królowa i błagalnik. Powiedz, jak mogłaby cię wtedy nie pokochać? — Uśmiechnął się, wziął w rękę smoka i przeleciał nim na drugi koniec planszy. — Mam nadzieję, że Wasza Miłość mi wybaczy. Twój król jest uwięziony. Śmierć za cztery ruchy.

Książę wbił wzrok w planszę.

— Mój smok…

— …jest za daleko, by cię uratować. Trzeba go było przesunąć na środek.

— Przecież mówiłeś…

— Kłamałem. Nie ufaj nikomu. I zawsze trzymaj smoka pod ręką.

Młody Gryf zerwał się na nogi i przewrócił kopniakiem planszę. Figury poleciały na wszystkie strony, podskakując na deskach pokładu „Nieśmiałej Panny".

— Pozbieraj je — rozkazał chłopak.

Być może rzeczywiście jest Targaryenem.

— Jak Wasza Miłość sobie życzy.

Tyrion opadł na ręce i kolana, a potem zaczął łazić po pokładzie, zbierając figury.

Gdy Yandry i Ysilla wrócili na „Nieśmiałą Pannę", zbliżał się już zmierzch. Szedł za nimi tragarz pchający taczkę wyładowaną stertą zapasów: solą i mąką, świeżo ubitym masłem, płatami boczku owiniętymi w płótno oraz workami pomarańczy, jabłek i gruszek. Yandry niósł na ramieniu beczułkę wina, a Ysilla przerzuciła przez swoje szczupaka. Ryba dorównywała długością wzrostowi Tyriona.

Gdy kobieta zobaczyła stojącego na końcu trapu karła, zatrzymała się tak nagle, że Yandry na nią wpadł. Szczupak omal nie wleciał do rzeki, ale Kaczka pomógł jej go uratować. Ysilla łypnęła spode łba na Tyriona i wykonała trzema palcami osobliwy, przypominający pchnięcie nożem gest. *Znak chroniący przed złem.*

— Daj, pomogę ci nieść tę rybę — zaproponował Kaczce Tyrion.

— Nie — warknęła Ysilla. — Nie zbliżaj się. Nie dotykaj żadnej żywności, poza tą, którą sam jesz.

Karzeł uniósł ręce.

— Wedle rozkazu.

Yandry z głośnym stukiem postawił beczkę na pokładzie.

— Gdzie Gryf? — zapytał Haldona.

— Śpi.

— To go obudź. Przynosimy wieści, które powinien usłyszeć. Wszyscy w Selhorys powtarzają imię królowej. Ponoć nadal przebywa w Meereen i ze wszystkich stron otaczają ją wrogowie. Jeśli wierzyć w to, co mówią ludzie na targowiskach, Stare Volantis wkrótce przyłączy się do wojny przeciwko niej.

Haldon wydął usta.

— Plotkom powtarzanym przez handlarzy ryb nie można ufać. Niemniej sądzę, że Gryf chciałby o tym usłyszeć. Wiesz, gdzie go znaleźć.

Półmaester zszedł pod pokład.

Dziewczyna nawet nie zaczęła podróży na zachód. Z pewnością miała poważne powody. Meereen dzieliło od Volantis półtora tysiąca mil pustyń, gór, bagien i ruin, a także Mantarys, ze swą złowrogą reputacją. *Zwą je miastem potworów, ale jeśli wybierze drogę lądową, gdzie indziej zdoła znaleźć żywność i wodę? Podróż morska byłaby szybsza, ale jeśli nie ma statków...*

Gdy Gryf w końcu zjawił się na pokładzie, szczupak skwierczał już nad piecykiem, a Ysilla co chwila polewała go sokiem wyciśniętym z cytryny. Najemnik miał na sobie kolczugę i futro z wilków, miękkie skórzane rękawice i ciemne wełniane spodnie. Jeśli nawet zdziwiło go, że Tyrion już się obudził, nie okazał tego w żaden sposób poza zwyczajowo zasępioną miną. Przeszedł z Yandrym na rufę, gdzie zaczęli rozmawiać tak cicho, że karzeł nie mógł nic podsłuchać.

Po pewnym czasie Gryf wezwał skinieniem Haldona.

— Musimy sprawdzić wiarygodność tych pogłosek. Zejdź na ląd i dowiedz się, ile zdołasz. Qavo będzie coś wiedział, jeśli zdołasz go znaleźć. Spróbuj „Pod Flisakiem" i „Pod Pomalowanym Żółwiem". Znasz też zapewne inne miejsca, gdzie bywa.

— Znam. Zabiorę ze sobą karła. Dwie pary uszu słyszą więcej niż jedna. Wiesz też, że Qavo uwielbia *cyvasse*.

— Jak sobie życzysz. Wróćcie przed wschodem słońca. Gdybyście z jakichś powodów się spóźnili, odszukajcie Złotą Kompanię.

Słowa godne lorda. Tyrion zachował jednak tę myśl dla siebie.

Haldon wdział płaszcz z kapturem, a Tyrion zamienił błazeński strój domowej roboty na coś szarego i nieprzyciągającego uwagi. Gryf dał obu po sakiewce ze srebrem pochodzącej z kufrów Illyria.

— Dla rozluźnienia języków.

Gdy zeszli na nabrzeże, zmierzch przeszedł już w noc. Niektóre z mijanych przez nich statków wyglądały na opuszczone. Ich trapy uniesiono. Na innych roiło się od uzbrojonych mężczyzn, którzy łypali na nich podejrzliwie. Nad przycupniętymi pod miejskimi murami straganami zapalono pergaminowe latarnie, rzucające na bruk plamy barwnego światła. Tyrion zauważył, że twarz Haldona robi się na zmianę zielona, czerwona albo fioletowa. Przez kakofonię obcych języków przebijała się osobliwa muzyka dobiegająca sprzed nich. Piskliwe tony fletu przy akompaniamencie bębnów. Z tyłu dobiegało ich zaś szczekanie psa.

Na ulicę wyszły kurwy. Rzeczny czy morski, port pozostawał portem. Tam, gdzie byli marynarze, można też było znaleźć dziwki. *Czy to właśnie chciał powiedzieć ojciec? Czy kurwy odsyła się nad morze?*

W Lannisporcie i Królewskiej Przystani nierządem trudniły się wolne kobiety. Ich siostry z Selhorys były niewolnicami. Świadczyły o tym łzy wytatuowane pod prawymi oczami. *Wszystkie są stare jak grzech i dwa razy brzydsze.* To prawie wystarczyło, by Tyrionowi się ich odechciało. Czuł na sobie ich spojrzenia, słyszał, jak szepczą do siebie i chichoczą, kryjąc twarze za dłońmi. *Można by pomyśleć, że nigdy nie widziały karła.*

Przy rzecznej bramie straż pełniła drużyna volanteńskich włóczników. Stalowe pazury sterczące z ich pancernych rękawic lśniły w blasku pochodni. Ich hełmy były tygrysimi maskami, a kryjące się pod nimi twarze zdobiły zielone pręgi namalowane na policzkach. Tyrion wiedział, że żołnierze-niewolnicy z Volantis są straszliwie dumni ze swych tygrysich pasów. *Czy pragną wolności?* — zadał sobie pytanie. *Co by zrobili, gdyby ta młodociana królowa ich nią obdarzyła? Kim są, jeśli nie tygrysami? A kim ja jestem, jeśli nie lwem?*

Jeden z tygrysów zauważył karła i powiedział coś, co rozśmieszyło pozostałych. Gdy Tyrion i Haldon doszli do bramy, żołnierz ściągnął pazurzastą osłonę dłoni i przepoconą rękawicę, którą nosił pod spodem, otoczył ręką szyję karła i pogłaskał go mocno po głowie. Tyrion był zbyt zaskoczony, by się sprzeciwiać. Wszystko trwało tylko uderzenie serca.

— Czy miał do tego jakiś powód? — zapytał Półmaestera.

— Mówi, że dotknięcie głowy karła przynosi szczęście — odparł Haldon, wymieniwszy kilka słów z wartownikiem w jego języku.

Tyrion rozciągnął usta w wymuszonym uśmiechu.

— Powiedz mu, że possanie kutasa karła przynosi jeszcze więcej szczęścia.

— Lepiej nie. Tygrysy często miewają ostre zęby.

Inny wartownik przepuścił ich przez bramę, machając niecierpliwie pochodnią. Haldon Półmaester pierwszy wszedł na teren właściwego Selhorys. Tyrion człapał ostrożnie za nim.

Otworzył się przed nimi wielki plac. Pomimo późnej pory było tu tłoczno i hałaśliwie, paliło się też wiele świateł. Nad drzwiami gospód i domów rozkoszy kołysały się zawieszone na żelaznych łańcuchach lampy, ale tu, za bramami, były one zrobione z barwionego szkła, nie z pergaminu. Na balkonie świątyni stał kapłan w szkarłatnych szatach, wygłaszający kazanie do tłumku, który zgromadził się wokół ogni. Przed gospodą siedzieli wędrowcy grający w *cyvasse*, pijani żołnierze tłoczyli się pod budynkiem, który z całą pewnością był burdelem, a pod stajnią kobieta okładała razami muła. Obok przejechał dwukołowy wóz zaprzężony w karłowatego białego słonia. *To inny świat* — pomyślał Tyrion — *ale nie aż tak bardzo różny od tego, który znam.*

Nad placem dominował biały marmurowy posąg bezgłowego mężczyzny w niewiarygodnie zdobnej zbroi, dosiadającego podobnie przystrojonego rumaka.

— Kto to może być? — zainteresował się Tyrion.

— Triarcha Horonno. Volanteński bohater z czasów Stulecia Krwi. Wybierano go na to stanowisko rokrocznie przez czterdzieści lat, aż wreszcie znudził się wyborami i ogłosił dożywotnim triarchą. Volanteńczycy nie byli zadowoleni. Wkrótce potem skazano go na śmierć. Przywiązano między dwoma słoniami i rozdarto na pół.

— Temu pomnikowi brakuje głowy.

— Horonno był tygrysem. Kiedy słonie zdobyły władzę, ich zwolennicy wpadli w niszczycielski szał. Strącali głowy pomnikom tych, którzy ich zdaniem byli odpowiedzialni za wszystkie te wojny i ofiary. — Półmaester wzruszył ramionami. — To były inne czasy. Chodź, posłuchamy, o czym mówi ten kapłan. Mógłbym przysiąc, że usłyszałem imię Daenerys.

Przecięli plac i dołączyli do wciąż gromadzącego się pod świątynią tłumu. Małego człowieczka ze wszystkich stron otaczali znacznie od niego wyżsi tubylcy i trudno mu było zobaczyć cokolwiek poza ich dupami. Słyszał każde wypowiadane przez kapłana słowo, ale to jeszcze nie znaczy, że był w stanie je pojąć.

— Rozumiesz, co on mówi? — zapytał Haldona w języku powszechnym.

— Rozumiałbym, gdyby nie to, że jakiś karzeł piszczy mi do ucha.

— Ja nie piszczę.

Tyrion założył ręce na piersi i obejrzał się za siebie, przyglądając się twarzom mężczyzn i kobiet, którzy zatrzymali się tu, by posłuchać kapłana. Wszędzie, gdzie spojrzał, widział tatuaże. *Niewolnicy. Cztery piąte z nich to niewolnicy.*

— Kapłan wzywa Volanteńczyków, żeby ruszyli na wojnę —

oznajmił mu Półmaester — ale po słusznej stronie, jako żołnierze Pana Światła, R'hllora, stwórcy słońca i gwiazd, który toczy wieczną wojnę z ciemnością. Mówi, że Nyessos i Malaquo odwrócili się od światła, ich serca spowił cień rzucany przez żółte harpie ze wschodu. Mówi...

— Smoki. Zrozumiałem to słowo. Powiedział „smoki".

— Tak. Smoki przybyły, by zanieść ją do chwały.

— Ją. Daenerys?

Haldon skinął głową.

— Benerro przysłał wieści z Volantis. Jej nadejście wypełnia starożytne proroctwo. Zrodziła się z dymu i soli, by odnowić oblicze świata. Jest Azorem Ahai, który powrócił... jej triumf nad ciemnością przyniesie lato, które nigdy się nie skończy... sama śmierć ugnie kolan i ci, którzy zginą za sprawę Daenerys, narodzą się na nowo...

— Czy będę się musiał narodzić drugi raz w tym samym ciele? — zapytał Tyrion. Tłum robił się coraz gęstszy. Ludzie napierali na niego ze wszystkich stron. — Kto to jest Benerro?

Haldon uniósł brwi.

— Wielki kapłan czerwonej świątyni w Volantis. Płomień Prawdy, Światło Mądrości, Pierwszy Sługa Pana Światła, Niewolnik R'hllora.

Jedynym czerwonym kapłanem, którego znał Tyrion, był Thoros z Myr, tęgi, jowialny, zapijaczony hulaka, który pętał się na dworze króla Roberta, żłopiąc jego najlepsze wina i występując w walkach zbiorowych z płonącym mieczem.

— Wolę kapłanów, którzy są grubi, skorumpowani i cyniczni — oznajmił Haldonowi. — Takich, którzy lubią siedzieć na miękkich, atłasowych poduszkach, zajadać słodycze i chędożyć małych chłopców. To ci, którzy wierzą w swojego boga, powodują kłopoty.

— Niewykluczone, że te kłopoty obrócą się na naszą korzyść. Wiem, gdzie możemy znaleźć odpowiedzi.

Haldon poprowadził Tyriona przez plac, mijając bezgłowego bohatera. Zmierzał do wielkiej, zbudowanej z kamienia gospody. Nad drzwiami wisiała grzebieniasta skorupa jakiegoś ogromnego żółwia, pomalowana na jaskrawe kolory. W środku paliła się bladym blaskiem setka czerwonych świec, przypominających odległe gwiazdy. Pachniało tu pieczonym mięsem i korzeniami, a niewolnica z żółwiem wytatuowanym na policzku nalewała gościom jasnozielone wino.

Półmaester zatrzymał się w drzwiach.

— Tam. Ci dwaj.

We wnęce dwóch mężczyzn siedziało nad rzeźbionym stołem do gry w *cyvasse*, mrużąc powieki, by wyraźniej widzieć figury w blasku czerwonej świecy. Jeden był wychudzony, miał pożółkłą cerę, rzedniejące czarne włosy i nos jak ostrze miecza. Drugi miał szerokie bary i wydatny brzuch, a kręte loki opadały mu poniżej kołnierza. Żaden nie raczył oderwać spojrzenia od gry aż do chwili, gdy Haldon przyciągnął sobie krzesło i usiadł obok nich.

— Mój karzeł gra w *cyvasse* lepiej niż wy dwaj razem wzięci — oznajmił półmaester.

Tęższy mężczyzna uniósł wzrok, zerknął z niesmakiem na intruzów i powiedział coś w języku Starego Volantis, za szybko, żeby Tyrion miał szansę go zrozumieć. Chudszy oparł się wygodnie na krześle.

— Czy jest na sprzedaż? — zapytał w języku powszechnym Westeros. — W menażerii triarchy przydałby się karzeł grający w *cyvasse*.

— Yollo nie jest niewolnikiem.

— Wielka szkoda.

Chudy mężczyzna wykonał ruch onyksowym słoniem.

Jego przeciwnik, dowodzący alabastrową armią, wydął usta na znak dezaprobaty i przesunął ciężką konnicę.

— Błąd — odezwał się Tyrion. Lepiej będzie, jak odegra swą rolę.

— Właśnie — zgodził się chudzielec i odpowiedział własną ciężką konnicą. Nastąpiła seria szybkich ruchów, po której chudy gracz oznajmił z uśmiechem: — Śmierć, mój przyjacielu.

Tęgi mężczyzna łypnął ze złością na planszę, a potem wstał i warknął coś pod nosem we własnym języku. Jego przeciwnik roześmiał się głośno.

— Daj spokój, karzeł nie śmierdzi aż tak bardzo. — Wskazał Tyrionowi wolne krzesło. — Siadaj mały człowieczku. Połóż srebro na stole, a przekonamy się, jak dobrze opanowałeś grę.

Którą grę? — mógłby zapytać Tyrion. Wdrapał się na krzesło.

— Lepiej gram z pełnym żołądkiem i kielichem wina pod ręką.

Chudzielec odwrócił się i kazał niewolnicy przynieść coś do jedzenia i picia.

— Szlachetny Qavo Nogarys jest urzędnikiem celnym w Selhorys — oznajmił Haldon. — Nigdy nie zdołałem pokonać go w *cyvasse*.

Tyrion zrozumiał.

— Może ja będę miał więcej szczęścia.

Otworzył sakiewkę i zaczął układać srebrne monety w stosik obok planszy, aż do chwili, gdy Qavo się uśmiechnął.

— Jakie są wieści z dołu rzeki? — zapytał Haldon, gdy obaj gracze ustawiali figury za zasłoną. — Czy będzie wojna?

Qavo wzruszył ramionami.

— Yunkai'i jej chcą. Każą się zwać Mądrymi Panami. O ich mądrości nie mogę nic powiedzieć, ale nie brak im sprytu. Ich poseł przywiózł nam kufry pełne złota i klejnotów oraz dwustu niewolników, młode dziewczęta i gładkoskórych chłopców, nauczonych sztuki siedmiu westchnień. Słyszałem, że wyprawiane przez nich uczty są niezapomniane, a ich łapówki hojne.

— Yunkijczycy przekupili waszych triarchów?

— Tylko Nyessosa. — Qavo usunął zasłonę i przyjrzał się ustawieniu armii Tyriona. — Malaquo może być stary i bezzębny, ale nadal pozostaje tygrysem, a Doniphosa nie wybiorą na następną kadencję. Miasto pragnie wojny.

— Dlaczego? — zapytał Tyrion. — Meereen leży wiele mil za morzem. Czym to słodkie dziecko obraziło Stare Volantis?

— Słodkie? — Qavo roześmiał się w głos. — Jeśli choć połowa opowieści docierających z Zatoki Niewolniczej mówi prawdę, to dziecko jest potworem. Powiadają, że królowa jest krwiożercza, a ci, którzy się jej sprzeciwiają, giną powolną śmiercią na palach. Ponoć jest czarodziejką karmiącą swe smoki mięsem noworodków i wiarołomczynią, która drwi z bogów. Łamie rozejmy, grozi posłom i zwraca się przeciwko tym, którzy wiernie jej służyli. Powiadają też, że jej żądzy nie sposób nasycić, że pokłada się z mężczyznami, kobietami, eunuchami, a nawet psami i dziećmi, i biada kochankowi, który nie zdoła jej zadowolić. Oddaje swe ciało mężczyznom, by wziąć w niewole ich dusze.

To świetnie — pomyślał Tyrion. *Jeśli odda mi ciało, może sobie wziąć moją małą, skarłowaciałą duszę.*

— Powiadają — zauważył Haldon. — A tymi, którzy tak powiadają, są handlarze niewolników, wygnani przez nią z Astaporu i Meereen. To zwyczajne kalumnie.

— Najlepsze kalumnie to te, które zawierają ziarnko prawdy — zasugerował Qavo. — Niemniej nie sposób zaprzeczyć, na czym polega jej prawdziwy grzech. To aroganckie dziecko postanowiło zniszczyć handel niewolnikami. Ale ten handel nie ogranicza się do Zatoki Niewolniczej. Jest częścią morza wymiany okalającego cały świat, a smocza królowa zmąciła wody. Za Czarnym Murem wielmoże starożytnej krwi nie mogą spać, słysząc jak w ich kuchniach ostrzy się długie noże. Niewolnicy produkują naszą żywność, czyszczą ulice, uczą nasze dzieci. Strzegą naszych murów, wiosłują na galerach i walczą dla nas w bitwach. A teraz, gdy spoglądają na wschód, widzą dobiegający z oddali blask tej młodej królowej, tej wyzwolicielki z okowów. Ludzie z Dawnej Krwi nie mogą tego tolerować. Biedacy również jej nienawidzą. Nawet najnędzniejszy żebrak stoi wyżej od niewolnika, a smocza królowa pragnie go pozbawić tej pociechy.

Tyrion poruszył włócznikami. Qavo odpowiedział lekką konnicą.

— Czerwony kapłan na placu zdaje się sądzić, że Volantis powinno walczyć po stronie srebrnej królowej, nie przeciwko niej — zauważył karzeł, przesuwając kuszników o jedno pole.

— Gdyby czerwoni kapłani byli rozsądni, trzymaliby język za zębami — odparł Qavo Nogarys. — Już doszło do walk między ich zwolennikami a tymi, którzy oddają cześć innym bogom. Tyrady Benerra prędzej czy później ściągną na jego głowę gwałtowny gniew.

— Co to za tyrady? — zainteresował się karzeł, obracając w palcach swoją hałastrę.

Volanteńczyk machnął ręką.

— W Volantis tysiące niewolników i wyzwoleńców co noc zbierają się na placu świątynnym, by słuchać, jak Benerro wrzeszczy o krwawiących gwiazdach i ognistym mieczu, który oczyści świat. Głosi, że Volantis z pewnością spłonie, jeśli triarchowie wystąpią z bronią w ręku przeciwko srebrnej królowej.

— Takie proroctwo nawet ja potrafiłbym wygłosić. Ach, kolacja.

Na półmisku przyniesiono pieczone kozie mięso podawane na plasterkach cebuli. Było dobrze przyprawione i wonne, przypalone na zewnątrz, a czerwone i soczyste w środku. Tyrion wziął sobie kawałek. Było tak gorące, że poparzył palce, ale takie smaczne, że nie mógł się powstrzymać przed sięgnięciem po drugi kęs. Popił go jasnozielonym volanteńskim trunkiem. Od wieków nie pił nic, co bardziej przypominałoby wino.

— Bardzo smaczne — stwierdził, unosząc swego smoka. — To najpotężniejsza figura w grze — oznajmił, zbijając jednego ze słoni Qava. — A Daenerys Targaryen podobno ma trzy.

— Trzy — przyznał Qavo — ale przeciwko niej rusza trzy razy po trzy tysiące wrogów. Grazdan mo Eraz nie był jedynym posłem wysłanym z Żółtego Miasta. Gdy Mądrzy Panowie zaatakują Meereen, u ich boku będą walczyć legiony Nowego Ghis. Tolosowie. Elyrianie. Nawet Dothrakowie.

— Macie Dothraków u własnych bram — zauważył Haldon.

— To khal Pono. — Qavo machnął lekceważąco ręką. — Władcy koni przybywają, dajemy im podarunki i władcy koni odchodzą. — Ponownie przesunął katapultę, wziął w rękę alabastrowego smoka Tyriona i zdjął go z planszy.

Reszta była rzezią, choć karzeł bronił się jeszcze przez kilkanaście ruchów.

— Nadszedł czas na gorzkie łzy — skwitował na koniec Qavo, zgarniając stos monet. — Jeszcze jedną partyjkę?

— Nie ma potrzeby — odparł Haldon. — Mój karzeł odebrał lekcję skromności. Chyba już pora wracać na łódź.

Gdy wyszli na plac, nocne ognisko nadal płonęło, ale kapłan dawno już sobie poszedł i tłum się rozproszył. Z okien burdelu biło światło świec. Ze środka dobiegł kobiecy śmiech.

— Noc jest jeszcze młoda — zauważył Tyrion. — Qavo mógł nam nie powiedzieć wszystkiego. A kurwy dowiadują się bardzo wiele od mężczyzn, których obsługują.

— Czy aż tak bardzo potrzebujesz kobiety, Yollo?

— Mężczyzna z czasem nudzi się palcami. Potrzebuje innych kochanek. — *Może to do Selhorys odsyła się kurwy. Może w środku jest Tysha, z łzami wytatuowanymi na policzku.* — O mało się nie utopiłem. Po czymś takim mężczyzna potrzebuje kobiety. Poza tym, chcę się upewnić, czy kutas nie zmienił mi się w kamień.

Półmaester wybuchnął śmiechem.

— Zaczekam na ciebie w gospodzie przy bramie. Nie zwlekaj tam zbyt długo.

— Och, bez obaw. Większość kobiet woli się mnie pozbyć jak najprędzej.

Burdel wyglądał skromnie w porównaniu z tymi, które karzeł odwiedzał w Lannisporcie i Królewskiej Przystani. Właściciel najwyraźniej nie mówił w żadnym języku poza volanteńskim, rozumiał jednak brzęk srebra. Zaprowadził Tyriona przez łukowate wejście do długiego pokoju wypełnionego zapachem kadzidła. Cztery znudzone niewolnice w różnych stopniach roznegliżowania wylegiwały się na sofach. Dwie sprawiały wrażenie, że widziały już co najmniej czterdzieści dni imienia, najmłodsza zaś wyglądała na piętnaście, góra szesnaście lat. Żadna nie była tak paskudna, jak kurwy, które widział w porcie, lecz nie można też ich było uznać za piękne. Jedna była w wyraźnej ciąży, a druga po prostu gruba i miała w obu sutkach żelazne pierścienie. Wszystkie cztery miały łzy wytatuowane pod jednym okiem.

— Macie dziewczynę, która zna język Westeros? — zapytał Tyrion. Właściciel popatrzył na niego bez zrozumienia, karzeł powtórzył więc pytanie po valyriańsku. Tym razem mężczyzna najwyraźniej pojął kilka słów i odpowiedział po volanteńsku. Wszystko, co zrozumiał karzeł, to „zachodząca dziewczyna". Doszedł do wniosku, że z pewnością znaczy to „dziewczyna z Królestw Zachodzącego Słońca".

Widział tu tylko jedną i nie była to Tysha. Miała piegowate policzki i mocno kręcone rude loki. Obiecywało to piegi na piersiach i rude włosy również między nogami.

— Może być — stwierdził karzeł. — Chcę też dostać dzban wina. Czerwonego, żeby pasowało do jej włosów. — Kurwa gapiła się na jego beznosą twarz z wyraźną odrazą. — Mój widok cię obraża, słodziutka? Jestem stworzeniem, które obraża wszystkich. Mój ojciec chętnie by ci to powiedział, gdyby nie fakt, że gnije w grobie.

Pomimo westeroskiego wyglądu dziewczyna nie znała ani słowa w języku powszechnym. *Być może jakiś łowca niewolników porwał ją, kiedy była dzieckiem.* Jej sypialnia była mała, ale na podłodze leżał myrijski dywan, a materac wypchano pierzem zamiast słomy. *Widziałem gorsze miejsca.*

— Powiesz mi, jak masz na imię? — zapytał, biorąc z jej rąk kielich wina. — Nie? — Trunek był mocny, kwaśny i nie wymagał tłumacza. — W takim razie chyba zadowolę się twoją pizdą. — Otarł usta grzbietem dłoni. — Spałaś kiedyś z potworem? To równie dobra chwila, jak każda inna. Ściągaj łachy i kładź się na grzbiecie, jeśli nie masz nic przeciwko temu. Albo i jeśli masz.

Spojrzała na niego bez zrozumienia. Wyjął dzbanek z jej rąk i uniósł spódnice nad głowę. Pojęła, czego od niej wymaga, choć nie okazała się zbyt entuzjastyczną partnerką. Tyrion nie miał kobiety od tak dawna, że spuścił się już po trzecim ruchu bioder.

Stoczył się z niej, raczej zawstydzony niż zaspokojony. *To był błąd. Cóż za nędznikiem się stałem.*

— Czy znasz kobietę imieniem Tysha? — zapytał, przyglądając się, jak jego nasienie skapuje z dziwki na łóżko. Nie odpowiedziała. — A może wiesz, dokąd odsyła się kurwy?

Na to pytanie również nie odpowiedziała. Tyrion zauważył, że jej plecy pokrywa sieć blizn. *Ta dziewczyna już właściwie nie żyje. Przed chwilą wyruchałem trupa.* Nawet jej oczy były martwe. *Nie ma siły choćby mną gardzić.*

Potrzebował wina. Mnóstwa wina. Wziął dzbanek w obie ręce

i uniósł do ust. Czerwona struga spłynęła mu do gardła i po podbródku. Trunek skapywał mu z brody na posłanie. W blasku świecy wydawał się równie ciemny jak wino, którym otruto Joffreya. Karzeł wypił wszystko i odrzucił pusty dzbanek, a potem pół zlazł, a pół stoczył się na podłogę, szukając rękami nocnika. Nigdzie go nie było. Dopadły go mdłości. Nagle zorientował się, że klęczy i rzyga na dywan. Piękny gruby myrijski dywan, miły w dotyku jak kłamstwa.

Kurwa krzyknęła z przerażenia. *Obciążą ją winą* — uświadomił sobie zawstydzony Tyrion.

— Utnij mi głowę i zawieź ją do Królewskiej Przystani — poradził jej. — Moja siostra zrobi cię wielką damą i nikt już nigdy cię nie wychłoszcze.

Tych słów również nie zrozumiała, rozsunął więc jej nogi, wlazł między nie i wziął ją po raz drugi. Tyle przynajmniej potrafiła pojąć.

Nie miał już więcej wina ani sił, zebrał więc ubranie dziewczyny i cisnął je pod drzwi. Pojęła aluzję i uciekła, zostawiając go samego w ciemności. *Upiłem się jak świnia* — pomyślał, zapadając coraz głębiej w materac. Nie odważył się zamknąć oczu z obawy, że zaśnie. Za zasłoną snów czekały na niego Smutki. Kamienne schody wiodły bez końca w górę, strome, śliskie i zdradzieckie, a gdzieś na szczycie czekał Zawoalowany Lord. *Nie chcę się z nim spotkać.* Tyrion wciągnął ubranie i wymacał drogę ku wyjściu. *Gryf obedrze mnie żywcem ze skóry. Czemu nie miałby tego zrobić? Jeśli jakiś karzeł kiedykolwiek zasłużył na taką karę, to z pewnością ja.*

W połowie schodów stracił równowagę. Zdołał jakoś powstrzymać upadek rękami, przeradzając go w niezgrabny, głośny przewrót w bok. Kurwy siedzące na dole uniosły ze zdumieniem wzrok, gdy wylądował u podstawy schodów. Przetoczył się na nogi i ukłonił uprzejmie.

— Po pijanemu jestem zręczniejszy. — Spojrzał na właściciela. — Obawiam się, że zniszczyłem twój dywan. Dziewczyna nie jest niczemu winna. Pozwól, że zapłacę.

Wydobył garść monet i rzucił je mężczyźnie.

— Krasnalu — dobiegł zza jego pleców niski głos.

W kącie pomieszczenia siedział mężczyzna skryty w plamie cienia. Na jego kolanach wierciła się kurwa. *Nie widziałem tej dziewczyny. Gdybym ją zauważył, zabrałbym ją na górę zamiast piegowatej.* Była młodsza od koleżanek, szczupła i ładna, miała długie srebrne włosy. Na pierwszy rzut oka wyglądała na Lysenkę. Ale mężczyzna, którego kolana zajmowała, pochodził z Siedmiu Królestw. Był muskularny i barczysty, miał co najmniej czterdziestkę, może nawet więcej. Połowę jego głowy zajmowała łysina, ale policzki po podbródek porastała szorstka szczecina, a ręce gęste włosy, sterczące nawet spomiędzy kostek dłoni.

Tyrionowi nie przypadł do gustu wygląd mężczyzny. Jeszcze mniej podobał mu się wielki czarny niedźwiedź naszyty na jego opończę. *Wełna. Nosi wełniany strój w tym upale. Któż oprócz rycerza mógłby być tak kurewsko szalony?*

Zmusił się, by mu odpowiedzieć.

— Miło jest usłyszeć język powszechny tak daleko do domu, ale obawiam się, że bierzesz mnie za kogoś innego. Nazywam się Hugor Hill. Mogę ci postawić kielich wina, przyjacielu?

— Dość już wypiłem. — Rycerz odepchnął kurwę na bok i wstał. Pas wisiał na kołku obok niego. Zdjął go i wyciągnął miecz. Stal potarła z sykiem o pochwę. Kurwy gapiły się na to zafascynowane, w ich oczach odbijało się światło świec. Właściciel zniknął. — Mam cię, Hugorze.

Tyrion nie miał szans przed nim uciec ani zwyciężyć go w walce. Był pijany i nie mógł nawet go przechytrzyć. Rozpostarł dłonie.

— A co zamierzasz ze mną zrobić?

— Oddać cię królowej — odparł rycerz.

DAENERYS

Galazza Galare przybyła do Wielkiej Piramidy w towarzystwie dwunastu Białych Gracji, szlachetnie urodzonych dziewcząt, które były jeszcze za młode, by mogły odbyć roczną służbę w świątynnym ogrodzie rozkoszy. Wyglądało to pięknie — dumna starsza kobieta w zieleni otoczona przez dziewczynki w białych szatach i woalkach, skryte za zbroją niewinności.

Królowa przywitała je ciepło, a potem wezwała Missandei, każąc jej, by dała dziewczynkom coś do jedzenia i dostarczyła im jakiejś rozrywki, podczas gdy ona zje kolację w cztery oczy z Zieloną Gracją.

Kucharze przygotowali wspaniały posiłek: jagnię w miodzie pachnące tłuczoną miętą, podane z małymi zielonymi figami, które tak bardzo lubiła Dany. Kolację przyniosło dwoje jej ulubionych zakładników — dziewczynka o oczach łani zwana Qezzą oraz chudy chłopiec imieniem Grazhar. Oni również napełniali kielichy. Byli rodzeństwem, a także kuzynami Zielonej Gracji, która przywitała ich pocałunkami, gdy wpadli do środka, i zapytała, czy byli grzeczni.

Dany zapewniła, że to słodkie dzieci.

— Qezza czasami mi śpiewa. Ma piękny głos. A ser Barristan uczy Grazhara i innych chłopców umiejętności zachodnich rycerzy.

— Są z mojej krwi — stwierdziła Zielona Gracja, gdy Qezza wypełniała jej kielich ciemnoczerwonym winem. — Dobrze jest wiedzieć, że Wasza Promienność jest z nich zadowolona. Mam nadzieję, że ja również uzyskam twą aprobatę. — Stara kapłanka miała białe włosy i skórę cienką jak pergamin, ale lata nie odebrały blasku jej oczom. Były tak samo zielone jak szaty, które nosiła, smutne i pełne mądrości. — Niech Wasza Promienność wybaczy mi te słowa, ale wyglądasz na… zmęczoną. Czy dobrze sypiasz?

Dany ledwie zdołała powstrzymać śmiech.

— Nie bardzo. Ostatniej nocy trzy qartheńskie galery popłynęły w górę Skahazadhanu pod osłoną ciemności. Ludzie Matki wypuszczali salwy ognistych strzał i rzucali na ich pokłady beczki z płonącą smołą, ale galery przemknęły szybko i nie poniosły znaczących szkód. Qartheńczycy chcą zamknąć przed nami rzekę, podobnie jak zamknęli zatokę. I nie są już sami. Dołączyły do nich trzy galery z Nowego Ghis i karaka z Tolos. — Tolosowie odpowiedzieli na propozycję sojuszu, oznajmiając, że jest kurwą i żądając, by zwróciła Meereen Wielkim Panom. Nawet to było lepsze od odpowiedzi, jaka przybyła z Mantarys w postaci cedrowej skrzyni przywiezionej przez karawanę. Wewnątrz Daenerys znalazła zamarynowane głowy swych trzech posłów. — Może twoi bogowie nam pomogą. Poproś ich, by zesłali wichurę, która przepędzi galery z zatoki.

— Będę się modliła i składała ofiary. — Galazza Galare popijała wino, ale nie spuszczała wzroku z Dany. — Sztormy szaleją nie tylko na zewnątrz, lecz również w obrębie miejskich murów. Słyszałam, że nocą zginęli kolejni wyzwoleńcy.

— Trzy kobiety — te słowa zostawiły gorzki posmak w ustach królowej. — Tchórze włamali się do domu tkaczek, wyzwolenic, które nie skrzywdziły nikogo. One tylko robiły piękne rzeczy. Nad moim łóżkiem wisi gobelin, który od nich dostałam. Synowie Harpii zniszczyli ich krosna, a potem zgwałcili je i poderżnęli im gardła.

— Słyszeliśmy o tym. A mimo to Wasza Promienność znalazła odwagę, by odpowiedzieć na mord łaskawością. Nie skrzywdziłaś żadnego ze szlachetnie urodzonych dzieci, które są twoimi zakładnikami.

— Jak dotąd nie. — Dany polubiła młodych podopiecznych. Niektóre dzieci były nieśmiałe, a inne odważne, jedne słodkie, drugie ponure, ale wszystkie były niewinne. — Jeśli zabiję swoich podczaszych, kto będzie mi nalewał wina i podawał kolację? — zapytała, próbując obrócić sprawę w żart.

Kapłanka się nie uśmiechnęła.

— Powiadają, że Golony Łeb chciał je rzucić na pożarcie twoim smokom. Życie za życie. Za każdą zabitą Mosiężną Bestię pragnie uśmiercić jedno dziecko.

Dany przesuwała jedzenie na talerzu. Nie śmiała spojrzeć na stojących obok Grazhara i Qezzę w obawie, że się rozpłacze. *Golony Łeb ma twardsze serce niż ja.*

— Synowie Harpii śmieją się w swych pałacach — oznajmił jej dziś rano Skahaz. — Co za pożytek z zakładników, jeśli nie chcesz pozbawić ich głów?

W jego oczach Dany była tylko słabą kobietą. *Hazzea wystarczy. Co za pożytek z pokoju, jeśli trzeba za niego płacić krwią małych dzieci?*

— Nie one są winne tych morderstw — poinformowała słabym głosem Zieloną Grację. — Nie chcę być królową-rzeźniczką.

— I za to Meereen wznosi dzięki — odparła Galazza Galare. — Słyszeliśmy, że król-rzeźnik z Astaporu nie żyje.

— Zabili go jego właśni żołnierze, kiedy rozkazał im wyjść z miasta i zaatakować Yunkai'i — znów poczuła gorycz wypowiadanych słów. — Nawet nie zdążył ostygnąć, a jego miejsce już zajął następny, który nazwał się Cleonem Drugim. Ten przetrwał osiem dni, nim poderżnięto mu gardło. Jego zabójca ogłosił się władcą, ale konkubina Cleona Pierwszego zrobiła to samo. Astaporczycy zwą ich Królem Mordercą i Królową Kurwą. Ich zwolennicy walczą ze sobą na ulicach, podczas gdy Yunkai'i i ich najemnicy czekają pod murami.

— Nastały ponure czasy. Wasza Promienność, czy mogę ci coś doradzić?

— Wiesz, jak bardzo cenię twą mądrość.

— Wysłuchaj mnie więc i weź sobie męża.

— Hm.

Dany spodziewała się tego.

— Często słyszałam, jak mówisz, że jesteś tylko młodą dziewczyną. Jeśli na ciebie spojrzeć, wydajesz się jeszcze w połowie dzieckiem, zbyt młodym i kruchym, by samodzielnie stawić czoło podobnym próbom. Potrzebujesz króla, który pomoże ci podźwignąć te brzemiona.

Dany nadziała kawałek jagnięciny i zaczęła ją powoli jeść.

— Powiedz mi, czy ten król nadmie policzki i zdmuchnie galery Xara z zatoki, przeganiając je do Qarthu? Czy klaśnie w dłonie i położy kres oblężeniu Astaporu? Czy wypełni brzuchy moich dzieci i przywróci pokój moim ulicom?

— A ty potrafisz tego dokonać? — odpowiedziała pytaniem Zielona Gracja. — Król to nie bóg, ale silny mężczyzna może wiele. Gdy moi rodacy na ciebie patrzą, widzą zdobywczynię, która przybyła zza morza, by nas zamordować i obrócić nasze dzieci w niewolników. Szlachetnie urodzony król czystej ghiscarskiej krwi mógłby sprawić, że miasto pogodzi się z twoimi rządami. W przeciwnym razie obawiam się, że twoje panowanie będzie się musiało zakończyć tak, jak się zaczęło. Krwią i ogniem.

Dany znowu przesunęła mięso na talerzu.

— A kogo według bogów Ghis powinnam wybrać na króla i małżonka?

— Hizdahra zo Loraqa — odpowiedziała stanowczo Galazza Galare.

Dany nawet nie próbowała udawać zaskoczonej

— A dlaczego Hizdahra? Skahaz również jest szlachetnie urodzony.

— Skahaz jest Kandaqiem, a Hizdahr Loraqiem. Błagam Waszą Promienność o wybaczenie, ale tylko ktoś, kto nie jest Ghiscarczykiem, mógłby nie wiedzieć, co to za różnica. Często słyszałam, że w twoich żyłach płynie krew Aegona Zdobywcy, Jaehaerysa Mądrego i Daerona Smoka. Szlachetny Hizdahr ma w żyłach krew Mazdhana Wspaniałego, Harraka Przystojnego i Zharaqa Wyzwoliciela.

— Jego przodkowie nie żyją, tak samo jak moi. Czy Hizdahr przywoła ich cienie, by broniły Meereen przed wrogami? Potrzebuję kogoś, kto ma okręty i miecze, a ty proponujesz mi przodków.

— Jesteśmy starym ludem. Przodkowie są dla nas ważni. Wyjdź za Hizdahra zo Loraqa i wydaj na świat syna, w którego żyłach połączy się krew harpii i smoka. W nim spełnią się proroctwa, a zastępy twych wrogów roztopią się jak śnieg.

Będzie rumakiem, który przemierzy świat. Dany wiedziała, ile są warte przepowiednie. Składały się ze słów, a słowa to wiatr. Nie będzie miała syna Loraqa, dziedzica, który połączy smoka z harpią. *Kiedy słońce wzejdzie na zachodzie i zajdzie na wschodzie, kiedy wyschną morza, a wiatr będzie przenosił góry jak liście.* Dopiero wtedy jej łono będzie mogło wydać żywe dziecko…

…ale Daenerys Targaryen miała też inne dzieci, dziesiątki tysięcy dzieci, które nazwały ją matką, gdy wyzwoliła je z okowów. Pomyślała o Twardej Tarczy, o bracie Missandei, o Rylonie Rhee, która tak pięknie grała na harfie. Żaden ślub nie przywróci im życia, ale jeśli mąż pomoże położyć kres rzezi, była winna ofiarom zawarcie małżeństwa.

Jeśli poślubię Hizdahra, to czy Skahaz zwróci się przeciwko mnie? Ufała Skahazowi bardziej niż Hizdahrowi, ale Golony Łeb byłby katastrofalnym królem. Za szybko wpadał w gniew i zbyt powoli wybaczał. Nie widziała żadnej korzyści w poślubieniu mężczyzny równie znienawidzonego jak ona sama. Hizdahra powszechnie szanowano, o ile potrafiła to ocenić.

— A co myśli na ten temat mój ewentualny mąż? — zapytała Zieloną Grację. *Co myśli o mnie?*

— Wasza Miłość musi go sama zapytać. Szlachetny Hizdahr czeka na dole. Wyślij po niego, jeśli raczysz.

Za dużo sobie pozwalasz, kapłanko — pomyślała królowa, przełknęła jednak gniew i uśmiechnęła się.

— Czemu by nie? — Wysłała po ser Barristana i kazała mu przyprowadzić Hizdahra. — Droga jest długa. Niech Nieskalani pomogą mu wejść na górę.

Gdy szlachcic wreszcie wspiął się na szczyt, Zielona Gracja skończyła już jeść.

— Pójdę już, jeśli Wasza Wspaniałość pozwoli. Nie wątpię, że macie ze szlachetnym Hizdahrem wiele spraw do omówienia. — Stara kapłanka otarła z ust miód, pocałowała na pożegnanie Qezzę i Grazhara w czoła, a potem zasłoniła twarz jedwabnym welonem. — Wrócę do Świątyni Gracji i będę prosiła bogów, by wskazali mojej królowej drogę mądrości.

Po jej wyjściu Dany kazała Qezzie znowu napełnić swój kielich, a potem odesłała dzieci i poleciła przyprowadzić Hizdahra zo Loraqa przed swe oblicze. *A jeśli ośmieli się wspomnieć choć słowem o swych ukochanych arenach, mogę kazać zrzucić go z tarasu.*

Hizdahr wdział prostą zieloną szatę, a na nią kamizelkę z podszewką. Gdy wszedł do środka, pokłonił się nisko z powagą na twarzy.

— Nie masz dla mnie uśmiechu? — zapytała Dany. — Czy jestem aż tak przerażająca?

— W obliczu takiego piękna zawsze ogarnia mnie poważny nastrój.

To był dobry początek.

— Napij się ze mną. — Dany sama mu nalała. — Wiesz, po co cię wezwałam. Zielona Gracja zdaje się sądzić, że jeśli wezmę cię za męża, wszystkie moje zgryzoty znikną.

— Nigdy bym sobie nie pozwolił na tak śmiałe zapewnienia. Ludzie rodzą się po to, by walczyć i cierpieć. Nasze zgryzoty znikają dopiero w chwili śmierci. Potrafię jednak ci pomóc. Mam złoto, przyjaciół i wpływy, a w moich żyłach płynie krew Starego Ghis. Choć nigdy nie miałem żony, spłodziłem dwoje naturalnych dzieci, chłopca i dziewczynkę, jestem więc w stanie dać ci dziedziców. Mogę też sprawić, że miasto pogodzi się z twoimi rządami i położyć kres conocnej rzezi na ulicach.

— Naprawdę? — Dany spojrzała mu w oczy. — Dlaczego Synowie Harpii mieliby odłożyć dla ciebie noże? Czy jesteś jednym z nich?

— Nie.

— A czy powiedziałbyś mi, gdybyś był?

Roześmiał się.

— Nie.

— Golony Łeb zna sposoby na dojście do prawdy.

— Nie wątpię, że Skahaz potrafiłby mnie skłonić do przyznania się do winy. Jeden dzień spędzony z nim, a byłbym Synem Harpii. Dwa dni, a byłbym Harpią. Trzy dni, a okazałoby się, że zabiłem twojego ojca w Królestwach Zachodzącego Słońca, choć byłem jeszcze małym chłopcem. Potem mógłby wbić mnie na pal, a ty patrzyłabyś, jak konam, ale zabójstwa trwałyby nadal. — Hizdahr pochylił się ku niej. — Albo możesz za mnie wyjść i pozwolić, bym spróbował je powstrzymać.

— Dlaczego miałbyś mi pomagać? Dla korony?

— Nie przeczę, że byłoby mi w niej do twarzy. Chodzi jednak o coś więcej. Czy to takie dziwne, że pragnę obronić swój lud, jak ty bronisz swych wyzwoleńców? Meereen nie przetrwa kolejnej wojny, Wasza Promienność.

To była dobra, uczciwa odpowiedź.

— Nigdy nie chciałam wojny. Raz już pokonałam Yunkai'i i oszczędziłam ich miasto, choć mogłam je złupić. Odmówiłam poparcia królowi Cleonowi, gdy pomaszerował przeciwko nim. Nawet teraz, gdy Astapor jest oblężony, powstrzymuję swą dłoń. A Qarth... nigdy nie wyrządziłam Qartheńczykom żadnej krzywdy.

— Nie celowo, to prawda, ale Qarth to miasto kupców, a oni kochają brzęk srebrnych monet i blask żółtego złota. Gdy zniszczyłaś handel niewolnikami, ten cios odczuto od Westeros aż po Asshai. Qarth potrzebuje niewolników, podobnie jak Tolos, Nowe Ghis, Lys, Tyrosh, Volantis... lista jest długa, moja królowo.

— Niech przychodzą. Przekonają się, że jestem twardszym wrogiem niż Cleon. Wolę zginąć w walce niż pozwolić, by moim dzieciom znowu założono łańcuchy.

— Może być inne wyjście. Jestem przekonany, że da się przekonać Yunkai'i, by pozwolili wszystkim twoim wyzwoleńcom zachować wolność, jeśli Wasza Dostojność pozwoli, by Żółte Miasto od dziś bez przeszkód handlowało niewolnikami. Przelew krwi można powstrzymać.

— Pod warunkiem że zapomnimy o krwi niewolników, których będą szkolić i sprzedawać — odparła Dany. Zdawała sobie jednak sprawę, że jego słowa są prawdą. *Możliwe, że to najlepsze wyjście, na jakie możemy liczyć.* — Nie powiedziałeś, że mnie kochasz.

— Zrobię to, jeśli w ten sposób ucieszę Waszą Promienność.

— Nie tak przemawia zakochany mężczyzna.

— A cóż to jest miłość? Pożądanie? Nikt, kto ma kompletne męskie części, nie mógłby cię nie pragnąć, Daenerys. Ale nie z tego powodu chcę cię poślubić. Przed twoim nadejściem Meereen umierało. Władali nami starcy o zwiędłych kutasach i staruchy, których skurczone pizdy były suche jak pieprz. Siedzieli na szczytach swych piramid, popijając morelowe wino i ględząc o chwale Starego Imperium, a stulecia mijały i nawet same cegły, z których zbudowano miasto, rozsypywały się w proch. Tradycja i ostrożność trzymały nas w żelaznym uścisku, dopóki nie obudziłaś nas ogniem i krwią. Nadeszły nowe czasy i możliwe są nowe rzeczy. Wyjdź za mnie.

Wcale nie jest taki brzydki — powiedziała sobie Dany. *I przemawia jak król.*

— Pocałuj mnie — rozkazała.

Raz jeszcze ujął jej dłoń i pocałował palce.

— Nie tak. Pocałuj mnie, jakbym była twoją żoną.

Hizdahr ujął ją czule za barki, jakby była pisklęciem. Potem się pochylił i przycisnął usta do jej ust. Pocałunek był lekki, suchy i szybki. Dany nic nie poczuła.

— Czy… mam to zrobić jeszcze raz? — zapytał, gdy już było po wszystkim.

— Nie. — Gdy moczyła nogi w basenie na tarasie, rybki próbowały je skubać. Nawet one całowały z większym ferworem niż Hizdahr zo Loraq. — Nie kocham cię.

Wzruszył ramionami.

— To może przyjść z czasem. Nieraz tak się zdarzało.

Ale w naszym przypadku się nie zdarzy — pomyślała. *Nie, dopóki Daario jest blisko. To jego pożądam, nie ciebie.*

— Pewnego dnia zapragnę wrócić do Westeros, by odzyskać Siedem Królestw, które należały do mego ojca.

— Pewnego dnia wszyscy muszą umrzeć, ale z rozmyślań o śmierci nie ma żadnego pożytku. Wolę żyć dniem obecnym.

Dany splotła dłonie.

— Słowa to wiatr, nawet takie słowa, jak „miłość" i „pokój". Więcej zaufania pokładam w czynach… w moich Siedmiu Królestwach rycerze podejmują się wykonania trudnych zadań, by dowieść, że są godni miłości panny, którą kochają. Przysięgają, że odnajdą magiczny miecz, skrzynię pełną złota albo ukradną koronę za smoczego skarbca.

Hizdahr uniósł brwi.

— Jedyne smoki, o których mi wiadomo, należą do ciebie,

a o magiczne miecze jest jeszcze trudniej. Z chęcią dam ci pierścienie, korony i skrzynie złota, jeśli tego właśnie pragniesz.

— Pragnę pokoju. Zapewniasz, że pomożesz mi powstrzymać conocną rzeź na moich ulicach. A ja mówię, zrób to. Połóż kres tej wojnie cieni, panie. Oto zadanie dla ciebie. Daj mi dziewięćdziesiąt dni i nocy bez choć jednego morderstwa, a uznam cię za godnego tronu. Potrafisz tego dokonać?

Hizdahr zrobił zamyśloną minę.

— Dziewięćdziesiąt dni i nocy bez trupa, a dziewięćdziesiątego pierwszego weźmiemy ślub?

— Być może — odparła Dany, obrzucając go zalotnym spojrzeniem. — Choć młode dziewczęta często bywają kapryśne. Mogę nadal pragnąć magicznego miecza.

Hizdahr roześmiał się w głos.

— W takim razie dostaniesz go, Wasza Promienność. Twoje życzenie jest dla mnie rozkazem. Lepiej każ swemu seneszalowi rozpocząć przygotowania do wesela.

— Nic nie mogłoby bardziej ucieszyć szlachetnego Reznaka.

Jeśli mieszkańcy Meereen usłyszą o przygotowaniach do zaślubin, już to jedno może jej kupić kilka spokojnych nocy, nawet jeśli wysiłki Hizdahra na nic się nie zdadzą. *Golony Łeb nie będzie ze mnie zadowolony, ale Reznak mo Reznak zatańczy z radości.* Dany nie wiedziała, który z nich niepokoi ją bardziej. Potrzebowała Skahaza i Mosiężnych Bestii i nie ufała żadnej z rad Reznaka. *Strzeż się perfumowanego seneszala. Czy Reznak zawarł przymierze z Hizdahrem i Zieloną Gracją? Czy zastawili na mnie jakąś pułapkę?*

Gdy tylko Hizdahr zo Loraq sobie poszedł, za plecami Dany pojawił się ser Barristan w długim białym płaszczu. Lata służby w Gwardii Królewskiej nauczyły białego rycerza nie przyciągać do siebie uwagi, gdy przyjmowała gości, zawsze jednak trzymał się blisko. *Wie* — uświadomiła sobie natychmiast. *I nie pochwala tego.* Bruzdy okalające jego usta stały się głębsze.

— Wygląda na to, że mogę znowu wyjść za mąż — odezwała się. — Cieszysz się z mojego szczęścia, ser?

— Jeśli mi rozkażesz, Wasza Miłość.

— Hizdahr nie jest mężem, jakiego byś dla mnie wybrał.
— Nie mam prawa wybierać ci męża.
— Nie masz — zgodziła się. — Ale to dla mnie ważne, żebyś zrozumiał. Moi poddani krwawią. Umierają. Królowa nie należy do siebie, lecz do królestwa. Małżeństwo albo rzeź. Muszę wybierać. Ślub albo wojna.
— Wasza Miłość, czy mogę mówić szczerze?
— Zawsze.
— Jest jeszcze trzecia możliwość.
— Westeros?
Skinął głową.
— Przysięgałem, że będę służył Waszej Miłości i chronił cię przed niebezpieczeństwem, dokądkolwiek się udasz. Moje miejsce jest u twego boku, czy to tutaj, czy w Królewskiej Przystani... ale twoje miejsce jest w Westeros, na Żelaznym Tronie, który należał do twojego ojca. Siedem Królestw nigdy się nie zgodzi mieć Hizdahra zo Loraqa za króla.
— Podobnie jak Meereen nie zgodzi się mieć Daenerys Targaryen za królową. Pod tym względem Zielona Gracja się nie myliła. Muszę mieć u swego boku króla ze starej ghiscarskiej krwi. W przeciwnym razie zawsze będą we mnie widzieć nieokrzesaną barbarzyńską kobietę, która rozbiła ich bramy, wbiła krewnych na pale i ukradła bogactwa.
— W Westeros będziesz zaginionym dzieckiem, którego powrót raduje serce ojca. Lud będzie wiwatował na twą cześć, a wszyscy dobrzy ludzie będą cię kochali.
— Westeros leży daleko stąd.
— Czekaniem z pewnością go nie przybliżysz. Im prędzej opuścimy to miasto...
— Wiem o tym. Naprawdę. — Dany nie potrafiła mu tego wytłumaczyć. Pragnęła powrócić do Westeros tak samo jak on, ale najpierw musi uzdrowić Meereen. — Dziewięćdziesiąt dni to długi okres. Hizdahr może nie podołać zadaniu. A w takim przypadku zyskam na czasie. Będę mogła zawrzeć sojusze, wzmocnić obronę i...
— A jeśli mu się uda? Co wtedy zrobisz, Wasza Miłość?

— Spełnię swój obowiązek. — Te słowa zdawały się zimne na jej języku. — Byłeś na ślubie mojego brata Rhaegara. Powiedz, czy ożenił się z miłości czy z obowiązku?

Stary rycerz zawahał się.

— Księżna Elia była dobrą kobietą, Wasza Miłość. Była miła i bystra, miała łagodne serce i słodki dowcip. Wiem, że książę bardzo ją lubił.

Lubił — pomyślała Dany. To słowo mówiło bardzo wiele. *Mogłabym z czasem polubić Hizdahra zo Loraqa. Być może.*

— Byłem też na ślubie twoich rodziców — ciągnął stary rycerz. — Wybacz, ale oni się nie lubili i królestwo drogo za to zapłaciło, Wasza Miłość.

— Jeśli się nie kochali, dlaczego wzięli ślub?

— Tak rozkazał twój dziadek. Leśna wiedźma powiedziała mu, że z tej linii zrodzi się książę, którego obiecano.

— Leśna wiedźma? — zapytała zdumiona Dany.

— Przybyła na dwór w towarzystwie Jenny ze Starych Kamieni. Była maleńka i wyglądała groteskowo. Większość ludzi zwała ją karlicą, ale była droga lady Jenny, która zawsze twierdziła, że wiedźma jest jedną z dzieci lasu.

— I co się z nią stało?

— Summerhall.

To słowo pobrzmiewało wspomnieniem zagłady.

Dany westchnęła.

— Zostaw mnie teraz. Jestem bardzo zmęczona.

— Wedle rozkazu. — Ser Barristan pokłonił się i ruszył w stronę wyjścia, lecz zatrzymał się w drzwiach. — Wybacz, Wasza Miłość, ale masz gościa. Czy mam mu powiedzieć, żeby wrócił jutro?

— Kto to jest?

— Naharis. Wrony Burzy wróciły do miasta.

Daario. Serce zabiło jej szybciej.

— Jak długo już... kiedy...?

Nie mogła wydobyć z siebie słów, ale ser Barristan najwyraźniej ją zrozumiał.

— Kiedy przybył, Wasza Miłość rozmawiała z kapłanką.

Wiedziałem, że nie chciałabyś, by ci przeszkadzano. Wieści przyniesione przez kapitana mogą zaczekać do jutra.

— Nie. — *Jak mogłabym zasnąć, wiedząc, że mój kapitan jest tak blisko?* — Przyślij go tu natychmiast. I... nie będę już cię dzisiaj potrzebowała. Z Daariem będę bezpieczna. Aha, wezwij Irri i Jhiqui, jeśli łaska. I Missandei.

Muszę się przebrać, żeby wyglądać pięknie.

To właśnie powiedziała służkom, kiedy już przyszły.

— W co Wasza Miłość chce się odziać? — zapytała Missandei.

W blask gwiazd i morską pianę — pomyślała Dany. *I w kawałek jedwabiu, który zostawi lewą pierś odsłoniętą ku zachwytowi Daaria. Aha, i kwiaty we włosach.* Kiedy się poznali, kapitan codziennie przynosił jej kwiaty, przez całą drogę z Yunkai do Meereen.

— Przynieście szarą płócienną suknię z gorsecikiem wyszywanym perłami. Aha, i skórę białego lwa.

Zawsze czuła się bezpieczniej, gdy spowijał ją dar Droga.

Daenerys przyjęła kapitana na tarasie, siedząc na wyrzeźbionej z kamienia ławie pod gruszą. Na niebie unosił się księżyc w kwadrze w towarzystwie tysiąca gwiazd. Daario Naharis wszedł na taras dumnym krokiem. *Wygląda dumnie, nawet kiedy stoi.* Kapitan miał na sobie pasiaste pantalony z nogawkami wepchniętymi w wysokie cholewy fioletowych butów, białą jedwabną koszulę i kamizelkę wyszywaną złotymi pierścieniami. Trójdzielną brodę zabarwił na fioletowo, imponujące wąsy na złoto, a długie loki na oba te kolory po równo. U jednego biodra miał sztylet, a u drugiego dothracki *arakh.*

— Promienna królowo — zaczął — pod moją nieobecność stałaś się jeszcze piękniejsza. Jak to w ogóle możliwe?

Królowa była przyzwyczajona do podobnych pochwał, ale z jakiegoś powodu komplement pochodzący od Daaria znaczył dla niej więcej niż te, które wygłaszali ludzie tacy jak Reznak, Xaro bądź Hizdahr.

— Kapitanie, słyszeliśmy, że dobrze się nam przysłużyłeś w Lhazarze.

Tak bardzo za tobą tęskniłam.

— Kapitan żyje po to, by służyć swej okrutnej królowej.

— Okrutnej?

W jego oczach odbijał się blask księżyca.

— Zostawił z tyłu swych ludzi, by jak najszybciej ujrzeć jej twarz, a potem musiał czekać, podczas gdy ona posilała się jagnięciną z figami w towarzystwie jakiejś wysuszonej staruchy.

Nie zawiadomili mnie o twoim przybyciu — pomyślała Dany. *Gdyby to zrobili, mogłabym wyjść na głupią, każąc natychmiast cię przyprowadzić.*

— Jadłam kolację z Zieloną Gracją. — Doszła do wniosku, że lepiej nie wspominać o Hizdahrze. — Pilnie potrzebowałam jej mądrych rad.

— Ja pilnie potrzebuję wyłącznie Daenerys.

— Mam wysłać po posiłek? Z pewnością jesteś głodny.

— Nic nie jadłem od dwóch dni, ale skoro już tu przybyłem, wystarczy mi, że mogę się nasycić twoją urodą.

— Moja uroda nie wypełni ci brzucha. — Zerwała gruszkę i rzuciła ją Daariowi. — Zjedz to.

— Jeśli moja królowa rozkaże.

Ugryzł owoc z błyskiem złotego zęba. Po jego fioletowej brodzie spłynął sok.

Ta jej część, która była młodą dziewczyną, pragnęła go pocałować tak mocno, aż strach. *Jego pocałunki byłyby twarde i okrutne* — powtarzała sobie. *I nie przejąłby się tym, gdybym krzyknęła albo kazała mu przestać.* Ale ta część jej jaźni, która była królową, wiedziała, że to byłoby szaleństwo.

— Opowiedz mi o swojej podróży.

Wzruszył ramionami od niechcenia.

— Yunkai'i wysłali oddział najemnych żołnierzy, by zamknąć przełęcz Khyzai. Zwą się Długimi Kopiami. Uderzyliśmy na nich pod osłoną nocy i wysłaliśmy kilku do piekła. W Lhazarze zabiłem dwóch własnych sierżantów. Planowali ukraść klejnoty i złoty talerz, powierzone przez królową mojej pieczy jako prezenty dla Owczarzy. Poza tym wszystko poszło tak, jak obiecałem.

— Ilu ludzi straciłeś w walce?

— Dziewięciu — odparł Daario. — Ale dwanaście Długich Kopii doszło do wniosku, że woli być Wronami Burzy niż trupami, więc w sumie zyskaliśmy trzech. Powiedziałem im, że pożyją dłużej, jeśli będą walczyć u boku twoich smoków zamiast przeciwko nim, i zrozumieli mądrość moich słów.

To wzbudziło jej ostrożność.

— Mogą być yunkijskimi szpiegami.

— Są za głupi na szpiegów. Nie znasz ich.

— Ty również nie. Ufasz im?

— Ufam wszystkim swym ludziom. Tak daleko, jak mogę splunąć. — Wypluł ziarnko i uśmiechnął się do podejrzliwej królowej. — Mam ci przynieść ich głowy? Zrobię to, jeśli rozkażesz. Jeden jest łysy, dwaj mają warkocze, a jeszcze inny farbuje sobie brodę na cztery różne kolory. Powiedz mi, jaki szpieg zrobiłby coś takiego? Procarz z czterdziestu kroków trafia kamieniem w oko komara, a brzydal dobrze sobie radzi z końmi, ale jeśli moja królowa mówi, że muszą umrzeć…

— Nic takiego nie powiedziałam. Ja tylko… pamiętaj mieć na nich oko, to wszystko.

Poczuła się głupio, wypowiadając te słowa. Daario zawsze tak na nią działał. *Gapowata, dziecinna i głupawa. Co może o mnie myśleć?* Zmieniła temat.

— Czy Owczarze przyślą nam żywność?

— Barki ze zbożem dotrą do nas Skahazadhanem, moja królowo. Inne towary dostarczą karawany przez przełęcz Khyzai.

— Nie Skahazadhanem. Rzeka jest dla nas zamknięta. Morze również. Widziałeś okręty w zatoce. Qartheńczycy jedną trzecią część naszej floty rybackiej przegnali, a drugą zagarnęli. Reszta statków boi się wypłynąć z portu. Już przedtem handel szedł słabo, a teraz ustał całkowicie.

Daario odrzucił ogryzek.

— Qartheńczycy mają mleko w żyłach. Niech tylko zobaczą twoje smoki, a zaraz uciekną.

Dany nie chciała rozmawiać o smokach. Wciąż nachodzili ją wieśniacy przynoszący spalone kości. Skarżyli się, że zginęły im owce, ale Drogon nie wrócił do miasta. Niektórzy opowiadali, że widzieli go na północ od rzeki, nad trawami Morza Dothraków. Tymczasem w lochu Viserion zerwał jeden z łańcuchów. Z dnia na dzień stawał się coraz gwałtowniejszy i Rhaegal również. Nieskalani poinformowali Dany, że w pewnej chwili żelazne drzwi rozżarzyły się do czerwoności i przez cały dzień nikt nie śmiał ich dotknąć.

— Astapor również jest oblężony.

— O tym słyszałem. Jeden z Długich Kopii pożył wystarczająco długo, by nam powiedzieć, że w Czerwonym Mieście ludzie zjadają się nawzajem. Oznajmił, że wkrótce przyjdzie kolej na Meereen, więc wyciąłem mu język i rzuciłem żółtemu psu. Żaden pies nie zje języka kłamcy. Żółty pies zeżarł jego ozór, a to znaczy, że mówił prawdę.

— Wewnątrz miasta też mam wojnę. — Opowiedziała Daariowi o Synach Harpii i Mosiężnych Bestiach, o krwi, która zbrukała cegły. — Zewsząd otaczają mnie wrogowie, w mieście i poza nim.

— Zaatakuj — odparł natychmiast. — Ten, kogo otaczają wrogowie, nie może się bronić. Jeśli będzie to robił, powali go topór, wbity w plecy w chwili, gdy będzie parował uderzenie miecza. Nie. Jeśli otacza cię wielu nieprzyjaciół, wybierz najsłabszego, zabij go, przejdź po jego trupie i ucieknij.

— Dokąd miałabym uciec?

— Do mojego łoża. W moje ramiona. Do mojego serca.

Złote rękojeści sztyletu i *arakha* noszonych przez Daaria ukształtowano na podobieństwo kobiet, nagich i rozwiązłych. Potarł obie kciukami w wyjątkowo obsceniczny sposób, a potem uśmiechnął się łobuzersko.

Dany poczuła, że krew jej napływa do twarzy. Czuła się prawie tak, jakby to ją pieścił. *Czy mnie również uznałby za rozwiązłą, gdybym go zaciągnęła do łoża?* Sprawił, że chciała być rozwiązła dla niego. *Nigdy nie powinnam spotykać się z nim bez świadków. Jest zbyt niebezpieczny, bym mogła mu na to pozwolić.*

— Zielona Gracja mówi, że muszę mieć ghiscarskiego króla — oznajmiła wytrącona z równowagi Dany. — Nalega, bym poślubiła szlachetnego Hizdahra zo Loraqa.

— Jego? — Daario zachichotał. — A czemu by nie Szarego Robaka, jeśli pragniesz mieć w łożu eunucha? Czy chcesz mieć króla?

To ciebie chcę.

— Pragnę pokoju. Dałam Hizdahrowi dziewięćdziesiąt dni na położenie kresu zabójstwom. Jeśli to zrobi, wezmę go za męża.

— Weź za męża mnie. Ja osiągnę ten cel w dziewięć dni.

Wiesz, że nie mogę tego zrobić. Omal nie powiedziała tego na głos.

— Walczysz z cieniami, zamiast z tymi, którzy je rzucają — ciągnął Daario. — Zabij ich i skonfiskuj ich skarby. Wystarczy, że wyszepczesz rozkaz, a twój Daario usypie dla ciebie stertę głów wyższą niż ta piramida.

— Gdybym wiedziała, kim są…

— Zhakowie, Pahlowie i Merreqowie. Oni i cała reszta. Wielcy Panowie. Któż inny mógłby to być?

Jest równie śmiały, jak krwiożerczy.

— Nie mamy dowodów, że to ich wina. Chcesz, żebym mordowała własnych poddanych?

— Oni z radością zamordowaliby ciebie.

Opuścił ją na tak długo, że Dany niemal zapomniała, kim był. Powiedziała sobie, że najemnicy z natury są zdradzieccy. *Kapryśni, niewierni i brutalni. Nigdy nie stanie się kimś innym, niż jest. Nigdy nie będzie się nadawał na króla.*

— Piramidy są silne — wyjaśniła mu. — Moglibyśmy je zdobyć, ale wielkim kosztem. Gdy tylko zaatakujemy jedną, pozostałe powstaną przeciwko nam.

— W takim razie wywab ich z piramid pod jakimś pretekstem. Może być ślub. Dlaczego by nie? Obiecaj, że oddasz rękę Hizdahrowi i wszyscy Wielcy Panowie stawią się na ślubie. A kiedy zbiorą się w Świątyni Gracji, wypuść nas na nich.

Dany była przerażona. *To potwór. Pełen galanterii, ale potwór.*

— Masz mnie za króla-rzeźnika?

— Lepiej być rzeźnikiem niż mięsem. Wszyscy królowie to rzeźnicy. Czy królowe czymś się od nich różnią?

— Ta królowa tak.

Daario wzruszył ramionami.

— Większość królowych nie ma żadnego celu poza grzaniem łoża jakiemuś królowi i rodzeniem mu synów. Jeśli taką królową pragniesz być, najlepiej wyjdź za Hizdahra.

Rozbłysnął w niej gniew.

— Zapomniałeś, kim jestem?

— Nie, a ty?

Viserys kazałby uciąć mu głowę za taką bezczelność.

— Jestem krwią smoka. Nie waż się udzielać mi lekcji. — Wstała. Narzuta z lwiej skóry zsunęła się z jej barków na podłogę. — Zostaw mnie.

Daario pokłonił się zamaszyście.

— Żyję po to, by słuchać.

Kiedy wyszedł, Dany z powrotem wezwała ser Barristana.

— Chcę, by Wrony Burzy jutro znowu ruszyły w pole.

— Wasza Miłość? Dopiero co wróciły…

— Chcę, żeby odeszły. Niech ruszą na zwiady na yunkijskie ziemie i osłaniają karawany przechodzące przez przełęcz Khyzai. Od tej chwili Daario będzie składał meldunki tobie. Traktuj go z wszelkimi honorami, na jakie zasługuje, i pilnuj, by jego ludzie byli dobrze opłacani, ale pod żadnym pozorem nie dopuszczaj go przed moje oblicze.

— Jak każesz, Wasza Miłość.

Nocą nie mogła zasnąć, wierciła się i obracała nerwowo w łożu. Posunęła się nawet do tego, że wezwała Irri w nadziei, że jej pieszczoty ją uspokoją, ale po krótkiej chwili odepchnęła dothracką dziewczynę. Irri była słodka, delikatna i chętna, ale nie była Daariem.

Co ja uczyniłam? — myślała, kuląc się w pustym łożu. *Tak długo czekałam na jego powrót, a potem go odesłałam.*

— Zrobiłby ze mnie potwora — wyszeptała. — Królową-rzeźniczkę.

Potem jednak pomyślała o odległym Drogonie i o smokach uwięzionych w lochu. *Ja również mam krew na rękach, podobnie jak w sercu. Nie różnię się od Daaria aż tak bardzo. Oboje jesteśmy potworami.*

ZAGINIONY LORD

To nie powinno trwać aż tak długo — powiedział sobie Gryf, spacerując po pokładzie „Nieśmiałej Panny". Czyżby stracili Haldona, tak samo jak Tyriona Lannistera? Czy to możliwe, że pojmali go Volanteńczycy? *Trzeba było wysłać z nim Duckfielda.* Haldonowi nie można było ufać, kiedy zostawał sam. Dowiódł tego w Selhorys, pozwalając karłu uciec.

„Nieśmiała Panna" cumowała w jednej z uboższych sekcji długiego, chaotycznego nabrzeża, między przechyloną łodzią flisacką, która nie odpływała stąd od lat, a pomalowaną na jaskrawe kolory barką komediantów. Jej pasażerowie byli głośną, krzykliwą zgrają. Ciągle przerzucali się cytatami i z reguły byli pijani.

Dzień był upalny i parny, jak wszystkie, odkąd opuścili Smutki. Na tłoczne nabrzeże Volon Therys padały promienie bezlitosnego słońca południa, ale upał był najmniejszym ze zmartwień Gryfa. Złota Kompania obozowała trzy mile na południe od miasta, daleko na północ od miejsca, gdzie spodziewał się ją znaleźć. Triarcha Malaquo ruszył na północ, prowadząc pięć tysięcy piechoty i tysiąc jazdy, i odciął im drogę do szlaku nad deltą. Daenerys Targaryen nadal przebywała na drugim końcu świata, a Tyrion Lannister... no cóż, on mógł być wszędzie. Jeśli bogowie byli łaskawi, jego głowa pokonała już połowę drogi do Królewskiej Przystani, ale najprawdopodobniej karzeł był cały, zdrowy i siedział gdzieś niedaleko, pijany jak świnia, planując jakąś nową niegodziwość.

— Gdzie, na siedem piekieł, jest Haldon? — poskarżył się Gryf lady Lemore. — Ile czasu potrzeba, żeby kupić trzy konie?

Wzruszyła ramionami.

— Panie, czy nie byłoby bezpieczniej zostawić chłopaka na łodzi?

— Bezpieczniej, tak. Rozsądniej, nie. Jest już dorosłym mężczyzną i narodził się po to, by wstąpić na tę drogę.

Gryf stracił cierpliwość do takich wątpliwości. Miał po dziurki w nosie ukrywania się, czekania i ostrożności. *Nie mam już czasu na ostrożność.*

— Dołożyliśmy bardzo wielu starań, by trzymać księcia Aegona w ukryciu przez wszystkie te lata — przypomniała mu Lemore. — Wiem, że nadejdzie czas, gdy będzie musiał zmyć farbę z włosów i wystąpić jawnie, ale to nie jest odpowiednia chwila. Nie w obozie najemników.

— Jeśli Harry Strickland źle mu życzy, ukrywanie go na pokładzie „Nieśmiałej Panny" nic nie pomoże. Strickland ma na rozkazy dziesięć tysięcy mieczy. My mamy Kaczkę. Aegon ma wszystko, czego można wymagać od księcia. Muszą to zobaczyć Strickland i cała reszta. To są jego ludzie.

— Jego, ponieważ im zapłacono. Dziesięć tysięcy uzbrojonych nieznajomych plus ciury i markietanki. A wystarczy jeden człowiek, by wszystko zniszczyć. Jeśli głowa Hugora była warta lordowskiego tytułu, ile więcej zapłaci Cersei Lannister za prawowitego dziedzica Żelaznego Tronu? Nie znasz tych ludzi, panie. Minęło dwanaście lat, odkąd ostatnio ruszyłeś do boju w szeregach Złotej Kompanii, a twój stary przyjaciel nie żyje.

Czarne Serce. Gdy Gryf widział go po raz ostatni, Myles Toyne wydawał się tak bardzo pełen życia, że trudno było uwierzyć w jego śmierć. *Złotą czaszkę zatknięto na tyczkę, a jego miejsce zajął Bezdomny Harry Strickland.* Wiedział, że Lemore się nie myli. Kimkolwiek mogli być ich ojcowie albo dziadkowie w Westeros, zanim ich wygnano, ludzie ze Złotej Kompanii przerodzili się teraz w najemników, a najemnikom nie wolno ufać. Niemniej…

Nocą znowu śnił mu się Kamienny Sept. Sam, z mieczem w dłoni, pędził od domu do domu, rozwalał drzwi, wbiegał na schody, przeskakiwał z dachu na dach, a uszy wypełniał mu dźwięk odległych dzwonów. Głuchy łoskot brązu i kuranty srebra niosły się echem pod jego czaszką, tworząc doprowadzającą do szału kakofonię, która z każdą chwilą stawała się coraz głośniejsza, aż wreszcie miał wrażenie, że głowa zaraz mu eksploduje.

Od Bitwy Dzwonów minęło już siedemnaście lat, ale słysząc ich dźwięk, nadal czuł ucisk w brzuchu. Inni mogli twierdzić, że królestwo zostało stracone, gdy książę Rhaegar padł nad Tridentem pod ciosami młota Roberta, ale do bitwy nad Tridentem nigdy by nie doszło, gdyby tylko gryf zdołał zabić jelenia w Kamiennym Sepcie. *Owego dnia dzwony biły dla nas wszystkich. Dla Aerysa i jego królowej, dla Elii z Dorne i jej małej córeczki, dla każdego wiernego mężczyzny i uczciwej kobiety w Siedmiu Królestwach. I dla mojego srebrnego księcia.*

— Plan wyglądał tak, że ujawnimy tożsamość księcia Aegona dopiero po dotarciu do królowej Daenerys — ciągnęła Lemore.

— Ale wtedy wierzyliśmy, że dziewczyna maszeruje na zachód. Nasza smocza królowa obróciła ten plan w proch. Dzięki grubemu głupcowi z Pentos złapaliśmy smoczycę za ogon i poparzyliśmy sobie palce aż do kości.

— Illyrio nie mógł przewidzieć, że dziewczyna postanowi zostać w Zatoce Niewolniczej.

— Nie przewidział też, że Żebraczy Król umrze młodo, a khal Drogo wkrótce podąży za nim do grobu. Bardzo niewiele przewidywań grubasa się ziściło. — Gryf poklepał urękawicznioną dłonią rękojeść miecza. — Przez wiele lat tańczyłem do jego muzyki, Lemore. I co to nam dało? Książę jest już dorosłym mężczyzną. Jego czas…

— Gryfie — zawołał Yandry, przekrzykując dźwięk komediackiego dzwonu. — Wrócił Haldon.

Rzeczywiście wrócił. Zgrzany, rozczochrany Półmaester przepychał się przez tłum, zmierzając ku podstawie pirsu. Pod pachami lekkiej lnianej szaty zrobiły mu się ciemne pierścienie od potu. Jego pociągła twarz miała skwaszony wyraz, taki sam, jak w Selhorys, gdy wrócił na „Nieśmiałą Pannę", by zameldować o zniknięciu karła. Prowadził jednak trzy konie, a tylko to się liczyło.

— Przyprowadź chłopaka — rozkazał sepcie Gryf. — Dopilnuj, żeby był gotowy.

— Jak sobie życzysz — odparła z niezadowoleniem.

Niech i tak będzie. Polubił Lemore, ale to nie znaczy, że potrzebował jej aprobaty. Miała zapoznać księcia z doktrynami

Wiary i wykonała to zadanie. Żadne modlitwy nie posadzą jednak chłopaka na Żelaznym Tronie. To było obowiązkiem Gryfa. Zawiódł już raz księcia Rhaegara. Jego syna nie zawiedzie, póki w jego ciele tli się życie.

Wygląd koni nie przypadł mu do gustu.

— Czy to były najlepsze, jakie mogłeś dostać? — poskarżył się Półmaesterowi.

— Tak — odparł Haldon z irytacją w głosie. — I lepiej nie pytaj, ile nas kosztowały. Na drugim brzegu są Dothrakowie i połowa ludności Volon Therys doszła do wniosku, że wolałaby się znaleźć gdzie indziej. Cena koni rośnie z dnia na dzień.

Szkoda, że sam nie poszedłem. Po Selhorys trudno mu było ufać Haldonowi tak, jak wcześniej. *Pozwolił, by karzeł otumanił go swym zręcznym językiem. Pozwolił mu pójść do burdelu, a sam czekał na niego na placu jak głupek.* Właściciel domu rozkoszy zapewniał, że małego człowieczka wyprowadzono pod groźbą miecza, ale Gryf nadal nie był pewien, czy w to wierzy. Krasnal był wystarczająco sprytny, by zaplanować własną ucieczkę. Pijany napastnik, o którym mówiły kurwy, mógł być opłaconym przez karła sługusem. *To również moja wina. Od chwili, gdy karzeł własnym ciałem osłonił Aegona przed kamiennym człowiekiem, zapomniałem o ostrożności. Trzeba było poderżnąć mu gardło, gdy tylko go zobaczyłem.*

— Powinny nam wystarczyć — skwitował. — Obóz leży tylko trzy mile na południe od miasta.

Na „Nieśmiałej Pannie” dotarliby tam szybciej, ale Gryf wolał, by Harry Strickland nie wiedział, gdzie przebywają on i książę. Nie cieszył się też na myśl o przejściu przez płycizny, by wdrapać się na błotnisty brzeg. Tak mógł przybyć najemnik z synem, ale nie wielki lord i jego książę.

Gdy chłopak wyszedł z kajuty w towarzystwie Lemore, Gryf obejrzał go uważnie od stóp do głów. Książę miał miecz i sztylet, czarne buty wyczyszczone na wysoki połysk i płaszcz tego samego koloru, podszyty krwawoczerwonym jedwabiem. Na tle świeżo umytych i ufarbowanych na głęboki, ciemnoniebieski kolor włosów jego oczy również wydawały się niebieskie. Na szyi nosił trzy wielkie rubiny o kwadratowym szlifie, zawieszone na łańcuchu z czarnego żelaza, dar od magistra Illyria. *Czerwień i czerń. Kolory smoka. Świetnie.*

— Wyglądasz jak przystoi księciu — pochwalił chłopaka. — Ojciec byłby z ciebie dumny, gdyby mógł cię teraz zobaczyć.

Młody Gryf przeczesał włosy palcami.

— Mam już dość tej niebieskiej farby. Trzeba było ją zmyć.

— Już niedługo. — Gryf również się ucieszy, gdy będzie mógł wrócić do naturalnego koloru, choć jego rude ongiś włosy posiwiały. Poklepał chłopaka po ramieniu.

— Pójdziemy już? Czeka na ciebie twoja armia.

— Podoba mi się brzmienie tych słów. Moja armia. — Przez jego twarz przemknął uśmiech, ale zaraz zniknął. — Ale czy rzeczywiście jest moja? To najemnicy. Yollo ostrzegał, bym nikomu nie ufał.

— Jest w tym mądrość — przyznał Gryf. Sprawy mogłyby wyglądać inaczej, gdyby kompanią nadal dowodził Czarne Serce, ale Myles Toyne nie żył już od czterech lat, a Bezdomny Harry Strickland był człowiekiem zupełnie innego rodzaju. Tego jednak nie mógł powiedzieć chłopakowi. Karzeł zasiał już w jego młodej głowie wystarczająco wiele wątpliwości. — Nie każdy jest tym, kim się wydaje, a książę ma szczególnie wiele powodów do ostrożności… ale jeśli zawędrujesz tą drogą zbyt daleko, nieufność cię zatruje, uczyni skwaszonym i pełnym obaw. — *Tak właśnie stało się z królem Aerysem. Pod koniec nawet Rhaegar dostrzegał to wyraźnie.* — Najlepiej jest wybrać pośrednią drogę. Zaczekaj, aż ludzie zasłużą na twe zaufanie wierną służbą… ale gdy już to się stanie, bądź hojny i wyrozumiały.

Chłopak skinął głową.

— Zapamiętam to sobie.

Dali księciu najlepszego z trzech koni, wielkiego siwego wałacha, tak jasnego, że był niemal biały. Gryf i Haldon pojechali na gorszych wierzchowcach. Prowadzący na południe trakt przez dobre pół mili biegł obok wysokich białych murów Volon Therys. Potem zostawili miasto za sobą i podążyli wzdłuż krętej Rhoyne. Otaczały ich wierzbowe gaje i pola maku, a w pewnej chwili minęli wysoki drewniany wiatrak, którego obracające się skrzydła poskrzypywały jak stare kości.

Gdy znaleźli obozującą nad rzeką Złotą Kompanię, słońce opadało już ku zachodowi. Obóz wzbudziłby aprobatę samego Arthura Dayne'a. Był funkcjonalny, dobrze zorganizowany i łatwy do obrony. Otoczono go głębokim wykopem, a na jego dnie ulokowano zaostrzone pale. Namioty stały w równych szeregach, a aleje między nimi były szerokie. Latryny umieszczono nad rzeką, by nieczystości odpływały z prądem, konie zaś przywiązano na północy. Za nimi, na brzegu rzeki, pasło się ponad dwadzieścia słoni, wyrywających trzcinę trąbami. Gryf z zadowoleniem ujrzał wielkie szare bestie. *W całym Westeros nie znajdzie się rumaka, który im się oprze.*

Na wyniosłych drągach zatkniętych wokół obozu powiewały wielkie sztandary bojowe ze złotogłowiu. Zakuci w zbroje, uzbrojeni we włócznie i kusze wartownicy krążyli między nimi, obserwując uważnie wszystkich, którzy się zbliżali. Gryf niepokoił się, że dyscyplina mogła osłabnąć pod dowództwem Harry'ego Stricklanda, który zawsze wolał budzić sympatię niż wymuszać posłuch, najwyraźniej jednak były to czcze obawy.

Przy wejściu Haldon powiedział coś sierżantowi straży. Wysłano gońca po kapitana, który po chwili się zjawił. Był równie brzydki, jak wtedy, gdy Gryf widział go ostatnio. Brzuchaty, ociężały najemnik miał twarz poprzecinaną siatką starych blizn. Jego prawe ucho wyglądało na obgryzione przez psa, a lewego nie miał w ogóle.

— Ciebie zrobili kapitanem, Flowers? — zdumiał się Gryf. — Myślałem, że Złota Kompania ma swoje standardy.

— Jest jeszcze gorzej, ty dupku — odparł Franklyn Flowers. — Pasowali mnie na rycerza. — Uścisnął przedramię Gryfa, a potem przyciągnął go bliżej i objął w miażdżącym kości uścisku. — Wyglądasz okropnie, nawet jak na kogoś, kto nie żyje od dwunastu lat. Niebieskie włosy, tak? Kiedy Harry powiedział, że się zjawisz, o mało się nie zesrałem. Haldon, ty zimna pizdo, z twojego widoku też się cieszę. Wciąż nosisz w dupie sztywny kołek? — Spojrzał na Młodego Gryfa. — A to na pewno jest…

— Mój giermek. Chłopcze, to jest Franklyn Flowers.

Książę pozdrowił go skinieniem głowy.

— Flowers to bękarcie nazwisko. Pochodzisz z Reach.

— Tak jest. Moja matka była praczką w Cider Hall i jeden z synów jego lordowskiej mości ją zgwałcił. Uważam, że to czyni mnie czymś w rodzaju Fossowaya od zgniłego jabłka. — Flowers przepuścił ich przez bramę skinieniem dłoni. — Chodźcie ze mną. Strickland zwołał wszystkich oficerów do swego namiotu. Narada wojenna. Cholerni Volanteńczycy potrząsają włóczniami i chcą poznać nasze intencje.

Ludzie ze Złotej Kompanii siedzieli pod namiotami, grając w kości, pijąc i oganiając się od much. Gryf zastanawiał się, ilu z nich go zna. *Niewielu. Dwanaście lat to szmat czasu.* Nawet mężczyzna, który mu towarzyszył, mógłby nie rozpoznać w gładko wygolonym najemniku Gryfie o ufarbowanych na niebiesko włosach i naznaczonej bruzdami twarzy wygnanego lorda Jona Conningtona o ognistorudej brodzie. Dla większości z nich Connington zapił się na śmierć w Lys po tym, jak wygnano go z kompanii za kradzież pieniędzy z wojennego kufra. Haniebne kłamstwo nadal mu ciążyło, ale Varys upierał się, że to konieczne.

— Nie chcemy pieśni o rycerskim wygnańcu — oznajmił z chichotem eunuch swym afektowanym głosem. — O tych, którzy zginęli bohaterską śmiercią, długo się pamięta, a o złodziejach, pijakach i tchórzach ludzie szybko zapominają.

Co eunuch może wiedzieć o honorze mężczyzny? Gryf dla dobra chłopca zgodził się na plan Pająka, ale to nie znaczy, że był z niego zadowolony. *Niech tylko pożyję wystarczająco długo, by chłopak zasiadł na Żelaznym Tronie, a Varys zapłaci za tę zniewagę i za wiele innych spraw. Wtedy się przekonamy, o kim ludzie szybko zapomną.*

Namiot wielkiego kapitana uszyto ze złotogłowiu. Otaczał go pierścień pik, na które zatknięto pozłacane czaszki. Jedna z nich była większa od pozostałych i groteskowo zdeformowana. Pod nią znajdowała się druga, nie większa od pięści dziecka. *Maelys Monstrualny i jego bezimienny brat.* Inne czaszki wyglądały normalnie, choć kilka pękło lub rozszczepiło się od śmiertelnych ciosów, a jedna miała spiczaste, spiłowane zęby.

— Który to Myles? — zapytał nieoczekiwanie dla siebie Gryf.

— Tam. Na końcu. — Flowers wskazał palcem. — Zaczekaj. Pójdę cię zapowiedzieć.

Wsunął się do namiotu, zostawiając Gryfa, by kontemplował pozłacaną czaszkę dawnego przyjaciela. Za życia ser Myles Toyne był brzydki jak grzech. Jego sławny protoplasta, ciemnowłosy i przystojny Terrence Toyne, o którym śpiewali minstrele, miał tak urodziwe lico, że nawet kochanka króla nie zdołała mu się oprzeć. Myles jednak cechował się odstającymi uszami, krzywą żuchwą oraz największym nosem, jaki Jon Connington w życiu widział. Niemniej, kiedy się uśmiechnął, wszystko to traciło znaczenie. Jego ludzie zwali go „Czarnym Sercem", z uwagi na herb na tarczy. Myles uwielbiał ów przydomek i wszystko, co on sugerował. „Wielki kapitan powinien budzić strach tak u przyjaciół, jak i u wrogów" — wyznał kiedyś. „Jeśli ludzie uważają, że jestem okrutny, to bardzo dobrze".

Prawda wyglądała jednak zupełnie inaczej. Toyne był żołnierzem z krwi i kości, nieustraszonym, ale zawsze sprawiedliwym. Dla swoich ludzi był jak ojciec, a wygnanego lorda Jona Conningtona traktował szczodrze.

Śmierć ograbiła go z uszu, nosa i całego ciepła. Uśmiech pozostał na miejscu, lecz przerodził się w lśniący złoty grymas. Wszystkie czaszki się uśmiechały, nawet czaszka Bittersteela zatknięta na wysoki pal pośrodku. *Co go tak bawi? Umarł pokonany i samotny, jako złamany człowiek w obcym kraju.* Ser Aegor Rivers zasłynął z tego, że na łożu śmierci rozkazał swym ludziom wygotować i pozłocić swą czaszkę, a potem nieść ją przed sobą, gdy wrócą za morze, by odzyskać Westeros. Następcy podążyli za jego przykładem.

Jon Connington mógłby zostać jednym z tych następców, gdyby dzieje jego wygnania potoczyły się inaczej. Służył w kompanii pięć lat. Zaczął jako zwykły żołnierz, ale z czasem awansował i zajął honorowe miejsce po prawej ręce Toyne'a. Gdyby nie odszedł, po śmierci Mylesa ludzie mogliby się zwrócić do niego, nie do Harry'ego Stricklanda. Gryf nie żałował jednak swojego wyboru. *Wrócę do Westeros, ale nie jako czaszka zatknięta na pal.*

Flowers wyszedł z namiotu.

— Wejdźcie.

Najwyżsi rangą oficerowie Złotej Kompanii wstali ze stołków i krzeseł obozowych. Starzy przyjaciele przywitali Gryfa uśmiechami i uściskami, nowi ludzie bardziej oficjalnie. *Nie wszyscy cieszą się na nasz widok tak bardzo, jak chcieliby mnie przekonać.* Za niektórymi uśmiechami wyczuwał noże. Do niedawna większość wierzyła, że lord Jon Connington bezpiecznie spoczywa w grobie, a wielu z nich zapewne sądziło, że to odpowiednie miejsce dla kogoś, kto okradł towarzyszy broni. Na ich miejscu Gryf byłby tego samego zdania.

Ser Franklyn przedstawił wszystkich. Niektórzy z kapitanów najemników nosili bękarcie nazwiska, podobnie jak on: Rivers, Hill, Stone. Inni chwalili się mianami, które zostawiły wielki ślad w historii Siedmiu Królestw. Gryf naliczył dwóch Strongów, trzech Peake'ów, po jednym Muddzie, Mandrake'u i Lothstonie oraz dwóch Cole'ów. Wiedział, że nie wszystkie te nazwiska są autentyczne. W wolnych kompaniach człowiek mógł się podawać, za kogo zechce. Bez względu na nazwisko, wszyscy najemnicy lśnili niewybrednym splendorem. Jak wielu ludzi parających się tym zajęciem, nosili swe doczesne bogactwa przy sobie. Widział mnóstwo ozdobionych klejnotami mieczy, inkrustowanych zbroi, masywnych naszyjników i pięknych jedwabi. Wszyscy nosili też na ramionach złote obręcze warte okupu za lorda. Każda z nich symbolizowała rok służby w Złotej Kompanii. Marq Mandrake, którego naznaczona śladami po francy twarz miała dziurę w policzku, w miejscu gdzie wypalił sobie znamię niewolnika, nosił też łańcuch ze złotych czaszek.

Nie wszyscy kapitanowie pochodzili z Westeros. Czarny Balaq, białowłosy Letniak o skórze barwy sadzy, w czasach Toyne'a dowodził łucznikami kompanii. Miał na sobie wspaniały płaszcz z zielono-pomarańczowych piór. Gorys Edoryen, chudy jak szkielet Volanteńczyk, zastąpił Stricklanda na stanowisku płatnika. Przez ramię przerzucił sobie skórę lamparta, czerwone jak krew włosy opadały mu na ramiona w naoliwionych lokach, ale spiczastą brodę miał czarną. Gryf nie znał kapitana szpiegów. Był nim Lyseńczyk nazwiskiem Lysono Maar, o liliowych oczach, białozłotych włosach i ustach mogących wzbudzać zazdrość u kurew. Na pierwszy rzut oka Gryf omalże nie wziął go za kobietę. Paznokcie miał pomalowane na fioletowo, a płatki jego uszu lśniły od pereł i ametystów.

Duchy i kłamcy — pomyślał Gryf, przyglądając się ich twarzom. *Niedobitki z zapomnianych wojen, przegranych spraw i nieudanych buntów, bractwo pokonanych i zawiedzionych, zhańbionych i wydziedziczonych. Oto moja armia. Oto nasza największa nadzieja.*

Spojrzał na Harry'ego Stricklanda.

Bezdomny Harry nieszczególnie przypominał wojownika. Był tęgi, miał dużą okrągłą głowę, łagodne szare oczy i rzedniejące włosy, które zaczesywał na bok, by zamaskować łysinę. Siedział na obozowym krześle i moczył nogi w balii ze słoną wodą.

— Wybacz, że nie wstanę — rzekł Gryfowi na przywitanie. — Mamy za sobą nużący marsz, a mnie łatwo robią się pęcherze na palcach u nóg. To prawdziwa klątwa.

To oznaka słabości. Gadasz jak stara baba. Stricklandowie służyli w Złotej Kompanii od czasu jej założenia, pradziadek Harry'ego stracił ziemie, gdy stanął u boku Czarnego Smoka podczas pierwszej rebelii Blackfyre'ów.

— Złoci od czterech pokoleń — lubił się przechwalać Harry, jakby cztery pokolenia klęsk i wygnania były powodem do dumy.

— Mogę ci przyrządzić specjalną maść — zaproponował Haldon. — Są też sole mineralne, które utwardzają skórę.

— To bardzo miło z twojej strony. — Strickland skinął na giermka. — Watkynie, wina dla naszych przyjaciół.

— Dziękuję, ale nie — sprzeciwił się Gryf. — Napijemy się wody.

— Jak wolisz. — Wielki kapitan uśmiechnął się do księcia. — A to z pewnością twój syn.

Czy on wie? — zadał sobie pytanie Gryf. *Ile powiedział mu Myles?* Varys twardo upierał się przy zachowaniu tajemnicy. Plany, które stworzył z Illyriem i Czarnym Sercem, były znane tylko im trzem. Resztę kompanii utrzymywano w niewiedzy. O czym nie słyszeli, tego nie mogli wygadać.

Te czasy już jednak minęły.

— Nikt nie mógłby pragnąć lepszego syna — odparł — ale chłopak nie pochodzi z mojej krwi i nie nazywa się Gryf. Panowie, przedstawiam wam Aegona Targaryena, pierworodnego syna Rhaegara, księcia Smoczej Skały, i księżnej Elii z Dorne... który wkrótce z waszą pomocą stanie się Aegonem Szóstym, królem Andalów, Rhoynarów i Pierwszych Ludzi, władcą Siedmiu Królestw.

Jego słowa przywitano ciszą. Ktoś odchrząknął. Jeden z Cole'ów nalał sobie wina z dzbanka. Gorys Edoryen bawił się kręconym lokiem i wyszeptał coś w nieznanym Gryfowi języku. Laswell Peake kaszlnął, a Mandrake i Lothston wymienili spojrzenia. *Wiedzieli* — uświadomił sobie Gryf. *Wiedzieli już od dawna.* Odwrócił się i spojrzał na Harry'ego Stricklanda.

— Kiedy im powiedziałeś?

Wielki kapitan poruszył pokrytymi pęcherzami palcami u nóg.

— Kiedy dotarliśmy do rzeki. Kompania była niespokojna i to nie bez powodu. Porzuciliśmy łatwą kampanię na Spornych Ziemiach i w imię czego? Żeby się pocić w tym okrutnym upale i patrzeć, jak nasze zasoby topnieją, a miecze rdzewieją, podczas gdy ja odrzucam lukratywne kontrakty?

Na te słowa po skórze Gryfa przebiegły ciarki.

— Kto?

— Yunkijczycy. Poseł, którego przysłali do Volantis, wysłał już do Zatoki Niewolniczej trzy wolne kompanie. Chce, żebyśmy się stali czwartą. Oferuje dwa razy więcej, niż płaciło nam Myr, a do tego po niewolniku dla każdego żołnierza, po dziesięć dla oficerów i sto pięknych niewolnic dla mnie.

Niech to piekło.

— Potrzebowaliby tysięcy niewolników. Gdzie zamierzają tylu zdobyć?

— W Meereen. — Strickland skinął na giermka. — Watkynie, ręcznik. Woda stygnie, a moje palce zrobiły się pomarszczone jak rodzynki. Nie ten ręcznik, miękki.

— Odmówiłeś mu — stwierdził Gryf.

— Powiedziałem, że rozważę jego propozycję. — Harry skrzywił się, gdy giermek wycierał mu stopy. — Uważaj na palce. Wyobraź sobie, że to winogrona o cienkich skórkach, chłopcze. Chodzi o to, by je wytrzeć, nie rozgnieść. Głaszcz, a nie pocieraj. O, właśnie tak. — Znowu spojrzał na Gryfa. — Bezpośrednia odmowa byłaby nierozsądna. Ludzie mogliby się zastanawiać, czy nie postradałem zmysłów.

— Wkrótce będziecie mieli robotę dla swych mieczy.

— Ale czy na pewno? — zapytał Lysono Maar. — Jak zakładam, wiesz, że Targaryenówna nie ruszyła na zachód?

— Słyszeliśmy tę opowieść w Selhorys.

— To nie opowieść. Czysta prawda. Trudniej jednak zrozumieć, co nią kierowało. Złupić Meereen, oczywiście, czemu by nie? Na jej miejscu zrobiłbym to samo. Niewolnicze miasta cuchną złotem, a podbój wymaga pieniędzy. Ale co ją skłoniło, by tam zwlekać? Strach? Obłęd? Lenistwo?

— Motywy nie mają znaczenia — Harry Strickland rozwinął parę wełnianych skarpetek w paski. — Ona jest w Meereen, a my siedzimy tutaj i Volanteńczycy z każdym dniem stają się coraz bardziej niezadowoleni z naszej obecności. Przyszliśmy tu, by obwołać króla i królową, którzy poprowadzą nas do domu, do Westeros, ale Targaryenówna sprawia wrażenie bardziej zainteresowanej sadzeniem drzew oliwnych niż odzyskaniem tronu ojca. A tymczasem jej wrogowie zbierają siły. Yunkai, Nowe Ghis, Tolos. Krwawobrody i Obdarty Książę ruszą w pole przeciwko niej... a wkrótce zaatakują ją również floty Starego Volantis. Co może im przeciwstawić? Nałożników uzbrojonych w patyki?

— Nieskalanych — odparł Gryf. — I smoki.

— Smoki, tak jest — przyznał wielki kapitan — ale młode, niedawno wyklute. — Wciągnął ostrożnie skarpetkę na swoje pęcherze. — Na ile się jej zdadzą, jeśli wszystkie te armie zacisną się wokół jej miasta niczym pięść?

Tristan Rivers zabębnił palcami o kolano.

— To znaczy, że tym bardziej musimy się śpieszyć. Jeśli Daenerys nie przyjdzie do nas, my musimy przyjść do Daenerys.

— Mamy maszerować po falach, ser? — zapytał Lysono Maar. — Powtarzam ci raz jeszcze, nie możemy dotrzeć do srebrnej królowej drogą morską. Osobiście zakradłem się do Volantis, udając kupca, by się dowiedzieć, ile statków możemy dostać. W porcie jest gęsto od galer, kog i karak wszelkiego rodzaju i wielkości, ale i tak wkrótce byłem zmuszony rozmawiać z piratami i przemytnikami. Mamy w kompanii dziesięć tysięcy ludzi. Jestem pewien, że lord Connington zapamiętał to z lat służby u nas. Pięciuset rycerzy, a każdy ma po trzy konie. Pięciuset giermków, każdy z jednym wierzchowcem. I słonie, nie możemy zapominać o słoniach. Piracki statek nam nie wystarczy. Potrzebowalibyśmy pirackiej floty… a nawet gdybyśmy ją znaleźli, z Zatoki Niewolniczej nadeszły wieści, że Meereen zostało odcięte przez blokadę.

— Moglibyśmy udać, że przyjmujemy yunkijską ofertę — zasugerował Gorys Edoryen. — Pozwolić, żeby Yunkai'i przetransportowali nas na wschód, a potem zwrócić im złoto pod murami Meereen.

— Jeden złamany kontrakt jest wystarczająco wielką plamą na honorze kompanii. — Bezdomny Harry Strickland przerwał, trzymając w ręce pokrytą pęcherzami stopę. — Przypominam ci, że to Myles Toyne przystawił swą pieczęć do tego sekretnego paktu, nie ja. Uhonorowałbym jego zobowiązanie, gdybym mógł, ale jak? Wydaje się oczywiste, że Targaryenówna nigdy nie pomaszeruje na zachód. Westeros było królestwem jej ojca, jej królestwem jest Meereen. Jeśli zdoła rozbić Yunkai'i, zostanie królową Zatoki Niewolniczej. Jeśli jej się nie uda, zginie na długo przed tym, nim możemy do niej dotrzeć.

Te słowa nie zaskoczyły Gryfa. Harry Strickland zawsze był jowialnym człowiekiem, lepiej sobie radził z zawieraniem umów niż z zabijaniem wrogów. Miał nosa do złota, ale pytanie, czy ma też serce do walki, pozostawało nierozstrzygnięte.

— Jest jeszcze droga lądowa — wtrącił Franklyn Flowers.

— Szlak demonów to śmierć. Jeśli spróbujemy nim pomaszerować, połowa kompanii zdezerteruje, a połowę tych, którzy zostaną, pochowamy na poboczu. Mówię to z żalem, ale magister Illyrio i jego przyjaciele mogli postąpić nierozsądnie, pokładając tak wiele nadziei w tej młodocianej królowej.

Nieprawda — pomyślał Gryf. *Ale z pewnością byli nierozsądni, pokładając nadzieję w tobie.*

— W takim razie przesuńcie swe nadzieje na mnie — odezwał się nagle książę Aegon. — Daenerys jest siostrą księcia Rhaegara, ale ja jestem jego synem. Nie potrzebujecie więcej smoków.

Gryf wsparł na ramieniu chłopaka dłoń obleczoną w czarną rękawicę.

— To śmiałe słowa, ale zastanów się nad tym, co mówisz.

— Zrobiłem to — zapewnił Aegon. — Czemu miałbym biec do ciotki jak żebrak? Moje prawa są lepsze. Niech ona przybędzie do mnie... do Westeros.

Franklyn Flowers ryknął głośnym śmiechem.

— To mi się podoba. Pożeglujmy na zachód, nie na wschód. Zostawmy małą królową jej oliwkom i posadźmy na Żelaznym Tronie księcia Aegona. Trzeba przyznać, że chłopak ma jaja.

Wielki kapitan wyglądał, jakby ktoś zdzielił go w twarz.

— Mózg ci się zwarzył od słońca, Flowers? Potrzebujemy dziewczyny. Potrzebujemy małżeństwa. Jeśli Daenerys zaakceptuje nasze książątko i uczyni je swym małżonkiem, Siedem Królestw podąży za jej przykładem. Bez niej lordowie wyśmieją jego pretensje, nazwą go oszustem i samozwańcem. A jak zamierzasz dotrzeć do Westeros? Słyszałeś, co mówił Lysono. Nie można dostać żadnych statków.

Ten człowiek boi się walki — uświadomił sobie Gryf. *Jak mogli go wybrać na miejsce Czarnego Serca?*

— Nie ma statków do Zatoki Niewolniczej. Westeros to co innego. To wschód jest przed nami zamknięty, nie morze. Nie wątpię, że triarchowie z radością się nas pozbędą. Może nawet pomogą nam zorganizować transport do Siedmiu Królestw. Żadne miasto nie chce, by u jego bram obozowała armia.

— To słuszne słowa — stwierdził Lysono Maar.

— Lew z pewnością wyczuł już zapach smoka — dodał jeden z Cole'ów — ale Cersei skupi całą uwagę na Meereen i na drugiej królowej. Nic nie wie o naszym księciu. Gdy wylądujemy i wzniesiemy chorągwie, napłynie pod nie bardzo wielu ludzi.

— Trochę z pewnością napłynie — przyznał Bezdomny Harry. — Ale nie będzie ich wielu. Siostra Rhaegara ma smoki. Jego syn ich nie ma. Nie wystarczy nam sił, by zdobyć królestwo bez Daenerys i jej armii. Jej Nieskalanych.

— Pierwszy Aegon podbił Westeros bez eunuchów — zauważył Lysono Maar. — Czemu szósty nie miałby również tego dokonać?

— Plan…

— Który plan? — przerwał mu Tristan Rivers. — Plan grubasa? Ten, który zmienia się z każdym cyklem księżyca? Najpierw Viserys Targaryen miał do nas dołączyć z pięćdziesięcioma tysiącami dothrackich wyjców. Potem Żebraczy Król zginął i miała go zastąpić jego siostra, posłuszna młodociana królowa, która zmierzała już do Pentos z trzema świeżo wyklutymi smokami. Ale niespodziewanie dziewczyna zjawiła się w Zatoce Niewolniczej, zostawiając za sobą szereg spalonych miast, i tłuścioch zdecydował, że mamy się z nią spotkać w Volantis. A teraz ten plan również legł w gruzach. Mam już dość planów Illyria. Robert Baratheon zdobył Żelazny Tron bez pomocy smoków. My również możemy tego dokonać. A jeśli się mylę i królestwo nie powstanie, by nas poprzeć, zawsze będziemy mogli wycofać się za wąskie morze, jak ongiś Bittersteel i inni po nim.

Strickland potrząsał uparcie głową.

— Ryzyko…

— …nie jest już tak wielkie, odkąd Tywin Lannister nie żyje. Podbój Siedmiu Królestw nigdy nie będzie łatwiejszy. Na Żelaznym Tronie zasiada kolejny chłopiec, jeszcze młodszy od poprzedniego, a buntownicy zrobili się pospolici jak spadające jesienią liście.

— Mimo to sami nie mamy szans… — nie ustępował Strickland.

Gryf miał już dosyć tchórzostwa wielkiego kapitana.

— Nie będziemy sami. Dorne nas poprze, musi nas poprzeć. Książę Aegon jest nie tylko synem Rhaegara, lecz również Elii.

— To prawda — zgodził się chłopak. — Czy w Westeros został jeszcze ktoś, kto może stawić nam opór? Tylko kobieta.

— Kobieta z rodu Lannisterów — upierał się wielki kapitan. — Ta suka będzie miała u swego boku Królobójcę, możesz być tego pewien, a oboje będzie wspierało całe złoto Casterly Rock. Illyrio mówi też, że młody król jest zaręczony z dziewczyną z rodu Tyrellów, co znaczy, że będziemy mieli przeciwko sobie również potęgę Wysogrodu.

Laswell Peake zastukał kostkami dłoni o blat.

— Choć minęło już stulecie, niektórzy z nas nadal mają w Reach przyjaciół. Potęga Wysogrodu może nie być aż tak wielka, jak się wydaje Mace'owi Tyrellowi.

— Książę Aegonie, jesteśmy twoimi ludźmi — oznajmił Tristan Rivers. — Czy życzysz sobie, byśmy pożeglowali na zachód, zamiast na wschód?

— Tak — potwierdził z zapałem Aegon. — Jeśli moja ciotka pragnie Meereen, może je sobie zatrzymać. Sam zdobędę Żelazny Tron, dzięki waszym mieczom i waszej wierności. Działajmy szybko i uderzajmy mocno, a możemy odnieść kilka łatwych zwycięstw, nim Lannisterowie zdążą się zorientować, że wylądowaliśmy. To przyciągnie do naszej sprawy innych.

Rivers uśmiechnął się z aprobatą. Inni wymienili zamyślone spojrzenia.

— Wolę zginąć w Westeros niż na szlaku demonów — odezwał się wreszcie Peake.

— A ja wolę przeżyć, zdobyć ziemie i jakiś wielki zamek — dodał z chichotem Marq Mandrake.

Franklyn Flowers klepnął otwartą dłonią w rękojeść miecza.

— Jeśli będę mógł przy okazji zabić kilku Fossowayów, to jestem za tym — oznajmił.

Gdy wszyscy zaczęli mówić jednocześnie, Gryf zrozumiał, że fala się odwróciła. *Takiego Aegona jeszcze nigdy nie widziałem.* To nie było roztropne rozwiązanie, ale znużył się już roztropnością, miał dość tajemnic, nie chciał dłużej czekać. Zwycięstwo czy klęska, ujrzy jeszcze przed śmiercią Gniazdo Gryfów i pochowają go w grobowcu obok ojca.

Jeden po drugim, ludzie ze Złotej Kompanii wstawali, klękali i kładli miecze u stóp młodego księcia. Ostatni uczynił to Bezdomny Harry Strickland, nie zważając na pęcherze.

Gdy opuścili namiot wielkiego kapitana, słońce czerwieniało już na zachodzie, malując szkarłatne cienie na pozłacanych czaszkach zatkniętych na włócznie. Franklyn Flowers zaproponował, że oprowadzi księcia po obozie i przedstawi go części tych, których zwał „chłopakami". Gryf wyraził zgodę.

— Ale pamiętaj, że dla kompanii chłopak musi pozostać Młodym Gryfem, dopóki nie popłyniemy za wąskie morze. W Westeros umyjemy mu włosy i pozwolimy wdziać zbroję.

— Tak jest, rozumiem. — Flowers poklepał Młodego Gryfa po plecach. — Chodź ze mną. Zaczniemy od kucharzy. Ich warto poznać.

Kiedy poszli, Gryf zwrócił się w stronę Półmaestera.

— Pojedź na „Nieśmiałą Pannę" i wróć z lady Lemore i ser Rollym. Będziemy też potrzebowali skrzyń Illyria. Wszystkich pieniędzy i zbroi. Podziękuj Yandry'emu i Ysilli. Wykonali już swoje zadanie. Nie zapomnimy o nich, gdy Jego Miłość odzyska królestwo.

— Jak każesz, wasza lordowska mość.

Gryf zostawił go i skrył się w namiocie, który przydzielił mu Bezdomny Harry.

Wiedział, że droga przed nimi jest pełna niebezpieczeństw, ale co z tego? Wszyscy muszą umrzeć. Prosił tylko o czas. Czekał już bardzo długo, z pewnością bogowie przyznają mu jeszcze kilka lat, by mógł zobaczyć, jak chłopak, którego zwał synem, zasiądzie na Żelaznym Tronie. A także odzyskać ziemię, nazwisko i honor. Uciszyć dzwony, które tak głośno dzwoniły w jego snach, gdy tylko zamknął oczy, by zasnąć.

Jon Connington siedział sam w namiocie, a złocistoszkarłatne promienie słońca wpadały do środka przez rozsunięte poły. Zrzucił futro z wilków, zdjął kolczą koszulę przez głowę, usiadł na obozowym stołku i ściągnął rękawicę z prawej dłoni. Paznokieć wielkiego palca zrobił się czarny jak gagat, a szarość dotarła już prawie do pierwszego paliczka. Koniuszek serdecznego palca również zaczął ciemnieć, a gdy Gryf dotknął go koniuszkiem noża, nic nie poczuł.

Śmierć — pomyślał — *ale powolna. Mam jeszcze czas. Rok. Dwa lata. Pięć. Niektórzy kamienni ludzie przeżywają dziesięć. Wystarczy mi czasu, by przepłynąć wąskie morze i znowu ujrzeć Gniazdo Gryfów. Raz na zawsze położyć kres rodowi uzurpatora i posadzić syna Rhaegara na Żelaznym Tronie.*

Wtedy lord Jon Connington będzie mógł umrzeć szczęśliwy.

PLEWY NA WIETRZE

Wiadomość przemknęła przez obóz niby gorący wicher. *Jej zastęp wymaszerował. Nadchodzi. Gna ze wszystkich sił na południe, w stronę Yunkai, by puścić miasto z dymem i wyrżnąć mieszkańców, a my maszerujemy na północ, by przeciąć jej drogę.*

Żaba dowiedział się o tym od Dicka Straw, który dowiedział się od Starego Kościstego Billa, który usłyszał to od Pentoshijczyka nazwiskiem Myrio Myrakis, który miał kuzyna służącego Obdartemu Księciu jako podczaszy.

— Kuzynek usłyszał o tym w namiocie dowodzenia, z ust samego Cagga — zapewniał Dick Straw. — Wymaszerujemy, nim zacznie się dzień, sam zobaczysz.

To przynajmniej okazało się prawdą. Rozkaz wydany przez Obdartego Księcia przekazali kapitanowie i sierżanci: zwijajcie namioty, objuczcie muły, osiodłajcie konie, o świcie maszerujemy do Yunkai.

— Ale te yunkijskie skurwysyny na pewno nas nie wpuszczą do swego Żółtego Miasta — przepowiedział Baqq, zezowaty myrijski kusznik, którego imię można było przetłumaczyć jako „Fasola". — Dostaniemy zapasy, może świeże konie, a potem ruszymy na Meereen, by zatańczyć ze smoczą królową. Skacz szybko, Żabo, i porządnie naostrz miecz swemu panu. Wkrótce może go potrzebować.

W Dorne Quentyn Martell był księciem, w Volantis sługą kupca, a na brzegach Zatoki Niewolniczej tyko Żabą, giermkiem wysokiego, łysego rycerza z Dorne, zwanego przez najemników Zielonobrzuchym. Ludzie służący w Plewach na Wietrze używali takich imion, jakie sobie wybrali, i zmieniali je, gdy naszła ich ochota. Quentyna przezwali „Żabą", ponieważ skakał bardzo szybko, gdy tylko Kolos wykrzyczał rozkaz.

Nawet dowódca Plew na Wietrze ukrywał swe prawdziwe imię. Niektóre wolne kompanie zrodziły się podczas stulecia krwawego chaosu, które nastało po zagładzie Valyrii. Inne założono wczoraj i jutro znikną. Plewy na Wietrze istniały od trzydziestu lat i znały dotąd tylko jednego dowódcę, pentoshijskiego szlachcica o łagodnym głosie i smutnych oczach, zwanego Obdartym Księciem. Włosy miał srebrnosiwe i zbroję podobnej barwy, ale jego wystrzępiony płaszcz pokrywały wiry najróżniejszych kolorów, niebieskie, szare i fioletowe, czerwone, złote i zielone, purpurowe, modre i cynobrowe. Wszystkie wyblakły już na słońcu. Według Dicka Straw, gdy ich dowódca miał dwadzieścia trzy lata, magistrowie z Pentos wybrali go na nowego księcia, kilka godzin po tym, jak ścięli poprzedniego. Zamiast przyjąć tę godność, przypasał miecz, osiodłał ulubionego konia i uciekł na Sporne Ziemie, by nigdy nie wrócić. Służył w Drugich Synach, Żelaznych Tarczach i Ludziach Dziewicy, a potem na spółkę z pięcioma towarzyszami broni założył Plewy na Wietrze. Z sześciu założycieli tylko on jeszcze żył.

Żaba nie miał pojęcia, czy cokolwiek z tego jest prawdą. Zaciągnął się do Plew na Wietrze w Volantis i od tego czasu widział Obdartego Księcia tylko z daleka. Dornijczycy byli nowymi, surowymi rekrutami bez większej wartości, trzema ludźmi wśród dwóch tysięcy. Ich dowódca obracał się w szlachetniejszym towarzystwie.

— Nie jestem giermkiem — sprzeciwił się Quentyn, gdy tego typu podstęp zaproponował Gerris Drinkwater, znany tu jako

Gerrold Dornijczyk, dla odróżnienia od Gerrolda Czerwonogrzbietego i Gerrolda Czarnego, a czasem też jako Drink, bo Kolos raz nazwał go tak przez pomyłkę. — Zdobyłem ostrogi w Dorne. Jestem takim samym rycerzem jak ty.

Gerris miał jednak rację. On i Arch byli tu po to, by chronić Quentyna, a to znaczyło, że książę musiał się trzymać blisko Kolosa.

— Arch walczy najlepiej z nas trzech — zauważył Drinkwater — ale tylko ty masz szansę poślubić smoczą królową.

Poślubić ją albo z nią walczyć. Tak czy inaczej, wkrótce się z nią spotkam. Im więcej Quentyn słyszał o Daenerys Targaryen, tym bardziej obawiał się tego spotkania. Yunkai'i twierdzili, że srebrna królowa karmi swe smoki ludzkim mięsem i kąpie się w krwi dziewic, by mieć gładką i miękką skórę. Fasola śmiał się z tego, ale uwielbiał opowieści o jej rozwiązłości.

— Jeden z jej kapitanów pochodzi z rodu, w którym mężczyźni mają członki długie na stopę — zapewniał. — Ale nawet on okazał się dla niej za mały. Wędrowała z Dothrakami i przyzwyczaiła się do tego, że ruchają ją ogiery. Dlatego żaden mężczyzna nie potrafi jej wypełnić.

Książka, wygadany volanteński żołnierz, który zawsze trzymał nos w jakimś rozsypującym się zwoju, uważał, że smocza królowa jest krwiożercza i szalona.

— Jej *khal* zamordował jej brata, by uczynić ją królową. A potem ona zabiła swego *khala*, by zostać *khaleesi*. Składa krwawe ofiary, kłamie równie swobodnie jak oddycha i zwraca się przeciwko swoim pod wpływem kaprysu. Łamała rozejmy, torturowała posłów… jej ojciec również był szalony. Ma to we krwi.

Ma to we krwi. Król Aerys II rzeczywiście był szalony, wiedziało o tym całe Westeros. Wygnał dwóch namiestników, a trzeciego spalił. *Jeśli Daenerys naprawdę jest taka krwiożercza jak jej ojciec, czy nadal będę musiał ją poślubić?* Książę Doran nigdy nie wspominał o tej możliwości.

Żaba z chęcią opuściłby już Astapor. Miał nadzieję nigdy nie ujrzeć miejsca, które przypominałoby piekło bardziej niż Czerwone Miasto. Yunkai'i zamknęli wyłamane bramy, by umarli i konający pozostali w środku, ale wspomnienie tego, co widział, jadąc ulicami z czerwonej cegły, nigdy nie przestanie prześladować Quentyna Martella. Rzeka wypełniona trupami. Wbita na pal kapłanka w podartych szatach, otoczona rojem błyszczących zielonych much. Umierający ludzie łażący po ulicach, splamieni krwią i kałem. Dzieci walczące o niedogotowane szczenięta. Ostatni wolny król Astaporu rzucony nago na arenę i wrzeszczący z bólu, gdy wypuszczono na niego dwadzieścia wygłodniałych psów. I pożary, wszędzie pożary. Gdy tylko zamknął oczy, wracał do niego obraz płomieni buchających z ceglanych piramid większych niż wszystkie zamki, jakie w życiu widział, oraz kłębów tłustego dymu wznoszących się ku niebu na podobieństwo wielkich czarnych węży.

Nawet tutaj, trzy mile od miasta, wiatr z południa przynosił ze sobą woń dymu. Za rozsypującymi się murami z czerwonej cegły Astapor nadal się tlił, choć większość najstraszliwszych pożarów już zgasła. Popiół unosił się leniwie w powietrzu jak wielkie szare płatki śniegu. Dobrze będzie opuścić to miejsce.

Kolos zgadzał się z tą opinią.

— Już najwyższy czas — stwierdził, gdy Żaba znalazł go grającego w kości z Fasolą, Książką i Starym Kościstym Billem. Jak zwykle przegrywał. Najemnicy uwielbiali Zielonobrzuchego, który w grze był równie nieustraszony jak w walce, ale ze znacznie gorszym skutkiem.

— Będę potrzebował zbroi, Żabo. Usunąłeś już plamy krwi z kolczugi?

— Tak jest, ser.

Kolczuga Zielonobrzuchego była stara i ciężka, pełna łat i bardzo znoszona. To samo można było powiedzieć o jego hełmie, naszyjniku, nagolennikach, rękawicach i reszcie skompletowanej z kawałków zbroi płytowej. Ta, która należała do Żaby, była niewiele lepsza, a ser Gerris miał zdecydowanie gorszą. Płatnerz stwierdził, że to „stal kompanii". Quentyn nie pytał, ilu innych mężczyzn nosiło zbroję przed nim, z pewnością jednak wielu w niej zginęło. Swoje piękne zbroje porzucili w Volantis, razem ze złotem i prawdziwymi nazwiskami. Bogaci rycerze ze starych, honorowych rodów nie wyprawiali się za wąskie morze, by zostać najemnikami, chyba że wygnano ich za jakąś niegodziwość.

— Wolę udawać biednego niż złego — oznajmił Quentyn, gdy Gerris wyjaśnił im, na czym polega jego podstęp.

Plewy na Wietrze potrzebowały niespełna godziny, by zwinąć obóz.

— A teraz ruszamy — oznajmił Obdarty Książę, siedząc na ogromnym siwym rumaku. Mówił po starovalyriańsku. Ten klasyczny język służył jako wspólna mowa kompanii. Cętkowany zad ogiera pokrywały wystrzępione pasma tkaniny, oderwane od opończ ludzi zabitych przez jego jeźdźca. Z takich samych pasków zszyto płaszcz księcia. Był już wiekowym, ponad sześćdziesięcioletnim mężczyzną, ale nadal trzymał się prosto w wysokim siodle, a jego donośny głos docierał do wszystkich granic pola. — Astapor to był tylko przedsmak — dodał. — Prawdziwa uczta czeka was w Meereen.

Najemnicy odpowiedzieli radosnym krzykiem. Na ich lancach powiewały proporce z jasnoniebieskiego jedwabiu, a nad nimi łopotały niebiesko-białe rozwidlone chorągwie Plew na Wietrze.

Trzej Dornijczycy wrzeszczeli razem ze wszystkimi. Milczenie przyciągnęłoby do nich uwagę. Gdy jednak Plewy na Wietrze ruszyły na północ przybrzeżnym traktem, podążając tuż za Krwawobrodym i Kompanią Kota, Żaba podjechał do Gerrolda Dornijczyka.

— Wkrótce — rzekł w języku powszechnym Westeros. W kompanii służyło trochę Westerozjan, ale było ich niewielu i żaden z ich nie znajdował się blisko. — Musimy to zrobić wkrótce.

— Nie tutaj — ostrzegł go Gerris z pozbawionym wyrazu uśmiechem komedianta. — Porozmawiamy o tym nocą, gdy już rozbijemy obóz.

Astapor dzieliło od Yunkai trzysta mil starym ghiscarskim traktem, a Meereen leżało jeszcze sto pięćdziesiąt mil dalej. Wolne kompanie miały świeże wierzchowce i mogły dotrzeć do Yunkai w sześć dni szybkiej jazdy albo w osiem spokojniejszym tempem. Legiony ze Starego Ghis, maszerujące na piechotę, potrzebowały połowę więcej czasu, a Yunkai'i i ich żołnierze-niewolnicy...

— Przy takich dowódcach to cud, że nie wleźli do morza — skwitował Fasola.

Yunkai'i nie mogli się uskarżać na brak komendantów. Naczelnym wodzem był stary bohater nazwiskiem Yurkhaz zo Yunzak, ale ludzie z Plew na Wietrze widzieli go tylko z daleka. Poruszał się w lektyce tak wielkiej, że musiało ją nieść czterdziestu niewolników.

Jego podkomendnych nie mogli jednak nie zauważyć. Yunkijskie paniątka kręciły się wszędzie jak karaluchy. Połowa z nich nosiła nazwisko Ghazdan, Grazdan, Mazdhan albo Ghaznak. Odróżnianie ghiscarskich nazwisk było sztuką, którą opanowało tylko niewielu najemników, nadali więc wszystkim szydercze przydomki.

Najważniejszym z nich był Żółty Wieloryb, obrzydliwie otyły mężczyzna zawsze noszący żółte jedwabne *tokary* ze złotymi frędzlami. Był tak ciężki, że nie mógł choćby stać bez pomocy, nie trzymał moczu i zawsze otaczał go smród szczyn, tak ostry, że nie mogły go zamaskować nawet najmocniejsze z perfum. Był ponoć najbogatszym człowiekiem w Yunkai i pasjonowały go dziwolągi. Wśród jego niewolników był chłopiec o nogach i kopytach kozy, kobieta z brodą, dwugłowy potwór z Mantarys oraz hermafrodyta grzejący nocą jego łoże.

— Kutas i cipa w jednym ciele — zapewnił Dick Straw. — Wieloryb miał też olbrzyma. Lubił patrzeć, jak ten pierdolił jego niewolnice. Ale potem olbrzym umarł. Słyszałem, że tłuścioch chce dać worek złota za nowego.

Była też Dziewczyna Generał dosiadająca białego rumaka o czerwonej grzywie. Dowodziła setką rosłych żołnierzy-niewolników, których sama wyhodowała i wyszkoliła. Każdy był młody, szczupły i potężnie umięśniony. Ich strój ograniczał się do przepasek biodrowych, żółtych płaszczy oraz wielkich tarcz z brązu, inkrustowanych erotycznymi motywami. Ich pani nie mogła mieć więcej niż szesnaście lat i uważała się za yunkijską Daenerys Targaryen.

Gołąbek nie był właściwie karłem, ale w słabym świetle można go było za niego wziąć. Mimo niskiego wzrostu kroczył dumnie jak olbrzym, szeroko rozstawiając krótkie, tłuste nóżki i wydymając małą, tłustą pierś. Jego żołnierze przewyższali wzrostem wszystkich, jakich kiedykolwiek widziano w Plewach na Wietrze. Najniższy miał siedem stóp, a najwyższy zbliżał się do ośmiu. Wszyscy mieli też pociągłe twarze i długie nogi, a szczudła wmontowane w zdobne zbroje czyniły je jeszcze dłuższymi. Ich torsy chroniły łuskowe zbroje pokryte różową emalią, a na głowach nosili wydłużone hełmy ozdobione ostrymi stalowymi dziobami oraz różowymi pióropuszami. Wszyscy mieli u pasa długie, zakrzywione szable, a w dłoniach trzymali włócznie dorównujące długością ich wzrostowi, z obu stron zakończone grotami w kształcie liści.

— Gołąbek ich hoduje — poinformował najemników Dick Straw. — Skupuje wysokich niewolników obu płci z całego świata, krzyżuje ich ze sobą, a najwyższe potomstwo wciela do Czapli. Ma nadzieję, że pewnego dnia będzie mógł zrezygnować ze szczudeł.

— Kilka sesji na stole tortur mogłoby przyśpieszyć ten proces — zasugerował Kolos.

Gerris Drinkwater parsknął śmiechem.

— Groźnie wyglądają. Nic nie przeraża mnie bardziej niż szczudlarze noszący różowe łuski i pióra. Gdyby któryś z nich mnie zaatakował, mój pęcherz mógłby nie wytrzymać tak gwałtownego ataku śmiechu.

— Niektórzy mówią, że czaple wyglądają majestatycznie — zauważył Stary Kościsty Bill.

— Jeśli twój król ma zwyczaj jeść żaby, stojąc na jednej nodze.

— Czaple to tchórze — skwitował Kolos. — Pewnego dnia wybraliśmy się z Drinkiem i Cletusem na polowanie i zobaczyliśmy stado tych ptaków. Brodziły po płyciznach, jedząc kijanki i małe rybki. Ładnie wyglądały, to prawda, ale kiedy przeleciał nad nimi jastrząb, wszystkie zerwały się nagle do lotu, jakby ujrzały smoka. Podmuch był tak potężny, że zleciałem z siodła, ale

Cletus zdołał nałożył strzałę i zestrzelił jedną czaplę. Smakowała jak kaczka, tylko mniej tłusta.

Nawet Gołąbek ze swymi Czaplami bladł jednak w porównaniu z szaleństwem braci, którym najemnicy nadali przezwisko Lordów Brzękaczy. Kiedy yunkijscy żołnierze-niewolnicy ostatnio starli się z Nieskalanymi smoczej królowej, poszli w rozsypkę i uciekli. Lordowie Brzękacze stworzyli plan mający temu zapobiec. Skuli swych żołnierzy w grupach po dziesięciu ludzi, nadgarstek do nadgarstka i kostka do kostki.

— Żaden z biednych skurczybyków nie może uciec, chyba że wszyscy to zrobią — wyjaśnił ze śmiechem Dick Straw. — A nawet wtedy nie będą biegli zbyt szybko.

— Kurwa, maszerują też raczej wolno — zauważył Fasola. — Brzęk tych łańcuchów słychać na trzydzieści mil.

Byli też inni, prawie tak samo szaleni lub nawet gorsi: lord Tłusty Policzek, Pijany Zdobywca, Treser, Budyniowa Gęba, Królik, Rydwannik, Perfumowany Bohater. Niektórzy mieli dwudziestu żołnierzy, inni dwustu albo dwa tysiące. Dowodzili niewolnikami, których sami wyszkolili i wyekwipowali. Każdy z tych dowódców był bogaty, każdy był arogancki, każdy zwał się kapitanem albo komendantem i nie odpowiadał przed nikim poza Yurkhazem zo Yunzakiem. Wszyscy gardzili zwykłymi najemnikami i mieli skłonność wdawać się w spory o pierwszeństwo, równie nieprzerwane, co niezrozumiałe.

W czasie gdy Plewy na Wietrze pokonały trzy mile, Yunkai'i zdążyli zostać dwie i pół mili z tyłu.

— Zgraja żółtych śmierdzących głupców — poskarżył się Fasola. — Nadal nie zdołali zrozumieć, dlaczego Wrony Burzy i Drudzy Synowie przeszli na stronę smoczej królowej.

— Sądzą, że zrobili to dla złota — wyjaśnił Książka. — Jak myślisz, dlaczego płacą nam tak dobrze?

— Złoto jest słodkie, ale życie słodsze — stwierdził Fasola. — W Astaporze tańczyliśmy z kalekami. Chciałbyś się zmierzyć z prawdziwymi Nieskalanymi, mając u boku tę zgraję?

— Walczyliśmy z Nieskalanymi w Astaporze — zauważył Kolos.

— Mówiłem o prawdziwych Nieskalanych. Nie wystarczy uciąć chłopakowi jaja rzeźnickim tasakiem i dać mu spiczasty hełm, żeby uczynić go Nieskalanym. Smocza królowa ma prawdziwych, a oni nie pójdą w rozsypkę, kiedy pierdniesz ogólnie w ich kierunku.

— Ma też smoki. — Dick Straw spojrzał na niebo, jakby się bał, że samo wspomnienie o smokach wystarczy, by ściągnąć na kompanię ich furię. — Nie zapomnijcie naostrzyć mieczy, chłopaki. Wkrótce czeka nas prawdziwa walka.

Prawdziwa walka — pomyślał Żaba. Te słowa leżały mu na żołądku. Bój stoczony pod murami Astaporu wydawał mu się jak najbardziej prawdziwy, choć wiedział, że najemnicy byli innego zdania.

— To była rzeź, nie bitwa — oznajmił po wszystkim bard-wojownik Denzo D'han. Denzo był kapitanem i walczył w stu bitwach, doświadczenie Żaby ograniczało się zaś do placu ćwiczeń i uczestnictwa w turniejach, nie sądził więc, by miał prawo podważać werdykt tak dobrze znającego się na rzeczy żołnierza.

Ale kiedy się zaczęło, wyglądało jak bitwa. Pamiętał ucisk w brzuchu, jaki poczuł, gdy o świcie obudzono go kopniakiem i ujrzał stojącego nad nim Kolosa.

— Wkładaj zbroję, śpiochu — zagrzmiał potężnie zbudowany mężczyzna. — Rzeźnik nadciąga, by wydać nam bitwę. Wstawaj, chyba że chcesz zostać jego mięsem.

— Król-rzeźnik nie żyje — sprzeciwił się zaspanym głosem Żaba. Wszyscy o tym usłyszeli, gdy tylko zleźli ze statków, którymi przypłynęli ze Starego Volantis. Koronę zagarnął drugi król Cleon, ale on również wkrótce zginął. Astaporem władali obecnie kurwa i szalony golibroda, a ich zwolennicy walczyli ze sobą na ulicach.

— Może nas okłamali — odparł Kolos. — A może to jakiś inny rzeźnik. Niewykluczone też, że pierwszy wylazł z wrzaskiem z grobu, żeby zabić paru Yunkijczyków. Co to za różnica, Żabo? Wciągaj zbroję.

W namiocie spało dziesięciu ludzi i wszyscy poza nim byli już na nogach. Wciągali spodnie i buty, wkładali na ramiona długie kolcze płaszcze, przytraczali napierśniki, zaciągali rzemienie nagolenników i naramienników, sięgali po hełmy, tarcze i pasy do mieczy. Gerris, szybki jak zawsze, ubrał się pierwszy, a Arch był gotowy tuż po nim. We dwóch pomogli Quentynowi uporać się z jego mocowaniami.

Trzysta jardów od nich nowi Nieskalani z Astaporu wychodzili z miasta przez bramę i ustawiali się w szyki pod czerwonymi murami z kruszącej się cegły. Ich spiczaste hełmy z brązu i groty długich włóczni lśniły w blasku wschodzącego słońca.

Trzej Dornijczycy wyszli z namiotu i razem z innymi najemnikami popędzili po konie. *Bitwa.* Quentyn uczył się posługiwania włócznią, mieczem i tarczą, odkąd zaczął chodzić, ale w tej chwili nic to nie znaczyło. *Wojowniku, daj mi odwagę* — modlił się Żaba. Z oddali dobiegał łoskot bębnów. *BUM, bum, BUM, bum, BUM, bum.* Kolos pokazał mu palcem króla-rzeźnika, który siedział sztywno na opancerzonym koniu, zakuty w miedzianą zbroję płytową lśniącą jasno w promieniach słońca. Quentyn przypomniał sobie, że tuż przed walką Gerris podjechał do niego.

— Cokolwiek się zdarzy, trzymaj się blisko Archa. Pamiętaj, że z nas trzech tylko ty masz szansę zdobyć dziewczynę.

W tej samej chwili Astaporczycy ruszyli do ataku.

Żywy czy martwy, król-rzeźnik zdołał zaskoczyć Mądrych Panów. Yunkijczycy nadal biegali wkoło, powiewając *tokarami*, i próbowali wprowadzić jakiś ład w szeregi swych kiepsko wyszkolonych żołnierzy-niewolników, gdy w linie oblegających uderzyły włócznie Nieskalanych. Gdyby nie ich sojusznicy i pogardzani najemni żołnierze, ich szyki mogłyby pójść w rozsypkę. Plewy na Wietrze i Kompania Kota w parę chwil dosiadły jednak koni i uderzyły na astaporskie skrzydła, a legion z Nowego Ghis przedarł się przez yunkijski obóz z drugiej strony, by przeciwstawić Nieskalanym własne włócznie i tarcze.

Zaczęła się jatka, ale tym razem to król-rzeźnik znalazł się po niewłaściwej stronie tasaka. Caggo był tym, który go powalił. Przedarł się przez szyki obrońców króla na swym monstrualnym rumaku i jednym uderzeniem zakrzywionego *arakha* z valyriańskiej stali rozpruł Cleona Wielkiego od barku aż po biodro. Żaba tego nie widział, ale ci, którzy byli świadkami, mówili, że miedziana zbroja ustąpiła jak jedwab, a ze środka buchnął straszliwy smród i posypały się setki cmentarnych robaków. Okazało się, że Cleon jednak nie żył. Zdesperowani Astaporczycy wyciągnęli go z grobu, wsadzili do zbroi i przywiązali do siodła, chcąc w ten sposób dodać ducha swym Nieskalanym.

Upadek martwego Cleona oznajmił koniec bitwy. Nowi Nieskalani porzucili tarcze i włócznie, by uciec, ale przekonali się, że bramy Astaporu zamknięto przed nimi. Żaba uczestniczył w rzezi, która nastąpiła potem, tratując przerażonych eunuchów razem z innymi najemnikami. Trzymał się blisko Kolosa, tnąc na prawo i lewo. Klin Plew przedarł się przez Nieskalanych niczym grot włóczni. Gdy znaleźli się po drugiej stronie, Obdarty Książę kazał im zawrócić i ponowić atak. Dopiero za drugim razem Żaba miał okazję lepiej się przyjrzeć twarzom widocznym pod spiczastymi hełmami. Zorientował się, że większość Nieskalanych nie jest starsza od niego. *To tylko zieloni chłopcy płaczący za matkami* — pomyślał, ale nie przeszkodziło mu to ich zabijać. Gdy opuszczał pole bitwy, jego miecz ociekał krwią, a ręka tak się zmęczyła, że ledwie mógł ją unieść.

Ale to nie była prawdziwa bitwa — pomyślał. *Ta czeka nas wkrótce i musimy do tego czasu zniknąć, bo w przeciwnym razie będziemy zmuszeni walczyć po niewłaściwej stronie.*

Nocą Plewy rozbiły obóz na brzegu Zatoki Niewolniczej. Żaba wylosował pierwszą wartę i odesłano go do pilnowania koni. Gerris spotkał się tam z nim tuż po zachodzie słońca, gdy nad zatoką świecił księżyc w kwadrze.

— Kolos również powinien się zjawić — zauważył Quentyn.

— Poszedł poszukać Starego Kościstego Billa. Chce stracić resztę srebra — odparł Gerris. — Nie przejmuj się nim. Zrobi, co mu każemy, choć nie będzie zbyt zadowolony.

— To prawda.

Quentyn również nie był zachwycony. Rejs na przepełnionym statku, rzucanym na wszystkie strony przez wiatr i fale, suchary pełne wołków zbożowych i czarny jak smoła rum dający słodkie zapomnienie, spanie na stosach butwiejącej słomy i smród obcych ludzi wypełniający mu nozdrza... tego wszystkiego mógł się spodziewać, gdy postawił swój znak na karcie papieru w Volantis, na rok oddając Obdartemu Księciu swój miecz i wierność. Tego typu trudności były nieodłącznym elementem wszystkich przygód.

Ale to, co musieli zrobić teraz, równało się zwykłej zdradzie. Yunkai'i przetransportowali ich tu z Volantis po to, by walczyli za Żółte Miasto, ale Dornijczycy mieli zamiar przejść na stronę nieprzyjaciela. To znaczyło, że będą musieli porzucić nowych towarzyszy broni. Plewy nie były druhami, jakich Quentyn by sobie wybrał, ale przepłynął z nimi morze, dzielił się mięsem i miodem, walczył u ich boku i wymieniał opowieści z nielicznymi, których język rozumiał. A jeśli wszystkie jego historie były kłamstwem, no cóż, to była cena podróży do Meereen.

Tego pomysłu nie można uznać za honorowy — ostrzegł go Gerris w Domu Kupieckim.

— Daenerys może już być w połowie drogi do Yunkai, razem ze swoją armią — zauważył Quentyn, gdy spacerowali wśród koni.

— Mogłaby być, ale nie jest — sprzeciwił się Gerris. — Słyszeliśmy już takie gadanie. Astaporczycy byli przekonani, że Daenerys ruszy na południe ze smokami, by położyć kres oblężeniu ich miasta. Nie zrobiła tego wtedy i nie zrobi teraz.

— Nie możemy być tego pewni. Musimy się wymknąć, nim będziemy zmuszeni walczyć z kobietą, o której rękę miałem zabiegać.

— Zaczekaj do Yunkai. — Gerris wskazał na wzgórza. — Te ziemie należą do Yunkai'i. Nikt nie zechce dać żywności ani schronienia trójce dezerterów. Na północ od miasta zaczyna się ziemia niczyja.

Nie mylił się. Mimo to Quentyn nie przestawał się gryźć.

— Kolos zyskał tu zbyt wielu przyjaciół. Wie, że zawsze mieliśmy zamiar uciec do Daenerys, ale nie spodoba mu się myśl o porzuceniu ludzi, u boku których walczył. Jeśli będziemy zwlekać zbyt długo, to zacznie wyglądać, jakbyśmy chcieli zdezerterować w przeddzień bitwy, a na to nigdy nie przystanie. Znasz go równie dobrze jak ja.

— Kiedykolwiek to zrobimy, to i tak będzie dezercja — nie ustępował Gerris. — A Obdarty Książę nie lubi dezerterów. Wyśle za nami łowców i niech nas Siedmiu ma w swojej opiece, jeśli nas dopadną. O ile będziemy mieli szczęście, odrąbią każdemu po stopie, żebyśmy już nigdy nie próbowali ucieczki. A jeżeli będziemy mieli pecha, oddadzą nas Ładnej Meris.

To ostatnie skłoniło Quentyna do zastanowienia. Bał się Ładnej Meris. Pochodziła z Westeros, ale była wyższa od niego, miała tylko o kciuk mniej niż sześć stóp wzrostu. Służyła w wolnych kompaniach od dwudziestu lat i nie pozostało w niej nic ładnego, czy to na zewnątrz, czy w środku.

Gerris ujął go za ramię.

— Zaczekaj. Najwyżej kilka dni, to wszystko. Przemierzyliśmy pół świata, okaż cierpliwość jeszcze przez kilka mil. Gdzieś na północ od Yunkai z pewnością nadarzy się szansa.

— Skoro tak mówisz — zgodził się Żaba z powątpiewaniem w głosie...

...ale choć raz bogowie wysłuchali ich próśb i szansa nadarzyła się znacznie wcześniej.

Dwa dni później Hugh Hungerford ściągnął wodze przy ich ognisku.

— Dornijczyku, wzywają cię do namiotu dowodzenia — oznajmił.

— O którym z nas mówisz? — zapytał Gerris. — Wszyscy jesteśmy Dornijczykami.

— W takim razie wszyscy tam idźcie.

Ponury, małomówny mężczyzna był przez pewien czas płatnikiem kompanii, ale Obdarty Książę przyłapał go na okradaniu kufrów i uciął mu trzy palce. Teraz Hungerford był tylko sierżantem.

O co może mu chodzić? Do tej pory Żaba nigdy nie zauważył, by dowódca zdawał sobie sprawę z jego istnienia. Hungerford zdążył już jednak odjechać, nie mogli więc go zapytać. Pozostało im jedynie odnaleźć Kolosa i stawić się na rozkaz.

— Nie przyznawajcie się do niczego i bądźcie gotowi do walki — rzekł przyjaciołom Quentyn.

— Ja zawsze jestem gotowy do walki — zapewnił Kolos.

Gdy Dornijczycy przybyli do wielkiego szarego namiotu z płótna żaglowego, który Obdarty Książę lubił zwać swym płóciennym zamkiem, było w nim już pełno ludzi. Quentyn bardzo szybko się zorientował, że większość z obecnych pochodzi z Siedmiu Królestw albo może się pochwalić tym, że ma w żyłach westeroską krew. *Wygnańcy albo synowie wygnańców.* Dick Straw twierdził, że w kompanii jest około sześćdziesięciu Westerozjan. Co najmniej co trzeci z nich zjawił się w namiocie, w tym również sam Dick, Hugh Hungerford, Ładna Meris i złotowłosy Lewis Lanster, ich najlepszy łucznik.

Był tam też Denzo D'han w towarzystwie ogromnego Cagga. Ludzie zwali go teraz „Caggiem Trupobójcą", ale nigdy prosto w oczy. Łatwo wpadał w gniew, a krzywy czarny oręż był równie groźny jak jego właściciel. Na świecie istniały setki valyriańskich mieczy, ale tylko garstka valyriańskich *arakhów*... Caggo i D'han nie pochodzili z Westeros, ale obaj byli kapitanami i Obdarty Książę cenił ich wysoko. *Jego prawa i lewa ręka. Szykuje się coś ważnego.*

Przemówił do nich sam dowódca.

— Nadeszły rozkazy od Yurkhaza — zaczął. — Najwyraźniej niedobitki Astaporczyków zaczęły wyłazić z dziur, w których się ukrywały. W Astaporze nie zostało nic poza trupami, więc wszyscy opuszczają miasto. Są ich setki, może tysiące, wszyscy wygłodzeni i chorzy. Yunkai'i nie chcą, żeby się zbliżali do ich Żółtego Miasta. Rozkazano nam ich doścignąć i zawrócić, zapędzić z powrotem do Astaporu albo na północ, do Meereen. Jeśli smocza królowa zechce ich przyjąć, może sobie ich wziąć. Połowa ma krwawą dyzenterię, a nawet zdrowi to tylko kolejne gęby do wykarmienia.

— Yunkai jest bliżej niż Meereen — sprzeciwił się Hugh Hungerford. — Co jeśli nie zechcą zawrócić, panie?

— Po to właśnie macie miecze i kopie, Hugh. Chociaż bardziej przydadzą się wam łuki. Trzymajcie się z dala od tych, którzy wykazują objawy choroby. Połowę naszych sił wysyłam między wzgórza. Pięćdziesiąt patroli, każdy po dwudziestu jeźdźców.

Krwawobrodemu wydano takie same rozkazy, więc Koty również ruszają w pole.

Ludzie wymienili spojrzenia, kilku z nich wymamrotało coś pod nosem. Choć Plewy na Wietrze i Kompania Kota zawarły kontrakt z Yunkai, rok wcześniej na Spornych Ziemiach walczyły po przeciwnych stronach i wciąż utrzymywała się między nimi zła krew. Krwawobrody, okrutny dowódca Kotów, był straszliwym olbrzymem zawsze spragnionym rzezi i nie krył pogardy dla „siwych staruszków w łachmanach".

Dick Straw odchrząknął.

— Wybacz, panie, ale wszyscy tu pochodzimy z Siedmiu Królestw. Nigdy dotąd nie dzieliłeś kompanii według krwi albo języka. Dlaczego wysyłasz nas razem?

— To celne pytanie. Macie pojechać na wschód, daleko między wzgórza, a potem ominąć szerokim łukiem Yunkai i ruszyć do Meereen. Gdybyście spotkali jakichś Astaporczyków, przepędźcie ich na północ albo zabijcie... ale pamiętajcie, że nie to jest celem waszej misji. Za Żółtym Miastem powinniście napotkać patrole smoczej królowej. Drugich Synów albo Wrony Burzy. Wszystko jedno. Przyłączcie się do nich.

— Słucham? — obruszył się rycerz nieprawego pochodzenia, ser Orson Stone. — Chcesz, żebyśmy zdradzili?

— Tak — potwierdził Obdarty Książę.

Quentyn Martell omal nie roześmiał się na głos. *Bogowie są szaleni.*

Ludzie z Westeros wiercili się nerwowo. Niektórzy zaglądali do swych kielichów, jakby mieli nadzieję znaleźć w nich jakąś mądrość. Hugh Hungerford zmarszczył brwi.

— Myślisz, że królowa Daenerys nas przyjmie?

— Tak.

— A jeśli nawet to zrobi, co dalej? Czy mamy być szpiegami? Skrytobójcami? Posłami? Chcesz przejść na drugą stronę?

Caggo skrzywił się wściekle.

— Decyzja należy do księcia, Hungerford. Ty masz robić, co ci każą.

— Zawsze.

Hungerford uniósł dwupalcą dłoń.

— Bądźmy szczerzy — odezwał się Denzo D'han, bard-wojownik. — Wojska Yunkai'i nie budzą zaufania. Bez względu na wynik tej wojny, Plewy na Wietrze powinny mieć swój udział w łupach. Nasz książę postępuje rozsądnie, nie zamykając żadnej drogi.

— Dowództwo nad wami obejmie Meris — ciągnął Obdarty Książę. — Zna moje plany… i Daenerys Targaryen może być bardziej skłonna uwierzyć kobiecie.

Quentyn zerknął na Ładną Meris. Gdy skierowała na niego zimne, trupie spojrzenie, przeszył go dreszcz. *To mi się nie podoba.*

Dick Straw również miał wątpliwości.

— Dziewczyna musiałaby być głupia, żeby nam zaufać. Nawet Meris. Zwłaszcza jej. Do licha, nawet ja nie ufam Meris, a pierdoliłem się z nią kilka razy.

Wyszczerzył zęby w uśmiechu, ale nikt się nie roześmiał. Zwłaszcza Ładna Meris.

— Sądzę, że się mylisz, Dick — odparł Obdarty Książę. — Wszyscy jesteście ludźmi z Westeros. Przyjaciółmi z jej ojczyzny. Mówicie jej językiem. Jeśli zaś chodzi o motywy, wszyscy ucierpieliście z moich rąk. Dick, poddawałem cię chłoście najczęściej ze wszystkich ludzi w kompanii i twoje plecy tego dowodzą. Hugh moja dyscyplina kosztowała trzy palce. Meris została zgwałcona przez połowę kompanii. Co prawda, nie tej kompanii, ale o tym nie musimy wspominać. Willu z Lasu, no cóż, ty jesteś po prostu podły. Ser Orson ma do mnie żal o to, że wysłałem jego brata do Smutków, a ser Lucifer nadal jest wściekły z powodu tej niewolnicy, którą zabrał mu Caggo.

— Mógł mi ją oddać, kiedy już zrobił swoje — poskarżył się Lucifer Long. — Nie miał powodu jej zabijać.

— Była brzydka — odparł Caggo. — To wystarczy.

— Webber, ty pragniesz odzyskać porzucone w Westeros włości — ciągnął spokojnie Obdarty Książę, jakby nikt się nie odezwał. — Lanster, zabiłem tego chłopaka, którego tak bardzo lubiłeś. Trzej Dornijczycy, uważacie, że was okłamaliśmy. Łupy z Astaporu były znacznie uboższe niż wam obiecano w Volantis, a w dodatku lwią część zagarnąłem dla siebie.

— To ostatnie jest prawdą — zauważył ser Orson.

— Najlepsze fortele zawsze zawierają ziarenko prawdy — odparł Obdarty Książę. — Każdy z was ma pod dostatkiem powodów, by mnie porzucić. A Daenerys Targaryen wie, że najemnicy to kapryśna zgraja. Jej właśni Drudzy Synowie i Wrony Burzy przyjęli yunkijskie złoto, ale nie zawahali się przejść na jej stronę, gdy szale bitwy zaczęły się przechylać.

— Kiedy powinniśmy wyruszyć? — zapytał Lewis Lanster.

— Natychmiast. Strzeżcie się Kotów i Długich Kopii, jeśli jakieś spotkacie. Nikt oprócz tych, którzy są teraz w namiocie, nie będzie wiedział, że wasza ucieczka to fortel. Jeśli za wcześnie odkryjecie swe płytki, każę okaleczyć was jako dezerterów, a potem wypruć wam trzewia jako zdrajcom.

Trzej Dornijczycy bez słowa opuścili namiot dowodzenia. *Dwudziestu jeźdźców i wszyscy będą znali język powszechny* — pomyślał Quentyn. *Szepty nagle stały się znacznie bardziej niebezpieczne.*

Kolos klepnął go mocno w plecy.

— Tak jest. To będzie słodkie, Żabo. Polowanie na smoki.

ZBIEGŁA ŻONA

Asha Greyjoy siedziała w długiej sali Galbarta Glovera, pijąc jego wino, gdy jego maester przyniósł jej list.

— Pani — głos maestera brzmiał nerwowo, jak zawsze, gdy przemawiał do Ashy. — Przyleciał ptak z Barrowton.

Wsunął jej pergamin w rękę, jakby pragnął jak najprędzej się go pozbyć. List ciasno zwinięto i zapieczętowano twardym różowym lakiem.

Barrowton. Asha spróbowała sobie przypomnieć, kto sprawuje tam rządy. *Jakiś północny lord, który nie jest mi przyjacielem.* A ta pieczęć… Boltonowie z Dreadfort ruszali do boju pod różowymi chorągwiami usianymi drobniutkimi kropelkami krwi. To sugerowało, że zapewne używają różowego laku do pieczętowania listów.

Trzymam w ręce truciznę — pomyślała. *Powinnam spalić ten list.* Złamała jednak pieczęć i na jej kolana opadł kawałek skóry. Gdy przeczytała suche brązowe słowa, jej nastrój pogorszył się jeszcze bardziej. *Czarne skrzydła, czarne słowa.* Kruki nigdy nie przynosiły dobrych wieści. Poprzednia wiadomość dostarczona do Deepwood Motte pochodziła od Stannisa Baratheona, który domagał się złożenia hołdu. Ta była gorsza.

— Ludzie z północy zdobyli Fosę Cailin.

— Bękart Boltona? — zapytał siedzący obok Qarl.

— Ramsay Bolton, lord Winterfell. Tak się teraz podpisuje. Są tu też inne nazwiska.

Lady Dustin, lady Cerwyn i czterech Ryswellów umieścili swoje podpisy pod podpisem Boltona. Obok umieszczono prosty rysunek olbrzyma, znak któregoś z Umberów.

Podpisy złożono maesterskim inkaustem, wykonanym z sadzy i smoły, ale sam list nabazgrano wielkimi spiczastymi literami przy użyciu jakiejś brązowej substancji. Tekst opowiadał o upadku Fosy Cailin, triumfalnym powrocie namiestnika północy do swej domeny i ślubie, który miał się wkrótce odbyć. Pierwsze słowa brzmiały: *Piszę ten list krwią żelaznych ludzi*, a ostatnie: *Wysyłam każdemu z was po kawałku księcia. Zostańcie dłużej na moich ziemiach, a podzielicie jego los.*

Asha była dotąd przekonana, że jej młodszy brat nie żyje. *Lepsza śmierć niż to.* Kawałek skóry leżał na jej kolanach. Uniosła go pod świecę i patrzyła na unoszący się w górę dym, aż wreszcie cały skrawek spłonął i ogień zaczął muskać jej palce.

Maester Galbarta Glovera czekał cierpliwie tuż obok.

— Nie będzie odpowiedzi — poinformowała go.

— Czy mogę podzielić się tymi wieściami z lady Sybelle?

— Jeśli sobie życzysz.

Asha nie potrafiła odgadnąć, czy upadek Fosy Cailin uraduje Sybelle Glover. Lady Sybelle niemalże zamieszkała w bożym gaju. Modliła się o bezpieczny powrót dzieci i męża. *Kolejna modlitwa, która zapewne pozostanie bez odpowiedzi. Jej drzewo serce jest głuche i ślepe, tak samo jak nasz Utopiony Bóg.* Robett Glover i jego brat Galbart pojechali na południe z Młodym Wilkiem. Jeśli opowieści o Krwawych Godach były choć w połowie prawdziwe, zapewne nie wrócą już na północ. *Ale przynajmniej jej dzieci żyją i to dzięki mnie.* Asha zostawiła je w Dziesięciu Wieżach, pod opieką swych ciotek. Najmłodszej córeczki lady Sybelle nie odstawiono jeszcze od piersi i Asha uznała, że dziewczynka jest zbyt delikatna, by narażać ją na trudy kolejnego rejsu po burzliwym morzu. Wsunęła list w dłonie maestera.

— Masz. Niech znajdzie w tym pociechę, jeśli zdoła. Możesz odejść.

Maester pochylił głowę w ukłonie i wyszedł. Gdy drzwi się za nim zamknęły, Tris Botley zwrócił się w stronę Ashy.

— Jeśli Fosa Cailin padła, wkrótce przyjdzie kolej na Torrhen's Square. A potem na nas.

— Jeszcze nie tak szybko. Rozcięta Gęba utoczy im trochę krwi.

Torrhen's Square nie było ruiną, taką jak Fosa Cailin, a Dagmer był żelaznym człowiekiem do szpiku kości. Prędzej zginie, niż się podda.

Gdyby ojciec żył, Fosa Cailin nigdy by nie padła. Balon Greyjoy zdawał sobie sprawę, że Fosa jest kluczem do utrzymania północy. Euron również o tym wiedział, ale po prostu nic go to nie obchodziło. Nie dbał też o to, jaki los czeka Deepwood Motte i Torrhen's Square.

— Eurona nie obchodzą ziemie, które zdobył Balon. Mój stryjaszek popłynął w pogoń za smokami.

Wronie Oko wezwał wszystkie siły Żelaznych Wysp na Starą Wyk i pożeglował w bezkres morza zachodzącego słońca, a jego brat Victarion podążył za nim jak zbity pies. Na Pyke nie został nikt, do kogo mogłaby się zwrócić, poza jej panem mężem.

— Zostaliśmy sami.

— Dagmer ich rozbije — upierał się Cromm. Nigdy nie spotkał kobiety, którą pokochałby choćby w połowie tak mocno jak wojnę. — To tylko wilki.

— Wszystkie wilki zabito. — Asha drapała różową pieczęć paznokciem kciuka. — To są ci, którzy zdarli z nich futra.

— Powinniśmy pomaszerować do Torrhen's Square i przyłączyć się do walki — nalegał Quenton Greyjoy, jej daleki kuzyn i kapitan „Słonowodnej Dziewki".

— Tak jest — poparł go Dagon Greyjoy, jeszcze dalszy kuzyn. Ludzie zwali go Dagonem Pijakiem, ale czy to pijany, czy trzeźwy, uwielbiał walczyć. — Czemu Rozcięta Gęba miałby zagarnąć całą chwałę dla siebie?

Dwaj słudzy Galbarta Glovera przynieśli pieczeń, ale skrawek skóry odebrał Ashy apetyt. *Moi ludzie stracili wszelką nadzieję na zwycięstwo* — uświadomiła sobie z przygnębieniem. *Pragną jedynie dobrej śmierci.* Nie wątpiła, że wilki im ją dadzą. *Prędzej czy później tu przyjdą, by odzyskać zamek.*

Gdy Asha opuściła komnatę Galbarta Glovera i ruszyła po drewnianych schodach do należącej ongiś do niego sypialni, słońce znikało już za wysokimi sosnami wilczego lasu. Wypiła za dużo wina i rozbolała ją głowa. Asha Greyjoy kochała swoich ludzi — czy to kapitanów, czy załogi — ale połowa z nich była głupcami. *To odważni głupcy, ale zawsze głupcy. Pomaszerujmy do Rozciętej Gęby, tak jest, jakbyśmy mogli...*

Deepwood dzieliły od Dagmera długie mile wędrówki przez wysokie wzgórza, gęste lasy i rwące rzeki. Po drodze spotkaliby też tylu ludzi z północy, że wolała o tym nie myśleć. Asha miała cztery drakkary i niespełna dwustu ludzi... w tym również Tristifera Botleya, na którym nie mogła polegać. Bez względu na wszystkie jego słowa o miłości, nie potrafiła sobie wyobrazić, by Tris popędził do Torrhen's Square, by zginąć u boku Dagmera Rozciętej Gęby.

Qarl poszedł za nią do sypialni.

— Spływaj — powiedziała mu. — Chcę zostać sama.

— To mnie chcesz.

Spróbował ją pocałować.

Odepchnęła go.

— Jeśli jeszcze raz mnie dotkniesz...

— To co mi zrobisz? — Uniósł sztylet. — Rozbieraj się, dziewczyno.

— Pierdol się, bezbrody chłopcze.

— Wolę pierdolić ciebie.

Jednym szybkim cięciem rozpruł jej kamizelkę. Asha sięgnęła po toporek, ale Qarl wypuścił nóż i złapał ją za nadgarstek, wykręcając rękę, aż broń wypadła jej z palców. Popchnął ją na łoże Glovera, pocałował mocno i zerwał z niej bluzę, odsłaniając piersi. Spróbowała kopnąć go kolanem w krocze, ale odwrócił się i rozsunął jej nogi kolanami.

— Teraz cię wezmę.

— Jeśli to zrobisz, zabiję cię, gdy będziesz spał — warknęła.

Kiedy w nią wszedł, była już zupełnie mokra.

— Niech cię szlag — powtarzała. — Niech cię szlag, niech cię szlag, niech cię szlag.

Ssał jej sutki, aż krzyknęła, w połowie z bólu, a w połowie z rozkoszy. Jej pizda stała się całym światem. Asha zapomniała o Fosie Cailin, Ramsayu Boltonie i przysłanym przez niego skrawku skóry, o królewskim wiecu, o swej klęsce i wygnaniu, o wrogach i o mężu. Ważne były tylko jego dłonie, jego usta, ramiona, którymi ją obejmował, i kutas, którego czuła w sobie. Pieprzył ją, aż krzyknęła, a potem znowu, aż się rozpłakała, nim w końcu zostawił nasienie w jej macicy.

— Jestem zamężną kobietą — przypomniała mu potem. — Zbezcześciłeś mnie, bezbrody chłopcze. Mój pan mąż utnie ci jaja i każe nosić sukienkę.

Qarl stoczył się z niej.

— Jeśli zdoła wstać z krzesła.

W sypialni było zimno. Asha wstała z łoża Galbarta Glovera i zdjęła z siebie podarte ubranie. W kamizelce wystarczy wymienić sznurówki, ale bluza była zniszczona. *I tak nigdy jej nie lubiłam.* Asha cisnęła podarty łach do ognia. Resztę zostawiła na podłodze obok łoża. Piersi ją bolały, a po udzie spływało nasienie Qarla. Będzie musiała naparzyć miesięcznej herbaty albo zaryzykuje wydanie na świat kolejnego krakena. *Ale co to ma za znaczenie? Mój ojciec nie żyje, matka jest umierająca, brata obdzierają żywcem ze skóry i nic nie mogę na to wszystko poradzić. I mam męża. Ślub i pokładziny... ale nie z tym samym mężczyzną.*

Gdy wsunęła się z powrotem pod futra, Qarl spał.

— Twoje życie należy do mnie. Gdzie mam wbić sztylet?

Przytuliła się do pleców mężczyzny i objęła go. Na wyspach zwano go Qarlem Panienką dla odróżnienia od Qarla Pasterza, Qarla Kenninga Cioty, Qarla Szybkiego Toporka oraz Qarla Poddanego, ale przede wszystkim z uwagi na gładkie policzki. Gdy Asha go poznała, próbował zapuścić brodę. Rezultat nazwała ze śmiechem „brzoskwiniowym meszkiem". Qarl wyznał, że nigdy nie widział brzoskwini, powiedziała mu więc, że musi jej towarzyszyć, gdy znowu wypłynie w rejs na południe.

Wtedy trwało jeszcze lato, na Żelaznym Tronie zasiadał Robert, Balon snuł złowrogie myśli na Tronie z Morskiego Kamienia, a w Siedmiu Królestwach panował pokój. Asha pływała „Czarnym Wichrem" wzdłuż wybrzeża, zajmując się handlem. Zawijali na Piękną Wyspę i do Lannisportu, odwiedzali też około dwudziestu mniejszych portów, nim wreszcie dotarli do Arbor, gdzie brzoskwinie zawsze były wielkie i słodkie.

— Sam teraz widzisz — powiedziała, gdy po raz pierwszy dotknęła brzoskwinią policzka Qarla. Kiedy kazała mu odgryźć kęs, sok spłynął mu po podbródku i musiała go usunąć pocałunkami.

Całą noc radowali się brzoskwiniami i sobą nawzajem. Gdy nadszedł dzień, Asha była nasycona, lepka i szczęśliwa jak nigdy w życiu. *Ile lat już minęło? Sześć? Siedem?* Lato było zanikającym wspomnieniem i minęły trzy lata, odkąd Asha ostatnio miała okazję nacieszyć się brzoskwinią. Nadal jednak cieszyła się Qarlem. Kapitanowie i królowie mogli jej nie chcieć, ale on to co innego.

Miewała też innych kochanków. Niektórzy dzielili z nią łoże przez pół roku, a inni przez pół nocy, ale Qarl sprawiał jej więcej przyjemności niż wszyscy pozostali razem wzięci. Może i golił się tylko raz na dwa tygodnie, ale krzaczasta broda nikogo nie czyni mężczyzną. Lubiła dotyk jego gładkiej, miękkiej skóry pod palcami. Lubiła jego długie, proste włosy, opadające na ramiona. Lubiła, jak ją całował. Lubiła, jak się uśmiechał, gdy muskała kciukami jego sutki. Włosy między jego nogami miały odcień piasku, ciemniejszy niż na głowie, ale były delikatne jak puszek w porównaniu z jej czarnymi sztywnymi włosami łonowymi. To również się jej podobało. Miał sylwetkę pływaka, wysoką i szczupłą, bez ani jednej blizny na ciele.

Nieśmiały uśmiech, silne ramiona, zręczne palce i dwa pewne miecze. Czegóż więcej mogłaby pragnąć kobieta? Z radością poślubiłaby Qarla, ale była córką lorda Balona, on zaś był nisko urodzonym wnukiem poddanego. *Ma zbyt podłe pochodzenie, by pozwolili mi za niego wyjść, ale mogę ssać jego kutasa.* Pijana, uśmiechnięta Asha wczołgała się pod futro i wzięła mu w usta. Qarl poruszył się przez sen. Po chwili członek zaczął mu sztywnieć. Gdy stwardniał na dobre, mężczyzna się obudził, a ona zrobiła się wilgotna. Zarzuciła sobie futro na ramiona i dosiadła Qarla, wsuwając go sobie tak głęboko, że nie potrafiła określić, kto ma kutasa, a kto cipę. Tym razem osiągnęli spełnienie jednocześnie.

— Moja słodka pani — wymamrotał rozespanym głosem. — Moja słodka królowo.

Nie — pomyślała Asha. *Nie jestem królową i nigdy nią nie będę.*

— Śpij sobie.

Pocałowała go w policzek, przeszła na drugi koniec sypialni Galbarta Glovera i otworzyła okiennice. Księżyc był bliski pełni, a noc tak pogodna, że Asha widziała góry o ośnieżonych szczytach. *Są zimne, posępne i niegościnne, ale pięknie wyglądają w księżycowym blasku.* Blade wyszczerbione turnie przypominały szereg ostrych zębów. Podgórze i mniejsze szczyty niknęły w cieniu.

Morze było bliżej, tylko piętnaście mil na północ stąd, ale Asha go nie widziała. Po drodze było zbyt wiele wzgórz. *A także drzew, takie mnóstwo drzew.* Ludzie północy zwali tę puszczę wilczym lasem. Nocami z reguły słyszała wycie wilków nawołujących się w ciemności.

Ocean liści. Gdybyż tylko był to ocean wody.

Deepwood leżało bliżej morza niż Winterfell, ale i tak za daleko, jak na jej gust. W powietrzu unosił się tu zapach sosen, nie soli. Na północny wschód od posępnych szarych gór stał Mur, pod którym wzniósł swe sztandary Stannis Baratheon. Ludzie mawiali, że wróg mojego wroga jest moim przyjacielem, ale odwrotna strona tego powiedzenia brzmiała tak, że wróg mojego przyjaciela jest moim wrogiem. Żelaźni ludzie byli wrogami północnych lordów, których poparcia pretendent z rodu Baratheonów rozpaczliwie potrzebował. *Mogłabym mu oferować swe młode, piękne ciało* — pomyślała, odgarniając z oczu kosmyk włosów, ale Stannis miał już żonę, a ona miała męża, a do tego między nim a żelaznymi ludźmi od dawna panowała wrogość. Podczas pierwszego buntu jej ojca Stannis rozbił Żelazną Flotę nieopodal Pięknej Wyspy i zajął Wielką Wyk w imię swego brata.

W obrębie omszałych umocnień Deepwood znajdowało się rozległe, okrągłe wzgórze o płaskim szczycie. Zbudowano na nim ogromny, długi dom, a na jednym jego końcu ulokowano wieżę strażniczą wznoszącą się pięćdziesiąt stóp ponad wierzchołek pagórka. U stóp wzgórza znajdował się wewnętrzny dziedziniec ze stajniami, wybiegiem dla koni, kuźnią, studnią oraz owczarnią, otoczony głęboką fosą, pochyłym ziemnym wałem i palisadą. Zewnętrzne fortyfikacje tworzyły owal dostosowany do zarysów terenu. Były tu dwie bramy, każda broniona przez parę kwadratowych drewnianych wież, a także ścieżki na szczytach wałów. Od południowej strony palisadę porastał mech sięgający aż do połowy wysokości wież. Na wschodzie i na zachodzie ciągnęły się puste pola. Nim Asha zdobyła zamek, rosły tam owies i jęczmień, ale podczas ataków wszystko stratowali. Zboża, które zasiali później, zniszczyła seria ostrych przymrozków. Zostały tylko błoto, popiół i zwiędłe, butwiejące źdźbła.

Zamek był stary, ale niezbyt mocny. Odebrała go Gloverom, a Bękart Boltona odbierze go jej. Ale nie obedrze jej ze skóry. Asha Greyjoy nie pozwoli wziąć się żywcem. Zginie tak, jak żyła, z toporem w ręce i śmiechem na ustach.

Pan ojciec dał jej trzydzieści drakkarów, by zdobyła Deepwood. Zostały tylko cztery, wliczając jej „Czarny Wicher", a jeden z nich należał do Trisa Botleya, który dołączył do Ashy wtedy, gdy wszyscy od niej uciekali. *Nie, to niesprawiedliwe. Pożeglowali do domu, by złożyć hołd swemu królowi. Jeśli ktoś uciekł, to tylko ja.* Owo wspomnienie nadal wypełniało ją wstydem.

— Uciekaj — nalegał Czytacz, gdy kapitanowie znosili jej stryja Eurona ze wzgórza Naggi, by włożyć mu na głowę koronę z wyrzuconego na brzeg drewna.

— Powiedział kruk wronie. Ucieknij ze mną. Będę cię potrzebowała, by zwołać ludzi z Harlaw.

Wtedy chciała jeszcze walczyć.

— Ludzie z Harlaw są tutaj. Ci, którzy się liczą. Niektórzy wykrzyczeli imię Eurona. Nie każę Harlawom walczyć z Harlawami.

— Euron jest szalony. I niebezpieczny. Ten piekielny róg…

— Słyszałem go. Uciekaj, Asho. Gdy tylko Euron włoży koronę, zacznie cię szukać. Nie możesz dopuścić, by jego spojrzenie padło na ciebie.

— Jeśli stanę u boku moich pozostałych stryjów…

— …zginiecie jako wyjęci spod prawa. Wszyscy zwrócą się przeciwko wam. Przedstawiając kapitanom swe imię, poddałaś się ich osądowi. Nie możesz go teraz odrzucić. Tylko raz się zdarzyło, by decyzję królewskiego wiecu obalono. Przeczytaj Haerega.

Tylko Rodrik Czytacz mógłby gadać o jakiejś starej księdze w chwili, gdy ich życie ważyło się na ostrzu miecza.

— Jeśli ty zostaniesz, to ja też — upierała się.

— Nie bądź głupia. Dziś Euron pokazuje światu swe uśmiechnięte oko, ale jutro… Asho, jesteś córką Balona i masz lepsze prawa do tronu niż twój stryj. Dopóki oddychasz, pozostajesz dla niego zagrożeniem. Jeśli tu zostaniesz, zabije cię albo wyda za Rudego Wioślarza. Nie wiem, co byłoby gorsze. Uciekaj. Drugiej szansy nie dostaniesz.

Asha pozostawiła „Czarny Wicher" po drugiej stronie wyspy z myślą o takiej ewentualności. Stara Wyk nie była wielka. Zdąży wrócić na statek przed wschodem słońca i pożeglować na Harlaw, nim Euron się zorientuje, że jej nie ma. Nadal się jednak wahała.

— Zrób to przez miłość, jaką masz dla mnie, dziecko — rzekł wreszcie jej wuj. — Nie każ mi patrzeć na twoją śmierć.

Posłuchała go. Najpierw odwiedziła Dziesięć Wież, by pożegnać się z matką.

— Może upłynąć długi czas, zanim wrócę — ostrzegła ją Asha. Lady Alannys nic nie rozumiała.

— Gdzie jest Theon? — dopytywała się. — Gdzie mój mały chłopczyk?

Lady Gwynesse obchodziło tylko to, kiedy wróci lord Rodrik.

— Jestem siedem lat od niego starsza. Dziesięć Wież powinno należeć do mnie.

Asha nadal przebywała w zamku, uzupełniając zapasy, gdy dotarły do niej wieści o jej ślubie. „Moją zbiegłą bratanicę trzeba poskromić" — oznajmił ponoć Wronie Oko. „Znam mężczyznę, który potrafi tego dokonać". Wydał ją za Erika Ironmakera i mianował Rozbijacza Kowadeł namiestnikiem Żelaznych Wysp na czas, gdy on będzie się uganiał za smokami. Erik był w swoim czasie wspaniałym mężczyzną i nieustraszonym łupieżcą. Mógł się pochwalić tym, że żeglował z dziadkiem jej dziadka, tym samym Dagonem Greyjoyem, na którego cześć nazwano Dagona Pijaka. Stare baby na Pięknej Wyspie nadal straszyły wnuki opowieściami o lordzie Dagonie i jego ludziach. *Na królewskim wiecu zraniłam dumę Erika* — przypomniała sobie Asha. *Z pewnością mi tego nie zapomni.*

Musiała przyznać, że stryjaszek świetnie to rozegrał. Jednym ruchem zmienił rywala w zwolennika, zapewnił wyspom bezpieczeństwo na czas swej nieobecności i usunął zagrożenie, jakie stanowiła Asha. *A do tego świetnie się przy tym ubawił.* Tris Botley opowiadał, że Wronie Oko użył foki jako jej pełnomocniczki podczas ślubu.

— Mam nadzieję, że Erik nie upierał się przy skonsumowaniu małżeństwa — skwitowała Asha.

Nie mogę wrócić do domu — pomyślała. *Ale tutaj też nie śmiem zostać zbyt długo.* Niepokoiła ją panująca w lesie cisza. Asha całe życie spędziła na wyspach i na statkach. Morze nigdy nie milczało. Miała we krwi szum fal uderzających o skalisty brzeg, ale w Deepwood Motte nie było żadnych fal... tylko drzewa, niezliczone drzewa, żołnierskie sosny i drzewa strażnicze, buki, jesiony i prastare dęby, kasztanowce, drzewa żelazne i jodły. Ich szum był cichszy od morskiego i słyszała go tylko wtedy, gdy wiał wiatr. Ich westchnienia dobiegały ze wszystkich stron, jakby drzewa szeptały do siebie w jakimś języku, którego nie potrafiła zrozumieć.

Dzisiejszej nocy ich szepty były głośniejsze niż kiedykolwiek. *Szum zeschłych brązowych liści, stukot nagich gałęzi uderzających o siebie na wietrze.* Odwróciła się od okna i od lasu. *Muszę znowu poczuć pokład pod stopami. A jeśli to niemożliwe, chociaż jadło w żołądku.* Wypiła wieczorem za dużo wina i zjadła za mało chleba. A tej wielkiej krwistej pieczeni nawet nie tknęła.

Księżyc świecił jasno i bez trudu znalazła ubranie. Włożyła grube czarne spodnie, bluzę z podszewką oraz zieloną kamizelkę, obszytą nachodzącymi na siebie stalowymi płytkami. Zostawiła Qarla jego snom i zeszła na dół zewnętrznymi schodami donżonu. Stopnie skrzypiały pod jej bosymi stopami. Jeden z ludzi pełniących służbę na szczycie wałów pozdrowił ją uniesieniem włóczni. Odpowiedziała mu gwizdnięciem. Gdy szła wewnętrznym dziedzińcem do kuchni, rozszczekały się psy Galbarta Glovera. *Świetnie* — pomyślała. *Zagłuszą szum drzew.*

Gdy odkrawała sobie klin żółtego sera z kręgu wielkiego jak koło wozu, do kuchni wszedł otulony w gęste futro Tris Botley.

— Moja królowo.

— Nie drwij ze mnie.

— Zawsze będziesz władała moim sercem. Banda głupców wrzeszczących na królewskim wiecu nie może tego zmienić.

I co mam zrobić z tym chłopcem? Asha nie wątpiła w jego oddanie. Nie tylko krzyczał dla niej podczas królewskiego wiecu, ale później przepłynął morze, by do niej dołączyć, porzucając swego króla, rodzinę i dom. *Ale nie odważył się jawnie sprzeciwić Euronowi.* Gdy Wronie Oko wypłynął z flotą na morze, Tris po prostu został z tyłu i zmienił kurs dopiero wtedy, gdy inne statki zniknęły mu z oczu. Nawet to wymagało jednak pewnej odwagi. Nigdy już nie będzie mógł wrócić na wyspy.

— Chcesz sera? — zapytała go. — Jest też szynka i musztarda.

— To nie pożywienia pragnę, pani. Wiesz o tym. — W Deepwood Tris zapuścił krzaczastą kasztanową brodę. Utrzymywał, że chroni w ten sposób twarz przed zimnem. — Ujrzałem cię z wieży strażniczej.

— Jeśli masz służbę, czemu tu przyszedłeś?

— Na górze zostali Cromm i Hagen Róg. Ilu par oczu potrzeba, by obserwować liście szumiące w świetle księżyca? Musimy porozmawiać.

— Znowu? — Westchnęła. — Znasz córkę Hagena, tę z rudami włosami. Steruje statkiem równie dobrze jak najlepsi mężczyźni. Ma siedemnaście lat i ładną buzię. Widziałam, jak na ciebie patrzyła.

— Nie chcę córki Hagena. — Omal jej nie dotknął, ale w ostatniej chwili się powstrzymał. — Asho, pora stąd odpłynąć. Tylko Fosa Cailin powstrzymywała potop. Jeśli tu zostaniemy, ludzie z północy zabiją nas wszystkich. Wiesz o tym.

— Chcesz, żebym uciekła?

— Chcę, żebyś żyła. Kocham cię.

Nieprawda — pomyślała Asha. *Kochasz jakąś niewinną pannę, która żyje tylko w twojej głowie, przerażone dziecko potrzebujące twej opieki.*

— Ale ja cię nie kocham — odparła bez ogródek. — I nie ucieknę.

— Czy jest tu coś, czego warto się tak kurczowo trzymać? Cokolwiek poza sosnami, błotem i wrogami? Mamy statki. Odpłyń ze mną, a zaczniemy nowe życie na morzu.

— Jako piraci?

To było niemal kuszące. *Zostawmy wilkom ich posępne lasy i wróćmy na otwarte morze.*

— Jako kupcy — upierał się. — Popłyniemy na wschód, jak Wronie Oko, ale przywieziemy stamtąd jedwabie i korzenie zamiast smoczego rogu. Jeden rejs na Nefrytowe Morze i będziemy bogaci jak bogowie. Kupimy sobie rezydencję w Starym Mieście albo w którymś z Wolnych Miast.

— Ty, ja i Qarl? — Wzdrygnął się, gdy wymieniła jego imię. — Dziewczyna Hagena mogłaby zechcieć pożeglować z tobą na Nefrytowe Morze. Ja nadal jestem córką krakena. Moje miejsce jest…

— ...gdzie? Nie możesz wrócić na wyspy, chyba że chcesz ulec swemu panu mężowi.

Asha spróbowała sobie wyobrazić, jak leży w łożu przygnieciona ciężarem Erika Ironmakera i musi znosić jego objęcia. *Lepszy on niż Rudy Wioślarz albo Leworęczny Lucas Codd.* Rozbijacz Kowadeł był niegdyś wspaniałym olbrzymem, przerażająco silnym, niezachwianie lojalnym i zupełnie nieznającym strachu. *Może nie byłoby tak źle. Zapewne umarłby przy pierwszej próbie spełnienia mężowskich obowiązków.* W takim przypadku zmieniłaby się z żony Erika we wdowę po nim. To mogłoby być lepsze albo znacznie gorsze, w zależności od zachowania jego wnuków. *I mojego stryjaszka. Tak czy inaczej, wszystkie wiatry pchają mnie z powrotem ku Euronowi.*

— Mam na Harlaw zakładników — przypomniała Trisowi. — I jest jeszcze Przylądek Morskiego Smoka. Jeśli nie mogę odziedziczyć królestwa mojego ojca, czemu nie miałabym założyć własnego? Przylądek nie zawsze był tak rzadko zaludniony jak obecnie. Pośród tamtejszych wzgórz i bagien nadal można odnaleźć ruiny, pozostałości starożytnych twierdz Pierwszych Ludzi. A na wzniesieniach są kręgi czardrzew pozostawione przez dzieci lasu.

— Uczepiłaś się tego przylądka jak tonący chwyta się fragmentu wraku. Czy można tam znaleźć coś, czego ktokolwiek mógłby pragnąć? Nie ma kopalń złota ani srebra, a nawet cyny czy żelaza. Ziemia jest zbyt wilgotna dla pszenicy i kukurydzy.

Nie mam zamiaru uprawiać pszenicy ani kukurydzy.

— Pytasz, co tam można znaleźć? Odpowiem ci. Dwa długie brzegi, setkę ukrytych zatoczek, wydry w jeziorach, łososie w rzekach, małże na wybrzeżu, kolonie fok tuż przy nim, wysokie drzewa do budowy okrętów.

— A kto wybuduje te okręty, moja królowo? Gdzie Wasza Miłość znajdzie poddanych dla swego królestwa, nawet jeśli ludzie z północy pozwolą ci je zdobyć? A może zamierzasz zostać władczynią fok i wydr?

Roześmiała się ze smutkiem.

— Przyznaję, że wydry mogłyby się okazać łatwiejsze do

rządzenia niż ludzie. A foki są od nich mądrzejsze. Nie, zapewne masz rację. Najlepiej będzie, jeśli pożegluję na Pyke. Na Harlaw są jeszcze tacy, którzy ucieszą się z mojego powrotu. I na samej Pyke też. A na Blacktyde Euron z pewnością nie zyskał sobie przyjaciół, zabijając lorda Baelora. Mogłabym odnaleźć stryjaszka Aerona i wezwać wyspy do buntu.

Od czasu królewskiego wiecu nikt nie widział Mokrej Czupryny, ale jego utopieni zapewniali, że ukrywa się na Wielkiej Wyk i wkrótce powróci, by ściągnąć gniew Utopionego Boga na Wronie Oko i jego sługi.

— Rozbijacz Kowadeł też szuka Mokrej Czupryny. Poluje na utopionych. Ślepego Berona Blacktyde'a pojmano i poddano przesłuchaniom. Nawet Starca Siwą Mewę zakuto w łańcuchy. Jak chcesz odnaleźć kapłana, jeśli wszyscy ludzie Eurona nie potrafią tego dokonać?

— W naszych żyłach płynie ta sama krew. Jest bratem mojego ojca.

To nie była przekonująca odpowiedź i Asha o tym wiedziała.

— Wiesz, co sobie myślę?

— Podejrzewam, że wkrótce się dowiem.

— Myślę, że Mokra Czupryna nie żyje. Że Wronie Oko poderżnął mu gardło. Ironmaker szuka go tylko po to, by nas przekonać, że kapłanowi udało się uciec. Euron boi się, że uznają go za zabójcę krewnych.

— W żadnym wypadku nie pozwól, by mój stryjaszek to usłyszał. Jeśli powiesz Wroniemu Oku, że boi się zabójstwa krewnych, zamorduje któregoś z własnych synów, by ci udowodnić, że się mylisz.

Asha czuła się już prawie trzeźwa. Tristifer Botley tak na nią działał.

— Nawet jeśli zdołasz odnaleźć stryja Mokrą Czuprynę, nic nie osiągniecie. Oboje uczestniczyliście w królewskim wiecu i nie możecie twierdzić, że zwołano go bezprawnie, jak zrobił Torgon. Podjęte na wiecu decyzje wiążą was zgodnie z wszystkimi prawami bogów i ludzi. Nie…

Asha zmarszczyła brwi.

— Chwileczkę. Torgon? Jaki Torgon?

— Torgon Spóźniony.

— Był królem w Erze Herosów. — Tyle Asha pamiętała na jego temat, ale niewiele więcej. — Co takiego zrobił?

— Torgon Greyiron był najstarszym synem króla, ale król był stary, a Torgon nie mógł usiedzieć na miejscu, tak się więc złożyło, że w chwili śmierci ojca opuścił swą twierdzę na Szarej Tarczy i popłynął łupić na Mander. Zamiast wysłać mu wiadomość, jego bracia pośpiesznie zwołali królewski wiec, sądząc, że korona z wyrzuconego na brzeg drewna przypadnie któremuś z nich. Ale kapitanowie i królowie wybrali Urragona Goodbrothera. Pierwsze, co uczynił nowy król, to rozkazał, by wszystkich synów jego poprzednika stracono. Tak też się stało. Od tej pory ludzie przezwali go Badbrotherem, choć w rzeczywistości wcale nie był z nimi spokrewniony. Władał przez prawie dwa lata.

Asha wreszcie sobie przypomniała.

— Torgon wrócił do domu…

— …i oznajmił, że wiec był bezprawny, ponieważ nie mógł na niego przybyć, by zgłosić swe pretensje. Badbrother był nie tylko okrutny, lecz również skąpy, więc pozostało mu na wyspach bardzo niewielu przyjaciół. Kapłani go potępili, lordowie zbuntowali się przeciwko niemu, a jego właśni kapitanowie porąbali go na kawałki. Torgon Spóźniony został królem i panował przez czterdzieści lat.

Asha złapała Trisa Botleya za uszy i pocałowała go prosto w usta. Kiedy go puściła, był cały czerwony i nie mógł zaczerpnąć oddechu.

— Co to było? — zapytał.

— To się nazywa pocałunek. Niech mnie utopią za głupotę, Tris, powinnam była pamiętać… — nagle przerwała. Gdy Tris spróbował coś powiedzieć, uciszyła go, wytężając słuch. — To był sygnał rogu. Hagen. — W pierwszej chwili pomyślała o swym mężu. Czy Erik Ironmaker mógłby pokonać tak długą drogę, by doścignąć zbiegłą żonę? — A jednak Utopiony Bóg mnie kocha. Zastanawiałam się, co mam robić, a on zesłał mi nieprzyjaciół, z którymi mogę walczyć. — Asha wstała i wepchnęła nóż do pochwy. — Przed nami bitwa.

Gdy dotarła na dziedziniec, biegła już truchtem. Tris podążał tuż za nią. Mimo to nie zdążyli na czas. Dwóch ludzi z północy wykrwawiało się na ziemi pod wschodnim wałem, nieopodal tylnej bramy. Stali nad nimi Lorren Długi Topór, Sześciopalcy Harl i Grymaśny Język.

— Cromm i Hagen zauważyli ich, jak przechodzili przez wał — wyjaśnił ten ostatni.

— Tylko tych dwóch? — zapytała Asha.

— Pięciu. Dwóch zabiliśmy, nim zdążyli przejść, a trzeciego Harl załatwił na szczycie. Ci dwaj zdołali dotrzeć na dziedziniec.

Jeden z mężczyzn nie żył, jego krew i mózg pokryły topór Lorrena, ale drugi nadal ciężko oddychał, mimo że włócznia Grymaśnego Języka przyszpiliła go do ziemi i wokół niego zbierała się kałuża krwi. Obaj mieli na sobie utwardzane skóry i płaszcze w brązowe, zielone i czarne cętki. Do ich kapturów i ramion przyszyto gałęzie, liście oraz darń.

— Jak się nazywasz? — zapytała Asha rannego.

— Flint. A ty?

— Asha z rodu Greyjoyów. To mój zamek.

— Deepwood to siedziba Galbarta Glovera, nie dom dla kałamarnic.

— Jest was więcej? — ciągnęła Asha. Gdy jej nie odpowiedział, złapała włócznię Grymaśnego Języka i zaczęła ją obracać. Ranny krzyknął z bólu. Z rany trysnęła krew. — Po co tu przybyliście?

— Po panią — odparł z drżeniem mężczyzna. — Bogowie, przestań. Przyszliśmy po panią. Żeby ją uratować. Było nas tylko pięciu.

Asha spojrzała mu w oczy. Gdy dostrzegła w nich fałsz, oparła się o włócznię i obróciła ją jeszcze mocniej.

— Ilu was jest? — powtórzyła. — Powiedz mi albo będziesz konał aż do świtu.

— Wielu — załkał wreszcie, w przerwie między krzykami. — Tysiące. Trzy tysiące, cztery… ajjjj… proszę…

Wyrwała mu włócznię z brzucha i wbiła ją oburącz w jego kłamliwe gardło. Maester Galbarta Glovera zapewniał, że górskie klany są zbyt skłócone, by mogły się zjednoczyć bez pomocy Starka, który je poprowadzi. *Może nie kłamał. Może po prostu się pomylił.* Wiedziała, jak to smakuje, nauczyła się tego na królewskim wiecu swego stryjaszka.

— Tych pięciu miało otworzyć nasze bramy przed głównymi siłami napastników — stwierdziła. — Lorrenie, Harlu, przyprowadźcie mi lady Glover i jej maestera.

— Całych czy krwawiących? — zapytał Lorren Długi Topór.

— Całych i zdrowych. Grymaśny Języku, właź na tę po trzykroć przeklętą wieżę i powiedz Crommowi i Hagenowi, żeby mieli oczy szeroko otwarte. Jeśli zauważą choćby zająca, chcę się natychmiast o tym dowiedzieć.

Na dziedzińcu Deepwood wkrótce zaroiło się od wystraszonych ludzi. Podkomendni Ashy wdziewali zbroje albo wspinali się na wały. Domownicy Galbarta Glovera szeptali do siebie z przerażeniem na twarzach. Jego zarządcę trzeba było wynieść z piwnicy. Stracił nogę, gdy Asha zdobyła zamek. Maester sprzeciwiał się głośno, aż wreszcie Lorren zdzielił go mocno w gębę zakutą w stal pięścią. Lady Glover wyszła z bożego gaju, wspierając się na ramieniu przybocznej.

— Ostrzegałam cię, że ten dzień nadejdzie, pani — rzekła, ujrzawszy leżące na ziemi trupy.

Maester przepchnął się bliżej. Z jego złamanego nosa skapywała krew.

— Lady Asho, błagam, ściągnij chorągwie i pozwól, bym wybłagał dla ciebie ocalenie życia. Traktowałaś nas uczciwie i z honorem. Powiem im to.

— Wymienimy was za dzieci. — Oczy Sybelle Glover były czerwone od łez i nieprzespanych nocy. — Gawen ma cztery lata. Ominął mnie jego dzień imienia. A moja słodka dziewczynka... oddaj mi dzieci, a nic nie musi ci się stać. Ani twoim ludziom.

Asha wiedziała, że to ostatnie jest kłamstwem. Ją mogą wymienić, wysłać na Żelazne Wyspy, w objęcia kochającego męża. Jej kuzynów również zwolnią za okupem, podobnie jak Trisa

Botleya oraz kilku innych jej ludzi, których rodziny miały pieniądze, by ich wykupić. Pozostałych czekał topór, pętla albo Mur. *Niemniej mają prawo zdecydować.*

Asha wspięła się na beczkę, by wszyscy ją widzieli.

— Wilki idą na nas z obnażonymi kłami. Nim wzejdzie słońce, będą u naszych bram. Czy mamy odrzucić włócznie i topory, by błagać o darowanie życia?

— Nie.

Qarl Panienka wydobył miecz.

— Nie — powtórzył echem Lorren Długi Topór.

— Nie — zagrzmiał Rolfe Karzeł, potężny jak niedźwiedź mężczyzna, przerastający o głowę wszystkich w jej załodze. — Nigdy.

Z góry dobiegł dźwięk rogu Hagena, niosący się echem po dziedzińcu.

Ahuuuuuuuuuuuuu — zabrzmiał róg. Od jego niskiego, przeciągłego tonu krew warzyła się w żyłach. Asha znienawidziła brzmienie tego instrumentu. Na Starej Wyk piekielny róg Eurona obwieścił śmierć jej marzeń, a teraz Hagen zapowiedział być może ostatnią godzinę jej życia. *Jeśli muszę umrzeć, zginę z toporem w rękach i przekleństwem na ustach.*

— Na wały — rozkazała Asha Greyjoy swym ludziom i ruszyła do wieży strażniczej. Tris Botley szedł tuż za nią.

Drewniana wieża była najwyższym obiektem między morzem a szczytami gór. Przewyższała o dwadzieścia stóp najpotężniejsze drzewa strażnicze i sosny żołnierskie w otaczającym ich lesie.

— Tam, kapitanie — powiedział Cromm, gdy weszła na górę. Asha widziała tylko drzewa i cienie, wzgórza skąpane w księżycowym blasku i ośnieżone turnie za nimi. Nagle zauważyła, że drzewa podkradają się coraz bliżej.

— Oho — zaśmiała się — górskie kozy zamaskowały się gałęziami sosen.

Las maszerował, zbliżając się do zamku niczym powolny zielony przypływ. Cofnęła się w myślach do słyszanej w dzieciństwie opowieści o dzieciach lasu i ich wojnach z Pierwszymi

Ludźmi. Ponoć zieloni jasnowidze potrafili zmieniać drzewa w wojowników.

— Nie możemy walczyć z tak wieloma — stwierdził Tris Botley.

— Możemy walczyć z tyloma, z iloma będzie trzeba, szczeniaku — odparł Cromm. — Im więcej ich przyjdzie, tym większa chwała. Będą o nas śpiewać pieśni.

Z pewnością, ale czy będą to pieśni o twojej odwadze, czy o moim szaleństwie? Od morza dzieliło ich aż piętnaście mil. Czy lepiej będzie, jeśli spróbują się bronić za głębokimi wykopami i drewnianymi palisadami Deepwood? *Drewniane fortyfikacje nie pomogły zbytnio Gloverom, kiedy zdobywałam ich zamek* — powiedziała sobie. *Czemu mnie miałyby się przydać bardziej?*

— Jutro będziemy ucztować pod morzem.

Cromm pogłaskał topór, jakby nie mógł się tego doczekać.

Hagen opuścił róg.

— Jeśli polegniemy z suchymi nogami, jak znajdziemy drogę do podmorskich komnat Utopionego Boga?

— W tych lasach jest pełno strumyków — zapewnił go Cromm. — Wszystkie wpadają do rzek, a rzeki do morza.

Asha nie czuła się gotowa umrzeć, nie tutaj, nie w tej chwili.

— Żywy człowiek odnajdzie morze łatwiej niż umarły. Niech wilki zatrzymają sobie swe posępne lasy. Idziemy do drakkarów.

Zastanawiała się, kto dowodzi wrogami. *Na jego miejscu ruszyłabym na plażę i spaliła nasze okręty przed atakiem na Deepwood.* Wilkom nie przyszłoby to jednak łatwo, chyba żeby miały własne drakkary. Asha nigdy nie wciągała na brzeg więcej niż połowy swoich łodzi. Druga połowa czekała na morzu. Jeśli na plaży pojawią się ludzie z północy, załogi miały rozwinąć żagle i popłynąć na Przylądek Morskiego Smoka.

— Hagenie, zadmij w róg. Niech las zadrży. Tris, włóż jakąś zbroję. Pora już, byś wypróbował ten swój słodki miecz. — Zobaczyła, jak bardzo pobladł, i uszczypnęła go w policzek. — Wkrótce oboje zbryzgamy księżyc przelaną krwią. Obiecuję ci pocałunek za każdego zabitego wroga.

— Moja królowo — odparł Tristifer — tutaj mamy wały, a jeśli dotrzemy na brzeg i przekonamy się, że wilki zdobyły albo odpędziły nasze okręty, wtedy…

— …zginiemy — dokończyła radośnie. — Ale przynajmniej z mokrymi stopami. Żelaźni ludzie walczą lepiej, gdy nozdrza wypełniają im słone bryzgi, a za plecami słyszą szum fal.

Hagen zagrał trzy krótkie tony, szybko jeden po drugim, sygnał wzywający żelaznych ludzi do powrotu na statki. Z dołu dobiegały krzyki, szczęk włóczni i mieczy oraz rżenie koni. *Za mało koni i za mało jeźdźców.* Asha zeszła z wieży. Na dziedzińcu czekał na nią Qarl Panienka z jej kasztanowatą kobyłą, jej hełmem i toporkami. Żelaźni ludzie wyprowadzali konie ze stajni Galbarta Glovera.

— Taran! — zawołał ktoś na wałach. — Mają taran oblężniczy!

— Która brama? — zapytała Asha, dosiadając konia.

— Północna!

Zza omszałych fortyfikacji Deepwood dobiegł dźwięk trąb. *Trąby? Wilki z trąbami?* Coś tu było nie w porządku, ale Asha nie miała czasu się nad tym zastanawiać.

— Otwórzcie południową bramę — rozkazała w tej samej chwili, gdy północna brama zatrzęsła się pod uderzeniem tarana. Zdjęła z pleców toporek o krótkim trzonku. — Godzina sowy uciekła, bracia. Teraz zaczyna się godzina włóczni, miecza i topora. Sformujcie szyk, Wracamy do domu.

— Dom! — zakrzyknęło sto gardeł. — Asha!

Tris Botley popędził cwałem obok niej, dosiadając wielkiego dereszowatego ogiera. Żelaźni ludzie zwarli szyk, unosząc tarcze i włócznie. Qarl Panienka, który nie jeździł konno, zajął pozycję między Grymaśnym Językiem a Lorrenem Długim Toporem. Gdy Hagen wreszcie schodził z wieży strażniczej, wilcza strzała trafiła go w brzuch. Zwalił się na ziemię twarzą w dół. Córka podbiegła z płaczem do niego.

— Zabierzcie ją — rozkazała Asha. Nie mieli czasu na żałobę. Rolfe Karzeł wsadził dziewczynę na swojego konia. Jej rude włosy powiewały luźno. Asha usłyszała jęk północnej bramy, gdy znowu uderzył w nią taran. *Może będziemy musieli się przez nich przebić* — pomyślała. Południowa brama otworzyła się przed nimi szeroko. Droga była wolna. *Na jak długo?*

— Naprzód!

Asha wbiła pięty w końskie boki.

Piesi ruszyli truchtem, a konni kłusem, aż dotarli do skraju lasu, na drugi koniec podmokłego pola, gdzie zwiędłe kiełki zimowej pszenicy gniły w świetle księżyca. Asha zrobiła z jeźdźców tylną straż, by popędzali opieszałych i upewnili się, że nikt nie zostanie z tyłu. Ze wszystkich stron otoczyły ich wysokie sosny żołnierskie i stare sękate dęby. Zamek rzeczywiście leżał w głębokim lesie. Potężne mroczne drzewa wyglądały groźnie. Ich konary krzyżowały się ze sobą, poskrzypując przy każdym podmuchu wiatru, a wyżej położone gałęzie zdawały się drapać twarz księżyca. *Im szybciej się stąd wydostaniemy, tym lepiej się poczuję* — pomyślała Asha. *Drzewa nienawidzą nas wszystkich w głębi swych roślinnych serc.*

Posuwali się na południe i południowy wschód, aż wreszcie stracili z oczu drewniane wieże Deepwood Motte, a dźwięk trąb ucichł w lesie. *Wilki odzyskały swój zamek. Może pozwolą nam odejść.*

Tris Botley podjechał do niej.

— Zmierzamy w niewłaściwą stronę — stwierdził, wskazując na widoczny za zasłoną gałęzi księżyc. — Musimy zakręcić na północ, do statków.

— Najpierw na zachód — sprzeciwiła się Asha. — Dopóki nie wzejdzie słońce. Dopiero potem na północ. — Spojrzała na Rolfe'a Karła i Roggona Rdzawobrodego, ich najlepszych jeźdźców. — Jedźcie na zwiad, żeby się upewnić, czy droga wolna. Nie chcę na brzegu żadnych niespodzianek. Jeśli natkniecie się na wilki, wróćcie mnie zawiadomić.

— Jeśli będzie trzeba — obiecał Roggon, uśmiechając się pod wielką rudą brodą.

Gdy zwiadowcy zniknęli między drzewami, reszta żelaznych ludzi wznowiła marsz. Posuwali się naprzód powoli. Drzewa skrywały przed nimi księżyc i gwiazdy, a leśne podszycie pod ich stopami było czarne i zdradzieckie. Nim zdążyli pokonać pół mili, klacz kuzyna Ashy Quentona złamała przednią nogę w jakiejś dziurze. Quenton musiał poderżnąć zwierzęciu gardło, by uciszyć jego kwiczenie.

— Powinniśmy zrobić pochodnie — nalegał Tris.

— Ogień przyciągnie do nas ludzi z północy.

Asha zaklęła pod nosem, zastanawiając się, czy opuszczenie zamku nie było jednak błędem. *Nie. Gdybyśmy tam zostali i podjęli walkę, wszyscy moglibyśmy już nie żyć.* Niemniej błądzenie na oślep po ciemku również nic im nie da. *Te drzewa zabiją nas, jeśli zdołają.* Zdjęła hełm i odgarnęła z czoła przepocone włosy.

— Za kilka godzin wzejdzie słońce. Zatrzymamy się tutaj i odpoczniemy do świtu.

To pierwsze nie sprawiło im kłopotu, ale odpoczynek okazał się trudniejszy. Nikt nie spał, nawet Drzemiący Dale, wioślarz, który potrafił przysypiać w przerwach między ruchami wioseł. Niektórzy dzielili się bukłakiem jabłkowego wina Galbarta Glovera, podając go sobie kolejno. Ci, którzy zabrali coś do jedzenia, odstępowali część zapasów tym, którzy nic nie mieli. Jeźdźcy napoili i nakarmili konie. Kuzyn Ashy Quenton Greyjoy wysłał trzech ludzi między drzewa, by wypatrywali zbliżających się pochodni. Cromm ostrzył topór, a Qarl Panienka miecz. Konie skubały zeschłą brązową trawę i inne rośliny. Rudowłosa córka Hagena ujęła za rękę Trisa Botleya, chcąc go zaciągnąć między drzewa. Gdy jej odmówił, poszła z Sześciopalcym Harlem.

Gdybym tylko mogła zrobić to samo. Słodko byłoby po raz ostatni zapomnieć się w ramionach Qarla. Asha czuła nieprzyjemny ucisk w brzuchu. Czy poczuje jeszcze kiedyś pod stopami pokład „Czarnego Wichru"? A jeśli tak, dokąd pożegluje? *Wyspy są dla mnie zamknięte, chyba że ugnę kolan, rozłożę nogi i poddam się uściskom Erika Ironmakera, a w żadnym porcie w Westeros córka krakena nie będzie mile widzianym gościem.* Mogła zająć się handlem, jak chciał Tris, albo pożeglować na Stopnie i przyłączyć się do tamtejszych piratów. Albo…

— „Wysyłam każdemu z was po kawałku księcia…" — wymamrotała.

— Wolałbym otrzymać kawałek ciebie — wyszeptał z uśmiechem Qarl. — Najsłodszy kawałek, który...

Coś wypadło z krzaków i wylądowało z cichym łoskotem między żelaznymi ludźmi, podskakując kilka razy. Było okrągłe, ciemne i wilgotne, a tocząc się, ciągnęło za sobą długie włosy.

— Rolfe Karzeł nie jest już tak wysoki jak kiedyś — zauważył Grymaśny Język, gdy przedmiot zatrzymał się pod korzeniami dębu. Połowa ludzi zerwała się już na nogi, sięgając po tarcze, włócznie i topory. *Oni też nie zapalili pochodni* — zdążyła pomyśleć Asha — *a znają ten las znacznie lepiej od nas.* Spomiędzy otaczających ich ze wszystkich stron drzew wypadli z wyciem ludzie z północy. *Wilki. Wyją jak cholerne wilki. To ich okrzyk bojowy. Żelaźni ludzie odpowiedzieli wrzaskiem i zaczęła się walka.*

Żaden minstrel nigdy nie ułoży pieśni o tej bitwie. Żaden maester nie spisze relacji w jednej z ukochanych przez Czytacza książek. Nie było łopoczących na wietrze chorągwi ani zawodzenia wojennych rogów. Żaden wielki lord nie zwołał swych ludzi, by wysłuchali jego pamiętnych ostatnich słów. Walczyli w poprzedzającym świt półmroku, cień przeciwko cieniowi, potykali się o kamienie i korzenie, mieli pod stopami błoto i butwiejące liście. Żelaźni ludzie byli odziani w kolczugi i pokryte plamami od soli kurty, ich przeciwnicy zaś w futra, niewyprawione skóry i sosnowe gałęzie. Na walkę patrzyły księżyc i gwiazdy, ich blady blask sączył się przez plątaninę nagich konarów.

Pierwszy wróg, który zaatakował Ashę Greyjoy, skonał u jej stóp z celnie rzuconym toporkiem wbitym między oczy. To dało jej chwilę potrzebną, by wsunąć tarczę na ramię.

— Do mnie! — zawołała, choć sama nie była pewna, czy wzywa własnych ludzi, czy nieprzyjaciół. Kolejny człowiek z północy zamachnął się na nią ściskanym w obu rękach toporem, wyjąc w nieartykułowanej furii. Asha zatrzymała cios tarczą, a potem podeszła bliżej, by wbić mu sztylet w brzuch. Kiedy padał, jego wycie nabrało innej tonacji. Odwróciła się błyskawicznie i znalazła za sobą kolejnego wilka. Cięła go w czoło, tuż poniżej obręczy hełmu. Jego broń trafiła ją poniżej piersi, ale kolczuga powstrzymała cios. Asha wbiła mu sztych sztyletu w gardło i utonął we własnej krwi. Ktoś złapał ją za włosy, ale były za krótkie, by mógł odciągnąć jej głowę do tyłu. Asha wbiła mu obcas w podbicie i wyszarpnęła się, gdy krzyknął z bólu. Kiedy się odwróciła, napastnik konał już na ziemi, nadal ściskając w dłoni garść jej włosów. Stał nad nim Qarl. Jego miecz ociekał krwią, a w oczach odbijał się blask księżyca.

Grymaśny Język liczył zabitych wrogów.

— Cztery — krzyknął, gdy padł kolejny. — Pięć — dodał uderzenie serca później.

Konie kwiczały, wierzgały i wybałuszały ślepia z przerażenia, oszalałe od krwi i rzezi... wszystkie poza wielkim dereszem Botleya. Tris zdążył wskoczyć na siodło. Wierzchowiec stanął dęba i obrócił się wkoło, a jeździec walił mieczem na wszystkie strony. *Nim wstanie dzień, mogę mu być winna trochę pocałunków* — pomyślała Asha.

— Siedem — krzyknął Grymaśny Język, ale Lorren Długi Topór padł na ziemię obok niego, z jedną nogą skuloną pod ciałem. Z krzykiem i szelestem nadciągały wciąż nowe cienie. *Walczymy z chaszczami* — pomyślała Asha, zabijając człowieka mającego na sobie więcej liści niż okoliczne drzewa. Parsknęła śmiechem. Ten dźwięk przyciągnął do niej więcej wilków. Ich również zabiła, zastanawiając się, czy nie powinna też zacząć liczyć. *Jestem kobietą zamężną, a to jest moje dzieciątko.* Pchnęła sztyletem w pierś kolejnego przeciwnika, przebijając futro, wełnę i utwardzoną skórę. Jego twarz była tak blisko, że Asha czuła kwaśny odór oddechu. Zaciskał dłoń na jej gardle. Poczuła zgrzyt żelaza o kość, gdy sztylet przesunął się po żebrze. Mężczyzna zadrżał i skonał. Kiedy go puściła, zrobiło się jej tak słabo, że omal nie upadła na niego.

Potem stanęli z Qarlem wsparci o siebie plecami, nasłuchując dobiegających ze wszystkich stron stęknięć i przekleństw. Odważni mężczyźni czołgali się w półmroku, płacząc za matkami. Wtem zaatakował ją krzak trzymający włócznię tak długą, że mógłby przebić Ashę i Qarla na wylot, przyszpilając ich do siebie w chwili śmierci. *Lepsze to, niż zginąć samotnie* — pomyślała, ale jej kuzyn Quenton zabił włócznika, nim ten zdołał do niej dotrzeć. Uderzenie serca później inny krzak uśmiercił Quentona, wbijając mu z tyłu topór w podstawę czaszki.

— Dziewięć, niech was szlag — zawołał gdzieś za nią Grymaśny Język. Córka Hagena wypadła nago spomiędzy drzew, ścigana przez dwa wilki. Asha wyszarpnęła toporek i rzuciła nim, trafiając jednego z nich w plecy. Kiedy padł, rudowłosa dziewczyna osunęła się na kolana, złapała jego miecz i pchnęła nim drugiego mężczyznę. Potem usmarowana krwią i błotem, powiewająca rozpuszczonymi włosami wstała i rzuciła się między walczących.

Pośród chaosu bitwy Asha w pewnej chwili straciła kontakt z Qarlem, a także z Trisem i całą resztą. Zgubiła też sztylet i wszystkie toporki. Został jej tylko krótki miecz o szerokiej, grubej klindze, przypominający rzeźnicki tasak. Ręka ją bolała, w ustach czuła smak krwi, a nogi pod nią drżały. Między drzewami przedostawały się pierwsze snopy bladego światła jutrzenki. *Już jest dzień? Jak długo walczymy?*

Jej ostatnim przeciwnikiem był topornik, potężnie zbudowany mężczyzna, łysy i brodaty, odziany w połataną, zardzewiałą kolczą koszulę, z pewnością oznaczającą, że jest wodzem albo klanowym wielkim wojownikiem. Nie był zadowolony, gdy zobaczył, że walczy z kobietą.

— Pizda! — ryczał przy każdym uderzeniu. — Pizda! Pizda!

Asha chciała mu odpowiedzieć, ale miała w gardle tak sucho, że było ją stać jedynie na stękanie. Uderzenia topora wstrząsały jej tarczą. Kiedy ostrze opadało, drewno pękało, a gdy wyszarpywał broń, ciągnęły się za nią długie jasne drzazgi. Wkrótce zostanie jej tylko naręcze szczap. Cofnęła się, strząsając z ramienia resztki tarczy, a potem cofnęła się znowu, tańcząc w lewo, w prawo i znowu w lewo, by uniknąć ciosów topora.

Wtem uderzyła mocno plecami o drzewo i nie mogła już tańczyć. Wilk wzniósł wysoko topór, by rozpłatać jej głowę na dwoje. Asha spróbowała wymknąć się w prawo, ale jej stopy zaplątały się w korzeniach. Wykręciła ciało, straciła równowagę i topór uderzył ją w skroń. Stal zazgrzytała o stal. Świat wokół niej poczerwieniał, poczerniał i znowu poczerwieniał. Ból przeszył jej nogę niczym błyskawica. Usłyszała dobiegający z oddali głos człowieka z północy.

— Ty cholerna pizdo — warknął, unosząc topór do śmiertelnego ciosu.

Zabrzmiała trąba.

Coś tu jest nie tak — pomyślała Asha. *W podmorskich komnatach Utopionego Boga nie ma trąb. W morskich odmętach merlingi witają swego króla, dmąc w muszle.*

Śniły się jej czerwone płonące serca i czarny jeleń w złotym lesie. Z jego poroża buchały płomienie.

TYRION

Gdy dotarli do Volantis, niebo na zachodzie było purpurowe, a od wschodu czarne. Pojawiły się już pierwsze gwiazdy. *Te same co w Westeros* — pomyślał Tyrion Lannister.

Mogłoby go to trochę pocieszyć, gdyby nie fakt, że skrępowano go jak gęś i przywiązano do siodła. Dał już sobie spokój z szarpaniem więzów. Były zaciśnięte za mocno. Leżał bezwładnie jak worek mąki. *Oszczędzam siły* — powtarzał sobie, choć nie potrafiłby powiedzieć na co.

W Volantis bramy zamykano o zmierzchu i wartownicy stojący przy północnej utyskiwali niecierpliwie na spóźnialskich. Stanęli w kolejce za wozem wyładowanym limonami i pomarańczami. Wartownicy przepuścili wóz skinieniem pochodni, ale wysoki Andal ze swym rumakiem, mieczem i kolczugą przyciągnął ich uwagę. Wezwano kapitana. Podczas gdy on i rycerz wymieniali kilka słów po volanteńsku, jeden z wartowników zdjął szponiastą stalową rękawicę i pogłaskał głowę Tyriona.

— Przynoszę wielkie szczęście — oznajmił karzeł. — Uwolnij mnie z więzów, przyjacielu, a zapewniam, że otrzymasz sowitą nagrodę.

Rycerz usłyszał jego słowa.

— Zachowaj te kłamstwa dla tych, którzy znają twój język, Krasnalu — rzekł, gdy Volanteńczycy ich przepuścili.

Minęli bramę i przejechali pod potężnymi miejskimi murami.

— Ty go znasz. Czy mogę na ciebie wpłynąć obietnicami, czy też jesteś zdeterminowany kupić sobie tytuł lordowski za moją głowę?

— Byłem lordem prawem dziedzictwa. Nie pragnę pozbawionych znaczenia tytułów.

— Nic więcej nie otrzymasz od mojej słodkiej siostry.

— A ja słyszałem, że Lannister zawsze płaci swe długi.

— Och, co do grosika... ale ani miedziaka więcej, panie. Dostaniesz obiecany posiłek, ale nie będzie przyprawiony wdzięcznością i w ostatecznym rozrachunku nie nasycisz się nim zbytnio.

— A może pragnę tylko, byś zapłacił za swe zbrodnie? Zabójca krewnych jest przeklęty w oczach bogów i ludzi.

— Bogowie są ślepi. A ludzie widzą tylko to, co chcą zobaczyć.

— Widzę cię całkiem wyraźnie, Krasnalu — w głosie rycerza zabrzmiał mroczny ton. — Sam popełniłem uczynki, z których nie jestem dumny, zhańbiłem swój ród i imię ojca... ale zabić własnego rodzica? Jak człowiek może zrobić coś takiego?

— Daj mi kuszę i ściągnij portki, to ci pokażę. *Z przyjemnością.*

— Myślisz, że to żart?

— Myślę, że całe życie to żart. Twoje, moje i wszystkich.

Zostawiwszy za sobą miejskie mury, mijali domy cechowe, targowiska i łaźnie. Fontanny szumiały śpiewnie pośrodku szerokich placów, na których mężczyźni siedzieli za kamiennymi stołami, przesuwając figury na planszach do gry w *cyvasse* i popijając wino z wąskich, wysokich kieliszków ze szkła, a niewolnicy zapalali zdobne lampy, by odegnać ciemność. Przy brukowanych ulicach rosły palmy i cedry, a na każdym skrzyżowaniu ulic stały pomniki. Karzeł zauważył, że wielu z nich brakuje głów. Niemniej nawet bez nich wyglądały imponująco w fioletowym półmroku.

W miarę jak rumak wlókł się na południe wzdłuż rzeki, sklepy stawały się coraz mniejsze. Drzewa zmieniły się w uschnięte pniaki, a bruk pod kopytami konia ustąpił miejsca diabelskiej trawie, a potem miękkiemu błotu o barwie kału niemowlęcia. Mostki nad wąskimi strumykami wpadającymi do Rhoyne skrzypiały niepokojąco pod ich ciężarem. Tam, gdzie kiedyś wznosił się nadrzeczny fort, została teraz tylko zniszczona brama, rozwarta szeroko niczym bezzębne usta starca. Można było zauważyć pasące się na wałach kozy.

Stare Volantis, pierwsza córa Valyrii — pomyślał karzeł. *Dumne Volantis, królowa Rhoyne i pani Letniego Morza, ojczyzna szlachetnych lordów i pięknych dam najstarożytniejszej krwi.* Mniejsza o stada nagich dzieci, które krążyły po zaułkach, wrzeszcząc przenikliwie, o zbirów stojących w drzwiach winiarni z dłońmi na rękojeściach mieczy i o niewolników z ich przygiętymi plecami i naznaczonymi tatuażami twarzami, kręcących się wszędzie jak karaluchy. *Potężne Volantis, najwspanialsze i najludniejsze z Dziewięciu Wolnych Miast.* Dawne wojny wyludniły jednak znaczną część miasta i wiele jego dzielnic zapadało się z powrotem w błoto, na którym je wzniesiono. *Piękne Volantis, miasto fontann i kwiatów.* Ale połowa fontann już wyschła, a ich popękane baseny wypełniała stojąca woda. Z każdej szczeliny w murach albo chodnikach wyrastały kwitnące pnącza, a w murach porzuconych sklepów i pozbawionych dachu świątyń zakorzeniały się młode drzewka.

Był też smród. Unosił się w gorącym, parnym powietrzu, intensywny, dokuczliwy i wszechobecny. *Wyczuwam w nim nutę ryb, kwiatów i trochę słoniowego łajna. Coś słodkiego, coś ziemistego, a także coś martwego i zgniłego.*

— To miasto cuchnie jak stara kurwa — skwitował Tyrion. — Jak nierządnica o obwisłych cyckach, która zalewa swe części intymne perfumami, by stłumić bijący spomiędzy nóg smród. No wiesz, nie chodzi o to, że się skarżę. Z kurwami jest tak, że młode pachną znacznie ładniej, ale stare znają więcej sztuczek.

— Z pewnością wiesz na ten temat więcej ode mnie.

— Oczywiście. Ten burdel, w którym się spotkaliśmy, jak rozumiem, wziąłeś za sept. Czy to może własną dziewiczą siostrę trzymałeś na kolanach?

Rycerz skrzywił się wściekle.

— Daj chwilę odpocząć temu swojemu językowi, bo inaczej zawiążę ci go na supeł.

Tyrion przełknął odpowiedź, która mu się nasunęła. Usta miał nadal spuchnięte po tym, jak ostatnio zbyt mocno sprowokował rycerza. *Twarde pięści i brak poczucia humoru to niedobre małżeństwo.* Tyle przynajmniej zdołał się nauczyć podczas drogi z Selhorys. Jego myśli powędrowały do ukrytych w bucie grzybów. Rycerz nie przeszukał go tak starannie, jakby należało. *Zawsze zostaje mi ta droga ucieczki. Przynajmniej Cersei nie dostanie mnie żywcem.*

Dalej na południe znowu pojawiły się oznaki dostatku. Rzadziej widzieli tu porzucone budynki, nagie dzieci zniknęły, a zbiry stojące w drzwiach były lepiej ubrane. Nieliczne z mijanych przez nich gospód naprawdę sprawiały wrażenie lokali, w których człowiek mógłby się zatrzymać na noc bez obawy, że poderżną mu gardło. Nadbrzeżną trasę oświetlały zawieszone na metalowych słupkach lampy kołyszące się na wietrze. Ulice były tu szersze, a budynki bardziej imponujące. Niektóre z nich wieńczyły wielkie kopuły z kolorowego szkła. Z nadejściem nocy zapalono pod nimi ogniska i kopuły świeciły niebieskim, czerwonym, zielonym albo fioletowym blaskiem.

Mimo to Tyrion nadal wyczuwał w powietrzu coś niepokojącego. Wiedział, że na zachód od Rhoyne zaczynają się nabrzeża Volantis, pełne marynarzy, niewolników i kupców, a także obsługujących ich winiarni, gospód i burdeli. Na wschód od rzeki cudzoziemców zza morza oglądało się rzadziej. *Nie chcą nas tutaj* — uświadomił sobie karzeł.

Gdy pierwszy raz minęli słonia, Tyrion nie mógł się powstrzymać przed gapieniem się na niego. Kiedy był małym chłopcem, w menażerii w Lannisporcie mieli słonicę, ale zwierzę padło, kiedy miał siedem lat... a ten szary gigant był chyba ze dwa razy większy.

Potem przez pewien czas jechali za mniejszym słoniem, białym jak stara kość. Zwierzę ciągnęło zdobny wóz.

— Dlaczego nie zaprzęgają do nich wołów, jak u nas? — zapytał rycerza. Nie doczekawszy się odpowiedzi, umilkł, pogrążając się w kontemplacji tłustego zadu idącego przed nimi karłowatego białego słonia.

W Volantis wręcz się roiło od tych zwierząt. Po drodze do Czarnego Muru i zatłoczonych dzielnic leżących blisko Długiego Mostu spotkali ich dwanaście. Wielkie szare słonie noszące na grzbiecie wieże również nie były rzadkością. Z zapadnięciem zmroku na ulice wyjechały wozy zbieraczy nawozu. Szły za nimi grupy półnagich niewolników, których zadaniem było ładowanie na wozy stert parujących odchodów pozostałych po słoniach, dużych i małych. Za wozami podążały roje much. Dlatego niewolnikom wytatuowano na policzkach te owady, żeby wszyscy widzieli, kim są. *To najlepsze zajęcie dla mojej słodkiej siostry* — pomyślał Tyrion. *Ślicznie by wyglądała z łopatką i muchami wytatuowanymi na tych słodkich różowych policzkach.*

Zwolnili do żółwiego tempa. Na nadrzecznej drodze panował intensywny ruch. Prawie wszyscy kierowali się na południe i rycerz dał się nieść nurtowi jak kłoda spływająca z prądem. Tyrion przyglądał się tłumom. Dziewięć osób na dziesięć nosiło na policzkach niewolnicze tatuaże.

— Tylu tu niewolników... dokąd wszyscy idą?

— O zachodzie słońca czerwoni kapłani zapalają swoje ogniska. Wielki kapłan przemówi do ludu. Ominąłbym to, gdybym mógł, ale żeby dotrzeć do Długiego Mostu, musimy przejść obok czerwonej świątyni.

Trzy przecznice dalej ulica wyszła na ogromny, oświetlony blaskiem pochodni plac. Wtedy Tyrion ją ujrzał. *Siedmiu, miejcie mnie w swojej opiece. Jest chyba ze trzy razy większa niż Wielki Sept Baelora.* Gigantyczne skupisko kolumn, schodów, przypór, mostów, kopuł i wież — przechodzących gładko w siebie, jakby wszystkie wykuto z jednej ogromnej skały — jakim była Świątynia Pana Światła, majaczyło przed nim niczym Wielkie Wzgórze Aegona. W jej murach łączyło się i mieszało ze sobą sto odcieni czerwieni, żółci, złota i oranżu, przechodzących w siebie nawzajem jak chmury o zachodzie słońca. Smukłe, powykręcane wieże wyciągały się ku niebu na podobieństwo zamarzniętych płomieni. *Ogień obrócony w kamień.* Obok świątynnych schodów zapalono ogromne nocne ogniska. Między nimi zaczął przemawiać wielki kapłan.

Benerro. Mężczyzna stał na szczycie czerwonej kolumny, połączonej wąskim kamiennym mostkiem z wyniosłym tarasem, na którym stali niżsi rangą kapłani oraz akolici. Ci ostatni mieli szaty jasnożółte albo jaskrawopomarańczowe, a kapłani i kapłanki czerwone.

Potężny tłum niemal całkowicie wypełniał ogromny plac. Bardzo wielu wyznawców przypięło sobie do rękawów albo owiązało wokół czół skrawki czerwonego materiału. Wszyscy poza nimi dwoma spoglądali na czerwonego kapłana.

— Z drogi — warczał rycerz, gdy koń przedzierał się przez tłum. — Zróbcie przejście.

Volanteńczycy usuwali się z niechęcią z drogi, mrucząc coś pod nosem i łypiąc ze złością.

Wysoki głos Benerra niósł się daleko. Rosły, chudy kapłan miał wymizerowaną twarz i cerę białą jak mleko. Na jego policzkach, podbródku i wygolonej głowie wytatuowano płomienie tworzące jaskrawoczerwoną maskę, mającą szczeliny na oczy i owijającą się wokół bezwargich ust.

— Czy to niewolnicze tatuaże? — zapytał Tyrion.

Rycerz skinął głową.

— Czerwona Świątynia kupuje dzieci i robi z nich kapłanów, świątynne prostytutki albo wojowników. Spójrz tam. — Wskazał na schody. Przed głównym wejściem stał szereg mężczyzn w zdobnych zbrojach i pomarańczowych płaszczach. Wszyscy trzymali w rękach włócznie o grotach przypominających wijące się płomienie. — Ognista Dłoń. Święci żołnierze Pana Światła, obrońcy świątyni.

Rycerze ognia.

— A ileż palców ma ta dłoń?

— Tysiąc. Nigdy więcej i nigdy mniej. Gdy jeden płomień zgaśnie, zapala się nowy.

Benerro wskazał palcem na księżyc, zacisnął pięść, a potem

rozpostarł szeroko dłonie. Gdy jego głos wzniósł się crescendem, z palców z nagłym szumem trysnęły płomienie. Cały tłum westchnął. Kapłan potrafił też rysować w powietrzu ogniste litery. *Valyriańskie hieroglify.* Tyrion rozpoznał może dwa z dziesięciu. Jeden oznaczał „zagładę", a drugi „ciemność".

Z tłumu dobiegły krzyki. Kobiety płakały, a mężczyźni potrząsali pięściami. *Mam złe przeczucia.* Karzeł przypomniał sobie dzień, gdy Myrcella odpłynęła do Dorne, i zamieszki, które wybuchły, kiedy wracali do Czerwonej Twierdzy.

Tyrion pamiętał, że Haldon Półmaester wspominał, iż czerwony kapłan może się okazać użyteczny dla Młodego Gryfa. Teraz, gdy już ujrzał i usłyszał Benerra, doszedł do wniosku, że to byłby bardzo zły pomysł. Miał nadzieję, że Gryf okaże się na to zbyt rozsądny. *Niektórzy sojusznicy są groźniejsi od wrogów. Ale lord Connington będzie musiał sam rozstrzygnąć ten problem. Ja zapewne będę już wtedy głową zatkniętą na pal.*

Kapłan wskazywał na Czarny Mur widoczny za świątynią. Na jego szczycie stała garstka uzbrojonych strażników, spoglądających z góry na tłum.

— Co on mówi? — zapytał rycerza karzeł.

— Że Daenerys grozi niebezpieczeństwo. Skierowało się na nią czarne oko, a słudzy nocy planują ją zniszczyć, modlą się do fałszywych bogów w świątyniach oszustwa... knują zdradę z bezbożnymi cudzoziemcami.

Włoski na karku Tyriona zjeżyły się nagle. *Książę Aegon nie znajdzie tu przyjaciela.* Czerwony kapłan mówił o starożytnym proroctwie, zapowiadającym nadejście bohatera, który uratuje świat przed ciemnością. *Jednego bohatera. Nie dwojga. Daenerys ma smoki, a Aegon nie.* Karzeł nie musiał być prorokiem, by odgadnąć, jak Benerro i jego zwolennicy mogą zareagować na drugiego Targaryena. *Gryf z pewnością również to zrozumie* — pomyślał Tyrion, dziwiąc się, że tak bardzo go to obchodzi.

Rycerz przedarł się już przez większość wypełniającego plac tłumu, ignorując przekleństwa, jakimi ich obrzucano. Jakiś człowiek próbował zagrodzić im drogę, ale porywacz Tyriona złapał za rękojeść miecza i wyciągnął go częściowo z pochwy, odsłaniając stopę nagiej stali. Mężczyzna uciekł. W tej samej chwili odsłonił się przed nimi zaułek. Rycerz skłonił wierzchowca do kłusa i wreszcie wydostali się z ciżby. Karzeł jeszcze przez chwilę słyszał z tyłu cichnący głos Benerra i nagłe jak uderzenia gromu ryki prowokowane przez jego słowa.

Dotarli do stajni. Rycerz zsunął się z siodła i walił w drzwi tak długo, aż wreszcie przybiegł wynędzniały niewolnik z końską głową wytatuowaną na policzku. Karła ściągnięto brutalnie z końskiego grzbietu i przywiązano do słupa, podczas gdy porywacz obudził właściciela stajni i zaczął się targować o cenę rumaka i siodła. *Taniej wychodzi sprzedać konia, niż transportować go na koniec świata.* Tyrion miał przeczucie, że w jego bliskiej przyszłości znajduje się statek. Być może jednak był prorokiem.

Gdy targi dobiegły końca, rycerz przerzucił sobie broń, tarczę i siodło przez ramię, a potem zapytał, jak trafić do najbliższej kuźni. Ta również okazała się zamknięta, ale na krzyk mężczyzny szybko ją otwarto. Kowal przyjrzał się uważnie Tyrionowi, a potem skinął głową i przyjął garść monet.

— Chodź tu — rozkazał jeńcowi rycerz. Wyciągnął sztylet i przeciął mu więzy.

— Dziękuję — rzekł karzeł i potarł nadgarstki, ale rycerz roześmiał się tylko.

— Zachowaj swą wdzięczność dla kogoś, kto na nią zasługuje, Krasnalu. Nie spodoba ci się to, co cię teraz czeka.

Nie mylił się.

Okowy wykonano z czarnej blachy stalowej, grubej i ciężkiej. Ważyły po dobre dwa funty, jeśli karzeł potrafił to ocenić. Ich ciężar dodatkowo zwiększały łańcuchy.

— Chyba jestem straszliwszy, niż mi się zdawało — wyznał Tyrion, gdy kowal skuł ostatnie ogniwo. Każde uderzenie młota wstrząsało jego kończyną aż po bark. — A może bałeś się, że ci umknę na tych króciutkich nóżkach?

Kowal nawet na moment nie oderwał spojrzenia od pracy, ale rycerz zachichotał złowieszczo.

— To twojej gęby się boję, nie nóg. Kiedy nosisz okowy, jesteś niewolnikiem. Nikt nie wysłucha ani jednego twojego słowa, nawet ci, którzy znają język Westeros.

— To nie jest konieczne — zaprotestował Tyrion. — Będę grzecznym małym jeńcem, daję słowo.

— Udowodnij to i zamknij się.

Tyrion pochylił głowę i przygryzł język, czekając, aż łańcuchy będą gotowe. Kowal połączył nadgarstek z nadgarstkiem, nadgarstek z kostką i kostkę z nadgarstkiem. *Te cholerstwa ważą w sumie więcej ode mnie.* Ale przynajmniej nadal oddychał. Porywacz równie dobrze mógłby uciąć mu głowę. W końcu tylko jej żądała Cersei. Rycerz tego nie zrobił i to był jego pierwszy błąd. *Volantis od Królewskiej Przystani dzieli pół świata i po drodze może się wydarzyć bardzo wiele, ser.*

Resztę drogi pokonali na piechotę. Tyrion pobrzękiwał okowami, usiłując nadążyć za długimi, niecierpliwymi krokami porywacza. Gdy tylko został trochę z tyłu, rycerz łapał za łańcuchy i ciągnął je mocno, aż karzeł leciał do przodu, potykając się i podskakując. *Mogłoby być gorzej. Mógłby poganiać mnie biczem.*

Volantis leżało wokół jednego z ujść Rhoyne w miejscu, gdzie rzeka całowała morze. Długi Most łączył ze sobą obie połowy miasta. Jego starsza, bogatsza część leżała na wschód od rzeki, ale najemnicy, barbarzyńcy i inni nieokrzesani cudzoziemcy nie byli tam mile widziani, musieli więc przejść na zachodnią stronę.

Brama prowadząca na Długi Most była łukiem wykutym z czarnego kamienia. Zdobiły ją płaskorzeźby przedstawiające sfinksy, mantykory, smoki i jeszcze dziwniejsze stwory. Za nią zaczynał się most, zbudowany przez Valyrian u szczytu ich chwały. Drogę ze stopionego kamienia wspierały potężne filary. Dwa wozy mieściły się na niej tylko z trudem, gdy więc się mijały, oba musiały maksymalnie zwolnić.

Całe szczęście, że szli na piechotę. W jednej trzeciej drogi dwa mijające się wozy — jeden wyładowany melonami, a drugi jedwabnymi dywanami, zaczepiły o siebie kołami, zatrzymując wszelki ruch pojazdów. Większość pieszych również przystanęła, by gapić się na wrzeszczących, obrzucających się nawzajem przekleństwami woźniców, ale rycerz złapał łańcuch Tyriona i przepchnął się przez tłum. W ciżbie jakiś chłopak spróbował sięgnąć po jego sakiewkę, ale mocne uderzenie łokciem położyło kres ambicjom złodziejaszka. Krew płynąca z nosa zalała mu pół twarzy.

Potem z obu stron otoczyły ich budynki; sklepy i świątynie, gospody i tawerny, salony gry w *cyvasse* i burdele. Większość miała dwa albo trzy piętra, każde z nich nieco wysunięte nad niższe. Najwyższe kondygnacje niemalże stykały się ze sobą. Droga przez most przypominała przejście przez oświetlony pochodniami tunel. Były tu sklepy i stragany najróżniejszych rodzajów; tkacze i koronkarze oferowali swe towary obok szklarzy, producentów świec i handlarek ryb sprzedających węgorze i ostrygi. Każdy złotnik miał pod drzwiami strażnika, a każdy kupiec korzenny po dwóch, jako że ich towar był wart dwa razy więcej. Tu i ówdzie, w lukach między sklepami, wędrowiec mógł zauważyć rzekę, przez którą właśnie przechodził. Na północ od mostu Rhoyne była szeroką czarną wstęgą, w której odbijały się gwiazdy, pięć razy szerszą niż Czarny Nurt w Królewskiej Przystani. Na południu rzeka rozpływała się w słonym morzu.

W najwyższym punkcie mostu na żelaznych słupach wisiały odcięte ręce złodziei i rzezimieszków, przypominające sznury cebuli. Można też tam było zobaczyć trzy głowy, dwie należały do mężczyzn, a jedna do kobiety. Popełnione przez nich zbrodnie spisano na umieszczonych poniżej tabliczkach. Straż przy nich pełniło dwóch włóczników w błyszczących hełmach i kolczych koszulach ze srebra. Na policzkach mieli tygrysie pasy, zielone jak nefryt. Od czasu do czasu machali bronią, by przegonić pustułki, mewy i wrony zalecające się do umarłych. Po paru chwilach ptaki wracały do głów.

— Co oni zrobili? — zapytał niewinnie Tyrion.

Rycerz zerknął na tabliczkę.

— Kobieta była niewolnicą, która podniosła rękę na swoją panią. Starszego mężczyznę oskarżono o podżeganie do buntu i szpiegowanie na rzecz smoczej królowej.

— A jaką zbrodnię popełnił młodszy?

— Zabił własnego ojca.

Tyrion przyjrzał się uważniej gnijącej głowie. *Można by niemal pomyśleć, że się uśmiecha.*

Nieco dalej rycerz zatrzymał się na chwilę, by przyjrzeć się ozdobionej klejnotami tiarze spoczywającej na fioletowym aksamicie. Potem ruszył w dalszą drogę, ale po paru krokach zatrzymał się znowu, by targować się o parę rękawiczek przy straganie z wyrobami skórzanymi. Tyrion cieszył się z tych chwil odpoczynku. Zdyszał się od morderczego tempa, a kajdany ocierały mu ręce.

Gdy dotarli do końca Długiego Mostu, została im tylko krótka droga przez tłoczną dzielnicę portową na zachodnim brzegu. Szli oświetlonymi pochodniami ulicami pełnymi marynarzy, niewolników i bawiących się świetnie pijaków. W pewnej chwili obok przeszedł słoń. W wieży na jego grzbiecie siedziało dwanaście półnagich niewolnic, machających rękami do przechodniów i kuszących ich widokiem odsłanianych na moment piersi.

— Malaquo, Malaquo — krzyczały. Widok był tak fascynujący, że Tyrion omal nie wlazł w stertę parującego gnoju pozostawioną przez słonia. Rycerz uratował go w ostatniej chwili, szarpiąc za łańcuch tak mocno, że karzeł zachwiał się i zatoczył.

— Jak daleko jeszcze? — zapytał Tyrion.

— Już jesteśmy na miejscu. To Targ Rybny.

Okazało się, że ich celem jest Dom Kupiecki, monstrualny trzypiętrowy gmach przycupnięty pośród magazynów, burdeli i tawern jak jakiś kolosalny grubas otoczony przez dzieci. Jego wspólna sala była większa niż wielkie komnaty połowy zamków w Westeros. Jej słabo oświetlony labirynt zawierał sto prywatnych nisz i ukrytych zakątków, od poczerniałych belek i spękanego sufitu odbijały się echem głosy marynarzy, kupców, kapitanów, wekslarzy, szyprów i handlarzy niewolników, którzy kłamali, przeklinali i oszukiwali się nawzajem w połowie setki rozmaitych języków.

Tyrion pochwalał wybór tego miejsca na nocleg. Prędzej czy później do Volantis musi dotrzeć „Nieśmiała Panna", a Dom Kupiecki był największą gospodą w mieście, miejscem spotkań dla szyprów, kapitanów i kupców. W otchłannej grocie jego wspólnej sali zawierano mnóstwo transakcji. Wiedział wystarczająco wiele o Volantis, by zdawać sobie z tego sprawę. Niech tylko Gryf zjawi się tu z Kaczką i Haldonem, a karzeł może wkrótce odzyskać wolność.

Na razie będzie cierpliwy. Szansa w końcu się zdarzy.

Pokoje na górze nie były zbyt wystawne, zwłaszcza te tanie, na trzecim piętrze. We wciśniętej w narożnik budynku pod spadzisty dach sypialni wynajętej przez porywacza znaleźli niski sufit, zapadnięty piernat o nieprzyjemnym zapachu i pochyłą podłogę z desek, przypominającą Tyrionowi czas spędzony w Orlim Gnieździe. *Ale ten pokój przynajmniej ma ściany.* Stanowiły one główny element wyposażenia pokoju, na spółkę z wprawionym w jedną z nich żelaznym pierścieniem, bardzo przydatnym do przykuwania niewolników. Porywacz natychmiast po zapaleniu świecy umocował łańcuchy karła do pierścienia.

— Musisz to robić? — zaprotestował karzeł. — Którędy niby mam uciec? Przez okno?

— Bardzo możliwe.

— Jesteśmy na trzecim piętrze, a ja nie umiem latać.

— Ale możesz wypaść. Jesteś mi potrzebny żywy.

Tak, ale po co? Cersei będzie wszystko jedno. Tyrion zagrzechotał łańcuchami.

— Wiem, kim jesteś, ser. — Nietrudno było się tego domyślić. Niedźwiedź na opończy, herb na tarczy, utracony tytuł lordowski, o którym wspominał. — I wiem, kim byłeś. A jeśli ty wiesz, kim ja jestem, z pewnością słyszałeś też, że byłem królewskim namiestnikiem i zasiadałem w jednej radzie z Pająkiem. Może zainteresuje cię wiadomość, że to eunuch wysłał mnie w tę podróż? — *On i Jaime, ale udział brata pominę milczeniem.* — Jestem na jego usługach tak samo jak ty. Nie powinniśmy być wrogami.

Te słowa nie ucieszyły rycerza.

— Nie przeczę, że brałem złoto od Pająka, ale nigdy nie byłem na jego usługach. A teraz oddałem swą wierność komu innemu.

— Cersei? W takim przypadku głupio postępujesz. Ona pragnie tylko mojej głowy, a ty masz ostry miecz. Czemu nie miałbyś zakończyć wreszcie tej farsy i oszczędzić nam obu trudu?

Rycerz ryknął śmiechem.

— Czy to jakaś typowa dla karłów sztuczka? Błagasz o śmierć w nadziei, że pozwolę ci żyć? — Podszedł do drzwi. — Przyniosę ci coś z kuchni.

— To bardzo miło z twojej strony. Zaczekam tutaj.

— Wiem o tym.

Mimo to, wychodząc, rycerz zamknął za sobą drzwi na ciężki żelazny klucz. Dom Kupiecki słynął ze swoich zamków. *Bezpiecznie jak w więzieniu* — pomyślał z goryczą karzeł. *Ale przynajmniej są jeszcze te okna.*

Wiedział, że ma bardzo niewielkie szanse uwolnić się z łańcuchów, lecz i tak czuł się zobowiązany podjąć próbę. Usiłowania wyszarpnięcia dłoni z kajdan doprowadziły jednak tylko do tego, że stracił jeszcze trochę skóry, a jego nadgarstek zrobił się śliski od krwi. Nie zdołał też wyrwać żelaznego pierścienia ze ściany szarpaniem i pociąganiem. *W dupę z tym* — pomyślał i osunął się w dół tak daleko, jak pozwoliły mu łańcuchy. W nogach łapały go kurcze. To będzie piekielnie niewygodna noc. *Z pewnością pierwsza z wielu.*

W izbie panowała duchota, rycerz uchylił więc okiennice, by wywołać przeciąg. Wciśnięty w róg budynku pod okapem pokój miał na szczęście dwa okna. Jedno wychodziło na Długi Most i otoczone czarnym murem serce Starego Volantis po drugiej stronie rzeki, drugie zaś na położony w dole plac. Mormont nazwał go Targiem Rybnym. Choć łańcuchy były krótkie, Tyrion był w stanie wyjrzeć przez nie, pochylając się w bok tak, by żelazny pierścień utrzymywał jego ciężar. *Upadek nie byłby tak długi, jak z podniebnych cel Lysy Arryn, ale równie śmiertelny. Może gdybym się upił...*

Pomimo późnej pory na placu było tłoczno. Marynarze hałasowali, kurwy szukały klientów, a kupcy zajmowali się interesami. Pod oknem przeszła czerwona kapłanka w towarzystwie kilkunastu akolitów z pochodniami. Pod tawerną toczyło wojnę dwóch graczy w *cyvasse*. Obok stolika stał niewolnik z oświetlającą planszę lampą. Tyrion słyszał głos śpiewającej w nieznanym mu języku kobiety. Melodia była łagodna i smutna. *Gdybym wiedział, o czym śpiewa, mógłbym się rozpłakać.* Bliżej okna tłumek otoczył parę żonglerów rzucających do siebie pochodnie.

Porywacz wrócił szybko. Przyniósł dwa kufle i pieczoną kaczkę. Zamknął kopniakiem drzwi, rozdarł ptaka na dwoje i rzucił połowę Tyrionowi. Karzeł złapałby kaczkę w locie, ale gdy spróbował unieść ręce, łańcuchy okazały się za krótkie. Ptak walnął go w skroń i ześliznął się po twarzy, gorący i tłusty. Tyrion musiał przykucnąć i wyciągnąć po niego ręce, pobrzękując łańcuchami. Udało mu się za trzecim razem i wgryzł się z radością w mięso.

— Może by tak trochę *ale* do popicia?

Mormont wręczył mu kufel.

— Większość Volanteńczyków dziś się upije. Czemu tobie by tego żałować?

Trunek także był słodki. Smakował owocami. Karzeł pociągnął długi łyk i beknął radośnie. Kufel był z cyny, bardzo ciężki. *Opróżnię go i rzucę mu nim w głowę* — pomyślał. *Jeśli mi się poszczęści, rozbiję mu czaszkę. A jeśli bardzo mi się poszczęści, chybię i Mormont zatłucze mnie na śmierć.* Pociągnął kolejny łyk.

— Dziś jest jakieś święto?

— Trzeci dzień ich wyborów. W sumie trwają dziesięć. Dziesięć dni szaleństwa. Marsze z pochodniami, przemówienia, komedianci, minstrele i tancerze, zbiry walczące na śmierć i życie o honor tych, których popierają, słonie z imionami kandydatów wypisanymi na bokach. Ci żonglerzy agitują na rzecz Methysa.

— Przypomnij mi, żebym zagłosował na kogoś innego. — Tyrion zlizał tłuszcz z palców. Gapie rzucali żonglerom monety. — Czy wszyscy kandydaci na triarchów urządzają przedstawienia?

— Robią to, co ich zdaniem przysporzy im głosów — odparł Mormont. — Jadło, napoje, występy… Alios wysłał na ulice sto ładnych niewolnic, żeby spały z wyborcami.

— Zagłosuję na niego — zdecydował Tyrion. — Przyprowadź mi niewolnicę.

— Są przeznaczone tylko dla wolno urodzonych Volanteńczyków spełniających cenzus majątkowy. Na zachód od rzeki znajdziesz takich bardzo niewielu.

— I to trwa dziesięć dni? — zapytał ze śmiechem Tyrion. — To może być niezła zabawa, choć trzech królów to o dwóch za dużo. Wyobrażam sobie, jakby to było, gdybym władał Siedmioma Królestwami ze swą słodką siostrą i dzielnym bratem u boku. Przed upływem roku jedno z nas zamordowałoby pozostałych dwoje. Dziwię się, że triarchowie nie robią tego samego.

— Kilku próbowało. Całkiem możliwe, że to oni są mądrzy, a my jesteśmy głupcami. Volantis przeżyło różne szaleństwa, ale nigdy nie miało chłopca za triarchę. A gdy wybrano kogoś niespełna rozumu, dwaj współtriarchowie powstrzymywali go, aż roczna kadencja dobiegła końca. Pomyśl, ilu ludzi mogłoby nadal żyć, gdyby Obłąkany Aerys musiał się dzielić władzą z dwoma innymi królami.

Ale zamiast tego miał mojego ojca — pomyślał Tyrion.

— Niektórzy w Wolnych Miastach sądzą, że po naszej stronie wąskiego morza wszyscy jesteśmy dzikusami — ciągnął rycerz. — A reszta uważa nas za dzieci tęskniące za silną ręką ojca.

— Albo matki? — *Cersei będzie tym zachwycona. Zwłaszcza kiedy sprezentuje jej moją głowę.* — Widzę, że dobrze znasz to miasto.

— Spędziłem tu blisko rok. — Rycerz pociągnął łyk mętnego płynu pozostałego na dnie kufla. — Gdy Stark skazał mnie na wygnanie, uciekłem z drugą żoną do Lys. Wolałbym Braavos, ale Lynesse chciała zamieszkać gdzieś, gdzie jest ciepło. Dlatego zamiast służyć Braavosom walczyłem z nimi nad Rhoyne. Niestety na każdego srebrnika, jakiego zarobiłem, moja żona wydawała dziesięć. Po powrocie do Lys dowiedziałem się, że wzięła sobie kochanka, który oznajmił mi z radością, że zostanę oddany w niewolę za długi, chyba że wyrzeknę się Lynesse i opuszczę miasto. Tak właśnie trafiłem do Volantis… uciekałem przed niewolą, nie mając nic poza mieczem i ubraniem na grzbiecie.

— A teraz chcesz uciec do domu.

Mormont dopił resztkę *ale*.

— Rano znajdę dla nas statek. Łóżko należy do mnie. Ty wybierz sobie jakiś fragment podłogi, do którego sięgną łańcuchy. Śpij, jeśli możesz. Jeśli nie, licz swoje zbrodnie. To powinno zająć cię do rana.

Ty też masz ich sporo na sumieniu, Jorahu Mormont — pomyślał karzeł. Wolał jednak zachować tę opinię dla siebie.

Ser Jorah powiesił pas na słupku łoża, ściągnął buty i zdjął przez głowę kolczugę. Następnie uwolnił się od ubrań z wełny i skóry oraz przepoconej bielizny, odsłaniając muskularny, naznaczony bliznami tułów porośnięty ciemnymi włosami. *Gdybym zdarł z niego skórę, mógłbym ją sprzedać jako futro* — pomyślał Tyrion, gdy Mormont zwalił się na zapadnięty, lekko cuchnący materac.

Niemal natychmiast rycerz zaczął chrapać, zostawiając jeńca sam na sam z łańcuchami. Oba okna były szeroko otwarte i do sypialni wpadał blask ubywającego księżyca. Było słychać napływające z placu dźwięki; urywki pijackiej pieśni, wrzaski grzejących się kotów, odległy szczęk stali uderzającej o stal. *Ktoś zaraz zginie* — pomyślał Tyrion.

Czuł pulsujący ból w miejscu, gdzie zdarł sobie skórę z nadgarstka, a łańcuchy nie pozwalały mu usiąść, nie wspominając już o położeniu się. Najlepsze, co mógł zrobić, to obrócić się na bok i oprzeć o ścianę. Po chwili zaczął tracić czucie w dłoniach. Gdy się przesunął, by temu zaradzić, wróciło jako ból. Musiał zacisnąć zęby, żeby nie krzyczeć. Zastanawiał się, co czuł jego ojciec, gdy bełt wbił mu się w krocze, albo co czuły Shae, kiedy zacisnął łańcuch na jej kłamliwym gardle, i Tysha, gdy ją gwałcił. Jego ból był niczym w porównaniu z ich cierpieniami, ale ta świadomość mu nie pomagała. *Niech wreszcie przestanie mnie boleć.*

Ser Jorah przetoczył się na drugi bok i Tyrion widział tylko jego szerokie, muskularne, owłosione plecy. *Nawet gdyby udało mi się uwolnić z łańcuchów, musiałbym przeleźć przez niego, by dotrzeć do pasa z mieczem. Może gdybym zdołał wyciągnąć sztylet...* Albo mógłby spróbować zabrać klucz, otworzyć drzwi, zejść ukradkiem po schodach i prześliznąć się przez wspólną salę. *Ale dokąd mógłbym pójść? Nie mam przyjaciół ani pieniędzy i nawet nie znam miejscowego języka.*

W końcu zmęczenie wzięło górę nad bólem i Tyrion zapadł w niespokojną drzemkę. Za każdym razem, gdy w łydce pojawiał się kolejny kurcz, karzeł krzyczał przez sen, drżąc w łańcuchach. Gdy się obudził, bolały go wszystkie mięśnie. Przez okna do środka wpadał blask poranka, złoty i radosny jak lew Lannisterów. Z dołu dobiegały krzyki handlarzy ryb oraz łoskot okutych żelazem kół na bruku.

Jorah Mormont stał nad nim.

— Jeśli zdejmę cię z pierścienia, to czy będziesz robił, co ci każę?

— A czy każesz mi tańczyć? Mogę z tym mieć trudności, bo w ogóle nie czuję nóg. Jakby mi odpadły. Poza tym jednym jestem na twoje usługi. Klnę się na honor Lannistera.

— Lannisterowie nie mają honoru.

Niemniej ser Jorah poluzował łańcuchy. Tyrion postawił dwa chwiejne kroki i zwalił się na podłogę. Krew napłynęła z powrotem do dłoni tak gwałtownie, że z oczu pociekły mu łzy. Przygryzł wargi.

— Jeśli się dokądś wybierasz, będziesz mnie musiał tam potoczyć.

Wysoki rycerz wolał jednak go nieść. Złapał za łańcuch łączący ze sobą ręce Tyriona i dźwignął go.

Wspólna sala Domu Kupieckiego była mrocznym labiryntem nisz i ukrytych zakamarków, otaczającym centralny dziedziniec, na którym treliaże porośnięte kwitnącymi pnączami rzucały skomplikowane cienie na podłogę wyłożoną kamiennymi płytami. Szpary między nimi porastał zielony i fioletowy mech. Przez plamy światła i cienia przemykały młode niewolnice niosące dzbany z *ale*, winem oraz jakimś chłodzonym zielonym trunkiem pachnącym miętą. Tak wcześnie rano tylko co dwudziesty stolik był zajęty.

A jeden z nich był zajęty przez karła. Mały człowieczek o różowych, gładko wygolonych policzkach, kasztanowej czuprynie, wydatnym czole i płaskim nosie przycupnął na wysokim stołku, trzymając w ręce drewnianą łyżkę. Poczerwieniałe oczy wlepił w miskę z fioletowawą owsianką. *Brzydki mały skurczybyk* — pomyślał Tyrion.

Drugi karzeł wyczuł jego spojrzenie. Gdy uniósł głowę i ujrzał Tyriona, łyżka wypadła mu z rąk.

— Zobaczył mnie — ostrzegł Mormonta Tyrion.

— I co z tego?

— Zna mnie. Wie, kim jestem.

— Czy mam cię wsadzić do worka, żeby nikt cię nie zauważył? — Rycerz dotknął rękojeści miecza. — Jeśli chce mi ciebie odebrać, niech spróbuje.

Niech zginie — pomyślał Tyrion. *Jak mógłby zagrozić takiemu wielkiemu mężczyźnie jak ty? Jest tylko karłem.*

Ser Jorah zajął stolik w cichym kącie i zamówił śniadanie. Zjedli ciepłe, miękkie podpłomyki, różowy kawior, miodową kiełbasę i smażone szarańcze, popijając to słodkogorzkim czarnym *ale*. Tyrion pochłaniał wszystko, jakby konał z głodu.

— Masz dziś niezły apetyt — zauważył rycerz.

— Słyszałem, że w piekle podle karmią.

Tyrion zerknął na drzwi. Przed chwilą ktoś przez nie wszedł. Wysoki, zgarbiony mężczyzna o pomalowanej w fioletowe plamy brodzie. *Jakiś tyroshijski kupiec.* Przez otwarte drzwi do środka napłynęły dźwięki ulicy; krzyki mew, śmiech kobiety, nawoływania handlarzy ryb. Przez pół uderzenia serca karłu wydawało się, że widzi Illyrio Mopatisa, ale to tylko jeden z białych karłowatych słoni przechodził naprzeciwko drzwi.

Mormont posmarował kawałek podpłomyka odrobiną kawioru i odgryzł kęs.

— Oczekujesz kogoś? — zapytał.

Tyrion wzruszył ramionami.

— Nigdy nie wiadomo, kogo wiatr przywieje. Moją jedyną prawdziwą miłość, ducha mojego ojca, kaczkę. — Włożył do ust jedną szarańczę i rozgryzł ją. — Niezła. Jak na owada.

— Wieczorem wszyscy tu rozmawiali o Westeros. Jakiś wygnany lord wynajął Złotą Kompanię, żeby odzyskać zabrane ziemie. Połowa kapitanów z Volantis pędzi w górę rzeki do Volon Therys, by zaoferować mu swe statki.

Tyrion właśnie przełykał kolejną szarańczę i omal się nią nie udławił. *Czy ze mnie drwi? Co może wiedzieć o Gryfie i Aegonie?*

— W dupę z tym — burknął. — Sam chciałem ją wynająć, żeby zdobyć dla siebie Casterly Rock. — *Czy to jakiś podstęp Gryfa? Czyżby celowo rozpuszczał fałszywe pogłoski? Chyba że...* Czy to możliwe, że ładne książątko połknęło przynętę? Ruszyło na zachód, zamiast na wschód, wyrzekając się nadziei na poślubienie królowej Daenerys? *Wyrzekając się smoków... Czy Gryf by do tego dopuścił?* — Z chęcią wynajmę również ciebie, ser. Siedziba ojca prawnie mi się należy. Zaprzysięgnij mi swój miecz, a gdy ją zdobędę, utopię cię w złocie.

— Widziałem kiedyś człowieka utopionego w złocie. Nie wyglądał ładnie. Mój miecz dostaniesz tylko w tym przypadku, gdy wbiję ci go w trzewia.

— To najlepsze lekarstwo na zatwardzenie — przyznał Tyrion. — Zapytaj mojego ojca.

Sięgnął po kufel i pociągnął powolny łyk, by ukryć to, co mogło być widoczne na jego twarzy. To musiał być podstęp, mający uśpić podejrzenia Volanteńczyków. *Wprowadzić ludzi na pokład pod fałszywym pretekstem, a potem zawładnąć statkami, gdy flota będzie już na morzu. Czy tak wyglądał plan Gryfa?* To mogłoby się udać. Złota Kompania składała się z dziesięciu tysięcy ludzi, doświadczonych i zdyscyplinowanych. *Ale nie ma wśród nich żeglarzy. Gryf musiałby przystawić wszystkim miecze do gardeł, a gdyby przypłynęli do Zatoki Niewolniczej i byli zmuszeni walczyć...*

Roznosząca posiłki dziewczyna wróciła do stolika.

— Wdowa zaraz cię przyjmie, szlachetny panie. Przyniosłeś dla niej dar?

— Tak. Dziękuję.

Ser Jorah wsunął monetę w dłoń dziewczyny i kazał jej odejść.

Tyrion zmarszczył brwi.

— Wdowa po kim?

— Wdowa z portu. Na wschód od Rhoyne nadal zwą ją kurwą Vogarra, ale nigdy prosto w oczy.

To niewiele wyjaśniło Tyrionowi.

— A Vogarro był...?

— Słoniem. Siedmiokrotnie wybierano go triarchą. Był bardzo bogaty i trząsł całym portem. Inni budują statki i żeglują na nich, a on wznosił nabrzeża i magazyny, zajmował się pośrednictwem, wymianą pieniędzy i ubezpieczał właścicieli statków przed grożącymi na morzu niebezpieczeństwami. Handlował też niewolnikami i zadurzył się w niewolnicy nauczonej w Yunkai sztuki siedmiu westchnień. Skandal był wielki... a stał się jeszcze większy, gdy wyzwolił ją i uczynił swoją żoną. Po jego śmierci przejęła interesy. Żaden wyzwoleniec nie może mieszkać za Czarnym Murem, była więc zmuszona sprzedać rezydencję Vogarra i przeniosła się do Domu Kupieckiego. To było trzydzieści dwa lata temu, ale mieszka tu po dziś dzień. Siedzi za tobą, blisko dziedzińca. Przyjmuje interesantów przy swoim stoliku. Nie, nie oglądaj się za siebie. Ktoś z nią teraz rozmawia. Kiedy skończy, przyjdzie kolej na nas.

— A jak ta stara jędza ma nam pomóc?

Ser Jorah wstał.

— Zobaczysz. Z tamtym już skończyła.

Tyrion zeskoczył z krzesła z grzechotem żelaza. *To powinno być ciekawe.*

W pozie kobiety siedzącej w kącie od strony dziedzińca było coś, co przypominało sępa, a w jej spojrzeniu coś przywodzącego na myśl gada. Białe włosy miała tak rzadkie, że prześwitywała przez nie różowa skóra głowy. Pod jednym okiem nadal miała wyblakłe blizny w miejscach, gdzie wycięto tatuaże. Na stoliku walały się resztki porannego posiłku; głowy sardynek, pestki oliwek, okruchy podpłomyków. Uwagi Tyriona nie umknął fakt, jak dobrze wybrała swój stolik. Za plecami miała litą kamienną ścianę, z jednej strony osłoniętą liśćmi wnękę, przez którą można było wchodzić i wychodzić, świetnie widziała stąd wejście do gospody, a jednocześnie skrywał ją cień i była prawie niewidoczna.

Stara kobieta uśmiechnęła się na jego widok.

— Karzeł — mruknęła cichym, złowieszczym głosem. Mówiła w języku powszechnym tylko ze śladem akcentu. — W Volantis ostatnio zrobiło się ich pełno. Czy ten też zna sztuczki?

Tak — miał ochotę odpowiedzieć Tyrion. *Daj mi kuszę, a pokażę ci swoją ulubioną.*

— Nie — odrzekł jednak ser Jorah.

— Szkoda. Miałam kiedyś małpkę, która znała mnóstwo zmyślnych sztuczek. Twój karzeł mi ją przypomina. Czy to dar?

— Nie. Przyniosłem ci to.

Ser Jorah wyjął parę rękawiczek i położył je na stole obok innych darów otrzymanych przez wdowę dziś rano: srebrnego pucharu, zdobnego wachlarza z nefrytowych płytek tak cienkich, że były półprzezroczyste, oraz starożytnego sztyletu z brązu, naznaczonego runami. W porównaniu z takimi skarbami podarek Mormonta wydawał się tani i tandetny.

— Rękawiczki na moje pomarszczone dłonie. Jak miło.

Wdowa nawet nie próbowała ich dotknąć.

— Kupiłem je na Długim Moście.

— Można tam nabyć wszystko. Rękawiczki, niewolników, małpki.

Lata przygięły plecy staruszki, czyniąc ją nieco zgarbioną, ale jej czarne oczy zachowały blask.

— A teraz powiedz tej starej wdowie, w czym może ci się przysłużyć.

— Potrzebujemy szybkiego transportu na wschód, do Meereen.

Jedno słowo i świat Tyriona Lannistera przewrócił się do góry nogami.

Jedno słowo. *Meereen.* Czyżby się przesłyszał?

Jedno słowo. *Meereen, powiedział Meereen, zabiera mnie do Meereen.* Meereen znaczyło życie. A przynajmniej nadzieję na nie.

— Dlaczego zwracasz się do mnie? — zapytała wdowa. — Ja nie mam statków.

— Ale wielu kapitanów to twoi dłużnicy.

Powiedział, że odda mnie królowej. Tak jest, ale której? Nie chce mnie sprzedać Cersei. Odda mnie Daenerys Targaryen. Dlatego nie uciął mi głowy. Popłyniemy na wschód, a Gryf i jego książę pożeglowali na zachód. Cholerni głupcy.

Och, tego już było zbyt wiele. *Spiski wewnątrz spisków, ale i tak wszystkie drogi prowadzą do smoczej paszczy.* Z jego ust wyrwało się parsknięcie. Tyrion nie był w stanie powstrzymać śmiechu.

— Twój karzeł dostał ataku — zauważyła wdowa.

— Mój karzeł będzie cicho albo go zaknebluję.

Tyrion zasłonił usta dłońmi. *Meereen!*

Wdowa z portu postanowiła go zignorować.

— Napijemy się czegoś? — zapytała. Gdy obsługująca dziewczyna postawiła przed ser Jorahem i wdową dwa kielichy z zielonego szkła, w powietrze wzbiły się drobiny pyłu. Tyrion miał sucho w gardle, ale jemu nie podano trunku. Wdowa pociągnęła łyk, przepłukała winem usta i przełknęła je.

— Cała reszta wygnańców wybiera się na zachód. Tak przynajmniej słyszały te stare uszy. Wszyscy ci kapitanowie, którzy są moimi dłużnikami, prześcigają się, by ich tam zabrać i wyciągnąć trochę złota z kufrów Złotej Kompanii. Nasi szlachetni triarchowie przysięgli, że wyślą dwanaście okrętów, by zagwarantowały, że flota dotrze bezpiecznie do Stopni. Nawet stary Doniphos się zgodził. Takie chwalebne przedsięwzięcie, a ty wybierasz się w przeciwną stronę, ser.

— Mam pewien interes na wschodzie.

— A cóż to za interes, zastanawiam się? Z pewnością nie chodzi o niewolników, bo srebrna królowa położyła temu kres. Zamknęła również areny, więc nie gna cię tam żądza krwi. Co jeszcze ma Meereen do zaoferowania westeroskiemu rycerzowi? Cegły? Oliwki? Smoki? Ach, tak jest. — Uśmiech staruszki stał się nagle drapieżny. — Słyszałam, że srebrna królowa karmi je niemowlętami, a sama kąpie się w krwi dziewic i co noc bierze sobie innego kochanka.

Ser Jorah zacisnął usta.

— Yunkai'i sączą truciznę w wasze uszy. Nie powinnaś wierzyć w takie plugastwa, szlachetna pani.

— Nie jestem szlachetnie urodzona, ale nawet kurwa Vogarra potrafi rozpoznać smak kłamstwa. Niemniej jedno jest prawdą... smocza królowa ma wrogów... Yunkai, Nowe Ghis, Tolos, Qarth... a wkrótce również Volantis. Chcesz popłynąć do Meereen? Zaczekaj chwilę, ser. Niedługo będą potrzebne miecze. Okręty uniosą wiosła i popłyną na wschód, by obalić srebrną królową. Tygrysy uwielbiają pokazywać pazury, a nawet słonie zabijają, gdy ktoś im zagrozi. Malaquo jest spragniony smaku chwały, a Nyessos znaczną część swego bogactwa zawdzięcza handlowi niewolnikami. Jeśli Alios, Parquello albo Belicho zdobędą pozycję triarchy, floty wypłyną.

Ser Jorah skrzywił się.

— Jeśli wybory znowu wygra Doniphos…

— Prędzej wybiorą Vogarra, a mój słodki mąż nie żyje od trzydziestu lat.

— To ma być *ale*? — ryknął za ich plecami jakiś marynarz. — Kurwa, małpie szczyny byłyby lepsze.

— A ty byś je wypił — odparł inny głos.

Tyrion odwrócił się, w daremnej nadziei, że to Kaczka i Haldon. Ujrzał jednak dwóch nieznajomych… oraz karła, który stał w odległości kilku stóp, przypatrując mu się z uwagą. Odnosił wrażenie, że skądś go zna.

Wdowa popiła kolejny łyczek wina.

— Wśród pierwszych słoni były kobiety — zauważyła. — Te, które obaliły władzę tygrysów i położyły kres dawnym wojnom. Triannę wybierano cztery razy. Niestety, to było trzysta lat temu. Od tej pory żadna kobieta nie była w Volantis triarchą, choć niektóre mają prawo głosu. Szlachetnie urodzone damy mieszkające w starożytnych pałacach za Czarnym Murem, nie takie kreatury jak ja. Dawna Krew prędzej pozwoli głosować swoim psom i dzieciom niż wyzwoleńcom. Nie, wygra Belicho albo może Alios, ale tak czy inaczej będzie wojna. Tak im się przynajmniej zdaje.

— A co ty sądzisz? — zapytał ser Jorah.

Świetnie — ucieszył się Tyrion. *To było właściwe pytanie.*

— Och, ja też myślę, że będzie wojna, ale nie ta, której pragną. — Staruszka pochyliła się nad blatem z błyskiem w czarnych oczach. — Myślę, że w tym mieście czerwony R'hllor ma więcej wyznawców niż wszyscy pozostali bogowie razem wzięci. Słyszałeś kazania Benerra?

— Wczoraj wieczorem.

— On widzi w swych płomieniach, co przyniesie jutro — zapewniła wdowa. — Wiedziałeś, że triarcha Malaquo próbował wynająć Złotą Kompanię? Zamierzał oczyścić czerwoną świątynię i skrócić Benerra o głowę. Nie śmiał użyć do tego tygrysich płaszczy, bo połowa z nich to czciciele Pana Światła. Och, w Starym Volantis nastały złe czasy, nawet dla starych, pomarszczonych wdów. Ale nawet nie w połowie tak złe, jak w Meereen, jak sądzę. Dlatego powiedz mi, ser... czego chcesz od srebrnej królowej?

— To moja sprawa. Mogę zapłacić za przewóz i to dobrze. Mam srebro.

Ty durniu — pomyślał Tyrion. *Ona nie chce pieniędzy tylko szacunku. Czy nie słyszałeś ani jednego jej słowa?* Znowu obejrzał się za siebie. Karzeł podszedł jeszcze bliżej. Chyba miał w ręce nóż. Tyrion poczuł, że jeżą mu się włoski na karku.

— Zachowaj sobie swoje srebro. Ja mam złoto. I oszczędź mi tych złowrogich spojrzeń, ser. Jestem za stara, żeby się ich bać. Widzę, że jesteś twardy i z pewnością biegle władasz tym długim mieczem, który masz u pasa, ale to jest moje królestwo. Wystarczy, że kiwnę palcem, a możesz popłynąć do Meereen przykuty do wiosła na galerze. — Uniosła nefrytowy wachlarz i rozłożyła go. Rozległ się szelest liści i z zarośniętego pnączami przejścia po jej lewej stronie wyłonił się mężczyzna. Twarz pokrywała mu masa blizn, a w jednej ręce trzymał miecz, krótki i masywny jak tasak. — Ktoś ci powiedział, żebyś się zwrócił do wdowy z portu, ale zapomniał dodać: „strzeż się dzieci wdowy". Niemniej poranek jest bardzo słodki, więc zapytam cię raz jeszcze. Po co chcesz dotrzeć do Daenerys Targaryen w chwili, gdy połowa świata pragnie jej śmierci?

Twarz Joraha Mormonta pociemniała z gniewu.

— Żeby jej służyć — odpowiedział jednak. — Bronić jej. Zginąć dla niej, jeśli to będzie konieczne.

Wdowa parsknęła śmiechem.

— Pragniesz ją uratować? Tak to wygląda? Przed tyloma wrogami, że nie potrafię wszystkich wymienić, przed niezliczonymi mieczami... i chcesz, żeby biedna wdowa w to uwierzyła? Że jesteś prawdziwym dzielnym westeroskim rycerzem, który pragnie przemierzyć pół świata, by pośpieszyć na ratunek... no cóż, dziewicą to ona już nie jest, choć może nadal być piękna. — Znowu się roześmiała. — Myślisz, że karzeł jej się spodoba? Czy twoim zdaniem wykąpie się w jego krwi, czy zadowoli się ucięciem mu głowy?

— Ten karzeł to... — zaczął ser Jorah po chwili wahania.

— Wiem, kim on jest. I czym jest. — Skierowała na Tyriona twarde jak kamień spojrzenie czarnych oczu. — Zabójcą krewnych, królobójcą, mordercą, zdrajcą. Lannisterem... — to ostatnie słowo zabrzmiało jak przekleństwo. — A co ty zamierzasz ofiarować smoczej królowej, mały człowieczku?

Swą nienawiść — pragnął odpowiedzieć Tyrion, ale rozpostarł tylko dłonie, tak daleko, jak pozwoliły mu łańcuchy.

— Czego tylko ode mnie zapragnie. Mądre rady, zjadliwy dowcip, parę fikołków. Kutasa, jeśli go zechce. Język, jeśli nie. Będę dowodził jej armiami albo masował jej stopy, jak sobie zażyczy. I pragnę za to wszystko tylko jednej nagrody. Chcę, żeby pozwoliła mi zgwałcić i zamordować moją siostrę.

Jego słowa z powrotem przywołały uśmiech na twarz staruszki.

— To przynajmniej było szczere — stwierdziła. — Ale ty, ser... znałam kilkunastu westeroskich rycerzy i z tysiąc poszukiwaczy przygód podobnego rodzaju, ale żaden z nich nie był tak czysty, jak próbujesz mi wmówić. Ludzie to bestie, brutalne i samolubne. Nawet pod najszlachetniejszymi słowami zawsze ukrywają mroczniejsze motywy. Nie ufam ci, ser. — Kazała im odejść ruchem wachlarza, jakby byli tylko muchami brzęczącymi nad jej głową. — Jeśli chcesz się dostać do Meereen, zrób to wpław. U mnie nie znajdziesz pomocy.

I wtedy rozpętało się siedem piekieł.

Ser Jorah zaczął wstawać, wdowa złożyła wachlarz, człowiek z bliznami wysunął się z cieni... a za nimi krzyknęła jakaś kobieta. Tyrion odwrócił się akurat na czas, by zobaczyć pędzącego nań karła. *To dziewczyna* — uświadomił sobie nagle. *Dziewczyna w męskim stroju. I chce mi wypruć flaki tym nożem.*

Na pół uderzenia serca ser Jorah, wdowa i mężczyzna z bliznami zamarli w bezruchu, jak wykuci z kamienia. Ludzie siedzący przy sąsiednich stolikach gapili się na to, popijając *ale* i wino, lecz nikt nie próbował interweniować. Tyrion musiał poruszyć obiema rękami jednocześnie, ale i tak łańcuchy ledwie pozwoliły mu dosięgnąć stojącego na stole dzbana. Zacisnął na nim pięści, odwrócił się i chlusnął zawartością prosto w oczy karlicy, a potem rzucił się w bok, by uniknąć noża. Dzban pękł pod nim w tej samej chwili, gdy jego głowa uderzyła w podłogę. Dziewczyna znowu skoczyła na niego. Przetoczył się na bok i nóż karlicy wbił się w deski podłogi. Wyrwała go, uniosła znowu...

...i nagle uniesiono ją nad podłogę. Wierzgała jak szalona, próbując się wyrwać z uścisku ser Joraha.

— Nie! — zawodziła w języku powszechnym Westeros. — Puść mnie.

Tyrion usłyszał trzask rozrywającej się bluzy.

Mormont złapał dziewczynę jedną ręką za kołnierz, a drugą wyrwał jej sztylet z dłoni.

— Dość tego.

Pojawił się właściciel, trzymający w dłoni pałkę. Na widok stłuczonego dzbana zaklął szpetnie i zapytał, co się tu wydarzyło.

— Walka karłów — wyjaśnił z chichotem Tyroshijczyk o zabarwionej na fioletowo brodzie.

Tyrion spojrzał, mrugając, na szarpiącą się w powietrzu dziewczynę.

— Dlaczego? — zapytał. — Co złego ci zrobiłem?

— Zabili go. — Dziewczyna utraciła wszelką wolę walki. Zwisała bezwładnie w rękach Mormonta. Jej oczy zaszły łzami. — Mojego brata. Zabrali go i zabili.

— Kto go zabił? — zapytał Mormont.

— Marynarze. Marynarze z Siedmiu Królestw. Pięciu. Byli pijani. Zobaczyli, jak stawaliśmy w szranki na placu, i potem poszli za nami. Kiedy się zorientowali, że jestem dziewczyną, puścili mnie, ale mojego brata zabrali i zabili. Ucięli mu głowę.

Tyriona przeszył nagły szok rozpoznania. *Widzieli, jak stawaliśmy w szranki na placu.* Uświadomił sobie, kim jest dziewczyna.

— Jechałaś na świni czy na psie? — zapytał.

— Na psie — załkała. — Oppo zawsze dosiadał świni.

Karły ze ślubu Joffreya. To ich występ stał się wówczas początkiem wszystkich kłopotów. *Jakie to dziwne, że spotkałem ich na drugim końcu świata.* Choć może znowu nie takie dziwne. *Gdyby mieli choć połowę rozumu własnej świni, uciekliby z Królewskiej Przystani już w noc śmierci Joffa, nim Cersei zdążyłaby obciążyć ich częścią winy za śmierć swego syna.*

— Puść ją, ser — poprosił Joraha Mormonta. — Nie zrobi mi krzywdy.

Ser Jorah postawił ją na podłodze.

— Przykro mi z powodu twego brata... ale nie mieliśmy nic wspólnego z jego zamordowaniem.

— On miał. — Dziewczyna podniosła się na kolana, przyciskając podartą, mokrą od wina bluzę do małych, jasnych piersi. — To jego chcieli dorwać. Wzięli Oppa za niego. — Dziewczyna łkała niepowstrzymanie, błagając o pomoc wszystkich, którzy chcieli jej słuchać. — Powinien zginąć, tak samo jak mój biedny brat. Proszę. Niech ktoś mi pomoże. Niech ktoś go zabije.

Właściciel złapał ją brutalnie za ramię i podniósł na nogi, pytając krzykiem po volanteńsku, kto zapłaci za szkody.

Wdowa obrzuciła rycerza chłodnym spojrzeniem.

— Ponoć rycerze bronią słabych i opiekują się niewinnymi. No pewnie. A ja jestem najpiękniejszą dziewicą w całym Volantis. — Jej śmiech był pełen pogardy. — Jak masz na imię, dziecko?

— Grosik.

Staruszka zawołała coś do właściciela w języku Starego Volantis. Tyrion znał go na tyle, by zrozumieć, że kazała mu zaprowadzić dziewczynę do jej pokoju, dać jej wina i znaleźć dla niej jakieś ubranie.

Kiedy oboje odeszli, wdowa przyjrzała się uważnie Tyrionowi z błyskiem w czarnych oczach.

— Uważam, że potwory powinny być większe. W Westeros jesteś wart tytułu lordowskiego, mały człowieczku. Obawiam się, że tutaj twoja wartość jest cokolwiek mniejsza. Mimo to lepiej będzie, jak ci pomogę. Volantis chyba nie jest teraz bezpiecznym miejscem dla karłów.

— Jesteś zbyt łaskawa. — Tyrion obdarzył ją swym najsłodszym uśmiechem. — Być może twoja łaskawość posunie się tak daleko, że każesz zdjąć mi te czarujące żelazne bransolety? Ten potwór ma tylko połowę nosa i ta połowa swędzi go piekielnie. Łańcuchy są za krótkie, bym mógł się podrapać. Z chęcią ci je podaruję.

— To miłe, ale nosiłam w swoim czasie żelazo i przekonałam się, że wolę srebro i złoto. Muszę też ze smutkiem dodać, że jesteśmy w Volantis, gdzie okowy i łańcuchy są tańsze niż wczorajszy chleb, a pomaganie niewolnikowi w ucieczce jest zabronione.

— Nie jestem niewolnikiem.

— Każdy, kogo schwytają łowcy niewolników, śpiewa tę samą smutną pieśń. Nie odważę się ci pomóc... tutaj. — Znowu pochyliła się nad stołem. — Za dwa dni koga „Selaesori Qhoran" wyruszy w rejs do Qarthu z postojem w Nowym Ghis. Przewozi cynę, żelazo, bele wełny i koronek, pięćdziesiąt myrijskich dywanów, trupa zamarynowanego w solnej zalewie, dwadzieścia dzbanów smoczej papryki i czerwonego kapłana. Bądźcie na statku, kiedy odpłynie.

— Będziemy — zapewnił Tyrion. — Dziękuję.

Ser Jorah zmarszczył brwi.

— Nie wybieramy się do Qarthu.

— Statek tam nie dotrze. Benerro widział to w swoich płomieniach.

Starucha uśmiechnęła się jak sęp.

— Skoro tak mówisz. — Tyrion odpowiedział jej uśmiechem. — Gdybym był wolnym Volanteńczykiem odpowiedniej krwi, zagłosowałbym w wyborach na ciebie, szlachetna pani.

— Nie jestem szlachetną panią — odparła wdowa. — Tylko kurwą Vogarra. Lepiej, żebyście stąd zniknęli, nim zjawią się tygrysy. Jeśli zdołacie dotrzeć do swej królowej, przekażcie jej wiadomość od niewolników ze Starego Volantis. — Dotknęła wyblakłej blizny na pomarszczonym policzku, gdzie kiedyś wycięto wytatuowane łzy. — Powiedzcie jej, że czekamy. Powiedzcie, żeby się pośpieszyła.

JON

Usłyszawszy rozkaz, ser Alliser wykrzywił usta w przypominającym uśmiech grymasie, ale jego oczy pozostały zimne i twarde jak krzemień.

— A więc bękarci chłopak wysyła mnie na śmierć.

— *Śmierć* — wrzasnął kruk Mormonta. — *Śmierć, śmierć, śmierć.*

Nie pomagasz mi — pomyślał Jon i przegnał ptaka.

— Bękarci chłopak wysyła cię na wyprawę zwiadowczą. Masz odnaleźć naszych wrogów i zabić ich, jeśli będzie trzeba. Biegle władasz mieczem. Uczyłeś walki tutaj i we Wschodniej Strażnicy.

Thorne dotknął rękojeści swego oręża.

— Tak, zmarnowałem trzecią część życia na próby nauczenia podstaw władania mieczem prostaków, przygłupów i łotrzyków. Dużo mi to pomoże w tym lesie.

— Będzie ci towarzyszył Dywen i jeszcze jeden doświadczony zwiadowca.

— Przekażemy ci wszystko, czego możesz potrzebować, ser — zapewnił Dywen z chichotem. — Nauczymy cię podcierać twą szlachetnie urodzoną dupę liśćmi, jak robią prawdziwi zwiadowcy.

Kedge Białe Oko roześmiał się na te słowa, a Czarny Jack Bulwer splunął.

— Chciałbyś, żebym odmówił — rzekł tylko ser Alliser. — Wtedy mógłbyś ściąć mi głowę, tak samo jak Slyntowi. Nie sprawię ci tej przyjemności, bękarcie. Lepiej módl się o to, żeby to miecz dzikich mnie zabił. Ci, którzy zginą z rąk Innych, nie umierają na zawsze… i pamiętają. Wrócę, lordzie Snow.

— Modlę się o to, by tak się stało.

Jon nigdy nie mógł uważać ser Allisera Thorne'a za przyjaciela, ale nadal byli braćmi. *Nikt ci nigdy nie mówił, że musisz lubić braci.*

Niełatwo było wysyłać ludzi w głuszę, wiedząc, że mogą już nie wrócić. *To wszystko doświadczeni zwiadowcy* — powiedział sobie Jon… ale stryj Benjen i jego ludzie również byli doświadczeni, a mimo to nawiedzany las połknął ich bez śladu. Dwaj w końcu dowlekli się z powrotem do Muru, ale już jako upiory. Nie po raz pierwszy i nie po raz ostatni zadał sobie pytanie, co się stało z Benjenem Starkiem. *Być może zwiadowcy znajdą jakieś ślady po nich* — powtarzał sobie, choć zupełnie w to nie wierzył.

Dywen miał dowodzić jedną grupą, a Czarny Jack Bulwer i Kedge Białe Oko dwiema następnymi. Oni przynajmniej palili się do tego zadania.

— Dobrze jest znowu poczuć pod sobą konia — oznajmił Dywen pod bramą, ssąc drewniane zęby. — Wybacz, wasza lordowska mość, ale wszyscy mieliśmy już drzazgi w dupie od tego siedzenia.

Nikt w Czarnym Zamku nie znał lepiej niż on lasów, drzew i strumieni, jadalnych roślin, zwyczajów drapieżników i ich ofiar. *Thorne ma lepszą opiekę, niż na to zasługuje.*

Jon obserwował odjeżdżających zwiadowców ze szczytu Muru. Trzy grupy po trzech ludzi, każda z nich zabrała po dwa kruki. Z wysoka ich koniki wydawały się maleńkie jak mrówki. Jon nie potrafił odróżnić poszczególnych zwiadowców. Znał ich jednak. Każde imię było wyryte w jego sercu. *Ośmiu dobrych ludzi* — pomyślał. *I jeden… no cóż, przekonamy się.*

Gdy ostatni jeźdźcy zniknęli między drzewami, Jon Snow i Edd Cierpiętnik ruszyli windą na dół. Kiedy opuszczali się powoli, tańcząc na porywistym wietrze, w powietrzu unosiły się pojedyncze płatki śniegu. Jeden z nich podążał za windą na dół, unosząc się tuż za kratą. Zmierzał ku ziemi szybciej od nich i od czasu do czasu znikał na dole, ale potem nagły podmuch znowu unosił go ku górze. Jon mógłby wyciągnąć rękę za kraty i go złapać, gdyby zechciał.

— Miałem dziś w nocy przerażający sen, wasza lordowska mość — wyznał Edd Cierpiętnik. — Byłeś moim zarządcą, przynosiłeś mi posiłki i wynosiłeś resztki. A ja byłem lordem dowódcą i nie zaznałem ani chwili spokoju.

— Twój koszmar, moje życie — odparł Jon bez śladu uśmiechu.

Dotarły do nich wieści, że z galer Cottera Pyke'a zaobserwowano coraz liczniejsze grupy wolnych ludzi na lesistym brzegu na północny wschód od Muru. Zauważono obozy, na wpół zbudowane tratwy, a nawet kadłub rozbitej kogi, którą ktoś zaczął naprawiać. Dzicy zawsze znikali w lesie, kiedy ich zauważono, ale z pewnością wracali, gdy tylko statki Pyke'a odpłynęły. Tymczasem ser Denys Mallister cały czas widział nocą ogniska palone na północ od Rozpadliny. Obaj dowódcy prosili o więcej ludzi.

A skąd mam ich wziąć? Jon wysłał obu po dziesięciu dzikich z Mole's Town, zielonych chłopaków, starców, kilku rannych i chorych. Wszyscy jednak byli zdolni do takiej czy innej pracy. Pyke i Mallister bynajmniej nie byli zadowoleni. Obaj przysłali mu listy ze skargami. „Kiedy prosiłem o ludzi, miałem na myśli braci z Nocnej Straży, wyszkolonych i zdyscyplinowanych, w których wierność nie miałbym powodu powątpiewać", napisał ser Denys. Cotter Pyke był bardziej bezpośredni. „Mógłbym ich powiesić na Murze, żeby odstraszali innych dzikich, ale poza tym nie widzę, jaki z nich pożytek". List napisał dla niego maester Harmune. „Takim jak oni nie pozwoliłbym nawet wynosić nocnika, a poza tym dziesięciu to za mało".

Żelazna klatka opuszczała się na końcu długiego łańcucha, poskrzypując i grzechocząc, aż wreszcie zatrzymała się stopę nad ziemią u podstawy Muru. Edd Cierpiętnik otworzył drzwi i zeskoczył na ziemię. Skorupa zmarzniętego śniegu pękła pod jego stopami. Jon podążył za nim.

Na dziedzińcu pod zbrojownią Żelazny Emmett nadal poganiał swych podopiecznych. Szczęk stali uderzającej o stal obudził w Jonie głód. Przypomniał mu o cieplejszych, prostszych dniach, gdy był chłopcem w Winterfell i krzyżował miecze z Robbem pod czujnym spojrzeniem ser Rodrika Cassela. Ser Rodrik również zginął, zabity przez Theona Sprzedawczyka i jego żelaznych ludzi, gdy próbował odzyskać Winterfell. Potężna forteca rodu Starków obróciła się w spalone ruiny. *Wszystkie moje wspomnienia są zatrute.*

Zauważywszy Jona, Żelazny Emmett uniósł rękę i wszyscy przerwali walki.

— Czym możemy ci służyć, lordzie dowódco?

— Spróbuję się z trzema najlepszymi.

Emmett wyszczerzył zęby w uśmiechu.

— Arron. Emrick. Jace.

Koń i Skoczek przynieśli przeszywanicę dla lorda dowódcy, a razem z nią kolczą koszulę, naramiennik, naszyjnik i półhełm. Na lewą rękę włożył czarną tarczę z żelaznym okuciem, a w prawą ujął miecz. Był prawie nowy, lśnił w świetle świtu srebrnawoszarym blaskiem. *Jeden z ostatnich pochodzących z kuźni Donala. Szkoda, że nie pożył wystarczająco długo, by go naostrzyć.* Broń była krótsza niż Długi Pazur, ale zrobiono ją ze zwykłej stali, co czyniło ją cięższą. Zadawane przez niego ciosy będą nieco wolniejsze.

— Nada się. — Jon zwrócił się ku wyznaczonym przeciwnikom. — Ruszajcie.

— Który ma być pierwszy? — zapytał Arron.

— Wszyscy trzej naraz.

— Trzech na jednego? — zapytał z niedowierzaniem Jace. — To by było nieuczciwe.

Był jednym z najnowszej grupy Conwy'ego, synem szewca z Pięknej Wyspy. To mogło tłumaczyć te słowa.

— Masz rację. No to ruszaj.

Kiedy to zrobił, Jon zdzielił go mieczem w skroń i zwalił z nóg. W mgnieniu oka chłopak miał but na piersi i sztych miecza u gardła.

— Wojna nigdy nie jest sprawiedliwa — oznajmił mu Jon. — Teraz jest tylko dwóch na jednego, a ty nie żyjesz.

Chrzęst żwiru powiedział mu, że bliźniaki rzuciły się do ataku. *Z nich jeszcze będą zwiadowcy.* Odwrócił się błyskawicznie, zablokował cięcie Arrona brzegiem tarczy, a atak Emricka sparował mieczem.

— To nie są włócznie — zawołał. — Podejdźcie bliżej.

Przeszedł do ataku, by im pokazać, jak to się robi. Najpierw Emrick. Jon zaatakował jego głowę i barki, z prawej, z lewej i znowu z prawej. Chłopak uniósł tarczę i spróbował wyprowadzić nieudolny kontratak. Jon uderzył tarczą w tarczę przeciwnika, a potem podciął go ciosem w łydkę... w ostatniej chwili, bo Arron ciął go w udo tak mocno, że Jon opadł na jedno kolano. *Zrobi mi się siniak.* Następny atak zatrzymał tarczą, a potem podźwignął się i zaczął ścigać ostatniego z chłopaków po dziedzińcu. *Jest szybki* — pomyślał, gdy miecze pocałowały się raz, drugi i trzeci — *ale musi nabrać więcej siły.* Ujrzał ulgę w oczach Arrona i zorientował się, że Emrick jest za nim. Odwrócił się i ciął go w ramię. Chłopak wpadł na brata. Jace zdążył już się podnieść, Jon znowu więc go powalił.

— Bardzo nie lubię, jak zabici wstają. Kiedy spotkasz upiora, zrozumiesz dlaczego.

Cofnął się i opuścił miecz.

— Wielka wrona potrafi podziobać mniejsze wrony — warknął ktoś za jego plecami. — Ale czy wystarczy jej odwagi, by walczyć z mężczyzną?

Grzechocząca Koszula opierał się o ścianę budynku. Zapadnięte policzki porastała mu szorstka szczecina, a rzadkie kasztanowe włosy opadały na małe żółte oczka.

— Pochlebiasz sobie.

— Tak, ale ciebie zgniotę.

— Stannis spalił niewłaściwego człowieka.

— Nieprawda. — Dziki uśmiechnął się, odsłaniając brązowe, połamane zęby. — Spalił tego, kogo musiał spalić. Chodziło o to, by cały świat to zobaczył. Wszyscy robimy to, co konieczne, Snow. Nawet królowie.

— Emmett, znajdź mu jakąś zbroję. Chcę, żeby nosił stal, nie stare gnaty.

Obleczony w kolczugę i zbroję płytową Lord Kości stał wyraźnie prościej. Wydawał się też wyższy, a bary miał szersze i potężniejsze, niż Jon się spodziewał. *To tylko zbroja, nie ciało* — powiedział sobie. *Nawet Sam mógłby wyglądać prawie groźnie, gdyby go zakuto od stóp do głów w stal Donala Noye'a.* Dziki machnął ręką, odmawiając przyjęcia tarczy, którą oferował mu Koń. Zamiast niej zażądał dwuręcznego miecza.

— To ci dopiero słodki dźwięk — rzekł, przeszywając nim powietrze. — Podfruń bliżej, Snow. Zaraz posypie się z ciebie pierze.

Jon rzucił się do ataku.

Grzechocząca Koszula cofnął się o krok, odpierając szarżę oburęcznym cięciem. Gdyby Jon nie zasłonił się tarczą, cios mógłby wgnieść napierśnik i połamać mu połowę żeber. Zachwiał się na nogach od jego siły. Całą rękę przeszyło mu ukłucie bólu. *Uderza mocniej, niż się spodziewałem.* Kolejną nieprzyjemną niespodzianką była szybkość dzikiego. Obaj przeciwnicy krążyli wokół siebie, odpowiadając ciosem na cios. Lord Kości nie ustępował mu nawet o krok. Wielki dwuręczny miecz powinien być znacznie bardziej nieporęczny niż oręż Jona, ale dziki machał nim z oszałamiającą prędkością.

Chłopaki Żelaznego Emmetta z początku dopingowali swego lorda dowódcę, ale szybkość nieustających ataków Grzechoczącej Koszuli wkrótce ich uciszyła. *Nie może długo wytrzymywać takiego tempa* — powiedział sobie Jon, gdy sparował kolejny cios. Stęknął z bólu. Choć dwuręczny miecz był stępiony, od siły uderzenia sosnowa tarcza się rozszczepiła, a metalowe okucie wgniotło. *Wkrótce się zmęczy. Musi się zmęczyć.* Jon spróbował ciąć dzikiego w twarz, ale ten odchylił głowę do tyłu. Zaatakował jego łydkę, lecz Grzechocząca Koszula zgrabnie przeskoczył nad klingą. Dwuręczny miecz uderzył Jona w bark, tak mocno, że przedni płat zadźwięczał, a ręka chłopaka zdrętwiała. Jon musiał się cofnąć. Przeciwnik ruszył z chichotem za nim. *On nie ma tarczy* — pomyślał Jon — *a ten monstrualny miecz jest za ciężki, by parować nim ciosy. Powinienem zadawać dwa trafienia na jego jedno.*

Ale z jakiegoś powodu nie był w stanie, a te jego ciosy, które trafiały, nie wywierały efektu. Dziki zawsze zdołał się cofnąć albo przesunąć w bok tak, że miecz Jona odbijał się od barku albo ramienia. Wkrótce chłopak musiał się cofać przez cały czas, by uniknąć miażdżących ciosów przeciwnika, co udawało się tylko co drugi raz. Zrzucił z ręki porąbaną na szczapy tarczę. Pot spływał mu po twarzy pod hełmem, wywołując szczypanie oczu. *Jest za silny i zbyt szybki* — uświadomił sobie Jon. *A ten dwuręczny miecz daje mu przewagę masy i zasięgu.* Walka wyglądałaby inaczej, gdyby miał Długi Pazur, ale…

Jego szansa nadeszła, gdy Grzechocząca Koszula znowu zamachnął się na odlew. Jon skoczył do przodu i wpadł na przeciwnika. Obaj zwalili się na ziemię. Nogi im się zaplątały. Stal brzęknęła o stal. Miecze wypadły im z dłoni, gdy przetaczali się po twardej ziemi. Dziki walnął go kolanem między nogi, a Jon odpowiedział mu pancerną pięścią. W jakiś sposób Grzechocząca Koszula znalazł się na górze. Złapał głowę Jona w obie dłonie i walnął ją o ziemię, a potem uniósł zasłonę jego hełmu.

— Gdybym miał sztylet, brakowałoby ci teraz jednego oka — warknął, nim Koń i Żelazny Emmett ściągnęli go z lorda dowódcy. — Puszczajcie, przeklęte wrony — ryczał dziki.

Jon podniósł się z wysiłkiem na jedno kolano. W głowie mu dzwoniło, a w ustach miał pełno krwi. Wypluł ją.

— Dobra walka — rzekł.

— Pochlebiasz sobie, wrono. Nawet się nie spociłem.

— Następnym razem się spocisz — zapowiedział Jon. Edd Cierpiętnik pomógł wstać lordowi dowódcy i zdjął mu hełm. Pojawiło się w nim kilka nowych wgnieceń. — Puśćcie go — rozkazał Jon. Rzucił hełm Skoczkowi, który go upuścił.

— Wasza lordowska mość, on groził ci śmiercią — sprzeciwił się Żelazny Emmett. — Wszyscy to słyszeliśmy. Powiedział, że gdyby miał sztylet…

— On ma sztylet. Wisi mu u pasa. — „Zawsze znajdzie się ktoś szybszy i silniejszy" — powiedział kiedyś ser Rodrik Jonowi i Robbowi. *Właśnie z kimś takim powinniście się zmierzyć na dziedzińcu, nim spotkacie podobnego mu na polu bitwy.*

— Lordzie Snow? — odezwał się cichy głos.

Odwrócił się i zobaczył Clydasa, który stał w rozbitej bramie z listem w ręce.

— Od Stannisa? — Jon miał nadzieję otrzymać jakąś wiadomość od króla. Wiedział, że Nocna Straż nie opowiada się po niczyjej stronie i nie powinno go obchodzić, który król zwycięży. Ale z jakiegoś powodu obchodziło. — Czy to list z Deepwood?

— Nie, panie.

Clydas podał mu pergamin. Był ciasno zwinięty i zapieczętowany ciemnoróżowym lakiem. *Tylko Dreadfort używał różowego laku do pieczętowania listów.* Jon ściągnął rękawicę, wziął list i złamał pieczęć. Kiedy zobaczył podpis, zapomniał o laniu, jakie dostał od Grzechoczącej Koszuli.

Ramsay Bolton, lord Hornwood — napisano wielkimi, spiczastymi literami. Brązowy inkaust rozsypywał się, gdy Jon pocierał go kciukiem. Pod podpisem Boltona umieścili swe sygnatury i pieczęcie lord Dustin, lady Cerwyn oraz czwórka Ryswellów. Mniej wprawną ręką narysowano olbrzyma rodu Umberów.

— Czy możemy się dowiedzieć, co tam napisano, wasza lordowska mość? — zapytał Żelazny Emmett.

Jon nie widział powodu, by mu tego nie mówić.

— Fosa Cailin padła. Obdarte ze skóry trupy żelaznych ludzi przybito do słupów przy królewskim trakcie. Roose Bolton wzywa wszystkich lojalnych lordów do Barrowton, by potwierdzili wierność Żelaznemu Tronowi i byli świadkami ślubu jego syna z…

Na moment serce przestało mu bić. *Nie, to niemożliwe. Ona zginęła w Królewskiej Przystani razem z ojcem.*

— Lordzie Snow? — Clydas skierował na niego mętne różowe oczy. — Czy… źle się czujesz? Chyba…

— Ma się ożenić z Aryą Stark. Moją młodszą siostrą.

Jon widział ją oczyma wyobraźni. Pociągła twarz, niezdarne ruchy, sękate kolana i ostre łokcie, brudna buzia i rozczochrane włosy. Nie wątpił, że umyją ją i uczeszą, ale nie potrafił sobie wyobrazić Aryi w ślubnej sukni ani w łożu Ramsaya Boltona. *Choćby nie wiem jak się bała, nic po sobie nie okaże. Jeśli Ramsay spróbuje jej dotknąć, będzie się opierała.*

— Twoją siostrą — powtórzył Żelazny Emmett. — Ile ona ma…

Teraz już jedenaście — pomyślał Jon. *Jest jeszcze dzieckiem.*

— Nie mam siostry. Tylko braci. Tylko was.

Wiedział, że lady Catelyn byłaby zachwycona, słysząc te słowa. To jednak nie znaczyło, że przyszły mu z łatwością. Zacisnął palce na liście. *Gdybym tylko równie łatwo mógł zmiażdżyć gardło Ramsaya Boltona.*

Clydas odchrząknął.

— Czy będzie odpowiedź?

Jon potrząsnął tylko głową i odszedł.

O zmierzchu siniaki pozostałe po walce z dzikim nabrały fioletowej barwy.

— Zżółkną, zanim znikną — oznajmił chłopak krukowi lorda Mormonta. — Zrobię się żółty jak Lord Kości.

— *Kości* — zgodził się ptak. — *Kości, kości.*

Jon słyszał cichy szmer głosów dobiegający z zewnątrz, ale nie był w stanie rozróżnić słów. *Wydają się odległe o tysiąc mil.* To była lady Melisandre i wyznawcy jej boga zgromadzeni przy nocnym ognisku. Co noc o zmierzchu kobieta w czerwieni prowadziła wiernych na wieczorną modlitwę, prosząc czerwonego boga, by pomógł im przetrwać ciemność. *Albowiem noc jest ciemna i pełna strachów.* Po odejściu Stannisa i większości ludzi królowej, jej trzódka przerzedziła się znacznie: pięćdziesięciu wolnych ludzi z Mole's Town, garstka strażników, których zostawił jej król i kilkunastu czarnych braci, którzy uznali czerwonego boga za swego.

Jon był zesztywniały, jakby miał sześćdziesiąt lat. *Mroczne sny i poczucie winy* — pomyślał. Nie był w stanie zapomnieć o Aryi. *Nie mogę jej w żaden sposób pomóc. Wyrzekłem się rodziny, kiedy powiedziałem słowa. Gdyby jeden z moich ludzi rzekł mi, że jego siostrze coś grozi, oznajmiłbym mu, że to nie jego sprawa.* Gdy człowiek powiedział słowa, jego krew robiła się czarna. *Czarna jak serce bękarta.* Kazał kiedyś Mikkenowi zrobić dla Aryi mały miecz pasujący do jej ręki, taki, jakiego używały braavoskie zbiry. *Igła.* Zadał sobie pytanie, czy jego siostra jeszcze go ma. *Zadajesz cios ostrym końcem* — powiedział jej, ale jeśli spróbuje tak potraktować Bękarta, będzie to ją kosztowało życie.

— *Snow* — wymamrotał kruk. — *Snow, Snow.*

Jon poczuł nagle, że nie wytrzyma już tego ani chwili dłużej.

Pod drzwiami znalazł Ducha. Wilkor ogryzał wołową kość, próbując się dobrać do szpiku.

— Kiedy wróciłeś?

Zwierzę podniosło się, zostawiając kość, i podeszło do Jona. Pod drzwiami stali Mully i Kegs, wsparci na włóczniach.

— Okrutny dziś ziąb, panie — ostrzegł go Mully głosem dobiegającym spod skołtunionej pomarańczowej brody. — Na długo wychodzisz?

— Nie. Chciałem tylko chwilę odetchnąć świeżym powietrzem.

Jon wyszedł w noc. Na niebie było pełno gwiazd, a pod Murem dął silny wicher. Nawet księżyc wyglądał jak zmarznięty, a jego oblicze pokrywała gęsia skórka. Gdy pierwszy powiew przedostał się przez liczne warstwy wełny i skóry spowijające Jona, chłopak zaszczękał zębami. Szedł przez dziedziniec, prosto pod wiatr. Jego płaszcz łopotał głośno. Duch trzymał się nieco z tyłu. *Dokąd idę? Co chcę zrobić?* W Czarnym Zamku panowała głucha cisza, jego sale i wieże spowiła ciemność. *Moja siedziba* — pomyślał Jon. *Mój dwór, mój dom, moja domena. Ruiny.*

W rzucanym przez Mur cieniu wilkor otarł się mu o palce. Na pół uderzenia serca noc ożyła tysiącem zapachów. Jon Snow usłyszał chrzęst pękającej skorupy lodu pokrywającej stary śnieg. Uświadomił sobie nagle, że ktoś za nim idzie. Ktoś pachnący ciepłem jak letni dzień.

Odwrócił się i zobaczył Ygritte.

Stała pod osmalonymi przez pożar kamieniami Wieży Lorda Dowódcy, spowita w ciemność i wspomnienia. Blask księżyca odbijał się w jej włosach, czerwonych włosach pocałowanych przez ogień. Na ten widok serce Jona podskoczyło niemal do ust.

— Ygritte — odezwał się.

— Lordzie Snow.

To był głos Melisandre.

Wzdrygnął się na skutek zaskoczenia.

— Lady Melisandre. — Cofnął się o krok. — Wziąłem cię za kogoś innego. — *W nocy wszystkie szaty są szare.* Ale jej strój nagle zrobił się czerwony. Jon nie potrafił zrozumieć, jak mógł ją wziąć za Ygritte. Była wyższa, szczuplejsza i starsza, choć światło księżyca ujmowało lat jej twarzy. Z nozdrzy kobiety wypływała lekka mgiełka, podobnie jak z białych dłoni, odsłoniętych przed nocą. — Odmrozisz sobie palce — ostrzegł ją.

— Jeśli taka jest wola R'hllora. Moce nocy nie mogą tknąć tych, których serce jest skąpane w świętym ogniu boga.

— Nie boję się o twoje serce. Tylko o dłonie.

— Tylko serce jest ważne. Nie rozpaczaj, lordzie Snow. Rozpacz jest bronią nieprzyjaciela, którego imienia nie wolno wypowiadać. Twoja siostra nie jest dla ciebie stracona.

— Nie mam siostry.

Te słowa były jak noże. *Co możesz wiedzieć o moim sercu, kapłanko? I o mojej siostrze?*

To wyraźnie rozbawiło Melisandre.

— A jak ma na imię ta siostra, której nie masz?

— Arya — odparł ochrypłym głosem. — To przyrodnia siostra…

— …bo jesteś bękartem. Nie zapomniałam o tym. Widziałam twoją siostrę w ogniach. Uciekała przed ślubem, do którego ją zmusili. Jechała tutaj, do ciebie. Dziewczyna w szarych szatach, na ledwie żywym koniu. Widziałam wyraźnie jak w świetle dnia. To jeszcze się nie zdarzyło, ale się zdarzy. — Zerknęła na Ducha. — Czy mogę dotknąć twojego… wilka?

Ta myśl go zaniepokoiła.

— Lepiej nie.

— Nie zrobi mi krzywdy. Nazywa się Duch, prawda?

— Tak, ale…

— Duch.

W ustach Melisandre to słowo zabrzmiało jak pieśń.

Wilkor podszedł do kapłanki i okrążył ją ostrożnie, węsząc. Gdy wyciągnęła do niego rękę, ją również obwąchał, a potem potarł nosem jej palce.

Jon wypuścił z płuc biały oddech.

— Nie zawsze jest taki…

— …ciepły? Ciepło przyciąga ciepło, Jonie Snow.

Jej oczy były dwiema czerwonymi gwiazdami lśniącymi w ciemności. Rubin na jej szyi lśnił niczym trzecie oko, jaśniejsze od pozostałych. Jon widywał nieraz, jak oczy Ducha rozjarzały się identycznym czerwonym blaskiem, gdy światło padło na nie pod odpowiednim kątem.

— Duch — zawołał. — Do mnie. — Wilkor popatrzył na niego jak na obcego. Jon zmarszczył brwi z niedowierzaniem. — To... niesamowite.

— Tak myślisz? — Uklękła i podrapała wilkora za uchem. — Wasz Mur to niesamowite miejsce, ale można tu znaleźć moc, jeśli ktoś jest zdecydowany jej użyć. Moc jest w tobie i w tym zwierzęciu. Opierasz się jej, ale to błąd. Przyjmij ją. Zrób z niej użytek.

Nie jestem wilkiem — pomyślał.

— A jak miałbym to zrobić?

— Mogę ci pokazać. — Objęła Ducha szczupłym ramieniem i wilkor polizał ją po twarzy. — Pan Światła w swej mądrości uczynił nas mężczyznami i kobietami, dwiema częściami większej całości. W złączeniu tych części jest moc. Moc dawania życia. Moc tworzenia światła. Moc rzucania cieni.

— Cieni.

Gdy wypowiedział to słowo, świat nagle pociemniał.

— Każdy, kto chodzi po Ziemi, rzuca na świat cień. Niektóre są cienkie i słabe, inne długie i ciemne. Powinieneś obejrzeć się za siebie, lordzie Snow. Gdy pocałował cię księżyc, rzuciłeś na Mur cień wysoki na dwadzieścia stóp.

Jon zerknął przez ramię. Cień rzeczywiście tam był, wytrawiony na Murze przez światło księżyca. *Dziewczyna w szarych szatach, na ledwie żywym koniu* — pomyślał. *Jechała tutaj, do ciebie. Arya.* Znowu spojrzał na czerwoną kapłankę i poczuł bijące od niej ciepło. *Ma moc.* Ta myśl pojawiła się niespodziewanie, zaciskając na nim żelazne zęby, ale nie chciał zostać dłużnikiem tej kobiety, nawet dla własnej siostry.

— Powiedziała mi coś kiedyś Dalla, siostra Val, żona Mance'a Raydera. Uważała, że czary są jak miecz bez rękojeści. Nie da się nimi bezpiecznie władać.

— Mądra kobieta. — Melisandre wstała. Jej czerwone szaty zakołysały się na wietrze. — Ale miecz bez rękojeści nadal pozostaje mieczem, czymś, co dobrze mieć, gdy ze wszystkich stron otaczają nas wrogowie. Wysłuchaj mnie, Jonie Snow. Dziewięć wron pofrunęło do białego lasu, by odszukać twych wrogów. Trzy z nich nie żyją. Jeszcze nie zginęły, ale śmierć czeka na nie, a one jadą jej na spotkanie. Wysłałeś tych ludzi po to, by byli twoimi oczami w ciemności, ale kiedy do ciebie wrócą, nie będą mieli oczu. Widziałam w płomieniach ich blade martwe twarze. Puste oczodoły płaczące krwią. — Odgarnęła rude włosy. Jej oczy zalśniły czerwienią. — Nie wierzysz mi. Ale uwierzysz. Ceną tej wiary będzie życie trzech ludzi. Niektórzy powiedzieliby, że to niewysoka cena za mądrość… ale nie musiałeś jej płacić. Pamiętaj o tym, gdy ujrzysz ślepe, zmasakrowane twarze swych martwych ludzi. A gdy nadejdzie ten dzień, weź mnie za rękę. — Z białego ciała kapłanki płynęła mgiełka. Przez chwilę Jon miał wrażenie, że między jej palcami tańczą blade czarodziejskie płomienie. — Weź mnie za rękę — powtórzyła — i pozwól mi uratować twoją siostrę.

DAVOS

Nawet w półmroku Wilczego Barłogu Davos Seaworth wyczuwał, że dzisiejszy ranek jest inny od poprzednich.

Obudziły go głosy. Podkradł się do drzwi celi, ale drewno było grube i nie mógł odróżnić słów. Nadszedł już świt, ale Davos nie dostał owsianki przynoszonej co rano przez Gartha. To go zaniepokoiło. W Wilczym Barłogu wszystkie dni wyglądały tak samo, a wszelkie zmiany z reguły były zmianami na gorsze. *To może być dzień mojej śmierci. Garth może już siedzieć z osełką w ręce i ostrzyć Lady Lu.*

Cebulowy rycerz nie zapomniał ostatnich słów, jakie usłyszał od Wymana Manderly'ego. „Odprowadź tę kreaturę do Wilczego Barłogu. Niech mu utną głowę i dłonie… Nie będę w stanie nic przełknąć, dopóki nie zobaczę głowy tego przemytnika na palu, z cebulą zatkniętą między kłamliwymi zębami". Davos co noc kładł się spać z głową wypełnioną tymi słowami i co rano budził się z nimi. A gdyby o nich zapomniał, Garth zawsze z radością mu przypominał. Zwał go „Truposzem". Gdy zjawiał się rano, zawsze mówił: „Proszę, owsianka dla Truposza". Wieczorem jego słowa brzmiały: „Zgaś świecę, Truposzu".

Raz Garth przyniósł swoje panie, by przestawić je Truposzowi.

— Kurwa nie wygląda zbyt ładnie — przyznał, pieszcząc pręt z zimnego żeliwa — ale kiedy rozgrzeję ją do czerwoności i dotknę nią twojego kutasa, będziesz krzykiem wzywał matkę. A to jest Lady Lu. To nią utnę ci głowę i dłonie, gdy ser Wyman przyśle rozkaz.

Davos nigdy w życiu nie widział topora większego niż Lady Lu. Ani ostrzejszego. Inni strażnicy mówili, że Garth spędza całe dni na jej ostrzeniu. *Nie będę błagał o łaskę.* Pójdzie na śmierć jak rycerz, prosząc tylko o to, by ucięli mu głowę przed rękami. Miał nadzieję, że nawet Garth nie okaże się aż tak okrutny, by odmówić spełnienia tej prośby.

Dźwięki dobiegające zza drzwi były słabe i stłumione. Davos wstał i zaczął spacerować po celi. Jak na tego typu pomieszczenie, była duża i dziwnie wygodnie umeblowana. Podejrzewał, że mogła kiedyś służyć jako sypialnia jakiegoś paniątka. Była trzy razy większa od kapitańskiej kajuty na „Czarnej Bessie", a nawet przestronniejsza od tej, którą miał Salladhor Saan na swoim „Valyrianinie". Choć jedyne okno przed laty zamurowano, pod ścianą nadal znajdowało się palenisko wystarczająco duże, by można było na nim zagrzać kociołek, a w jednym z kątów umieszczono nawet wychodek. Podłogę pokrywały wypaczone, rozszczepiające się deski, a prycza cuchnęła stęchlizną, ale te niewygody były drobiazgiem w porównaniu z tym, czego spodziewał się Davos.

Wikt również go zaskoczył. Zamiast cienkiej zupy, czerstwego chleba i nadgniłego mięsa, zwykle podawanych w lochach, strażnicy przynosili mu świeżo złowione ryby, jeszcze ciepły chleb, ostro przyprawioną baraninę, rzepę, marchewkę, a nawet kraby. Garth nie był z tego zbytnio zadowolony.

— Truposze nie powinni jeść lepiej niż żywi — skarżył się kilkakrotnie. Davos dostał futrzane narzuty, by nie marznąć w nocy, drewno do paleniska, czyste ubranie oraz spływającą łojem świecę. Gdy poprosił o papier, gęsie pióro i inkaust, Therry przyniósł je następnego dnia. A kiedy zapytał, czy mógłby dostać książkę, by wprawiać się w czytaniu, chłopak zjawił się z *Siedmioramienną gwiazdą*.

Pomimo tych wygód cela pozostawała celą. Kamienne mury były tak grube, że ze świata zewnętrznego nie docierały żadne dźwięki. Drzwi z dębiny okuto żelazem, a strażnicy zawsze zasuwali antabę. Z sufitu zwisały cztery ciężkie łańcuchy, czekające na dzień, gdy lord Manderly postanowi skuć cebulowego rycerza i oddać go Kurwie. *To może być dzisiaj. Kiedy Garth następnym razem otworzy drzwi, nie przyniesie mi owsianki.*

Zaburczało mu w brzuchu, pewny znak, że ranek trwa już od pewnego czasu, a on nadal nie dostał śniadania. *Nie sama śmierć jest najgorsza, tylko nieświadomość, kiedy i jak nadejdzie.* W czasach gdy był przemytnikiem, obejrzał od środka kilka więzień i lochów, ale zawsze dzielił je z innymi. Miał z kim porozmawiać, podzielić się obawami i nadziejami. Ale nie tutaj. Nie licząc strażników, Davos Seaworth miał Wilczy Barłóg wyłącznie dla siebie.

Wiedział, że pod zamkowymi piwnicami znajdują się prawdziwe lochy, wykopane w ziemi ciemnice, izby tortur i wilgotne cele pełne łażących w ciemności szczurów. Strażnicy zapewniali jednak, że wszystkie obecnie są puste.

— Jesteśmy tu tylko my, cebulo — oznajmił mu dowódca strażników, ser Bartimus, chudy jak szkielet jednonogi rycerz o naznaczonej bliznami twarzy, ślepy na jedno oko. Kiedy ser Bartimus był wstawiony, to znaczy prawie codziennie, lubił się przechwalać, że ocalił życie lordowi Wymanowi w bitwie nad Tridentem. W nagrodę otrzymał dowództwo nad Wilczym Barłogiem.

„My" znaczyło również kucharza, którego Davos nigdy nie widział, sześciu strażników zakwaterowanych na parterze, dwie praczki oraz dwóch kluczników zajmujących się więźniem. Młodszy z nich, Therry, był synem jednej z praczek i miał czternaście lat. Starszy, Garth, wysoki, łysy i małomówny, zawsze miał na sobie tę samą, brudną od tłuszczu, skórzaną kamizelkę i zawsze łypał ze złością na więźnia.

Jako przemytnik Davos Seaworth nauczył się rozpoznawać ludzi, z którymi coś było nie w porządku, i natychmiast się zorientował, że Garth jest jednym z nich. Cebulowy rycerz zawsze trzymał język za zębami w jego obecności. W rozmowach z Therrym i ser Bartimusem był mniej powściągliwy. Dziękował im za jedzenie, zachęcał, by mówili o swej przeszłości i swych nadziejach, uprzejmie odpowiadał na ich pytania, a sam nie wypytywał ich zbyt dociekliwie. Prosił tylko o drobiazgi — miskę wody i odrobinę mydła, książkę do czytania, więcej świec. Większość tych próśb spełniano i Davos był za to wdzięczny.

Żaden ze strażników nie wspominał ani słowem o lordzie Manderlym, królu Stannisie czy Freyach, ale chętnie mówili o innych sprawach. Therry pragnął wyruszyć na wojnę, gdy już będzie wystarczająco duży, walczyć w bitwach i zostać rycerzem. Lubił też uskarżać się na matkę. Wyznał, że sypia ona z dwoma gwardzistami, którzy służyli na innych zmianach i żaden z nich nie wie o drugim, ale któregoś dnia jeden z nich wszystkiego się domyśli i popłynie krew. Niekiedy chłopak przynosił nawet do celi bukłak wina i wypijał je z Davosem, wypytując go o życie przemytnika.

Ser Bartimus nie interesował się światem zewnętrznym ani właściwie niczym, co się wydarzyło od chwili, gdy spotkanie z koniem bez jeźdźca i piłą maestera kosztowało go nogę. Pokochał Wilczy Barłóg i najbardziej ze wszystkiego lubił opowiadać o jego długiej i krwawej historii. Rycerz wyjaśnił Davosowi, że Barłóg jest starszy od Białego Portu. Zbudował go król Jon Stark. Zamek miał bronić ujścia Białego Noża przed morskimi rabusiami. Wielu młodszych synów króla północy miało tu swoją siedzibę i równie wielu braci, stryjów albo kuzynów. Niektórzy przekazywali zamek w spadku synom i wnukom. W ten sposób powstały boczne gałęzie rodu Starków. Najdłużej przetrwali Greystarkowie, którzy władali Wilczym Barłogiem przez pięć stuleci, aż wreszcie ośmielili się poprzeć Dreadfort w rebelii przeciwko Starkom z Winterfell.

Po ich upadku zamek często przechodził z rąk do rąk. Przez stulecie władał nim ród Flintów, a przez prawie dwa Locke'owie. Należał również do Slate'ów, Longów, Holtów i Ashwoodów, którym Winterfell zleciło obronę rzeki. Pewnego razu zamek zdobyli łupieżcy z Trzech Sióstr, którzy uczynili go swym przyczółkiem na północy. Podczas wojen między Winterfell a Doliną Wilczy Barłóg oblegał Osgood Arryn, Stary Sokół, a jego syn, zapamiętany jako Szpon, puścił go z dymem. Gdy stary król Edrick Stark stał się zbyt słaby, by móc bronić królestwa, zamek zdobyli łowcy niewolników ze Stopni. Piętnowali swych jeńców rozżarzonym żelazem i łamali biczowaniem, a potem wysyłali za morze. Czarne kamienne mury zamku były świadkiem tego wszystkiego.

— Następnie nadeszła długa, okrutna zima — ciągnął ser Bartimus. — Biały Nóż pokryła gruba warstwa lodu. Nawet zatoka zamarzła. Z północy wiały straszliwe wichry i łowcy niewolników musieli się kulić wokół swych ognisk. Kiedy grzali się przy nich, ruszył przeciwko nim nowy król. To był Brandon Stark, prawnuk Edricka Śnieżnobrodego, ten, którego ludzie zwali Lodookim. Brandon odzyskał Wilczy Barłóg, kazał rozebrać łowców niewolników do naga i oddał ich jeńcom, których znalazł skutych łańcuchami w lochach. Powiadają, że uwolnieni niewolnicy zawiesili ich trzewia na gałęziach drzewa serca jako ofiarę dla bogów. Starych bogów, nie tych nowych z południa. Siedmiu nie zna zimy, a zima nie zna ich.

Davos nie mógł zaprzeczyć prawdziwości tych słów. Nie znał zimy i, sądząc z tego, co widział we Wschodniej Strażnicy, nie miał ochoty jej poznawać.

— A których bogów ty czcisz? — zapytał jednonogiego rycerza.

— Starych — Gdy ser Bartimus się uśmiechał, wyglądał zupełnie jak czaszka. — Ja i mój ród mieszkamy tu dłużej od Manderlych. Bardzo możliwe, że to moi przodkowie rozwieszali te wnętrzności.

— Nie wiedziałem, że ludzie z północy składali swym drzewom sercom krwawe ofiary.

— Jest bardzo wiele rzeczy, których południowcy nie wiedzą o północy — odparł ser Bartimus.

Nie mylił się. Davos siedział obok świecy i patrzył na słowa, które nabazgrał, jedno po drugim, podczas spędzonych w więzieniu dni. *Byłem lepszym przemytnikiem niż rycerzem* — pisał do żony — *lepszym rycerzem niż królewskim namiestnikiem, lepszym królewskim namiestnikiem niż mężem. Tak mi przykro, Maryo. Kochałem cię. Wybacz mi, proszę, krzywdy, które ci wyrządziłem. Jeśli Stannis przegra wojnę, włości również utracimy. Zabierz chłopaków za wąskie morze, do Braavos, i spraw, by dobrze o mnie myśleli, jeśli zechcesz. A jeśli Stannis zdobędzie Żelazny Tron, ród Seaworthów przetrwa i Devan zostanie na dworze. Pomoże ci znaleźć dla pozostałych chłopców miejsce u szlachetnie urodzonych lordów, którym będą mogli służyć jako paziowie i giermkowie, by zdobyć pasy rycerskie.* To były najlepsze rady, jakich potrafił jej udzielić, choć wolałby, żeby brzmiały mądrzej.

Napisał też do wszystkich trzech żyjących synów, by pomóc im zapamiętać ojca, który kupił im nazwisko za koniuszki swych palców. Listy do Steffona i młodego Stannisa były krótkie, suche i niezręcznie sformułowane. Prawdę mówiąc, nie znał ich nawet w połowie tak dobrze jak starszych chłopców, tych którzy spłonęli albo utonęli na Czarnym Nurcie. Do Devana napisał więcej. Wspomniał, że jest bardzo dumny, iż jego syn został królewskim giermkiem, i przypominał mu, że jako najstarszy ma obowiązek opiekować się panią matką i młodszymi braćmi. *Powiedz Jego Miłości, że zrobiłem, co tylko mogłem* — zakończył. *Przykro mi, że go zawiodłem. Szczęście mnie opuściło tego dnia, gdy straciłem amulet z kości palców, dnia, gdy rzeka stanęła w płomieniach pod Królewską Przystanią.*

Davos przekładał powoli listy, czytał każdy po kilka razy, zastanawiając się, czy należałoby zmienić jakieś słowo albo dodać coś w innym miejscu. Doszedł do wniosku, że człowiek powinien mieć więcej do powiedzenia, gdy patrzy na koniec swego życia, ale słowa przychodziły mu z trudnością. *Nie spisałem się aż tak źle* — przekonywał siebie. *Zacząłem w Zapchlonym Tyłku i osiągnąłem pozycję królewskiego namiestnika. Nauczyłem się też czytać i pisać.*

Nadal pochylał się nad listami, gdy usłyszał brzęk żelaznych kluczy na pierścieniu. Pół uderzenia serca później drzwi jego celi otworzyły się nagle.

Mężczyzna, który wszedł do środka, nie był jednym ze strażników. Był wysoki i wychudzony, miał twarz pooraną głębokimi bruzdami i siwobrązową czuprynę. U jego pasa wisiał miecz, a zabarwiony na ciemnoszkarłatno płaszcz spiął sobie na barku ciężką srebrną broszą w kształcie zakutej w pancerną rękawicę pięści.

— Lordzie Seaworth, nie mamy dużo czasu — oznajmił. — Proszę, chodź ze mną.

Davos przyjrzał się nieufnie nieznajomemu. Zdziwiło go słowo „proszę". Ludzi, którzy mieli stracić głowę i dłonie, rzadko traktowano z podobną uprzejmością.

— Jak się nazywasz?

— Robett Glover, jeśli łaska, panie.

— Glover. Twoją siedzibą było Deepwood Motte.

— Siedzibą mojego brata. Było i jest, dzięki twojemu królowi Stannisowi. Odebrał Deepwood żelaznej dziwce, która je ukradła, i zwrócił prawowitym właścicielom. Gdy siedziałeś w tych lochach, wydarzyło się bardzo wiele, lordzie Davosie. Fosa Cailin padła i Roose Bolton wrócił na północ z młodszą córką Neda Starka. Towarzyszy mu zastęp Freyów. Bolton rozesłał kruki, wzywając wszystkich północnych lordów do Barrowton. Żąda hołdów i zakładników… a także świadków ślubu Aryi Stark z jego bękartem Ramsayem Snow. Dzięki temu związkowi Boltonowie zamierzają zagarnąć dla siebie Winterfell. Idziesz ze mną czy nie?

— A jaki mam wybór, panie? Pójść z tobą albo zostać tu z Garthem i Lady Lu?

— Kto to jest Lady Lu? Jedna z praczek? — Glover tracił cierpliwość. — Jeśli pójdziesz ze mną, wszystko ci wyjaśnimy.

Davos wstał.

— Gdybym zginął, błagam cię, byś wysłał moje listy, panie.

— Masz na to moje słowo… choć jeśli zginiesz, to nie z ręki Glovera ani lorda Wymana. Chodź już, szybko.

Glover poprowadził go przez pogrążony w ciemności korytarz. Potem zeszli po wytartych schodach, przeszli przez zamkowy boży gaj, w którym rosło drzewo serce, tak ogromne i splątane, że zdławiło wszystkie dęby, wiązy i brzozy, a jego blade masywne konary przebijały się przez ściany i okna spoglądające na nie z góry. Jego korzenie były tak grube, jak dorosły mężczyzna w pasie, a pień miał tak wielką średnicę, że wyryta na nim twarz wydawała się szeroka i gniewna. Gdy minęli czardrzewo, Glover otworzył zardzewiałą żelazną bramę i zatrzymał się, żeby zapalić pochodnię. Kiedy już rozjarzyła się gorącym czerwonym blaskiem, sprowadził Davosa jeszcze niżej, do piwnicy o beczkowym sklepieniu, gdzie ociekające wodą ściany pokrywała gruba warstwa soli, a przy każdym kroku pod ich stopami pluskała woda morska. Przeszli przez kilka piwnic oraz szeregi wilgotnych, małych, cuchnących cel, bardzo różnych od tej, w której przetrzymywano Davosa. Potem dotarli do gładkiej kamiennej ściany, która się otworzyła, gdy Glover ją popchnął. Za nią był długi, wąski tunel, a potem kolejne schody, prowadzące do góry.

— Gdzie jesteśmy? — zapytał, gdy na nie wchodzili. Jego słowa niosły się słabym echem w ciemności.

— Na schodach za schodami. Korytarz biegnie pod Schodami Zamkowymi do Nowego Zamku. To tajne przejście. Niedobrze by było, gdyby ktoś cię zobaczył, wasza lordowska mość. Ogłoszono, że nie żyjesz.

Owsianka dla Truposza. Davos piął się w górę.

Przeszli przez kolejny mur, tym razem po drugiej stronie wyłożony pokrytymi tynkiem listwami. Położony za nim pokój był przytulny, ciepły i wygodnie umeblowany. Na podłodze leżał myrijski dywan, a na stole paliły się woskowe świece. Davos słyszał dudy i skrzypki, grające gdzieś w pobliżu. Na ścianie wisiała owcza skóra, na której blaknącymi kolorami narysowano mapę świata. Pod mapą siedział Wyman Manderly, kolosalny lord Białego Portu.

— Usiądź proszę. — Lord Manderly był bogato odziany. Miał na sobie aksamitny pastelowy niebieskozielony wams wyszywany złotą nicią na obrąbku, rękawach i kołnierzu. Na wierzch narzucił gronostajowe futro, spięte na ramieniu złotym trójzębem. — Jesteś głodny?

— Nie, wasza lordowska mość. W twoim więzieniu dobrze mnie karmiono.

— Mam wino, jeśli czujesz się spragniony.

— Będę z tobą pertraktował, wasza lordowska mość. Mój król mi rozkazał. Ale nie muszę z tobą pić.

Lord Wyman westchnął.

— Wiem, że haniebnie cię potraktowałem. Miałem powody, ale... usiądź i napij się, proszę. Wypij za bezpieczny powrót mojego chłopaka. Za Wylisa, mojego najstarszego syna i dziedzica. To, co słyszysz, to odgłosy powitalnej uczty. Na Dworze Trytona jedzą pasztet z minogów i dziczyznę pieczoną z orzechami. Wynafryd tańczy z Freyem, którego ma poślubić. Inni Freyowie unoszą kielichy z winem, by uczcić naszą przyjaźń.

Davos słyszał przebijający się przez muzykę szmer wielu głosów, brzęk kielichów i sztućców. Nie odezwał się ani słowem.

— Przed chwilą opuściłem ucztę — ciągnął lord Wyman. — Jak zwykle zjadłem za wiele, a wszyscy w Białym Porcie wiedzą, że kiszki mi dolegają. Mamy nadzieję, że moich przyjaciół Freyów nie zdziwi fakt, że spędziłem dłuższy czas w wychodku. — Odwrócił swój kielich do góry dnem. — Proszę. Ty będziesz pił, a ja nie. Usiądź. Nie mamy wiele czasu, a trzeba omówić dużo spraw. Robetcie, wina dla namiestnika, jeśli będziesz taki uprzejmy. Lordzie Davosie, jeszcze o tym nie wiesz, ale nie żyjesz.

Robett Glover napełnił kielich winem i podsunął go Davosowi. Cebulowy rycerz wziął go w rękę, powąchał trunek i wypił.

— A czy mogę zapytać, jak zginąłem?

— Od topora. Twą głowę i ręce zatknięto nad Foczą Bramą, z twarzą zwróconą w stronę portu. Zgniła już porządnie, mimo że zanurzyliśmy ją w smole przed nadzianiem na palik. Ponoć wrony i morskie ptaki walczyły ze sobą o twoje oczy.

Davos przesunął się z zakłopotaniem. Dziwnie się czuł jako trup.

— Czy mógłbyś mi powiedzieć, kto zginął zamiast mnie, wasza lordowska mość?

— A czy to ważne? Masz pospolitą twarz, lordzie Davosie. Mam nadzieję, że nie czujesz się urażony. Ów człowiek miał włosy tego samego koloru co ty, nos tego samego kształtu, dwoje uszu nieróżniących się zbytnio od twoich oraz długą brodę, którą można było przyciąć na podobieństwo tej, która zdobi twoje oblicze. Był przestępcą, jeśli to cię pocieszy. Jego śmierć mogła przynieść więcej pożytku niż wszystko, co zdziałał za życia. Nie życzę ci źle, panie. Gniew, jaki okazałem na Dworze Trytona, był tylko komediancką farsą, mającą zadowolić naszych przyjaciół Freyów.

— Wasza lordowska mość powinien wybrać zajęcie komedianta — odparł Davos. — I ty, i twoi ludzie wypadliście nadzwyczaj przekonująco. Twa dobra córka z wielką pasją życzyła mi śmierci, a dziewczynka...

— Wylla. — Lord Wyman uśmiechnął się. — Widziałeś, jaka była odważna? Nawet gdy zagroziłem jej wycięciem języka, przypomniała mi o długu, jaki Biały Port zaciągnął u Starków z Winterfell. Długu, którego nigdy nie zdołamy spłacić. Wylla przemawiała ze szczerego serca i lady Leona również. Wybacz jej, jeśli potrafisz, panie. To głupia, przestraszona kobieta, a Wylis jest całym jej życiem. Nie każdy mężczyzna jest w stanie zostać księciem Aemonem Smoczym Rycerzem albo Symeonem Gwiezdnookim i nie każda kobieta może być tak odważna jak Wylla i jej siostra Wynafryd... która wiedziała o wszystkim, a mimo to odegrała swą rolę, nie okazując strachu. Nawet uczciwy człowiek musi kłamać, gdy ma do czynienia z kłamcami. Nie śmiałem sprzeciwić się Królewskiej Przystani, dopóki mój ostatni żyjący syn pozostawał w niewoli. Lord Tywin Lannister osobiście do mnie napisał, by mnie zawiadomić, że ma Wylisa. Oznajmił, że jeśli chcę, by wrócił do mnie bez szkody, muszę się wyprzeć swej zdrady, poddać miasto i poprzysiąc wierność królowi zasiadającemu na Żelaznym Tronie.... a także ugiąć kolan przed Roose'em Boltonem, którego mianował namiestnikiem północy. Gdybym odmówił, Wylis zginąłby śmiercią zdrajcy, Biały Port wzięto by szturmem i złupiono, a moich ludzi spotkałby ten sam los co Reyne'ów z Castamere. Jestem gruby i wielu uważa, że czyni mnie to słabym i głupim. Być może Tywin Lannister również tak sądził. Odesłałem mu kruka z listem mówiącym, że ugnę kolan i otworzę bramy, gdy mój syn odzyska wolność, ale nie przedtem. Tak wyglądały sprawy w chwili śmierci Tywina. Potem zjawili się Freyowie z kośćmi Wendela… twierdzili, że pragną zawrzeć pokój i przypieczętować go paktem małżeńskim, ale nie zamierzałem im dać tego, czego chcieli, dopóki Wylis nie wróci do mnie, cały i zdrowy, a oni nie chcieli mi go oddać, dopóki nie dowiodę swej lojalności. Twoje przybycie stworzyło mi okazję, by to zrobić. Dlatego właśnie tak nieuprzejmie potraktowałem cię na Dworze Trytona i dlatego twa głowa i dłonie gniją teraz nad Foczą Bramą.

— Podjąłeś wielkie ryzyko, wasza lordowska mość — zauważył Davos. — Gdyby Freyowie przejrzeli twój podstęp…

— Nie było żadnego ryzyka. Gdyby któryś z Freyów postanowił wspiąć się na bramę i dokładniej przyjrzeć głowie z cebulą w zębach, zwaliłbym winę za pomyłkę na strażników więziennych i natychmiast zademonstrowałbym twoją głowę.

Davos poczuł dreszcz przebiegający mu po plecach.

— Rozumiem.

— Mam taką nadzieję. Wspominałeś, że ty również masz synów.

Trzech — pomyślał Davos. *Ale spłodziłem siedmiu.*

— Wkrótce muszę wrócić na ucztę, by wznieść toast za naszych przyjaciół Freyów — ciągnął Manderly. — Obserwują mnie, ser. Dniem i nocą nie spuszczają ze mnie wzroku i marszczą nosy, próbując wywęszyć zdradę. Widziałeś ich, aroganckiego ser Jareda i jego bratanka Rhaegara, tego uśmiechającego się szyderczo robaka, który nosi imię smoka. A za nimi stoi Symond, pobrzękując monetami. Przekupił kilka moich sług i dwóch rycerzy, a jedna ze służek jego żony znalazła drogę do łoża mojego błazna. Być może Stannis się dziwi, że moje listy mówią tak niewiele, ale prawda wygląda tak, że boję się zaufać nawet własnemu maesterowi. Theomore ma dobrą głowę, ale nie ma serca. Słyszałeś, co mówił w mojej komnacie. Maesterzy powinni wyrzec się dawnych lojalności, gdy wkładają na szyje łańcuchy, ale nie mogę zapomnieć, że Theomore przyszedł na świat jako Lannister z Lannisportu i jest dalekim kuzynem Lannisterów z Casterly Rock. Ze wszystkich stron otaczają mnie wrogowie i fałszywi przyjaciele, lordzie Davosie. Rozplenili się w moim mieście niczym karaluchy i czuję, jak nocą łażą po mnie. — Grubas zacisnął palce w pięść. Wszystkie jego podbródki drżały. — Mój syn Wendel przybył do Bliźniaków jako gość. Jadł chleb i sól lorda Waldera i zawiesił miecz na ścianie, by ucztować z przyjaciółmi. A oni go zamordowali. Zamordowali, powiadam, i niech Freyowie udławią się swoimi bajkami. Piję z Jaredem, żartuję z Symondem i obiecuję Rhaegarowi rękę własnej ukochanej wnuczki... ale niech ci się nie zdaje, że zapomniałem. Północ pamięta, lordzie Davosie. Północ pamięta, a komediancka farsa już się prawie skończyła. Mój syn wrócił do domu.

Coś w tonie lorda Wymana przeszyło Davosa dreszczem sięgającym aż do szpiku kości.

— Jeśli pragniesz sprawiedliwości, wasza lordowska mość, zwróć się do króla Stannisa. Nikt nie jest sprawiedliwszy od niego.

— Twoja lojalność dobrze o tobie świadczy, panie — wtrącił Robett Glover — ale Stannis Baratheon pozostaje twoim królem, nie naszym.

— Wasz król nie żyje — przypomniał im Davos. — Zamordowano go na Krwawych Godach razem z synem lorda Wymana.

— Młody Wilk nie żyje — przyznał Manderly — ale ten dzielny młodzieniec nie był jedynym synem lorda Eddarda. Robetcie, przyprowadź chłopaka.

— Natychmiast, wasza lordowska mość.

Glover wyszedł z pokoju.

Chłopaka? Czy to możliwe, że jeden z braci Robba Starka przeżył zagładę Winterfell? Czyżby Manderly ukrywał w swym zamku dziedzica Starków? *Znalezionego czy podstawionego?* Podejrzewał, że północ tak czy owak powstanie dla niego... ale Stannis Baratheon nigdy nie zawrze sojuszu z samozwańcem.

Chłopak, którego przyprowadził Robett Glover, nie był Starkiem i nikt nie mógłby go wziąć za jednego z nich. Był starszy od zamordowanych braci Młodego Wilka, miał czternaście albo piętnaście lat, a jego oczy wydawały się jeszcze starsze. Miał ciemnobrązowe, rozczochrane włosy i niemal drapieżną twarz o szerokich ustach, ostrym nosie i wystającym podbródku.

— Kim jesteś? — zapytał go Davos.

Chłopak spojrzał na Robetta Glovera.

— Jest niemy, ale uczymy go pisać. Robi szybkie postępy. — Glover wyciągnął zza pasa sztylet i podał go młodzieńcowi. — Napisz lordowi Seaworthowi, jak masz na imię.

W komnacie nie było papieru, chłopak wyrył więc litery w drewnianej belce. *W... E... X.* Do tej ostatniej przyłożył się szczególnie mocno. Kiedy skończył, podrzucił sztylet w powietrzu, złapał go i odsunął się, podziwiając swe dzieło.

— Wex pochodzi z Żelaznych Wysp. Był giermkiem Theona Greyjoya. Towarzyszył mu w Winterfell. — Glover usiadł. — Ile wie lord Stannis o tym, co się tam wydarzyło?

Davos cofnął się myślą do opowieści, które słyszeli.

— Winterfell zdobył Theon Greyjoy, który był ongiś podopiecznym lorda Starka. Skazał na śmierć dwóch jego młodych synów i zatknął ich głowy na zamkowych murach. Kiedy przybyli ludzie z północy, by go wygnać, wyrżnął wszystkich w zamku, aż do ostatniego dziecka, nim zabił go bękart lorda Boltona.

— Nie zabił — poprawił cebulowego rycerza Glover. — Pojmał go i zabrał do Dreadfort, gdzie obdziera go ze skóry.

Lord Wyman pokiwał głową.

— Wszyscy słyszeliśmy tę samą opowieść. Pełno w niej kłamstw, jak rodzynków w puddingu. To Bękart Boltona wymordował ludzi z Winterfell... nosił wtedy nazwisko Ramsay Snow, ale potem chłopiec na Żelaznym Tronie uczynił go Boltonem. Snow nie zabił wszystkich. Kobiety oszczędził. Powiązał je sznurami i popędził do Winterfell, by służyły jego rozrywce.

— Rozrywce?

— To wielki myśliwy — wyjaśnił Wyman Manderly — a kobiety są jego ulubioną zwierzyną. Rozbiera je do naga i wypuszcza do lasu. Czeka pół doby, nim rusza w pościg z psami i rogami. Od czasu do czasu jakiejś dziewce udaje się uciec i opowiedzieć o wszystkim. Większość ma mniej szczęścia. Kiedy Ramsay je doścignie, gwałci je, obdziera ze skóry, ciała rzuca psom na pożarcie, a skóry zabiera do Dreadfort jako trofea. Jeśli dostarczyły mu dobrej rozrywki, podrzyna im gardło przed zdarciem skóry. W przeciwnym razie postępuje na odwrót.

Davos pobladł.

— Bogowie, bądźcie łaskawi. Jaki człowiek mógłby...

— Zło jest w jego krwi — oznajmił Robett Glover. — To bękart zrodzony z gwałtu. Snow, bez względu na to, co mówi młodociany król.

— Jego nazwisko znaczy „śnieg", ale serce ma do cna czarne — dodał lord Wyman. — Ramsay zagarnął ziemie lorda Hornwooda, zmuszając wdowę po nim do małżeństwa, a potem zamknął ją w wieży i zapomniał o niej. Ponoć zjadła z głodu własne palce... a Lannisterowie w swej królewskiej sprawiedliwości oddali mu córkę Neda Starka.

— Boltonowie zawsze byli okrutni i przebiegli, ale ten to prawdziwa bestia w ludzkiej skórze — skonkludował Glover.

— A Freyowie wcale nie są lepsi — dodał lord Białego Portu, pochylając się ku Davosowi. — Gadają o wargach i zmiennoskórych, zapewniają, że to Robb Stark zamordował mojego Wendela. Cóż za arogancja! Nie spodziewają się, że północ naprawdę uwierzy w ich kłamstwa, ale są przekonani, iż musimy udawać, że w nie wierzymy, albo zginiemy. Roose Bolton kłamie w sprawie swego udziału w Krwawych Godach, a jego bękart powtarza kłamstwa o upadku Winterfell. Dopóki więzili Wylisa, nie miałem innego wyboru, jak jeść wszystkie te ekskrementy i zachwalać ich smak.

— A teraz, wasza lordowska mość? — zapytał Davos.

Miał nadzieję, że lord Wyman powie: „A teraz poprę króla Stannisa", ale grubas uśmiechnął się tylko z dziwną wesołością.

— A teraz muszę pojechać na ślub. Jestem za gruby, by dosiąść konia. Każdy, kto ma oczy, widzi to wyraźnie. Kiedy byłem małym chłopcem, uwielbiałem jeździć konno, a jako młody mężczyzna radziłem sobie z wierzchowcem na tyle dobrze, by okryć się choć niewielką chwałą w szrankach, ale owe dni dawno już minęły. Własne ciało stało się dla mnie więzieniem straszliwszym niż Wilczy Barłóg. Mimo to muszę wyruszyć do Winterfell. Roose Bolton chce, bym ugiął przed nim kolan, a pod jego aksamitną uprzejmością kryje się żelazna kolczuga. Będę podróżował barką i w lektyce, w towarzystwie stu rycerzy i moich dobrych przyjaciół z Bliźniaków. Freyowie przybyli drogą morską i nie mają koni, więc dam każdemu po klaczce jako dar dla gości. Czy na południu gospodarze nadal ofiarowują gościom dary?

— Niektórzy to robią, wasza lordowska mość. W dniu, gdy gość ich opuszcza.

— Być może więc to rozumiesz — Wyman Manderly podniósł się ciężko. — Już od z górą roku buduję okręty. Widziałeś niektóre z nich, ale drugie tyle ukryłem na Białym Nożu. Mimo poniesionych strat nadal mam najwięcej ciężkiej jazdy ze wszystkich lordów na północ od Przesmyku. Moje mury są mocne, a skarbiec pełen srebra. Stary Zamek i Wdowia Strażnica pójdą za mną. Wśród moich chorążych jest tuzin pomniejszych lordów i stu rycerzy na włościach. Mogę ofiarować królowi Stanisowi wierność wszystkich ziem położonych na wschód od Białego Noża, od Wdowiej Strażnicy i Baranich Wrót, aż po Wzgórza Owczej Głowy i górny bieg Złamanej Gałęzi. Przysięgam, że to zrobię, jeśli zapłacisz cenę, której żądam.

— Mogę przekazać twoje warunki królowi, ale...

— Powiedziałem, jeśli ty zapłacisz cenę, której żądam — przerwał mu lord Wyman. — Nie Stannis. Nie potrzebuję króla, lecz przemytnika.

— Być może nigdy nie poznamy wszystkich szczegółów tego, co wydarzyło się w Winterfell, gdy ser Rodrik Cassel spróbował odbić zamek z rąk żelaznych ludzi Theona Greyjoya — podjął opowieść Robett Glover. — Bękart Boltona twierdzi, że Greyjoy zamordował ser Rodrika podczas rokowań. Wex temu przeczy. Dopóki nie opanuje lepiej sztuki pisania, nie poznamy choćby połowy prawdy... ale przybył do nas, umiejąc przekazać „tak" i „nie", a to może powiedzieć bardzo wiele, gdy odnajdzie się właściwe pytania.

— To Bękart zamordował ser Rodrika i ludzi z Winterfell — zapewnił lord Wyman. — Podobnie jak żelaznych ludzi Greyjoya. Wex widział, jak zabijano tych, którzy próbowali się poddać. Kiedy go zapytaliśmy, jak zdołał się uratować, wziął kawałek kredy i narysował drzewo z ludzką twarzą.

— Uratowali go starzy bogowie? — zapytał Davos po chwili zastanowienia.

— W pewnym sensie. Wdrapał się na drzewo serce i ukrył wśród liści. Ludzie Boltona dwukrotnie przeszukali boży gaj i zabili tych, których tam znaleźli, ale żadnemu nie przyszło do głowy, by wspinać się na drzewa. Czy tak właśnie było, Wex?

Chłopak podrzucił sztylet Glovera, złapał go i skinął głową.

— Siedział na drzewie przez długi czas — wyjaśnił Robett. — Spał na konarach, nie śmiąc zejść na ziemię. Aż w końcu usłyszał na dole głosy.

— Głosy umarłych — dodał Wyman Manderly.

Wex rozpostarł pięć palców, dotknął ich kolejno czubkiem sztyletu, a potem podkurczył cztery i raz jeszcze dotknął ostatniego.

— Sześciu? — zapytał Davos. — Było ich sześciu.

— W tym dwóch zamordowanych synów Neda Starka.

— Jak niemy chłopak mógł wam to powiedzieć?

— Kredą. Narysował dwóch chłopców… i dwa wilki.

— Jest żelaznym człowiekiem, więc pomyślał, że lepiej się nie pokazywać — ciągnął Glover. — Słuchał uważnie. Sześcioro zbiegów nie zwlekało długo wśród ruin Winterfell. Czworo ruszyło w jedną stronę, a dwoje w drugą. Wex poszedł za dwojgiem, za kobietą i chłopcem. Musiał cały czas trzymać się pod wiatr od nich, żeby wilk go nie zwęszył.

— Wie, gdzie są — oznajmił lord Wyman.

— Chcesz odnaleźć chłopca — zrozumiał Davos.

— Roose Bolton ma córkę lorda Eddarda. Żeby mu przeszkodzić, Biały Port musi mieć syna Neda… i jego wilkora. Wilk dowiedzie, że chłopiec jest tym, za kogo się podaje, gdyby Dreadfort próbował temu przeczyć. Oto moja cena, lordzie Davosie. Przemyć do Białego Portu mojego seniora, a uznam Stannisa Baratheona za swego króla.

Stary odruch kazał Davosowi Seaworthowi sięgnąć do gardła. Kości palców były jego amuletem, a z jakiegoś powodu uważał, że będzie potrzebował szczęścia, by wykonać zadanie postawione mu przez Wymana Manderly'ego. Stracił jednak swój talizman.

— Masz na swe usługi ludzi więcej wartych ode mnie —

rzekł. — Rycerzy, lordów i maesterów. Po co ci przemytnik? Masz też statki.

— Mam statki — zgodził się lord Wyman — ale ich załogi składają się z flisaków albo rybaków, którzy nigdy nie wypływali poza Zimną Wodę. Do tego zadania potrzebny jest człowiek, który pływał po mroczniejszych wodach i wie, jak niepostrzeżenie ominąć wszelkie niebezpieczeństwa.

— Gdzie jest chłopiec? — Davos wiedział już, że odpowiedź mu się nie spodoba. — Dokąd chcesz mnie wysłać, panie?

— Wex, pokaż mu — rozkazał chłopakowi Robett Glover.

Niemowa podrzucił sztylet, złapał go, a potem rzucił nim w mapę wiszącą na ścianie. Nóż obrócił się parę razy w powietrzu i wbił z drżeniem w owczą skórę. Chłopak wyszczerzył zęby w uśmiechu.

Przez pół uderzenia serca Davos miał ochotę poprosić Wymana Manderly'ego, by odesłał go z powrotem do Wilczego Barłogu, do ser Bartimusa z jego opowieściami i Gartha z jego śmiercionośnymi damami. Tam nawet więźniowie dostawali na śniadanie owsiankę, a na świecie istniały miejsca, gdzie ponoć dzień zaczynano od posiłku z ludzkiego mięsa.

DAENERYS

Co rano królowa spoglądała z murów na zachód i liczyła żagle w Zatoce Niewolniczej.

Dzisiaj naliczyła ich dwadzieścia pięć, choć niektóre były daleko i się poruszały, nie mogła więc mieć pewności. Zdarzało się, że któryś przeoczyła albo policzyła dwa razy. *Co to ma za znaczenie? Dusiciel potrzebuje tylko dziesięciu palców.* Handel ustał całkowicie, a jej rybacy nie śmieli wypływać na zatokę. Najśmielsi próbowali zarzucać sieci w rzece, ale nawet to było ryzykowne. Większość wolała cumować pod zbudowanymi z różnobarwnych cegieł murami miasta.

W zatoce stały też statki z Meereen, okręty wojenne i handlowe galery, których kapitanowie wypłynęli na morze, gdy zastęp Dany oblegał miasto, a teraz wróciły, by wzmocnić floty z Qarthu, Tolos i Nowego Ghis.

Rady jej admirała okazały się całkowicie bezużyteczne.

— Pokaż im swoje smoki — mówił Groleo. — Niech Yunkijczycy poczują smak ognia, a handel natychmiast ruszy znowu.

— Te statki nas duszą, a mój admirał potrafi tylko gadać o smokach — oburzyła się Dany. — Jesteś moi admirałem czy nie?

— Admirałem bez okrętów.

— To zbuduj je.

— Okrętów nie buduje się z cegieł. Handlarze niewolników spalili wszystkie lasy w promieniu sześćdziesięciu mil od miasta.

— Więc sprowadź drewno z odległości sześćdziesięciu pięciu mil. Dam ci wozy, robotników, muły, wszystko, czego będziesz potrzebował.

— Jestem żeglarzem, nie cieślą okrętowym. Kazano mi dostarczyć Waszą Miłość do Pentos, ale ty skierowałaś nas tutaj i rozebrałaś mojego „Saduleona", bo potrzebowałaś gwoździ i kawałków drewna. Nigdy już nie zobaczę takiego statku. Być może nigdy też nie ujrzę domu ani starej żony. To nie ja odmówiłem przyjęcia statków, które ofiarował ci Daxos. Nie mogę walczyć z Qartheńczykami, jeśli mam tylko łodzie rybackie.

Jego gorycz zatrwożyła ją tak bardzo, że Dany zadała sobie pytanie, czy posiwiały Pentoshijczyk może być jednym z trzech zapowiedzianych przez proroctwo zdrajców. *Nie. To tylko stary człowiek, który jest daleko od domu i serce trawi mu tęsknota.*

— Musi być coś, co możemy zrobić.

— Tak jest. Powiedziałem ci co. Te statki zbudowano z lin, smoły i płótna żaglowego. Z qohorickiej sośniny i drewna tekowego z Sothoros, ze starej dębiny z Wielkiego Norvos, z drewna cisów, jesionów i świerków. Smoki...

— Nie chcę już słyszeć ani słowa o smokach. Zostaw mnie. Idź pomodlić się do swych pentoshijskich bogów o sztorm, który zatopi naszych wrogów.

— Żaden marynarz nie modli się o sztormy, Wasza Miłość.

— Zmęczyłam się słuchaniem o tym, czego nie zrobisz. Idź.

Ser Barristan został na miejscu.

— Nasze zapasy na razie są wystarczające — przypomniał jej. — A Wasza Miłość zasadziła fasolę i winogrona, a także zasiała pszenicę. Twoi Dothrakowie nękają posiadłości na wzgórzach i uwalniają z kajdan tamtejszych niewolników. Oni również zajmują się uprawą ziemi i będą przywozić swoje plony na targowiska w Meereen. Zdobyłaś też przyjaźń Lhazaru.

Daario ją dla mnie zdobył, ale co mi ona właściwie da?

— Przyjaźń Owczarzy. Gdyby tylko owce miały ostre zęby.

— Z pewnością skłoniłoby to wilki do większej ostrożności.

Parsknęła śmiechem.

— Jak wiedzie się twym sierotom, ser?

— Dobrze, Wasza Miłość — odparł z uśmiechem stary rycerz. — Miło, że o to pytasz. — Chłopcy byli jego dumą. — Czterech czy pięciu ma zadatki na rycerzy. Może nawet cały tuzin.

— Jeden by wystarczył, jeśli będzie tak wierny jak ty. — Może nadejść dzień, gdy będzie potrzebowała jak najwięcej rycerzy. — Czy mogliby stanąć dla mnie w szranki? Z przyjemnością bym to zobaczyła.

Viserys opowiadał jej o turniejach w Siedmiu Królestwach, których był świadkiem, ale Dany nigdy nie widziała pojedynku na kopie.

— Nie są jeszcze gotowi, Wasza Miłość. Gdy tylko zdobędą potrzebne umiejętności, z chęcią ci je zademonstrują.

— Mam nadzieję, że ten dzień nadejdzie szybko. — Miała ochotę pocałować swego dobrego rycerza w policzek, ale nagle w łukowatym wejściu stanęła mała skryba. — Słucham, Missandei?

— Wasza Miłość, Skahaz czeka, aż go przyjmiesz.

— Przyślij go na górę.

Golonemu Łbu towarzyszyły dwie jego Mosiężne Bestie. Jeden mężczyzna nosił maskę jastrzębia, drugi zaś szakala. Spod metalu wyglądały tylko ich oczy.

— Wasza Promienność, wieczorem widziano, jak Hizdahr

wchodził do piramidy Zhaków. Opuścił ją dopiero dobrze po zmierzchu.

— Ile piramid już odwiedził? — zapytała Dany.

— Jedenaście.

— A ile czasu minęło od ostatniego morderstwa?

— Dwadzieścia sześć dni.

W oczach Golonego Łba gorzała furia. To on wpadł na pomysł, by kazać Mosiężnym Bestiom śledzić narzeczonego Dany i rejestrować wszystkie jego ruchy.

— Jak dotąd Hizdahr dotrzymuje obietnicy.

— Jak to robi? Synowie Harpii schowali noże, ale dlaczego? Dlatego, że szlachetny Hizdahr miło ich poprosił? Mówię ci, Wasza Miłość, on jest jednym z nich. Dlatego go słuchają. Może nawet jest Harpią.

— Jeśli Harpia rzeczywiście istnieje.

Skahaz był przekonany, że gdzieś w Meereen kryje się szlachetnie urodzony wódz Synów Harpii, tajny komendant dowodzący armią cieni. Dany w to nie wierzyła. Mosiężne Bestie ujęły dziesiątki Synów Harpii, a ci, którzy przeżyli pojmanie, po poddaniu ostremu przesłuchaniu podawali imiona... jej zdaniem zbyt wiele imion. Miło by było uznać, że wszystkie te zabójstwa były dziełem jednego nieprzyjaciela, którego można złapać i zabić, Dany podejrzewała jednak, że prawda wygląda inaczej. *Imię moich nieprzyjaciół jest legion.*

— Hizdahr zo Loraq to elokwentny mężczyzna i ma wielu przyjaciół. Jest też bogaty. Być może kupił dla nas pokój za złoto albo przekonał innych szlachetnie urodzonych, że nasz ślub leży w ich interesie.

— Jeśli nawet nie jest Harpią, z pewnością ją zna. Z łatwością mogę dojść do prawdy. Pozwól mi poddać Hizdahra przesłuchaniu, a przyniosę ci jego zeznania.

— Nie — sprzeciwiła się Dany. — Nie ufam takim zeznaniom. Przyniosłeś mi ich zbyt wiele i wszystkie są bezwartościowe.

— Wasza Promienność...

— Powiedziałam „nie".

Golony Łeb skrzywił się z niezadowoleniem, co nadało jego brzydkiej gębie jeszcze paskudniejszy wygląd.

— To błąd. Wielki Pan Hizdahr oszukuje Waszą Czcigodność. Pragniesz dzielić łoże z wężem?

To z Daariem pragnę dzielić łoże, ale odesłałam go dla ciebie i twoich ludzi.

— Możecie kontynuować obserwację Hizdahra zo Loraqa, ale nie może mu się stać żadna krzywda. Zrozumiano?

— Nie jestem głuchy, Wasza Wspaniałość. Będę posłuszny. — Skahaz wydobył z rękawa zwój. — Wasza Czcigodność powinna się temu przyjrzeć. To lista meereeńskich statków uczestniczących w blokadzie, razem z ich kapitanami. To wszystko Wielcy Panowie.

Dany przeczytała zwój. Wymieniono w nim wszystkie rodziny władające Meereen: Hazkarów, Merreqów, Quazzarów, Zhaków, Rhazdarów, Ghazeenów, Pahli, a nawet Reznaków i Loraqów.

— I co mam zrobić z tą listą?

— Wszyscy wymienieni na niej mężczyźni mają w mieście rodziny. Synów i braci, żony i córki, matki i ojców. Pozwól moim Mosiężnym Bestiom ich aresztować. W zamian za ich życie odzyskasz statki.

— Jeśli wyślę Mosiężne Bestie do piramid, będzie to oznaczało otwartą wojnę w mieście. Muszę zaufać Hizdahrowi. Muszę mieć nadzieję na pokój.

Dany trzymała pergamin nad świecą i patrzyła, jak nazwiska nikną w ogniu. Skahaz spoglądał na nią spode łba.

Potem ser Barristan powiedział Dany, że jej brat Rhaegar byłby z niej dumny. Przypomniała sobie słowa, które usłyszała od Joraha w Astaporze: *Rhaegar walczył dzielnie, Rhaegar walczył szlachetnie, Rhaegar walczył honorowo. I Rhaegar zginął.*

Kiedy zeszła do komnaty z fioletowego marmuru, zastała ją niemal pustą.

— Czy dzisiaj nie ma błagalników? — zapytała Reznaka mo Reznaka. — Nikt nie pragnie sprawiedliwości ani srebra za owce?

— Nikt, Wasza Czcigodność. Miasto się boi.

— Nie ma powodów do obaw.

Było jednak bardzo wiele takich powodów, o czym przekonała się wieczorem. Gdy młodzi zakładnicy, Miklaz i Kezmya, przynieśli jej prostą kolację złożoną z jesiennych jarzyn i zupy imbirowej, przyszła Irri z wiadomością, że wróciła Galazza Galare w towarzystwie trzech Niebieskich Gracji ze świątyni.

— Jest z nimi też Szary Robak, *khaleesi*. Błagają, byś jak najszybciej ich przyjęła.

— Przyprowadź ich do mojej komnaty. Wezwij też Reznaka i Skahaza. Czy Zielona Gracja powiedziała, o co chodzi?

— O Astapor — odparła Irri.

Opowieść zaczął Szary Robak.

— Przybył razem z porannymi mgłami, jeździec na białym wierzchowcu, konający. Jego klacz chwiała się, zbliżając się do bram miasta, boki miała różowe od krwi i piany, a ślepia wybałuszone z przerażenia. Jeździec zawołał: „Płonie, płonie" i zleciał z siodła. Wysłano po tę osobę, która rozkazała zaprowadzić jeźdźca do Niebieskich Gracji. Gdy twoi słudzy przeprowadzali go przez bramy, jeszcze raz krzyknął: „Płonie". Pod *tokarem* był chudy jak szkielet, same kości pokryte odrobiną dręczonego gorączką ciała.

Od tego punktu opowieść kontynuowała jedna z Niebieskich Gracji.

— Nieskalani przyprowadzili tego człowieka do świątyni, gdzie rozebrałyśmy go i wykąpałyśmy w chłodnej wodzie. Ubranie miał zanieczyszczone, a moje siostry znalazły w jego udzie połowę strzały. Choć złamał drzewce, grot pozostał w ciele. Ciało wokół rany toczyła gangrena, wypełniająca go truciznami. Skonał przed upływem godziny, nie przestając wykrzykiwać słowa „płonie".

— Płonie — powtórzyła Daenerys. — Co płonie?

— Astapor, Wasza Promienność — odparła druga Niebieska Gracja. — Raz to powiedział. Rzekł: „Astapor płonie".

— Może przemawiała przez niego gorączka?

— Wasza Promienność mówi mądrze — odezwała się Galazza Galare — ale Ezzara widziała coś jeszcze.

Niebieska Gracja zwana Ezzarą splotła dłonie.

— Moja królowo — wyszeptała. — Powodem gorączki nie była strzała, lecz odchody. Wypłynęły z niego nie raz, lecz wiele razy. Plamy sięgały do kolan, a wśród ekskrementów była zakrzepła krew.

— Jego koń krwawił. Tak powiedział Szary Robak.

— To prawda, Wasza Miłość — potwierdził eunuch. — Biała klacz krwawiła od jego ostróg.

— Może i tak, Wasza Promienność — przyznała Ezzara — ale ta krew była zmieszana z jego stolcem. Splamiła mu bieliznę.

— Krwawił z kiszek — dodała Galazza Galare.

— Nie możemy być pewni — ciągnęła Ezzara — ale bardzo możliwe, że Meereen musi się obawiać czegoś więcej niż tylko włócznie Yunkai'i.

— Musimy się modlić — stwierdziła Zielona Gracja. — Bogowie zesłali nam tego człowieka. Przybył jako zwiastun. Jako zapowiedź.

— Zapowiedź czego? — zapytała Dany.

— Zapowiedź gniewu i zguby.

Daenerys nie chciała w to uwierzyć.

— To był tylko jeden człowiek. Jeden chory człowiek ze strzałą w nodze. Przyniósł go do nas koń, nie żaden bóg. — *Biała klacz.* Dany podniosła się nagle. — Dziękuję wam za rady i za wszystko, co zrobiłyście dla tego nieszczęśnika.

Zielona Gracja przed wyjściem ucałowała jej dłoń.

— Będziemy się modlić za Astapor.

I za mnie. Proszę, pomódl się za mnie, pani. Jeśli Astapor padł, nic nie powstrzymywało Yunkai'i przed marszem na północ. Spojrzała na ser Barristana.

— Wyślij jeźdźców między wzgórza, żeby znaleźli moich braci krwi. Wezwij też Brązowego Bena i Drugich Synów.

— A Wrony Burzy, Wasza Miłość?

Daario.

— Tak. Tak. — Zaledwie trzy noce temu śnił się jej Daario. Leżał martwy przy drodze, jego martwe oczy wpatrywały się w niebo, a wrony walczyły o jego trupa. Innymi nocami miotała się w łożu, wyobrażając sobie, że ją zdradził, podobnie jak kiedyś innych kapitanów Wron Burzy. *Przyniósł mi ich głowy.* Co, jeśli zaprowadził kompanię do Yunkai, by sprzedać Dany za garniec złota? *Nie zrobiłby tego. Prawda?* — Wrony Burzy też. Natychmiast wyślij po nie jeźdźców.

Najpierw wrócili Drudzy Synowie, osiem dni po tym, jak królowa wysłała wezwania. Gdy ser Barristan ją zawiadomił, że kapitan najemników chce z nią zamienić kilka słów, w pierwszej chwili pomyślała, że chodzi o Daaria, i serce zabiło jej szybciej. To jednak był Brązowy Ben Plumm.

Brązowy Ben miał pobrużdżoną, ogorzałą twarz koloru drewna tekowego, białe włosy i zmarszczki w kącikach oczu. Dany tak się ucieszyła na widok jego smagłego, szorstkiego oblicza, że aż go uściskała. Przymrużył dobrodusznie oczy.

— Słyszałem, że Wasza Miłość zamierza wyjść za mąż — rzekł — ale nikt mi nie powiedział, że za mnie. — Oboje roześmiali się głośno, a zszokowany Reznak prychnął z wrażenia. Ich śmiech jednak zaraz ucichł. — Schwytaliśmy troje Astaporczyków — oznajmił Brązowy Ben. — Wasza Czcigodność powinna usłyszeć, co mają do powiedzenia.

— Przyprowadź ich.

Daenerys przyjęła Astaporczyków w swej wspaniałej komnacie, gdzie między marmurowymi kolumnami paliły się wysokie świece. Gdy zobaczyła, że ledwie żyją z głodu, natychmiast kazała im przynieść coś do jedzenia. Tych troje było wszystkim, co pozostało z dwunastu, którzy wyruszyli z Czerwonego Miasta. Murarz, tkaczka i szewc.

— Co się stało z waszymi towarzyszami? — zapytała królowa.

— Zabito ich — odparł szewc. — Wśród wzgórz na północ od Astaporu krążą najemnicy służący Yunkai'i. Polują na tych, którzy uciekają przed pożarami.

— A więc miasto upadło? Jego mury były grube.

— To prawda — potwierdził murarz, zgarbiony mężczyzna o zaropiałych oczach. — Ale rozsypywały się ze starości.

Tkaczka uniosła rękę.

— Codziennie powtarzaliśmy sobie, że smocza królowa powróci. — Kobieta miała wąskie usta, martwe oczy i wąską, zapadniętą twarz. — Słyszeliśmy, że Cleon po ciebie wysłał i że nadchodzisz.

Wysłał po mnie — pomyślała Dany. *Tyle przynajmniej jest prawdą.*

— Stojący pod murami Yunkai'i pożarli nasze plony i wyrżnęli stada — ciągnął szewc. — A w mieście panował głód. Jedliśmy koty, szczury i garbowaną skórę. Niewyprawiona końska skóra była prawdziwą ucztą. Król Morderca i Królowa Kurwa oskarżali się nawzajem o jedzenie zabitych. Ludzie spotykali się w tajemnicy, by urządzić losowanie i nasycić się mięsem tego, kto wyciągnie czarny kamyk. Piramidę Naklozów zbezcześcili i podpalili ci, którzy twierdzili, że to Kraznys mo Nakloz jest winny wszystkim naszym nieszczęściom.

— Inni oskarżali Daenerys — podjęła tkaczka. — Ale większość nadal cię kochała. „Jest już w drodze", powtarzaliśmy sobie nawzajem. „Przybędzie na czele wielkiego zastępu i nakarmi wszystkich".

Ledwie mogę nakarmić własnych ludzi. Gdybym pomaszerowała na Astapor, straciłabym Meereen.

Szewc opowiedział, że ciało króla-rzeźnika ekshumowano i zakuto w miedzianą zbroję, ponieważ Zielona Gracja Astaporu miała wizję mówiącą, że Cleon Wielki ocali ich przed Yunkai'i. Śmierdzącego, obleczonego w metal trupa przytroczono do grzbietu zagłodzonej szkapy, by poprowadził niedobitki swych nowych Nieskalanych na wycieczkę. Wjechali prosto w żelazną paszczę legionu z Nowego Ghis i wycięto ich w pień.

— Potem Zieloną Grację wbito na pal na Placu Kar. W piramidzie Ullhorów niedobitki urządziły wielką ucztę, która trwała pół nocy, a ostatnie danie popili trującym winem, żeby nie musieć obudzić się rano. Wkrótce potem nadeszła choroba, krwawa dyzenteria zabijająca trzech ludzi na czterech. Na koniec tłum umierających wpadł w szał i zamordował wartowników przy głównej bramie.

— Nie — sprzeciwił się stary murarz. — To byli zdrowi, próbujący uciec przed chorobą.

— Czy to ważne? — zapytał szewc. — Rozszarpali wartowników na strzępy i otworzyli bramy. Legiony Nowego Ghis napłynęły do Astaporu, a za nimi Yunkai'i i najemnicy na koniach. Królowa Kurwa zginęła w walce, z przekleństwem na ustach. Król Morderca się poddał i ciśnięto go na arenę, na pożarcie sforze wygłodniałych psów.

— Nawet wtedy niektórzy zapewniali, że przybędziesz — dodała tkaczka. — Przysięgali, że widzieli, jak leciałaś na smoku, wysoko nad obozowiskami Yunkai'i. Wypatrywaliśmy cię każdego dnia.

Nie mogłam przybyć — pomyślała królowa. *Nie śmiałam tego zrobić.*

— A co się stało po upadku miasta? — zapytał Skahaz.

— Zaczęła się rzeź. W Świątyni Gracji było pełno chorych, którzy błagali bogów o uzdrowienie. Legiony zamknęły drzwi i podpaliły gmach pochodniami. Po godzinie pożary szalały już we wszystkich dzielnicach miasta. Szerzyły się z każdą chwilą, aż wreszcie połączyły się w jedną wielką pożogę. Po ulicach krążyły tłumy uciekające przed płomieniami to tu, to tam. Ale nigdzie nie było drogi wyjścia. Bram strzegli Yunkai'i.

— Ale wam udało się uciec — zauważył Golony Łeb. — W jaki sposób?

— Jestem murarzem, tak jak mój ojciec i jego ojciec przed nim — odparł starszy mężczyzna. — Dziadek wybudował nasz dom tuż pod miejskimi murami. Łatwo było co noc wyjmować po kilka cegieł. Kiedy opowiedziałem o tym przyjaciołom, pomogli mi podeprzeć tunel, żeby się nie zawalił. Wszyscy się zgodziliśmy, że dobrze będzie mieć drogę ucieczki.

Dałam wam radę, która miała wami władać — pomyślała Dany. *Uzdrowiciela, uczonego i kapłana.* Pamiętała Czerwone Miasto takie, jakim ujrzała je po raz pierwszy, suche i pełne pyłu za ceglanymi murami, śniące okrutne sny, ale pełne życia. *Na Robaku były wyspy, na których całowali się kochankowie, ale na Placu Kar zdzierano z ludzi pasy skóry i zawieszano ich nago, na żer muchom.*

— Dobrze, że tu przyszliście — oznajmiła Astaporczykom. — W Meereen będziecie bezpieczni.

Szewc jej podziękował, a stary murarz pocałował w stopę, ale tkaczka patrzyła na nią oczyma twardymi jak kamienie. *Wie, że to kłamstwo* — pomyślała królowa. *Wie, że nie mogę im zapewnić bezpieczeństwa. Astapor płonie, a potem przyjdzie kolej na Meereen.*

— Przybędzie ich więcej — zapowiedział Brązowy Ben, gdy odprowadzono Astaporczyków. — Tych troje miało konie. Większość wędruje na piechotę.

— Ilu ich jest? — zapytał Reznak.

Najemnik wzruszył ramionami.

— Setki. Tysiące. Niektórzy są chorzy, inni poparzeni, a jeszcze inni ranni. Koty i Plewy na Wietrze pędzą ich kopiami i batami na północ, zabijając tych, którzy zostają z tyłu.

— Chodzące gęby do wykarmienia. I mówisz, że są chorzy? — Reznak załamał ręce. — Wasza Czcigodność nie może ich wpuścić do miasta.

— Ja też bym tego nie robił — poparł go Brązowy Ben Plumm. — Nie jestem maesterem, ale wiem, że zgniłych jabłek nie można mieszać z dobrymi.

— To nie są jabłka, Ben — sprzeciwiła się Dany. — To są ludzie, chorzy, głodni i przerażeni. — *Moje dzieci.* — Powinnam była pomaszerować do Astaporu.

— Wasza Miłość nie mogła ich uratować — stwierdził ser Barristan. — Ostrzegałaś króla Cleona przed wszczynaniem wojny z Yunkai. To był głupiec, a ręce miał czerwone od krwi.

A czy moje ręce są czystsze? Przypomniała sobie, co jej powiedział Daario. Wszyscy królowie muszą być albo rzeźnikami, albo mięsem.

— Cleon był wrogiem naszych wrogów. Gdybym połączyła z nim siły pod Rogami Hazzatu, moglibyśmy zmiażdżyć Yunkai'i.

Golony Łeb był innego zdania.

— Gdybyś poprowadziła Nieskalanych do Hazzatu, Synowie Harpii…

— Wiem. Wiem. Znowu jest tak samo jak z Eroeh.

— Kto to jest Eroeh? — zapytał Brązowy Ben Plumm ze zdziwieniem w głosie.

— Dziewczyna, którą chciałam uratować przed gwałtem i męczarniami, a w sumie ściągnęłam na nią jeszcze gorszy los. Wszystko, co osiągnęłam w Astaporze, to Eroeh powielona dziesięć tysięcy razy.

— Wasza Miłość nie mogła wiedzieć...

— Jestem królową. Mam obowiązek wiedzieć.

— Co się stało, to się nie odstanie — stwierdził Reznak mo Reznak. — Wasza Czcigodność, błagam, natychmiast weź szlachetnego Hizdahra za swego króla. On będzie mógł porozmawiać z Mądrymi Panami i wynegocjować dla nas pokój.

— Na jakich warunkach? — Quaithe kazała jej strzec się perfumowanego seneszala. Zamaskowana kobieta przewidziała nadejście białej klaczy, czyżby więc miała też rację w sprawie szlachetnego Reznaka? — Mogę być młodą dziewczyną, która nic nie wie o wojnie, ale nie jestem jagnięciem, które wejdzie nieświadomie do gniazda harpii. Nadal mam Nieskalanych. Mam Wrony Burzy i Drugich Synów. Mam trzy kompanie wyzwoleńców.

— A do tego smoki — dodał z uśmiechem Brązowy Ben Plumm.

— Skute łańcuchami w lochu — zawołał rozpaczliwie Reznak. — Jaki pożytek ze smoków, nad którymi nie można zapanować? Nawet Nieskalani się boją, gdy muszą otworzyć drzwi, by je nakarmić.

— Co, boją się ukochanych pieszczoszków królowej?

W oczach Plumma rozbłysła wesołość. Posiwiały kapitan całe życie spędził w wolnych kompaniach. Był kundlem, w którego żyłach płynęła krew kilkunastu różnych ludów, lecz zawsze lubił smoki, a one jego.

— Pieszczoszków? — wrzasnął Reznak. — To potwory. Potwory żywiące się dziećmi. Nie możemy...

— Cisza — przerwała mu Daenerys. — O tym nie będziemy rozmawiać.

Reznak odsunął się trwożnie, przerażony furią w jej głosie.

— Wybacz, Wasza Wspaniałość, nie...

Brązowy Ben Plumm nie dał mu skończyć.

— Wasza Miłość, Yunkijczycy mają trzy wolne kompanie przeciwko naszym dwóm, mówi się też, że wysłali do Volantis po Złotą Kompanię. Te skurwysyny mogą wystawić do bitwy dziesięć tysięcy ludzi. Yunkai ma też cztery ghiscarskie legiony, być może więcej, słyszałem też, że wysłali jeźdźców na Morze Dothraków, by sprowadzić tu jakiś duży *khalasar*. Jestem przekonany, że potrzebujemy tych smoków.

Dany westchnęła.

— Przykro mi, Ben. Nie odważę się ich uwolnić.

Wyraźnie widziała, że nie taką odpowiedź pragnął usłyszeć.

Plumm podrapał się po siwiejącym zaroście.

— Jeśli nie rzucimy na szalę smoków... no cóż, powinniśmy odejść, zanim yunkijskie skurwysyny zamkną pułapkę... ale najpierw niech handlarze niewolników zapłacą za to, że obejrzą nasze plecy. Płacą *khalom*, żeby zostawili w spokoju ich miasta, czemu więc nie nam? Sprzedaj im Meereen i wyrusz na zachód z wozami wypełnionymi złotem, klejnotami i tak dalej.

— Chcesz, żebym złupiła miasto i uciekła? Nie zrobię tego. Szary Robaku, czy moi wyzwoleńcy są gotowi do walki?

Eunuch skrzyżował ramiona na piersi.

— Nie są Nieskalanymi, ale nie przyniosą ci wstydu. Ta osoba może to przysiąc na włócznię i miecz, Wasza Czcigodność.

— Dobrze. To dobrze.

Daenerys spojrzała na twarze otaczających ją ludzi. Golony Łeb, skrzywiony z niezadowolenia. Ser Barristan o pooranej bruzdami twarzy i smutnych niebieskich oczach. Reznak mo Reznak, blady i spocony. Brązowy Ben, białowłosy, posiwiały, twardy jak wygarbowana skóra. Szary Robak o gładkich policzkach i flegmatycznej, pozbawionej wyrazu twarzy. *Powinien tu być też Daario i moi bracia krwi* — pomyślała. *Jeśli mamy stoczyć bitwę, krew mojej krwi powinna mi towarzyszyć*. Brakowało jej także ser Joraha Mormonta. *Okłamał mnie, donosił na mnie, ale również mnie kochał i zawsze udzielał mi dobrych rad.*

— Raz już pokonałam Yunkai'i z zrobię to znowu. Ale gdzie? I jak?

— Zamierzasz wydać im bitwę? — w głosie Golonego Łba pobrzmiewało niedowierzanie. — To by było szaleństwo. Nasze mury są wyższe i grubsze niż w Astaporze, a nasi obrońcy są waleczniejsi. Yunkai'i nie zdobędą miasta łatwo.

— Nie sądzę, byśmy powinni im pozwolić na oblężenie — sprzeciwił się ser Barristan. — Ich zastęp to w najlepszym razie zbieranina. Handlarze niewolników to nie żołnierze. Jeśli ich zaskoczymy...

— Szanse na to są małe — nie ustępował Golony Łeb. — Yunkai'i mają w mieście wielu przyjaciół. Dowiedzą się.

— Jak liczną armię możemy wystawić? — zapytała Dany.

— Za małą, jeśli Wasza Miłość wybaczy — odparł Brązowy Ben Plumm. — Co ma do powiedzenia Naharis? Jeśli mamy stoczyć walkę, będziemy potrzebowali jego Wron Burzy.

— Daario nadal przebywa poza miastem. — *O bogowie, co ja uczyniłam? Czy wysłałam go na śmierć?* — Ben, będę potrzebowała twoich Drugich Synów jako zwiadowców. Muszę wiedzieć, gdzie są nieprzyjaciele, jak szybko posuwają się naprzód, ilu mają ludzi i jak są rozmieszczeni.

— Będziesz musiała dać nam zapasy. I świeże konie.

— Oczywiście. Ser Barristan się tym zajmie.

Brązowy Ben podrapał się po podbródku.

— Może uda się nam namówić część z nich do przejścia na naszą stronę. Gdyby Wasza Miłość mogła poświęcić kilka worków złota i klejnotów... żeby narobić ich kapitanom smaku, że tak powiem... to kto wie?

— Czemu by nie? Możemy ich przekupić — zgodziła się Dany. Wiedziała, że wśród wolnych kompanii na Spornych Ziemiach takie rzeczy zdarzają się ciągle. — Tak, to świetny pomysł. Reznaku, zajmij się tym. Gdy tylko Drudzy Synowie opuszczą miasto, zamknij bramy i podwój straże na murach.

— Wedle rozkazu, Wasza Wspaniałość — odparł Reznak. — A co z tymi Astaporczykami?

To moje dzieci.

— Przybyli tu po pomoc. Po opiekę i ochronę. Nie możemy odwrócić się do nich plecami.

Ser Barristan zmarszczył brwi.

— Wasza Miłość, znam przypadki, gdy krwawa dyzenteria zniszczyła całe miasto, jeśli pozwolono, by szerzyła się niepowstrzymanie. Seneszal ma rację. Nie możemy wpuścić Astaporczyków do Meereen.

Dany obrzuciła go bezradnym spojrzeniem. Całe szczęście, że smoki nie płaczą.

— Skoro tak mówisz. Zatrzymamy ich poza murami, dopóki ta... klątwa się nie skończy. Rozbijcie dla nich obóz nad rzeką, na zachód od miasta. Wyślemy im tyle żywności, ile będziemy mogli. Może uda się oddzielić zdrowych od chorych. — Wszyscy patrzyli na nią. — Mam to powtarzać dwa razy? Zróbcie, jak wam kazałam.

Dany wstała, przeszła obok Brązowego Bena i ruszyła na górę, ku słodkiej samotności swego tarasu.

Meereen dzieliło od Astaporu sześćset mil, lecz mimo to odnosiła wrażenie, że niebo na zachodzie pociemniało, przesłonięte dymem zwiastującym śmierć Czerwonego Miasta. *Z cegieł i krwi jest Astapor, i z cegieł i krwi lud jego.* Stare powiedzenie niosło się echem w jej głowie. *Z popiołu i kości jest Astapor, i z popiołu i kości lud jego.* Spróbowała sobie przypomnieć twarz Eroeh, ale oblicze zabitej dziewczyny wciąż zmieniało się w dym.

Gdy Daenerys wreszcie się odwróciła, ser Barristan stał obok, spowity w biały płaszcz, chroniący przed wieczornym chłodem.

— Czy jesteśmy w stanie walczyć? — zapytała go.

— Ludzie zawsze mogą walczyć, Wasza Miłość. Zapytaj raczej, czy mamy szansę zwyciężyć. Umrzeć jest łatwo, ale zwycięstwo przychodzi z trudem. Twoi wyzwoleńcy są słabo wyszkoleni i niedoświadczeni. Twoi najemnicy walczyli kiedyś dla twoich wrogów, a ten kto raz zdradził, bez skrupułów uczyni to znowu. Masz dwa smoki, nad którymi nie potrafisz zapanować, i trzeciego, którego mogłaś utracić na zawsze. Po drugiej stronie miejskich murów twoimi jedynymi przyjaciółmi są Lhazareńczycy, a oni nie mają serca do wojny.

— Ale moje mury są silne.

— Nie silniejsze niż wtedy, gdy staliśmy po ich drugiej stronie. A w mieście są też Synowie Harpii, a także Wielcy Panowie. Ci, których oszczędziłaś, i synowie tych, których zabiłaś.

— Wiem. — Królowa westchnęła. — Co mi radzisz, ser?

— Stań do bitwy — odparł ser Barristan. — W Meereen jest za dużo ludzi. Pełno w nim gąb do wykarmienia, a także twoich wrogów. Obawiam się, że nie wytrzymamy długiego oblężenia. Pozwól mi napotkać nieprzyjaciela, gdy będzie maszerował na północ, w miejscu, które sam wybiorę.

— Napotkać nieprzyjaciela — powtórzyła. — Z wyzwoleńcami, których sam nazwałeś słabo wyszkolonymi i niedoświadczonymi.

— Wszyscy byliśmy kiedyś niedoświadczeni, Wasza Miłość. Nieskalani wzmocnią ich kręgosłup. Gdybym miał pięciuset rycerzy…

— Albo pięciu. A jeśli dam ci Nieskalanych, w Meereen zostaną mi tylko Mosiężne Bestie.

Ser Barristan nie zaprzeczył jej słowom. Zamknęła oczy. *Bogowie* — modliła się — *zabraliście khala Drogo, który był moim słońcem i gwiazdami. Zabraliście naszego walecznego syna, nim jeszcze zaczerpnął oddechu. Otrzymaliście już ode mnie daninę krwi. Błagam, pomóżcie mi teraz. Dajcie mi mądrość, bym ujrzała przed sobą ścieżkę, i siłę potrzebną, by uczynić to, co konieczne, by zapewnić bezpieczeństwo moim dzieciom.*

Bogowie nie odpowiedzieli.

Po chwili Daenerys otworzyła oczy.

— Nie mogę walczyć z dwoma wrogami jednocześnie — oznajmiła. — Wewnętrznym i zewnętrznym. Jeśli mam utrzymać Meereen, muszę zdobyć jego poparcie. Całego miasta. Potrzebuję… Potrzebuję…

Nie była w stanie tego powiedzieć.

— Wasza Miłość? — zapytał delikatnie ser Barristan.

Królowa nie należy do siebie, lecz do swego ludu.

— Potrzebuję Hizdahra zo Loraqa.

MELISANDRE

W komnatach Melisandre nigdy nie było naprawdę ciemno. Na parapecie paliły się trzy łojowe świece, odpędzające strachy nocy. Cztery dalsze migotały przy jej łożu, po dwie z każdej strony. Ogień na kominku płonął dzień i noc. Pierwsze, czego uczyła tych, którzy mieli jej służyć, to że nigdy, przenigdy nie mogą pozwolić mu zgasnąć.

Czerwona kapłanka zamknęła oczy i odmówiła modlitwę, a potem otworzyła je i wpatrzyła się w ogień. *Jeszcze jeden raz.* Musiała mieć pewność. Wielu kapłanów i kapłanek przed nią przywiodły do zguby fałszywe wizje. Widzieli to, co chcieli ujrzeć, zamiast tego, co zesłał im Pan Światła. Stannis maszerował na południe, ku niebezpieczeństwu, król dźwigający na barkach losy całego świata. Azor Ahai narodzony na nowo. Z pewnością R'hllor pozwoli jej ujrzeć to, co go tam czekało. *Pokaż mi Stannisa, Panie* — błagała. *Pokaż mi swego króla, swe narzędzie.*

Wizje tańczyły przed nią, złote i szkarłatne. Migotały, nabierały kształtu, rozpuszczały się i przechodziły jedna w drugą, obrazy niezwykłe, przerażające i uwodzicielskie. Znowu ujrzała gapiące się na nią bezokie twarze o oczodołach płaczących krwią. Potem wieże nad morzem, rozpadające się, gdy zalała je mroczna fala, wstająca z głębin. Cienie w kształcie czaszek, czaszek obracających się w mgłę, złączone żądzą ciała, które się wiły, tarzały i orały nawzajem pazurami. Za zasłonami ognia wielkie skrzydlate cienie krążyły na intensywnie błękitnym niebie.

Dziewczyna. Muszę znowu znaleźć dziewczynę, szarą dziewczynę na ledwie żywym koniu. Jon Snow będzie tego od niej oczekiwał i to wkrótce. Nie wystarczy powiedzieć, że dziewczyna ucieka. Będzie chciał wiedzieć więcej, kiedy i gdzie, a ona nie potrafiła mu tego powiedzieć. Widziała ją tylko raz. *Dziewczyna szara jak popiół. Na moich oczach rozsypała się i umknęła z wiatrem.*

W płomieniach ukształtowała się twarz. *Stannis?* — pomyślała przez krótką chwilę… ale nie, to nie były jego rysy. *Twarz z drewna, biała jak u trupa.* Czy to był nieprzyjaciel? W buchających ku górze płomieniach unosiło się tysiąc czerwonych oczu. *On mnie widzi.* Siedzący obok niego chłopiec z twarzą wilka odrzucił głowę do tyłu i zawył.

Czerwona kapłanka zadrżała. Po jej udzie spływała strużka krwi, czarnej i dymiącej. Ogień był w niej, udręka i ekstaza, wypełniał ją, palił, przekształcał. Fale gorąca rysowały coś na jej skórze, natarczywe jak dłoń kochanka. Wzywały ją niezwykłe głosy z dawno minionych dni.

— Mellony — rozległ się krzyk kobiety.

— Obiekt numer siedem — dodał inny, męski głos.

Rozpłakała się, a jej łzy były ogniem, a ona nie przestawała wciągać go w siebie.

Z mrocznego nieba opadały płatki śniegu. Popioły wznosiły się im na spotkanie. Szarość i biel krążyły wokół siebie, gdy płonące strzały przelatywały nad drewnianą palisadą, a martwe stworzenia wlokły się bezgłośnie przez chłód, pod wielkim szarym urwiskiem, gdzie w setce jaskiń paliły się ogniska. Wtem rozszalał się wicher, a wraz z nim napłynęła biała mgła, niewiarygodnie zimna, i ogniska zgasły jedno po drugim. Zostały tylko czaszki.

Śmierć — pomyślała. *Czaszki to śmierć.*

Ogień zaszumiał cicho, a w jego głosie usłyszała wyszeptane nazwisko. *Jon Snow.* Jego pociągła twarz unosiła się przed nią, otoczona czerwonymi i pomarańczowymi językami, to się pojawiała, to znikała, jak cień ledwie widoczny za łopoczącą na wietrze zasłoną. Najpierw był człowiekiem, potem wilkiem, a później znowu człowiekiem. Ale czaszki również tam były, otaczały go ze wszystkich stron. Melisandre już przedtem widziała grożące chłopakowi niebezpieczeństwo i próbowała go ostrzec. *Wrogowie wszędzie wokół niego, sztylety w ciemności.* Nie chciał jej słuchać.

Niedowiarkowie nigdy nie słuchali, dopóki nie było za późno.

— Co widzisz, pani? — zapytał cicho chłopiec.

Czaszki. Tysiąc czaszek i znowu bękarciego chłopaka. Jona Snow. Gdy ją pytano, co widzi w płomieniach, zawsze odpowiadała „bardzo wiele", ale wizje nie były tak łatwe, jak sugerowały te słowa. To była sztuka i jak wszystkie sztuki wymagała wprawy, dyscypliny, nauki. *I bólu. Jego również.* R'hllor przemawiał do swych wybrańców za pośrednictwem błogosławionego ognia, w języku popiołu, węgielków i tańczących płomieni, w pełni zrozumiałym jedynie dla boga. Melisandre uczyła się swej sztuki przez niezliczone lata i w pełni zapłaciła za to cenę. Nawet w jej zakonie nie było nikogo, kto dorównywałby jej umiejętnością dostrzegania tajemnic w połowie odsłoniętych, a w połowie ukrytych przez święte płomienie.

A teraz nie potrafiła nawet znaleźć swego króla. *Modlę się o to, by ujrzeć Azora Ahai, a R'hllor ciągle pokazuje mi tylko Jona Snow.*

— Devanie — zawołała — przynieś mi coś do picia.

Gardło miała wyschnięte i obolałe.

— Tak jest, pani.

Chłopak napełnił kubek wodą z kamiennego dzbanka i podał kapłance.

— Dziękuję.

Melisandre pociągnęła łyk i uśmiechnęła się do chłopaka. Devan poczerwieniał na twarzy. Wiedziała, że jest w niej na wpół zakochany. *Boi się mnie, pragnie mnie i darzy mnie czcią.*

Mimo to Devan nie cieszył się, że musi tu siedzieć. Chłopak był bardzo dumny z tego, że służy królowi jako giermek, i poczuł się zraniony, gdy Stannis rozkazał mu zostać w Czarnym Zamku. Jak u wszystkich młodzieńców w tym wieku, głowę wypełniały mu marzenia o chwale. Z pewnością wyobrażał sobie bohaterskie czyny, których dokona w Deepwood Motte. Jego rówieśnicy odjechali na południe jako giermkowie królewskich rycerzy i mieli ruszyć do boju u ich boku, a Devana pominięto. Z pewnością uznał to za karę za jakiś swój występek, czy może za występek jego ojca.

Prawda wyglądała tak, że był tu dlatego, ponieważ Melisandre o niego prosiła. Czterej najstarsi synowie Davosa Seawortha zginęli w bitwie na Czarnym Nurcie, gdy królewską flotę strawił zielony ogień. Devan, piąty, był bezpieczniejszy z nią niż u boku króla. Lord Davos nie podziękowałby jej za to, podobnie jak sam chłopak, uważała jednak, że Seaworth stracił już wystarczająco wiele. Choć kroczył błędną ścieżką, nie można było wątpić w jego lojalność wobec Stannisa. Melisandre widziała to w płomieniach.

Devan był szybki, zmyślny i zdolny, co trudno było powiedzieć o większości jej świty. Gdy Stannis pomaszerował na południe, zostawił jej dwunastu ludzi, ale większość z nich była bezużyteczna. Jego Miłość potrzebował każdego miecza, mógł więc jej oddać jedynie staruszków i kaleków. Jeden z pozostawionych przez niego ludzi oślepł po ciosie w głowę otrzymanym w bitwie pod Murem, drugi był kulawy, bo padający koń przygniótł mu nogę. Jej sierżant stracił rękę po uderzeniu maczugą przez olbrzyma. Trzech strażników Stannis wykastrował za gwałty na dzikich kobietach. Dostała też dwóch pijaków i tchórza. Sam król przyznawał, że tego ostatniego powinien był powiesić, ale mężczyzna był szlachetnie urodzony, a jego ojciec i bracia od samego początku wiernie służyli Stannisowi.

Zdawała sobie sprawę, że towarzyszący jej strażnicy z pewnością pomagają skłonić czarnych braci do okazania należytego szacunku, ale żaden z ludzi pozostawionych przez Stannisa nie zda się jej na wiele, jeśli zagrozi jej prawdziwe niebezpieczeństwo. Nieważne. Melisandre z Asshai nie bała się o siebie. R'hllor ją obroni.

Wypiła kolejny łyk wody, odstawiła kubek, zamrugała, przeciągnęła się i wstała z krzesła. Mięśnie miała zesztywniałe i obolałe. Po tak długim wpatrywaniu się w płomienie potrzebowała paru chwil, by oczy przywykły do półmroku. Były suche i zmęczone, ale gdyby je potarła, pogorszyłaby tylko sprawę.

Zauważyła, że ogień przygasł.

— Devanie, dołóż drewna. Która godzina?

— Już prawie świt, pani.

Świt. Dano nam kolejny dzień. Chwała R'hllorowi. Strachy nocy ustępują. Melisandre całą noc przesiedziała na krześle przy ogniu. Zdarzało jej się to często. Pod nieobecność Stannisa rzadko korzystała z łoża. Nie miała czasu na sen, bo na jej barkach spoczywał ciężar tego świata. Bała się też snów. *Zaśnięcie to mała śmierć, a sny to szepty Innego, który pragnie wciągnąć nas wszystkich w swą wieczną noc.* Wolała siedzieć skąpana w jaskrawym blasku błogosławionych płomieni czerwonego pana. Od buchającego od nich ciepła jej policzki rumieniły się jak od pocałunków kochanka. W niektóre noce zapadała w drzemkę, ale nigdy nie dłużej niż na godzinę. Pewnego dnia uwolni się od snów. *Mellony* — pomyślała. *Obiekt numer siedem.*

Devan dorzucał szczap do kominka, aż wreszcie płomienie rozpaliły się znowu, wściekłe i gwałtowne. Przegnały cienie z powrotem w kąty pokoju i pożarły wszystkie jej niechciane sny. *Ciemność znowu się cofa... na krótką chwilę. Ale za Murem nieprzyjaciel ciągle rośnie w siłę, a jeśli zwycięży, świt nigdy już nie nadejdzie.* Zastanawiała się, czy to jego twarz widziała spoglądającą na nią z płomieni. *Nie. Z pewnością nie. Jego oblicze byłoby bardziej przerażające, czarne i zimne, zbyt straszliwe, by ktokolwiek, kto na nie spojrzy, mógł pozostać przy życiu.* Ale człowiek drzewo, którego widziała, i chłopiec z twarzą wilka... to z pewnością byli jego słudzy... jego wojownicy, jak Stannis był jej wojownikiem.

Melisandre podeszła do okna i otworzyła okiennice. Niebo na wschodzie zaczynało już jaśnieć, ale poranne gwiazdy nadal wisiały na czarnym jak smoła niebie. W Czarnym Zamku budziło się życie. Ludzie w czarnych płaszczach przechodzili przez dziedziniec, by spożyć śniadanie, nim zmienią braci pełniących służbę na Murze. Przez otwarte okno do środka wpadło kilka unoszących się na wietrze płatków śniegu.

— Chcesz zjeść śniadanie, pani? — zapytał Devan.

Jeść. Tak, powinnam coś zjeść. W niektóre dni o tym zapominała. R'hllor dostarczał jej ciału wszystkiego, czego potrzebowało, ale ten fakt lepiej było ukrywać przed śmiertelnikami.

To Jona Snow potrzebowała, nie smażonego chleba z boczkiem, nie miało jednak sensu wysyłać Devana do lorda dowódcy. Nie stawi się na jej wezwanie. Uparcie nie chciał opuścić dwóch skromnych izb za zbrojownią, przedtem stanowiących kwaterę nieżyjącego kowala Straży. Być może uważał, że nie zasługuje na Wieżę Lorda Dowódcy, a może było mu wszystko jedno. To był błąd, fałszywa pokora młodości, również będąca postacią pychy.

Nikt, kto odrzucał zewnętrzne oznaki sprawowanej władzy, nie postępował rozsądnie, gdyż w znacznej mierze to właśnie one były jej źródłem.

Chłopak nie był jednak do końca naiwny. Wiedział, że nie powinien przychodzić do komnat Melisandre jak interesant, lecz nalegał, by ona udawała się do niego, gdy chciała z nim porozmawiać. A kiedy już przyszła, nierzadko kazał jej czekać albo wręcz nie chciał jej przyjąć. Tu przynajmniej postępował sprytnie.

— Przynieś mi herbatę z pokrzywy, jajo na twardo i chleb z masłem. Świeży, jeśli łaska, nie smażony. Znajdź też dzikiego i powiedz, że muszę z nim porozmawiać.

— Grzechoczącą Koszulę, pani?

— I to szybko.

Pod nieobecność chłopaka Melisandre umyła się i zmieniła szaty. W rękawach miała pełno ukrytych kieszeni i co rano sprawdzała je starannie, by się upewnić, że wszystkie jej proszki są na miejscu. Niektóre nadawały ogniowi barwę zieloną, niebieską albo srebrną, inne sprawiały, że huczał, syczał i skakał wyżej niż na wysokość dorosłego mężczyzny, a jeszcze inne wytwarzały dym. Dym zmuszający do prawdomówności, dym budzący pożądanie, dym przywołujący strach i jeszcze inny, gęsty i czarny, który w jednej chwili zabijał człowieka. Czerwona kapłanka uzbroiła się w szczyptę każdego z nich.

Rzeźbiony kufer, który przywiozła ze sobą zza wąskiego morza, był już w więcej niż trzech czwartych opróżniony. Choć Melisandre posiadała wiedzę potrzebną do produkcji nowych proszków, brakowało jej wielu rzadkich składników. *Zaklęcia powinny mi wystarczyć.* Na Murze była potężna, jeszcze potężniejsza niż w Asshai. Każde jej słowo i gest miały więcej mocy i potrafiła dokonać rzeczy, jakie nigdy dotąd nie były dla niej możliwe. *Cienie, jakie mogę tu przywołać, będą straszliwe. Żaden stwór ciemności im się nie oprze.* Mając na swe rozkazy podobne czary, nie powinna więcej potrzebować marnych sztuczek alchemików i piromantów.

Zatrzasnęła wieko i zamknęła kufer na klucz, który następnie schowała w ukrytej kieszeni spódnicy. Ktoś zapukał do drzwi. Jej jednoręki sierżant, sądząc po niepewnym stukaniu.

— Lady Melisandre, przyszedł Lord Kości.

— Wpuść go.

Kapłanka usiadła na krześle obok kominka.

Dziki miał na sobie kamizelkę z utwardzanej skóry wyszywaną ćwiekami z brązu. Na nią narzucił znoszony płaszcz w zielono-niebieskie cętki. *Nie ma kości.* Spowijały go również cienie, kosmyki szarej mgły, ledwie dostrzegalne, przekształcające się wokół twarzy przy każdym jego kroku. *Są brzydkie. Brzydkie jak jego kości.* Dwa zakola na czole, blisko osadzone ciemne oczy, zapadnięte policzki, wąsy poruszające się niczym robak nad ustami pełnymi połamanych brązowych zębów.

Melisandre poczuła ciepło w zagłębieniu nad gardłem. Jej rubin przebudził się w bliskości swego niewolnika.

— Zdjąłeś ubiór z kości — zauważyła.

— Ich stukot doprowadzał mnie do szału.

— Kości cię chronią — przypomniała mu. — Czarni bracia nie darzą cię miłością. Devan mówił mi, że nie dalej jak wczoraj wdałeś się z nimi w kłótnię przy kolacji.

— Z kilkoma. Jadłem sobie zupę z boczkiem i fasolą, gdy nagle Stary Granat uniósł się gniewem. Doszedł do wniosku, że go szpieguję, i oznajmił, że nie będzie tolerował morderców podsłuchujących ich narady. Odpowiedziałem mu, że w takim razie może nie powinni prowadzić ich przy kominku. Bowen poczerwieniał i zakrztusił się, ale na tym się skończyło. — Dziki przysiadł na parapecie i wyciągnął sztylet. — Jeśli jakaś wrona pragnie wbić mi nóż między żebra, kiedy będę jadł kolację, to niech spróbuje. Owsianka Hobba zrobi się smaczniejsza, jeśli przyprawić ją odrobiną krwi.

Melisandre nie zwracała uwagi na nagą stal. Gdyby dziki pragnął ją skrzywdzić, zobaczyłaby to w płomieniach. Niebezpieczeństwa zagrażające jej osobiście były pierwszym, co nauczyła się widzieć, gdy była jeszcze prawie dzieckiem, niewolnicą połączoną dozgonnym węzłem z wielką czerwoną świątynią. To nadal była pierwsza rzecz, której wypatrywała, gdy tylko spojrzała w ogień.

— To o ich oczy powinieneś się martwić, nie o ich noże — ostrzegła go.

— Urok, tak jest. — Rubin wprawiony w okowy z czarnej blachy stalowej, które nosił na ręce, zapulsował nagle. Dziki uderzył w klejnot sztychem sztyletu. Stal stuknęła cicho o kamień. — Czuję go przez sen. Ciepły dotyk na skórze, przenikający przez metal. Delikatny jak pocałunek kobiety. Jak twój pocałunek. Ale czasami śni mi się, że zaczyna płonąć, a w twoich ustach wyrastają zęby. Codziennie myślę o tym, jak łatwo byłoby go wyrwać, i codziennie powstrzymuję się przed tym. Czy muszę do tego nosić te cholerne kości?

— Zaklęcie składa się z cienia i sugestii. Ludzie widzą to, co spodziewają się ujrzeć. Kości stanowią element czaru. — *Czy popełniłam błąd, oszczędzając go?*— Jeśli urok utraci moc, zabiją cię.

Dziki zaczął czyścić paznokcie sztychem sztyletu.

— Zaśpiewałem już swoje pieśni, stoczyłem swoje bitwy, poznałem smak żony Dornijczyka. Mężczyzna powinien umrzeć tak, jak żył. W moim przypadku to znaczy ze stalą w dłoni.

Czy marzy o śmierci? Czy to możliwe, że dotknął go nieprzyjaciel? Śmierć jest jego domeną, a umarli jego żołnierzami.

— Wkrótce znajdziesz zajęcie dla swojej stali. Nieprzyjaciel ruszył do boju, prawdziwy nieprzyjaciel. Przed końcem dnia wrócą zwiadowcy lorda Snow o ślepych, krwawiących oczach.

Dziki przymrużył powieki. Oczy szare i brązowe, ich kolor zmieniał się z każdym rozbłyskiem rubinu.

— Wycięli im oczy? To robota Płaczki. Zawsze mawia, że najlepsza wrona to ślepa wrona. Czasami myślę, że najchętniej wyciąłby sobie własne, bo ciągle go swędzą i lecą z nich łzy. Snow myśli, że wolni ludzie wybiorą na przywódcę Tormunda, bo sam by tak postąpił. Polubił starego oszusta, a Tormund polubił jego. Ale jeśli to Płaczka… to by było niedobrze. I dla niego, i dla nas.

Melisandre pokiwała z powagą głową, jakby wzięła sobie jego słowa do serca. Ten cały Płaczka nie miał jednak znaczenia. Żaden z wolnych ludzi się nie liczył. Byli pokonanym, skazanym na zagładę ludem, który wkrótce zniknie ze świata, jak dzieci lasu przed nimi. Nie takie słowa pragnął jednak usłyszeć, a ona nie mogła ryzykować, że go utraci. Nie w tej chwili.

— Czy dobrze znasz północ?

Odłożył sztylet.

— Jak każdy łupieżca. Niektóre jej części lepiej od innych. Północ jest rozległa. Dlaczego pytasz?

— Chodzi o dziewczynę — wyjaśniła. — O szarą dziewczynę na ledwie żywym koniu. O siostrę Jona Snow. — Kim innym mogłaby być? Uciekała do niego w poszukiwaniu azylu, tyle Melisandre widziała wyraźnie. — Ujrzałam ją w płomieniach, ale tylko raz. Musimy zdobyć zaufanie lorda dowódcy, a jedyny sposób, to ją uratować.

— Mówisz, że ja mam ją uratować? Lord Kości? — Roześmiał się. — Nikt oprócz głupców nigdy nie ufał Grzechoczącej Koszuli, a Snow nie jest głupcem. Jeśli pragnie pomóc siostrze, wyśle swoje wrony. Ja tak bym zrobił.

— On to nie ty. Złożył przysięgę i zamierza jej dotrzymać. Nocna Straż nie opowiada się po niczyjej stronie. Ale ty nie jesteś z Nocnej Straży. Możesz zrobić to, czego on nie może.

— Jeśli nasz lord dowódca o sztywnym karku na to pozwoli. Czy ognie pokazały ci, gdzie znaleźć tę dziewczynę?

— Widziałam wodę. Głęboką, błękitną i nieruchomą. Tworzyła się na niej cieniutka warstewka lodu.

— Długie Jezioro. Co jeszcze widziałaś wokół niej?

— Wzgórza. Pola. Drzewa. Raz ujrzałam jelenia. Kamienie. Ona trzyma się z dala od wiosek. Kiedy może, jedzie korytami strumyków, by łowcy zgubili trop.

Zmarszczył brwi.

— To utrudni sprawę. Mówisz, że jechała na północ. Czy jezioro było na wschód, czy na zachód od niej?

Zamknęła oczy, by sobie przypomnieć.

— Na zachód.

— A więc nie jedzie królewskim traktem. Mądra dziewczyna. Po tamtej stronie jest mniej obserwatorów i więcej drzew. A także kryjówki, z których korzystałem jeszcze w czasach… —

urwał nagle, usłyszawszy dźwięk rogu, i zerwał się szybko na nogi.

Melisandre wiedziała, że w całym Czarnym Zamku nagle zapadła podobna cisza. Wszyscy mężczyźni i chłopcy spoglądali na Mur, nasłuchując i czekając. Jeden długi sygnał rogu oznaczał wracających zwiadowców, ale dwa...

Nadszedł ten dzień — pomyślała czerwona kapłanka. *Lord Snow będzie teraz musiał mnie wysłuchać.*

Gdy przeciągły żałobny ton rogu wreszcie wybrzmiał, cisza zdawała się trwać całą godzinę, nim dziki wreszcie ją przerwał.

— A więc tylko jeden. Zwiadowcy.

— Martwi zwiadowcy. — Melisandre również wstała. — Włóż kości i czekaj. Wrócę.

— Powinienem pójść z tobą.

— Nie bądź głupi. Gdy ujrzą to, co ujrzą, widok każdego dzikiego wprawi ich w szał. Zostań tu, dopóki krew im nie ostygnie.

Gdy Melisandre schodziła na dół po schodach Wieży Królewskiej, Devan wspinał się na górę w towarzystwie dwóch strażników pozostawionych przez Stannisa. Chłopak niósł na tacy śniadanie, o którym prawie już zapomniała.

— Czekałem, aż Hobb wyjmie z pieca świeże bochny, pani. Chleb jest jeszcze ciepły.

— Zostaw śniadanie w moich komnatach. — Dziki najpewniej je zje. — Lord Snow potrzebuje mnie za Murem.

Jeszcze o tym nie wie, ale wkrótce...

Gdy wyszła na dwór, zauważyła, że zaczął padać lekki śnieżek. Wokół bramy zdążył się już zebrać tłum wron, ale wszyscy ustępowali z drogi czerwonej kapłance i jej eskorcie. Lord dowódca szedł przed nią, w towarzystwie Bowena Marsha i dwudziestu włóczników. Snow wysłał również tuzin łuczników na szczyt Muru, na wypadek gdyby w pobliskim lesie kryli się wrogowie. Wartownicy przy bramie nie byli ludźmi królowej, ale i tak przepuścili Melisandre.

Pod lodem, w wąskim tunelu wijącym się pod Murem, było zimno i ciemno. Morgan szedł przed nią z pochodnią, a Merrel za nią z toporem. Obaj mężczyźni bardzo lubili się napić, ale tak wcześnie rano byli jeszcze trzeźwi. Uważano ich za ludzi królowej, przynajmniej z nazwy, i obaj czuli zdrowy strach przed Melisandre. Merrel potrafił też dobrze walczyć, kiedy był trzeźwy. Nie będą jej dzisiaj potrzebni, ale zawsze towarzyszyło jej dwóch strażników. *Zewnętrzne oznaki władzy.*

Gdy wszyscy troje wyszli z tunelu na północ od Muru, śnieg sypał już na całego. Zrytą, udręczoną ziemię aż po skraj nawiedzanego lasu pokryła warstwa bieli. Jon Snow i jego czarni bracia skupili się wokół trzech włóczni, odległych o jakieś dwadzieścia jardów od Muru.

Miały około ośmiu stóp długości i zrobiono je z jesionowego drewna. Ta z lewej była trochę krzywa, ale dwie pozostałe proste i gładkie. Na każdą nabito odciętą głowę. W brodach miały lód, a padający śnieg przykrył je białymi kapturami. W miejscu oczu pozostały tylko puste oczodoły, czarne i krwawiące. Patrzyły na nich z niemym wyrzutem.

— Co to za ludzie? — zapytała wrony Melisandre.

— Czarny Jack Bulwer, Kudłaty Hal i Garth Szare Pióro — odparł z powagą Bowen Marsh. — Ziemia jest na wpół zamarznięta. Dzicy musieli się trudzić pół nocy, by wbić włócznie tak głęboko. Mogą nadal być w pobliżu. Obserwować nas.

Lord zarządca wpatrzył się w granicę lasu.

— Może ich tam być setka — zauważył czarny brat o ponurej twarzy. — Albo nawet tysiąc.

— Nie — zaprzeczył Jon Snow. — Zostawili swe dary w samym środku nocy, a potem uciekli. — Wielki biały wilkor krążył przez chwilę wokół drzewc, obwąchując je, aż wreszcie uniósł łapę i obsikał włócznię, na którą nadziano głowę Czarnego Jacka Bulwera. — Duch by ich zwęszył, gdyby jeszcze tu byli.

— Mam nadzieję, że Płaczka spalił ciała — dodał ponury mężczyzna, zwany Eddem Cierpiętnikiem. — W przeciwnym razie mogą przyjść po swoje głowy.

Jon Snow złapał włócznię z głową Gartha Szarego Pióra i wyrwał ją gwałtownie z ziemi.

— Tamte dwie też zdejmijcie — rozkazał. Cztery pozostałe wrony pośpiesznie wykonały polecenie.

Policzki Bowena Marsha były czerwone od mrozu.

— Nie trzeba było wysyłać zwiadowców.

— To nie czas i miejsce na rozdrapywanie tej rany. Nie tutaj, panie. Nie teraz. Zabierzcie stąd głowy i spalcie je — polecił Snow szarpiącym się z włóczniami ludziom. — Nie zostawcie nic poza nagimi kośćmi. — Dopiero wtedy zwrócił uwagę na Melisandre. — Pani, zechciej pójść ze mną.

Nareszcie.

— Jak sobie życzysz, lordzie dowódco.

Gdy przechodzili pod Murem, wzięła go pod rękę. Morgan i Merrel szli przodem, a Duch posuwał się tuż za nimi. Kapłanka nie odzywała się ani słowem, ale zwolniła celowo kroku i tam, gdzie przeszła, z lodu zaczęła skapywać woda. *Z pewnością to zauważy.*

Gdy przechodzili pod żelazną kratą machikuły, Snow zrobił wreszcie to, na co czekała, i przerwał milczenie.

— Co z sześcioma pozostałymi?

— Nie widziałam ich.

— A spróbujesz ich zobaczyć?

— Oczywiście, panie.

— Przyleciał kruk z Wieży Cieni, od ser Denysa Mallistera — poinformował ją Jon Snow. — Jego ludzie widzieli ogniska płonące w górach po drugiej stronie Rozpadliny. Ser Denys jest przekonany, że zbierają się tam dzicy. Sądzi, że znowu spróbują się przedostać przez Most Czaszek.

— Niektórzy mogą tak zrobić. — Czy czaszki w jej wizji mogły oznaczać ów most? Z jakiegoś powodu Melisandre w to wątpiła. — Ale ten atak, jeśli nadejdzie, będzie jedynie zmyłką. Widziałam wieże nad morzem, zalane przez czarną, krwawą falę. Tam właśnie padnie najpotężniejszy cios.

— Wschodnia Strażnica?

Czy to była ona? Widziała Wschodnią Strażnicę, gdy przypłynęli tam z królem Stannisem. Tam właśnie Jego Miłość zostawił królową Selyse i ich córkę Shireen, gdy zebrał rycerzy, by pomaszerować do Czarnego Zamku. Wieże w jej ogniu wyglądały inaczej, ale z wizjami często tak bywało.

— Tak. Wschodnia Strażnica, panie.

— Kiedy?

Rozpostarła dłonie.

— Jutro. W następnym cyklu księżyca. Za rok. Niewykluczone też, że jeśli zaczniesz działać, zdołasz odwrócić to, co widziałam.

W przeciwnym razie jaki byłby pożytek z wizji?

— W porządku — odrzekł Snow.

Gdy wyszli spod Muru, liczba zgromadzonych przy bramie wron wzrosła do czterdziestu. Mężczyźni otoczyli ich ciasnym kręgiem. Melisandre znała niektórych z imienia: kucharz Trzypalcy Hobb, Mully o przetłuszczonych pomarańczowych włosach, słaby na umyśle chłopak zwany Owenem Przygłupem, zapijaczony septon Cellador.

— Czy to prawda, wasza lordowska mość? — zapytał Trzypalcy Hobb.

— Kto to był? — chciał się dowiedzieć Owen Przygłup. — Nie Dywen, prawda?

— Ani nie Garth — dodał człowiek królowej, którego znała jako Alfa z Runnymudd, jeden z pierwszych, którzy zamienili siedmiu fałszywych bogów na prawdę R'hllora. — On jest za sprytny dla dzikich.

— Ilu? — zapytał Mully.

— Trzech — odparł Jon. — Czarny Jack, Kudłaty Hal i Garth.

Alf z Runnymudd zawył tak głośno, że mógłby obudzić śpiących w Wieży Cieni.

— Połóż go do łóżka i daj mu trochę wina z korzeniami — polecił Trzypalcemu Hobbowi Jon.

— Lordzie Snow — rzekła cicho Melisandre. — Czy pójdziesz ze mną do Wieży Królewskiej? Mam ci coś jeszcze do przekazania.

Przyglądał się twarzy Melisandre przez dłuższą chwilę, nie spuszczając z niej swych szarych oczu. Zacisnął prawą dłoń, otworzył ją i znowu zacisnął.

— Jak sobie życzysz. Edd, zaprowadź Ducha do moich pokojów.

Melisandre uznała to za znak i odesłała również własnych strażników. Potem ruszyli przez dziedziniec, tylko we dwoje. Trzymała się tak blisko Jona Snow, jak tylko się odważyła, wystarczająco blisko, by czuć nieufność emanującą z niego niczym czarna mgła. *Nie darzy mnie miłością i to nigdy się nie zmieni, ale mogę być dla niego użyteczna. Niech i tak będzie.* Melisandre tańczyła ten sam taniec na początku swej znajomości ze Stannisem Baratheonem. W gruncie rzeczy, młody lord dowódca i jej król mieli ze sobą więcej wspólnego niż obaj chcieliby przyznać. Stannis był młodszym synem żyjącym w cieniu starszego brata, a Jona Snow, bękarta, zawsze przyćmiewał prawowicie urodzony brat, pokonany bohater zwany przez ludzi Młodym Wilkiem. Obaj mężczyźni byli z natury niedowiarkami, nieufnymi i podejrzliwymi. Jedyni bogowie, jakich naprawdę czcili, to honor i obowiązek.

— Nie pytałeś o siostrę — zauważyła Melisandre, gdy wchodzili na górę po krętych schodach Wieży Królewskiej.

— Już ci mówiłem, że nie mam siostry. Wyrzekamy się rodziny, gdy wypowiadamy słowa. Nie mogę pomóc Aryi, choć bardzo…

Przerwał, gdy weszli do komnat Melisandre. Dziki siedział za jej stołem, rozsmarowując sztyletem masło na oderwanym kawale ciepłego razowego chleba. Z zadowoleniem zauważyła, że wdział zbroję z kości. Rozbita czaszka olbrzyma służąca mu za hełm leżała na ławeczce w oknie wykuszowym za jego plecami.

— To ty — rzekł wyraźnie podenerwowany Jon Snow.

— Witaj, lordzie Snow.

Dziki uśmiechnął się do nich, odsłaniając brązowe, połamane zęby. Rubin na jego nadgarstku lśnił w blasku poranka jak słaba czerwona gwiazda.

— Co tu robisz?

— Jem śniadanie. Chętnie się z tobą podzielę.

— Nie będę jadł z tobą chleba.

— Twoja strata. Bochen jest jeszcze ciepły. Hobb z tym przynajmniej sobie radzi. — Dziki oderwał sobie kęs. — Ciebie mógłbym odwiedzić z równą łatwością, wasza lordowska mość.

Ci strażnicy pod twymi drzwiami to kiepski żart. Człowiek, który pięćdziesiąt razy wspinał się na Mur, bez trudu zdoła wejść przez okno. Ale co by to dało, gdybym cię zabił? Wrony po prostu wybrałyby kogoś gorszego. — Przełknął kęs chleba. — Słyszałem o twoich zwiadowcach. Trzeba było wysłać mnie z nimi.

— Żebyś mógł zdradzić ich Płaczce?

— A więc mówimy teraz o zdradach? Jak się nazywała ta twoja dzika żona, Snow? Ygritte, tak? — Dziki spojrzał na Melisandre. — Będę potrzebował koni. Sześciu dobrych. Czegoś takiego nie zdołam dokonać sam. Niektóre z włóczniczek zamkniętych w Mole's Town powinny być w sam raz. Kobiety najlepiej się do tego nadają. Dziewczyna łatwiej im zaufa, a do tego pomogą mi zrealizować plan, który mi się nasunął

— O czym on mówi? — zapytał kapłankę lord Snow.

— O twojej siostrze. — Melisandre położyła dłoń na jego ramieniu. — Ty nie możesz jej pomóc, ale on tak.

Snow wyszarpnął się jej.

— Nie sądzę. Nie znasz tej kreatury. Grzechocząca Koszula mógłby myć ręce sto razy dziennie, a i tak nie zdołałby wypłukać krwi, którą ma pod paznokciami. Prędzej zgwałci i zamorduje Aryę, niż jej pomoże. Nie. Jeśli to zobaczyłaś w ogniach, pani, na pewno masz popiół w oczach. Jeśli spróbuje opuścić Czarny Zamek bez mojego pozwolenia, sam zetnę mu głowę.

Nie pozostawia mi wyboru. Niech i tak będzie.

— Devanie, zostaw nas — rozkazała.

Giermek wymknął się na zewnątrz, zamykając za sobą drzwi.

Melisandre dotknęła rubinu, który miała pod szyją, i wypowiedziała słowo. Jego dźwięk odbił się dziwnym echem od kątów pokoju, wijąc się niczym robak w jej uszach. Dziki usłyszał jedno słowo, a wrona inne, ale żadne z nich nie było tym, które wyszło z jej ust. Rubin na nadgarstku dzikiego pociemniał, a spowijające mężczyznę kosmyki światła i cienia zamigotały, po czym wyblakły.

Kości pozostały na miejscu; grzechoczące o siebie żebra, pazury i zęby wiszące na ramionach i barkach, a także wielki pożółkły obojczyk na ramionach. Rozbita czaszka olbrzyma nie zmieniła kształtu. Pożółkła i pęknięta szczerzyła pokryte plamami zęby w okrutnym uśmiechu.

Ale zakola na czole zniknęły. Podobnie jak ciemne wąsy, sękaty podbródek, pożółkła cera i małe brązowe oczka. Szare palce przeczesały długie kasztanowe włosy. W kącikach ust pojawiły się pozostałe po uśmiechach bruzdy. Nagle stał się wyższy niż przedtem, szerszy w piersi i w barach. Szczupły, długonogi mężczyzna o gładko wygolonej, ogorzałej twarzy.

Jon Snow wybałuszył szare oczy.

— Mance?

— Witaj, lordzie Snow — odrzekł dziki bez śladu uśmiechu.

— Spaliła cię.

— Spaliła Lorda Kości.

— Co to za czary? — zapytał Jon Snow, spoglądając na Melisandre.

— Możesz je zwać, jak chcesz. Urokiem, maskowaniem, iluzją. R'hllor jest Panem Światła, Jonie Snow, i jego słudzy mogą tkać świetlne obrazy, jak inni tkają materiał z nici.

Mance Rayder zachichotał.

— Ja również miałem wątpliwości, Snow, ale dlaczego nie pozwolić jej spróbować? Albo to, albo upieczenie przez Stannisa.

— Kości pomogły — przyznała Melisandre. — One pamiętają. Właśnie z takich rzeczy tworzy się najsilniejsze uroki. Buty umarłego, kosmyk jego włosów, woreczek z kośćmi palców. Dzięki wyszeptanym słowom i modlitwie można wydobyć z takich rzeczy cień człowieka i nałożyć go na innego niczym płaszcz. Esencja noszącego się nie zmienia, tylko wygląd zewnętrzny.

Opisywała to jako coś łatwego i prostego. Nie muszą wiedzieć, jak bardzo trudne było to w rzeczywistości i jak wiele ją kosztowało. Tego Melisandre nauczyła się na długo przed podróżą do Asshai — im łatwiejsze wydają się czary, tym bardziej ludzie boją się tego, kto je rzuca. Gdy płomienie dotknęły Grzechoczącej Koszuli, rubin u jej gardła zrobił się tak gorący, że bała się, iż jej skóra pociemnieje i buchnie z niej dym. Na szczęście lord Snow wybawił ją od cierpienia swymi strzałami. Stannis wściekał się na tak jawny przejaw sprzeciwu, ale ona drżała z ulgi.

— Naszego fałszywego króla łatwo urazić, ale nie zdradzi cię — zapewniła Jona Snow. — Pamiętaj, że mamy jego syna, a do tego zawdzięcza ci życie.

— Mnie? — Jon Snow był wyraźnie zdumiony.

— A komuż by innemu, panie? Mógł zapłacić ze swe zbrodnie tylko własną krwią. Tak mówią wasze prawa, a Stannis Baratheon nie jest człowiekiem, który sprzeciwiałby się prawu... ale, jak sam mądrze zauważyłeś, prawo ludzi kończy się na Murze. Mówiłam, że Pan Światła wysłucha twych modlitw. Chciałeś znaleźć sposób, który pozwoli ci uratować młodszą siostrę i zachować honor, który znaczy dla ciebie tak wiele, dotrzymać ślubów złożonych przed twym drewnianym bogiem. — Wyciągnęła jasny palec. — Oto on, lordzie Snow. Zbawca Aryi. Dar od Pana Światła... i ode mnie.

FETOR

Najpierw usłyszał dziewczyny. Szczekały, pędząc do domu. Potem tętent końskich kopyt uderzających o wyłożoną kamiennymi płytami drogę. Zerwał się na nogi, grzechocząc łańcuchami. Ten, który łączył w kostkach jego nogi, miał najwyżej stopę długości, i Fetor musiał szurać stopami po ziemi. Trudno było w ten sposób poruszać się szybko, ale starał się, jak mógł. Zszedł, pobrzękując, z siennika. Ramsay Bolton wrócił i będzie chciał, żeby jego Fetor był gotowy mu służyć.

Łowcy wjeżdżali do środka przez bramę pod zimnym jesiennym niebem. Przodem podążał Ben od Kości, otoczony przez ujadające dziewczyny. Za nim jechali Obdzieracz, Skwaszony Alyn i Damon Zatańcz ze Mną trzymający długi, nasmarowany tłuszczem bicz. Dalej posuwali się Walderowie na siwych kucykach, które dostali od lady Dustin. Kolumnę zamykał jego lordowska mość jadący na Krwawym, ogierze o temperamencie odpowiadającym naturze właściciela. Śmiał się. Fetor wiedział, że to może być bardzo dobrze albo bardzo źle.

Nim zdążył się zorientować, która z tych możliwości jest prawdziwa, psy zwęszyły go i opadły ze wszystkich stron. Lubiły Fetora. Często z nimi sypiał, a czasami Ben od Kości pozwalał mu zjeść z nimi kolację. Zwierzęta biegały po dziedzińcu z głośnym szczekaniem, skakały do jego brudnej twarzy, by ją polizać, skubały mu nogi. Helicent ujęła jego lewą dłoń w zęby i potrząsała nią tak zajadle, że Fetor bał się, że straci dwa kolejne palce. Ruda Jeyne skoczyła mu na pierś i zwaliła go z nóg. Miała potężne mięśnie, podczas gdy Fetor był białowłosym głodomorem o poszarzałej obwisłej skórze i kruchych kościach.

Gdy zdołał zepchnąć z siebie sukę i podnieść się na kolana, jeźdźcy zsiadali już z koni. Na polowanie wyruszyły dwa tuziny i tyle samo wróciło, co oznaczało, że wyprawa zakończyła się niepowodzeniem. Niedobrze. Ramsay nie lubił smaku porażki. *Będzie chciał zadać komuś ból.*

Jego pan musiał się ostatnio hamować, ponieważ w Barrowton było pełno ludzi, których ród Boltonów potrzebował. Ramsay wiedział, że musi być ostrożny w towarzystwie Dustinów, Ryswellów i innych paniątek. Do nich zawsze uśmiechał się uprzejmie, ale za zamkniętymi drzwiami stawał się zupełnie inny.

Ramsay Bolton nosił strój odpowiedni dla lorda Hornwood i dziedzica Dreadfort. Futro uszyte z wilczych skór, chroniące przed jesiennym chłodem, spiął na prawym ramieniu pożółkłymi zębami wilczej głowy. Z jednej strony u jego pasa wisiał falchion o klindze szerokiej i ciężkiej jak tasak, z drugiej zaś długi sztylet i mały zakrzywiony nóż myśliwski o haczykowatym sztychu, ostry jak brzytwa. Wszystkie trzy bronie miały rękojeści z żółtej kości.

— Fetor — zawołał jego lordowska mość z siodła Krwawego — śmierdzisz. Zwęszyłem cię już na drugim końcu dziedzińca.

— Wiem, wasza lordowska mość — musiał odpowiedzieć Fetor. — Błagam o wybaczenie.

— Przywiozłem ci dar. — Ramsay odwrócił się w siodle, sięgnął za siebie, wyciągnął coś spod siodła i rzucił mu. — Łap!

Z powodu łańcuchów, kajdan i brakujących palców Fetor był teraz znacznie mniej zręczny niż w czasach, gdy jeszcze nie wiedział, jak ma na imię. Głowa uderzyła w jego okaleczone dłonie, odbiła się od kikutów palców i spadła na kamienie, sypiąc robakami. Pokrywała ją gruba warstwa zakrzepłej krwi, uniemożliwiająca rozpoznanie rysów.

— Kazałem ci łapać — oznajmił Ramsay. — Podnieś ją.

Fetor spróbował unieść głowę za ucho. Nic z tego. Ciało było zielone i zgniłe. Małżowina rozerwała się między jego palcami. Mały Walder parsknął śmiechem, a po krótkiej chwili wszyscy podążyli za jego przykładem.

— Och, zostaw to — rzekł Ramsay. — Zajmij się Krwawym. O mało nie zajeździłem skurczybyka.

— Tak jest, wasza lordowska mość. Już się robi.

Popędził do konia, zostawiając psom odciętą głowę.

— Dzisiaj śmierdzisz świńskim gównem, Fetor — stwierdził Ramsay.

— To znaczy, że lepiej niż zwykle — dodał Damon Zatańcz ze Mną, zwijając bicz.

Mały Walder zeskoczył z siodła.

— Moim koniem też możesz się zająć, Fetor. I koniem mojego kuzynka.

— Sam się zaopiekuję swoim — sprzeciwił się Duży Walder. Mały Walder stał się ulubieńcem lorda Ramsaya i z każdym dniem upodabniał się do niego, ale mniejszego Freya zrobiono z innego materiału. Rzadko brał udział w okrutnych zabawach kuzyna.

Fetor nie zwracał uwagi na giermków. Poprowadził Krwawego do stajni, uskakując na bok, gdy ogier próbował go kopnąć. Łowcy weszli do komnaty, wszyscy poza Benem od Kości, który przeklinał walczące o odciętą głowę psy, próbując je od niej odpędzić.

Duży Walder poszedł za Fetorem do stajni, prowadząc własnego wierzchowca. Fetor zerknął ukradkiem na chłopca, zdejmując Krwawemu wędzidło.

— Kto to był? — zapytał cicho, żeby nie usłyszeli go inni stajenni.

— Nikt. — Duży Walder zdjął siodło siwemu kucykowi. — Staruszek, którego spotkaliśmy na trakcie. Pędził starą kozę z czterema koźlętami.

— Jego lordowska mość zabił go dla kóz?

— Jego lordowska mość zabił go za to, że nazwał go lordem Snow. Ale kozy były dobre. Wydoiliśmy matkę i upiekliśmy koźlęta.

Lord Snow. Fetor pokiwał głową. Jego łańcuchy grzechotały, gdy szarpał się z rzemieniami siodła. *Pod takim czy innym nazwiskiem, Ramsay to człowiek, do którego lepiej się nie zbliżać, kiedy się gniewa. Albo i kiedy się nie gniewa.*

— Znalazłeś swoich kuzynów, panie?

— Nie. Wcale na to nie liczyłem. Oni nie żyją. Lord Wyman ich zabił. Sam bym tak zrobił na jego miejscu.

Fetor nie skomentował tego ani słowem. Niektórych rzeczy lepiej było nie mówić, nawet w stajni, gdy jego lordowska mość był daleko. Jedno niewłaściwe słowo mogło go kosztować dodatkowy palec u nogi, a nawet u ręki. *Ale nie język. Nigdy nie zabierze mi języka. Lubi słuchać, jak błagam, by oszczędził mi bólu. Lubi mnie do tego przymuszać.*

Jeźdźcy spędzili w drodze szesnaście dni, mając do jedzenia tylko suchary i soloną wołowinę, pomijając ukradzione od czasu do czasu koźlęta. Dlatego lord Ramsay rozkazał, by urządzono ucztę dla uczczenia jego powrotu do Barrowton. Ich gospodarz, posiwiały pośledni lord o jednej ręce zwany Harwoodem Stoutem, zdawał sobie sprawę, że nierozsądnie by było mu odmawiać, choć jego spiżarnie z pewnością były już niemal puste. Fetor słyszał, jak służący Stouta skarżyli się, że Bękart i jego ludzie pozbawiają ich zapasów na zimę. „Ludzie mówią, że weźmie sobie do łoża młodszą córkę lorda Eddarda — skarżyła się kucharka, gdy nie wiedziała, że Fetor ją słyszy — ale kiedy spadnie śnieg, to my będziemy wyruchani. Zapamiętaj sobie moje słowa".

Niemniej lord Ramsay zażądał uczty i musieli ją wydać. W komnacie Stouta ustawiono na kozłach stoły, zarżnięto wołu, a nocą, gdy słońce zaszło, łowcy, którzy wrócili z pustymi rękami, pożerali pieczenie i żeberka, jęczmienny chleb i tłuczoną marchew z grochem, popijając to wszystko wielkimi ilościami *ale*.

Mały Walder pilnował, by kielich lorda Ramsaya był pełny, natomiast Duży Walder nalewał pozostałym gościom siedzącym za stołem na podwyższeniu. Fetora przykuto obok drzwi, by jego smród nie odbierał ucztującym apetytu. Później będzie mógł zjeść resztki, jakie lord Ramsay uzna za stosowne mu oddać. Psy krążyły swobodnie po komnacie. To one dostarczyły gościom najlepszej rozrywki, gdy Maude i Siwa Jeyne zaatakowały jednego z ogarów lorda Stouta, chcąc mu odebrać szczególnie mięsistą kość rzuconą przez Willa Shorta. Fetor jako jedyny w całej komnacie nie patrzył na walczące psy. Nie spuszczał spojrzenia z Ramsaya Boltona.

Walka się nie skończyła, dopóki pies gospodarza nie padł martwy. Stary ogar miał mniej szans od komedianta. Był jeden przeciwko dwóm, a suki Ramsaya były młode, silne i gwałtowne. Ben od Kości, który lubił je bardziej niż ich pan, opowiadał Fetorowi, że nadano im imiona młodych wieśniaczek, które Ramsay upolował, zgwałcił i zamordował w czasach, gdy był jeszcze bękartem i służył mu pierwszy Fetor.

— W każdym razie tych, które dostarczyły mu dobrej rozrywki. Te, które płaczą, błagają i nie chcą uciekać, nie wracają jako suki. — Fetor nie wątpił, że w następnym miocie, który przyjdzie na świat w psiarniach Dreadfort, będzie też Kyra. — Wyszkolił je też do zabijania wilków — wyznał Ben od Kości. Fetor nie skomentował tego ani słowem. Wiedział, które wilki mają paść ofiarą dziewczyn, ale nie miał ochoty oglądać, jak gryzą się o jego odcięty palec u nogi.

Dwaj służący przyszli wynieść ciało martwego psa, a stara kobieta z miotłą, grabiami i wiadrem zajęła się przesiąkniętym krwią sitowiem. Wtem drzwi komnaty się otworzyły, stukając na wietrze. Do środka weszło kilkunastu ludzi w szarych kolczugach i żelaznych półhełmach. Odepchnęli na bok młodych wartowników o ziemistej cerze, odzianych w skórzane brygantyny oraz płaszcze ze złotogłowiu i czerwonawego samodziału. Ucztujący umilkli nagle… wszyscy poza lordem Ramsayem, który odrzucił na bok ogryzaną kość, otarł usta w rękaw i rozciągnął zatłuszczone wargi w wilgotnym uśmiechu.

— Witaj, ojcze — rzekł.

Lord Dreadfort spojrzał od niechcenia na resztki uczty, martwego psa, wiszące na ścianach arrasy oraz na zakutego w łańcuchy Fetora.

— Wynoście się — rozkazał ucztującym głosem cichym jak szept. — Wszyscy. Natychmiast.

Ludzie lorda Ramsaya odsunęli się od stołów, porzucając kielichy i wypełnione mięsem wydrążone bochny. Ben od Kości zawołał dziewczyny, które potruchtały za nim. Niektóre nadal trzymały w zębach kości. Harwood Stout pokłonił się sztywno i bez słowa opuścił własną komnatę.

— Zabierz Fetora ze sobą — warknął Ramsay do Skwaszonego Alyna, ale jego ojciec powstrzymał sługę skinieniem bladej dłoni.

— Nie, zostaw go.

Nawet strażnicy lorda Roose'a opuścili komnatę, zatrzaskując za sobą drzwi. Gdy echo wybrzmiało, Fetor zorientował się, że został w komnacie sam z dwoma Boltonami, ojcem i synem.

— Nie znalazłeś zaginionych Freyów — powiedział Roose Bolton tonem, który sugerował, że nie jest to pytanie, lecz stwierdzenie faktu.

— Wróciliśmy aż do miejsca, w którym według lorda Minoga rozstali się z nim, ale dziewczyny nie podjęły tropu.

— Pytałeś o nich w wioskach i warowniach?

— Strata czasu. Wieśniacy nigdy nic nie widzą. Równie dobrze mogliby być ślepi. — Ramsay wzruszył ramionami. — Czy to ważne? Świat nie przejmie się stratą kilku Freyów. Jeśli kiedyś będziemy jakiegoś potrzebować, w Bliźniakach jest ich mnóstwo.

Lord Roose oderwał kawałek od piętki chleba i zjadł go.

— Hosteen i Aenys są zaniepokojeni.

— Niech sami ich poszukają, jeśli mają ochotę.

— Lord Wyman ma wyrzuty sumienia. Jeśli wierzyć jego słowom, szczególnie polubił Rhaegara.

Lord Ramsay robił się zły. Fetor wyczytał to z jego ust, z grymasu mięsistych warg i z uwidaczniających się na szyi ścięgien.

— Ci durnie powinni byli zostać z Manderlym.

Roose Bolton wzruszył ramionami.

— Lektyka lorda Wymana posuwa się bardzo powoli... i oczywiście tusza oraz stan zdrowia nie pozwalają jego lordowskiej mości podróżować dłużej niż kilka godzin dziennie, z częstymi postojami na posiłki. A Freyowie pragnęli jak najprędzej dotrzeć do Barrowton, by spotkać się z kuzynami. Czy można mieć do nich pretensję, że nie chcieli czekać?

— Jeśli naprawdę pojechali przodem. Wierzysz Manderly'emu?

W jasnych oczach lorda Roose'a pojawił się błysk.

— A czy sprawiam takie wrażenie? Niemniej jego lordowska mość jest bardzo przygnębiony.

— Nie aż tak, żeby utracił apetyt. Lord Świnia przywiózł ze sobą chyba z połowę zapasów żywności z Białego Portu.

— Czterdzieści wozów wyładowanych prowiantem. Beczułki wina i hipokrasu, beczki świeżo złowionych minogów, stado kóz, sto świń, skrzynie z krabami i ostrygami, ogromny dorsz... lord Wyman lubi jeść. Może to zauważyłeś.

— Zauważyłem, że nie przywiózł zakładników.

— Ja również.

— I co zamierzasz w tej sprawie zrobić?

— Oto dylemat. — Lord Roose znalazł pusty puchar, wytarł go o obrus i nalał sobie *ale* z dzbana. — Widzę, że nie tylko Manderly lubi uczty.

— To ty powinieneś wyprawić ucztę, żeby mnie przywitać — poskarżył się Ramsay. — I to w Barrow Hall, nie w tym nędznym zameczku.

— Barrow Hall i jego kuchnie nie są do mojej dyspozycji — odparł łagodnym tonem jego ojciec. — Jestem tam tylko gościem. Zamek i miasteczko należą do lady Dustin, a ona cię nie znosi.

Twarz Ramsaya pociemniała.

— A jeśli utnę jej cycki i rzucę moim dziewczynom, czy wtedy mnie zniesie? Albo kiedy zedrę z niej skórę i zrobię sobie z niej buty?

— Mało prawdopodobne. I to byłaby bardzo droga para butów. Kosztowałaby nas Barrowton, ród Dustinów i Ryswellów. — Roose Bolton usiadł za stołem naprzeciwko syna. — Barbrey Dustin jest młodszą siostrą mojej drugiej żony, córką Rodrika Ryswella, siostrą Rogera, Rickarda i mojego imiennika Roose'a, a także kuzynką innych Ryswellów. Lubiła mojego zmarłego syna i podejrzewa, że miałeś coś wspólnego z jego zgonem. Lady Barbrey to kobieta, która potrafi chować urazę. Ciesz się z tego. Barrowton jest wierne Boltonom głównie dlatego, że Barbrey nadal wini Neda Starka za śmierć męża.

— Wierne? — Ramsay był wściekły. — Ona ciągle na mnie pluje. Nadejdzie dzień, gdy podpalę to jej wspaniałe drewniane miasteczko. Wtedy się przekonamy, czy potrafi pluciem ugasić pożar.

Roose skrzywił się, jakby *ale* nagle zrobiło się kwaśne.

— Czasami się zastanawiam, czy rzeczywiście zrodziłeś się z mojego nasienia. Moim przodkom można wiele zarzucić, ale żaden z nich nie był głupcem. Bądź cicho, dość już usłyszałem. Mamy potężnych przyjaciół pod postacią Lannisterów i Freyów oraz niechętne poparcie większości północy... ale co twoim zdaniem się zdarzy, gdy znajdzie się któryś z synów Neda Starka?

Wszyscy synowie Neda Starka nie żyją — pomyślał Fetor. *Robba zamordowano w Bliźniakach, a Brana i Rickona... zanurzyliśmy głowy w smole...* Jego czaszkę wypełniał pulsujący ból. Nie chciał myśleć o niczym, co się wydarzyło, zanim poznał swe imię. Niektóre rzeczy były zbyt bolesne, by o nich pamiętać, prawie tak samo bolesne jak nóż Ramsaya...

— Małe wilczki Starka nie żyją — stwierdził młodszy Bolton, dolewając sobie trochę *ale* — i już nie wrócą do życia. Niech tylko pokażą swoje brzydkie gęby, a moje dziewczyny rozszarpią te ich wilki na strzępy. Im prędzej wrócą, tym prędzej znowu ich zabiję.

Jego ojciec westchnął.

— Znowu? Z pewnością się przejęzyczyłeś. Nie ty zabiłeś synów lorda Eddarda, tych dwóch słodkich chłopców, których wszyscy kochaliśmy. To była robota Theona Sprzedawczyka, pamiętasz? Jaki ci się zdaje, ilu tych niechętnych przyjaciół zostanie przy nas, jeśli prawda wyjdzie na jaw? Tylko lady Barbrey, którą chciałbyś przerobić na parę butów… niskiej jakości. Ludzka skóra nie jest tak twarda jak krowia i szybciej się zużywa. Zgodnie z królewskim dekretem jesteś teraz Boltonem, więc spróbuj się zachowywać jak Bolton. Krążą o tobie opowieści, Ramsay. Słyszę je wszędzie. Ludzie się ciebie boją.

— To dobrze.

— Mylisz się. To niedobrze. O mnie nic nigdy nie opowiadano. Sądzisz, że w przeciwnym razie siedziałbym tutaj? Masz prawo do swoich rozrywek, nie będę cię ganił z ich powodu, ale musisz być bardziej dyskretny. Spokojny kraj, cisi ludzie. Tak zawsze brzmiała moja dewiza. Uczyń ją również swoją.

— Czy po to właśnie opuściłeś lady Dustin i tę tłustą świnię, swoją żonę? Chciałeś mi powiedzieć, żebym siedział cicho?

— Bynajmniej. Nadeszły pewne wieści, które musisz usłyszeć. Lord Stannis w końcu opuścił Mur.

Ramsay prawie że zerwał się na nogi. Na jego pulchnych, błyszczących wargach pojawił się uśmieszek.

— Czy maszeruje na Dreadfort?

— Niestety, nie. Arnolf tego nie rozumie. Przysięga, że zrobił wszystko, by zwabić go w pułapkę.

— Nie jestem pewien. Podrap Karstarka, a znajdziesz Starka.

— Po tym, jak Młody Wilk podrapał lorda Rickarda, może być w tym trochę mniej prawdy niż poprzednio. Tak czy inaczej, lord Stannis odebrał Deepwood Motte żelaznym ludziom i zwrócił je rodowi Gloverów. Co gorsza, przyłączyły się do niego górskie klany, Wullowie, Norreyowie, Liddle'owie i cała reszta. Jego siły rosną.

— Ale nasze są większe.

— Na razie.

— To znaczy, że musimy go jak najszybciej zmiażdżyć. Pozwól mi pomaszerować na Deepwood.

— Po twoim ślubie.

Ramsay walnął pucharem w stół. Resztki *ale* wylały się na obrus.

— Dość już tego czekania. Mamy dziewczynę, mamy drzewo i pod dostatkiem lordów za świadków. Jutro ją poślubię, zasadzę syna między jej nogami i wymaszeruję, nim jej dziewicza krew zaschnie.

Będzie się modliła, żebyś wymaszerował — pomyślał Fetor. *I żebyś już nigdy nie wrócił do jej łoża.*

— Zasadzisz w niej syna, ale nie tutaj — sprzeciwił się Roose Bolton. — Postanowiłem, że wasz ślub urządzimy w Winterfell.

Ta perspektywa nie zachwyciła lorda Ramsaya.

— Puściłem je z dymem. Czyżbyś o tym zapomniał?

— Ja nie, ale ty najwyraźniej tak... to żelaźni ludzie puścili z dymem Winterfell i wyrżnęli wszystkich mieszkańców. Theon Sprzedawczyk.

Ramsay obrzucił Fetora podejrzliwym spojrzeniem.

— Tak, to prawda, ale... ślub w tych ruinach?

— Winterfell, nawet leżące w gruzach, pozostaje domem lady Aryi. Jakie miejsce mogłoby być lepsze na jej ślub, pokładziny i potwierdzenie twoich praw? Ale to tylko połowa sprawy. Bylibyśmy głupcami, gdybyśmy ruszyli w pole przeciwko Stannisowi. Niech on zaatakuje nas. Jest zbyt ostrożny, by ruszyć na Barrowton... ale na Winterfell będzie musiał pomaszerować. Jego ludzie z klanów nie zostawią córki swego sławetnego Neda komuś takiemu jak ty. Stannis będzie musiał zaatakować albo ich straci... a ponieważ jest ostrożnym dowódcą, przed wymarszem wezwie wszystkich swych przyjaciół i sojuszników. Wezwie Arnolfa Karstarka.

Ramsay oblizał spękane wargi.

— I wtedy go załatwimy.

— Jeśli bogowie zechcą. — Roose wstał. — Weźmiesz ślub w Winterfell. Zawiadomię lordów, że wyruszamy za trzy dni i poproszę, by nam towarzyszyli.

— Jesteś namiestnikiem północy. Wydaj im rozkaz.

— Prośba będzie równie skuteczna. Władza najlepiej smakuje, jeśli posłodzić ją odrobiną uprzejmości. Lepiej się tego naucz, jeśli masz nadzieję kiedyś ją sprawować. — Lord Dreadfort zerknął na Fetora. — Aha, i uwolnij z łańcuchów swojego ulubieńca. Zabieram go.

— Zabierasz? Dokąd? On jest mój. Nie możesz mi go odebrać.

To wyraźnie rozbawiło Roose'a.

— Wszystko, co masz, otrzymałeś ode mnie. Lepiej o tym nie zapominaj, bękarcie. Jeśli zaś chodzi o tego... Fetora... Jeśli nie zniszczyłeś go nieodwracalnie, może nam się jeszcze przydać. Weź klucze i zdejmij mu łańcuchy, zanim pożałuję dnia, w którym zgwałciłem twoją matkę.

Fetor zauważył grymas ust Ramsaya, ślinę błyszczącą na jego wargach. Bał się, że młodszy Bolton może przeskoczyć stół ze sztyletem w dłoni. On jednak poczerwieniał tylko, odwrócił jasne oczy od jeszcze jaśniejszych oczu ojca i poszedł poszukać klucza. Ale gdy uklęknął, by zdjąć okowy z rąk i nóg Fetora, nachylił się nisko nad nim.

— Nic mu nie mów i zapamiętaj każde słowo, które od niego usłyszysz — wyszeptał. — Odzyskam cię, bez względu na to, co ci powie ta suka, lady Dustin. Kim jesteś?

— Fetorem, panie. Należę do ciebie. Nazywam się Fetor i szpieguję przeto.

— Masz rację. Kiedy mój ojciec przywiezie cię z powrotem, zabiorę ci jeszcze jeden palec. Pozwolę ci wybrać który.

Po policzkach Fetora spłynęły niepowstrzymane łzy.

— Dlaczego? — zawołał załamującym głosem. — Nie prosiłem go, żeby mnie zabrał. Zrobię, co tylko chcesz, będę służył, słuchał... proszę... nie.

Ramsay uderzył go w twarz.

— Zabierz go — powiedział do ojca. — Nawet nie jest mężczyzną. Brzydzę się jego smrodu.

Gdy wyszli na dwór, nad otaczającą Barrowton palisadą pojawił się księżyc. Fetor słyszał świst wiatru hulającego na pagórkowatych równinach otaczających miasteczko. Barrow Hall od skromnej twierdzy Harwooda Stouta zbudowanej przy wschodniej bramie dzieliła niespełna mila. Lord Bolton zaproponował mu konia.

— Jesteś w stanie jeździć?

— Tak… wasza lordowska mość… Sądzę, że tak.

— Walton, pomóż mu wsiąść.

Nawet bez kajdan Fetor poruszał się jak starzec. Ciało miał obwisłe, a Skwaszony Alyn i Ben od Kości mówili, że ma tiki. A jego smród… Nawet klacz, którą mu przyprowadzili, spłoszyła się, gdy spróbował jej dosiąść.

Była jednak spokojna i znała drogę do Barrow Hall. Gdy mijali bramę, lord Bolton podjechał do Fetora. Jego strażnicy trzymali się dyskretnie z tyłu.

— Jak mam się do ciebie zwracać? — zapytał Roose, gdy jechali kłusem przez szerokie proste ulice Barrowton.

Fetor. Nazywam się Fetor, jestem wrakiem przeto.

— Fetor — odpowiedział. — Jeśli wasza lordowska mość raczy.

— Panie.

Bolton rozchylił usta, ukazując ćwierć cala zębów. To mógł być uśmiech.

Fetor go nie zrozumiał.

— Wasza lordowska mość? Powiedziałem…

— …„wasza lordowska mość”, kiedy wystarczyłoby powiedzieć „panie”. Twój język zdradza twoje pochodzenie. Jeśli chcesz brzmieć jak prawdziwy wieśniak, musisz udawać, że jesteś za głupi, by zapamiętać te wszystkie tytuły.

— Jak wasz… Jak każesz, panie.

— Tak lepiej. Cuchniesz naprawdę okropnie.

— Tak, panie. Błagam o wybaczenie, panie.

— Dlaczego? Twój smród jest winą mojego syna, nie twoją. Świetnie zdaję sobie z tego sprawę. — Minęli stajnię oraz gospodę o zamkniętych okiennicach. Na szyldzie namalowano kłos pszenicy. Fetor słyszał dobiegającą ze środka muzykę. — Znałem pierwszego Fetora. On też śmierdział, ale nie dlatego, że się nie mył. Prawdę mówiąc, nigdy nie znałem czystszego człowieka. Kąpał się trzy razy dziennie i nosił kwiaty we włosach jak panienka. Kiedyś, gdy moja druga żona jeszcze żyła, złapano go na kradzieży wonności z jej sypialni. Kazałem wymierzyć mu za to dwanaście batów. Nawet jego krew miała dziwny zapach. Następnego roku spróbował znowu. Tym razem wypił perfumy i o mało od tego nie umarł. Ale to też nie pomogło. Urodził się z tym zapachem. Prostaczkowie mówili, że to klątwa. Bogowie przeklęli go smrodem, by ludzie wiedzieli, że ma zgniłą duszę. Mój stary maester zapewniał, że to musi być objaw jakiejś choroby, ale poza tym chłopak był zdrowy jak byk. Nikt nie mógł wytrzymać w jego bliskości, więc spał ze świniami aż do dnia, gdy matka Ramsaya pojawiła się u moich bram z żądaniem, bym dał jej sługę dla swego bękarta, który zrobił się dziki i nieokiełznany. Dostała ode mnie Fetora. To miał być żart, ale on i Ramsay stali się nierozłączni. Zastanawiam się... czy to Ramsay zepsuł Fetora, czy Fetor Ramsaya? — Jego lordowska mość przeszył nowego Fetora spojrzeniem swych niezwykłych oczu, jasnych jak białe księżyce. — Co do ciebie szepnął, kiedy zdejmował ci łańcuchy?

— Powiedział... powiedział...

Powiedział, żeby nic ci nie mówić. Słowa uwięzły mu w gardle. Zaczął się krztusić i kasłać.

— Oddychaj głęboko. Wiem, co ci powiedział. Masz mnie szpiegować i dochować jego tajemnic. — Bolton zachichotał. — Jakby miał jakieś tajemnice. Skwaszony Alyn, Luton, Obdzieracz i cała reszta... skąd jego zdaniem się wzięli? Czy naprawdę wierzy, że to jego ludzie?

— Jego ludzie — powtórzył Fetor. Najwyraźniej oczekiwano od niego jakiegoś komentarza, ale nie miał pojęcia, co powiedzieć.

— Czy mój bękart opowiadał ci kiedyś, jak go spłodziłem?

Fetora zalała ulga. To wiedział.

— Tak, wasz... panie. Spotkałeś jego matkę, jadąc konno, i oczarowała cię jej uroda.

— Oczarowała? — Bolton ryknął śmiechem. — Naprawdę tak to określił? No proszę, chłopak ma duszę minstrela... ale jeśli naprawdę wierzysz w jego pieśń, to chyba jesteś jeszcze głupszy od pierwszego Fetora. Nawet z tą jazdą konną to nie jest prawda. Polowałem na lisa nad Płaczącą Wodą, gdy nagle natrafiłem na młyn i zobaczyłem młodą kobietę piorącą ubrania w strumieniu.

Stary młynarz znalazł sobie nową żonę, przeszło dwa razy młodszą od niego. Była wysoka, szczupła i wyglądała bardzo zdrowo. Długie nogi i małe jędrne piersi, jak dojrzałe śliwki. Ładna, na swój pospolity sposób. Gdy tylko ją ujrzałem, poczułem, że jej pragnę. Miałem do niej prawo. Maesterzy powiedzą ci, że król Jaehaerys zniósł lordowskie prawo pierwszej nocy, by udobruchać swą jędzowatą królową, ale tam, gdzie władają starzy bogowie, przetrwały również dawne zwyczaje. Umberowie także zachowali prawo pierwszej nocy, nawet jeśli temu przeczą. Podobnie niektóre górskie klany, a na Skagos… no cóż, tylko drzewa serca widzą choć połowę tego, co wyprawiają tam ludzie. Ślub młynarza odbył się bez mojej wiedzy i zgody. Oszukał mnie. Dlatego kazałem go powiesić i skorzystałem ze swego prawa pod drzewem, na którym dyndał. Prawdę mówiąc, dziewka ledwie była warta ceny sznura. Lis również uciekł, a kiedy wracałem do Dreadfort, mój ulubiony rumak okulał. Zważywszy wszystko razem, to był fatalny dzień. Rok później ta sama dziewka miała czelność zjawić się w Dreadfort z wrzeszczącym, czerwonym na twarzy potworem, twierdząc, że to mój pomiot. Powinienem wychłostać matkę, a bachora wrzucić do studni… ale chłopczyk faktycznie miał moje oczy. Powiedziała, że gdy brat jej nieżyjącego męża je zobaczył, zbił ją do krwi i przegnał z młyna. To mnie poirytowało, więc oddałem jej młyn, a jemu kazałem wyciąć język, by mieć pewność, że nie pobiegnie do Winterfell z opowieściami, które mogłyby zakłócić spokój lorda Rickarda. Co roku wysyłałem kobiecie trochę prosiąt i kurczaków, a do tego mieszek gwiazd, pod warunkiem że nigdy nie powie chłopcu, kto jest jego ojcem. Spokojny kraj, cisi ludzie, to zawsze była moja dewiza.

— Piękna dewiza, panie.

— Ale kobieta mnie nie posłuchała. Widzisz, jaki jest Ramsay. To ona go takim zrobiła, ona i Fetor. Zawsze szeptała mu do ucha o jego prawach. Powinien się zadowolić mieleniem kukurydzy. Naprawdę wierzysz, że będzie mógł władać północą?

— Walczy za ciebie — wyrwało się Fetorowi. — Jest silny.

— Byki też są silne. I niedźwiedzie. Widziałem, jak mój bękart walczy. To nie tylko jego wina. Jego nauczycielem był Fetor, pierwszy Fetor, a on nigdy nie ćwiczył się w walce. Ramsay jest zażarty, muszę to przyznać, ale wymachuje tym swoim mieczem jak rzeźnik siekający mięso.

— Nie boi się nikogo, panie.

— A powinien. Strach ratuje ludziom życie, ponieważ na świecie jest pełno zdrad i podstępów. Nawet tutaj, w Barrowton, krążą nad nami wrony, gotowe pożywić się naszym ciałem. Na Cerwynach i Tallhartach nie można polegać, mój gruby przyjaciel lord Wyman knuje zdradę, a Kurwistrach... Umberowie mogą się wydawać prości, ale mają w sobie niską chytrość. Ramsay powinien się bać ich wszystkich. Ja się boję. Kiedy znowu go zobaczysz, powiedz mu to.

— Mam mu powiedzieć... powiedzieć mu, żeby się bał? — Fetorowi zrobiło się niedobrze na samą myśl o tym. — Panie... gdybym... gdybym to zrobił...

— Wiem. — Lord Bolton westchnął. — Ma złą krew. Potrzebuje pijawek. Pijawki wysysają całą złą krew, cały gniew i ból. Nikt nie potrafi myśleć, gdy wypełnia go gniew. Ale Ramsay... obawiam się, że jego skażona krew mogłaby zatruć nawet pijawki.

— To twój jedyny syn.

— Na razie. Miałem kiedyś innego. Domerica. To był spokojny chłopak, ale bardzo zdolny. Cztery lata służył jako paź u lady Dustin, a potem przez trzy lata w Dolinie jak giermek lorda Redforta. Grał na harfie, czytał dzieła historyków i jeździł konno szybko jak wiatr. Konie... chłopak szalał na ich punkcie. Lady Dustin może ci o tym opowiedzieć. Nawet córka lorda Rickarda nie potrafiła go prześcignąć, a ona sama była na wpół koniem. Redfort zapewniał, że Domeric mógł się stać świetny w szrankach. Dobry rycerz turniejowy musi przede wszystkim być znakomitym jeźdźcem.

— Tak, panie. Domeric. Słyszałem... słyszałem jego imię...

— Ramsay go zabił. Maester Uthor mówi, że to była choroba kiszek, ale ja uważam, że to trucizna. W Dolinie Domeric lubił towarzystwo synów Redforta. Chciał mieć brata u swego boku, więc pojechał w górę Płaczącej Wody, by odnaleźć mojego bękarta. Zabroniłem mu tego, ale Domeric był już dorosłym mężczyzną i uważał się za mądrzejszego od ojca. A teraz jego kości spoczywają pod zamkiem Dreadfort, razem z kośćmi jego braci, którzy umarli w kołysce, a mnie został tylko Ramsay. Powiedz mi... Jeśli zabójca krewnych jest przeklęty, co ma zrobić ojciec, jeśli jeden z jego synów zabija drugiego?

To pytanie przeraziło Fetora. Słyszał kiedyś, jak Obdzieracz mówił, że Ramsay zamordował prawowicie urodzonego brata, ale nigdy nie śmiał w to uwierzyć. *Mógł się mylić. Bracia czasami umierają i to jeszcze nie znaczy, że ktoś ich zabił. Moi bracia też nie żyją, a ja nie miałem nic wspólnego z ich śmiercią.*

— Masz nową żonę, która da ci synów, panie.

— Czyż mój bękart nie będzie zachwycony? Lady Walda pochodzi z rodu Freyów i otacza ją aura płodności. Dziwnie polubiłem swą małą, grubą żonę. Dwie poprzednie były zupełnie ciche w łożu, a ta piszczy i drży. To wzbudza moją sympatię. Jeśli będzie produkowała synów w takim samym tempie, w jakim pochłania ciastka, w Dreadfort wkrótce zaroi się od Boltonów. Oczywiście, Ramsay wszystkich zabije. Tak będzie najlepiej. Nie pożyję na tyle długo, by doprowadzić synów do wieku męskiego, a młodociani lordowie to zguba dla każdego rodu. Ale Walda będzie po nich płakała.

Fetorowi zaschło w gardle. Słyszał, jak nagie konary rosnących przy ulicy wiązów stukają o siebie na wietrze.

— Wasza lordowska mość...

— Panie, pamiętasz?

— Panie, jeśli mogę zapytać... Po co mnie zabrałeś? Nikomu się już na nic nie przydam, nawet nie jestem mężczyzną, jestem złamany i... ten smród.

— Kąpiel i zmiana ubrania nadadzą ci słodszy zapach.

— Kąpiel? — Fetor poczuł nagły ucisk w trzewiach. — Lepiej... lepiej nie, panie. Proszę. Mam... rany... i... to ubranie... Lord Ramsay mi je dał... Powiedział, że nie wolno mi go nigdy zdejmować, chyba że na jego rozkaz.

— Masz na sobie łachmany — stwierdził lord Bolton z cierpliwością w głosie. — Wstrętne łachy, podarte, brudne, śmierdzące krwią i moczem. I cienkie. Na pewno ci zimno. Ubierzemy cię w wełnę, miękką i ciepłą. I może podszyty futrem płaszcz. Co ty na to?

— Nie.

Nie mógł pozwolić, żeby mu zabrali ubranie otrzymane od lorda Ramsaya. Nie mógł pozwolić, żeby go zobaczyli.

— A może wolałbyś jedwabie i aksamity? Pamiętam, że były czasy, gdy je lubiłeś.

— Nie — powtórzył wysokim tonem. — Chcę tylko to ubranie. Ubranie Fetora. Nazywam się Fetor, noszę łachy przeto. — Serce waliło mu jak bęben, a głos przerodził się w pełen przerażenia pisk. — Nie chcę kąpieli. Proszę, panie, nie zabieraj mi ubrania.

— A czy pozwolisz nam przynajmniej je wyprać?

— Nie. Nie, panie, błagam.

Przycisnął bluzę obiema rękami do piersi i skulił się w siodle, przerażony myślą, że Roose Bolton mógłby kazać swym ludziom zedrzeć z niego szaty na ulicy.

— Jak sobie życzysz. — W blasku księżyca jasne oczy Boltona wydawały się zupełnie puste, jakby nikogo za nimi nie było. — Wiesz, że nie pragnę cię skrzywdzić. Zawdzięczam ci bardzo wiele.

— Naprawdę?

To pułapka — krzyczała jakaś część jego jaźni. *On z tobą igra, syn jest tylko cieniem ojca.* Lord Ramsay cały czas bawił się jego nadziejami.

— Co… co mi zawdzięczasz, panie?

— Północ. Starkowie byli zgubieni dnia, gdy zdobyłeś Winterfell. — Machnął bladą dłonią w lekceważącym geście. — Wszystko, co dzieje się teraz, to tylko walka o łupy.

Ich krótka podróż zakończyła się pod palisadą Barrow Hall. Na kwadratowych wieżach powiewały chorągwie: obdarty ze skóry człowiek Dreadfort, topór Cerwynów, sosny Tallhartów, tryton Manderlych, skrzyżowane klucze starego lorda Locke'a, olbrzym Umberów, kamienna dłoń Flintów, łoś Hornwoodów. Stoutów reprezentowały rdzawe kliny na złotym polu, a Slate'ów szare pola z dwoma białymi otokami. Cztery końskie głowy — szara, czarna, złota i brązowa — świadczyły, że jest tu czterech Ryswellów ze Strumieniska. Często powtarzany żart mówił, że Ryswellowie nie potrafią się ze sobą zgodzić, nawet gdy chodzi o kolor ich herbu. Nad nimi powiewały jeleń i lew chłopca zasiadającego na Żelaznym Tronie, tysiące mil stąd.

Fetor słuchał furkotu chorągiewek obracających się na starym młynie. Przejechali przez bramę, docierając na porośnięty trawą dziedziniec, i chłopcy stajenni przybiegli po ich konie.

— Tędy, jeśli łaska.

Lord Bolton poprowadził go w stronę donżonu, nad którym powiewały chorągwie zmarłego lorda Dustina i wdowy po nim. Jego sztandar zdobiła korona z kolcami nad skrzyżowanymi berdyszami, a ona miała w czwórdzielnej tarczy ten sam herb razem ze złotą końską głową Rodrika Ryswella.

Gdy Fetor wspinał się po długich drewnianych schodach, nogi zaczęły mu drżeć. Musiał przystanąć, żeby je uspokoić. Uniósł wzrok, spoglądając na porośnięte trawą stoki Wielkiego Kurhanu. Niektórzy twierdzili, że znajduje się w nim grób pierwszego króla, który przyprowadził do Westeros Pierwszych Ludzi. Inni utrzymywali, że w tak wielkim kurhanie z pewnością pochowano jakiegoś króla olbrzymów. Byli nawet tacy, którzy zapewniali, że to nie żaden kurhan tylko wzgórze, ale w takim przypadku musiałoby być samotne, bo większa część krainy kurhanów była płaska i wietrzna.

Po wejściu do komnaty zobaczyli kobietę grzejącą chude dłonie nad dogasającymi węgielkami kominka. Była ubrana na czarno, od stóp do głów, i nie nosiła złota ani klejnotów. Łatwo jednak było zauważyć, że jest szlachetnie urodzona. Choć w kącikach ust i wokół oczu miała zmarszczki, nadal była wysoka, przystojna i trzymała się prosto. Włosy miała pół kasztanowe, pół siwe, związane w kok z tyłu głowy.

— Kto to jest? — zapytała. — Gdzie jest chłopak? Czy twój bękart nie chciał go oddać? Czy ten starzec to jego... Bogowie bądźcie łaskawi, co za smród? Czy ta kreatura śmierdzi ekskrementami?

— Przebywał w towarzystwie Ramsaya. Lady Barbrey, pozwól, że ci przedstawię prawowitego lorda Żelaznych Wysp, Theona z rodu Greyjoyów.

Nie — pomyślał. *Nie, nie wypowiadaj tego imienia. Ramsay cię usłyszy, dowie się, dowie, zada mi ból.*

Wydęła usta.

— Nie wygląda tak, jak się spodziewałam.

— Ale tylko jego mamy.

— Co twój bękart mu zrobił?

— Usunął trochę skóry, jak sądzę. Kilka małych fragmentów, nic istotnego.

— Czy jest obłąkany?

— Być może. Czy to ważne?

Fetor nie mógł już słuchać tego dłużej.

— Proszę, panie, pani, zaszła jakaś pomyłka. — Opadł na kolana, drżąc jak liść na zimowej wichurze. Po zapadniętych policzkach spływały mu łzy. — Nie jestem nim, nie jestem tym sprzedawczykiem. On zginął w Winterfell. Nazywam się Fetor. — Musi pamiętać, jak ma na imię. — Jestem odmieńcem przeto.

TYRION

Siódmego dnia po odpłynięciu z Volantis Grosik wreszcie opuściła kajutę i wyszła na pokład „Selaesori Qhoran" niczym jakieś płochliwe leśne zwierzątko przebudzone z długiego snu zimowego.

Był zmierzch i czerwony kapłan zapalił nocny ogień w wielkim żelaznym piecyku ustawionym na śródokręciu. Załoga zebrała się wokół niego na modły. Głos Moqorra brzmiał jak basowy werbel dobiegający z głębi jego potężnego torsu.

— Dziękujemy ci za słońce, które nas ogrzewa — modlił się kapłan. — Dziękujemy ci za gwiazdy, które nad nami czuwają, gdy żeglujemy po tym zimnym czarnym morzu.

Moqorro był potężnie zbudowanym mężczyzną, wyższym od ser Joraha i dwa razy szerszym od niego w barach. Miał na sobie szkarłatne szaty, wyszywane na rękawach, obrąbku i kołnierzu w pomarańczowe atłasowe płomienie. Skórę miał czarną jak smoła, a włosy białe jak śnieg. Na policzkach i czole wytatuowano mu żółte i pomarańczowe języki ognia. W ręce dzierżył żelazną laskę dorównującą długością wzrostowi właściciela. Zwieńczono ją smoczą głową, a gdy Moqorro uderzał drugim końcem o pokład, z paszczy buchały zielone płomienie.

Responsoria śpiewali jego strażnicy, pięciu żołnierzy-niewolników z Ognistej Dłoni. Posługiwali się językiem Starego Volantis, ale Tyrion nieraz już słyszał te modlitwy i rozumiał zasadniczy sens. *Zapal nasz ogień i chroń nas przed ciemnością, bla, bla, oświetlaj nam drogę i ogrzewaj nas jak pieczeń, noc jest ciemna i pełna strachów, ocal nas przed wszelkimi okropnościami... i znowu trochę bla, bla, bla.*

Zdawał sobie sprawę, że takich myśli lepiej nie wyrażać na głos. Tyrion Lannister nie potrzebował żadnych bogów, ale na tym statku rozsądniej było okazywać pewien szacunek dla czerwonego R'hllora. Gdy tylko oddalili się od brzegu, Jorah Mormont zdjął mu łańcuchy i karzeł nie chciał dać mu powodów do ich ponownego założenia.

„Selaesori Qhoran" był ociężałą, pięciusettonową balią, miał głęboką ładownię, wysokie kasztele na dziobie oraz rufie i pojedynczy maszt pomiędzy nimi. Na kasztelu dziobowym stał groteskowy galion, jakaś drewniana, nadgryziona przez robaki znakomitość o minie sugerującej zaparcie, trzymająca pod pachą zwój. Tyrion nigdy w życiu nie widział brzydszego statku. Jego załoga wcale nie wyglądała ładniej. Kapitan, brzuchaty, niewzruszony mężczyzna o plugawej mowie i blisko osadzonych, chciwych oczkach, kiepsko grał w *cyvasse* i bardzo nie lubił przegrywać. Na statku było czterech oficerów, wyłącznie wyzwoleńców, oraz pięćdziesięciu niewolników, przypisanych do „Selaesori Qhoran". Wszyscy mieli wytatuowane na policzkach prostsze wersje galionu. Marynarze zwali Tyriona „Beznosym", choć ciągle im powtarzał, że nazywa się Hugor Hill.

Trzech oficerów i z górą trzy czwarte załogi należało go gorliwych wyznawców Pana Światła. Tyrion nie był taki pewien kapitana, który zawsze przychodził na wieczorne modlitwy, ale poza tym nie brał w nich udziału. Prawdziwym kapitanem „Selaesori Qhoran", przynajmniej podczas tego rejsu, był jednak Moqorro.

— Panie Światła, pobłogosław swego sługę Moqorra i oświetlaj mu drogę przez mroczne zakamarki świata — zagrzmiał czerwony kapłan. — I broń swego sprawiedliwego sługę Benerra. Daj mu odwagę. Daj mu mądrość. Wypełnij jego serce ogniem.

Wtedy właśnie Tyrion zauważył Grosik, przyglądającą się tej komediančkiej farsie ze stromych drewnianych schodów, prowadzących pod pokład za kasztelem rufowym. Stała na jednym z dolnych stopni i było widać tylko pół jej głowy. Pod kapturem kryły się wielkie, wybałuszone oczy, lśniące białym blaskiem w świetle nocnego ognia. Towarzyszył jej duży szary pies, którego zawsze dosiadała, stając w szranki.

— Pani — zawołał do niej cicho Tyrion. Nie była szlachetnie urodzona, ale nie potrafił się zdobyć na to, by wypowiedzieć to głupie imię, nie chciał jej zwać „dziewczyną" ani „karlicą".

Skuliła się trwożnie.

— Nie… nie zauważyłam cię.

— No wiesz, jestem mały.

— Źle… źle się poczułam.

Jej pies zaszczekał.

Chciałaś powiedzieć, że dręczy cię żałoba.

— Czy mogę ci w czymś pomóc?

— Nie.

Natychmiast wróciła na dół, do kajuty, którą dzieliła z psem i maciorą. Tyrion nie mógł mieć do niej pretensji. Załoga „Selaesori Qhoran" ucieszyła się, gdy wszedł na pokład. W końcu karzeł przynosił szczęście. Jego głowy dotykano tak często i z takim wigorem, że dziwił się, że nie wyłysiał. Grosik jednak spotkała się z mieszanym przyjęciem. Co prawda była karlicą, lecz jako kobieta przynosiła pecha. Na każdego marynarza próbującego dotykać jej głowy, przypadało trzech, którzy złorzeczyli jej pod nosem, gdy przechodziła obok.

A mój widok z pewnością jest dla niej solą sypaną na ranę. Ucięli głowę jej bratu w nadziei, że to moja, a teraz siedzę sobie tutaj, jak jakaś cholerna chimera, ofiarując jej puste słowa pocieszenia. Na jej miejscu niczego nie chciałbym bardziej, niż wyrzucić mnie za burtę.

Czuł dla dziewczyny wyłącznie litość. Ani ona, ani jej brat nie zasługiwali na straszliwy los, jaki spotkał ich w Volantis. Kiedy widział ją po raz ostatni, tuż przed wypłynięciem z portu, jej czerwone od płaczu oczy wyglądały jak okropne dziury w bladej, zapadniętej twarzy. Gdy rozwinięto żagiel, zamknęła się w kajucie razem z psem i świnią, ale nocami słyszał jej łkanie. Nie dalej jak wczoraj podsłuchał, jak jeden z oficerów stwierdził, że powinni oddać karlicę morzu, nim jej łzy zatopią statek. Tyrion nie był do końca pewien, czy to miał być żart.

Gdy wieczorne modły się skończyły, załoga się rozproszyła. Niektórzy udali się na wachtę, inni zaś na posiłek, rum i koje. Moqorro jak co noc pozostał przy swoim ogniu. Czerwony kapłan spał za dnia i czuwał, gdy było ciemno. Karmił święte płomienie, by słońce mogło wrócić o świcie.

Tyrion przykucnął przy ogniu, by ogrzać zziębnięte dłonie. Przez kilka chwil Moqorro nie zwracał na niego uwagi. Pochłonięty przez jakąś wizję wpatrywał się w migotliwe płomienie. *Czy rzeczywiście widzi dni, które nadejdą, jak zapewnia?* Jeśli tak, był to straszliwy dar. Po pewnym czasie kapłan uniósł wzrok, spoglądając karłu prosto w oczy.

— Witaj, Hugorze Hill — rzekł, pochylając głowę w poważnym ukłonie. — Przyszedłeś się ze mną pomodlić?

— Ktoś mi powiedział, że noc jest ciemna i pełna strachów. Co widzisz w tych płomieniach?

— Smoki — odparł Moqorro w języku powszechnym Westeros. Mówił w nim bardzo dobrze, niemal bez śladu akcentu. Z pewnością to był jeden z powodów, dla których wielki kapłan Benerro wybrał właśnie jego, by zaniósł wiarę R'hllora do Daenerys Targaryen. — Smoki stare i młode, prawdziwe i fałszywe, jasne i ciemne. A także ciebie. Małego człowieczka, który rzuca wielki cień. Stoisz z gniewnym grymasem na twarzy pośrodku tego wszystkiego.

— Z gniewnym grymasem? Ktoś tak sympatyczny jak ja? — Tyrion był niemal gotowy uznać to za pochlebstwo. *Z pewnością taki właśnie był jego zamiar. Każdy głupiec lubi, gdy mu mówią, że jest ważny.* — Może to Grosik widziałeś? Jesteśmy prawie tego samego wzrostu.

— Nie, przyjacielu.

Przyjacielu? A kiedy to się stało?

— A może widziałeś, ile czasu zajmie nam rejs do Meereen?

— Tak ci śpieszno ujrzeć wybawicielkę świata?

I tak, i nie. Wybawicielka świata może mi uciąć głowę albo rzucić mnie na przekąskę swoim smokom.

— Bynajmniej — zaprzeczył Tyrion. — Chodzi mi tylko o oliwki. Boję się, że mogą się zestarzeć i uschnąć, nim zdążę ich spróbować. Nawet płynąc pieskiem, byłbym szybszy niż ten statek. Powiedz mi, czy Selaesori Qhoran to był triarcha czy żółw?

Czerwony kapłan zachichotał.

— Ani jedno, ani drugie. „Qhoran" to... nie władca, ale ten, kto mu służy i pomaga, pomaga kierować sprawami. W Westeros powiedzielibyście „zarządca" albo „magister".

Królewski namiestnik. To rozbawiło Tyriona.

— A „selaesori"?

Moqorro dotknął nosa.

— Wzbogacony o przyjemny zapach. Po waszemu pewnie wonny. Albo kwietny?

— A więc „Selaesori Qhoran" to w przybliżeniu znaczy „Śmierdzący Zarządca"?

— Raczej „Wonny Zarządca".

Tyrion uśmiechnął się z przekąsem.

— Chyba zostanę przy słowie „śmierdzący". Ale dziękuję za cenną lekcję.

— Cieszę się, że mogłem cię oświecić. Być może pewnego dnia pozwolisz też, bym nauczył cię prawdy R'hllora.

— Pewnego dnia.

Gdy będę głową zatkniętą na pal.

Pomieszczenie, które Tyrion dzielił z ser Jorahem, zwano kajutą tylko z uwagi na uprzejmość. W wilgotnej, ciemnej, cuchnącej klitce ledwie starczało miejsca na dwa hamaki, jeden wiszący nad drugim. Mormont leżał w dolnym, kołysząc się powoli w rytm ruchów statku.

— Dziewczyna w końcu wysunęła nos z kajuty — poinformował go Tyrion. — Ale gdy tylko mnie zobaczyła, znowu czmychnęła na dół.

— Nie wyglądasz zbyt pięknie.

— Nie wszyscy mogą być tacy przystojni jak ty. Czuje się zagubiona. Wcale bym się nie zdziwił, gdyby biedactwo zamierzało wyskoczyć za burtę.

— To biedactwo ma na imię Grosik.

— Wiem o tym. — Nienawidził imienia dziewczyny. Jej brat był znany jako Miedziak, choć naprawdę nazywał się Oppo. *Grosik i miedziak. Najmniejsze, najmniej warte monety. Co gorsza, sami sobie wybrali te imiona.* Ta świadomość zostawiała w ustach Tyriona nieprzyjemny posmak. — Jak by jej nie zwał, potrzebuje przyjaciela.

Ser Jorah usiadł w hamaku.

— To zaprzyjaźnij się z nią. Jak dla mnie, możesz się nawet z nią ożenić.

To również zostawiło nieprzyjemny posmak.

— Swój do swego, tak? A czy masz zamiar znaleźć dla siebie niedźwiedzicę, ser?

— To ty się upierałeś, żebyśmy ją zabrali.

— Powiedziałem, że nie możemy jej zostawić w Volantis. To jeszcze nie znaczy, że mam ochotę ją wyruchać. Zapomniałeś, że życzy mi śmierci? Jestem ostatnią osobą, którą chciałaby mieć za przyjaciela.

— Oboje jesteście karłami.

— Tak, podobnie jak jej brat, którego zabito, bo jacyś pijani głupcy wzięli go za mnie.

— Czujesz się winny z tego powodu?

— Nie — obruszył się Tyrion. — Popełniłem już wystarczająco wiele grzechów. Nie chcę brać na sumienie i tego. Mogłem mieć im obojgu za złe rolę, jaką odegrali na weselu Joffreya, ale nigdy nie życzyłem im szkody.

— Zaiste nieszkodliwy z ciebie człowiek. Niewinny jak jagnię. — Ser Jorah wstał. — Karlica to twoje brzemię. Pocałuj ją, zabij albo unikaj jej, jak wolisz. Mnie nic do tego.

Odepchnął Tyriona na bok i opuścił kajutę.

Nic dziwnego, że wygnano go dwa razy — pomyślał karzeł. *Też bym to zrobił, gdybym mógł. Jest zimny, pamiętliwy, ponury i nie ma poczucia humoru. A to są tylko jego zalety.* Gdy ser Jorah nie spał, przez większość czasu spacerował po kasztelu dziobowym albo gapił się na morze, wsparty o reling. *Wypatruje swej srebrnej królowej. Wypatruje Daenerys. Pragnie, by statek płynął szybciej. No cóż, też bym tak robił, gdyby to Tysha była w Meereen.*

Czy to możliwe, by kurwy odsyłało się do Zatoki Niewolniczej? Mało prawdopodobne. Sądząc z tego, co czytał, tam się je szkoliło. *Szkoda, że Mormont jakiejś sobie nie kupił.* Ładna niewolnica mogłaby znacznie poprawić mu humor… zwłaszcza gdyby miała srebrne włosy, jak ta, która siedziała na jego kutasie w Selhorys.

Na rzece Tyrion musiał znosić towarzystwo Gryfa, ale tam przynajmniej dostarczała mu zajęcia tajemnica prawdziwej tożsamości najemnika, a poza tym reszta małej kompanii płynącej flisacką łodzią była sympatyczniejsza. Niestety, na kodze wszyscy byli tymi, kim się wydawali, nikogo nie można było nazwać szczególnie sympatycznym, a tylko czerwony kapłan był interesujący. *On i może Grosik. Ale dziewczyna mnie nienawidzi i to nie bez powodu.*

Życie na pokładzie „Selaesori Qhoran" było straszliwie nudne. Najbardziej ekscytującym wydarzeniem każdego dnia było kłucie się w palce rąk i nóg sztychem sztyletu. Na rzece mógł podziwiać rozmaite cuda; gigantyczne żółwie, ruiny miast, kamiennych ludzi, nagie septy. Nigdy nie wiedział, co się może czaić za następnym zakrętem. Na morzu wszystkie dni i noce były takie same. Po opuszczeniu Volantis koga przez pewien czas płynęła blisko brzegu i Tyrion mógł się gapić na przylądki, obserwować stada morskich ptaków zrywające się do lotu ze skalnych klifów albo walących się wież strażniczych, bądź też liczyć jałowe, brązowe wyspy. Widział też mnóstwo innych statków — kutry rybackie, ociężałe statki kupieckie oraz dumne galery rozpryskujące wodę wiosłami. Odkąd jednak wypłynęli na pełne morze, zostały mu tylko fale i niebo, powietrze i woda. Woda wyglądała jak woda, a niebo jak niebo. Czasami zjawiała się chmura. *Za dużo błękitu.*

Noce były jeszcze gorsze. Tyrion nawet w najwygodniejszych warunkach sypiał źle, a te z pewnością takie nie były. Sen najczęściej sprowadzał ze sobą sny, a w jego snach czekały Smutki i kamienny król z twarzą jego ojca. Zostawał mu niezbyt zachęcający wybór — leżeć w hamaku i słuchać chrapiącego poniżej Joraha Mormonta albo zostać na pokładzie i kontemplować morze. W bezksiężycowe noce wody od horyzontu po horyzont były czarne jak maesterski inkaust, mroczne, głębokie i złowrogie, piękne na mrożący krew w żyłach sposób. Gdy jednak Tyrion wpatrywał się w nie zbyt długo, zaczynał myśleć o tym, jak łatwo byłoby przejść przez nadburcie i skoczyć w tę ciemność. Jeden cichy plusk i żałosna mała opowieść, jaką było jego życie, dobiegłaby końca. *Ale co, jeśli piekło istnieje i czeka w nim na mnie ojciec?*

Najatrakcyjniejszym punktem każdego wieczoru była kolacja. Jedzenie nie należało do najsmaczniejszych, ale za to było go pod dostatkiem. Dlatego po opuszczeniu kajuty karzeł udał się do kambuza. Pomieszczenie było ciasne i niewygodne, tak niskie, że wyższym pasażerom cały czas groziło uderzenie głową o sufit. Szczególnie często zdarzało się to rosłym żołnierzom-niewolnikom z Ognistej Dłoni. Choć Tyrion zawsze z radością chichotał na ten widok, wolał spożywać posiłki w samotności. Siedzenie za zatłoczonym stołem z ludźmi rozmawiającymi i żartującymi w nieznanym języku szybko stawało się nużące, zwłaszcza że Tyrion zawsze zadawał sobie pytanie, czy to nie on jest powodem całego tego śmiechu.

W kambuzie trzymano również książki. Kapitan był wyjątkowo oczytanym człowiekiem i zabrał w rejs aż trzy: zbiór marynarskiej poezji składający się ze złych i bardzo złych utworów, mocno wyczytany wolumin opiewający erotyczne przygody młodej niewolnicy w lyseńskim domu rozkoszy oraz czwarty i ostatni tom *Żywota triarchy Belicha*, sławnego volanteńskiego patrioty, którego nieprzerwana seria triumfów i podbojów zakończyła się dość nagle, gdy pożarły go olbrzymy. Tyrion pochłonął wszystkie książki już trzeciego dnia rejsu. Ponieważ nie miał innych, zaczął je potem czytać od nowa. Opowieść o niewolnicy była najgorzej napisana, ale najbardziej wciągająca, dlatego to właśnie ją zabrał z półki, by urozmaiciła mu kolację złożoną z buraków w maśle, zimnej zupy rybnej oraz sucharów, którymi można by wbijać gwoździe.

Gdy czytał relację z dnia pojmania dziewczyny i jej siostry przez handlarzy niewolników, do kambuza weszła Grosik.

— Ojej — odezwała się. — Myślałam… Nie chciałam ci przeszkadzać, panie…

— Nie przeszkadzasz mi. Mam nadzieję, że tym razem nie spróbujesz mnie zabić?

— Nie.

Odwróciła wzrok. Twarz jej poczerwieniała.

— W takim przypadku ucieszę się z towarzystwa. Na tym statku raczej o nie trudno. — Tyrion zamknął książkę. — Chodź. Usiądź. Zjedz coś. — Dziewczyna nie ruszała większości posiłków, pozostawiając je pod drzwiami kajuty. Z pewnością konała już z głodu. — Zupa prawie da się przełknąć. Przynajmniej ryby są świeże.

— Nie… Kiedyś… omal nie udławiłam się ością. Nie mogę jeść ryb.

— To chociaż napij się wina. — Napełnił kubek i podsunął go dziewczynie. — Poczęstunek od kapitana. Prawdę mówiąc, bardziej przypomina szczyny niż złote arborskie, ale nawet szczyny smakują lepiej niż ten smolisty rum, który żłopią marynarze. Może będzie ci łatwiej zasnąć.

Dziewczyna nawet nie próbowała dotknąć naczynia.

— Dziękuję, panie, ale nie. — Odsunęła się. — Nie powinnam zawracać ci głowy.

— Masz zamiar przez całe życie uciekać? — zapytał Tyrion, nim zdążyła się wymknąć.

To ją powstrzymało. Jej policzki nabrały jaskraworóżowego odcienia. Wyglądała, jakby zaraz miała znowu się rozpłakać.

— Ty też uciekasz — odparła jednak, wysuwając buntowniczo wargę.

— To prawda — przyznał. — Ale ja uciekam do czegoś, a ty przed czymś. To wielka różnica.

— Gdyby nie ty, nie musielibyśmy uciekać.

Powiedzenie mi tego prosto w oczy wymagało sporej odwagi.

— Mówisz o Królewskiej Przystani czy o Volantis?

— O obu. — W jej oczach zalśniły łzy. — O wszystkim. Dlaczego nie mogłeś stanąć z nami w szranki, jak chciał król? Nic by ci się nie stało. Co by cię to kosztowało, panie, gdybyś dosiadł psa i odbył jedną walkę, żeby zadowolić chłopaka? To była tylko zabawa. Śmialiby się z ciebie, to wszystko.

— Śmialiby się ze mnie — powtórzył Tyrion. *A ja się postarałem, żeby się śmiali z Joffa. Ach, cóż za sprytny plan.*

— Mój brat mówi, że dobrze jest rozśmieszać ludzi. Że to szlachetne i honorowe zajęcie. Mój brat mówi… On…

Łzy spłynęły po jej twarzy.

— Przykro mi z powodu twego brata.

Tyrion powiedział jej już to samo w Volantis, ale wówczas pogrążyła się tak głęboko w żałobie, że wątpił, by jego słowa do niej dotarły.

Tym razem je usłyszała.

— Przykro. Mówisz, że ci przykro. — Jej warga drżała, policzki miała wilgotne, a oczy przerodziły się w zaczerwienione jamy. — Opuściliśmy Królewską Przystań tej samej nocy. Mój brat mówił, że tak będzie najlepiej, bo ktoś może się zacząć zastanawiać, czy nie mieliśmy coś wspólnego ze śmiercią króla, i postanowi poddać nas torturom, żeby to sprawdzić. Najpierw popłynęliśmy do Tyrosh. Mój brat myślał, że to będzie wystarczająco daleko, ale okazało się, że się mylił. Znaliśmy tam żonglera. Od wielu lat codziennie występował pod Fontanną Pijanego Boga. Postarzał się już i jego ręce nie były tak zręczne jak kiedyś, więc czasami upuszczał piłki i musiał za nimi ganiać po całym placu, ale Tyroshijczycy i tak się śmiali i rzucali mu monety. Ale pewnego poranka dowiedzieliśmy się, że jego ciało znaleziono pod świątynią Triosa. Trios ma trzy głowy i przed drzwiami świątyni stoi jego wielki posąg. Starego żonglera przerąbano na trzy części i wepchnięto do potrójnych ust boga, a gdy wszystkie fragmenty zszyto razem, okazało się, że brakuje głowy.

— Podarunek dla mojej słodkiej siostry. On również był karłem.

— Małym człowiekiem, tak. Jak ty i Oppo. Miedziak. Czy z powodu żonglera też jest ci przykro?

— Do tej chwili nawet nie wiedziałem o jego istnieniu... ale, tak, przykro mi, że nie żyje.

— Zginął przez ciebie. Jego krew splamiła twoje ręce.

To go zabolało. Jej oskarżenie przyszło tuż po słowach Joraha Mormonta.

— Jego krew splamiła ręce mojej siostry i bydlaków, którzy go zabili. Moje ręce... — Tyrion odwrócił je, przyjrzał się im uważnie, a potem zacisnął pięści. — ...mam na nich starą krew, to prawda. Nazwij mnie zabójcą krewnych, a się nie pomylisz. Królobójca, na to miano również odpowiem. Zabijałem matki, ojców, siostrzeńców, kochanki, mężczyzn i kobiety, królów i kurwy. Kiedyś zalazł mi za skórę jeden minstrel, więc kazałem ugotować skurwysyna w gulaszu. Ale nigdy w życiu nie zabiłem żonglera ani karła i nie jestem winien temu, co się stało twojemu cholernemu bratu.

Grosik wzięła w rękę kubek wina i chlusnęła Tyrionowi trunkiem prosto w twarz. *Całkiem jak moja słodka siostra.* Usłyszał trzaśnięcie drzwi kambuza, ale nie zauważył, kiedy wyszła. Oczy go szczypały, a świat przerodził się w zamazaną plamę. *Nici z przyjaźni.*

Tyrion Lannister niewiele wiedział o innych karłach. Jego pan ojciec nie lubił niczego, co przypominało o ułomności syna, a trupy komediantów, w których występowali mali ludzie, szybko się nauczyły omijać Lannisport i Casterly Rock, by nie wywołać niezadowolenia lorda Tywina. W latach młodości Tyrion słyszał opowieści o karłowatym błaźnie w siedzibie dornijskiego lorda Fowlera, karłowatym maesterze służącym na Paluchach i o karlicy będącej milczącą siostrą, ale nigdy nie czuł nawet najmniejszej potrzeby spotkania się z którymś z nich. Do jego uszu docierały również mniej wiarygodne opowieści o karłowatej czarownicy mieszkającej na wzgórzu w dorzeczu i o karłowatej kurwie z Królewskiej Przystani słynącej z tego, że parzyła się z psami. O tej ostatniej opowiedziała Tyrionowi jego słodka siostra. Zaproponowała nawet, że znajdzie mu sukę z cieczką, jeśli ma ochotę sam tego spróbować. Kiedy zapytał uprzejmie, czy ma na myśli siebie, chlusnęła mu winem w twarz. *Tamto było czerwone, o ile dobrze pamiętam, a to jest złote.* Otarł twarz rękawem. Oczy nadal go szczypały.

Nie widział już Grosik aż do dnia sztormu.

Owego poranka słone powietrze było parne i nieruchome, ale niebo na zachodzie przybrało ogniście czerwoną barwę. Wiszące na nim nisko chmury gorzały karmazynową barwą Lannisterów. Marynarze biegali jak szaleni, zamykając luki, przeciągając liny, oczyszczając pokład i przywiązując wszystko, co nie było przywiązane.

— Idzie zły wiatr — ostrzegł Tyriona jeden z nich. — Beznosy powinien zejść na dół.

Karzeł przypomniał sobie sztorm, który przeżył podczas żeglugi przez wąskie morze. Pokład podskakujący mu pod stopami, przerażające skrzypienie statku, smak wina i wymiocin w ustach.

— Beznosy zostanie na górze.

Jeśli bogowie chcieli go zabrać, wolał się utopić, niż udławić wymiocinami. Żagiel kogi falował ospale jak futro jakiejś ogromnej bestii budzącej się z długiego snu. Nagle wydął się z gwałtownym trzaskiem. Wszyscy na statku spojrzeli w tamtą stronę.

Wiatr gnał kogę naprzód, znosząc ją daleko z wybranego kursu. Za rufą widzieli czarne chmury piętrzące się na krwawoczerwonym niebie. Późnym rankiem ujrzeli na zachodzie błyskawicę. Po chwili dobiegł ich odległy głuchy łoskot gromu. Ciemną powierzchnię morza pokrywały coraz wyższe fale, tłukące o kadłub „Śmierdzącego Zarządcy". Mniej więcej w tej samej chwili załoga zaczęła zwijać żagiel. Na śródokręciu Tyrion przeszkadzałby ludziom w pracy, wdrapał się więc na kasztel dziobowy i przycupnął tam, ciesząc się zimnym deszczem smagającym mu policzki. Koga unosiła się i opadała na wodzie, wierzgając gwałtowniej niż wszystkie konie, na jakich w życiu jeździł, wspinała się na fale, a potem opadała w doliny między nimi, wstrząsając Tyrionem aż do kości. Mimo to lepiej czuł się tutaj niż zamknięty w jakiejś dusznej kajucie na dole.

Gdy sztorm w końcu nadszedł, był już wieczór i Tyrion Lannister przemókł aż do bielizny, lecz mimo to ogarnęło go uniesienie. Owo wrażenie nasiliło się jeszcze, gdy później znalazł pijanego Joraha Mormonta, leżącego w kałuży wymiocin w ich kajucie.

Karzeł został po kolacji w kambuzie, by uczcić ocalenie życia przez wychylenie kilku kapek czarnego jak smoła rumu z kucharzem, wielkim nieokrzesanym Volanteńczykiem o przetłuszczonych włosach, który znał w języku powszechnym tylko jedno słowo: „pierdolić", ale świetnie grał w *cyvasse*, zwłaszcza po pijanemu. Rozegrali nocą trzy partie. Tyrion wygrał pierwszą, ale dwie następne przegrał. Potem doszedł do wniosku, że ma dość i powlókł się z powrotem na pokład, by oczyścić sobie głowę z rumu i słoni.

Znalazł Grosik na kasztelu dziobowym, w tym samym miejscu, gdzie często widywał ser Joraha. Stała przy relingu, obok obrzydliwego zbutwiałego galionu i gapiła się na czarne jak inkaust morze. Z tyłu wydawała się mała i bezbronna jak dziecko.

Przyszło mu do głowy, że lepiej jej nie przeszkadzać, ale było już za późno. Usłyszała go.

— Hugorze Hill.

— Skoro tak chcesz mnie zwać. — *Ale oboje wiemy lepiej.* — Przepraszam, że ci przeszkodziłem. Pójdę się położyć.

— Nie. — Twarz miała bladą i smutną, ale nie widział na niej śladów łez. — Mnie też jest przykro. Z powodu wina. To nie ty zabiłeś mojego brata ani tego biednego staruszka w Tyrosh.

— Odegrałem w tym pewną rolę, choć nie z wyboru.

— Tak bardzo mi go brak. Brata. Nie…

— Rozumiem.

Niespodziewanie pomyślał o Jaime'em. *Miałaś szczęście. Twój brat zginął, nim zdążył cię zdradzić.*

— Myślałam, że chcę umrzeć — ciągnęła — ale dzisiaj, kiedy zaczął się sztorm i myślałam, że statek zatonie, zrozumiałam...

— Że jednak chcesz żyć.

Znam owo wrażenie. To również nas ze sobą łączy.

Miała krzywe zęby, dlatego nie lubiła się uśmiechać, ale tym razem to zrobiła.

— Naprawdę ugotowałeś minstrela w gulaszu?

— Ja? Nie. Nie umiem gotować.

Zachichotała, jak młoda, słodka dziewczyna, którą przecież była. Mogła mieć... ile... siedemnaście, osiemnaście, może dziewiętnaście lat.

— A co on ci zrobił?

— Napisał o mnie piosenkę.

Była jego skarbem sekretnym, jego wstydem i nadzieją ratunku. A twierdza i łańcuch były niczym wobec jej pocałunków. To dziwne, jak szybko wróciły do niego słowa. Być może nigdy go nie opuściły. *Bo od złotych dłoni zawsze chłodem wionie, a dotyk kobiety jest ciepły.*

— Musiała być bardzo niedobra.

— Niezupełnie. No wiesz, nie porównywałbym jej z *Deszczami Castamere*, ale niektóre części były... całkiem...

— I jak ona szła?

Roześmiał się.

— Nie. Nie chciałabyś usłyszeć, jak śpiewam.

— Mama zawsze nam śpiewała, kiedy byliśmy dziećmi. Mój brat i ja. Mówiła, że nieważne, jaki masz głos, jeżeli kochasz swoją pieśń.

— Czy była...

— ...małą osobą? Nie, ale ojciec był. Jego ojciec sprzedał go w niewolę, kiedy miał trzy lata, ale stał się tak sławnym komediantem, że kupił własną wolność. Występował we wszystkich Wolnych Miastach i w Westeros też. W Starym Mieście zwano go Skaczącą Fasolką.

No pewnie. Tyrion starał się nie skrzywić.

— Ojciec już nie żyje — kontynuowała Grosik. — Matka też. Oppo... był wszystkim, co mi zostało, i jego również straciłam.

— Odwróciła głowę, spoglądając na morze. — Co teraz pocznę? Dokąd mam się udać? Nie potrafię nic poza tą walką rycerzy, a do tego potrzeba dwojga.

Nie — pomyślał Tyrion. *To nie jest miejsce, do którego chciałabyś się udać, dziewczyno. Nie proś mnie o to. Nawet o tym nie myśl.*

— Znajdź sobie jakiegoś miłego sierotę — zasugerował.

Grosik najwyraźniej go nie usłyszała.

— Z tą walką to był pomysł ojca. Wytresował nawet pierwszą świnię, ale był już za bardzo chory, by na niej jeździć, więc jego miejsce zajął Oppo. Ja zawsze jeździłam na psie. Kiedyś występowaliśmy przed morskim lordem Braavos. Uśmiał się tak bardzo, że potem dał nam obojgu… wspaniały podarunek.

— Czy tam właśnie znalazła was moja siostra? W Braavos?

— Twoja siostra?

Dziewczyna miała zdziwioną minę.

— Królowa Cersei.

Grosik potrząsnęła głową.

— Nigdy jej nie… to był mężczyzna. W Pentos. Osmund. Nie, Oswald. Coś w tym rodzaju. Oppo z nim rozmawiał, nie ja. To mój brat znajdował dla nas pracę. Zawsze wiedział, co robić i dokąd się udać.

— A teraz żeglujemy do Meereen.

Popatrzyła nań ze zdziwieniem.

— Chyba chciałeś powiedzieć do Qarthu. Płyniemy do Qarthu przez Nowe Ghis.

— Do Meereen. Pojedziesz na swym psie przed smoczą królową i dostaniesz tyle złota, ile sama ważysz. Lepiej zacznij więcej jeść, żebyś była ładna i pulchna, kiedy wystąpisz przed Jej Miłością.

Grosik nie odwzajemniła uśmiechu.

— Sama mogę tylko jeździć w kółko. Nawet jeśli rozśmieszę królową, gdzie udam się później? Nigdy nie zostajemy długo w jednym miejscu. Na pierwszym występie wszyscy śmieją się w głos, ale kiedy oglądają nas czwarty czy piąty raz, z góry wiedzą, co zrobimy, i przestaje ich to bawić. Wtedy musimy przenieść się gdzie indziej. Najwięcej zarabiamy w wielkich miastach, ale ja zawsze wolałam małe miasteczka. Ludzie nie mają tam srebra, ale pozwalają nam jeść przy swoich stołach, a dzieci wszędzie za nami łażą.

To dlatego, że w takich nędznych zaszczanych dziurach nigdy nie widziano karła — pomyślał Tyrion. *Cholerne bachory latałyby też za kozą z dwoma głowami, gdyby się zjawiła. Aż wreszcie znudziłyby się słuchaniem beczenia i zarżnęły ją na kolację.*

— Daenerys ma dobre serce i szczodrą naturę — zapewnił jednak dziewczynę, nie chcąc, by znowu się przez niego rozpłakała. To właśnie potrzebowała usłyszeć. — Jestem pewien, że znajdzie dla ciebie miejsce na swym dworze. Bezpieczne miejsce, dokąd nie sięgnie moja siostra.

Grosik odwróciła się do niego plecami.

— I ty też tam będziesz.

Chyba że Daenerys dojdzie do wniosku, iż potrzebuje trochę krwi Lannisterów, w zamian za krew Targaryenów, którą przelał mój brat.

— Tak.

Po tej rozmowie dziewczyna częściej wychodziła na pokład. Po południu następnego dnia, gdy było ciepło i morze się uspokoiło, Tyrion spotkał Grosik i jej łaciatą świnię na śródokręciu.

— Nazywa się Śliczna — poinformowała go nieśmiało.

Świnia Śliczna, a dziewczyna Grosik — pomyślał. *Ktoś tu ma sporo na sumieniu.* Karlica dała mu trochę żołędzi i pozwolił, by Śliczna jadła mu z ręki. *Nie myśl, że nie widzę, co próbujesz zrobić, dziewczyno* — pomyślał, gdy wielka maciora kwiczała i sapała.

Wkrótce potem zaczęli jadać razem. Wieczorem nieraz byli w kambuzie tylko we dwoje, a podczas innych posiłków tłoczyli się w nim razem ze strażnikami Moqorra. Tyrion przezwał ich „palcami". W końcu byli ludźmi z Ognistej Dłoni i było ich pięciu. Rozśmieszyło to Grosik. Jej śmiech brzmiał słodko, lecz Tyrion rzadko miał okazję go słyszeć. Rana była za świeża, żal zbyt głęboki.

Wkrótce nauczył ją nazywać statek „Śmierdzącym Zarządcą", ale nadal trochę się gniewała, gdy mówił na Śliczną „Boczek". By zadośćuczynić jej za to, spróbował nauczyć ją grać w *cyvasse*, ale wkrótce się przekonał, że sprawa jest beznadziejna.

— Nie — powtórzył po raz dziesiąty. — To smok lata, nie słonie.

Tej samej nocy przyszła do niego i zapytała, czy chciałby stanąć z nią w szranki.

— Nie — odpowiedział. Dopiero po jakimś czasie uświadomił sobie, że mogła nie mówić w sensie dosłownym. I tak by jej odmówił, ale może nie tak obcesowo.

Wrócił potem do kajuty, którą dzielił z Jorahem Mormontem, i wiercił się w hamaku przez długie godziny, to się budząc, to znowu przysypiając. W jego snach pełno było szarych kamiennych rąk sięgających ku niemu z mgły oraz schodów wiodących do jego ojca.

W końcu dał za wygraną i wrócił na górę, by zaczerpnąć świeżego powietrza. Wielki pasiasty żagiel „Selaesori Qhoran" zwinięto na noc, a pokłady były niemal opustoszałe. Na kasztelu dziobowym stał jeden z oficerów, a przy piecyku na śródokręciu siedział Moqorro. Wśród węgielków tańczyły jeszcze drobne płomienie.

Widać było jedynie najjaśniejsze gwiazdy, tylko na zachodzie. Niebo na północnym wschodzie wypełniała słaba łuna o barwie krwawego siniaka. Monstrualna i obrzękła, wyglądała, jakby połknęła słońce i obudziła się z gorączką. Jej bliźniaczka odbijająca się w morzu za statkiem migotała czerwonym blaskiem w rytm fal.

— Która godzina? — zapytał Moqorra. — To nie może być jutrzenka, chyba że wschód się przesunął. Dlaczego niebo jest czerwone?

— Nad Valyrią zawsze takie jest, Hugorze Hill.

Po plecach przebiegł mu zimny dreszcz.

— Jesteśmy blisko?

— Bliżej, niż chciałaby załoga — odparł głębokim basem Moqorro. — Czy w waszych Królestwach Zachodzącego Słońca znacie te opowieści?

— Wiem, że niektórzy marynarze mówią, iż każdy, kto ujrzy ten brzeg, jest zgubiony.

Sam jednak nie wierzył w takie bajania, podobnie jak jego stryj. Gerion Lannister pożeglował do Valyrii, gdy Tyrion miał osiemnaście lat, pragnąc odszukać zaginiony miecz rodu Lannisterów oraz inne skarby, które mogły przetrwać Zagładę. Tyrion rozpaczliwie pragnął popłynąć z nimi, ale jego pan ojciec nazwał całe przedsięwzięcie „wyprawą głupców" i zabronił mu w nim uczestniczyć.

Być może wcale się nie mylił. Minęło już prawie dziesięć lat, odkąd „Roześmiany Lew" wypłynął z Lannisportu, a Gerion nadal nie wracał. Ludzie wysłani przez lorda Tywina na poszukiwania dotarli jego śladem aż do Volantis i dowiedzieli się, że połowa załogi tam zdezerterowała i Gerion kupił niewolników, by ich zastąpić. Żaden wolny człowiek nie zaciągnąłby się na statek, którego kapitan otwarcie przyznawał, że zamierza pożeglować na Dymiące Morze.

— To znaczy, że widzimy ognie Czternastu Płomieni odbijające się w chmurach?

— Czternastu albo czternastu tysięcy. Któż odważyłby się je policzyć? Tylko nierozsądni śmiertelnicy zaglądają głęboko w te ognie, przyjacielu. One są żarem gniewu boga i żaden ludzki płomień im nie dorówna. Ludzie to małe stworzenia.

— A niektórzy są jeszcze mniejsi od innych.

Valyria. Napisano, że w dzień Zagłady wszystkie wzgórza w promieniu pięciuset mil pękły, wypełniając powietrze popiołem, dymem i ogniem, płomieniami tak gorącymi i głodnymi, że pochłonęły i strawiły nawet unoszące się na niebie smoki. W ziemi pojawiły się potężne szczeliny, w których zniknęły pałace, świątynie i całe miasteczka. Jeziora wrzały albo obracały się w kwas, góry eksplodowały, ogniste fontanny stopionej skały tryskały tysiąc stóp pod niebo, z czerwonych chmur padał deszcz smoczego szkła i czarnej krwi demonów, a na północy ziemia pękła i zapadła się w siebie, pozostałe po niej puste miejsce wypełniło zaś gniewne morze. Najdumniejsze miasto na całym świecie przestało istnieć w mgnieniu oka, jego legendarne imperium zniknęło w ciągu jednego dnia, a Krainy Długiego Lata wypalił ogień, zalała woda i skaziła klątwa.

Imperium zbudowane na krwi i ogniu. Valyrianie zebrali to, co sami zasiali.

— Czy nasz kapitan zamierza wypróbować działanie klątwy?

— Nasz kapitan wolałby być sto pięćdziesiąt mil dalej od przeklętego brzegu, ale rozkazałem mu wybrać najkrótszy kurs. Inni również zmierzają do Daenerys.

Gryf i jego młody książę. Czy to możliwe, że całe to gadanie o tym, że Złota Kompania popłynęła na zachód, było jedynie zmyłką? Tyrion miał ochotę powiedzieć coś na ten temat, powstrzymał się jednak. Przyszło mu na myśl, że w proroctwie, które natchnęło czerwonych kapłanów, jest miejsce dla tylko jednego bohatera. Drugi Targaryen mógłby ich przyprawić o dezorientację.

— A czy widziałeś ich w swoich ogniach? — zapytał ostrożnie.

— Tylko ich cienie — odparł Moqorro. — A zwłaszcza jednego z nich. Wysokie, wypaczone stworzenie o jednym czarnym oku i dziesięciu długich ramionach, żeglujące po morzu krwi.

BRAN

Księżyc był wąski jak sierp i ostry niczym nóż. Blade słońce wzeszło, zaszło i znowu wzeszło. Czerwone liście szeleściły na wietrze. Czarne chmury wypełniały niebo, przynosząc burze. Rozbłyskały błyskawice i huczały gromy. Umarli o czarnych dłoniach i jaskrawoniebieskich oczach łazili wokół rozpadliny we wzgórzu, ale nie mogli wejść do środka. Pod wzgórzem kaleki chłopiec siedział na czardrzewowym tronie, nasłuchując szeptów w ciemności, a po jego ramionach łaziły kruki.

— Nigdy już nie będziesz chodzić — zapowiedziała trójoka wrona — ale nauczysz się latać.

Czasami z jakiegoś położonego znacznie głębiej miejsca dobiegały go dźwięki pieśni. Stara Niania nazwałaby śpiewających dziećmi lasu, oni jednak używali nazwy „ci, którzy śpiewają pieśń Ziemi", posługując się prawdziwym językiem, którym nie potrafił mówić żaden człowiek. Ale kruki potrafiły. Ich czarne oczka były pełne tajemnic, a gdy usłyszały pieśń, skrzeczały do niego i skubały jego skórę.

Księżyc był tłusty i okrągły. Gwiazdy zataczały kręgi na czarnym niebie. Deszcz spadał i zamarzał, a konary drzew łamały się pod ciężarem lodu. Bran i Meera wymyślili imiona dla tych, którzy śpiewają pieśń Ziemi: Popiół, Liść, Łuska, Czarny Nóż, Śnieżnowłosa i Węgielek. Liść mówiła, że ich prawdziwe imiona są za długie dla ludzkich języków. Tylko ona znała język powszechny i Bran nigdy się nie dowiedział, co pozostali sądzą o swych nowych imionach.

Po wnikającym do kości mrozie w krainach za Murem, ciepło panujące w jaskiniach było błogosławieństwem. Gdy od skały zakradał się ziąb, śpiewacy rozpalali ogniska, by go odpędzić. Na dole nie było wiatru, śniegu, lodu ani umarłych stworów chciwie wyciągających ku niemu ręce, a tylko sny, blask świec o knotach z sitowia oraz pocałunki kruków. I szepczący w ciemności.

Śpiewacy zwali go ostatnim zielonym jasnowidzem, ale w snach Brana nadal pozostawał trójoką wroną. Gdy Meera Reed zapytała, jak się naprawdę nazywa, wydał z siebie przerażający dźwięk, który mógł być chichotem.

— Kiedy chodziłem po ziemi, nosiłem wiele imion, ale nawet ja miałem kiedyś matkę i imię, które mi nadała, gdy ssałem jej pierś, brzmiało Brynden.

— Mam wujka Bryndena — rzekł Bran. — Właściwie to wujek mojej matki. Zwą go Bryndenem Blackfishem.

— Bardzo możliwe, że twojego wujka nazwano na moją cześć. To nadal się zdarza, choć już nie tak często jak kiedyś. Ludzie zapominają. Tylko drzewa pamiętają.

Jego głos był tak cichy, że Bran musiał wytężać słuch, by go usłyszeć.

— Jego większa część przeszła do drzewa — wyjaśniła śpiewaczka, której Meera nadała imię Liść. — Żył znacznie dłużej niż czas przeznaczony śmiertelnikom, ale nadal się trzyma. Dla nas, dla ciebie, dla królestw ludzi. W jego ciele zostało już bardzo niewiele sił. Ma tysiąc i jedno oko, ale jest tak wiele rzeczy do obserwowania. Pewnego dnia się dowiesz.

— Czego się dowiem? — zapytał potem Bran Reedów, którzy przyszli, trzymając w rękach palące się jasno pochodnie, by zabrać go do małej komory połączonej z wielką jaskinią, gdzie śpiewacy zrobili posłania dla ich trojga. — Co pamiętają drzewa?

— Tajemnice starych bogów — odparł Jojen Reed. Posiłki, ogień i cała reszta pozwoliły mu odzyskać siły po straszliwej podróży, ale posmutniał wyraźnie, ogarnęło go przygnębienie, a jego oczy miały znużony, udręczony wyraz. — Prawdy, które znali Pierwsi Ludzie, zapomniane dziś w Winterfell… ale nie w podmokłej głuszy. Na swych bagnach żyjemy bliżej zieleni i pamiętamy. Ziemia i woda, gleba i kamienie, dęby, wiązy i wierzby, wszystko to było przed nami i będzie po nas.

— I ty również — dodała Meera.

Zasmuciło to Brana. *A co, jeśli nie chcę zostać na świecie, gdy ty z niego odejdziesz?* — miał ochotę zapytać, przełknął jednak te słowa. Był już prawie dorosłym mężczyzną i nie chciał, by Meera uważała go za płaczliwe dziecko.

— Może wy też zostaniecie zielonymi jasnowidzami — powiedział zamiast tego.

— Nie, Bran — odparła dziewczyna ze smutkiem w głosie.

— Tylko nielicznym jest dane pić z tej zielonej fontanny, gdy nadal zamieszkują śmiertelne ciało, słyszeć szepty liści, widzieć to, co widzą drzewa. Co widzą bogowie — dodał Jojen. — Większość nie otrzymuje takiego błogosławieństwa. Mnie bogowie dali tylko zielone sny. Moim zadaniem było zaprowadzić cię tutaj. Wykonałem już to zadanie.

Księżyc był czarną dziurą na niebie. Wilki wyły w lesie, węszyły w zaspach w poszukiwaniu martwych stworzeń. Ze stoku wzgórza eksplodowało stado kruków. Wrzeszczały przenikliwie, łopocząc czarnymi skrzydłami ponad białym światem. Czerwone słońce wzeszło, zaszło i znowu wzeszło, malując śnieg odcieniami różowości. Jojen milczał posępnie, Meera się niepokoiła, a Hodor wędrował po mrocznych tunelach z mieczem w prawej i pochodnią w lewej dłoni. A może to był Bran?

Nikt nie może się o tym dowiedzieć.

Wielką jaskinię otwierającą się na czeluść wypełniała ciemność czarna jak smoła, czarna jak węgiel, czarniejsza niż pióra wrony. Światło było tu intruzem, niechcianym i niemile widzianym, szybko też opuszczało to miejsce. Ogniska, świece i sitowia płonęły tylko przez jedną chwilę, a potem gasły. Ich życie trwało bardzo krótko.

Śpiewacy zrobili Branowi tron, taki jak ten, na którym siedział lord Brynden, białe czardrzewo upstrzone plamkami czerwieni, martwe gałęzie splecione z żywymi korzeniami. Umieścili go w wielkiej jaskini przy czeluści, gdzie w ciemności unosiły się echa płynącej daleko w dole wody. Siedzisko wykonali z miękkiego szarego mchu. Posadzili na nim Brana i okryli go ciepłymi futrami.

Siedział tam, słuchając ochrypłych szeptów swego nauczyciela.

— Nigdy nie bój się ciemności, Bran. — Słowom lorda towarzyszył cichy szelest liści i skrzyp drewna, powodowany lekkimi ruchami jego głowy. — Najsilniejsze drzewa są zakorzenione w mrocznych zakamarkach ziemi. Ciemność będzie dla ciebie płaszczem, tarczą, mlekiem matki. Ciemność uczyni cię silnym.

Księżyc był wąski jak sierp i ostry niczym nóż. Płatki śniegu opadały bezgłośnie z nieba, okrywając bielą żołnierskie sosny i drzewa strażnicze. Zaspy robiły się coraz głębsze. Zasłoniły wejście do jaskiń, tworząc białą ścianę. Lato musiał się przez nią przekopywać, gdy tylko wychodził na zewnątrz, by przyłączyć się do stada i polować. Bran rzadko z nim teraz wędrował, ale niektórymi nocami obserwował go z góry.

Latanie było lepsze od wspinania się.

Wślizgiwanie się w skórę Laty przychodziło mu teraz równie łatwo, jak kiedyś wciąganie spodni, nim jeszcze złamał sobie grzbiet. Zamiana własnej skóry na czarne jak noc pióra kruka była trudniejsza, ale nie aż tak trudna, jak się obawiał, nie w przypadku tych ptaków.

— Dziki ogier będzie wierzgał i kopał, gdy jeździec pragnie go dosiąść, a także próbował gryźć rękę wciskającą mu między zęby wędzidło — tłumaczył lord Brynden — ale koń, który znał już jednego jeźdźca, przyjmie też następnego. Wszystkie te ptaki, młode i stare, są już ujeżdżone. Wybierz sobie któregoś.

Bran spróbował z jednym, a potem z drugim, lecz bez powodzenia. Trzeci kruk zerknął na niego bystrymi czarnymi oczkami, przechylił głowę i zawołał *quork*. Nagle Bran nie był już chłopcem patrzącym na kruka, lecz krukiem spoglądającym na chłopca. Pieśń rzeki w jednej chwili stała się głośniejsza, pochodnie paliły się jaśniej niż przedtem, a w powietrzu unosiło się mnóstwo niezwykłych zapachów. Gdy spróbował coś powiedzieć, wydał z siebie tylko wrzask, a pierwszy lot zakończył się, kiedy wpadł na ścianę i obudził się we własnym, kalekim ciele. Krukowi nic się nie stało. Podleciał do chłopca i usiadł mu na ramieniu. Bran pogłaskał go po piórach i znowu wsunął się w niego. Wkrótce latał już po jaskini, omijając długie kamienne zęby zwisające ze sklepienia, a nawet zapuścił się nad czeluść i opadł w jej zimne czarne głębie.

W pewnej chwili uświadomił sobie, że nie jest sam.

— W kruku był ktoś jeszcze — oznajmił lordowi Bryndenowi po powrocie do własnej skóry. — Jakaś dziewczyna. Poczułem ją.

— Kobieta tych, którzy śpiewają pieśń Ziemi — wyjaśnił jego nauczyciel. — Dawno już nie żyje, ale jej fragment pozostał na świecie, tak samo, jak część ciebie przetrwałaby w Lacie, gdyby twoje chłopięce ciało jutro umarło. Cień rzucony na duszę. Nie zrobi ci krzywdy.

— Czy we wszystkich tych ptakach są śpiewacy?

— We wszystkich — potwierdził lord Brynden. — To śpiewacy nauczyli Pierwszych Ludzi używać kruków do wysyłania wiadomości... ale w tamtych czasach ptaki same mówiły słowa. Drzewa pamiętają, ale ludzie zapominają. Dlatego piszą teraz listy na papierze i przywiązują je do nóg ptaków, z którymi nigdy nie dzielili skóry.

Bran przypomniał sobie, że Stara Niania opowiadała mu kiedyś tę samą historię, ale gdy zapytał Robba, czy to prawda, jego brat roześmiał się tylko i zapytał, czy w grumkiny też wierzy. Żałował, że nie ma teraz z nim Robba. *Powiedziałbym mu, że umiem latać, ale nie uwierzyłby mi i musiałbym mu pokazać. Idę o zakład, że on też chciałby się nauczyć latać, tak samo jak Arya i Sansa, a nawet mały Rickon i Jon Snow. Wszyscy moglibyśmy zostać krukami i zamieszkać w ptaszarni maestera Luwina.*

Ale to było tylko kolejne głupie marzenie. Bran niekiedy zadawał sobie pytanie, czy to wszystko to jedynie sen. Może zasnął gdzieś w śniegu i wyśnił dla siebie ciepłe, bezpieczne miejsce. *Musisz się obudzić* — powtarzał sobie w takich chwilach. — *Musisz się natychmiast obudzić albo umrzesz we śnie.* Raz czy dwa szczypał się w ramię naprawdę mocno, ale nie osiągnął nic poza bólem. Z początku próbował liczyć dni, pamiętając, ile razy zasypiał i się budził, ale pod ziemią sen i jawa zlewały się w jedno. Sny stawały się lekcjami, a lekcje snami, wszystko działo się jednocześnie albo nie działo się wcale. Czy rzeczywiście to zrobił, czy tylko mu się śniło?

— Jeden człowiek na tysiąc rodzi się zmiennoskórym — rzekł mu pewnego dnia lord Brynden, gdy już Bran nauczył się latać. — A tylko jeden zmiennoskóry na tysiąc może zostać zielonym jasnowidzem.

— Myślałem, że zieloni jasnowidze to czarodzieje pośród dzieci — zdziwił się Bran. — To znaczy śpiewaków.

— W pewnym sensie. Ci, których zwiesz dziećmi lasu, mają oczy złote jak słońce, ale raz na bardzo długi czas rodzi się wśród nich ktoś o oczach czerwonych jak krew albo zielonych jak mech porastający drzewo w samym sercu lasu. Takimi znakami bogowie wyróżniają tych, którzy otrzymali dar. Wybrańcy są słabego zdrowia i chodzą po świecie niewiele lat, albowiem w każdej pieśni musi być równowaga. Ale gdy już znajdą się w drzewach, żyją naprawdę bardzo długo. Tysiąc oczu, sto skór i mądrość sięgająca głęboko jak najstarsze korzenie. Zieloni jasnowidze.

Bran nic z tego nie rozumiał, poprosił więc Reedów o wyjaśnienie.

— Lubisz czytać książki, Bran? — zapytał go Jojen.

— Niektóre. Lubię te, które mówią o bitwach. Moja siostra Sansa lubi książki o całowaniu, ale one są głupie.

— Czytelnik może żyć życiem tysiąca ludzi, zanim umrze — rzekł Jojen. — Człowiek, który nie czyta, ma tylko jedno życie. Dzieci lasu nie miały książek. Nie znały inkaustu, papieru ani języka pisanego. Zamiast tego wszystkiego miały drzewa. Przede wszystkim czardrzewa. Po śmierci przechodziły do liści, gałęzi i korzeni, a drzewa pamiętały. Wszystkie ich pieśni i zaklęcia, historie i modlitwy, wszystko, co wiedziały o tym świecie. Maesterzy powiedzą ci, że czardrzewa są święte w oczach starych bogów, ale śpiewacy wierzą, że to one są starymi bogami. Po śmierci stają się częścią tej boskości.

— Zabiją mnie? — zapytał Bran, wybałuszając szeroko oczy.

— Nie — uspokoiła go Meera. — Jojen, nie strasz go.

— To nie on musi się bać.

Księżyc był tłusty i okrągły. Lato krążył po milczącym lesie, długi szary cień, chudnący z każdym polowaniem, ponieważ nigdzie nie było żywej zwierzyny. Osłony w wylocie jaskini nadal się trzymały i umarli nie mogli wejść do środka. Śnieg znowu zasypał większość z nich, ale nadal tam byli. Czekali zamarznięci pod jego powierzchnią. Dołączyły do nich dalsze umarłe stwory, które były kiedyś mężczyznami, kobietami, a nawet dziećmi. Martwe kruki siedziały na nagich brązowych konarach, ich skrzydła pokrywał lód. Przez chaszcze przedarł się ogromny śnieżny niedźwiedź. Był chudy jak szkielet, a z połowy jego głowy zdarto ciało, odsłaniając kryjącą się pod spodem czaszkę. Lato i jego wilki rzuciły się na niego i rozerwały go na strzępy. Potem najadły się do syta, choć mięso było zgniłe i zamarznięte, a do tego ruszało się, gdy je pożerały.

Pod wzgórzem nadal mieli co jeść. Rosło tu sto różnych rodzajów grzybów. W czarnej rzece pływały białe ślepe ryby. Po upieczeniu były równie smaczne jak te, które miały oczy. Był też ser i mleko od kóz dzielących jaskinie ze śpiewakami, a nawet trochę owsa, jęczmienia i suszonych owoców pozostałych po długim lecie. Prawie codziennie jedli też krwisty gulasz z jęczmieniem, cebulą i kawałkami mięsa. Jojen myślał, że to może być mięso wiewiórek, ale Meera upierała się, że szczurów. Branowi było wszystko jedno. To było mięso i smakowało dobrze. Po ugotowaniu robiło się miękkie.

Czas omijał ogromne, ciche jaskinie. Były one domem dla ponad sześćdziesięciu żywych śpiewaków oraz dla kości tysięcy umarłych. Ciągnęły się daleko pod pustym wzgórzem.

— Ludzie nie powinni po nich wędrować — ostrzegła ich Liść. — Rzeka, którą słyszycie, jest wartka i czarna, płynie w dół do bezsłonecznego morza. Są też korytarze, które schodzą jeszcze głębiej, bezdenne jamy i ukryte szyby, zapomniane ścieżki wiodące do samego środka Ziemi. Nawet mój lud nie poznał wszystkich, choć mieszkamy tu od tysiąca tysięcy waszych ludzkich lat.

Mimo że ludzie z Siedmiu Królestw zwali ich dziećmi lasu, Liść i jej lud nie przypominali dzieci. Bardziej pasowałaby do nich nazwa „mali mędrcy z lasu". Byli niewielcy w porównaniu z ludźmi, jak wilk jest mniejszy od wilkora. Ale to nie czyni go szczenięciem. Mieli ciemnobrązowe skóry, upstrzone jaśniejszymi plamkami jak u jeleni, oraz wielkie uszy, słyszące dźwięki niesłyszalne dla ludzi. Oczy również mieli duże, złociste kocie ślepia wnikające w korytarze, w których chłopiec widział jedynie nieprzeniknioną ciemność. U rąk mieli tylko po cztery palce, z przeciwstawnym kciukiem, zakończone ostrymi czarnymi pazurami zamiast paznokci.

Rzeczywiście śpiewali. W prawdziwym języku, Bran nie rozumiał więc słów, ale ich głosy były czyste jak zimowe powietrze.

— Gdzie jest reszta waszych braci? — zapytał któregoś dnia Liść.

— Odeszli do ziemi — odpowiedziała. — Do kamieni, do drzew. Przed nadejściem Pierwszych Ludzi cała kraina, którą zwiecie Westeros, była naszym domem, ale nawet wtedy było nas niewielu. Bogowie dali nam długie życie, ale małą liczebność, byśmy nie wypełnili świata, jak jelenie mogą wypełnić las, w którym nie ma polujących na nie wilków. To było u zarania dni, gdy nasze słońce wschodziło. Teraz już zachodzi. To jest nasz długi zmierzch. Olbrzymy też już prawie wymarły, ci, którzy byli kiedyś naszymi braćmi i prześladowcami. Wielkie lwy z zachodnich wzgórz wytępiono, jednorożców prawie już nie ma, a mamutów zostało kilkaset. Wilkory przetrwają nas wszystkich, ale ich czas również nadejdzie. W świecie, który tworzą ludzie, nie ma miejsca dla nich ani dla nas.

Posmutniała, mówiąc te słowa. Brana również ogarnęło przygnębienie. Dopiero potem nasunęła mu się pewna myśl. *Ludzie by się nie smucili. Byliby wściekli. Gorzeliby nienawiścią i poprzysięgli krwawą zemstę. Śpiewacy nucą smutne pieśni, ale ludzie walczyliby i zabijali.*

Pewnego dnia Meera i Jojen postanowili, że pójdą zobaczyć rzekę, nie zważając na ostrzeżenia Liść.

— Ja też chcę iść z wami — odezwał się Bran.

Meera obrzuciła go smutnym spojrzeniem. Wyjaśniła, że rzeka płynie sześćset stóp pod nimi, zbocza są strome, ścieżki kręte, a ostatni odcinek wymaga zejścia po linie.

— Hodor nie miałby szans tamtędy zejść z tobą na plecach. Przykro mi, Bran.

Chłopiec przypomniał sobie czasy, gdy nikt nie potrafił się wspinać lepiej od niego, nawet Robb albo Jon. Częścią jaźni pragnął nakrzyczeć na nich za to, że go opuszczają, inną zaś częścią miał ochotę się rozpłakać. Był już jednak prawie dorosłym mężczyzną, nie powiedział więc nic. Ale gdy już poszli, wśliznął się w skórę Hodora i podążył za nimi.

Wysoki chłopiec stajenny nie stawiał mu już oporu, jak za pierwszym razem, w wieży nad jeziorem podczas burzy. Jak zbity pies, niezdolny już do walki, kulił się i próbował ukryć, gdy tylko Bran po niego sięgnął. Ta kryjówka znajdowała się gdzieś w głębi jego jaźni, gdzie nawet Bran nie mógł go dosięgnąć. *Nikt nie chce cię skrzywdzić, Hodor* — zapewniał w myślach dorosłe dziecko, którego ciałem zawładnął. *Pragnę tylko na krótką chwilę znowu stać się silny. Oddam ci je, tak samo jak zawsze.*

Nikt nigdy się nie zorientował, że Bran nosi skórę Hodora. Musiał się tylko uśmiechać, robić, co mu kazano, i od czasu do czasu mamrotać „Hodor”, a mógł iść za Meerą i Jojenem, uśmiechając się radośnie, i nikt nawet nie podejrzewał, kim jest. Często łaził za nimi, czy tego chcieli, czy nie. W ostatecznym rozrachunku Reedowie ucieszyli się z jego towarzystwa. Jojen bez trudu zszedł na dół po linie, ale gdy Meera złapała na trójząb ślepą białą rybę i nadszedł czas, by wracać, ręce zaczęły mu drżeć i nie był w stanie wspiąć się na górę, musieli więc owiązać go liną, by Hodor mógł go wciągnąć.

— Hodor — stękał przy każdym pociągnięciu. — Hodor, hodor, hodor.

Księżyc był wąski jak sierp i ostry niczym nóż. Lato wykopał odciętą rękę, czarną i pokrytą szronem. Jej palce otwierały się i zamykały, gdy pełzła po zamarzniętym śniegu. Zostało na niej sporo mięsa i mógł wypełnić pusty brzuch. Potem rozgryzł kość ramienną, by dobrać się do szpiku. Dopiero wtedy kończyna przypomniała sobie, że nie żyje.

Bran jadł z Latem i jego watahą, jako wilk. Jako kruk latał ze stadem, okrążał wzgórze o zachodzie słońca, wypatrywał wrogów, czuł lodowaty dotyk powietrza. Jako Hodor eksplorował jaskinie. Znalazł komory pełne kości, szyby opadające w głębinę, miejsce, gdzie ze sklepienia zwisały głowami w dół szkielety gigantycznych nietoperzy. Przeszedł nawet po smukłym moście z kości przerzuconym nad czeluścią i po drugiej stronie odnalazł kolejne korytarze oraz komory. W jednej z nich było pełno śpiewaków, siedzących na tronach jak Brynden. Korzenie czardrzew otaczały ich ze wszystkich stron i wnikały w ich ciała. Większość robiła wrażenie martwych, ale kiedy przechodził obok, otwierali oczy i śledzili spojrzeniem blask pochodni. Jeden z nich otworzył i zamknął pomarszczone usta, jakby chciał coś powiedzieć.

— Hodor — rzekł mu Bran i poczuł, że prawdziwy Hodor poruszył się w swej kryjówce.

Siedzący na tronie z korzeni w swej wielkiej jaskini pół trup, pół drzewo, jakim był lord Brynden, przypominał nie tyle człowieka, ile jakąś makabryczną rzeźbę wykonaną z wypaczonego drewna, starych kości i przegniłej wełny. Jedynym, co wykazywało oznaki życia w upiornych resztkach jego twarzy, było czerwone oko, gorejące jak ostatni węgielek w wygasłym ognisku, otoczone powykręcanymi korzeniami i strzępami stwardniałej białej skóry zwisającymi z pożółkłej czaszki.

Bran nadal bał się tego widoku. Korzeni czardrzewa wnikających w zwiędłe ciało i wychodzących z niego, grzybów porastających policzki, białego drewnianego robaka wysuwającego się ze ślepego oczodołu. Czuł się lepiej, gdy zgaszono pochodnie. W ciemności mógł udawać, że to trójoka wrona do niego szepcze, nie jakiś okropny, mówiący trup.

Pewnego dnia stanę się taki jak on. Ta myśl wypełniała Brana trwogą. Nie dosyć, że był kaleką i miał bezwładne nogi, miał teraz spędzić swe dni zrośnięty w jedną całość z czardrzewem? Liść powiedziała mu, że lord Brynden czerpie swe życie z drzewa. Nie jadł ani nie pił. Spał, śnił i obserwował. *Miałem zostać rycerzem* — przypomniał sobie chłopiec. *Biegałem, wspinałem się i walczyłem.* Czuł się tak, jakby od tych czasów minęło tysiąc lat.

Kim był teraz? Tylko kalekim chłopcem Branem, Brandonem z rodu Starków, księciem utraconego królestwa, lordem spalonego zamku, dziedzicem ruin. Myślał kiedyś, że trójoka wrona jest czarnoksiężnikiem, mądrym starym czarodziejem, który naprawi jego nogi, ale teraz sobie uświadomił, że to było tylko głupie dziecinne marzenie. *Jestem za duży na takie fantazje* — powiedział sobie. *Tysiąc oczu, sto skór i mądrość sięgająca głęboko jak najstarsze korzenie.* To było warte tyle samo, co zostać rycerzem. *W każdym razie prawie tyle samo.*

Księżyc był czarną dziurą na niebie. Poza jaskinią życie toczyło się dalej. Poza jaskinią słońce wschodziło i zachodziło, księżyc zmieniał fazy, zawodziły zimne wichry. Pod wzgórzem Jojen Reed ku rozpaczy swej siostry robił się coraz bardziej małomówny i nietowarzyski. Meera często siadała razem z Branem przy ich małym ognisku, mówiąc o wszystkim i o niczym i głaszcząc Latę, który spał między nimi, podczas gdy jej brat wędrował samotnie po podziemiach. W słoneczne dni Jojen wspinał się nawet do wylotu jaskini i stał tam godzinami, wpatrując się w las. Choć otulało go futro, drżał z zimna.

— Pragnie wrócić do domu — wyjaśniła Branowi Meera. — Nawet nie próbuje walczyć z losem. Mówi, że zielone sny nie kłamią.

— Jest odważny — odparł Bran. *Człowiek może być dzielny tylko wtedy, kiedy się boi.* Tak powiedział mu ojciec, dawno temu, dnia, gdy znaleźli wilkorze szczenięta w letnim śniegu. Bran nadal pamiętał te słowa.

— Jest głupi — sprzeciwiła się Meera. — Miałam nadzieję, że gdy już znajdziemy twoją trójoką wronę... teraz zastanawiam się, po co w ogóle tu przyszliśmy.

Dla mnie — pomyślał Bran.

— Przez jego zielone sny.

— Jego zielone sny — powtórzyła z goryczą Meera.

— Hodor — dodał Hodor.

Dziewczyna się rozpłakała.

Bran bardzo żałował, że jest kaleką.

— Nie płacz — rzekł. Pragnął ją objąć i przytulić, jak matka przytulała go w Winterfell, kiedy coś go bolało. Meera siedziała tylko kilka stóp od niego, lecz równie dobrze mogłoby ich dzielić sto mil. Żeby jej dotknąć, musiałby się do niej poczołgać, wspierając się na rękach i wlokąc nogi za sobą. Powierzchnia była nierówna i szorstka, posuwałby się po niej powoli, co chwila o coś uderzając. *Mógłbym wdziać skórę Hodora* — pomyślał. *On by ją przytulił i poklepał po plecach.* Bran poczuł się dziwnie na tę myśl, nie przestał jednak jej rozważać aż do chwili, gdy dziewczyna zerwała się nagle i uciekła w ciemność tuneli. Jej kroki ucichły w oddali i po chwili nie słyszał już nic poza głosami śpiewaków.

Księżyc był wąski jak sierp i ostry niczym nóż. Dni mijały jeden po drugim, każdy krótszy od poprzedniego. Noce robiły się coraz dłuższe. Do jaskiń pod wzgórzem nigdy nie docierały promienie słońca. Kamiennych komnat nigdy nie dotykał blask księżyca. Nawet gwiazdy były tu obce. Wszystko to należało do świata na górze, gdzie czas płynął w żelaznym kręgu, dzień przechodził w noc, noc w dzień, a dzień znowu w noc.

— Już czas — oznajmił lord Brynden.

Coś w jego głosie sprawiło, że po plecach Brana przebiegły zimne jak lód palce.

— Czas na co?

— Na następny krok. Pora, byś wyszedł poza zmienianie skóry i nauczył się, co to znaczy być zielonym jasnowidzem.

— Drzewa go nauczą — dodała Liść. Skinęła dłonią i podeszła do nich inna śpiewaczka. Miała białe loki i dlatego Meera nazwała ją Śnieżnowłosą. Trzymała w dłoniach miskę z czardrewna, w której wyrzeźbiono tuzin twarzy, takich samych, jak na drzewach sercach. W misce była biała papka, gęsta i poprzeszywana czerwonymi żyłkami.

— Musisz to zjeść — powiedziała Liść, wręczając Branowi drewnianą łyżkę.

— Co to jest? — zapytał chłopiec, spoglądając niepewnie na miskę.

— Papka z nasion czardrzew.

Coś w jej wyglądzie przyprawiało Brana o mdłości. Czerwone żyłki zapewne były po prostu czardrzewową żywicą, ale w blasku pochodni dziwnie przypominały krew. Zanurzył łyżkę w papce, a potem się zawahał.

— Czy to uczyni mnie zielonym jasnowidzem?

— Twoja krew cię nim czyni — odparł lord Brynden. — Papka pomoże przebudzić twe dary. Dzięki niej poślubisz drzewa.

Bran nie chciał być poślubiony drzewu... ale kto inny chciałby wziąć za męża kalekę, takiego jak on? *Tysiąc oczu, sto skór i mądrość sięgająca głęboko jak najstarsze korzenie.*

Zaczął jeść.

Papka miała gorzki smak, ale nie aż tak gorzki, jak produkowana z żołędzi. Najtrudniej było przełknąć pierwszą łyżkę. Omal jej natychmiast nie zwymiotował. Druga była smaczniejsza. Trzecia niemal słodka. Resztę pochłonął chciwie. Dlaczego myślał, że jest gorzka? Smakowała miodem, świeżo spadłym śniegiem, pieprzem, cynamonem i ostatnim pocałunkiem, jaki otrzymał od matki. Pusta miska wysunęła mu się z palców i spadła ze stukiem na ziemię.

— Nic nie czuję. Co się teraz stanie?

Liść dotknęła jego ręki.

— Drzewa cię nauczą. Drzewa pamiętają.

Uniosła rękę i pozostali śpiewacy zaczęli chodzić po jaskini, gasząc pochodnie jedną po drugiej. Ze wszystkich stron otoczyła ich gęstniejąca ciemność.

— Zamknij oczy — mówiła trójoka wrona. — Wymknij się ze swej skóry, jak robisz wtedy, gdy łączysz się z Latą. Ale tym razem wejdź do korzeni. Podąż wzdłuż nich do drzew rosnących na wzgórzu i powiedz mi, co widzisz.

Bran zamknął oczy i wymknął się ze swej skóry. *Do korzeni* — pomyślał. *Do czardrzewa. Stań się drzewem.* Przez chwilę widział jaskinię jako czarny płaszcz, słyszał płynącą na dole rzekę.

I nagle wrócił do domu.

Lord Eddard Stark siedział na kamieniu przy głębokim czarnym stawie w bożym gaju. Jasne korzenie drzewa serca owijały się wokół niego niczym sękate ramiona starca. Na jego kolanach leżał dwuręczny miecz, Lód. Lord Eddard czyścił go naoliwioną szmatką.

— Winterfell — wyszeptał Bran.

Jego ojciec uniósł wzrok.

— Kto tu jest? — zapytał, odwracając się…

…i przestraszony chłopiec umknął przed nim. Jego ojciec, czarny staw i boży gaj zniknęły, a on znowu był w jaskini. Grube jasne korzenie czardrzewowego tronu tuliły jego kończyny jak matka obejmująca dziecko. Przed nim zapaliła się pochodnia.

— Powiedz mi, co widziałeś.

Z daleka Liść można niemal było wziąć za małą dziewczynkę, nie starszą od Brana czy jego sióstr, ale z bliska wyglądała na znacznie starszą. Zapewniała, że widziała już dwieście lat.

Chłopiec miał straszliwą suchość w gardle. Przełknął ślinę.

— Winterfell. Byłem w Winterfell. Widziałem ojca. On nie zginął, nie zginął. Widziałem go. Żyje i wrócił do Winterfell.

— Nie — zaprzeczyła Liść. — On nie żyje, chłopcze. Nie próbuj przywołać go z martwych.

— Widziałem go. — Bran czuł dotyk szorstkiego drewna pod policzkiem. — Czyścił Lód.

— Widziałeś to, co pragnąłeś zobaczyć. Twoje serce tęskni za ojcem i za domem, więc to właśnie ujrzałeś.

— Człowiek musi nauczyć się patrzeć, nim będzie mógł cokolwiek zobaczyć — dodał lord Brynden. — Ujrzałeś cienie dni minionych, Bran. Patrzyłeś przez oczy drzewa serca w twym bożym gaju. Dla drzewa czas wygląda inaczej niż dla człowieka. Słońce, gleba i woda, to są rzeczy, które rozumie czardrzewo, nie dni, lata i stulecia. Dla ludzi czas jest rzeką. Jesteśmy uwięzieni w jego nurcie, mkniemy od przeszłości do teraźniejszości, zawsze w tym samym kierunku. Życie drzew jest inne. One zakorzeniają się, rosną i umierają w jednym miejscu. Nurt rzeki ich nie porusza. Dąb jest żołędziem, a żołądź dębem. A czardrzewo... tysiąc ludzkich lat to dla niego chwilka. Przez takie bramy ty i ja możemy zajrzeć w przeszłość.

— Ale on mnie słyszał — sprzeciwił się Bran.

— Słyszał szept na wietrze, szelest wśród liści. Nie możesz do niego dotrzeć, choćbyś nie wiem jak próbował. Wiem o tym. Ja również mam swoje duchy, Bran. Brata, którego kochałem, drugiego, którego nienawidziłem, kobietę, której pożądałem. Dzięki drzewom nadal mogę ich widzieć, ale żadne moje słowa do nich nie docierają. Przeszłość pozostaje przeszłością. Możemy się z niej uczyć, ale nie jesteśmy w stanie jej zmienić.

— Czy jeszcze kiedyś zobaczę ojca?

— Gdy już opanujesz swe dary, będziesz mógł oglądać, co zechcesz. Zobaczysz wszystko, co widziały drzewa, wszystko jedno czy zdarzyło się to wczoraj, w zeszłym roku, czy tysiąc lat temu. Ludzie przez całe życie są uwięzieni w wiecznej teraźniejszości, między mgłami przeszłości a morzem cienia, które jest wszystkim, co wiemy o przyszłych dniach. Niektóre ćmy przeżywają całe swe życie w jeden dzień, ale ten krótki okres z pewnością wydaje się im równie długi, jak nam lata i dziesięciolecia. Dąb może przeżyć trzysta lat, a sekwoja trzy tysiące. Czardrzewa nie umierają nigdy, jeśli nic ich nie niepokoi. Dla nich pory roku mijają równie szybko, jak ruchy skrzydełek ćmy, a przeszłość, teraźniejszość i przyszłość są jednym. Nie tylko do swojego bożego gaju sięgniesz spojrzeniem. Śpiewacy rzeźbili oczy w swych drzewach sercach, by je przebudzić, i z tych właśnie oczu każdy zielony jasnowidz najpierw uczy się korzystać... ale z czasem nauczysz się sięgać wzrokiem poza drzewa.

— Kiedy? — zainteresował się Bran.

— Za rok, za trzy albo za dziesięć. Tego nie było mi dane ujrzeć. Zapewniam, że ta chwila nadejdzie. Ale teraz czuję się już zmęczony. Wzywają mnie drzewa. Jutro spotkamy się znowu.

Hodor zaniósł chłopca do jego komory.

— Hodor — mruczał pod nosem, gdy Liść szła przed nimi z pochodnią. Bran miał nadzieję, że Meera i Jojen czekają tam na niego, by mógł im opowiedzieć, co widział, ale w ich przytulnej skalnej niszy było zimno i pusto. Hodor położył go na łóżku i nakrył futrami, a potem rozpalił ognisko. *Tysiąc oczu, sto skór i mądrość sięgająca głęboko jak najstarsze korzenie.*

Bran wpatrzył się w płomienie. Postanowił, że nie zaśnie, dopóki nie wróci Meera. Wiedział, że Jojen będzie niezadowolony, ale ona ucieszy się z tego, co go spotkało. Nie pamiętał, kiedy zamknął oczy.

...ale w jakiś sposób znowu znalazł się w bożym gaju Winterfell i spoglądał z góry na ojca. Tym razem lord Eddard wydawał się znacznie młodszy. Włosy miał kasztanowe, bez śladu siwizny, a głowę pochyloną.

— ...niech staną się bliscy sobie jak bracia i niech nie będzie między nimi nic poza miłością — modlił się. — I niech moja pani żona znajdzie w swym sercu przebaczenie...

— Ojcze — głos Brana był szeptem na wietrze, szelestem liści. — Ojcze, to ja, Bran. Brandon.

Eddard Stark uniósł głowę i długo wpatrywał się w czardrzewo. Zmarszczył brwi, ale nie odezwał się ani słowem. *Nie widzi mnie* — uświadomił sobie zrozpaczony Bran. Pragnął wyciągnąć rękę i dotknąć ojca, ale mógł jedynie patrzeć i słuchać. *Jestem w drzewie. Jestem w środku drzewa serca i spoglądam na świat jego czerwonymi oczami. Ale drzewo nie umie mówić, więc ja też jestem niemy.*

Eddard Stark znowu zaczął się modlić. Bran poczuł, że oczy wypełniają mu się łzami, ale czy to były jego łzy, czy raczej czardrzewa? *Jeśli się rozpłaczę, czy drzewo zrobi to samo?*

Resztę słów jego ojca zagłuszył nagły stukot drewna uderzającego o drewno. Eddard Stark zniknął jak mgiełka rozpuszczająca się w blasku porannego słońca. Po bożym gaju tańczyło teraz dwoje dzieci. Pojedynkowały się na połamane gałęzie, pokrzykując na siebie nawzajem. Dziewczynka była starsza i wyższa. *Arya!* — pomyślał z radością Bran, gdy wskoczyła na kamień i zaatakowała chłopca. Ale to nie mogła być prawda. Gdyby to była Arya, chłopcem musiałby być on sam, a on nigdy nie miał takich długich włosów. *Poza tym Arya nigdy nie pobiła mnie w walce na kije, jak ta dziewczynka bije jego.* Cięła chłopca w udo, tak mocno, że noga załamała się pod nim i wpadł do stawu. Rozpryskiwał wodę, wrzeszcząc głośno.

— Cicho, głupi — skarciła go, odrzucając na bok gałąź. — To tylko woda. Chcesz, żeby Stara Niania cię usłyszała i powiedziała ojcu?

Uklękła, by wyciągnąć brata ze stawu, ale nim zdążyła to zrobić, oboje zniknęli.

Kolejne obrazy zmieniały się coraz szybciej i szybciej, aż wreszcie Bran poczuł się zagubiony i zakręciło mu się w głowie. Nie widział już więcej ojca ani dziewczynki podobnej do Aryi. Ujrzał kobietę w zaawansowanej ciąży, która wyszła nago z czarnego stawu, ociekając wodą, i uklękła przed drzewem, by błagać starych bogów o syna, który ją pomści. Potem zjawiła się smukła jak włócznia dziewczyna o kasztanowych włosach, która wspięła się na palce, by pocałować młodego rycerza wysokiego jak Hodor. Ciemnooki młodzieniec, blady i gwałtowny, uciął trzy gałęzie czardrzewa, by zrobić z nich strzały. Samo drzewo się kurczyło, w każdej kolejnej wizji było coraz mniejsze. Mniejsze drzewa przerodziły się w młode drzewka, a potem zniknęły, tylko po to, by ustąpić miejsca innym, które również kurczyły się i rozpływały. Lordowie, których widział teraz Bran, byli wysokimi, twardymi i surowymi mężczyznami, odzianymi w futra i kolczugi. Niektóre twarze pamiętał z posągów w kryptach, ale znikały za szybko, by zdążył przypisać im imiona.

Wtem ujrzał brodatego mężczyznę, który powalił jeńca na kolana pod drzewem sercem. Wiatr poruszył ciemnoczerwonym listowiem i wyłoniła się z niego białowłosa kobieta trzymająca sierp z brązu.

— Nie — sprzeciwił się Bran. — Nie, nie rób tego.

Ale oni go nie słyszeli, tak samo jak ojciec. Kobieta złapała jeńca za włosy, dotknęła sierpem gardła i cięła. Kaleki chłopiec mógł tylko przyglądać się przez mgłę stuleci, jak nogi mężczyzny uderzyły rytmicznie o ziemię… ale gdy życie wypływało w niego czerwonym strumieniem, Brandon Stark poczuł w ustach smak krwi.

JON

Po siedmiu dniach ciemnego nieba i gwałtownych opadów śniegu około południa promienie słońca przebiły się wreszcie przez chmury. Gdzieniegdzie zaspy sięgały wyżej niż wzrost mężczyzny, ale zarządcy przez cały dzień sprzątali śnieg i ścieżki były tak czyste, jak to tylko możliwe. Mur błyszczał w promieniach słońca, wszystkie pęknięcia i szczeliny lśniły bladoniebieskim blaskiem.

Jon Snow stał siedemset stóp wyżej, spoglądając na nawiedzany las. Wśród drzew na dole dął północny wiatr i rzadkie pióropusze kryształków śniegu sypały się z najwyżej położonych gałęzi na podobieństwo lodowych chorągwi. Poza tym nic się tam nie poruszało. *Ani śladu życia.* To nie do końca go uspokoiło. Nie tych, którzy żyli, się obawiał. Mimo to…

Słońce wzeszło. Śnieg przestał padać. Może minąć cały cykl księżyca, nim znowu będziemy mieli taką szansę. A może wydarzy się to dopiero wiosną.

— Każ Emmettowi zwołać rekrutów — polecił Eddowi Cierpiętnikowi. — Będziemy potrzebowali eskorty. Dziesięciu zwiadowców uzbrojonych w smocze szkło. Chcę, żeby byli gotowi do wyjazdu za godzinę.

— Tak jest, panie. Kto będzie dowodził?

— Ja.

Kąciki ust Edda opadły jeszcze niżej niż zwykle.

— Niektórzy mogą uważać, że lepiej, by lord dowódca siedział sobie w bezpiecznym cieple na południe od Muru. Ja bym tak nie powiedział, ale niektórzy tak.

— Lepiej niech mi tego nie mówią prosto w oczy — odparł z uśmiechem Jon.

Płaszcz Edda załopotał głośno na nagłym podmuchu wiatru.

— Zjedźmy na dół, panie. To wietrzysko może nas zdmuchnąć z Muru, a ja do dziś nie nauczyłem się latać.

Zjechali windą na ziemię. Wiatr był porywisty i zimny jak oddech lodowego smoka z historii, które Stara Niania opowiadała Jonowi, gdy był małym chłopcem. Ciężka winda kołysała się i od czasu do czasu drapała o Mur. Małe fontanny kryształków lodu, które z niego tryskały, lśniły w blasku słońca jak odpryski szkła.

Szkło mogłoby się nam tu przydać — pomyślał Jon. *W Czarnym Zamku powinny być szklarnie, takie jak w Winterfell. Wtedy moglibyśmy uprawiać jarzyny w samym środku zimy.* Najlepsze szkło produkowano w Myr, ale porządna przezroczysta szyba była warta swej wagi w korzeniach, a zielone albo żółte szkło nie było już takie dobre. *Potrzebujemy złota. Gdybyśmy mieli pieniądze, moglibyśmy kupić uczniów szklarskich w Myr, sprowadzić ich na północ i obiecać im wolność w zamian za to, że nauczą swej sztuki grupę naszych rekrutów.* Tak właśnie powinno się to rozwiązać. *Gdybyśmy mieli złoto. Ale go nie mamy.*

U podstawy Muru znalazł tarzającego się w zaspie Ducha. Wielki biały wilkor uwielbiał świeżo spadły śnieg. Na widok Jona wstał na cztery łapy i otrzepał się.

— Zabierzesz go ze sobą? — zapytał Edd Cierpiętnik.

— Tak.

— Bystry z niego wilk. A mnie?

— Ciebie nie.

— Bystry z ciebie lord. Duch bardziej ci się przyda. Moje zęby już się nie nadają do gryzienia dzikich.

— Jeśli bogowie będą łaskawi, nie spotkamy żadnych dzikich. Chcę zabrać siwego wałacha.

Wieści szybko się rozeszły po Czarnym Zamku. Edd nie skończył jeszcze siodłać wałacha, gdy Bowen Marsh pojawił się na dziedzińcu i podszedł do stojącego przy stajni Jona.

— Wasza lordowska mość, wolałbym, żebyś zmienił zdanie. Nowi ludzie z równą łatwością mogą złożyć przysięgę w sepcie.

— Sept jest domem nowych bogów. Starzy bogowie mieszkają w lesie i ci, którzy ich wyznają, mówią swe słowa przed czardrzewami. Wiesz o tym równie dobrze jak ja.

— Atłas pochodzi ze Starego Miasta, a Arron i Emrick z krain zachodu. Starzy bogowie nie są ich bogami.

— Nie mówię ludziom, których bogów mają czcić. Mogli wybrać Siedmiu albo Pana Światła czerwonej kapłanki. Wybrali drzewa, znając niebezpieczeństwa, jakie się z tym wiążą.

— Płaczka nadal może być w pobliżu.

— Gaj dzielą od Muru najwyżej dwie godziny jazdy, nawet w śniegu. Powinniśmy wrócić o północy.

— Za daleko. To nierozsądne.

— Nierozsądne, ale konieczne — odparł Jon. — Ci ludzie mają zaprzysiąc swe życie Nocnej Straży, wstąpić do bractwa o historii ciągnącej się nieprzerwaną linią od tysięcy lat. Słowa są ważne i nasze tradycje też. Łączą nas wszystkich w całość, wysoko i nisko urodzonych, młodych i starych, podłych i szlachetnych. Czynią nas braćmi. — Klepnął Marsha w ramię. — Obiecuję, że wrócimy.

— Tak, wasza lordowska mość — odparł lord zarządca — ale czy jako żywi ludzie, czy raczej jako głowy z wydłubanymi oczami zatknięte na włócznie? Będziecie wracać ciemną nocą. W niektórych miejscach śnieg sięga po pas. Widzę, że zabierasz ze sobą doświadczonych ludzi. To dobrze, ale Czarny Jack Bulwer również znał ten las. Nawet twój stryj, Benjen Stark…

— Mam coś, czego oni nie mieli. — Jon odwrócił głowę i gwizdnął. — Duch. Do mnie. — Wilkor otrzepał się ze śniegu i potruchtał do Jona. Zwiadowcy rozstąpili się, by go przepuścić, ale jedna klacz zarżała i spłoszyła się. Rory musiał ją mocno pociągnąć za wodze. — Mur należy do ciebie, lordzie Bowenie.

Jon wziął konia za uzdę i poprowadził do bramy lodowego tunelu wijącego się pod Murem.

Za lodem czekały wysokie milczące drzewa, spowite w grube białe płaszcze. Zwiadowcy i rekruci ustawili się w szeregu. Duch podszedł do wierzchowca Jona, a potem zatrzymał się i powęszył. Oddech zwierzęcia zamarzał w powietrzu.

— O co chodzi? — zapytał Jon. — Czy ktoś tu jest?

Las wydawał się pusty tak daleko, jak okiem sięgnąć, ale to nie było zbyt daleko.

Duch pobiegł do granicy drzew i zniknął w obłoku śniegu między dwiema spowitymi w biel sosnami. *Chce polować, ale na co?* Jon bał się nie tyle o wilkora, ile o dzikich, których mógłby napotkać. *Biały wilk w białym lesie, cichy jak cień. Nie mają szans zauważyć, że się zbliża.* Wiedział, że nie ma sensu go ścigać. Duch wróci, kiedy zechce, ale nie wcześniej. Jon wbił pięty w końskie boki. Jego ludzie podążyli za nim. Kopyta ich koników przebijały się przez zamarzniętą skorupę, zapadając się w miękkim śniegu pod spodem. Jechali przez las stępa, a Mur kurczył się powoli za nimi.

Żołnierskie sosny i drzewa strażnicze nosiły puchowe, śnieżne płaszcze, a z nagich konarów drzew liściastych zwisały sople. Jon wysłał Toma Barleycorna na zwiady, mimo że świetnie znali drogę do białego gaju. Wielki Liddle i Luke z Długiego Miasta zniknęli w chaszczach na prawo i na lewo od nich. Będą się posuwać wzdłuż kolumny, by ostrzec ich, gdyby ktoś się zbliżał. Wszyscy byli doświadczonymi zwiadowcami, uzbrojonymi w stal i obsydian, a u ich siodeł wisiały rogi, na wypadek gdyby musieli wezwać pomoc.

Reszta grupy również składała się z dobrych ludzi. *A przynajmniej dobrych w walce i wiernych wobec braci.* Jon nie wiedział, kim byli, nim trafili na Mur, nie wątpił jednak, że przeszłość większości z nich była równie czarna, jak ich płaszcze. Wszyscy postawili kaptury dla osłony przed zimnym wiatrem, a niektórzy owinęli się też szalikami, zasłaniając twarze. Jon jednak znał wszystkich. To byli jego ludzie, jego bracia.

Towarzyszyło im też sześciu innych, młodych i starych, dużych i małych, doświadczonych i zielonych. *Sześciu ma powiedzieć słowa.* Koń urodził się i wychowywał w Mole's Town. Arron i Emrick pochodzili z Pięknej Wyspy, a Atłas przybył do nich z burdeli Starego Miasta położonego na drugim końcu Westeros. Wszyscy czterej byli chłopcami. Skóra i Jax byli starszymi mężczyznami, dobrze po czterdziestce, synami nawiedzanego lasu, którzy mieli już własnych synów i wnuki. Z sześćdziesięciu trzech dzikich, którzy podążyli z Jonem na Mur, gdy wygłosił swój apel, tylko oni dwaj postanowili wdziać czarne płaszcze. Żelazny Emmett orzekł, że są gotowi, a przynajmniej na tyle gotowi, na ile to dla nich możliwe. Razem z Jonem i Bowenem Marshem poddali wszystkich ocenie i przydzielili do odpowiednich zakonów — Skórę, Jaxa i Emricka do zwiadowców, Konia do budowniczych, a Arrona i Atłasa do zarządców. Nadszedł dla nich czas złożenia ślubów.

Na czele kolumny jechał Żelazny Emmett, dosiadający najbrzydszego konia, jakiego Jon w życiu widział. Kudłate zwierzę robiło wrażenie składającego się wyłącznie z włosów i kopyt.

— Słyszałem, że ostatniej nocy doszło do jakichś kłopotów w Wieży Ladacznic — oznajmił nauczyciel walki.

— To jest Wieża Hardina.

Wśród sześćdziesięciu trzech dzikich, którzy przyjechali z nim z Mole's Town, było dziewiętnaście kobiet i dziewcząt. Jon przydzielił im opuszczoną wieżę, w której sam spał, kiedy był nowy na Murze. W tej grupie było dwanaście włóczniczek, świetnie potrafiących obronić siebie i młodsze dziewczęta przed niepożądanymi awansami czarnych braci. Niektórzy z przepędzonych przez nie mężczyzn nadali Wieży Hardina nową, obelżywą nazwę, ale Jon nie zamierzał tolerować podobnych szyderstw.

— Trzech pijanych głupców pomyliło Wieżę Hardina z burdelem, to wszystko. Siedzą teraz w lodowych celach i kontemplują swój błąd.

Żelazny Emmett skrzywił się z niezadowoleniem.

— Mężczyźni to mężczyźni, śluby to słowa, a słowa to wiatr. Trzeba było wystawić strażników wokół wieży.

— A kto będzie pilnował strażników?

Nic nie wiesz, Jonie Snow. Czegoś się jednak dowiedział, a jego nauczycielką była Ygritte. Jeśli sam nie potrafił dotrzymać przysięgi, jak mógł wymagać więcej od braci? Prowokowanie dzikich kobiet było jednak niebezpieczne. *Mężczyzna może mieć na własność kobietę albo może mieć nóż, ale nie jedno i drugie.* Tak powiedziała mu kiedyś Ygritte. Bowen Marsh nie we wszystkich sprawach się mylił. Wieża Hardina była jak suche drewno czekające na iskrę.

— Chcę otworzyć jeszcze trzy zamki — oznajmił Jon. — Głębokie Jezioro, Sobolowy Dwór i Długi Kurhan. Wszystkie obsadzimy wolnymi ludźmi, pod dowództwem naszych oficerów. W Długim Kurhanie będą wyłącznie kobiety, poza dowódcą i głównym zarządcą.

Nie wątpił, że i tak nie uniknie się kontaktów, ale odległość była wystarczająco duża, by przynajmniej je utrudnić.

— A któremu biednemu durniowi przypadnie zaszczytna funkcja dowódcy?

— Ten dureń właśnie jedzie obok mnie.

Pełna przerażenia pomieszanego z zachwytem mina, która przemknęła przez twarz Żelaznego Emmetta, była warta więcej niż worek złota.

— Co ci uczyniłem, że tak mnie nienawidzisz, wasza lordowska mość?

Jon parsknął śmiechem.

— Nie obawiaj się, nie będziesz sam. Mam zamiar przydzielić ci Edda Cierpiętnika jako zastępcę i zarządcę.

— Włóczniczki nie będą zadowolone. Lepiej byś zrobił, gdybyś oddał zamek magnarowi.

Z twarzy Jona zniknął uśmiech.

— Zrobiłbym to, gdybym tylko mógł mu zaufać. Obawiam się, że Sigorn wini mnie za śmierć ojca. Co gorsza, od dziecka uczono go wydawania rozkazów, nie ich wykonywania. Nie myl Thennów z wolnymi ludźmi. „Magnar” ponoć znaczy w starym języku „lord”, ale Styr był dla swoich ludzi raczej kimś w rodzaju boga, a jego syn jest ulepiony z tej samej gliny. Nie żądam, żeby ludzie przede mną klękali, ale muszą mnie słuchać.

— Tak, panie, ale lepiej zrób coś z magnarem. Będziesz miał kłopoty z Thennami, jeśli nie przestaniesz ich ignorować.

Kłopoty to zajęcie lorda dowódcy — mógłby odpowiedzieć Jon. Okazało się, że wizyta w Mole's Town spowodowała ich mnóstwo, a kobiety były najmniejszym z nich. Halleck okazał się w pełni tak wojowniczy, jak obawiał się Jon, a wśród czarnych braci byli tacy, którzy aż do najgłębszych zakamarków duszy nie ufali wolnym ludziom. Jeden ze zwolenników Hallecka uciął już na dziedzińcu ucho zarządcy, a zapewne była to jedynie zapowiedź oczekującego ich przelewu krwi. Będzie musiał szybko otworzyć stare forty, by móc odesłać brata Harmy do garnizonu w Głębokim Jeziorze albo w Sobolowym Dworze. W tej chwili jednak żaden z tych fortów nie nadawał się do zamieszkania przez ludzi, a Othell Yarwyck i jego budowniczowie nadal się trudzili nad przywróceniem do stanu użyteczności Nocnego Fortu. Niektórymi nocami Jon Snow zadawał sobie pytanie, czy nie popełnił straszliwego błędu, uniemożliwiając Stannisowi wyrżnięcie wszystkich dzikich. *Nic nie wiem, Ygritte* — przyznał w myślach. *I być może nigdy się nie dowiem.*

Od gaju dzieliło ich jeszcze pół mili. Długie snopy czerwonego blasku jesiennego słońca przedzierały się między nagimi gałęziami drzew, barwiąc śnieg na różowo. Jeźdźcy minęli zamarznięty strumień, przejechali między dwiema wyszczerbionymi, pokrytymi lodem skałami, a potem ruszyli krętą ścieżką wydeptaną przez zwierzynę na północny wschód. Gdy wiatr się wzmacniał, w powietrze wzbijały się chmury sypkiego śniegu, szczypiącego ich w oczy. Jon osłonił usta i nos szalikiem, a potem postawił kaptur.

— Już niedaleko — zapewnił ludzi. Nikt mu nie odpowiedział.

Jon poczuł zapach Toma Barleycorna, zanim go zobaczył. A może to Duch go zwęszył? Ostatnio nawet na jawie coraz częściej towarzyszyło mu wrażenie, że on i wielki biały wilkor są jednym. Wilk pojawił się pierwszy, strzepując z siebie śnieg. Po kilku chwilach Jon zobaczył Toma.

— Dzicy — powiedział cicho zwiadowca. — W gaju.

Lord dowódca zatrzymał jeźdźców.

— Ilu?

— Naliczyłem dziewięciu. Nie wystawili strażników. Niektórzy chyba nie żyją albo może śpią. Większość to kobiety. Jedno dziecko. Ale jest z nimi też olbrzym. Widziałem tylko jednego. Rozpalili ognisko i dym unosi się wśród drzew. Głupcy.

Dziewięciu, a ja mam siedemnastu. Ale czterech jego ludzi to byli niedoświadczeni chłopcy, a żaden nie był olbrzymem. Jon nie miał jednak zamiaru wracać do Muru. *Jeśli dzicy jeszcze żyją, możemy ich zabrać ze sobą. A jeśli nie żyją... no cóż, parę trupów też mi się przyda.*

— Dalej ruszymy na piechotę — rozkazał, zeskakując swobodnie na zamarzniętą ziemię. Śnieg sięgał mu do kostek. — Rory i Pate, zostańcie z końmi. — Mógłby zlecić to zadanie rekrutom, ale wkrótce i tak będą musieli poznać smak walki. Ta chwila była równie dobra, jak każda inna. — Rozciągnijcie się w łuk. Chcę otoczyć gaj z trzech stron. Patrzcie na ludzi, których macie z boków, żeby odległość nie była za duża. Śnieg powinien stłumić nasze kroki. Jeśli uda się nam ich zaskoczyć, ryzyko przelewu krwi będzie mniejsze.

Noc zapadała już szybko. Snopy światła zniknęły, gdy ostatni skrawek słońca schował się za drzewami na zachodzie. Różowe zaspy znowu zrobiły się białe, barwa odpłynęła z nich z chwilą, gdy na świecie zapadła ciemność. Wieczorne niebo przybrało barwę wyblakłej szarości, przypominającej stary, zbyt wiele razy już prany płaszcz. Pojawiały się pierwsze nieśmiałe gwiazdy.

Przed sobą ujrzał białawy pień ukoronowany skupiskiem ciemnoczerwonych liści. To z pewnością było czardrzewo. Jon Snow sięgnął za siebie i wyciągnął z pochwy Długi Pazur. Spojrzał w prawo i w lewo, skinął głową do Atłasa i Konia, którzy przekazali ten sam znak kolejnym ludziom. Wszyscy wpadli do gaju jednocześnie, odkopując na boki stary śnieg. Nie było słychać nic poza ich oddechami. Duch biegł u boku Jona niczym biały cień.

Czardrzewa otaczały polanę kręgiem. Było ich dziewięć, wszystkie mniej więcej tych samych rozmiarów i tak samo stare. We wszystkich wyrzeźbiono twarze i każda z nich była inna. Niektóre się uśmiechały, inne wrzeszczały z bólu, a jeszcze inne krzyczały gniewnie. W zapadającym zmierzchu ich oczy wydawały się czarne, ale Jon wiedział, że za dnia są krwawoczerwone. *Jak oczy Ducha.*

Ognisko palące się pośrodku polany było małe i smętne — popioły, węgielki i kilka ułamanych gałęzi, które tliły się powoli, buchając obłokami dymu. Nawet ono miało jednak w sobie więcej życia niż kulący się wokół niego dzicy. Tylko jeden z nich zareagował, gdy Jon wypadł z chaszczy. To było dziecko, które zaczęło zawodzić, szarpiąc za wystrzępiony płaszcz matki. Kobieta otworzyła oczy i wciągnęła gwałtownie powietrze. W owej chwili polanę otoczyli już pierścieniem zwiadowcy. Wyłaniali się spomiędzy białych jak kość drzew gotowi rozpocząć rzeź. W ich obleczonych w czarne rękawice dłoniach błyszczała stal.

Ostatni zauważył ich olbrzym. Spał przy ognisku, ale coś go obudziło. Krzyk dziecka, chrzęst śniegu pod czarnymi butami albo wciągnięty raptownie oddech. Kiedy się poruszył, wyglądało to tak, jakby głaz obudził się do życia. Usiadł z głośnym prychnięciem i potarł oczy łapskami wielkimi jak szynki, by przegnać z nich senność... ale nagle ujrzał Żelaznego Emmetta, dzierżącego w ręce błyszczący miecz. Zerwał się z rykiem na nogi, złapał w jedną z wielkich łap młot i uniósł go.

Duch wyszczerzył zęby w odpowiedzi. Jon złapał wilka za sierść na karku.

— Nie chcemy walki. — Wiedział, że jego ludzie są w stanie powalić olbrzyma, ale nie bez strat. Gdy popłynie krew, do starcia włączą się dzicy. Większość z nich zginie, albo i wszyscy, i kilku jego braci również. — To święte miejsce. Poddajcie się, a...

Olbrzym ryknął po raz drugi, tak głośno, że aż liście zakołysały się na drzewach, i walnął młotem w ziemię. Rękojeść z sękatej dębiny miała sześć stóp długości, a kamienna głowica dorównywała wielkością bochnowi chleba. Ziemia się zatrzęsła. Niektórzy z dzikich sięgali po broń.

Jon Snow chciał już wyciągnąć Długi Pazur, ale nagle odezwał się Skóra, stojący na drugim końcu polany. Jego głos brzmiał ochryple i gardłowo, ale Jon usłyszał w nim melodię i rozpoznał stary język. Dziki przemawiał dość długo. Kiedy skończył, olbrzym mu odpowiedział. Jego głos brzmiał jak warczenie przerywane stęknięciami. Jon nie zrozumiał ani słowa, ale Skóra wskazał na drzewa i powiedział coś jeszcze. Olbrzym również wskazał na drzewa, zazgrzytał zębami i upuścił młot.

— Gotowe — oznajmił dziki. — Nie chcą walki.

— Dobra robota. Co mu powiedziałeś?

— Że to również nasi bogowie i przyszliśmy się pomodlić.

— Zrobimy to. Odłóżcie wszyscy stal. Dziś nie będzie tu przelewu krwi.

Tom Barleycorn powiedział, że dzikich jest dziewięciu. Miał rację, ale dwóch z nich nie żyło, a trzeci był tak słaby, że mógł umrzeć rano. Pozostała szóstka składała się z matki z dzieckiem, dwóch starych mężczyzn, rannego Thenna w powgniatanej zbroi z brązu oraz Rogostopego. Jego bose stopy były tak paskudnie odmrożone, że Jon na pierwszy rzut oka uświadomił sobie, iż mężczyzna już nigdy nie będzie chodził. Powiedzieli mu, że większość z nich się nie znała przed przybyciem do gaju. Kiedy Stannis rozbił zastęp Mance'a Raydera, uciekli przed rzezią do lasu, krążyli po nim przez pewien czas, a ich przyjaciele i krewni umierali z zimna albo głodu. W końcu trafili tutaj, zbyt słabi i znużeni, by iść dalej.

— Tu są bogowie — stwierdził jeden ze starych mężczyzn. — Równie dobrze możemy umrzeć tutaj.

— Mur jest tylko kilka godzin drogi na południe stąd — zauważył Jon. — Dlaczego nie poszukaliście tam schronienia? Inni się poddali. Nawet Mance.

Dzicy wymienili spojrzenia.

— Słyszeliśmy opowieści — odezwał się wreszcie jeden z nich. — Wrony spaliły wszystkich, którzy się poddali.

— Nawet samego Mance'a — dodała kobieta.

Melisandre — pomyślał Jon — *ty i twój czerwony bóg macie na sumieniu bardzo wiele.*

— Wszyscy, którzy zechcą, mogą pójść z nami. W Czarnym Zamku znajdziecie żywność i schronienie, a Mur ochroni was przed stworzeniami grasującymi po tym lesie. Daję wam słowo, że nikt nie spłonie.

— Słowo wrony — odparła kobieta, tuląc dziecko. — Skąd wiemy, że będziesz mógł go dotrzymać? Kim jesteś?

— Lordem dowódcą Nocnej Straży i synem Eddarda Starka z Winterfell. — Jon spojrzał na Toma Barleycorna. — Każ Rory'emu i Pate'owi przyprowadzić konie. Nie zamierzam tu zostawać ani chwili dłużej, niż będzie to konieczne.

— Wedle rozkazu, panie.

Przed odjazdem zostało im do zrobienia tylko jedno. To, po co tu przyjechali. Żelazny Emmett wezwał swych podopiecznych. Wszyscy uklękli przed czardrzewem. Reszta czarnych braci przyglądała się im, zachowując pełen szacunku dystans. Zgasły już ostatnie promienie słońca i jedynym źródłem światła były gwiazdy oraz słaby czerwony blask dogasającego ogniska pośrodku gaju.

Sześciu mężczyzn w czarnych płaszczach z kapturami sprawiało wrażenie wyrzeźbionych z cienia. Ich głosy zabrzmiały razem, słabe na tle bezkresnej nocy.

— Nadchodzi noc i zaczyna się moja warta — mówili, jak tysiące innych przed nimi. Głos Atłasa brzmiał słodko jak pieśń, Konia był ochrypły i urywany, a Arrona nerwowy i piskliwy. — Zakończy ją tylko śmierć.

Oby ich śmierć nadeszła jak najpóźniej. Jon Snow opadł w śniegu na jedno kolano. *Bogowie moich ojców, ochrońcie tych ludzi. I Aryę też, moją młodszą siostrę, gdziekolwiek może być. Błagam, pozwólcie, by Mance ją znalazł i przyprowadził bezpiecznie do mnie.*

— Nie wezmę sobie żony, nie będę miał ziemi i nie spłodzę dzieci — zapewniali rekruci głosami pobrzmiewającymi echami lat i stuleci. — Nie założę korony i zapomnę o zaszczytach. Będę żył i umrę na posterunku.

Bogowie lasu, dajcie mi siłę, bym mógł uczynić to samo — modlił się bezgłośnie Jon Snow. *Dajcie mi mądrość, bym wiedział, co trzeba uczynić, i odwagę, bym się przed tym nie cofnął.*

— Jestem mieczem w ciemności — mówiło sześciu. Jon odnosił wrażenie, że ich głosy się zmieniają, stają silniejsze i pewniejsze. — Jestem strażnikiem na murach. Jestem ogniem, który odpędza zimno, światłem, które przynosi świt, rogiem, który budzi śpiących, tarczą, która osłania krainę człowieka.

Tarczą, która osłania krainę człowieka. Duch trącił go pyskiem w ramię i Jon go objął. Czuł zapach brudnych portek Konia, słodkie pachnidło, które Atłas wcierał sobie w brodę, ostry odór strachu i przytłaczającą piżmową woń olbrzyma. Słyszał bicie własnego serca. Gdy spojrzał na kobietę z dzieckiem, dwóch staruszków i Rogostopego o okaleczonych stopach, widział w nich tylko ludzi.

— Moje życie i honor należą teraz do Nocnej Straży na tę noc i na wszystkie pozostałe.

Jon Snow wstał pierwszy.

— Powstańcie jako bracia Nocnej Straży — rzekł i podał rękę Koniowi, by pomóc mu się podnieść.

Wiatr był coraz silniejszy. Pora stąd odjechać.

Powrót trwał znacznie dłużej niż droga do gaju. Choć olbrzym miał długie i potężne nogi, posuwał się naprzód ociężale, a do tego zatrzymywał się co chwila, by strącać młotem śnieg z nisko wiszących konarów. Kobieta jechała konno z Rorym, jej synek z Tomem Barleycornem, a staruszkowie z Koniem i Atłasem. Thenn bał się wierzchowców i wolał się wlec na piechotę, mimo że był ranny. Rogostopy nie mógł usiedzieć w siodle i trzeba go było przerzucić przez koński grzbiet jak worek zboża, podobnie jak bladolicą staruszkę o cienkich jak patyki kończynach, której nie byli w stanie dobudzić.

Tak samo postąpili z dwoma trupami, ku zdziwieniu Żelaznego Emmetta.

— Tylko nas spowolnią, wasza lordowska mość — powiedział Jonowi. — Powinniśmy ich porąbać na kawałki i spalić.

— Nie — sprzeciwił się Jon. — Zabierzemy ich. Przydadzą mi się.

Nie mieli księżyca, który oświetlałby im drogę do domu. Tylko od czasu do czasu pojawiało się trochę gwiazd. Świat był czarny, biały i nieruchomy. Długa, powolna podróż zdawała się ciągnąć bez końca. Śnieg lepił się im do butów i spodni, wiatr grzechotał konarami sosen i sprawiał, że płaszcze ludzi z Nocnej

Straży łopotały gwałtownie. Jon zauważył na górze czerwonego wędrowca, obserwującego ich zza bezlistnych gałęzi wielkich drzew. Wolni ludzie zwali go Złodziejem. Ygritte zawsze mówiła, że najlepiej ukraść kobietę wtedy, gdy Złodziej jest w gwiazdozbiorze Księżycowej Panny. Nigdy jednak nie wspomniała, kiedy najlepiej jest ukraść olbrzyma. *Albo dwa trupy.*

Kiedy znowu ujrzeli Mur, był już prawie dzień.

Gdy się zbliżali, przywitał ich dźwięk rogu dobiegający z góry niczym krzyk jakiegoś ogromnego ptaka o głębokim gardle. Pojedynczy przeciągły ton znaczył „wracają zwiadowcy". Wielki Liddle odpiął własny róg i zagrał w odpowiedzi. Pod bramą musieli zaczekać parę chwil, nim pojawił się Edd Cierpiętnik Tollett, by odsunąć zasuwy i otworzyć żelazną kratę. Na widok obdartej bandy dzikich Edd wydął wargi, przyglądając się z uwagą olbrzymowi.

— Możemy potrzebować trochę masła, by przepchnąć go przez tunel, panie. Mam wysłać kogoś do spiżarni?

— Nie. Myślę, że się przeciśnie bez masła.

Przecisnął się… sunąc na czworakach. *Wielki z niego chłopak. Co najmniej czternaście stóp wzrostu. Jeszcze większy od Maga Mocarnego.* Mag zginął w tym właśnie tunelu, walcząc na śmierć i życie z Donalem Noye'em. *To był dobry człowiek. Nocna Straż straciła zbyt wielu dobrych ludzi.* Jon odprowadził Skórę na bok.

— Zajmij się nim. Mówisz w jego języku. Dopilnuj, by go nakarmiono, i znajdź mu jakieś ciepłe miejsce przy ogniu. Zostań z nim i postaraj się, żeby nikt go nie prowokował.

— Tak jest. — Skóra zawahał się. — Panie.

Żywych dzikich Jon odesłał, by opatrzono im rany i odmrożenia. Miał nadzieję, że ciepłe jedzenie i ubranie pozwoli większości z nich odzyskać siły, choć wyglądało na to, że Rogostopy straci obie nogi. Trupy kazał zamknąć w lodowych celach.

Wieszając płaszcz na kołku przy drzwiach, Jon zauważył, że Clydas zaglądał tu pod jego nieobecność. Na stole w samotni leżał list. *Ze Wschodniej Strażnicy albo z Wieży Cieni* — pomyślał na pierwszy rzut oka. Lak jednak był złoty, nie czarny, a na pieczęci widniała głowa jelenia w płonącym sercu. *Stannis.* Jon złamał stwardniałą pieczęć, rozprostował zwinięty papier i zaczął czytać. *Pismo maestera, ale słowa króla.*

Stannis zdobył Deepwood Motte i przyłączyły się do niego wszystkie górskie klany. Flintowie, Norreyowie, Wullowie i Liddle'owie.

Otrzymaliśmy też niespodziewaną, lecz bardzo miło widzianą pomoc z innego źródła. Córka Wyspy Niedźwiedziej, Alysane Mormont, zwana przez własnych ludzi Niedźwiedzicą, ukryła wojowników na rybackich slupach i zaskoczyła drakkary żelaznych ludzi stojące przy brzegu. Okręty Greyjoyów zdobyto albo spalono, a ich załogi zginęły bądź się poddały. Kapitanów, rycerzy, sławnych wojowników i innych szlachetnie urodzonych zwolnimy za okupem albo zrobimy z nich inny użytek, resztę zaś zamierzam powiesić...

Nocna Straż przysięgała nie opowiadać się po niczyjej stronie, lecz mimo to Jon Snow nie potrafił powstrzymać satysfakcji. Czytał dalej.

...wieści o naszym zwycięstwie się rozchodzą i napływają do nas wciąż nowi ludzie z północy. Rybacy, wolni jeźdźcy, ludzie ze wzgórz, zagrodnicy z głębi wilczego lasu, wieśniacy z kamiennego brzegu, którzy opuścili swe chaty, uciekając przed żelaznymi ludźmi, niedobitki z bitwy pod bramami Winterfell, ludzie ongiś zaprzysiężeni Hornwoodom, Cerwynom i Tallhartom. Mam w tej chwili pięć tysięcy ludzi, a ich liczebność rośnie z każdym dniem. Nadeszły też wieści, że Roose Bolton zmierza do Winterfell ze wszystkimi swymi siłami, by zaślubić swego bękarta z twoją przyrodnią siostrą. Nie możemy pozwolić, by odbudował zamek, maszerujemy więc przeciwko niemu. Arnolf Karstark i Mors Umber przyłączą się do nas. Uratuję twoją siostrę, jeśli zdołam, i znajdę dla niej lepszą partię niż Ramsay Snow. Ty i twoi bracia musicie bronić Muru do chwili mojego powrotu.

Inny charakterem pisma dodano:

Spisane w Świetle Pana, pod znakiem i pieczęcią Stannisa z rodu Baratheonów, Pierwszego Tego Imienia, króla Andalów, Rhoynarów i Pierwszych Ludzi, władcy Siedmiu Królestw i protektora królestwa.

Gdy tylko Jon odłożył list, karta znowu się zwinęła, jakby chciała bronić swych tajemnic. Nie był bynajmniej pewien, co sądzi o tym, co przed chwilą przeczytał. Pod Winterfell już nieraz toczono bitwy, ale nigdy jeszcze się nie zdarzyło, by po żadnej z walczących stron nie było ani jednego Starka.

— To tylko pusta skorupa — powiedział sobie. — Nie Winterfell, lecz jego duch.

Sama ta myśl sprawiała mu ból, nie wspominając już o wypowiedzeniu jej na głos. Niemniej…

Zastanawiał się, ilu ludzi przyprowadzi stary Wronojad i ile mieczy zdoła wyczarować Arnolf Karstark. Połowa Umberów będzie po drugiej stronie pola bitwy, z Kurwistrachem, walcząc pod obdartym ze skóry człowiekiem Dreadfort. Większość sił obu rodów odeszła na południe z Robbem, by nigdy nie wrócić. Winterfell, nawet leżące w gruzach, zapewni znaczną przewagę temu, kto będzie miał je w ręku. Robert Baratheon zrozumiałby to natychmiast i ruszył szybko na zamek, by go zdobyć. Zasłynął z forsownych marszów bez postojów na noc. Czy jego brat okaże się równie śmiały?

Mało prawdopodobne. Stannis był ostrożnym dowódcą, a jego zastęp stanowił niedobraną mieszaninę ludzi z klanów, południowych rycerzy, ludzi króla i ludzi królowej, przyprawiony kilkoma północnymi lordami. *Powinien ruszyć na Winterfell szybko albo wcale* — pomyślał Jon. Nie miał prawa doradzać królowi, ale…

Raz jeszcze zerknął na list. „Uratuję twoją siostrę, jeśli zdołam". To był zaskakujący u Stannisa przejaw uczuciowości, choć osłabiało go brutalne „jeśli zdołam" oraz dodatek mówiący „i znajdę dla niej lepszą partię niż Ramsay Snow". A co, jeśli Aryi tam nie będzie? Jeśli płomienie lady Melisandre mówiły prawdę? Czy jego siostra naprawdę potrafiłaby uciec takim ludziom? *Jak mogłaby tego dokonać? Arya zawsze była szybka i bystra, ale w ostatecznym rozrachunku jest tylko małą dziewczynką, a Roose Bolton nie należy do ludzi, którzy obchodziliby się nieostrożnie z tak cennym łupem.*

Co jednak, jeśli Bolton wcale nie miał jego siostry? Ten ślub mógł być jedynie fortelem, mającym zwabić Stannisa w pułapkę. O ile Jon wiedział, Eddard Stark nigdy nie miał powodów, by się uskarżać na lorda Dreadfort, ale też nigdy nie ufał temu przemawiającemu szeptem człowiekowi o straszliwie jasnych oczach.

Szara dziewczyna na ledwie żywym koniu. Uciekała przed ślubem, do którego ją zmusili. Opierając się na tych słowach, pozwolił odjechać na południe Mance'owi Rayderowi i sześciu włóczniczkom.

— Mają być młode i ładne — zażądał Mance. Niespalony król wymienił kilka imion, a resztę załatwił Edd Cierpiętnik, który przemycił je z Mole's Town. Teraz wydawało się to Jonowi szaleństwem. Lepiej by zrobił, zabijając Mance'a w chwili, gdy się ujawnił. Jon darzył byłego króla za Murem pewną dozą udzielanego z niechęcią podziwu, niemniej był on wiarołomcą i sprzedawczykiem. Melisandre ufał jeszcze mniej. A mimo to pokładał nadzieję w tych dwojgu. Wszystko po to, by uratować siostrę. Ale ludzie z Nocnej Straży nie mają sióstr.

Gdy Jon był małym chłopcem, w Winterfell, jego bohaterem zawsze był Młody Smok, młodociany król, który podbił Dorne, mając czternaście lat. Pomimo nieprawego pochodzenia, a może właśnie z jego powodu, Jon Snow zawsze marzył o tym, że poprowadzi ludzi ku chwale, jak król Daeron. Że kiedy dorośnie, będzie zwyciężał w bitwach. A teraz był już dorosłym mężczyzną i Mur należał do niego, ale nie miał nic poza wątpliwościami. Nawet ich nie potrafił zwyciężyć.

DAENERYS

Smród bijący od strony obozu był tak przerażający, że Dany z najwyższym wysiłkiem powstrzymywała wymioty.

— Wasza Miłość nie powinna wdychać tych morowych wyziewów — stwierdził ser Barristan, marszcząc nos.

— Jestem krwią smoka — przypomniała mu Dany. — Widziałeś kiedyś, żeby smok chorował na dyzenterię?

Viserys często zapewniał, że Targaryenom nie grożą zarazy dręczące pospolitych ludzi. Do tej pory okazywało się to prawdą. Pamiętała chwile, gdy marzła, głodowała i bała się, ale nigdy nie chorowała.

— Mimo to poczułbym się lepiej, gdyby Wasza Miłość wróciła do miasta — odparł stary rycerz. Wzniesione z różnobarwnych cegieł mury Meereen zostały pół mili za nimi. — Krwawa dyzenteria była przekleństwem wszystkich armii od czasów Ery Świtu. Pozwól nam rozdać żywność, Wasza Miłość.

— Jutro. Teraz jestem tutaj. Chcę to zobaczyć. — Spięła swą srebrzystą ostrogami. Reszta ruszyła kłusem za nią. Jhogo jechał przodem, a Aggo i Rakharo podążali tuż za Dany. W rękach trzymali długie dothrackie bicze, którymi odpędzali chorych i umierających. Ser Barristan jechał po jej prawej stronie, na jabłkowitym rumaku. Po lewej byli Symon Pręgowany Grzbiet z Wolnych Braci oraz Marselen z Ludzi Matki. Tuż za kapitanami podążało sześćdziesięciu żołnierzy osłaniających wozy z żywnością. Wszyscy jechali konno — Dothrakowie, Mosiężne Bestie i wyzwoleńcy. Łączyło ich jedynie obrzydzenie do tego obowiązku.

Astaporczycy wlekli się za nimi w makabrycznej procesji, która z każdym pokonanym przez Dany jardem stawała się coraz dłuższa. Niektórzy mówili w niezrozumiałych dla niej językach. Inni nie byli już w stanie wydobyć z siebie słów. Wielu wznosiło ręce do królowej albo klękało, gdy obok przejeżdżała jej srebrzysta.

— Matko — wołali do niej w dialektach Astaporu, Lys i starego Volantis, w gardłowym języku Dothraków i w śpiewnych sylabach qartheńskiego, a nawet w języku powszechnym Westeros. — Matko, proszę... Matko, pomóż mojej siostrze, jest chora... Daj mi coś do jedzenia dla dzieci... Proszę, mój stary ojciec... Pomóż mu... Pomóż jej... Pomóż mi...

Nie mogę wam pomóc — myślała zrozpaczona Dany. Astaporczycy nie mieli dokąd pójść. Tysiące obozowały pod grubymi murami Meereen; mężczyźni, kobiety i dzieci, starcy, małe dziewczynki i noworodki. Wielu chorowało, większość cierpiała głód, a wszystkich czekała nieunikniona śmierć. Daenerys nie odważy się otworzyć bram, by ich wpuścić. Próbowała coś dla nich zrobić. Wysyłała im uzdrowicieli, Niebieskie Gracje, śpiewaków zaklęć i cyrulików, ale niektórzy z nich również zachorowali, a żadna z ich sztuk nie powstrzymywała galopujących postępów dyzenterii, która przybyła na białej klaczy. Oddzielenie chorych od zdrowych okazało się niemożliwe. Jej Twarde Tarcze próbowały to robić, odciągając mężów od żon i dzieci od matek, ale Astaporczycy płakali, wierzgali i obrzucali ich kamieniami. Po kilku dniach chorzy nie żyli, a zdrowi byli chorzy. Próby separacji spełzły na niczym.

Nawet karmienie uchodźców stawało się coraz trudniejsze. Codziennie wysyłała im, co tylko mogła, ale ich liczba wciąż rosła, a zasoby żywności topniały. Coraz trudniej było też znaleźć woźniców chętnych ją dostarczać. Zbyt wielu ludzi wysyłanych do obozów również padało ofiarą choroby. Innych atakowano, kiedy wracali do miasta. Wczoraj przewrócono wóz i zabito dwóch jej żołnierzy, królowa postanowiła więc, że dziś sama dostarczy żywność. Wszyscy jej doradcy — od Reznaka poprzez Golony Łeb aż po ser Barristana — sprzeciwiali się temu gwałtownie, ale Daenerys nie dała się przekonać.

— Nie odwrócę się od nich — powtarzała uparcie. — Królowa musi znać cierpienia swych poddanych.

Cierpienie było jedynym, czego im nie brakowało.

— Prawie już nie mają koni ani mułów, choć wielu przyjechało tu na nich z Astaporu — poinformował ją Marselen. — Zjedli wszystkie, Wasza Miłość, podobnie jak każdego szczura albo psa, którego zdołali złapać. Niektórzy zaczęli jeść własnych umarłych.

— Człowiek nie może jeść ludzkiego mięsa — stwierdził Aggo.

— Wszyscy to wiedzą — zgodził się Rakharo. — Będą przeklęci.

— Klątwy już im nie zaszkodzą — zauważył Symon Pręgowaty Grzbiet.

Wlokły się za nimi małe dzieci z wydętymi brzuchami, zbyt słabe albo przerażone, by żebrać. Wychudzeni mężczyźni o zapadniętych oczach kucali wśród piasku i kamieni, a życie wypływało z ich odbytów śmierdzącymi, brązowo-czerwonymi strumieniami. Wielu teraz wypróżniało się tam, gdzie spało. Byli zbyt słabi, by doczołgać się do rowów, które kazała im wykopać Dany. Dwie kobiety biły się o zwęgloną kość. Obok nich stał dziesięcioletni chłopiec, który jadł szczura, trzymając go w jednej ręce. W drugiej dzierżył zaostrzony kij, na wypadek gdyby ktoś spróbował odebrać mu łup. Dany zauważyła mężczyznę, który leżał na ziemi, przykryty czarnym płaszczem. Kiedy przejeżdżała obok, płaszcz rozpadł się na tysiące much. Chude jak szkielety kobiety siedziały na ziemi, ściskając umierające niemowlęta. Śledziły ją spojrzeniami.

— Matko... Proszę, matko... Błogosławiona matko... — wołały te, które miały siłę.

Błogosławiona — pomyślała z goryczą Dany. *Z waszego miasta zostały tylko popiół i kości, wasi ludzie umierają, nie mam dla was schronienia, lekarstwa ani nadziei. Tylko czerstwy chleb, robaczywe mięso, twardy ser i odrobinę mleka. Zaiste jestem błogosławiona.*

Co z niej za matka, jeśli nie miała mleka dla własnych dzieci?

— Za dużo trupów — stwierdził Aggo. — Powinno się je spalić.

— Ale kto miałby to zrobić? — zapytał ser Barristan. — Krwawa dyzenteria jest wszędzie. Co noc umiera stu ludzi.

— Niedobrze jest dotykać umarłych — odezwał się Jhogo.

— Wszyscy to wiedzą — zgodzili się chórem Aggo i Rakharo.

— Może i tak — przyznała Dany — niemniej trzeba to zrobić. — Zastanawiała się przez chwilę. — Nieskalani nie boją się trupów. — Porozmawiam z Szarym Robakiem.

— Wasza Miłość — sprzeciwił się ser Barristan. — Nieskalani to twoi najlepsi żołnierze. Nie możemy pozwolić, by padli ofiarą zarazy. Niech Astaporczycy sami grzebią swych umarłych.

— Są za słabi — zauważył Symon Pręgowany Grzbiet.

— Więcej żywności mogłoby ich wzmocnić — zaproponowała Dany.

Symon potrząsnął głową.

— Nie powinniśmy marnować żywności na umierających, Wasza Czcigodność. Mamy jej za mało dla żywych.

Wiedziała, że Symon się nie myli, ale to nie znaczy, że łatwo jej było słuchać jego słów.

— Nie ma sensu jechać dalej — zdecydowała królowa. — Nakarmimy ich tutaj.

Uniosła rękę. Kolumna za jej plecami zatrzymała się nagle. Jeźdźcy zajęli pozycje wokół niej, by uniemożliwić Astaporczykom szturm na wozy. Gdy tylko wszystkie się zatrzymały, tłum wokół nich zaczął gęstnieć. Coraz więcej chorych wlokło się ku wozom, ale jeźdźcy ich powstrzymywali.

— Czekać na swoją kolej — wołali. — Nie pchać się. Odsunąć się. Odsunąć. Chleb dla wszystkich. Czekać na swoją kolej.

Dany mogła tylko siedzieć i patrzeć.

— Ser, czy nie możemy dla nich zrobić nic więcej? — zapytała Barristana Selmy'ego. — Masz zapasy.

— Zapasy dla żołnierzy Waszej Miłości. Możemy być zmuszeni do wytrzymania długiego oblężenia. Wrony Burzy i Drudzy Synowie będą nękać Yunkijczyków, ale nie zdołają ich zmusić do odwrotu. Jeśli Wasza Miłość pozwoli mi zwołać armię…

— Jeśli nie unikniemy bitwy, wolałabym ją stoczyć zza murów Meereen. Niech Yunkai'i spróbują wziąć je szturmem. — Królowa przyjrzała się rozgrywającym się wokół scenom. — Gdybyśmy podzielili równo swe zapasy…

— Astaporczycy pożarliby wszystko w kilka dni, a my mielibyśmy znacznie mniej żywności na czas oblężenia.

Dany spojrzała na wielobarwne ceglane mury Meereen, widoczne za obozem uchodźców. W powietrzu roiło się od much. Słychać było liczne krzyki.

— Bogowie zesłali tę zarazę, by nauczyć mnie skromności. Tylu umarłych… nie pozwolę, by jedli trupy. — Przywołała skinieniem Agga. — Wróć do bram i przyprowadź mi Szarego Robaka z pięćdziesięcioma Nieskalanymi.

— *Khaleesi*. Krew z twojej krwi słucha.

Aggo dotknął konia piętami i oddalił się cwałem.

Ser Barristan przyglądał się temu pełen z trudem skrywanych obaw.

— Nie powinnaś zwlekać tu zbyt długo, Wasza Miłość. Astaporczycy dostali jeść, jak rozkazałaś. Nie możemy zrobić dla tych nieszczęśników nic więcej. Pora wracać do miasta.

— Jak sobie życzysz, ser. Nie zatrzymuję cię. Nie zatrzymuję nikogo z was. — Dany zeskoczyła z konia. — Nie potrafię ich uzdrowić, ale mogę im zademonstrować, że matka o nich nie zapomniała.

Jhogo wciągnął powietrze przez zęby.

— *Khaleesi*, nie. — Dzwoneczek w warkoczu zadźwięczał cichutko, gdy mężczyzna zsiadał z konia. — Nie możesz się do nich zbliżać. Nie pozwalaj, żeby cię dotykali! Nie pozwalaj!

Dany ominęła Dothraka, nie zważając na jego słowa. Kilka stóp od niej jakiś staruszek siedział na ziemi i wpatrywał się z jękiem w szare chmury. Uklękła obok niego, zmarszczyła nos, czując smród, i odgarnęła brudne siwe włosy, by dotknąć jego czoła.

— Jego ciało płonie. Potrzebuję wody, żeby go wykąpać. Może być morska. Marselenie, przyniesiesz mi trochę? Potrzebuję też oliwy, na stos. Kto mi pomoże spalić umarłych?

Gdy wrócił Aggo, prowadząc Szarego Robaka i pięćdziesięciu Nieskalanych biegnących za jego wierzchowcem, Dany zdążyła już zawstydzić wszystkich swych ludzi, zmuszając ich do przyjścia jej z pomocą. Symon Pasiasty Grzbiet i jego żołnierze oddzielali żywych od umarłych i układali zwłoki w stosy, natomiast Jhogo, Rakharo i ich Dothrakowie pomagali tym, którzy jeszcze mogli chodzić, dojść do brzegu, by mogli się wykąpać i wyprać ubrania. Aggo gapił się na nich, jakby wszyscy oszaleli, ale Szary Robak klęknął przed królową.

— Ta osoba ci pomoże — zapewnił.

Nim nadeszło południe, płonęło już dwanaście stosów. Słupy czarnego tłustego dymu przesłaniały bezlitośnie błękitne niebo. Strój do jazdy konnej noszony przez Dany był brudny i poplamiony sadzą.

— Wasza Czcigodność — odezwał się Szary Robak — ta osoba i jej bracia błagają, byś pozwoliła im po pracy wykąpać się w słonym morzu. Te osoby pragną się oczyścić stosownie do praw swej wielkiej bogini.

Królowa nie wiedziała dotąd, że eunuchowie mają własną boginię.

— Kim ona jest? Jednym z bogów Ghis?

— Bogini nosi wiele imion — odparł Szary Robak z zakłopotaną miną. — Jest Panią Włóczni, Oblubienicą Bitwy i Matką Zastępów, ale jej prawdziwe imię należy wyłącznie do tych biednych osób, które spaliły swą męskość na jej ołtarzu. Nie wolno nam mówić o niej innym. Ta osoba błaga o wybaczenie.

— Skoro tak mówisz. Tak, możecie się wykąpać, jeśli tego pragniecie. Dziękuję za pomoc.

— Te osoby żyją po to, by ci służyć.

Gdy Daenerys wróciła do swej piramidy, członki miała obolałe, a serce pełne rozpaczy. Missandei czytała jakiś stary zwój, a Irri i Jhiqui kłóciły się o Rakhara.

— Jesteś dla niego za chuda — mówiła Jhiqui. — Wyglądasz prawie jak chłopiec. Rakharo nie śpi z chłopcami. Wszyscy to wiedzą.

— Wszyscy wiedzą, że wyglądasz prawie jak krowa — odcięła się Irri. — Rakharo nie śpi z krowami.

— Rakharo jest krwią z mojej krwi. Jego życie należy do mnie, nie do was — oznajmiła obu Dany. Od chwili, gdy młody Dothrak opuścił Meereen, urósł o prawie pół stopy, jego kończyny stały się grube i muskularne, a we włosach pojawiły się cztery dzwoneczki. Był teraz wyższy od Agga i Jhoga, co obie jej służki zaraz zauważyły. — A teraz bądźcie cicho. Muszę się wykąpać. — Nigdy nie czuła się bardziej zbrukana. — Jhiqui, pomóż mi zdjąć to ubranie, a potem zabierz je i spal. Irri, powiedz Qezzie, żeby znalazła mi jakiś przewiewny strój. Dzień był bardzo upalny.

Na tarasie dął chłodny wietrzyk. Dany westchnęła z przyjemności, zanurzając się w basenie. Na rozkaz królowej, Missandei zdjęła ubranie i weszła do wody razem z nią.

— Ta osoba słyszała nocą Astaporczyków drapiących w mury — wyznała mała skryba, myjąc plecy Dany.

Irri i Jhiqui wymieniły spojrzenia.

— Nikt nie drapał — sprzeciwiła się druga z Dothraczek. — Jak mogliby to robić?

— Rękami — wyjaśniła Missandei. — Cegły są stare i już się rozsypują. Astaporczycy próbują wedrzeć się w ten sposób do miasta.

— To im zajmie wiele lat — stwierdziła Irri. — Mury są bardzo grube. Wszyscy to wiedzą.

— Wszyscy to wiedzą — zgodziła się Jhiqui.

— Mnie też się śnią. — Dany ujęła dłoń Missandei. — Obóz leży dobre pół mili od miasta, słodziutka. — Nikt nie drapie w mury.

— Wasza Miłość wie najlepiej — zgodziła się skryba. — Mam umyć ci włosy? Już prawie czas. Reznak mo Reznak i Zielona Gracja przyjdą omówić…

— Przygotowania do ślubu. — Dany usiadła z pluskiem. — Prawie o tym zapomniałam. — *Być może chciałam zapomnieć.* — A potem ma zjeść z Hizdahrem obiad. — Westchnęła. — Irri, przynieś mi zielony *tokar*, ten jedwabny, obszyty myrijskimi koronkami.

— Oddano go do załatania, *khaleesi*. Koronki się rozdarły. Ale niebieski już wyprano.

— Niech będzie niebieski. Też im się spodoba.

Myliła się tylko w połowie. Kapłanka i seneszal ucieszyli się, że choć raz włożyła *tokar*, jak prawdziwa meereeńska dama, ale w rzeczywistości chcieli ją rozebrać do naga. Daenerys wysłuchała ich z niedowierzaniem.

— Nie chcę nikogo urazić — odparła, gdy już skończyli — ale nie zamierzam prezentować się nago matce i siostrom Hizdahra.

— Ale… — zaczął Reznak mo Reznak, mrugając — …ale musisz to zrobić, Wasza Czcigodność. Tradycja wymaga, by przed zawarciem małżeństwa kobiety z domu mężczyzny poddały oględzinom macicę narzeczonej i jej, hm… kobiece części, by się upewnić, czy są kształtne i, hm…

— ...płodne — dokończyła Galazza Galare. — To starożytny rytuał, Wasza Promienność. Świadkami oględzin będą trzy Gracje, które odmówią odpowiednie modlitwy.

— Tak — zgodził się Reznak. — A potem podaje się specjalny tort. Kobiecy tort, pieczony tylko z okazji zaręczyn. Mężczyznom nie wolno go próbować. Słyszałem, że jest pyszny. Magiczny.

A jeśli moja macica zwiędła, a kobiece części przeklęto? Czy na taką okazję też przewiduje się specjalny tort?

— Hizdahr zo Loraq będzie mógł obejrzeć moje kobiece części, gdy już weźmiemy ślub. — *Khal Drogo nie znalazł w nich żadnej skazy, czemu z nim miałoby być inaczej?* — Niech jego matka i siostry przebadają się nawzajem i zjedzą specjalny tort. Nie będę go próbować. Nie umyję też nóg szlachetnemu Hizdahrowi.

— Nic nie rozumiesz, Wasza Wspaniałość — sprzeciwił się Reznak. — Mycie nóg to uświęcona tradycja, znacząca, że stajesz się służką męża. Ślubny strój również ma wiele znaczeń. Panna młoda zasłania twarz ciemnoczerwonymi welonami i wkłada *tokar* z białego jedwabiu, wyszywany małymi perłami.

Królowa królików nie może wyjść za mąż bez długich uszu.

— Od wszystkich tych pereł będę stukała przy chodzeniu.

— One symbolizują płodność. Im więcej pereł włoży Wasza Czcigodność, tym więcej zdrowych dzieci urodzi.

— Dlaczego miałabym pragnąć setki dzieci? — Dany spojrzała na Zieloną Grację. — Gdybyśmy wzięli ślub na westeroską modłę...

— Bogowie Ghis uznaliby go za nieważny. — Twarz Galazzy Galare skrywała się za zasłoną z zielonego jedwabiu. Widać było tylko jej oczy, zielone, mądre i smutne. — W oczach miasta byłabyś tylko konkubiną szlachetnego Hizdahra, nie jego prawowitą żoną. Wasze dzieci byłyby bękartami. Wasza Czcigodność musi go poślubić w Świątyni Gracji, gdzie cała szlachta Meereen będzie świadkami zawarcia związku.

Wywab głowy wszystkich szlachetnych rodów z piramid pod jakimś pretekstem. Tak jej radził Daario. *Dewiza smoka to ogień i krew.* Dany odepchnęła od siebie tę myśl. Była poniżej jej godności.

— Jak sobie życzycie — rzekła z westchnieniem. — Poślubię Hizdahra w Świątyni Gracji, spowita w biały *tokar* obszyty małymi perłami. Czy jest coś jeszcze?

— Tylko jeden drobiazg, Wasza Czcigodność — odparł Reznak. — Najlepiej by było, gdybyś dla uczczenia dnia swego wesela pozwoliła otworzyć areny. To byłby twój ślubny dar dla Hizdahra i dla kochającego cię ludu, znak, że zaakceptowałaś starożytne zwyczaje Meereen.

— Bogów również bardzo w ten sposób zadowolisz — dodała Zielona Gracja cichym a łagodnym tonem.

Cena za ślub zapłacona krwią. Daenerys czuła się już znużona tą bitwą. Nawet ser Barristan nie wierzył, by mogła ją wygrać. „Żaden władca nie może uczynić ludzi dobrymi" — powiedział jej Selmy. „Baelor Błogosławiony modlił się, pościł i zbudował Siedmiu świątynię tak wspaniałą, że żadni bogowie nie mogliby pragnąć wspanialszej. A mimo to nie zdołał położyć kresu wojnie i nędzy". *Królowa musi słuchać głosu swego ludu* — powiedziała do siebie w myślach.

— Po ślubie Hizdahr zostanie królem. Niech on otworzy areny, jeśli tego pragnie. Ja nie chcę mieć z tym nic wspólnego. — *Niech krew splami jego ręce, nie moje.* Wstała. — Jeśli mój mąż chce, żebym umyła mu nogi, musi najpierw umyć moje. Powiem mu o tym dziś wieczorem.

Zastanawiała się, jak jej narzeczony zareaguje na tę propozycję.

Niepotrzebnie się przejmowała. Hizdahr zo Loraq zjawił się godzinę po zachodzie słońca. Jego *tokar* był koloru burgundowego ze złocistym pasem i miał frędzle ze złotych paciorków. Nalewając mu wina, Dany opowiedziała o spotkaniu z Reznakiem i Zieloną Gracją.

— Te rytuały są pozbawione znaczenia — oznajmił Hizdahr. — Takim właśnie sprawom powinniśmy położyć kres. Meereen zbyt długo już ulegało starym głupim tradycjom. — Pocałował ją w rękę. — Daenerys, moja królowo, z radością umyję cię całą od stóp do głów, jeśli to właśnie muszę uczynić, by stać się twoim królem i małżonkiem.

— Jedyne, co musisz w tym celu uczynić, to przynieść mi pokój. Skahaz mówi, że otrzymałeś ostatnio jakieś wieści.

— To prawda. — Hizdahr skrzyżował długie nogi. Wyglądał na zadowolonego z siebie. — Yunkai dadzą nam pokój, ale za pewną cenę. Zakłócenie handlu niewolnikami spowodowało wielkie straty w całym cywilizowanym świecie. Yunkai'i i ich sojusznicy otrzymają od nas rekompensatę w złocie i klejnotach.

O złoto i klejnoty było łatwo.

— Co jeszcze?

— Yunkai'i wznowią handel niewolnikami, na poprzednich zasadach. Astapor zostanie odbudowany jako miasto niewolnicze. Nie będziesz w tym przeszkadzała.

— Yunkai'i wznowili handel niewolnikami, nim jeszcze oddaliłam się o pięć mil od ich miasta. Czy zawróciłam? Król Cleon błagał, bym połączyła z nim siły i ruszyła na wojnę przeciwko nim, ale ja pozostałam głucha na jego błagania. Nie chcę wojny z Yunkai. Ile razy mam to powtarzać? Jakich obietnic żądają?

— Ach, to właśnie jest cierń ukryty w altanie, moja królowo — odparł Hizdahr zo Loraq. — Muszę ze smutkiem stwierdzić, że Yunkai'i nie wierzą w twe obietnice. Ciągle szarpią tę samą strunę harfy, mówiąc o jakimś pośle, którego podpaliły twoje smoki.

— Tylko jego *tokar* się spalił — stwierdziła Dany ze wzgardą w głosie.

— Tak czy inaczej, nie ufają ci. Ludzie z Nowego Ghis również nie. Słowa to wiatr, jak sama często powtarzasz. Nic, co mogłabyś powiedzieć, nie zapewni Meereen pokoju. Twoi wrogowie domagają się czynów. Chcą, żebyśmy wzięli ślub i żebym władał u twego boku jako król.

Dany ponownie napełniła sobie kielich, choć niczego nie pragnęła bardziej, niż wylać mu cały dzban na głowę, by zetrzeć z jego ust ten pyszałkowaty uśmieszek.

— Małżeństwo albo rzeź. Ślub albo wojna. Czy tylko taki mam wybór?

— Widzę tylko jedno wyjście, Wasza Promienność. Wypowiedzmy słowa przysięgi małżeńskiej przed bogami Ghis i stwórzmy razem nowe Meereen.

Gdy królowa zastanawiała się nad odpowiedzią, nagle usłyszała za sobą kroki. *Przynieśli posiłek* — pomyślała. Kucharze obiecali przygotować ulubione danie Hizdahra, psa w miodzie, nadziewanego suszonymi śliwkami i papryką. Gdy jednak się odwróciła, zobaczyła ser Barristana. Stary rycerz wykąpał się i odział w biel. U jego pasa wisiał miecz.

— Wasza Miłość — rzekł, kłaniając się uprzejmie. — Przepraszam, że ci przeszkadzam, ale pomyślałem, że zechcesz natychmiast się o tym dowiedzieć. Wrony Burzy wróciły do miasta, przynosząc wieści o nieprzyjacielu. Yunkijczycy wymaszerowali tak, jak się obawialiśmy.

Przez szlachetną twarz Hizdahra zo Loraqa przemknął cień irytacji.

— Królowa je kolację. Najemnicy mogą zaczekać.

Ser Barristan go zignorował.

— Prosiłem lorda Daaria, by złożył meldunek mnie, jak rozkazałaś. Roześmiał się tylko i odpowiedział, że spisze go własną krwią, jeśli Wasza Miłość przyśle mu swą małą skrybę, żeby mu pokazała, jak stawiać litery.

— Krwią? — powtórzyła przerażona Dany. — Czy to miał być żart? Nie. Nie odpowiadaj mi, muszę go zobaczyć. — Była młodą, samotną dziewczyną, a młode dziewczyny często zmieniają zdanie. — Zwołaj moich kapitanów i dowódców. Hizdahrze, wiem, że mi wybaczysz.

— Meereen musi mieć pierwszeństwo. — Hizdahr uśmiechnął się dobrodusznie. — Będą jeszcze inne noce. Tysiąc nocy.

— Ser Barristan odprowadzi cię do wyjścia.

Dany oddaliła się biegiem, wołając służki. Nie mogła przywitać swego kapitana ubrana w *tokar*. Przymierzyła kilkanaście różnych sukni, nim w końcu znalazła taką, która się jej spodobała. Nie chciała włożyć korony, którą oferowała jej Jhiqui.

Gdy Daario Naharis opadł przed nią na jedno kolano, serce Dany zabiło gwałtownie. Włosy miał pozlepiane zaschniętą krwią, a na jego skroni błyszczała świeża, głęboka szrama.

— Jesteś ranny — wydyszała.

— Mówisz o tym? — Daario dotknął skroni. — Kusznik próbował trafić mnie w oko, ale mój koń prześcignął bełt. Gnałem do domu, do mojej królowej, by móc się wygrzewać w blasku jej uśmiechu. — Potrząsnął rękawem. Na podłogę posypały się czerwone kropelki. — To nie moja krew. Jeden z moich sierżantów powiedział, że powinniśmy przejść na stronę Yunkai'i, więc złapałem go za gardło i wyrwałem mu serce. Pragnąłem przynieść je jako dar dla mej srebrnej królowej, ale cztery Koty ruszyły za mną w pościg, miaucząc i prychając. Jeden o mało mnie nie dogonił, więc cisnąłem mu serce w twarz.

— Bardzo rycerski uczynek — stwierdził ser Barristan tonem sugerującym, że jest dokładnie przeciwnego zdania. — Czy przyniosłeś Jej Miłości jakieś wieści?

— Złe wieści, ser Dziadku. Astapor padł, a handlarze niewolników maszerują na północ.

— To stare, zleżałe nowiny — warknął Golony Łeb.

— Twoja matka to samo mówiła o pocałunkach twojego ojca — odciął się Daario. — Słodka królowo, przybyłbym szybciej, ale pośród wzgórz roi się od yunkijskich najemników. Cztery wolne kompanie. Twoje Wrony Burzy musiały sobie utorować drogę przez nich wszystkich. Przynoszę też inne, jeszcze gorsze wieści. Yunkai'i maszerują ze swym zastępem przybrzeżnym traktem. Towarzyszą im cztery legiony z Nowego Ghis. Mają sto słoni, zakutych w zbroje i niosących wieże na grzbietach. A do tego toloscy procarze i korpus qartheńskiej wielbłądziej kawalerii. Dwa kolejne ghiscarskie legiony wsiadły na statki w Astaporze. Jeśli nasi jeńcy mówią prawdę, mają wylądować za Skahazadhanem, żeby nas odciąć od Morza Dothraków.

Gdy snuł swą opowieść, z jego rękawa na marmurową posadzkę od czasu do czasu spadała czerwona kropelka. Dany krzywiła się boleśnie.

— Ilu ludzi zabito? — zapytała.

— Naszych? Nie traciłem czasu na liczenie. Więcej ich zdobyliśmy, niż straciliśmy.

— Więcej sprzedawczyków?

— Więcej odważnych mężczyzn, których przyciągnęła twa szlachetna sprawa. Spodobają się mojej królowej. Jeden z nich to topornik z Wysp Bazyliszkowych, bestia roślejsza od Belwasa. Mam też trochę ludzi z Westeros, dwudziestu albo więcej. To dezerterzy z Plew na Wietrze, niezadowoleni ze służby Yunkai'i. Będą z nich dobre Wrony Burzy.

— Skoro tak mówisz.

Dany nie zamierzała wybrzydzać. Meereen może wkrótce potrzebować wszystkich mieczy, jakie zdołają znaleźć.

Ser Barristan popatrzył na Daaria z zasępioną miną.

— Kapitanie, wspominałeś o czterech wolnych kompaniach. My słyszeliśmy tylko o trzech. Plewy na Wietrze, Długie Kopie i Kompania Kota.

— Ser Dziadek potrafi liczyć. Drudzy Synowie przeszli na stronę Yunkai'i. — Daario odwrócił głowę i splunął. — To dla Brązowego Bena Plumma. Kiedy następnym razem ujrzę jego paskudną gębę, rozpruję go od gardła aż po pachwinę i wyrwę mu to jego czarne serce.

Dany spróbowała coś powiedzieć, ale nie mogła znaleźć słów. Przypomniała sobie twarz Bena w chwili, gdy widziała go po raz ostatni. *To była ciepła twarz, twarz, której ufałam.* Smagła cera i białe włosy, złamany nos i zmarszczki w kącikach oczu. Nawet smoki lubiły starego Brązowego Bena, który często się przechwalał, że ma w żyłach kroplę smoczej krwi. *Trzy zdrady cię spotkają... jedna za krew i jedna za złoto i jedna z miłości.* Czy Plumm był trzecią zdradą, czy drugą? A co w takim razie z ser Jorahem, jej starym, opryskliwym niedźwiedziem? Czy nigdy nie będzie miała przyjaciela, któremu mogłaby zaufać? *Jaki pożytek z proroctw, jeśli nie można ich zrozumieć? Jeśli wyjdę za Hizdahra przed wschodem słońca, czy wszystkie te armie znikną jak poranna rosa i pozwolą mi władać w pokoju?*

Słowa Daaria wywołały burzę. Reznak zawodził, Golony Łeb mamrotał złowrogo, a jej bracia krwi przysięgali zemstę. Silny Belwas walnął się pięścią w naznaczony bliznami brzuch i przysiągł, że zje serce Brązowego Bena ze śliwkami i cebulą.

— Proszę — odezwała się Dany, ale nie usłyszał jej nikt poza Missandei. Królowa zerwała się na nogi. — Cisza! Dość już słyszałam.

— Wasza Miłość — Ser Barristan opadł na jedno kolano. — Jesteśmy na twoje rozkazy. Co mamy uczynić?

— Nadal postępujcie zgodnie z planem. Zbierzcie tyle żywności, ile zdołacie. — *Jeśli spojrzę za siebie, zginę.* — Musimy zamknąć bramy i skierować wszystkich zdolnych do walki ludzi na mury. Nikt nie wejdzie do miasta i nikt go nie opuści.

W komnacie na chwilę zapadła cisza. Ludzie popatrzyli na siebie nawzajem.

— A co z Astaporczykami? — zapytał nagle Reznak.

Miała ochotę krzyczeć, zgrzytać zębami, rozdzierać ubranie i tłuc w podłogę pięściami.

— Zamknijcie bramy — powiedziała jednak tylko. — Czy mam to powtarzać trzy razy? — To były jej dzieci, ale nie mogła im teraz pomóc. — Zostawicie mnie. Daario, ty zostań. Trzeba oczyścić tę ranę. Muszę ci też zadać jeszcze kilka pytań.

Cała reszta pokłoniła się i wyszła. Dany poprowadziła Daaria Naharisa na górę, do swej sypialni, gdzie Irri przemyła mu ranę octem, a Jhiqui owinęła ją białym bandażem. Potem Dany odesłała również służki.

— Ubranie masz brudne od krwi — powiedziała Daariowi. — Zdejmij je.

— Pod warunkiem że ty zrobisz to samo.

Pocałował ją.

Jego włosy pachniały krwią, dymem i koniem, a usta miał twarde i gorące. Dany drżała w jego ramionach.

— Myślałam, że to ty mnie zdradzisz — rzekła, gdy odsunęli się od siebie. — Jedna za krew, jedna za złoto i jedna z miłości. Tak powiedzieli czarnoksiężnicy. Myślałam... Nigdy bym nie pomyślała, że to Brązowy Ben. Nawet moje smoki mu ufały. — Złapała swego kapitana za ramiona. — Obiecaj, że nigdy się nie zwrócisz przeciwko mnie. Nie mogłabym tego znieść. Obiecaj.

— Nigdy, kochana.

Uwierzyła mu.

— Przysięgłam, że poślubię Hizdahra zo Loraqa, jeśli da mi dziewięćdziesiąt dni pokoju, ale teraz... pragnęłam cię od chwili, gdy ujrzałam cię po raz pierwszy, ale byłeś najemnikiem, kapryśnym i zdradzieckim. Przechwalałeś się, że miałeś sto kobiet.

— Sto? — Spod fioletowej brody Daaria dobiegł chichot. — Skłamałem, słodka królowo. Miałem tysiąc. Ale żadna z nich nie była smokiem.

Uniosła usta do jego ust.

— To na co czekasz?

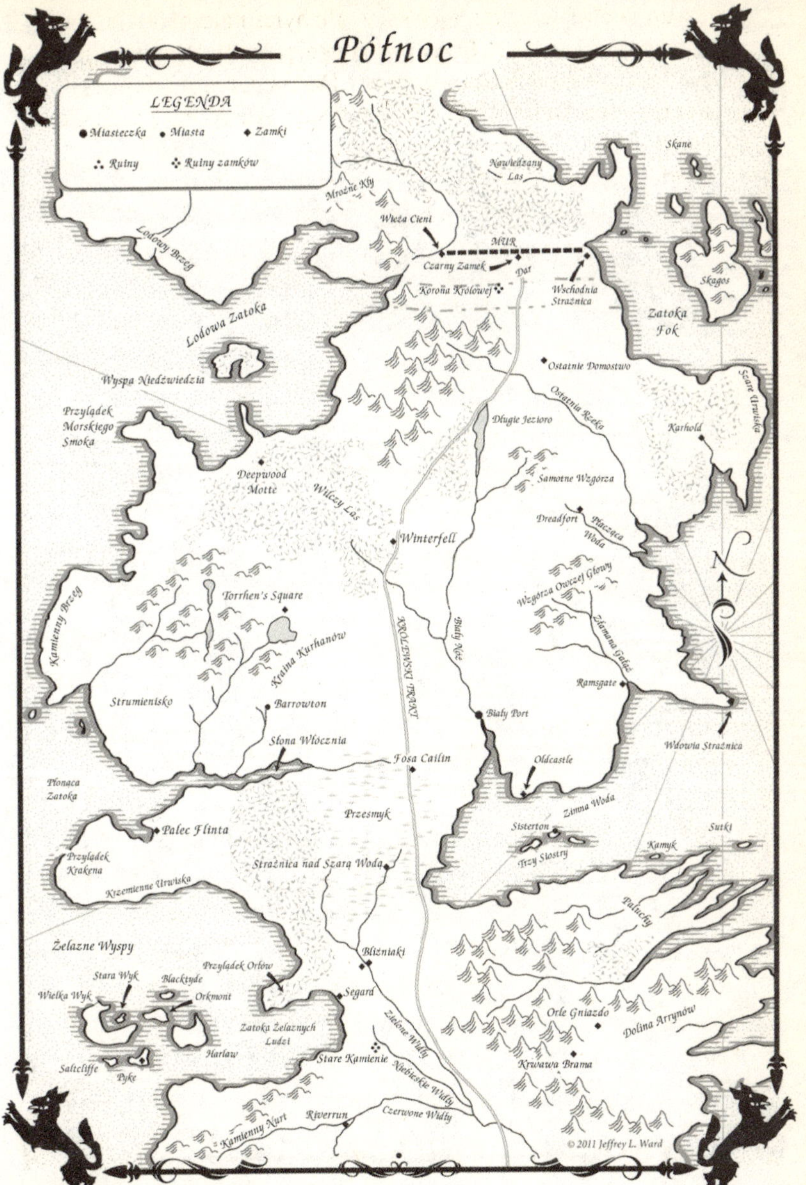
Północ
LEGENDA
Miasteczka
Miasta
Zamki
Ruiny
Ruiny zamków
Mroźne Kły
Nawiedzany Las
Skane
Wieża Cieni
MUR
Czarny Zamek
Dar
Wschodnia Strażnica
Korona Królowej
Skagos
Zatoka Fok
Lodowy Brzeg
Lodowa Zatoka
Wyspa Niedźwiedzia
Ostatnie Domostwo
Ostatnia Rzeka
Szare Urwiska
Przylądek Morskiego Smoka
Długie Jezioro
Karhold
Deepwood Motte
Samotne Wzgórza
Wilczy Las
Dreadfort
Płacząca Woda
Winterfell
Wzgórza Owczej Głowy
Torrhen's Square
Kamienny Brzeg
Kraina Kurhanów
KRÓLEWSKI TRAKT
Biały Nóż
Złamana Gałąź
Ramsgate
Strumienisko
Barrowton
Biały Port
Wdowia Strażnica
Słona Włócznia
Fosa Cailin
Oldcastle
Płonąca Zatoka
Przesmyk
Zimna Woda
Palec Flinta
Sisterton
Sutki
Kamyk
Przylądek Krakena
Trzy Siostry
Strażnica nad Szarą Wodą
Krzemienne Urwiska
Paluchy
Żelazne Wyspy
Bliźniaki
Przylądek Orłów
Stara Wyk
Blacktyde
Wielka Wyk
Orkmont
Segard
Orle Gniazdo
Dolina Arrynów
Zatoka Żelaznych Ludzi
Zielone Widły
Harlaw
Saltcliffe
Pyke
Stare Kamienie
Krwawa Brama
Niebieskie Widły
Riverrun
Czerwone Widły
Kamienny Nurt
© 2011 Jeffrey L. Ward

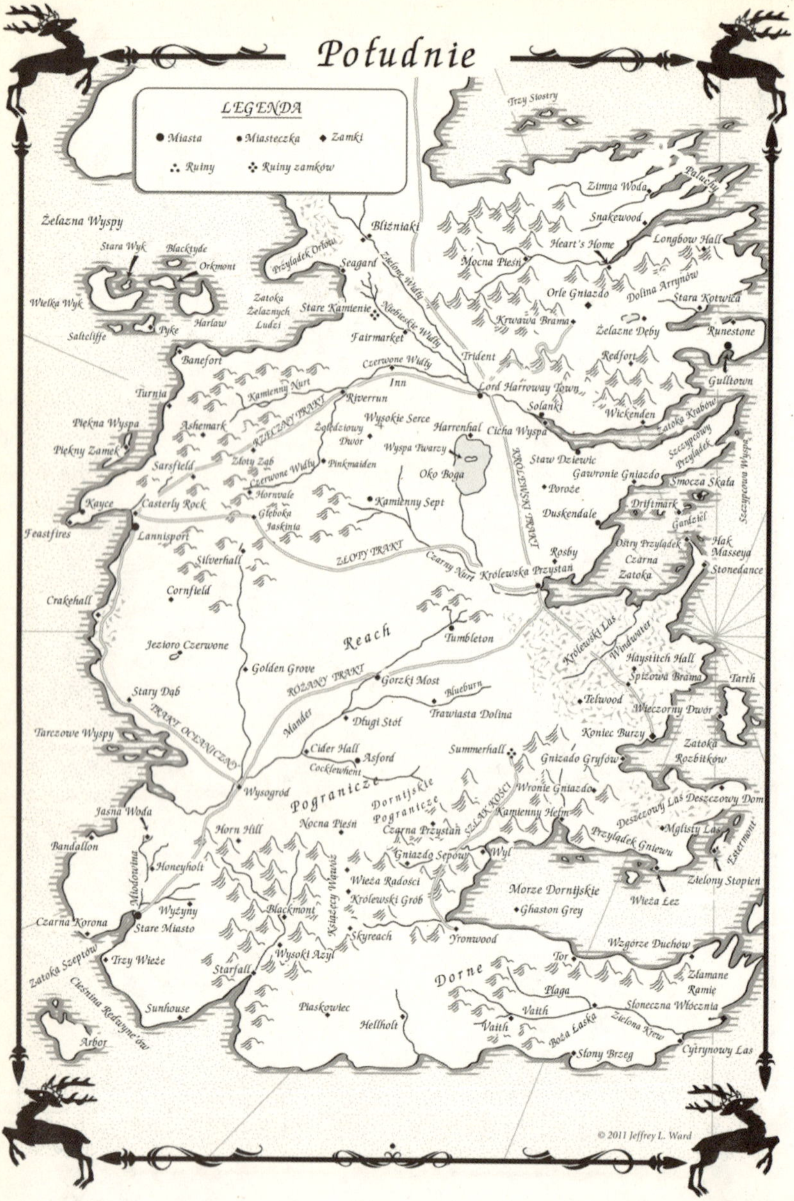
Południe
LEGENDA
Miasta
Miasteczka
Zamki
Ruiny
Ruiny zamków
Trzy Siostry
Paluchy
Zimna Woda
Snakewood
Longbow Hall
Heart's Home
Mocna Pieśń
Orle Gniazdo
Dolina Arrynów
Stara Kotwica
Krwawa Brama
Żelazne Dęby
Runestone
Redfort
Gulltown
Trident
Lord Harroway Town
Solanki
Wickenden
Zatoka Krabów
Żelazna Wyspy
Stara Wyk
Blacktyde
Orkmont
Wielka Wyk
Saltcliffe
Pyke
Harlaw
Zatoka Żelaznych Ludzi
Przylądek Orłów
Bliźniaki
Seagard
Zielone Widły
Niebieskie Widły
Stare Kamienie
Fairmarket
Banefort
Czerwone Widły
Inn
Kamienny Nurt
Turnia
Riverrun
Rzeczny Trakt
Piękna Wyspa
Piękny Zamek
Ashemark
Żołędziowy Dwór
Wysokie Serce
Harrenhal
Cicha Wyspa
Wyspa Twarzy
Oko Boga
Królewski Trakt
Sarsfield
Złoty Ząb
Czerwone Widły
Pinkmaiden
Hornvale
Staw Dziewic
Gawronie Gniazdo
Szczypcowy Przylądek
Szczypcowa Wyspa
Smocza Skała
Poroże
Kamienny Sept
Driftmark
Gardziel
Kayce
Casterly Rock
Głęboka Jaskinia
Duskendale
Feastfires
Lannisport
Ostry Przylądek
Hak Masseya
Złoty Trakt
Silverhall
Czarny Nurt
Rosby
Królewska Przystań
Czarna Zatoka
Stonedance
Cornfield
Crakehall
Tumbleton
Reach
Królewski Las
Windwater
Jezioro Czerwone
Haystitch Hall
Spiżowa Brama
Tarth
Golden Grove
Różany Trakt
Gorzki Most
Blueburn
Telwood
Stary Dąb
Trawiasta Dolina
Wieczorny Dwór
Trakt Oceaniczny
Mander
Długi Stół
Koniec Burzy
Tarczowe Wyspy
Cider Hall
Asford
Summerhall
Zatoka Rozbitków
Cocklewhent
Gnizado Gryfów
Wysogród
Pogranicze
Dornijskie Pogranicze
Wronie Gniazdo
Szlak Kości
Deszczowy Las
Deszczowy Dom
Jasna Woda
Kamienny Hełm
Nocna Pieśń
Horn Hill
Czarna Przystań
Mglisty Las
Przylądek Gniewu
Estermont
Bandallon
Gniazdo Sępów
Wyl
Miodowina
Honeyholt
Wieża Radości
Książęcy Wąwóz
Zielony Stopień
Morze Dornijskie
Wieża Łez
Królewski Grób
Wyżyny
Blackmont
Ghaston Grey
Czarna Korona
Stare Miasto
Skyreach
Yronwood
Wzgórze Duchów
Zatoka Szeptów
Trzy Wieże
Wysoki Azyl
Tor
Starfall
Złamane Ramię
Dorne
Plaga
Cieśnina Redwyne'ów
Słoneczna Włócznia
Piaskowiec
Vaith
Sunhouse
Hellholt
Vaith
Boża Łaska
Zielona Krew
Arbor
Cytrynowy Las
Słony Brzeg
© 2011 Jeffrey L. Ward